Passion secrète

*

Obsession

*

Le défi du play-boy

STEFANIE LONDON

Passion secrète

Traduction française de
CAROLE PAUWELS

MAGNETIC

HARLEQUIN

Titre original :
UNMASKED

Ce roman a déjà été publié en 2018

HARPERCOLLINS FRANCE
83-85, boulevard Vincent-Auriol, 75646 PARIS CEDEX 13
Service Lectrices – Tél. : 01 45 82 47 47 - www.harlequin.fr
ISBN 978-2-2804-7355-2

Composé et édité par HarperCollins France.
Imprimé en avril 2022 par CPI Black Print (Barcelone)
en utilisant 100% d'électricité renouvelable.
Dépôt légal : mai 2022.

FSC www.fsc.org MIXTE Papier issu de sources responsables FSC® C159065

Pour limiter l'empreinte environnementale de ses livres, HarperCollins France s'engage à n'utiliser que du papier fabriqué à partir de bois provenant de forêts gérées durablement et de manière responsable.

1

Lainey Kline observa les mots « Trop triste de vous quitter ! » tracés d'une écriture tremblotante au glaçage blanc sur le gros gâteau au chocolat.

N'était-ce pas un peu bizarre de s'excuser par l'intermédiaire d'un dessert, fût-il délicieux ?

La subtilité n'avait jamais été son fort, mais il fallait bien une petite touche spéciale — quelque chose de sucré — pour annoncer qu'elle avait trouvé un nouveau job et qu'elle quittait Melbourne pour s'installer à Londres.

Au moment où Imogen et Corinna, ses deux meilleures amies, découvrirent la pâtisserie, elles ouvrirent des yeux comme des soucoupes.

— Tu espères vraiment faire passer la pilule de ta rupture avec nous en nous faisant manger ce gâteau ? s'indigna Imogen. Tu es sérieuse ?

— Ce n'est pas une rupture ! protesta Lainey.

Elle chercha dans sa mémoire le petit discours qu'elle avait répété plusieurs fois devant le miroir.

— Je vous propose tout simplement de poursuivre notre relation à distance. Si ça marche en amour, ça doit aussi marcher en amitié.

Imogen secoua la tête avec un froncement de sourcils désapprobateur.

— Un mois, ça ne suffira jamais pour se dire convenablement au revoir…

— Je n'en reviens pas que tu aies gardé ça pour toi pendant toute une semaine ! renchérit Corinna.

Les trois amies étaient réunies autour d'une table de pique-nique dans le jardin des parents de Corinna. Même si cette dernière avait quitté la maison familiale depuis deux ans, elles aimaient se retrouver chez les McKnight, en particulier l'été.

Planté d'eucalyptus, d'acacias, de macadamiers et d'arbres à thé, le jardin regorgeait aussi d'orchidées, de morelles et de buissons d'epacris qui s'épanouissaient en une radieuse harmonie de couleurs. Cette végétation attirait une multitude d'oiseaux au plumage chatoyant, siffleurs dorés, colombines, méliphages et cacatoès. D'ordinaire, leurs chants apaisaient Lainey, mais pas ce jour-là.

— Ça n'a pas été facile, croyez-moi…

Elle contempla les bulles du champagne qui faisaient la course jusqu'en haut de la flûte.

— Quand j'ai réservé le vol, j'ai eu envie de crier la nouvelle sur tous les toits. Seulement, je voulais vous l'annoncer à toutes les deux en même temps et ça n'a pas été une sinécure de vous avoir ensemble !

Entre les horaires de travail déments d'Imogen et l'agenda de Corinna qui débordait d'activités sociales en tous genres, il avait fallu une semaine pour trouver enfin une journée où elles étaient libres toutes les deux.

Mais cela faisait partie de leur accord : chaque information devait être donnée devant le trio au complet. Ainsi, il n'y avait pas de favoritisme.

À présent, les choses allaient changer et cela inquiétait un peu Lainey. Une fois qu'elle serait partie, ses amies se rapprocheraient forcément, ce qui romprait l'équilibre de leur belle amitié.

Enfin, avec un peu de chance, elles n'oublieraient pas complètement leur vieille partenaire…

D'où le gâteau. Impossible d'oublier une personne qui vous a dit au revoir sur une pâtisserie dégoulinante de crème au beurre.

— Alors, comme ça, tu vas devenir coiffeuse de stars, hein ? Tu finiras peut-être par coiffer la famille royale !

Imogen sourit, mais ses yeux humides ne trompaient personne.

— Enfin, le Prince Harry, je veux dire, se reprit-elle. Ce pauvre vieux William n'a déjà plus grand-chose sur le caillou.

— Je doute qu'on me laisse approcher la famille royale.

Lainey attrapa le grand couteau qu'elle avait apporté et trancha net dans le « triste ».

— En plus, on m'emploie surtout pour que je m'occupe de l'aspect « réseaux sociaux. »

Lainey était coiffeuse depuis qu'elle avait quitté l'école, à seize ans. Désormais elle avait huit ans d'expérience, ce qui représentait de loin le temps le plus long qu'elle avait consacré à quoi que ce soit dans sa vie. Cette carrière-là avait duré davantage que ses piètres essais comme diseuse de bonne aventure ou femme sandwich pour une boisson énergisante.

Deux ans auparavant, sur le point de périr d'ennui et désespérée de ne pouvoir exprimer sa créativité, elle avait commencé à poster ses coiffures sur Instagram. En un an, elle avait engrangé un million de *followers* et certaines marques avaient commencé à lui faire des ponts d'or pour travailler avec elle.

En fin de compte, un célèbre coiffeur de stars basé à Londres lui avait proposé un poste de consultante en réseaux sociaux, et elle avait accepté.

— Mais le contrat n'est que pour six mois, n'est-ce pas ? demanda Imogen en tendant la première part de gâteau à Corinna. Après ça, tu reviens, non ?

— Sauf s'ils décident de me garder de façon permanente, ce que j'espère…

En songeant à l'aspect définitif de ce changement de vie, Lainey eut l'impression qu'un poids énorme pesait soudain sur ses épaules.

— Bien sûr, tu vas nous manquer, soupira Corinna en glissant un regard en biais à Imogen. Mais je suis ravie que tu aies trouvé le moyen de transformer ta passion en vraie profession. Ça a l'air d'être une opportunité formidable.

Tandis que la brise transportait jusqu'à elles des parfums d'eucalyptus et que le soleil dardait ses derniers rayons en cette agréable fin d'après-midi, Lainey se demanda si elle n'aurait pas dû choisir un autre endroit pour faire sa grande annonce.

Elles avaient tellement de souvenirs dans cette maison ! Et, même si la perspective de son nouveau travail l'enthousiasmait au plus haut point, quitter les êtres qu'elle aimait la rendait malade. C'était comme si son corps même rejetait l'idée de la séparation.

Vois les choses de façon positive, s'encouragea-t-elle. *Tu étais malheureuse, il te fallait un nouveau départ.*

— Moi aussi, je suis contente pour toi, affirma Imogen.

Le ton était peu convaincant et la voix tremblait. Cette fille était une petite nature, songea Lainey avec affection. Deux coupes de champagne, et elle était pompette.

— N'empêche, poursuivit Imogen, j'aurais préféré que tu trouves un job tout aussi génial ici.

— Il fallait que je m'échappe…, souffla Lainey en sentant les larmes lui monter aux yeux.

Imogen fronça les sourcils.

— Que tu t'échappes ? Mais de quoi ?

Une confession flotta sur le bout de sa langue. Elle avait envie de crier son secret à tue-tête, tout à coup. Mais à quoi bon ? Sa décision était prise. Elle partait dans un petit mois. Et elle s'était donné pour règle de ne jamais rester bloquée sur du négatif.

— Je veux seulement dire qu'il y a plus d'opportunités pour moi à l'étranger. Ici, j'ai l'impression de ne pas avancer. D'ailleurs, quand j'ai donné ma démission, Marsha n'a pas eu l'air de s'en soucier outre mesure, vu qu'elle pense que nous sommes tous remplaçables. Et l'avantage, c'est que, comme je n'ai pas de petit ami, je ne suis pas prisonnière d'une relation sentimentale... C'est parfait !

Avec un peu de chance, l'alcool empêcherait Imogen de remarquer à quel point sa voix sonnait faux. Corinna leva un sourcil mais, par chance, elle ne chercha pas à en savoir davantage.

— Seulement attention, vous êtes tenues au secret, toutes les deux ! continua Lainey. Je veux avertir les gens moi-même.

Elle regarda tour à tour ses amies dans les yeux et esquissa un sourire de satisfaction en les voyant hocher la tête tour à tour.

— Je préfère qu'ils l'apprennent par moi.

Bien que le processus d'entretiens pour cet emploi ait duré près de deux mois, Lainey n'en avait soufflé mot à personne avant d'avoir signé le contrat et réservé son vol. En fait, une partie d'elle-même n'y croyait pas vraiment. Même à présent, tout cela paraissait un peu irréel.

— Tu as rédigé une liste des choses que tu veux absolument faire avant de partir ? demanda Corinna.

Lainey réfléchit. À vrai dire, ce n'était pas *quelque chose* qu'elle avait en tête, mais plutôt *quelqu'un*. Son envie de changer de décor tenait moins à de grands rêves professionnels qu'à l'envie de fuir le ridicule de sa situation à Melbourne.

Car elle avait commis une erreur idiote, voire monumentalement stupide, fait un choix qui pourrait un jour figurer dans sa biographie sous la rubrique « Comment se torturer soi-même ».

Au fil des ans, elle était tombée follement amoureuse d'un garçon totalement hors de portée, quelqu'un qui ne lui avait jamais prêté la moindre attention et qui ne la regarderait jamais : le grand frère de Corinna.

Et s'il n'y avait eu que cela ! Elle avait en outre vu Damian Knight se marier, divorcer, puis participer au programme de téléréalité *Australia's Most Eligible [Le meilleur parti d'Australie]*, et tout cela l'avait dévastée.

À présent, c'était sûr, ses rêves ne se transformeraient jamais en réalité. La seule solution était donc de s'en aller, afin de pouvoir se concentrer sur des choses importantes — sa carrière, par exemple — et d'oublier qu'elle était condamnée à une vie sentimentale déplorable parce qu'elle convoitait le seul homme qu'elle ne pourrait jamais avoir.

— C'est l'opportunité idéale pour te lâcher, poursuivit Corinna. Tu peux faire tout ce que tu veux sans te soucier des conséquences, puisque tu pars ! Il y a sûrement une ou deux personnes à qui tu as toujours rêvé de dire leurs quatre vérités. Peut-être une cliente hystérique que tu détestes…

— Ou alors, je pourrais dire à ton frère que je le trouve tout à fait à mon goût, répondit Lainey avec un clin d'œil.

Corinna fit mine de se mettre les doigts dans la gorge pour vomir, et les trois amies éclatèrent de rire.

C'était une blague récurrente entre elles, Lainey et Imogen considérant toutes les deux Damian Knight comme ce qui se faisait de plus sexy en matière d'hommes, à l'exception du Prince Harry et des célèbres acteurs australiens Luke, Chris et Liam Hemsworth. Cette plaisanterie permettait à Lainey de garder secrète son attirance pour Damian. Plus elle exposait celle-ci au grand jour, moins ses amies la prenaient au sérieux.

Damian était son prince charmant, le Mr Darcy d'*Orgueil et Préjugés*, le Harry Burns de *Quand Harry rencontre Sally*, le Danny Zuko de *Grease*.

— À propos, fit Corinna, vous saviez que Damian a reçu une invitation pour le Carmina Ball ?

— Mince alors ! s'exclama Imogen. Ma sœur est verte, parce que son crétin de fiancé y va sans elle… Ce qui n'étonne personne, d'ailleurs !

Lainey ne connaissait du Carmina Ball que les photos sur tapis rouge présentées dans les rubriques people en ligne. Pour participer à ce bal très sélect, il fallait recevoir une invitation — puis payer, évidemment —, et les personnes qui pouvaient y prétendre n'avaient rien à voir avec la petite coiffeuse qu'elle était.

— Apparemment, une fois qu'on reçoit l'invitation, il faut débourser cinq mille dollars pour y assister, ajouta Imogen. Cinq mille fichus dollars !

— Pour Damian, c'est une goutte d'eau dans l'océan, fit remarquer Lainey en levant les yeux au ciel. N'empêche qu'il doit être fou de joie.

— Va savoir, avec lui…, soupira Corinna en haussant les épaules. En ce moment, il fait la tête en permanence. Je lui ai dit de se méfier : un coup de vent, et il pourrait garder cette grimace toute sa vie.

— Même avec la grimace, je le mets dans mon lit ! rétorqua Lainey d'un ton léger.

Imogen gloussa et Corinna faillit s'étouffer avec le gâteau.

— Vous êtes vraiment obsédées, les filles !

— Oh ! Allez, Cori, reconnais qu'il est mignon ! renchérit Imogen. Même si c'est ton frère, tu ne peux pas dire le contraire.

— Je n'ai pas envie de parler de lui maintenant, décréta Corinna. Par contre, Imogen, je n'ai pas bien compris, pour ta sœur… Tu dis que son « Monsieur Plein aux as » a refusé de lui payer un billet d'entrée ?

— Il lui a raconté qu'il y allait pour ses affaires et qu'il préférait dépenser cet argent pour l'emmener en vacances en Thaïlande dans un club huppé, répondit Imogen avec une moue sarcastique. Mais, à mon avis, il la trompe avec une fille qui sera au bal.

— Ça alors ! s'exclama Lainey. Mais qu'est-ce qui te fait croire ça ?

— En fait, il y a quelque temps, Penny m'a dit un truc qui m'a un peu chiffonnée. Il paraît que, chaque mois, Dan se rend à Sydney quelques jours pour son travail.

Imogen se mit à jouer nerveusement avec son collier de perles.

— Or, le mois dernier, je l'ai aperçu au Boatbuilders Yard, à South Wharf, où je prenais un verre avec des collègues.

— Alors qu'il était supposé être à Sydney, c'est ça ? demanda Corinna.

— Mouais. Et qu'il ne devait pas rentrer avant le lendemain soir.

Elle grinça des dents.

— Sur le moment, je n'ai pas su quoi faire. Il était avec une blonde, et ils avaient l'air de flirter. Mais je l'ai très vite perdu de vue dans la foule.

— Tu l'as dit à Penny ensuite ? s'enquit Lainey.

Imogen soupira.

— J'ai essayé, mais elle n'a pas voulu m'écouter. Pour elle, je le déteste depuis le début et je ne cherche qu'à les éloigner l'un de l'autre.

— Il a peut-être été rappelé pour une réunion et il est rentré plus tôt que prévu, suggéra Lainey. C'était peut-être tout à fait innocent.

— Je ne sais pas…

Imogen soupira à nouveau.

— Mais je suis sûre qu'il se passe quelque chose. J'en suis certaine.

— Alors que vas-tu faire ? demanda Lainey.

Imogen sortit son téléphone portable de sa poche et afficha la photo d'une femme portant un masque couvert de pierreries roses. Des plumes blanches en bordaient le haut, et de fines chaînettes en or rose formaient d'élégants demi-cercles qui effleuraient le bas du visage.

— C'est toi ? demanda Lainey.

Imogen hocha la tête.

— Je ne te suis pas…

— J'ai décidé de me faufiler en douce au Carmina Ball pour surprendre Dan la main dans le sac. S'il la trompe, je veux m'assurer que ma sœur ne l'épousera pas.

Lainey étudia la photo avec plus d'attention, fascinée par l'agencement subtil des pierreries et des perles. Il suffisait d'ajouter un maquillage appuyé et une perruque pour être totalement méconnaissable.

— Tu es folle, s'exclama Corinna en secouant la tête.

Son téléphone vibra à cet instant, et elle s'empressa de l'attraper sur la table.

— Désolée, les filles, c'est Joe. Je dois répondre.

— Salut, Joe ! s'écrièrent d'une même voix Lainey et Imogen au moment où Corinna prenait l'appel, avant d'éclater de rire tandis que cette dernière courait se réfugier à l'intérieur de la maison.

Imogen renversa un peu de champagne en saisissant sa coupe. Pas de doute, elles allaient rentrer toutes les deux en taxi ce soir.

— Où est passée la loyauté ? soupira-t-elle.

— Il avait pourtant l'air d'un type bien, remarqua Lainey. Mais, quoi qu'il en soit, Penny a plus de chance que moi, ça, c'est sûr. Moi, ça fait des mois que je n'ai pas eu de vrai petit ami !

Imogen éclata de rire.

— Ça veut dire que cela fait des mois que tu ne te compliques pas la vie inutilement !

— Mais avoue que tu aimes bien m'entendre raconter mes péripéties amoureuses !

Avec un sourire, Lainey récupéra de l'index ce qui restait de glaçage sur le gâteau. Le message était à présent un magma incohérent.

— Il faut dire que tu nous fais bien rire avec ça !

Alors que Corinna attirait toujours des garçons à la fois sexy et bien comme il faut, Lainey se retrouvait invariablement embarquée dans des histoires désastreuses. Elle était sortie avec un type qui lui avait menti sur son âge et qui s'était révélé plus vieux que son père, mais aussi avec deux anciens taulards et avec un artiste de cirque qui aimait la regarder déambuler avec, pour tout vêtements une paire de chaussettes dépareillées.

— Je suis peut-être un peu maso mais, oui, c'est vrai que j'aime bien que tu me racontes tes déboires.

— Pourquoi maso ?

— Parce que c'est toujours moi qui dois ramasser les morceaux quand ça tourne mal.

Le regard d'Imogen pétilla de malice tandis qu'un sourire se formait sur ses lèvres.

— Que s'est-il passé avec ce type qui voulait t'emmener dans cette communauté hippie de Nimben ? Je t'avais dit de ne pas le suivre.

— Je ne l'ai pas suivi. Enfin, pas jusqu'au bout…

La plupart du temps, Imogen représentait la voix de la raison, ce qui rendait encore plus intéressant son projet de s'introduire clandestinement au Carmina Ball. En fait, si quelqu'un devait enfreindre des règles, et le faire bien, ce ne pouvait être qu'elle. Nul doute qu'elle mettrait au point un plan irréprochable envisageant toutes les éventualités et qu'elle réfléchirait aux moindres détails.

— N'empêche que, cette fois-là, j'ai roulé d'une traite

jusqu'à la frontière pour aller te chercher, rappela Imogen en croisant les bras. Et tu te souviens quand tu as décidé d'aller camper au milieu de nulle part avec ce type que tu venais de rencontrer, et que tu t'es retrouvée en prison ?

— Je ne pouvais pas imaginer que la voiture était volée ! D'ailleurs, je ne l'ai pas regretté, puisque ça a permis à Damian de jouer les bons samaritains en payant ma caution.

Imogen gloussa.

— Quand on parle du loup…

Lainey tourna vivement la tête. L'objet de tous ses fantasmes se tenait à quelques mètres d'elles, sur le seuil de la maison.

Damian McKnight dans toute sa splendeur, vêtu d'un jean délavé qui épousait ses cuisses à la perfection. Le col de sa chemise à carreaux bleu marine et bleu ciel était entrouvert sur la peau hâlée de son torse, et ses manches retroussées découvraient des avant-bras puissants.

— Qu'est-ce que vous étiez en train de raconter sur moi ? leur lança-t-il de là où il se trouvait.

Comme à son habitude, Lainey lui adressa un sourire tout sucre tout miel, mais il ne le lui rendit pas. Malgré ses biceps avantageux et ses yeux à damner une sainte, Damian McKnight était l'ennemi juré de tout ce qui ressemblait de près ou de loin à de la décontraction.

Allez savoir pourquoi elle trouvait son sérieux aussi attirant…

En fait, il était plus drôle avant que Jenny ne lui brise le cœur, songea-t-elle. *Tu pourrais peut-être lui apprendre à s'amuser de nouveau…*

Pour le moment, elle avait l'impression de n'être pour cet homme qu'un insecte bourdonnant qui l'agaçait profondément. Elle n'était jamais la bienvenue avec lui. Sans parler du soir où elle s'était enivrée et avait essayé de l'embrasser, quelques mois après le divorce.

Damian l'avait repoussée en lui disant sans ambages qu'il n'irait pas sur ce terrain avec elle. Pourtant, elle avait eu l'impression de sentir son regard sur elle toute la soirée. Elle avait vingt et un ans à l'époque et savait pertinemment ce qu'elle voulait faire avec lui.

— Sur toi, rien ! répondit Imogen au nouveau venu. Nous étions en train d'évoquer quelques-uns des meilleurs moments de la vie amoureuse de Lainey.

Damian eut un rire moqueur.

— Comme la fois où tu as dû sortir par la fenêtre de chez cet avocat, parce que sa petite amie était rentrée plus tôt que prévu ?

— Il m'avait raconté qu'il était célibataire, protesta Lainey en se penchant pour prendre sa coupe. Je ne serais jamais sortie avec lui si j'avais su, tu penses bien !

Damian secoua la tête, comme il le faisait souvent en sa présence… Tous les hommes le faisaient, d'ailleurs.

— Et où est le troisième mousquetaire ? interrogea-t-il.

— À l'intérieur, en train de parler à son amoureux, répondit Lainey.

— Et toi, ton amoureux, c'est qui, en ce moment ? Tu n'as pas fait d'autres victimes récemment ?

Consciente du regard bleu acier qu'il posait sur elle, Lainey termina son champagne en feignant l'indifférence. Elle savait que toutes les femmes de Melbourne étaient prêtes à tuer pour un tel regard de cet homme. Depuis qu'il était passé à la télé, il avait même un fan-club sur Facebook. *Un satané fan-club !*

— Je suis célibataire, et ça me convient très bien. Mais il se peut tout de même que je me mette en chasse bientôt, si quelqu'un réussit à retenir mon attention…

Elle s'étonna en son for intérieur de voir les mâchoires de Damian se crisper à ces mots.

— Dans ce cas, tu transmettras mes condoléances à ce monsieur, dit-il.

La drôle de connotation qu'elle perçut dans l'inflexion de sa voix intrigua de nouveau Lainey. À croire qu'il était jaloux ! Décidément, avec lui, on ne savait jamais sur quel pied danser. Il affirmait qu'il n'était pas intéressé, mais son langage corporel racontait une tout autre histoire.

— Et on peut savoir ce que tu viens faire ici ce soir ? demanda-t-elle, curieuse.

— Visite familiale ! Ma mère a besoin d'aide pour déboucher l'évier de la cuisine et, comme mon père a toujours le dos coincé, j'ai proposé un troc : plomberie contre lasagnes.

Si ce n'était pas adorable… Malgré sa réussite professionnelle et sa fortune, Damian n'oubliait pas d'où il venait, ni quelles étaient les personnes importantes de sa vie. Il était dévoué à sa famille et faisait toujours en sorte de se rendre disponible pour ses parents et sa sœur.

Lainey n'avait encore pas compris pourquoi sa femme l'avait quitté. Qui laisserait tomber un homme pareil ?

Damian l'enveloppa à nouveau d'un regard étrange dont, malgré la distance, elle ressentit l'effet jusqu'au bout des orteils.

— Bref, je ferais mieux d'y aller. Mais sois sage, d'accord ?

— Jamais !

Cette réponse le fit grimacer, et il pénétra dans la maison. Lainey éclata de rire.

— Qu'est-ce qu'il est coincé ! s'exclama-t-elle à mi-voix. Coincé, mais sexy.

— Ce type a un physique tellement parfait qu'il faudrait l'exposer dans un musée, commenta Imogen. Seulement, il est inaccessible pour nous !

— C'est bien le problème…

Lainey tapota la table de ses ongles et changea de sujet.

— Bon, commença-t-elle, je veux tout savoir sur ton plan pour le Carmina Ball. Ça m'intrigue.

— J'avais l'intention de garder ça secret, gémit Imogen en enfouissant le visage dans ses mains. Mais Corinna n'a pas arrêté de remplir mon verre et puis toi, avec ton coup de théâtre… Je… Euh… S'il te plaît, n'en parle à personne.

— Motus et bouche cousue ! promit Lainey en faisant mine de tirer une fermeture Éclair sur ses lèvres. Mais comment comptes-tu t'y prendre pour entrer sans invitation ?

— Je connais le traiteur.

Imogen se pencha et baissa la voix.

— Je vais arriver avec son équipe et, ensuite, je m'éclipserai discrètement et j'irai me changer.

Lainey se mordilla la lèvre inférieure.

Ce plan était insensé. Aucune chance de réussite…

À propos, vous saviez que Damian a reçu une invitation pour le Carmina Ball ?

Les paroles de Corinna résonnèrent soudain à ses oreilles comme un chant de sirène, accompagnées de l'idée qu'elle avait le droit de faire tout ce qui lui passait par la tête avant son départ pour Londres.

Si Imogen pouvait se faufiler en douce au bal, ne pourrait-elle pas y parvenir aussi ? Et une fois à l'intérieur…

Un sourire machiavélique étira ses lèvres.

Une fois à l'intérieur, elle pourrait tout faire. Absolument tout…

— Je suppose qu'il n'y a pas de place pour une assistante dans ton plan ? s'enquit-elle.

— Pourquoi me demandes-tu ça ?

Si Lainey avait généralement confiance en son pouvoir de séduction, elle se sentait démunie face à Damian. Alors que les autres hommes tombaient comme des mouches à ses pieds, celui-là lui résistait obstinément. Et ce n'était pourtant pas l'alchimie physique qui leur faisait défaut : entre eux, il y en avait en excès. Elle sentait comme des étincelles dans tout son corps lorsqu'il s'approchait d'elle. Quant à lui... Eh bien, elle l'avait surpris plus d'une fois en train de la déshabiller des yeux. Mais, bizarrement, il ne répondait jamais à ses tentatives de flirt, pas plus qu'il ne relevait ses sous-entendus.

Or, le but d'un bal masqué n'était-il pas de s'amuser sans révéler son identité ? Ce serait l'occasion rêvée pour tester sa théorie selon laquelle il y avait bien un petit quelque chose entre eux...

Damian McKnight détenait sur elle un pouvoir à nul autre pareil. C'était un homme, un vrai, au milieu de petits garçons. Un fantasme absolu.

Quand elle prenait le temps d'y réfléchir, elle se demandait si ce n'était pas à cause de lui qu'elle choisissait toujours des hommes sans consistance et sur lesquels on ne pouvait pas compter. Comme elle savait qu'elle n'aurait jamais Damian, il était fort possible qu'elle recherche son exact opposé, de façon à être bien certaine de ne pas tomber amoureuse.

— Attends, ne me réponds pas ! reprit Imogen. Je me demande si j'ai vraiment envie de savoir.

— Probablement pas.

Malgré elle, Lainey se tourna vers le seuil où s'était tenu Damian quelques minutes plus tôt.

Imogen suivit son regard et comprit ce qu'elle avait en tête.

— Ce n'est pas une bonne idée, Lainey.

— Je t'en prie, Imo ! Il ne saura pas que c'est moi. Je conserverai mon masque tout le temps et je filerai très vite si je vois que ça tourne mal.

— Moi qui croyais que tu cherchais seulement à énerver Corinna !

Imogen souleva sa flûte, vit qu'elle était vide et la reposa avec une moue déçue.

— En fait, tu es sérieuse quand tu parles de lui, pas vrai ?

— Oui, admit Lainey. Mais, lui, il ne m'a jamais considérée autrement que comme la copine de sa petite sœur. Allez, Imo, c'est peut-être mon unique chance ! De toute façon, je m'en vais juste après…

Son amie parut réfléchir, puis elle haussa les épaules.

— Si tu veux. Mais ne compte pas sur moi pour t'aider si ça se termine par une catastrophe !

Lainey se mordit la lèvre et s'exhorta à contenir son excitation. Elle allait pouvoir tenter sa chance ! Elle aurait droit à une nuit entière pour essayer de concrétiser ses fantasmes.

Ensuite, elle quitterait le pays et ferait comme si rien ne s'était passé.

2

La semaine de Damian avait mal commencé et elle se terminait plus mal encore.

Le fait d'avoir croisé Lainey l'avait plongé dans un chaos de pensées déplacées, et il en éprouvait un mélange de culpabilité et de contrariété.

Bizarrement, il se sentait rejeté. Un peu comme s'il était le huitième nain de Blanche-Neige…

Sa distraction, il pouvait la gérer. Un échec, en revanche, n'était pas acceptable.

— Comment s'est passé ton rendez-vous ? demanda Aaron en portant son verre de gin-tonic à ses lèvres.

Ils s'étaient retrouvés dans leur repaire habituel, un vieux bar qui n'était plus à la mode depuis longtemps, ce qui voulait dire que les serveurs ne vous toisaient pas d'un air supérieur et ne mettaient pas des heures à vous apporter votre commande.

Damian grommela.

— Ce n'est pas la question à poser…

— C'était si catastrophique que ça ?

Damian vida son verre d'un trait en espérant diluer dans l'alcool la sensation de malaise qui lui nouait l'estomac.

Le rendez-vous dont il sortait était censé marquer le début d'une nouvelle ère pour son agence de conseil en management. Le dernier échelon à gravir pour atteindre une réussite qu'il convoitait depuis un temps infini.

Au lieu de quoi, il avait essuyé de plein fouet un refus

brutal. Et ce, en moins de cinq minutes, ce qui équivalait à jeter du sel sur une plaie.

Qu'on ne s'y trompe pas : ce n'était pas la première fois qu'il était confronté à l'échec. Il en avait pris, des coups, depuis qu'il s'était lancé dans le métier.

Mais, cette fois, c'était différent. Il en faisait une affaire personnelle.

— Il a dit qu'il ne voulait pas voir son image de défenseur des valeurs traditionnelles associée à un homme comme moi. C'est comme s'il me mettait au ban de la société. Cette fichue émission n'était qu'un programme de téléréalité, bon sang !

De toutes les décisions hasardeuses qu'il avait prises pour donner un coup de pouce à sa carrière, Damian en regrettait amèrement une : avoir participé à cette émission. Contrairement à ce qu'on avait fait croire aux téléspectateurs — et surtout aux téléspectatrices —, il n'était pas à la recherche du grand amour. D'ailleurs, aucun des candidats présentés n'avait l'intention de rompre avec le célibat. Ces gens-là ne couraient qu'après la notoriété…

À l'époque, sa conseillère en communication lui avait assuré que l'émission donnerait une notoriété nationale à sa jeune entreprise basée à Melbourne. Et tel avait été le cas. Il passait bien à l'écran et sa société avait bénéficié d'un regain de popularité après la diffusion.

Ce n'était toutefois qu'un début, et Damian n'était pas homme à se contenter de miettes. Un travail acharné lui avait permis de hisser son entreprise plus haut encore. Il n'avait pas compté son temps et s'était battu pour conquérir les clients.

Aujourd'hui, il évoluait à un niveau que le commun des mortels n'atteindrait jamais, mais son passé de téléréalité continuait à flotter autour de lui, telle une mauvaise odeur.

— En plus, cette fichue émission était romancée, argua-t-il. Ils te transforment en un personnage qui ne correspond pas du tout à ce que tu es. Je croyais que tout le monde le savait…

Damian secoua la tête.

— Seulement, poursuivit-il avec amertume, ce monsieur ne veut pas travailler avec des gens qui utilisent des recettes bon marché pour se faire connaître. Il m'a dit que c'était à cause de ce genre d'émissions que notre société partait à vau-l'eau et que nos bonnes vieilles valeurs se perdaient.

— Il m'a tout l'air d'être un vieil imbécile, commenta Aaron. Mais ne t'en fais pas ! Je te connais, tu retombes toujours sur tes pieds… Ça n'a pas marché avec ce client-là, tu en trouveras un autre.

— Je sais. Mais c'est celui-là que je veux.

Damian fit tourner son verre vide entre ses doigts.

— Il faut que je trouve le moyen d'avoir l'air davantage intéressé par la vie de famille.

— Toi ?

Aaron éclata de rire.

— Je ne veux pas te vexer, mon vieux, mais le mariage et toi, ça fait deux !

Un frisson d'irritation parcourut l'échine de Damian. Ce que disait son ami, il le savait déjà. Son divorce, survenu six mois avant ses trente ans, lui avait laissé un goût amer et l'avait carrément dégoûté du mariage et de tout ce qui avait trait aux relations sentimentales.

Ce qui signifiait que toutes ses aventures étaient désormais assorties d'une date d'expiration. Et cela fonctionnait bien. Tout était clair dès le début et ses partenaires, sachant à quoi s'en tenir, s'estimaient généralement satisfaites. Toutefois, après son passage à la télévision, certaines personnes avaient découvert ses habitudes sentimentales. Y compris des clients potentiels…

— Qui est-ce ? demanda Aaron.

— McPartlin & Co.

La compagnie qui portait ce nom avait commencé par un seul restaurant et possédait maintenant sept établissements implantés à travers le pays, plus un nouveau récemment ouvert en Nouvelle-Zélande. Le propriétaire avait en outre signé un accord lucratif avec les supermarchés Cole et nourrissait des projets d'expansion à Singapour, Hong Kong et Dubaï pour les cinq années à venir.

Seulement, il était connu pour être vieux jeu. La preuve, il avait licencié l'un de ses chefs cuisiniers, qui comptait parmi les meilleurs du monde, sous prétexte qu'il avait parlé grossièrement dans sa cuisine. Sachant que le langage fleuri était de mise dans la presque totalité des cuisines de restaurants, la nouvelle avait fait les gros titres.

— L'entreprise de Jerry McPartlin ?

Aaron venait de comprendre, et son expression se transforma.

— Un client de Ben, ton ancien patron.

— Lui-même.

— Très bien, mon pote. Respire et calme-toi !

Aaron posa son verre et donna une tape amicale sur l'épaule de Damian.

— Je veux bien croire que tu sois furieux…

— Il couchait avec ma femme, Aaron !

C'était de cela qu'il était question. De vengeance. Le marché McPartlin & Co avait propulsé l'agence de Ben dans la cour des grands. Or Damian comptait tout mettre en œuvre pour dérober ce client à Ben, de la même façon que ce dernier lui avait dérobé, à lui, quelqu'un de très précieux.

— Et quand je pense qu'il a eu le culot de me dire

que je n'y arriverais jamais ! s'emporta-t-il. Que j'étais à des années-lumière d'avoir son talent...

— C'est un mufle, tout le monde le sait, commenta Aaron. Mais tu dois tourner la page. Ça fait quatre ans. Ce n'est pas sain de ruminer tout ça aussi longtemps.

— Tu as fini de jouer les psys ?

— Si je te dis ça, c'est parce que je te considère comme mon frère.

Aaron soupira.

— Prends quelques verres, trouve-toi une ou deux femmes et oublie Ben, ajouta-t-il. Et aussi Jenny, par la même occasion ! Ces deux-là ne valent pas la peine que tu gaspilles ton énergie.

En dehors de la famille, Aaron était la seule personne à savoir la vérité sur son divorce et sur sa démission brutale de chez Ben. Et, même si Damian ne possédait pas de réserves colossales de confiance, il aurait placé sa vie entre les mains d'Aaron si la situation l'avait exigé.

Cependant, Aaron avait épousé sa petite amie du lycée et vivait sur son nuage. Il ne pouvait pas comprendre le besoin qu'avait Damian de remettre les compteurs à zéro.

— Mais c'est justement à cause de mon goût excessif pour l'alcool et les femmes que McPartlin ne veut pas de moi ! Pour le séduire, je dois changer d'image.

— Que comptes-tu faire ?

— Je devrais peut-être me fiancer. Ça me donnerait une allure plus respectable.

Damian tambourina du bout des doigts sur le bar, l'esprit en ébullition, tandis qu'il réfléchissait à une solution.

— Je pourrais être le type qui a rencontré la femme idéale et a soudain décidé de se ranger.

Aaron le regarda comme s'il avait perdu la tête.

— Reste à trouver la femme idéale ! Avec qui voudrais-tu te fiancer ?

— Avec une fille dont je me fiche éperdument.

— J'ai toujours pensé que, si je me retrouvais un jour toute nue dans une écurie, il y aurait un cow-boy très sexy dans les parages. Mais là…

Lainey se tortilla pour faire glisser la robe le long de ses hanches. Le vêtement était un peu serré, mais il s'agissait d'un prêt et il faudrait s'en contenter.

— Arrête de te lamenter ! gronda Imogen. Et remonte-moi plutôt ma fermeture Éclair.

Les deux robes venaient de chez une amie d'Imogen qui louait des vêtements de soirée. Le choix des tailles était limité mais, comme Lainey ne pouvait se permettre de dépenser plusieurs milliers de dollars pour une robe de bal, elle allait devoir rentrer son ventre et éviter de manger. Premièrement, parce que le laçage du corset ne pouvait être détendu davantage et ensuite, parce qu'il ne fallait surtout pas salir les robes.

Pourtant, elles étaient en train de s'habiller dans une écurie. Comprenne qui pourra !

Lainey remonta à grand-peine la fermeture dans le dos d'Imogen. Sa robe à elle aussi était très ajustée, mais il faudrait bien que ça aille.

— De quoi ai-je l'air ? demanda son amie.

Sa robe était en dentelle et satin noir — bien loin de son approche plutôt tiède de la mode en général. Son masque lui cachait tout le visage à l'exception des lèvres, qu'elle avait badigeonnées de gloss couleur prune.

— Tu es fantastique, assura Lainey.

— Et toi, cette couleur de cheveux te change complètement !

Lainey avait passé des années à transformer son blond

naturellement foncé en blond platine à la Gwen Stefani. Or, au début de la semaine, elle avait envoyé valser des années de décolorations méticuleuses et d'entretien scrupuleux pour se transformer en rousse flamboyante.

La teinte était d'une vibrante couleur rubis qui donnait à sa peau claire un aspect de porcelaine et réveillait ses yeux noisette. Cela lui allait tellement bien qu'elle s'étonnait de ne pas y avoir songé plus tôt.

— Tous les hommes du bal vont avoir un coup de chaud, ajouta Imogen.

Les fines bretelles et le décolleté plongeant ne permettaient pas le port d'un soutien-gorge et, avec les fentes de chaque côté de la jupe en lamé argent, elle avait l'impression de se retrouver très exposée. Mais c'était exactement pour cela qu'elle l'avait choisie.

Si elle devait faire quelque chose de stupide et d'audacieux, autant avoir l'air sexy.

— Un faux mouvement, et je montre mes seins à tout le monde, s'exclama-t-elle avec un sourire contrit. Si ça se trouve, Damian va m'ignorer et, moi, j'aurai scandalisé toute la bonne société de Melbourne !

— Au moins, tu es là pour une raison positive, toi ! fit remarquer Imogen.

Elle semblait tendue, mais le masque dissimulait parfaitement sa nervosité.

— Tout va bien se passer, la réconforta Lainey. Tu as préparé ton plan dans ses moindres détails. Et tu ne fais rien de mal : tu veilles seulement au bonheur de ta sœur !

Imogen hocha la tête.

— Exactement. Je veux juste avoir la preuve qu'il la trompe.

Lainey haussa un sourcil.

— Tu ne préférerais pas découvrir qu'il ne la trompe pas ?

Imogen pinça les lèvres.

— Ne me juge pas et je ne te jugerai pas. D'accord ?

— D'accord…

Lainey leva la main droite.

— Je jure solennellement de ne plus jamais en reparler.

— Bien.

Imogen hocha la tête et rassembla les uniformes qu'elles avaient portés au moment de se faufiler dans le domaine avec les employés du traiteur.

— Nous pouvons laisser ça ici, Marie les récupérera plus tard.

— Pourquoi a-t-elle accepté de jouer le jeu, au fait ?

— J'ai promis de la mettre en tête de la liste de nos fournisseurs, au bureau. Nous faisons tout le temps appel à des traiteurs et ça va lui apporter beaucoup de travail.

— Le privilège d'être le bras droit du directeur général ?

— Exactement ! Et, comme je sais que sa cuisine est fantastique, je ne me sens pas trop coupable. Je n'ai pas l'habitude de transgresser les règlements mais, là, je n'avais pas le choix.

Elle se redressa en une attitude volontaire.

— Et maintenant, que la fête commence !

— On va les scotcher !

Lainey lui prit les deux mains et les serra dans les siennes, puis elle la regarda se diriger vers la porte de service.

Imogen s'arrêta à l'angle du bâtiment, d'où un chemin serpentait vers le jardin, et jeta un coup d'œil autour d'elle. Elle avait relevé le bas de sa jupe, révélant des sandales noires à petits talons qui détonnaient complètement avec le style de la robe.

Cela fit sourire Lainey. Ainsi, il restait une touche de la vraie Imogen sous le déguisement.

Un instant plus tard, Imogen levait les pouces dans la direction de Lainey, avant de disparaître à l'intérieur.

Lainey devait désormais compter jusqu'à trente, puis suivre le même chemin.

Plongeant la main dans sa pochette de soirée, elle en sortit un miroir de poche. Le couvercle doré était griffé par endroits, la rose dessinée au centre sur une petite plaque émaillée avait connu des jours meilleurs et le fermoir avait du jeu. Mais, ce soir, ce serait son talisman.

Il avait appartenu à sa grand-mère, une femme qui avait fait des choses incroyables au nom de l'amour. Comme renoncer à se marier avec un riche aristocrate, ce qui lui avait valu d'être mise à la porte par sa famille et déshéritée.

Cette femme-là comprendrait sûrement que Lainey puisse se comporter de façon aussi peu orthodoxe pour passer une nuit avec l'homme de ses rêves.

Elle compta lentement tout en caressant du bout des doigts le masque de dentelle noire bordé de perles de jais. Associé à la robe scandaleuse, ce travestissement lui donnait une impression de pouvoir absolu.

Parvenue au nombre vingt, elle n'y tint plus et commença à s'avancer sur le chemin pavé de dalles carrées, sur lesquelles résonnèrent les hauts talons de ses sandales.

Lorsqu'elle bifurqua, un jardin s'ouvrit devant elle, planté de roses blanches et de buissons de gardénia à l'odeur entêtante. Des portes-fenêtres à petits carreaux ouvraient sur la salle de bal, d'où la musique s'échappait à flots.

Un serveur portant un plateau passa à côté d'elle sur la terrasse, et elle le remarqua aussitôt. Ils avaient échangé quelques mots quand elle était arrivée avec l'équipe du traiteur. Toutefois, il la survola du regard avec indifférence lorsqu'elle prit un verre.

Il ne l'avait pas reconnue. Ouf !

Lainey s'approcha des portes-fenêtres pour regarder à l'intérieur. Elle allait tâter le terrain, voir combien de personnes étaient arrivées et déterminer s'il serait ou non difficile de repérer Damian.

Le Carmina Ball battait déjà son plein.

Lainey prit une grande inspiration pour se donner du courage et se jeta dans l'arène.

On se serait cru dans un film : des hommes en smoking jouant les mystérieux sous leur loup de velours et des femmes arborant des robes époustouflantes et des masques incroyablement sophistiqués évoluaient dans un brouhaha de conversations et de rires, sous des lustres étincelants qui semblaient empruntés au château de *La Belle et la Bête*. C'était comme si elle venait de pénétrer dans l'une de ces comédies romantiques aux allures de conte de fées qu'elle passait son temps à regarder quand elle était petite.

Était-ce bien réel ?

Le cœur battant à tout rompre, elle porta le verre de vin à ses lèvres.

Oui, c'était bel et bien réel !

Et, ce soir, elle allait donner corps à son fantasme le plus cher.

3

Damian ne voyait pas d'inconvénient à porter un smoking. En revanche, devoir ressembler à un croisement du *fantôme de l'Opéra* et d'un aspirant comédien refusé au casting d'*Eyes Wide Shut,* c'était un peu trop lui demander.

La salle de bal de Patterson House s'ouvrait devant lui, resplendissante avec son parquet à points de Hongrie, ses colonnes rehaussées d'or et ses grands lustres à pampilles de cristal. La bâtisse datait de la fin du XIXe siècle, mais les salons de réception avaient été remodelés dans la première moitié du XXe.

C'était le décor idéal pour accueillir un tel événement — historique en diable, avec un parfum de vieille fortune, de sang bleu et autres vestiges. Les femmes portaient des robes somptueuses et les hommes étaient en smoking.

Tous les invités se cachaient derrière un masque. Pour certains, c'étaient de simples bandeaux en dentelle ou en satin qui laissaient la majeure partie du visage découvert et, donc, reconnaissable. Pour d'autres, ils étaient beaucoup plus larges et plus travaillés, brodés de perles ou de sequins.

Lui-même avait opté pour un masque en cuir. Conçu pour évoquer un corbeau, celui-ci s'ornait de plumes et, s'il en croyait les commentaires qu'il avait reçus, lui donnait un air mystérieux.

Voilà ce que Damian avait récolté en laissant Jessie, la femme d'Aaron, lui choisir son masque !

Il avait cependant demandé un modèle qui ne lui couvre pas tout le visage. Quel était l'intérêt d'assister au bal si personne ne le savait ? D'autant qu'une invitation au Carmina Ball était de nature à changer une vie. C'était une chance unique de prendre contact avec ceux qui détenaient le pouvoir, d'être accepté parmi ceux qui « comptaient ».

— Comme tu es beau ! s'exclama Jessie en posant une main sur son bras. Je savais que cela valait la peine de venir à cette soirée.

— Pourquoi ? Tu n'es venue que pour te rincer l'œil ?

Damian eut un petit rire lorsqu'elle lui donna une tape amicale sur le bras.

— Attention ! intervint Aaron en prenant son épouse par la taille. Je ne suis pas jaloux, mais Jessie a la rancune tenace. Si tu la vexes, elle va t'en faire baver jusqu'à la fin de tes jours !

Contrairement à Damian, Aaron et Jessie avaient tous deux grandi dans un milieu privilégié et fréquenté des écoles privées très sélectes. Une enfance dorée qui ne les empêchait pas de travailler très dur l'un comme l'autre.

Fraîchement diplômés, Damian et Aaron s'étaient rencontrés dans une grande société de consulting où ils avaient tous les deux décroché leur premier emploi. À l'époque, ils occupaient des postes subalternes et sursautaient dès que l'un des patrons posait les yeux sur eux. Ils avaient appris les ficelles du métier ensemble et gravi en tandem les échelons de l'entreprise, jusqu'au jour où Damian était parti travailler chez Ben.

Depuis, leur amitié ne s'était jamais démentie.

C'était d'ailleurs grâce à Aaron et Jessie que Damian était là ce soir, aussi se devait-il de s'amuser un peu. Ou, du moins, d'en donner l'apparence.

— Tu ne protestes pas ? s'étonna-t-il en poussant Jessie du coude. Donc j'ai raison : tu veux passer la soirée à m'admirer sous toutes les coutures.

La jeune femme éclata de rire.

— Je ne vais pas être la seule : tu ne serais pas passé à la télé si tu n'avais pas le physique de l'emploi.

— Ne l'encourage pas ! protesta Aaron. J'ai déjà dû faire des pieds et des mains pour dégoter une invitation supplémentaire afin que ce monsieur ait l'impression d'être quelqu'un d'important.

Damian rit de bonne grâce et balaya la salle du regard.

— Bon, faites-moi un topo. Qui est qui ?

— Voici Arthur Wentworth et ses fils, Parker et Ian, dit Jessie. Ils possèdent le groupe Wentworth. Grands magasins, voitures de luxe, maisons de couture...

— Ce sont mes clients, précisa Aaron. Tu n'as pas intérêt à essayer de me les piquer !

Aaron était devenu associé dans l'entreprise où ils avaient fait leurs débuts. Parfois, Damian se demandait ce qui se serait passé s'il y était resté. Aurait-il gardé son optimisme, sa vision positive de la vie... et sa femme ?

— Je me ferai tout petit avec eux, c'est promis, ironisa-t-il.

— Qui d'autre pourrait t'intéresser ? réfléchit Jessie à haute voix. Il y a la famille Allbrook. Ils possèdent un gros cabinet d'architecture qui a construit la plupart des tours résidentielles en ville. Nous avons aussi des juges, des politiciens, des chefs d'entreprise, des avocats, et même quelques célébrités. J'ai entendu dire que Cate Blanchett pourrait faire une apparition.

— Formidable ! Je lui demanderai un autographe, dit Damian, pince-sans-rire.

Jessie parut tout d'abord horrifiée, puis elle comprit qu'il plaisantait.

— Damian, je t'en prie !

— Ton côté « banlieue chic de South Yarra » refait

surface, plaisanta Damian. Tu devrais faire un effort pour le réprimer.

— Pas ici, objecta Aaron en riant. C'est presque une obligation pour pouvoir rentrer.

Jessie leva les yeux au ciel et continua à désigner des invités à Damian.

— Oh ! Et mon amie Amelia m'a dit que le restaurateur Jerry McPartlin serait présent. J'ai dîné la semaine dernière dans son nouvel établissement, Gilt. La nourriture était divine !

Damian dressa l'oreille.

— Ah oui ?

Soudain, la soirée prenait un tour intéressant…

Ce serait l'occasion idéale de discuter avec ce vieux barbon et d'essayer de comprendre ce qu'il fallait faire pour parvenir à signer avec lui.

Aurait-il besoin de s'afficher avec une petite amie ? Une fiancée ? Il était prêt à tout pour parvenir à ses fins. Capturer McPartlin & Co dans ses filets était ce qu'il pouvait faire de mieux, car il lui fallait un client important de plus pour sécuriser ses affaires. Dépendre uniquement d'un ou deux gros poissons signifiait en effet que l'équilibre de votre affaire tenait sur le fil du rasoir.

En fait, n'importe quel gros client conviendrait. Mais c'était celui-là qu'il voulait.

Signer un contrat avec McPartlin & Co lui apporterait la conclusion dont il avait besoin pour refermer la porte sur son passé. Ou plutôt pour la claquer au visage de ceux qui lui avaient brisé le cœur.

La soirée battait son plein. Posté en retrait de la foule, Damian observait les invités. Il avait l'impression d'être un gamin au zoo, le nez collé à la vitre de l'enclos des reptiles. Tout ce qui se déroulait sous ses yeux lui semblait baroque, exotique. Ce n'était pas son monde. Pas encore.

Bien sûr, selon les critères de la plupart des gens, il était riche. Il vivait dans un hôtel qui lui coûtait chaque semaine plus cher que sa première voiture. Mais ce n'était rien pour les invités de ce soir.

Une soirée comme celle-ci pouvait le propulser au sommet ou le briser définitivement.

Serrant les poings, il laissa l'envie de rosser son ancien patron monter en lui. Quatre ans après avoir découvert sa femme dans les bras de Ben, le sentiment de trahison restait toujours aussi vif. Tout comme le besoin de vengeance...

Le Carmina Ball serait la clé de tout.

L'essentiel était de parvenir à entrer en contact avec Jerry McPartlin...

Ce dernier se tenait à quelques mètres de Damian, au milieu de femmes aux robes si larges qu'elles formaient une barrière autour de lui.

Et il avait l'air d'apprécier l'attention dont il était l'objet.

Peu importait. Damian n'était pas pressé. La patience et la détermination faisaient sa force, et il trouverait le moment idéal pour frapper. Avant la fin de la soirée, il aurait élaboré sa stratégie.

— Je ne m'attendais pas à voir un homme d'aussi agréable compagnie faire tapisserie ! susurra une voix féminine près de lui.

La femme qui venait de prononcer ces mots portait un masque de dentelle blanche assorti à une robe somptueuse tout aussi immaculée. Elle avait rassemblé sur un côté sa longue chevelure d'un noir de jais à l'aide d'un clip en strass. Fardées de rouge vif, ses lèvres pleines s'étiraient en un sourire d'invite.

— Tout dépend du genre de compagnie que l'on recherche, répondit-il sans sourire.

— C'est drôle, votre visage m'est familier…

Il se crispa, devinant ce qui allait suivre.

« Oh ! mais vous êtes le vainqueur d'*Australia's Most Eligible !* »

Il s'apprêtait à répondre quand un éclair rougeoyant lui ôta les mots de la bouche. Quelque chose de mouillé se répandit sur le devant de sa chemise, et un bruit de verre brisé retentit dans le subtil brouhaha de la salle de bal.

Quelqu'un venait de le bousculer.

— Oh ! Mon Dieu…

Il se retourna vers une femme à la chevelure flamboyante qui lui effleura le torse du bout des doigts.

— Je suis désolée, s'exclama-t-elle en se mordant la lèvre.

Damian baissa les yeux pour découvrir une tache de vin qui dégoulinait sur sa chemise. Le verre brisé scintillait dans une petite flaque de liquide rouge à ses pieds.

— Vous ne m'avez pas raté ! bougonna-t-il avec humeur.

Il passa les mains sur sa chemise dans une vaine tentative de nettoyer les dégâts.

— S'il vous plaît…

La grande rousse agita la main pour attirer l'attention d'un serveur. Elle avait relevé d'une main le bas de sa robe, révélant une fine cheville enserrée dans les lanières d'une sandale à hauts talons.

Déjà, une petite armée d'employés se ruait vers eux pour ramasser le verre brisé.

— Vous vous êtes fait mal au pied ? demanda Damian en remarquant qu'elle tenait le pied droit en l'air. Vous avez peut-être du verre dans votre sandale. Il vaut mieux vérifier. Venez, je vais vous aider.

Elle accepta la main qu'il lui tenait. Elle portait un masque qui la couvrait du front jusqu'aux lèvres et rendait impossible de distinguer son visage.

— Je vous remercie…

Damian tiqua. La voix lui était familière. Où l'avait-il entendue ? Était-ce une relation d'affaires ? Quelqu'un qu'il avait rencontré sur le tournage de l'émission ? L'inconnue avait cette allure glamour des filles qui travaillent dans l'industrie du divertissement, mais, sans voir son visage, il était impossible de s'en assurer. Par ailleurs, dans son propre cercle de connaissances, rares étaient les personnes qui pouvaient s'offrir un billet d'entrée au Carmina Ball.

Et puis, il était certain qu'il se serait souvenu d'une femme aux cheveux rubis…

Il lui prit le bras et le passa autour de son cou pour mieux la soutenir.

Au bout de quelques pas, la voyant boitiller par crainte de poser son pied au sol, il finit par la soulever dans ses bras et traversa la salle de bal sous le regard surpris des autres invités.

4

Les choses ne devaient pas se passer tout à fait comme ça. En plus, elle avait failli renverser du vin sur elle !

Elle s'était pris le pied dans le bas de la robe et avait perdu l'équilibre, de sorte que son verre lui avait échappé et s'était répandu sur Damian.

Au départ, elle avait eu l'intention d'en renverser juste quelques gouttes sur le pantalon de Damian, de manière à interrompre sa conversation avec la fille en blanc.

Mais non, cela aurait été trop facile ! Décidément, il fallait toujours qu'elle emprunte le chemin le plus périlleux…

En revanche, jamais elle n'aurait imaginé se retrouver si vite dans les bras de Damian.

— Ça va ? s'enquit ce dernier.

Le masque ne lui couvrait que la moitié du visage, un œil et une joue, dans le style *Fantôme de l'Opéra*. Cela avait permis à Lainey de le repérer sans peine.

— Je ne vais pas mourir d'une hémorragie, si c'est ce que vous suggérez.

Elle s'était entraînée toute la semaine à déguiser sa voix, parlant plus lentement et plus bas qu'à l'ordinaire.

— Ce serait dommage ! commenta-t-il.

Son intonation vibrait d'amusement.

— Je doute qu'ils reprendront le smoking s'il y a du sang dessus.

Un billet d'entrée à cinq mille dollars, et Damian avait loué un smoking ?

Elle en sourit d'attendrissement. Il avait beau être riche aujourd'hui, il n'oubliait pas d'où il venait.

— Au moins, vous aurez une histoire à raconter, dit-elle.

— J'ai toujours beaucoup d'histoires à raconter. Ce n'est pas ça, mon problème.

— Ah bon ? Et quel est votre problème ?

Lainey sentit son pouls s'accélérer sous le regard qu'il posait sur elle. Encadré par le masque noir, le bleu vif de son iris était encore plus foudroyant.

— Je peux peut-être vous aider, proposa-t-elle, voyant qu'il tardait à répondre.

— Ça m'étonnerait.

— Dites toujours ! Il arrive parfois qu'une personne inconnue soit exactement ce dont on a besoin.

Un soupçon de culpabilité lui noua l'estomac. Elle n'était pas une inconnue, et cette rencontre n'était due qu'à son désir égoïste d'assouvir un fantasme qui la rongeait depuis des années.

Toutefois, elle ne le forcerait à rien. S'il se passait quelque chose, ce serait parce qu'il ne l'aurait pas repoussée, et non parce qu'elle lui aurait braqué un revolver sur la tempe.

Ils arrivèrent dans la zone des toilettes, qui consistaient en une série de boudoirs privés. Chaque pièce était spacieuse, avec un lavabo et une coiffeuse pour se remaquiller.

Lainey remercia sa bonne étoile pour cet agencement, qui ressemblait à un caprice de diva. Ainsi, ils auraient droit à un peu d'intimité.

Damian poussa une porte du pied et la laissa se refermer derrière eux. Le cliquètement de la serrure automatique résonna comme un coup de feu dans le silence ouaté de la pièce.

Tandis qu'il la déposait sur le plan de toilette en marbre,

Lainey regarda autour d'elle. Jamais elle n'avait vu un endroit pareil. Les robinets dorés étaient ornementés, des fleurs fraîches étaient disposées dans un vase en cristal, et le distributeur de savon pour les mains ressemblait à un œuf de Fabergé.

— Allez, jetons un coup d'œil aux dégâts !

Damian s'accroupit devant elle et souleva le bas de la robe pour lui dégager le pied. Il défit avec une dextérité étonnante les brides de la sandale, qu'il ôta en soutenant la cheville de l'autre main.

Ses gestes étaient si doux et attentionnés que Lainey sentit sa gorge se nouer. La chaleur de ses doigts était comme un aphrodisiaque. Puissant. Enivrant.

— Je ne pense pas qu'une amputation sera nécessaire, commenta-t-il.

Le ton était sérieux, mais une lueur malicieuse faisait pétiller son regard. Apparemment — et elle en était ravie —, Damian avait conservé son sens de l'humour.

— Vous me rassurez.

Elle se pencha et agita les orteils, admirant le vernis noir qu'elle avait posé sur ses ongles.

— Je vais passer mon pouce sur la plante de votre pied, annonça-t-il. Si vous ressentez une douleur, il se peut que vous ayez du verre sous la peau.

Elle hocha la tête, surprise d'avoir autant de mal à retrouver son souffle.

Il n'était pas certain qu'elle soit capable d'identifier la douleur, ou quoi que ce soit d'autre, tandis que Damian inspectait son pied. Pour une rencontre qui n'aurait pas dû avoir la moindre connotation sexuelle, chaque terminaison nerveuse de son corps exultait.

— Vous sentez quelque chose ? demanda-t-il en levant les yeux.

— Il faudrait que je sois une statue de marbre pour ne rien sentir, répondit-elle. Mais je n'ai pas mal, non.

Ils restèrent un long moment à se dévisager, comme hypnotisés l'un par l'autre, puis Damian s'éclaircit soudain la gorge et remit la sandale.

— Donc, tout va bien, docteur ? demanda-t-elle d'une voix un peu rauque.

— On ne peut mieux.

Il se leva. Son smoking lui allait à la perfection, mettant en relief sa large carrure et ses hanches étroites.

— Je suis content que nous ayons vérifié. Ce n'est pas agréable d'avoir un fragment de verre dans la plante du pied.

— Exactement. Et on sait ce qui est arrivé à Cendrillon, avec sa pantoufle !

Il haussa un sourcil.

— C'est grâce à cela qu'elle a eu son prince, non ?

Lainey secoua la tête avec commisération.

— Ce qu'elle a eu, c'est un type avec une mauvaise mémoire et un fétichisme du pied.

Damian éclata de rire.

— Les contes de fées, ce n'est pas trop votre truc, on dirait.

— Oh ! si ! Mais j'avoue que *Cendrillon* n'est pas mon préféré. Quelle femme voudrait d'un homme qui ne se souvient pas de son visage ?

— En effet...

Il saisit l'une des serviettes d'invité réunies dans un petit panier et la passa sous l'eau.

— Remarquez, ils sont tous un peu cinglés, quand on y pense, ajouta-t-il. En particulier dans *La Belle au bois dormant*.

— En fait, je préfère les romances un peu plus ancrées dans la réalité...

Lainey s'interrompit et, bouche bée, regarda Damian tamponner la tache de vin sur sa chemise. Devenu transparent, le tissu détrempé collait aux muscles de son torse.

Si les corps étaient des temples, le sien serait le Parthénon.

— Vous voulez parler du genre des films où l'héroïne renverse du vin rouge sur la chemise de l'homme et le séduit dans les toilettes ?

Il captura son regard dans le miroir.

— Je ne vous ai pas encore séduit, fit-elle remarquer.

— Pas encore, non…

Le sourire de Damian se fit tout à coup carnassier, découvrant une rangée de dents parfaitement blanches.

— Tous les espoirs vous sont donc permis, ajouta-t-il.

— Vous ne connaissez même pas mon prénom.

Non, Damian ne connaissait pas son prénom…

Et il était supposé se concentrer sur un client potentiel, pas sur une rousse mystérieuse.

Mais, depuis qu'il s'était retrouvé seul avec cette femme, depuis qu'il percevait le rayonnement son énergie, il avait l'impression d'être dans son élément. Contrairement à ce qu'il éprouvait depuis qu'il était arrivé à Patterson House, où il lui semblait être un intrus.

Toutefois, si elle se trouvait là, c'était qu'elle faisait partie de ce monde. Sans doute une sorte de petite fille riche qui lui causerait plus de soucis que nécessaire.

Exactement comme Jenny…

Non, pas comme Jenny, rectifia-t-il. Quand l'inconnue avait fait tomber son verre, elle s'était aussitôt excusée sans chercher à rejeter la faute sur lui comme le faisait son ex. Et, quand il lui avait offert son aide, elle l'avait gracieusement acceptée. À présent, elle plaisantait avec lui.

Non, à la réflexion, cette rousse lui ressemblait. Elle n'avait pas toujours fait partie de ce monde, il le sentait.

— Et si j'essayais de deviner votre prénom ? suggéra-t-il.

Renonçant à nettoyer sa chemise, il jeta la serviette dans un grand panier, sous le lavabo.

— Je crois qu'il y a un conte de fées comme ça, poursuivit-il, où une reine doit deviner le nom d'une créature surnaturelle.

— *Rumpelstiltskin*, précisa-t-elle C'est un conte des frères Grimm inspiré du folklore allemand, mais on ne peut pas dire qu'il soit très romantique.

Tout en parlant, elle agitait les jambes d'avant en arrière telle une gamine joueuse et semblait tout à fait à l'aise.

— Mais vous pouvez toujours essayer, ajouta-t-elle. Vous avez droit à trois essais. Et si vous perdez...

Elle posa l'index sur son menton, comme si elle réfléchissait.

— Si vous perdez, vous devrez prendre un verre avec moi sur le balcon, à l'étage.

— J'ai droit à un indice ?

— Si vous y tenez...

Elle tourna la tête et s'observa un instant dans le miroir.

— Mon prénom n'a rien à voir avec la couleur de mes cheveux.

— Donc, ce n'est pas Ruby, ni Scarlett ni Rose.

— Non.

Elle glissa une mèche rousse derrière son oreille.

— Ça ne m'aide pas vraiment. Je peux avoir une lettre ?

— On n'est pas à *La Roue de la Fortune* ! protesta-t-elle.

— Une année de naissance, alors ?

Elle eut un petit claquement de langue réprobateur et agita l'index.

— Voilà une question qu'il ne faut jamais poser à une dame !

Il réfléchit un moment, rassemblant quelques hypothèses qui conviendraient à une personne de cet âge... Lequel était difficile à estimer sans voir son visage. Mais vu la fraîcheur de sa peau et sa façon décontractée de s'asseoir, elle ne pouvait avoir plus de vingt-cinq ans. Peut-être même était-elle beaucoup plus jeune... Damian réprima un soupir : l'idée qu'elle puisse avoir dix ou quinze ans de moins que lui ne l'enthousiasmait pas outre mesure.

— C'est vous qui avez toutes les cartes en main, remarqua-t-il.

Elle sourit.

— C'est précisément ce qui me plaît.

— Vous ne seriez pas négociatrice dans la police, par hasard ?

— Non. Je suis une romantique et une rêveuse.

— Ah, vous êtes donc au chômage ?

Elle rejeta la tête en arrière en éclatant de rire.

Une sensation fugace traversa l'esprit de Damian. Un souvenir ? Une réminiscence ? L'impression disparut aussi vite qu'elle était venue, sans qu'il ait pu l'identifier.

Tandis qu'il se penchait pour étudier son interlocutrice de plus près, l'odeur fruitée de son parfum monta à ses narines. Pêche et vanille.

— Nous nous connaissons ? demanda-t-il.

— Non !

La réponse avait fusé avec peut-être un peu trop de brusquerie. Il n'en fallut pas plus pour attiser la curiosité de Damian.

— Et si vous retiriez votre masque ?

— Non ! Ce soir, le mystère est roi. Nous sommes des inconnus sans visage. Mais vous avez le droit de chercher mon nom.

Ah, elle voulait donc une rencontre anonyme. Cette idée le mit mal à l'aise, alors que lui-même l'avait fait quantité de fois. Pas de nom, pas de téléphone, et pas de deuxième fois.

Et certainement pas de regrets !

— Très bien, dit-elle. Vous l'aurez voulu. Je vous propose trois essais.

Elle se mordit la lèvre inférieure, comme si elle se

retenait de sourire. La mystérieuse rousse savait qu'elle allait gagner.

Elle leva trois doigts.

— Allez-y !

— Est-ce que ce serait… Samantha ?

Elle replia un doigt contre sa paume.

— Perdu.

— Pourquoi pas… Natalie ?

Elle secoua la tête et replia un autre doigt.

— Encore perdu.

Il soupira.

— Amanda ?

Elle abaissa la main.

— Vous me devez un verre.

Il songea soudain qu'il avait envie de tout autre chose que d'un verre avec elle.

Posant les mains de chaque côté de ses cuisses en effleurant du bout des doigts le lamé de la robe, il se pencha au-dessus d'elle et regarda ses pupilles se dilater, non de peur, mais de désir. Sa poitrine se souleva au rythme de sa respiration qui s'accélérait et ses lèvres s'entrouvrirent en une invite tentatrice.

Pendant quelques secondes, le désir et la logique entamèrent une rude bataille, l'un lui disant de continuer et d'embrasser la belle inconnue, l'autre lui commandant de partir pour tenter de rencontrer Jerry McPartlin.

Une série de coups rapides frappés à la porte les firent sursauter l'un et l'autre.

— Excusez-moi, il y a quelqu'un ?

Damian recula et aida l'inconnue à descendre de la table de toilette.

— On dirait que c'est le signal du départ. Vous pouvez marcher, maintenant ?

Elle hocha la tête.

— Oui, je crois.

Il ouvrit la porte et fit passer sa compagne devant lui. Un homme portant un masque doré sautillait sur place en se tenant le ventre. Il bouscula Damian avec un soupir exaspéré.

— Ces endroits ne sont pas faits pour batifoler ! Certaines personnes ont besoin de les utiliser.

Agacé, Damian secoua la tête, mais ne répondit pas. Déjà, la rousse lui prenait la main en riant et l'entraînait dans un couloir, à l'opposé de la salle de bal.

— Venez, c'est par ici !

Ils débouchèrent dans le hall, d'où montait un monumental escalier.

— Je ne crois pas qu'il y ait quoi que ce soit d'intéressant là-haut, Arielle.

— Ah bon ? s'exclama-t-elle. C'est comme ça que je m'appelle, maintenant ?

Éclairées par la lumière excessive des lustres, les paillettes ambrées de ses yeux noisette semblaient de la poussière d'or.

— Il y a quelques points communs avec la Petite Sirène, expliqua Damian. Longs cheveux roux, mystérieuse apparition…

Il baissa les yeux.

— Superbes jambes…

Elle se mit à rire et l'entraîna plus loin. Juste avant d'atteindre l'escalier, elle l'abandonna un instant, franchit une porte battante d'où venait de surgir un serveur et gagna la cuisine, très sûre d'elle, pour revenir avec deux flûtes de champagne.

— Que faites-vous ? demanda Damian en saisissant celle qu'elle lui tendait comme si de rien n'était.

— Il n'y a pas de service à l'étage et vous m'avez promis un verre sur le balcon. Venez !

Damian jeta un coup d'œil vers la porte de la salle de bal, où quatre hommes s'étaient rassemblés pour discuter.

Il pouvait encore retourner parmi les invités et essayer d'entrer en contact avec McPartlin.

La rousse se rapprocha de lui, et les perles de son masque lui effleurèrent la joue.

— Vous savez que vous en avez envie et je le sais aussi.

Il tourna la tête, et ses lèvres ne furent plus qu'à un souffle de celles de l'inconnue.

— Très bien, dit-il. Un verre.

5

Le cœur de Lainey battait à tout rompre, envoyant des vibrations partout dans son corps. Quand Damian lui avait demandé s'ils se connaissaient, elle avait cru que tout était perdu.

Elle n'était pas James Bond. La dissimulation n'était pas sa spécialité.

Toutefois, la réponse qu'elle lui avait donnée avait dû le satisfaire, car il avait cessé de se montrer suspicieux.

Tenant d'une main le bas de sa robe, elle commença à monter les marches menant à l'étage de la Patterson House.

D'après le panonceau qui dirigeait les invités vers la salle de bal, le balcon n'était pas supposé leur être accessible. Cependant, si les hôtes avaient vraiment voulu que les gens restent en bas, ils en auraient barré l'accès.

De toute façon, elle devait absolument se retrouver à nouveau en tête à tête avec Damian. Celui-ci avait été sur le point de l'embrasser quand cet imbécile les avait interrompus avec ses problèmes intestinaux.

Et le baiser manqué dansait à présent dans sa tête. Elle le voulait. Il n'était pas question d'y renoncer.

Ils sortirent sur un balcon ceint d'une balustrade en fer forgé, et une petite brise enveloppa Lainey, lui rappelant combien elle était peu couverte.

Elle frissonna de tout son corps.

— C'est une belle maison, fit remarquer Damian.

— Oui.

Le soleil couchant zébrait le ciel de longues traînées pourpres et orangées. Par contraste, le vert du gazon impeccable qui s'étendait au-dessous d'eux n'en paraissait que plus vibrant, tandis qu'à proximité de la bâtisse le jardin à la française et son bassin orné d'une statue et croulant sous les roses rappelaient le faste d'une époque révolue.

Tout cela ressemblait à un magnifique tableau ordonnancé avec précision, et Lainey eut soudain l'impression d'être devenue une châtelaine.

Damian leva son verre.

— Aux inconnues masquées et aux verres de vin indisciplinés !

— Aux contes de fées et aux devinettes ! renchérit Lainey, avant de tremper ses lèvres dans son champagne.

— Je remarque que vous ne m'avez pas demandé mon nom, dit Damian.

Zut ! Occupée à protéger sa propre identité, elle avait oublié qu'elle n'était pas supposée connaître son interlocuteur.

— Vous faites une fixation sur les noms, vous ! se moqua-t-elle.

Elle s'avança vers la balustrade et se pencha pour mieux admirer le jardin.

— Et, vous, vous êtes terriblement évasive, rétorqua-t-il.

Il lui souriait, la tête légèrement inclinée, une attitude qu'elle lui connaissait bien : il cherchait à la percer à jour.

La brise rabattit vers eux un parfum de gardénias. Soudain, Lainey aperçut deux silhouettes qui filaient à l'anglaise. Elle scruta le jardin en se demandant si l'une d'elles pouvait être Imogen, mais il commençait à faire trop sombre.

— Vous vous cachez de quelqu'un ? s'enquit Damian.

Ou faites-vous semblant d'être quelqu'un d'autre que vous-même ?

— Un peu des deux, répondit-elle en dissimulant sa gêne.

— Alors dites-moi, Arielle, si vous n'êtes pas vous-même ce soir, qui êtes-vous ?

Il se tenait si près d'elle qu'elle sentait son eau de toilette, et même la fragrance subtile de son savon à barbe. Cela faisait une éternité qu'il utilisait le même, parfumé au bois de santal. L'odeur fraîche et boisée gravée dans son cerveau lui inspirait invariablement les pensées les plus audacieuses.

— Je ne suis personne, affirma-t-elle avec un sourire plein d'assurance.

Il lui prit la flûte et la déposa sur une table avec la sienne, puis fit de même avec le petit sac de soirée qu'elle tenait à la main. Elle eut l'impression qu'il la déshabillait et ne sut plus quoi faire de ses mains vides.

— Vous êtes forcément quelqu'un, déclara-t-il.

— Je suis peut-être un effet de votre imagination.

— J'espère bien que non…

Il avait prononcé ces derniers mots d'une voix rauque, caressante comme de la soie.

Lainey retint son souffle quand il posa le bout des doigts sur sa taille d'un geste confiant. Sur le corset qui la comprimait, les mains de Damian semblaient gigantesques.

Il pouvait prendre le dessus, la dominer…

Et elle ne dirait pas non…

Une petite voix dans sa tête lui cria de se presser contre lui, mais elle eut envie de faire durer le plaisir et de graver dans sa mémoire chaque détail de ce moment.

— Pourquoi ? demanda-t-elle en posant les paumes sur son torse.

Sous la percale de sa chemise, on aurait dit du marbre

sculpté. Solide. Puissant. Elle devait penser à respirer et, surtout, éviter de se perdre complètement et de laisser échapper quelque chose.

Comme son prénom…

— Parce que laisser l'imagination prendre le dessus est une perte de temps, répondit-il. Pourquoi perdre du temps pour une chose qui n'est pas réelle ?

Glissant dans son dos, la main de Damian l'attira un peu plus vers lui.

— Parce que la vraie vie n'est pas toujours à la hauteur de nos rêves, rétorqua Lainey.

Sa voix n'était qu'un murmure, légère, douce et pas du tout naturelle, et le reste de son corps luttait pour continuer à fonctionner normalement malgré l'afflux d'adrénaline dans ses veines.

— C'est triste, ce que vous dites.

— C'est la vérité.

En fait, cela résumait bien la vie qu'elle menait. Le monde qu'elle s'était créé et qui ressemblait aux romans d'amour qu'elle aimait tant était bien plus beau que la réalité.

Si la vraie vie avait été à la hauteur de ses rêves, elle n'aurait pas été contrainte de garder soigneusement son masque ce soir…

Il inclina le visage au-dessus du sien, marqua une pause qui sembla durer des heures, puis plaqua soudain Lainey contre lui pour venir fouiller sa bouche avec une telle fièvre qu'elle se sentit vaciller.

Elle était fichue !

Aucun autre homme ne soutiendrait la comparaison avec celui-là. Aucun autre baiser ne lui procurerait de telles sensations dorénavant.

Les lèvres pleines de Damian étaient chaudes, fermes et conquérantes. Elles avaient un goût de champagne, avec un petit quelque chose de terrien et de mâle qui la bouleversait.

Elle était au paradis.

Elle posa une main sur sa nuque et glissa les doigts dans ses cheveux en espérant que cela l'empêcherait de léviter dans ses bras, de flotter très haut dans le ciel nocturne.

Quand la main de Damian remonta le long de sa cuisse, écartant la fente de sa robe, son corps se mit à chanter : *oui, oui, oui !*

Elle vibrait, pleine d'expectative. Dans sa tête, dans son cœur et entre ses jambes. Pour lui. À cause de lui.

La paume de Damian était brûlante contre sa peau tandis que, du pouce, il dessinait de lents cercles à l'intérieur de sa cuisse, s'aventurant plus haut, puis battant en retraite.

Tandis que leurs souffles se mêlaient, haletants, elle s'agrippa à lui, lui mordilla doucement la lèvre inférieure avant de la caresser voluptueusement du bout de langue, arrachant à Damian un grognement qui ne fit que l'exciter davantage.

Ce moment, elle en rêvait depuis dix ans et, nom d'un chien, l'homme de ses fantasmes était sacrément à la hauteur des espoirs qu'elle avait caressés.

Elle se trouvait à présent plaquée contre la balustrade. Il avait gardé un bras autour de sa taille tandis que, de l'autre main, il lui malaxait les fesses.

Partout sur elle, elle sentait la caresse de l'air tiède, le souffle de dentelle qui voulait se faire passer pour un sous-vêtement ne recouvrant que l'essentiel.

— Vous êtes très belle, murmura-t-il en lui mordillant le cou.

— Touche-moi encore, lui souffla-t-elle à l'oreille. S'il te plaît !

De sa main, il dessina les contours du corps qu'elle

tendait vers lui, épousant la courbe de ses hanches pour aller ensuite à la rencontre de la chaleur nichée entre ses jambes.

Des points lumineux se mirent à danser derrière les paupières closes de Lainey au moment où les doigts de Damian effleurèrent enfin son point le plus sensible.

Alors il s'empara de nouveau de sa bouche. Passionnément. Violemment. Avec une exigence terrible.

Lainey sentit toutes les cellules de son corps entrer soudain en action, comme si elles menaient ensemble un combat vital. Comme si elles luttaient pour leur survie.

— S'il te plaît, gémit-elle. Je veux plus encore…

— La prochaine étape, c'est toi en train de jouir contre ma main, princesse.

L'intonation basse et troublante de Damian fit courir un frisson sous sa peau.

— Une fois que j'aurai commencé, je ne m'arrêterai pas avant de t'avoir sentie trembler avec mes doigts en toi.

— Oui…

Elle eut un petit sursaut quand il commença à jouer avec le liseré de son string.

— Il faut que tu sois sûre.

Sur son cou, les dents de Damian dessinèrent une ligne depuis le lobe de l'oreille jusqu'à sa clavicule.

— Je le suis. Je ne pourrais pas l'être davantage. Je suis hyper sûre.

Il eut un petit rire très doux.

— J'aime les femmes qui savent ce qu'elles veulent.

— Et moi, j'aime les hommes doués de leurs mains.

Elle se cambra tandis qu'il repoussait le string sur le côté et se mordit la lèvre pour ne pas crier.

Il y avait des gens au-dessous du balcon et il ne fallait surtout pas attirer leur attention. Mais Damian avait commencé à la caresser et elle avait toutes les peines du monde à retenir ses gémissements.

— Bien, approuva-t-il, tandis que la moiteur s'intensifiait sous ses doigts.

Il lui leva une jambe et la cala sur sa hanche afin qu'elle s'ouvre davantage.

— Laisse-moi sentir combien tu es mouillée, murmura-t-il d'une voix enrouée.

Il introduisit alors deux doigts en elle et entama un mouvement de va-et-vient, puis, jouant avec elle, il délogea l'intense humidité de son sexe pour l'étaler sur son clitoris.

Le corps tout entier de Lainey se mit à vibrer tandis qu'il caressait sans relâche le bourgeon de chair tumescent.

Les prémices de l'orgasme montèrent en elle, faisant trembler ses cuisses, jusqu'au point où il lui sembla qu'elle allait tomber.

Mais Damian la retenait fermement, avec une délicatesse qui contredisait la force presque brutale de ses doigts entre ses jambes.

— C'est trop tôt, balbutia-t-elle en essayant de se contenir.

— C'est parfait, princesse.

Il pressa les lèvres sur sa tempe.

— Ne lutte pas.

Elle en était incapable, même si c'était son souhait.

Happée par une vague nouvelle, plus puissante que les précédentes, elle chavira, et le monde autour d'elle disparut. Plus rien n'exista alors que cette sensation semblable à un courant électrique qui se répercutait en elle.

Elle crispa les doigts dans les cheveux de Damian, tandis qu'elle s'efforçait d'étouffer ses cris en enfouissant le visage dans son cou.

Alors que les soubresauts agitaient toujours son corps, elle l'entendit prononcer un mot d'une voix à peine audible :

Princesse…

Elle fondit entre ses bras, aussi désarticulée qu'une poupée de chiffon. Mais il ne la lâcherait pas. Elle ne tomberait pas.

— C'était incroyablement beau, souffla-t-il.

Puis il lui prit la main et la guida jusqu'à son sexe.

Celui-ci était dur comme du marbre, rigide sous ses doigts tremblants.

— Tu m'as fait un sacré effet, commenta-t-il.

Elle se redressa et, d'un geste maladroit, lissa sa robe d'une main tout en gardant l'autre sur lui.

— Vraiment ?

— Ces gémissements que tu essayais d'étouffer pendant que tu jouissais vont me hanter pour le reste de mes jours !

Lainey reprit son souffle.

Cet homme était exactement comme elle se l'était imaginé.

Il lui semblait que son cœur et son âme s'étaient soudain mis à vivre, emplis d'une satisfaction si totale qu'elle s'étonna de n'avoir jamais réalisé, avant cet instant, qu'elle n'était qu'à moitié réveillée.

Mais alors qu'elle s'apprêtait à répondre, des bruits de pas la firent sursauter. Elle se redressa.

L'instant suivant, trois hommes robustes apparaissaient sur le seuil de la porte-fenêtre, tous en costume noir et sans masque.

— Il semblerait que nous interrompions quelque chose, déclara celui du milieu.

Lainey eut envie de leur crier que, oui, ils dérangeaient, et de leur dire d'aller se faire pendre.

Son merveilleux moment d'intimité avec Damian venait d'atteindre son terme. Et pour quoi ? Pour que ces gorilles se permettent de les juger ? Elle avait terriblement envie d'effacer d'une gifle le sourire égrillard de l'homme qui avait parlé.

— Il semble en effet que ce soit le cas, répondit Damian, plus diplomate qu'elle ne l'aurait été.

— Pouvons-nous voir vos invitations ? demanda l'un des vigiles.

Lainey se raidit. Elle n'avait pas pensé une minute que l'on pourrait lui réclamer le carton une fois à l'intérieur. Elle se força à respirer calmement tout en réfléchissant à cent à l'heure.

— On nous a signalé une intrusion, précisa le vigile numéro deux.

Damian glissa la main dans la poche intérieure de sa veste et tendit le précieux bristol.

— Damian McKnight, lut à haute voix le vigile. Veuillez nous excuser, monsieur McKnight. Vous comprendrez certainement que nous prenions votre sécurité au sérieux.

Damian hocha la tête, magnanime.

— Certainement.

Au moment où les vigiles se tournaient vers Lainey, un quatrième homme arriva derrière eux. Il semblait un peu plus âgé et portait un masque, de sorte qu'il ne pouvait faire partie du service de sécurité.

— Il me semblait bien avoir entendu un nom familier, s'exclama-t-il. J'étais monté prendre un peu l'air à l'écart de la foule et j'ai l'impression que vous ayez eu la même idée.

— Monsieur McPartlin ! s'exclama Damian avec un sourire de convenance.

Ce nom n'était pas inconnu à Lainey. Ses parents aimaient beaucoup aller dîner dans le premier restaurant qu'avait ouvert cet homme d'affaires, Ora. Ils ne pouvaient se permettre de le faire régulièrement mais, une fois par an, à l'occasion de leur anniversaire de mariage, ils s'offraient ce plaisir.

— N'allez-vous pas me présenter votre charmante cavalière ? demanda McPartlin en désignant Lainey.

Oh non !

Naturellement, il avait fallu que Jerry McPartlin tombe sur lui alors qu'il se trouvait en compagnie d'une ravissante jeune femme dont il ignorait même le prénom, dans une zone de la maison où ils n'étaient pas supposés être.

La belle rousse s'était détachée de lui à l'instant même où les vigiles avaient surgi, mais pourquoi deux personnes se seraient-elles retirées sur un balcon privé, sinon pour se livrer à des ébats que la morale réprouvait dans les lieux publics ?

S'il avait espéré réussir un jour à améliorer l'opinion que McPartlin avait de lui, il pouvait faire une croix dessus désormais.

À moins que…

Une idée venait de germer dans son esprit. Pour parvenir à ses fins avec cet homme, ne devait-il pas donner l'impression qu'il s'était rangé ?

Il ne fallait pas hésiter, sinon, il n'avait plus qu'à tirer un trait définitif sur le projet qu'il caressait depuis tant de mois.

Oui, il irait droit à l'échec s'il ne disait rien. Or son mot d'ordre avait toujours été : « Vas-y franchement, ou rentre chez toi ! »

— Bien au contraire, répondit-il. Je tiens à vous la présenter. Monsieur McParlin, voici ma fiancée, Arielle !

Tout en prononçant ces mots, il pressa la main de sa compagne en espérant qu'elle voudrait bien jouer le jeu.

— Votre fiancée ? Mais j'ignorais que vous alliez vous marier !

Damian jeta un coup d'œil à l'inconnue qui, Dieu merci, ne broncha pas.

— Je ne pensais pas qu'il fallait aussi annoncer la nouvelle à mes relations professionnelles ! répondit-il avec un large sourire.

— Enchanté, mademoiselle.

McPartlin tendit la main, et la jeune femme la serra sans hésiter.

— Je le suis tout autant ! répondit-elle. Je suis une grande fan de vos restaurants, monsieur McPartlin.

— Je vous en prie, appelez-moi Jerry.

Il s'inclina pour un baisemain très protocolaire, avant de se tourner vers Damian.

— Charmante, et très élégante ! Vous êtes un homme chanceux !

— Pas si chanceux que cela, puisque mon image me colle à la peau, au point que vous ne refusez tout net de travailler avec moi ! J'espère toutefois que vous ne me blâmerez pas d'avoir recherché un bref moment d'intimité avec ma future épouse.

— Bah, je vous ai peut-être jugé trop rapidement !

Le regard de l'homme d'affaires se posa sur la main gauche de la rousse… qui ne portait pas de bague.

— Votre fiancée n'a pas eu droit à un petit diamant ? s'étonna-t-il.

Nom d'un chien !

Tandis que Damien se mettait à réfléchir à toute allure, la jeune femme, à sa grande surprise, prit la parole.

— J'avoue que je suis une enfant gâtée, déclara-t-elle. J'ai voulu quelque chose d'unique et j'ai demandé une bague sur mesure, d'après un modèle que j'ai dessiné moi-même. Damian sait à quel point j'aime que tout soit parfait.

Damian réprima un soupir de soulagement, puis tressaillit. Quoi, cette fille connaissait son prénom ? Il se tourna vers elle, et elle lui adressa un sourire plein de candeur. Mais oui, bien sûr ! Le vigile l'avait prononcé à haute voix quand il avait vérifié son invitation. Tant mieux ! Cela ajoutait de l'authenticité à leur histoire.

— Il est vrai qu'elle est très exigeante, ma petite Arielle, confirma-t-il d'un ton affectueux.

Il la prit par l'épaule et l'attira contre lui, conscient du regard de McPartlin qui s'attardait sur elle.

— Mais c'est comme ça que je l'aime, ajouta-t-il en mimant une expression d'amour béat.

Leur interlocuteur esquissa un signe de tête approbateur.

— En tout cas, je suis ravi que ce point soit éclairci.

— Nous devons quand même vérifier votre invitation, mademoiselle, lança l'un des vigiles.

Damian sentit la jeune femme se crisper à côté de lui. Elle lui serra fort la main, et il comprit alors que ce devait être elle qu'ils recherchaient.

Il comprenait mieux maintenant sa réticence à lui révéler son identité.

— Je crains que l'invitation d'Arielle n'ait connu une fin malencontreuse, déclara-t-il. Elle est tombée dans les toilettes !

— C'est ma faute, renchérit Arielle. Je suis tellement étourdie, je n'ai pas vu que mon sac s'était ouvert.

— Mais non, ma chérie, ce n'est pas ta faute, c'est la mienne, protesta Damian en lui caressant le dos d'un geste réconfortant. Je n'aurais pas dû être aussi exalté…

Les vigiles échangèrent un regard, ne sachant comment réagir à cette information.

— Bien, dit l'un d'eux après s'être éclairci la gorge. Dans ce cas, nous n'avons plus qu'à vous laisser.

McPartlin leur adressa un signe de tête et commença à s'éloigner lui aussi.

— Ravi de vous avoir revu, lança Damian dans son dos.

— Hum…

Le vieil homme tourna la tête pour les observer

une dernière fois, comme s'il cherchait à comprendre quelque chose.

— Passez une bonne soirée !

Restés seuls, Damian et sa mystérieuse compagne demeurèrent immobiles en attendant que les quatre hommes aient disparu.

— Alors, comme ça, tu es une pique-assiette ? s'enquit-il alors en se perdant dans le joli regard noisette. C'est plutôt risqué, tu sais ! Ce bal est un événement important.

— Je sais, répondit-elle d'un ton placide. Que voulez-vous, mon cher futur mari, j'aime le risque !

Il se mit à rire.

Après tout, ni l'un ni l'autre n'était en mesure de porter un jugement : ils avaient menti tous les deux. Et chacun d'eux avait volé au secours de l'autre.

— Si j'ai bien compris, je suis coincée avec toi pour le reste de la soirée ? s'enquit-elle en posant la tête contre son épaule.

— J'en ai bien l'impression…

Damian connaissait pire façon de passer une soirée, et avoir de la compagnie lui éviterait de devenir fou au milieu de cette société un peu trop collet monté à son goût.

En revanche, il devrait se faire discret vis-à-vis de McPartlin. Laisser croire à ce dernier qu'il était fiancé pouvait certes tourner à son avantage, mais il ne fallait surtout pas que le vieil homme demande à revoir la « future épouse ».

6

Lainey n'en revenait pas de la chance qu'elle avait.

Damian avait fait quasiment tout le travail pour elle. Jouer le rôle de sa fiancée signifiait qu'elle allait passer toute la soirée avec lui. Que demander de mieux ?

Ils dansèrent ensemble et grignotèrent ensuite de délicieux petits fours. Elle le regarda participer aux enchères qui se tenaient au profit d'une association caritative et parler à des gens dont elle avait lu le nom dans les journaux.

Damian eut aussi plusieurs discussions d'affaires, mais il continua à la présenter comme sa fiancée, Arielle, et elle s'amusa à jouer la loyale et attentionnée future Mme McKnight.

Bien sûr, ils durent expliquer la ruse aux amis de Damian, un couple qui la considéra d'un air suspicieux.

À présent, ils se trouvaient sur la piste de danse. Lainey avait les bras noués autour du cou de Damian et sentait la main de celui-ci dans le creux de son dos.

Ce n'était pas à proprement parler une danse. Plutôt une sorte de balancement en musique. Mais Lainey était prête à mourir à la seconde en songeant qu'elle était la personne la plus heureuse du monde.

— Tu sais ce que cela veut dire, n'est-ce pas ? demanda-t-il.

Elle releva la tête vers lui.

— Quoi ?

— Cela veut dire que nous devons partir ensemble.

Il inclina la tête et lui effleura l'oreille de ses lèvres.

— Pour le cas où des gens nous regarderaient, ajouta-t-il.

— Bien sûr…

— Tu ne protestes pas ? Je pourrais être n'importe qui.

— Moi aussi, je pourrais être n'importe qui.

Du bout des doigts, elle suivit la ligne de sa mâchoire.

— Mais c'est le principe d'un bal masqué. Nous pouvons être qui nous voulons pour un soir.

— Pourquoi es-tu venue ici ?

— Pour vivre une aventure de conte de fées. Pour que mes pieds se détachent du sol.

Elle esquissa un sourire moqueur avant de poursuivre :

— Mais une fausse demande en mariage me suffit amplement.

— Si ma mémoire est bonne, je t'ai soulevée du sol. J'ai peut-être même sauvé ton pied.

— Ce n'est pas ce que je voulais dire.

Il appuya son front sur le sien, masque contre masque.

— Qu'est-ce que tu voulais dire, Arielle ? Tu voulais un prince charmant qui t'emmène dans son château et te transforme en princesse ?

— Non.

Elle rejeta la tête en arrière.

— Je voulais un homme qui me traite comme une reine. Le temps d'une soirée.

Quelque chose d'orageux passa dans les yeux de Damian.

La saisissant soudain par les hanches, il la plaqua brutalement contre son sexe, ne lui laissant rien ignorer de son impressionnant désir.

— Le temps d'une soirée ? grogna-t-il à son oreille. Pas plus ?

— Non, pas plus. Je promets que mon carrosse se transformera en citrouille à minuit pile.

Elle se mordilla la lèvre inférieure, luttant contre l'envie d'onduler contre le corps masculin. Mieux valait ne pas attirer l'attention davantage. La façon dont ils évoluaient, étroitement enlacés, frôlait déjà les limites de la décence. En tout cas dans un endroit aussi huppé.

— Ensuite, tu n'entendras plus jamais parler de moi.

— C'est ce que tu veux ?

Non !

Ce qu'elle voulait, c'était être bel et bien sa fiancée. Ce qu'elle voulait, c'était lire dans ses yeux autre chose qu'un désir passager.

— Oui, répondit-elle pourtant. C'est exactement ce que je veux.

À ces mots, il laissa retomber ses mains et elle esquissa un pas en arrière, en proie à une terrible sensation de perte.

Le besoin qu'elle avait de lui résonnait dans son sang comme le rythme syncopé d'un tam-tam : *encore, encore, encore…* Et ce bruit assourdissant dans ses oreilles étouffait tout le reste. Elle n'était concentrée que sur Damian. Rien que sur lui.

— Allons-y ! dit-il.

Il lui tendit la main.

— Maintenant !

Lainey regarda autour d'elle. Le bal se terminait. Certains invités commençaient à partir.

— Maintenant ?

— Immédiatement.

Comme elle hésitait encore, il lui prit la main et l'attira à lui.

— Et si tu traînes trop, je suis capable de t'entraîner derrière l'une de ces grandes jardinières.

— Cela pourrait être amusant.

— Je n'aime pas rester muet, Arielle.

Ces mots titillèrent les nerfs de Lainey.

— Quand je serai en toi, enchaîna-t-il à son oreille, je veux pouvoir t'exprimer à quel point ça me plaît de sentir mon sexe enserré par le tien.

Elle en eut le souffle coupé. *Mince ! Bon sang !* Damian était l'érotisme fait homme. En une phrase, il avait réussi à la faire fondre de désir.

Il avait raison. Ils devaient partir sans tarder.

— Dépêche-toi ! murmura-t-elle en se tournant vers la sortie. Tu perds du temps.

Il la suivit en riant jusque dans le hall. Une petite file d'attente s'y était formée, et elle tapa du pied d'impatience.

Enfin, ce fut leur tour d'être pris en charge par un homme en costume noir.

— Bonsoir monsieur. Pouvons-nous vous proposer une voiture ?

Damian hocha la tête.

— S'il vous plaît.

L'homme descendit le perron et leva la main. Aussitôt, une limousine noire s'avança.

Lainey ouvrit de grands yeux. Jamais encore, elle n'était montée dans une limousine. Il fallait dire que sa vie manquait cruellement de ces événements qui nécessitaient une jolie robe et une belle voiture, avec un chauffeur qui vous tenait la portière.

— Après toi, lui dit Damian.

Elle se glissa sur la banquette en cuir aussi élégamment que possible, tenant le bas de sa robe d'une main et son petit sac de l'autre.

Damian s'installa à son tour, et le claquement de la portière la fit sursauter. Pour se donner une contenance, elle sortit de son sac le miroir de sa grand-mère et appliqua une touche de gloss sur ses lèvres.

Jamais elle ne s'était imaginé que les choses iraient aussi loin. Quelque part au fond de son esprit, elle était restée persuadée que son plan échouerait. Ou qu'elle serait démasquée.

Ou bien que Damian ne lui accorderait pas la moindre attention, même avec son déguisement.

Seulement, il l'avait remarquée.

— Ils ne se sont pas moqués des invités, déclara-t-elle en refermant le miroir d'un coup sec. Prévoir des limousines pour tout le monde, cela a dû leur coûter une fortune.

— En fait, c'est compris dans le prix de l'invitation. Mais, toi, tu ne peux pas le savoir, évidemment…

Les lèvres de Damian esquissèrent un sourire moqueur.

— Comment as-tu fait pour contourner la sécurité ?

— Je te le dirais bien, mais…

Elle haussa les épaules.

— Tu sais comment ça marche…

— Tu serais obligée de me tuer ensuite ?

— Exactement. Et je ne voudrais pas salir ma belle robe.

— Si cette robe doit être salie, ce ne sera pas dans un bain de sang, crois-moi.

Il se cala en arrière et déploya son bras sur le dossier de la banquette. Cette posture nonchalante, associée à l'intensité brûlante de son regard, était terriblement masculine.

— Et pour ce qui est du masque…, reprit-il.

— Je le garde.

Elle était allée trop loin pour tout gâcher maintenant.

Son corps était prêt à l'accueillir, le petit avant-goût qu'il lui avait donné n'ayant fait qu'aiguiser son appétit.

— Ce n'est pas négociable ! ajouta-t-elle d'un ton déterminé.

Il passa la main le long de sa mâchoire avec un sourire.

— Méfie-toi, je suis un brillant négociateur.

— Je suis certaine que tu es très doué, mais je ne changerai pas d'avis. Je garde mon masque. Si tu n'es pas d'accord, tu peux rentrer chez toi et prendre une douche froide.

Il se mit à rire et se pencha pour sortir une bouteille de champagne d'un petit réfrigérateur que Lainey n'avait pas remarqué.

À l'évidence, Damian avait l'expérience des limousines. Il déboucha la bouteille d'un geste élégant et précis, et versa le liquide pétillant dans deux flûtes.

— Je ne suis pas contre un peu de mystère, déclara-t-il, mais il faut que tu me dises une chose.

— Quoi ? demanda Lainey, méfiante.

— Tu n'es pas mariée, n'est-ce pas ?

Ces mots lui firent l'effet d'un coup de poing. Il ne lui était pas venu à l'idée qu'il puisse la croire mariée, mais c'était cohérent. Avec le passé de Damian et son souhait à elle de dissimuler son identité, la conclusion était logique. Même s'il donnait l'impression d'avoir tourné la page, on voyait bien qu'il portait encore des séquelles de son divorce.

— Non, je ne suis pas mariée, dit-elle. Je n'ai aucune relation d'aucune sorte. C'est promis.

Damian se passa une main dans les cheveux et hocha la tête.

— J'ai révélé quelque chose de moi, n'est-ce pas ?

— Juste que tu es un homme qui a des principes.

Elle but une gorgée de champagne.

— Mais, rassure-toi, je ne te poserai pas de questions.

Calé contre le dossier, Damian faisait tourner le pied de sa flûte entre ses doigts, pensif. Ce soir, il avait franchi une limite qu'il s'était pourtant fixée — au moins pour un petit bout de temps. Or il n'était pas homme à changer d'avis une fois qu'il avait pris une décision.

Il était supposé faire une pause avec les femmes, le sexe

et les histoires, parce qu'il avait besoin de se concentrer sur son travail.

Après avoir découvert Jenny et Ben ensemble, il avait couché à droite et à gauche pendant toute une année avec l'espoir que cela l'aiderait à oublier, mais ce vagabondage n'avait fait qu'attiser son chagrin. Il n'avait pas comblé le vide douloureux dans sa poitrine et n'avait pas fait taire les voix critiques dans sa tête. Dès lors, il était devenu sélectif sur les femmes qu'il laissait se glisser dans son lit. Et encore plus sur celles qu'il laissait entrer dans sa vie.

Mais voilà que cette rousse lui était tombée dessus et avait tout bouleversé.

— Je… Euh… Je ne fais pas ça, normalement, déclara-t-elle soudain.

— Tu veux dire, avoir une aventure d'un soir ?

— En tout cas, pas sans un dîner en tête à tête avant.

Elle vida d'un trait le reste de son champagne. Pour se donner du courage, peut-être ? Il fut tenté de lui rappeler qu'il lui avait déjà procuré un orgasme et qu'elle n'avait aucune raison d'être nerveuse, mais il garda cette idée pour lui.

— Nous avons eu des petits fours, tu peux donc cocher la case « dîner ».

Les lèvres fardées esquissèrent un sourire qui n'avait rien de séducteur ni de sexy. La jeune femme paraissait… intimidée.

— Tu vois ce que j'ai voulu dire, marmonna-t-elle.

— Je ne te juge pas, assura-t-il, avant de terminer son champagne.

En cet instant, il aurait préféré un scotch, mais il se contenterait de ce qu'il avait sous la main. De toute façon, il ne voulait rien qui puisse saboter cette expérience.

Quelque chose lui disait que cette rousse n'était pas une femme comme les autres. Que leur rencontre ne serait pas à classer dans la catégorie « sympa sur le moment, mais vite oubliée ».

— Ne sois pas nerveuse, reprit-il. Tu en as envie et moi aussi. Tout ce que nous devons faire, c'est nous mettre d'accord sur l'endroit.

— Pourquoi pas ici ? murmura-t-elle.

— Dans la voiture ?

Elle haussa les épaules.

— Pourquoi pas ?

Il retint un grognement tandis qu'elle croisait les jambes, la longue fente de sa robe révélant des kilomètres de peau pâle et crémeuse.

Le fait de savoir qu'elle ne portait en dessous qu'un minuscule morceau de dentelle suffit à éveiller en lui un désir très concret. Il eut envie qu'elle se positionne à califourchon sur lui, les jambes largement écartées, et qu'elle crie bientôt son nom.

Il actionna l'interphone qui permettait de communiquer avec le chauffeur et pria ce dernier de faire plusieurs fois le tour du jardin botanique. Avec la circulation surchargée du samedi soir, cela lui laisserait amplement le temps de faire l'amour avec la belle inconnue.

— Avant que ça n'aille plus loin, tu dois savoir que je ne te dirai pas mon nom, le prévint-elle. Ça te pose un problème ?

Il se mordit la lèvre et s'imagina planter les dents sur la face intérieure de sa cuisse. L'idée d'une marque aussi personnelle sur la peau laiteuse l'emplit d'excitation. Comment réagirait-elle à la douleur aiguë mêlée au plaisir qu'il lui donnerait ?

— Ce n'est pas ainsi que je fonctionne d'habitude, répondit-il. Mais, non, ça ne me pose pas de problème.

Elle glissa sur le siège de cuir jusqu'à ce que leurs cuisses se touchent, et sa respiration altérée résonna comme une musique suave aux oreilles de Damian. Il la saisit alors par la taille et la hissa sur ses genoux afin qu'elle le chevauche. La fente de la robe remonta haut sur ses cuisses, révélant la perfection de sa jambe soyeuse.

Il fut soudain saisi d'une envie folle de se retrouver en elle. Prenant son visage en coupe dans ses mains, il glissa les doigts dans ses cheveux et, du pouce, caressa le contour de son oreille tout en fixant ses lèvres entrouvertes et frémissantes.

Assise sur lui, elle pressa la chaleur de son sexe contre son érection.

— Arrête de bouger, commanda-t-il.

L'odeur de pêche et de vanille de son parfum l'envahissait, agissant sur lui comme un aphrodisiaque.

Elle s'immobilisa aussitôt dans ses bras, et il posa les lèvres sur sa mâchoire pour en suivre la courbe jusqu'à sa bouche.

Lentement… Doucement…

Restant en suspens au-dessus de ses lèvres, il attendit de la voir craquer. Cependant, pas un muscle ne bougea tandis qu'elle attendait, consentante.

S'emparant alors de sa bouche, il obligea la mystérieuse inconnue à ouvrir les lèvres pour mieux la goûter.

Les doigts noués dans ses cheveux, il lui maintint la tête en place avec fermeté tandis qu'il se mettait à la dévorer.

Elle gémit, et ce son étouffé attisa encore son désir.

Mais il ne voulait rien brusquer. Il avait bien l'intention de prendre son temps et de savourer ces moments.

7

Si embrasser avait été un sport olympique, Damian aurait récolté les médailles d'or, d'argent et de bronze.

Sans contestation possible !

Cet homme possédait une maîtrise de sa langue qui frôlait l'indécence.

Il tirait sur ses cheveux, lui inclinait la tête afin de pouvoir prendre ce qu'il voulait, comme il le voulait. Ce genre de baiser aurait dû être accompagné par un roulement de tambour, ou par un coup de cymbales.

— Bon sang, murmura-t-il à son oreille, tandis qu'il lui en mordillait le lobe.

Son souffle chaud brûlait la peau de Lainey. Il l'enveloppait tout entière, la soutenait, la maintenait en place. Elle ne pouvait bouger que les lèvres pour lui rendre ses baisers, son corps était entièrement soumis à Damian, qui pouvait faire d'elle ce qu'il voulait.

Il lui libéra les cheveux, glissa les mains le long de son cou, posa son pouce dans le petit creux où battait follement son pouls.

Elle essaya de reprendre son souffle, savourant le pouvoir qu'il avait sur elle.

Elle avait envie qu'il la prenne à l'instant même. Qu'il lui arrache son string et soulage la tension qu'elle ressentait au creux du ventre.

Mais il semblait avoir d'autres idées en tête.

Des idées de lenteur.

Il se pencha et posa les lèvres au creux de son décolleté, suivant du bout de la langue les os qui pointaient sous sa peau.

En sécurité dans ses bras, elle se pencha en arrière pour lui livrer l'accès dont il avait besoin.

Il écarta l'étoffe du bustier, révélant un sein dont il prit entre ses lèvres la pointe dressée comme un bourgeon prêt à éclore.

Était-il possible d'avoir un orgasme juste comme ça ?

Les hommes avec lesquels elle avait eu des aventures pensaient qu'il suffisait de malaxer les seins d'une femme pour obtenir un résultat. Certains ne se souciaient tout simplement pas de l'effet que cela produisait sur elle, comme s'ils se contentaient de cocher une ligne sur la liste des étapes à suivre dans une relation sexuelle digne de ce nom.

Mais Damian traitait ses seins comme s'ils étaient le centre de son monde. Comme s'il les vénérait.

Elle étouffa un gémissement, prenant soudain conscience qu'ils se trouvaient dans une voiture, entourés de vitres. Celles-ci étaient teintées, certes, mais elles n'en restaient pas moins des vitres. Le bruit des pneus sur le bitume vibrait en elle, tandis que Damian taquinait du bout de la langue le mamelon tendu de désir ou le mordillait délicatement.

— Je vais te faire décoller à nouveau.

— Ah oui ?

— Oui, princesse…

Ces mots, prononcés d'une voix assourdie, la firent trembler, et une chaleur intense se diffusa dans son ventre.

Elle hocha la tête.

— Ne reste pas silencieuse, d'accord ? Je veux t'entendre, cette fois. La voiture est insonorisée, le chauffeur n'entend rien.

La main de Damian glissa le long de son ventre et alla se poser sur son genou.

— Tu peux faire ça pour moi ?

— Oui.

Des doigts brûlants remontèrent sur ses cuisses, repoussèrent le bas de la robe jusqu'à ses hanches, écartèrent le triangle de dentelle recouvrant son sexe et pénétrèrent en elle.

Un petit cri de surprise resta coincé dans sa gorge.

— Tu es incroyablement mouillée.

Les yeux de Damian étaient assombris et embrumés de désir. C'était elle, Lainey, qui lui avait fait cet effet…

Une agréable sensation de puissance l'envahit, se mêlant à l'excitation qui commençait à monter tandis que Damian lui caressait le clitoris avec son pouce.

Il savait exactement où appuyer, quand insister et quand faire machine arrière. L'orgasme commença à monter en elle, menaçant de la submerger à tout instant.

Fidèle à sa promesse, il la mena jusqu'au bord du précipice et la laissa flotter là, suspendue dans l'espace. Ne pesant plus rien. En attente…

Cette fois, il ne précipita rien, préférant jouer avec elle.

— Nous y sommes presque. Retiens-toi juste encore un peu.

Avec une lenteur insupportable, il traça des cercles autour de son clitoris, et elle fit un effort pour ne pas se crisper et tressaillir, désireuse de laisser Damian lui offrir cette expérience.

Il contrôlait le rythme et, dès lors, son plaisir. Il avait le pouvoir sur elle.

Elle était près… Si près.

— Maintenant, dit-il.

Il appliqua la toute dernière pression dont elle avait besoin pour passer de l'autre côté, et l'air s'évapora de ses poumons tandis qu'elle chavirait, chavirait, chavirait.

Elle enfouit son visage dans le cou de Damian en laissant ses cris de plaisir vibrer contre la peau de cet homme qu'elle vénérait.

Lorsque les derniers soubresauts du plaisir cessèrent d'agiter son corps, lorsqu'il n'y eut plus rien, elle se demanda si elle n'était pas morte, si elle n'avait pas rejoint une sorte de nirvana.

Elle avait connu plusieurs hommes qui appréciaient l'excitation procurée par les lieux publics. Avec eux, elle avait fait l'amour dans des ruelles, des night-clubs, des taxis… mais cela n'avait jamais été son truc.

Jusqu'à maintenant…

Maintenant, elle avait le sentiment que Damian pourrait lui donner envie de faire l'amour n'importe où et dans n'importe quelle position. Il avait sur elle un pouvoir qui aurait dû l'effrayer… et pourtant, ce n'était pas le cas. C'était l'expérience la plus excitante, la plus libératrice qu'elle ait jamais connue.

Et ils n'avaient pas encore repoussé leurs limites…

Les sons étouffés du monde extérieur lui parvinrent soudain, et elle émergea peu à peu de sa transe : des klaxons, la sonnerie du tramway, des sirènes d'ambulances. Des lumières filaient dans sa vision périphérique tandis qu'ils dépassaient l'agitation de la gare de Flinders Street.

Heureusement que les vitres étaient teintées !

— Est-ce que tu ne te sens pas déjà comme une reine ?

Damian lui prit le menton et lui releva le visage, faisant danser les perles de jais cousues à son masque.

— J'évolue certainement dans le monde de la royauté, mais ce n'est pas encore ça ! rétorqua-t-elle pour le provoquer.

Elle se pencha, encouragée par les endorphines qui se diffusaient en elle, et glissa la main entre leurs deux corps.

À travers l'étoffe du pantalon de smoking, le sexe de

Damian était dur. Et long. Et vigoureux. En un mot : idéal. C'était comme s'il avait été créé pour donner du plaisir.

Lainey sentit son pouls s'accélérer.

Elle allait vraiment faire l'amour avec le grand frère de sa meilleure amie à l'arrière d'une limousine, alors qu'il ne savait pas qui elle était ?

— Pourquoi as-tu accepté de faire ça ? demanda-t-elle. Avec moi ?

Elle se reprocha aussitôt ces paroles. N'était-elle pas en train de gâcher l'ambiance ?

— Tu me poses cette question parce que nous sommes des inconnus l'un pour l'autre ?

Il repoussa la main qu'elle avait abandonnée sur son entrejambe et entama un mouvement caressant de va-et-vient sur ses bras.

— J'ai accepté de faire ça parce que tu es belle, intéressante, mystérieuse, poursuivit-il.

Il chercha son regard.

— Tu ne veux pas que je fasse davantage d'efforts pour te convaincre d'enlever ton masque ?

— Non !

Elle baissa les yeux.

Que voulait-elle, en réalité ? Elle commençait à se le demander.

— Je n'ai pas l'habitude de coucher avec toutes les femmes qui me le proposent, si c'était le sens de ta question.

Il lui prit les mains.

— Et je ne sais pas pourquoi, mais j'ai l'impression que nous nous connaissons, tous les deux. D'ailleurs, il y a quelque chose chez toi qui m'a complètement…

Elle lui décocha un regard amusé.

— Excité ?

— Ça, c'est sûr ! Mais j'allais dire « captivé ».

Captivé... Ce mot englobait tout ce qu'elle avait toujours espéré lui inspirer, sans jamais y parvenir.

Longtemps, elle avait pensé qu'il suffisait d'être impulsive, voire déchaînée, pour se rendre intéressante. Mais, un jour, elle avait ouvert les yeux et réalisé qu'elle fatiguait plutôt les gens avec cette attitude.

Toutefois, sans ce personnage qu'elle s'était créé, qui était-elle ?

Ce doute l'avait assaillie alors qu'elle planifiait son départ pour l'Angleterre, et elle s'était dit qu'elle profiterait de ce changement de décor pour modifier sa personnalité, pour tenter de devenir quelqu'un d'autre.

— Je ne pense pas avoir captivé qui que ce soit avant toi, affirma-t-elle en riant.

— Cela m'étonnerait beaucoup.

Il semblait sincère, mais il ignorait qui se trouvait derrière le masque. Sans doute réviserait-il son jugement si elle se dévoilait tout à coup à lui. Mais elle ne le ferait pas. Elle préférait continuer à l'entendre prononcer ces belles paroles, ces mots superficiels qui cherchaient à la flatter afin qu'il puisse obtenir ce qu'il voulait.

— Tu sais parler aux femmes, toi ! commenta-t-elle d'un ton léger.

Puis, décidée à laisser ses doutes de côté, elle posa les mains à plat contre le torse de Damian et le regarda droit dans les yeux.

— À mon tour de te donner du plaisir, maintenant...

Le corps tendu à l'extrême sous l'effet d'un désir violent, Damian regarda la jeune femme glisser le long de la banquette et atterrir sur les genoux, à ses pieds.

Entre la vue plongeante dans son décolleté, la pression qu'exerçaient les mains qu'elle posait sur ses cuisses et ses lèvres luisantes entrouvertes… Oh ! bon sang, il était certain d'emporter cette image dans la tombe !

Il le lui avait dit sans détours, il lui semblait vraiment la connaître. Il avait l'impression qu'il existait comme un lien très fort entre eux. Pourtant, il venait à peine de la rencontrer…

Il la sentit tâtonner dans la pénombre à la recherche de la fermeture Éclair du pantalon, puis, parvenue à ses fins, elle l'abaissa.

Rendu docile, Damian souleva alors les hanches afin qu'elle puisse tirer sur le vêtement et le faire glisser jusqu'à ses chevilles.

Sans doute avait-il l'air ridicule, avec sa veste de smoking et son masque, nu depuis la taille, mais en cet instant, il s'en moquait complètement.

Tout ce qui comptait, c'était son envie de sentir sur son sexe ces lèvres qui l'avaient tenté toute la soirée.

— Tu en as envie ? souffla-t-elle en relevant la tête.

— Oui !

— Alors, viens !

Elle ne bougea pas, se contentant d'ouvrir la bouche en guise d'invitation.

Sans se faire prier, il glissa entre ses lèvres et elle les referma autour de lui. La chaleur humide de sa bouche le consuma, et des étoiles se mirent à danser derrière ses paupières closes.

Les mains dans la chevelure rousse, il contrôla le va-et-vient de sa tête, et ce fut un délice sans pareil. À chaque coup de langue, à chaque succion, il approchait du point de non-retour.

— Bon sang, grommela-t-il tandis que la pression à la base de son sexe gagnait en intensité. Tes lèvres sont incroyables…

Il voulut reculer, mais le brûlant anneau que formait

cette bouche qui le rendait fou le tenait serré et provoquait des ondes de choc à travers tout son corps.

À la dernière minute pourtant, elle s'écarta soudain, le laissant pantelant et désespéré.

Elle leva vers lui un visage plein de candeur et lui sourit.

— Qu'est-ce que tu as envie de me faire maintenant ?

Sans répondre, il se pencha pour récupérer son portefeuille dans la poche de son pantalon. Il y conservait toujours un préservatif. Celui qu'il sortit s'y trouvait depuis un moment déjà.

Elle lui prit des mains la pochette d'aluminium et l'ouvrit.

— Dis-moi exactement ce que tu veux.

Il était difficile de parler alors qu'elle avait saisi son sexe dressé et y déroulait le latex avec dextérité.

— J'ai envie de te pénétrer et de sentir que tu t'ouvres pour m'accueillir, murmura-t-il. Et j'ai envie de te prendre par les hanches et d'aller et venir en toi jusqu'à ce que je te sente trembler de jouissance.

À ces mots, elle souleva le bas de sa robe et s'empressa de s'installer à califourchon sur lui, positionnée au-dessus de son sexe.

— Mais encore… ? lui souffla-t-elle à l'oreille.

— Je vais te faire jouir comme tu n'as jamais joui de ta vie.

Sa voix était métallique, dure, tranchante.

— Oh ! Seigneur, murmura-t-elle, haletante, tandis qu'elle s'abaissait lentement sur lui.

La sensation d'étroitesse, de chaleur et d'humidité fut si sublime que Damian se demanda s'il ne rêvait pas.

Mais tandis qu'elle s'empalait entièrement sur lui et qu'il refermait les mains sur ses fesses, il comprit que ce qu'il vivait était bel et bien réel.

Rien d'aussi bon n'aurait pu sortir de sa propre imagination.

Elle noua les bras autour de son cou et lui glissa à l'oreille :

— Fais-moi planer… Fais-moi tout oublier, sauf la façon dont tu me remplis.

Il n'était plus question de s'arrêter à présent. Résolu à tenir ses promesses, il enfonça les doigts dans la chair des hanches généreuses et donna un premier coup de reins, arrachant un gémissement à la belle inconnue.

Il n'avait aucune envie de se retenir tout à coup, aucun désir de lui offrir de la lenteur, de la douceur et de la sensualité.

Non, ce ne pouvait être que dur et rapide. Frénétique. Furieux.

Il la tint avec force tandis qu'elle bougeait sur lui, tantôt le libérant à demi et tantôt l'accueillant au plus profond d'elle-même sans le quitter du regard.

Puis il passa la main sous ses cheveux, à l'arrière de sa tête, et sentit le ruban qui retenait le masque. Saisissant les mèches soyeuses à pleine poignée, il lui tira la tête en arrière.

— Tu commences à trembler, dit-il. Tu es tout près.

À en croire ses murmures fiévreux qui alternaient avec des gémissements rauques, elle n'allait pas tarder à chavirer.

Il ne se trompait pas. Quelques instants plus tard, elle se contractait autour de lui, et Damian sentit qu'il la rejoignait dans l'extase.

Heureusement que Damian la tenait solidement. Sinon, elle serait tombée sur le plancher de la limousine.

Depuis combien de temps roulaient-ils ? Le chauffeur avait-il conscience de ce qui se passait à l'arrière ? Lainey se rassura en se disant que, si cet homme avait l'habitude de prendre à son bord toutes les grandes fortunes et les célébrités locales, il avait dû voir ou entendre bien pire.

— Ma parole..., soupira-t-elle, le front posé contre l'épaule de Damian. C'était vraiment... incroyable !

— Incroyable, c'est le mot...

Elle avait envie d'arrêter le temps et de rester là, lovée contre cet homme qu'elle avait toujours admiré, pour l'éternité...

Mais c'était impossible. Le moment était venu pour Cendrillon de retrouver ses guenilles. Ou, du moins, son identité de tous les jours.

En vrai gentleman qu'il était, Damian ne tarderait pas à lui proposer de la déposer devant chez elle. Or, elle ne pouvait accepter. Il savait très bien où elle habitait et, si elle lui donnait son adresse, il aurait vite fait de la démasquer. Mieux valait lui indiquer une autre rue — pas trop éloignée de chez elle, afin qu'elle puisse rentrer ensuite à pied sans risque, mais sans pour autant vendre la mèche.

Au moment où elle cherchait à reprendre sa place sur la banquette, elle sentit le masque glisser sur son visage. Affolée, elle le retint tant bien que mal et porta simultanément la main à l'arrière de sa tête. Le ruban s'était détaché.

Nom d'un chien ! Un faux mouvement, et il verrait son visage...

— Tout va bien ?

Il s'était tourné vers elle. S'efforçant de garder son sang-froid, la main droite posée sur le bas du masque dans une volonté farouche de le retenir, elle répondit d'une voix qu'elle aurait souhaitée plus ferme :

— Oui, oui, ça va... Je... Il faut que... Je voudrais descendre maintenant...

Tout s'était passé à merveille jusqu'à présent. Il ne devait surtout pas découvrir qui elle était, ce serait trop bête !

Il ne lui restait donc plus qu'à bien tenir ce fichu masque et à quitter au plus vite la voiture.

Damian regarda par la vitre.

— Ici ? s'étonna-t-il.

Ils roulaient dans Swanston Street, en plein cœur de la ville, très loin de chez elle. Malgré l'heure tardive, la rue était encore animée et il ne serait pas difficile de trouver un taxi. D'autant que, une fois Damian reparti, elle n'aurait plus besoin de garder son masque. Elle ne serait plus qu'une jeune femme revenant d'une soirée dans une robe extrêmement sexy, un peu trop moulante et beaucoup trop chère.

— Oui, s'il te plaît. Ici.

Elle chercha des yeux son petit sac à main, mais ne le vit nulle part sur la banquette.

Nom d'un chien ! Où l'avait-elle laissé ?

Elle se sentit paniquer. Elle avait besoin de ce sac, sans lequel elle ne pourrait pas rentrer chez elle, puisqu'il contenait ses clés, son argent et ses papiers.

Oh ! mon Dieu… mes papiers !

Si Damian les trouvait…

À son grand soulagement, elle le repéra soudain sur le plancher de la limousine. Il avait dû tomber pendant leurs ébats passionnés.

Elle le ramassa à la hâte et le pressa contre son cœur comme s'il contenait un trésor.

— Je préfère te déposer devant chez toi, insista-t-il. Je n'aime pas l'idée de te lâcher n'importe où.

— J'habite tout près. Ici, c'est parfait.

Elle se sentait aussi convaincante qu'un politicien affirmant qu'il avait à cœur de défendre l'intérêt des petites gens. Elle ne risquait pas d'obtenir l'Oscar de la meilleure actrice.

— S'il te plaît, demande au chauffeur de s'arrêter, implora-t-elle, retenant toujours le masque.

Manifestement, Damian ne s'en rendait pas compte, car il achevait de remettre de l'ordre dans sa tenue. Lorsqu'il eut terminé, il pressa le bouton de l'interphone. Un instant plus tard, la limousine s'arrêtait.

— J'imagine que tu ne vas pas me donner ton numéro, dit-il.

Elle sentit les larmes lui monter aux yeux.

— Je ne peux pas, souffla-t-elle.

Pourquoi était-elle aussi émue ? Elle avait obtenu tout ce qu'elle voulait : une soirée avec l'homme idéal. Une aventure sans conséquence, sinon pour son stupide petit cœur.

— Mais merci, ajouta-t-elle.

Elle se pencha et lui déposa un baiser sur les lèvres avant d'ouvrir la portière et de descendre, sans cesser de maintenir le masque en place.

Elle attendit que la limousine disparaisse, suivant du regard les feux arrière jusqu'à ce qu'ils s'évanouissent dans le flot de la circulation.

Alors seulement, elle relâcha son souffle.

Elle sentait une douleur dans sa poitrine, et sa tête la faisait souffrir.

Elle avait aussi un peu mal entre les jambes, mais cette sensation-là était loin d'être désagréable. Damian avait laissé sa marque en elle, et plus jamais elle ne serait la même.

Elle ôta le masque.

Génial…, songea-t-elle, dépitée, en levant le bras pour héler un taxi.

Car si, en séduisant l'homme qui hantait ses pensées, elle avait espéré assouvir une bonne fois pour toutes son fantasme et réussir à passer à autre chose, c'était raté !

Désormais, toutes les rencontres qu'elle pourrait faire lui paraîtraient fades en comparaison.

Un taxi jaune s'arrêta bientôt devant elle et elle s'y engouffra, avant d'ouvrir son sac à main pour y prendre son téléphone.

À cet instant, elle s'aperçut que le miroir de sa grand-mère n'y était plus.

8

Assis à son bureau, Damian faisait tourner l'élégant miroir de poche entre ses doigts.

Il avait beau faire, il ne parvenait pas à chasser cette soirée de son esprit.

C'était d'autant plus curieux qu'il n'avait pas pour habitude de rêvasser sur ses aventures sexuelles. Surtout quand il avait été bien clair dès le départ qu'il n'y aurait pas de seconde fois.

Mais la mystérieuse rousse avait ébranlé quelque chose en lui. Pour la première fois en quatre ans, voilà qu'il pensait à autre chose qu'au travail…

Perplexe, il examina de nouveau le miroir. Il l'avait aperçu sur le plancher de la limousine au moment où il descendait de voiture, et cela faisait trois jours qu'il trônait sur son bureau.

Comment diable allait-il le rendre à sa propriétaire sans nom ni numéro de téléphone ? L'objet semblait ancien, c'était probablement un souvenir familial, mais il ne portait aucune marque distinctive. Rien qui puisse permettre d'identifier la mystérieuse femme masquée.

Déposant l'objet avec délicatesse sur sa table de travail, il fit pivoter son fauteuil vers l'immense baie vitrée qui donnait sur la ville, encadrant le panorama telle une œuvre d'art. Depuis son trente-sixième étage, il voyait tout : les rails qui pénétraient dans la gare de Flinders Street, le ruban du fleuve Yarra qui sillonnait à travers la ville, le palais royal, l'hôtel de ville, le Parlement et les vastes étendues verdoyantes des parcs et des jardins.

Dès son entrée dans la vie active, il avait rêvé d'un grand bureau d'angle comme celui-ci.

Il lui avait fallu quelques années pour l'obtenir. Il avait commencé par travailler seul dans son appartement. Puis, quand il avait été en mesure de recruter des collaborateurs, il avait loué des locaux dans un immeuble délabré de la banlieue nord. Sa ribambelle de petits clients l'avait mené vers des poissons de taille moyenne, qui lui avaient à leur tour donné accès à de plus gros poissons.

Aujourd'hui, il avait deux très gros clients et une liste tout à fait satisfaisante d'entreprises moyennes qui lui permettaient de gagner beaucoup d'argent.

Toutefois, il ne serait pleinement satisfait que lorsqu'il aurait décroché un contrat d'exclusivité avec McPartlin & Co.

— Damian ?

Leila, son assistante, passa la tête dans l'embrasure de la porte.

— J'ai un appel pour vous, mais n'oubliez pas que vous devez retrouver votre sœur dans cinq minutes pour déjeuner avec elle.

— Qui est à l'appareil ? Si ce sont encore les services fiscaux, passez-leur Greg. Je n'ai pas le temps.

— C'est Jerry McPartlin.

L'expression de Leila ne révélait rien, mais Damian travaillait avec elle depuis assez longtemps pour détecter la note critique dans sa voix. Il l'avait débauchée de chez son ex-employeur, Ben, et elle connaissait toute l'histoire.

— Passez-le-moi.

La jeune femme fit la moue, mais ne dit rien. Quelques instants plus tard, la lumière rouge s'allumait sur le bureau.

— Allô !

— Monsieur McKnight, comment allez-vous depuis l'autre soir ?

— Appelez-moi Damian.

Il tira à lui son ordinateur portable et fit apparaître à l'écran le dossier sur lequel il travaillait depuis sa première rencontre avec McPartlin. Il s'y trouvait tout ce qu'il savait sur l'homme et son entreprise, depuis ses réalisations personnelles et professionnelles, jusqu'au nom de l'équipe de football dont il était supporter.

— Je vais bien. Avez-vous apprécié le Carmina Ball, monsieur McPartlin ?

— Beaucoup.

— Et vous m'appelez pour me dire que vous avez finalement décidé de travailler avec moi ?

— N'allons pas trop vite en besogne ! Que diriez-vous de dîner ensemble pour commencer ?

Damian dut réprimer un cri de victoire. C'était l'ouverture dont il avait besoin. Une chance de montrer de quoi il était capable.

— Et quand je dis « ensemble », ajouta McPartlin, cela inclut mon épouse et votre ravissante fiancée, bien sûr.

Catastrophe !

— Vous tenez vraiment à leur imposer un fastidieux repas d'affaires ? Je ne sais pas comment cela se passe dans votre couple, mais Arielle et moi avons pour principe de ne jamais parler travail à table.

— Alors disons que ce ne sera pas un repas d'affaires. Juste une façon de faire plus ample connaissance.

McPartlin marqua une pause.

— Et qui déterminera la suite…

— Bien…, émit Damian.

— Et peut-être votre fiancée pourra-t-elle nous dire où elle a déniché ce masque incroyable. Sandra est dévorée de curiosité.

Il y avait une note d'amusement dans la voix du vieil homme.

— Bien sûr, acquiesça Damian. Elle s'en fera un plaisir.

Il n'était pas question de laisser passer cette opportunité. Il devait retrouver la rousse coûte que coûte. Et, s'il n'y parvenait pas, il irait au dîner avec une autre. Ce serait facile, puisque personne n'avait vu son visage.

— Mon assistante appellera votre bureau demain pour fixer les détails, déclara McPartlin. J'ai hâte de vous revoir, tous les deux !

Le message était clair : la fameuse « fiancée » avait intérêt à être là.

Damian raccrocha le téléphone et fixa le plafond.

Avait-il la moindre chance de localiser l'inconnue du bal, la première femme depuis quatre ans à lui inspirer quelque chose ? Une femme dont il ignorait tout…

Il n'avait aucune piste. Mis à part le miroir.

Ces quatre dernières années, il avait eu l'impression d'évoluer dans des sables mouvants. Son travail l'avait tenu occupé mais, pour le reste, sa vie avait stagné. Un soir qu'il était sorti seul boire quelques verres, il avait vu Jenny en compagnie de Ben. Cette nuit-là, il avait jeté quelques vêtements dans une valise et avait quitté l'appartement qu'il partageait autrefois avec sa femme.

Il n'y était plus jamais retourné.

Une entreprise de déménagement avait ensuite placé ses affaires au garde-meubles et, depuis, il vivait à l'hôtel, flottant dans une sorte d'entre-deux, ne voulant plus vivre dans le passé, mais incapable d'aller de l'avant.

À présent, il voulait la rousse. Il avait besoin d'elle.

— Damian ?

La voix de Leila dans l'interphone l'arracha à ses pensées.

— Corinna est arrivée pour votre déjeuner.

— Envoyez-la-moi. J'ai un mail à terminer avant de partir.

Il tapait sur le clavier de son ordinateur quand la jeune femme entra, habillée comme toujours à la dernière mode, ses yeux gris dissimulés par d'immenses lunettes noires.

— Dépêche-toi ! lui dit-elle. J'ai cours à 14 heures et je ne veux pas être en retard.

— Un jour, il va falloir que tu passes ton diplôme et que tu affrontes la vraie vie, ma grande, répondit-il.

— J'ai déjà un diplôme, je te signale ! Mais il n'est pas interdit d'en avoir plusieurs.

— Tu es maso…

— Il y a pire, comme vice, que de vouloir parfaire son éducation universitaire.

Elle lui sourit.

— Il y a des gens qui ne sont pas aussi pressés que toi de devenir esclaves de leur entreprise.

Damian secoua la tête, refusant de poursuivre cette conversation. Malgré les dix ans qui les séparaient, sa sœur et lui étaient très complices. Différents, certes, mais unis par un lien profond.

— Qu'est-ce que tu fais avec ça ?

Corinna se pencha sur le bureau et s'empara du miroir.

— Euh…

Ils avaient beau être proches, il n'était pas question pour lui d'évoquer sa vie sexuelle avec sa sœur.

— C'est un miroir de poche. Je dois le rendre à sa propriétaire.

— Sans blague ?

Elle ouvrit le couvercle.

— Lainey doit flipper…

Damian tressaillit.

— Pardon ?

— C'est son miroir. Enfin, il appartenait à sa grand-mère, mais c'est le sien maintenant. Je lui ai dit de le mettre en sécurité quelque part pour ne pas le perdre, mais elle le trimballe partout. Elle dit que c'est son porte-bonheur. Enfin, non… Son talisman.

Interdit, Damian ne répondit pas.

Lainey… Comment était-ce possible ? Une main de glace, soudain, lui enserrait le cœur.

Mais non, voyons, ce ne pouvait pas être elle ! La voix était différente. Les cheveux étaient différents…

Sauf qu'elle était coiffeuse… Il n'était pas compliqué pour elle de changer sa couleur de cheveux.

Il se força à garder son calme. Du moins, pour l'extérieur.

— Tu es sûre que ce miroir est à elle ?

Corinna le dévisagea avec curiosité.

— Certaine. Regarde, il y a ses initiales dans le médaillon central. Lainey a les mêmes que sa grand-mère.

Elle reposa le miroir sur le bureau en désignant la rose dessinée sur la plaque émaillée, où un subtil changement de tonalité sur un pétale révélait les lettres LK. Comment ne les avait-il pas remarquées ?

— Il est à elle depuis le décès de sa grand-mère, il y a quelques années. Je le reconnaîtrais entre mille.

Catastrophe ! Catastrophe ! Catastrophe !

Il ne fallait pas céder à la panique maintenant. Il était impossible de révéler à Corinna qu'il avait fait l'amour avec sa meilleure amie. Il devait jouer serré.

— Il a dû tomber de son sac la dernière fois que je l'ai raccompagnée chez elle.

Il haussa les épaules.

— Le garagiste l'a trouvé sous le siège passager de ma voiture en la nettoyant, mais je ne savais pas à qui il pouvait appartenir.

— Évidemment ! Il y a tellement de femmes qui montent dans ta voiture !

Elle sourit.

— Tu veux que je le lui dépose ?

— Non, non. Je vais le lui apporter moi-même. Je dois passer dans son quartier ce soir. Ça me donnera l'occasion de la voir. Ça fait un petit moment…

Il eut l'impression que Corinna le dévisageait bizarrement. Mais, à cet instant, il entendit l'estomac de sa sœur gargouiller et la jeune femme s'agita.

— Bon, on peut y aller, maintenant ? Si je ne mange pas très vite, je vais devenir insupportable.

— Mieux vaut éviter ça.

Il se leva et glissa le miroir dans la poche de sa veste.

Ce soir, il rendrait visite à Lainey et mettrait les choses au clair.

Lainey se trouvait dans sa minuscule cuisine, une tasse de café à la main, et elle s'exhortait à ne pas céder à la panique.

Ces quatre derniers jours avaient été un désastre total. Elle n'avait pas retrouvé le miroir de sa grand-mère. La compagnie de limousines avait eu la gentillesse de faire des recherches, mais celles-ci n'avaient donné aucun résultat. Puis elle avait fait tomber son téléphone dans une bassine pleine d'eau, et le fichu appareil ne voulait plus se rallumer. Et, cerise sur le gâteau, l'amie d'Imogen avait refusé de reprendre le masque parce qu'une des attaches s'était cassée. Elle avait donc dû payer avec un argent qu'elle n'avait pas un masque endommagé.

La frustration bouillonnait dans ses veines comme de la lave en fusion. Ce devait être le karma. Sa punition pour avoir mystifié Damian et fait des cachotteries à Corinna.

Et tout ça pour quel résultat ?

La meilleure expérience sexuelle de toute ma vie…

Et ce n'était pas seulement une façon de parler, ce qu'on disait lorsqu'on avait une relation sexuelle un peu sympa.

Damian était la Ferrari du sexe. Le Chanel du sexe. Il lui avait fait connaître le genre de trucs qu'on lisait dans les romans en se disant que c'était irréaliste, parce que personne au monde ne pouvait jouir comme ça, au premier essai avec un nouveau partenaire…

Eh bien si ! C'était possible !

Cependant, au lieu d'être enchantée d'avoir obtenu ce qu'elle voulait, Lainey se sentait désespérée. Parce qu'une fois ne suffisait pas. Loin de là…

Elle entortilla pensivement une mèche de cheveux autour de son doigt et sursauta en voyant le rouge de sa teinture. Elle n'y était pas encore habituée. Chaque fois qu'elle passait devant un miroir, elle se faisait peur, croyant voir quelqu'un d'autre.

Un coup frappé à la porte la tira de ses pensées. Elle déposa la tasse sur la table pour aller ouvrir.

— Bonjour ! s'exclama-t-elle en ouvrant grand la porte.

Le temps se figea tandis que son esprit essayait d'appréhender ce qu'elle avait devant les yeux.

Damian McKnight se tenait sur le seuil, aussi séduisant que d'habitude dans son costume gris anthracite, mais l'air furieux.

Son regard était de glace, ses mâchoires crispées, et ses narines se gonflaient comme celles d'un taureau de combat tandis qu'il la dévisageait.

Oh ! Seigneur, il sait !

— Euh… Bonsoir, Damian.

Elle déglutit avec peine.

— Si tu cherches Corinna, elle n'est pas là…

— Je ne cherche pas Corinna.

Il avait prononcé ces mots entre ses dents serrées et sa colère, tranchante comme un rasoir, était palpable dans l'air nocturne.

— C'est toi que je viens voir.

— Ah bon…

Elle fit un pas en arrière sans lâcher la porte, ne sachant comment réagir.

Elle se faisait peut-être des idées. Peut-être qu'il ne savait rien. Il était possible qu'il ait tout simplement eu une mauvaise journée au bureau…

Il passa devant elle et gagna la cuisine. Tout en lui trahissait l'agitation, de la raideur de ses épaules aux poings qu'il tenait serrés au bout de ses bras tendus le long du corps.

Il ne disait rien, et Lainey dut faire un effort pour ne pas se mettre à parler à tort et à travers.

S'appuyant sur le plan de travail, il lui fit face, les bras croisés.

Lainey se laissa tomber sur une chaise et attendit en se mordant l'intérieur des joues.

— Tu n'as rien à me dire ? commença-t-il.

Le ton était glacial. Incapable d'articuler une parole, Lainey secoua vaguement la tête.

— Une confession à faire, peut-être ?

Mince ! À côté de lui, la reine des glaces aurait paru chaleureuse et amicale. Le silence plana quelques instants.

— Bon, reprit-il. Comme tu voudras !

Il plongea alors la main dans sa poche et en sortit le petit miroir de poche, qu'il posa sur la table.

Médusée, elle s'empressa de s'en saisir. Le tenir dans sa main lui donnait l'impression que son monde se remettait à tourner rond.

Toutefois, il était devenu impossible de nier l'évidence : Damian savait.

— Qu'attends-tu de moi ? demanda-t-elle tout en caressant du pouce la petite plaque émaillée décorée d'une rose.

— Je veux t'entendre le dire !

— Quoi ?

— Tout. Il me semble que je mérite la vérité. Tu me dois bien ça.

Elle baissa la tête. Elle allait passer un mauvais quart d'heure. Elle le connaissait, ce type était un bulldozer quand il voulait quelque chose.

— Eh bien, je… Je me suis faufilée en douce au bal.

— Et ?

— Et j'ai dissimulé mon identité.

— Et ?

Elle hésita.

— Et… J'ai couché avec toi.

La barbe ! Pourquoi fallait-il que sa voix dérape dans les aigus comme ça ?

— Tu t'es fichue de moi !

Les yeux de Damian étaient comme des lance-flammes, prêts à la brûler jusqu'à la réduire en cendres.

— Mais non… Pourquoi dis-tu ça ?

— Donc, ça aurait pu être n'importe quel homme ? Tu avais envie de sexe et je me suis trouvé là, c'est ça ?

— Non, ce n'est pas ça…

Elle secoua la tête, troublée par la pointe de jalousie qu'elle avait cru déceler dans son intonation. Qu'est-ce que ça pouvait bien lui faire, qu'elle soit prête à coucher avec n'importe qui, puisque lui ne voulait pas d'elle ?

— Je n'ai pas choisi un homme au hasard.

— Dans ce cas, tu m'as ciblé ?

Elle soupira.

Est-ce qu'elle le dégoûtait ? Est-ce que lui-même se dégoûtait ? Le désir qu'elle avait senti chez lui s'était-il éteint, maintenant qu'il savait qui était Arielle ?

— Oui.

— Tu m'as mis dans une position difficile, Lainey.

Il se passa la main dans les cheveux.

— Sacrément difficile.

— Je suis désolée. Je…

— Je ne suis pas venu chercher des excuses.

— Alors que veux-tu ?

— Ton aide.

Lainey fronça les sourcils, interloquée.

— Quoi ?

— Nous avons dit à quelqu'un de très important que nous étions fiancés, tu te souviens ? C'était Jerry McPartlin. Et, maintenant, il souhaite que ma fiancée et moi dînions avec sa femme et lui.

— Et tu veux que je me fasse encore passer pour ta fiancée ?

— Tu n'étais pas mauvaise dans le rôle, la dernière fois.

Il posa les mains à plat sur la table et se pencha vers elle. À côté de lui, la cuisine avait l'air d'une pièce de maison de poupées.

— Tu étais même très convaincante.

Lainey chercha son souffle.

— Vraiment ?

— Avoue que tu m'as bien eu.

— Je ne t'ai pas mis un revolver sur la tempe. Tu m'as semblé être d'accord sur le principe.

— Si j'avais su que c'était toi, j'aurais refusé.

Ce rejet lui fit l'effet d'une flèche en plein cœur.

— D'accord…, souffla-t-elle.

— Mais je veux quand même que tu m'accompagnes à ce dîner, Arielle.

Luttant pour recouvrer son sang-froid, en proie à l'humiliation, la colère et la frustration, elle le dévisagea d'un regard dur.

— Tu ne manques pas d'air, tu sais !

— Toi non plus, je te signale. Sache que je n'ai pas plus envie que toi de faire ça, mais je n'ai pas le choix. Et tu me dois bien ça.

Il n'avait cessé de soutenir son regard en prononçant ces paroles. Il poursuivit d'un ton radouci :

— Et inutile de faire la tête sous prétexte que je t'ai dit que je n'aurais pas couché avec toi si j'avais su qui tu étais. Ça n'a rien à voir avec l'attirance.

Elle esquissa un sourire moqueur.

— Ah bon ? Alors il s'agit de quoi ?

— Je te considère comme quelqu'un de ma famille, figure-toi. Je t'ai toujours connue et j'ai de l'affection pour toi comme si tu étais ma petite sœur. Alors pourquoi prendre le risque de tout gâcher ?

— Mais tu ne trouves pas que ça en valait la peine ?

Les mots avaient jailli de ses lèvres.

Damian la dévisagea longuement sans répondre, et elle se demanda s'il n'avait pas le pouvoir de la faire fondre sous son regard.

— Je n'ai pas envie de parler de ça, déclara-t-il enfin. J'ai besoin de toi pour ce dîner, c'est tout.

— Et, qu'allons-nous dire à Corinna ?

— Rien du tout. Il ne faut en parler à personne.

Il se redressa et la toisa de toute sa hauteur.

— Tu me donnes ta parole ?

Elle soupira.

— Je te donne ma parole.

— Très bien. Je t'enverrai l'heure et l'adresse du rendez-vous.

Il quitta la pièce sur ces paroles, et Lainey le regarda partir, figée sur sa chaise.

Le claquement de la porte derrière lui résonna dans l'appartement silencieux, puis elle n'entendit plus que les battements de son cœur.

Une soirée de plus avec Damian, à se faire passer pour sa fiancée…

Un large sourire se dessina alors sur ses lèvres et ne s'en effaça plus.

9

Damian accéléra la cadence, et ses pas rapides résonnèrent sur la promenade en planches qui bordait le fleuve Yarra.

Peu importait sa vitesse ou la puissance de la musique qui hurlait dans ses écouteurs, il ne parvenait pas à chasser Lainey de son esprit.

Maintenant qu'il savait que la mystérieuse rousse n'était autre que la meilleure amie de sa petite sœur, il aurait dû arrêter de fantasmer. Mais, au contraire, on aurait dit que cela l'excitait davantage.

De retour chez lui, il s'empressa d'ôter le T-shirt mouillé de transpiration qui lui collait au corps. Une légère douleur se diffusait dans ses muscles, signe qu'il avait un peu trop forcé aujourd'hui.

Il était plus tendu que d'habitude. Le stress, avait dit son coach sportif. Le manque d'échauffement et d'étirement, selon sa kiné. Trop de travail, à en croire son assistante.

Mais il savait que ce n'était rien de tout cela.

Le désir. Il le sentait courir sous sa peau depuis qu'il avait revu Lainey lundi soir. Le désir le taraudait en pleine journée, au milieu de la nuit, dans les recoins les plus sombres de ses rêves…

S'efforçant de penser à autre chose, il se glissa sous la douche et s'attarda sous le jet ferme, le temps que l'eau tiède soulage la tension de ses épaules.

Ce soir, ce serait un exercice de haute voltige.

Il ne pourrait recoucher avec Lainey en sachant qui elle était. Cela ne ferait que lui attirer des problèmes…

Parce qu'on ne couchait pas avec les filles auxquelles on tenait. Le sexe ne faisait pas bon ménage avec les sentiments, voilà ce que son expérience lui avait appris.

Mais, depuis le Carmina Ball, il ne pensait qu'à une femme bien précise, une belle et mystérieuse rousse qui avait réveillé sa libido d'une longue hibernation. Il s'était alors retrouvé affamé et bien décidé à profiter du printemps.

Rien qu'une fois…

La tentation flottait dans son esprit.

Serait-ce si ennuyeux de faire comme si Lainey était vraiment sa fiancée ?

Bon sang, elle était si belle, avec sa peau de porcelaine et ses petits seins arrogants rarement entravés par un soutien-gorge…

Au souvenir des pointes durcies sous ses pouces, il sentit son corps réagir. Alors, sans réfléchir, il referma sur son sexe une main emplie de gel douche.

Cela faisait des jours qu'il essayait de nier ses envies. Mais, là, il ne parvenait plus à les contrôler.

Soupesant le poids de son sexe dans sa paume, il relâcha bruyamment son souffle.

Les muscles de ses cuisses et de ses fesses se crispèrent tandis qu'il commençait à bouger la main en lents mouvements de va-et-vient.

Prenant appui contre le carrelage froid de la douche, il ferma les yeux et se donna du plaisir, avec de plus en plus de force et de hargne.

La jouissance, rapide et brutale, lui arracha un grognement sourd.

Voilà, il devrait s'en contenter. À aucun prix, il ne commettrait deux fois la même erreur.

Lainey s'était attendue à recevoir un mail indiquant l'heure et le lieu du rendez-vous pour le dîner, ou peut-être un texto ou même un appel téléphonique, bref, l'un des modes de communication qu'utilisaient les gens normaux…

Seulement, Damian ne faisait rien comme tout le monde.

Le lendemain du jour où il était passé chez elle, un colis fut livré par coursier, avec une note manuscrite.

Je passe te prendre vendredi à 19 heures. N'ouvre pas la boîte avant.

À partir de ce moment, elle fut sur les nerfs, cherchant le sommeil nuit après nuit. Posée dans un coin de la chambre, la grande boîte rectangulaire en carton argenté, incrustée en son centre du logo d'un grand couturier, semblait lui faire de l'œil.

Le vendredi finit tout de même par arriver. Le grand jour : elle allait revoir Damian !

Brûlante de curiosité, elle s'approcha en sous-vêtements de la mystérieuse boîte, fit courir ses doigts sur le logo et souleva le couvercle en retenant son souffle.

Le papier de soie aux couleurs de bonbons acidulés crissa sous ses doigts. Elle le repoussa d'une main impatiente et un tissu de couleur pourpre se révéla à elle. Une robe…

N'y tenant plus, elle la déplia à la hâte. C'était l'une de ces tenues ultra-moulantes faites de morceaux d'étoffe croisés à la façon d'un bandage. La forme droite était rehaussée par des pans de différentes matières : cuir, soie, lamé… Tous d'une couleur pourpre si profonde qu'elle paraissait parfois presque noire. Une fine fermeture à glissière dorée courait sur le devant, descendant de l'encolure, peu profonde, jusqu'au bas du vêtement.

Elle hésita. Combien une telle robe pouvait-elle coûter ?

À en juger par la marque, une fortune… Pouvait-elle accepter un tel cadeau ?

Il fallait reconnaître que Damian avait bon goût. Mais rien ne prouvait qu'il l'avait achetée lui-même, ni qu'il l'avait choisie pour elle. Il avait très bien pu demander à l'une de ses assistantes de s'en charger.

Elle se mordilla la lèvre.

Cherchait-il à la tester ? À instaurer son emprise sur elle en dictant les termes de leur prochaine soirée ?

Elle tint la robe devant elle et observa son reflet dans le miroir. L'effet était saisissant.

N'était-ce pas exactement ce dont elle avait besoin ? se demanda-t-elle. Un nouveau déguisement pour renforcer sa confiance en elle et l'aider à parvenir à ses fins ?

Dans cette tenue, nul ne la regarderait comme une pauvre fille qui ne méritait pas de se retrouver au bras de Damian McKnight.

Elle entreprit d'enfiler la robe, se trémoussant pour la faire glisser le long de son corps, puis elle chaussa une paire de stilettos aux talons vertigineux. L'ensemble était parfait ! Elle coiffa ensuite ses cheveux roux en boucles souples et appliqua un maquillage sombre et sophistiqué.

Il voulait qu'elle se comporte comme une fiancée follement amoureuse ? Elle allait lui en offrir pour son argent ! Et comme elle ne serait plus limitée par son déguisement et par son masque, elle saurait ce soir si c'était elle qu'il désirait, ou s'il avait seulement été attiré par le mystère qui entourait la fameuse « Arielle ».

Un vague sentiment de culpabilité l'envahit soudain. Cela l'ennuyait de faire tout ça dans le dos de Corinna. Cependant, Damian avait bien posé ses conditions : il ne fallait en parler à personne.

De toute façon, tout serait bientôt terminé, et qu'est-ce qu'une nuit de plus changerait ?

Le vol pour Londres était réservé, elle partait dans

deux semaines. Ce n'était pas comme si Damian et elle entamaient une liaison durable.

En outre, elle ne se faisait pas d'illusions sur elle-même. Elle n'était pas formatée pour le long terme, elle le savait. Elle était boute-en-train et pleine de fantaisie, on le lui avait dit quantité de fois, mais cela ne suffisait pas pour inscrire une relation dans la durée.

Allez ! Une dernière petite aventure avant de quitter le continent et de tirer un trait sur le passé…

Ensuite, elle mettrait les hommes de côté pour se consacrer à sa carrière. Lainey, la créative. Lainey, le gourou des réseaux sociaux !

Elle avait plein de projets d'avenir. De grands projets. Des projets qui n'avaient rien à voir avec l'amour.

Damian se gara à proximité du palais royal et tous deux descendirent de voiture.

— Tu penses réussir à t'en sortir ? demanda-t-il, tandis qu'ils se dirigeaient vers un ensemble d'escaliers roulants.

Il avait expliqué à Lainey sa détermination à signer un partenariat avec McPartlin & Co et lui avait exposé les grandes lignes de sa stratégie d'expansion.

Ensuite, ils s'étaient mis d'accord sur les détails de leur « relation ».

Ils sortaient ensemble depuis un an et s'étaient fiancés deux mois plus tôt. Ils restaient discrets à cause des médias, parce qu'Arielle ne voulait pas se retrouver sous le feu des projecteurs. La date du mariage n'était pas encore fixée, mais ils projetaient de toute façon une cérémonie privée sans décorum.

Il fallait rester dans le flou, mais pas trop, et éviter de multiplier les détails inutiles qui leur feraient perdre le fil de l'histoire.

— Ce n'est pas bien sorcier ! assura-t-elle.

— Il est vrai que tu as l'habitude de mentir…

Ils se trouvaient à présent dans le hall d'un luxueux bâtiment, et les talons de Lainey résonnaient sur le marbre.

— Si tu ne veux pas que je m'excuse, arrête de remettre toujours le sujet sur le tapis !

Damian appuya sur le bouton d'appel de l'ascenseur.

— Les excuses, ça ne sert à rien.

En attendant que les portes de la cabine s'ouvrent, il garda les yeux fixés droit devant lui, une main posée au creux des reins de Lainey.

— Tu savais exactement ce que tu faisais, ajouta-t-il.

— Et je l'assume.

— Vraiment ? Depuis que je te connais, tu surfes à travers la vie en laissant une multitude de victimes dans ton sillage.

Lainey avait les joues en feu. Comment pouvait-elle être attirée par un homme qui avait une aussi mauvaise opinion d'elle ?

— Il est vrai que tu as été très perturbé que nous ayons couché ensemble, rétorqua-t-elle avec colère. Je suis sûre que tu en garderas des séquelles à vie !

Il fut sur elle en une seconde, lui agrippant les épaules et l'obligeant à le regarder bien en face.

— As-tu une idée de ce que j'ai ressenti quand j'ai découvert que c'était toi, l'inconnue du bal ?

Peu désireuse de le savoir, elle opta pour le sarcasme.

— Tu as eu mal au ventre ?

— Exactement.

Elle ricana.

— C'est précisément ce qu'une femme a envie d'entendre.

— J'ai eu mal au ventre parce que je ne pouvais pas

arrêter de penser à toi. Parce que j'avais encore envie de toi !

Le visage de Damian était à quelques centimètres du sien et son souffle lui caressait la joue.

— J'étais malade de désir. J'aurais voulu que tu viennes chez moi pour que je puisse te déshabiller entièrement et explorer chaque centimètre de ton corps.

À ces mots, Lainey sentit une pulsation entre ses cuisses. Elle les serra l'une contre l'autre, mais cela n'eut aucun effet. Elle resterait en demande tant que Damian ne serait pas en elle.

— Or cela ne me plaît pas de penser à toi de cette façon-là, poursuivit Damian.

— Mais pourquoi ? protesta Lainey. Nous n'avons pas de liens de parenté. Nous n'avons rien fait de mal !

— Ne dis pas de bêtises. De toute façon, même si tu es complètement cinglée, je n'ai pas envie de tout gâcher avec toi. Ça n'en vaut pas la peine.

Lainey écarquilla les yeux. De quoi parlait-il ? Qu'y avait-il à gâcher entre eux ?

— Je ne comprends rien à ce que tu racontes..., souffla-t-elle.

— Ce que j'essaie de t'expliquer, c'est que, dès qu'il y a du sexe entre deux personnes, cela crée des tensions. Moi, je n'aime pas être jaloux, ou désappointé, ou revanchard. Et en couchant avec une personne que j'apprécie, je ne vais plus avoir le choix.

Lainey le dévisagea, ébahie.

— Tu es en train de me dire que tu... Que tu m'apprécies ?

La cloche de l'ascenseur retentit au moment où Damian allait répondre, et les portes s'ouvrirent, laissant sortit un flot de personnes. Leur petite bulle d'intimité venait d'exploser.

— Viens ! Il ne faut pas être en retard.

Ils montèrent au dernier étage, puis traversèrent un vaste hall grouillant d'animation jusqu'à une double porte coulissante. Le nom du restaurant n'était pas visible et, à en juger par la clientèle, il fallait montrer patte blanche pour entrer. Une hôtesse surgit devant eux dès qu'ils eurent franchi le seuil.

— Damian McKnight, quel plaisir ! s'exclama-t-elle.

Elle posa la main sur son bras, et il se pencha pour l'embrasser sur la joue.

— Ça me fait plaisir de te voir, Marcella !

— Nous vous avons réservé notre meilleure table, reprit la jeune femme en détaillant Lainey d'un regard plein de curiosité. M. McPartlin et son épouse ne vont pas tarder à vous rejoindre.

Sur ces mots, elle les guida à travers la somptueuse salle du restaurant. Des lustres gigantesques pendaient au plafond, mais l'éclairage n'en était pas moins tamisé, conférant au lieu une atmosphère intime et sensuelle. Les tables en bois sombre étaient flanquées de confortables fauteuils club en cuir noir et les murs, lambrissés d'acajou dans leur partie basse, étaient tapissés d'une toile rayée noire et or pâle.

Accrochée au bras de Damian comme à une bouée de sauvetage et prenant bien soin de ne pas trébucher, Lainey avançait en retenant son souffle tandis qu'ils naviguaient entre les tables.

— Détends-toi, lui murmura Damian. On dirait que tu vas faire une crise cardiaque.

— Je ne suis pas tendue, riposta-t-elle.

Ils atteignirent le fond de la salle, où des rideaux de la même étoffe soyeuse que celle qui recouvrait les murs délimitaient un petit espace privé.

— Je vous envoie notre serveur le plus expérimenté, indiqua Marcella. Mais n'hésitez pas à m'appeler si vous avez besoin de quelque chose.

Lainey grinça des dents. Cette fille était tout à fait le genre de Damian : raffinée, posée, civilisée, bref, tout ce qu'elle-même ne serait jamais. Sans doute s'étaient-ils déjà retrouvés tous les deux dans des lieux bien plus intimes que celui-ci…

— Elle est dingue de toi, souffla-t-elle à Damian dès que la jeune femme se fut éloignée.

— C'est juste une amie, répliqua Damian tout en lui présentant une chaise.

Il attendit qu'elle fût installée pour s'asseoir à son tour et ajouta :

— Écoute, Lainey ! Ce soir, je ne veux pas que tu penses à elle ni à qui que ce soit d'autre. Je veux que tu te concentres sur le rôle que tu as à jouer !

Elle hocha la tête en enroulant une mèche de cheveux autour de son index.

Elle avait les nerfs à vif. L'autre soir, avec son masque, elle s'était sentie pleine d'assurance et parfaitement maîtresse de la situation. À présent, elle avait l'impression d'être nue, vulnérable au plus haut point.

Damian avait peut-être raison. Faire l'amour avec une personne qui comptait occasionnait tout un chaos d'émotions auxquelles elle n'était pas préparée.

Ce n'était pas une excuse cependant. Certes, il lui était arrivé, au cours de sa vie, de devoir appeler ses amies au secours pour la tirer d'un mauvais pas, mais jamais elle ne revenait en arrière une fois qu'elle s'était engagée à quelque chose.

« Comme on fait son lit, on se couche. » Telle était sa devise.

10

Le dîner se déroula bien mieux que Damian s'y attendait. Le seul problème fut que McPartlin prit soin de changer de sujet chaque fois que lui-même essayait de parler affaires.

Avantage de taille, le vieil homme semblait avoir abandonné ses soupçons, et cette réussite, Damian la devait en grande partie à la brillante prestation de Lainey.

Celle-ci avait apporté son masque et Sandra, l'épouse de McPartlin, passa une bonne dizaine de minutes à en parler avec elle et à s'extasier sur son design.

De temps en temps, Lainey tournait les yeux vers lui, et un courant passait alors entre eux.

Il fallait dire que la robe qu'il lui avait achetée lui allait à ravir.

Les différentes étoffes épousaient les courbes voluptueuses de son corps, rappelant à Damian le trajet qu'avaient suivi ses propres mains sur ce même corps, et la longue fermeture Éclair qui courait sur le devant ne demandait qu'à être lentement descendue. Il se voyait déjà en tracer le parcours du bout de la langue sur la peau nacrée de Lainey.

— J'ai du mal à croire que vous ayez réussi à garder vos fiançailles secrètes, déclara Sandra en portant à sa bouche une tasse blanche bordée d'un cercle doré, où son rouge à lèvres laissa une trace écarlate. Les médias traquent sans pitié ce genre d'histoires. Comment avez-vous fait ?

— Ça n'a pas été facile du tout, soupira Lainey en posant tendrement la main sur la cuisse de Damian.

Son expression était affectueuse et naïve tandis que, sous la table, elle remontait la main vers son entrejambe.

Elle testa ainsi ses limites tout au long de la soirée, le touchant, déposant de doux baisers sur sa joue, puis souriant en frottant du pouce les marques de rouge à lèvres qu'elle avait laissées... Bref, jouant les fiancées amoureuses.

— Parfois, j'ai l'impression que ce n'est pas la réalité, lança-t-elle avec un pétillement malicieux dans le regard. Étant donné que nous ne nous affichons jamais ensemble... Mais le bal masqué a été pour nous une opportunité idéale puisque je pouvais dissimuler mon visage. C'était la première fois que nous sortions danser tous les deux, et personne ne savait qui j'étais !

— Moi-même, j'avais l'impression de ne pas savoir qui tu étais, renchérit Damian avec un tendre sourire.

Lainey lui pressa la cuisse, et le bout de son petit doigt vint frôler son début d'érection.

Damian prit une inspiration. Ils devaient cesser de parler de ce bal, parce qu'il avait de plus en plus de mal à repousser l'image de Lainey le chevauchant dans la limousine.

Il entrelaça ses doigts et posa leurs deux mains unies sur la table.

— Il faudra bien que vous l'annonciez publiquement, à un moment ou à un autre, fit remarquer Jerry. Des bruits vont commencer à courir...

— Pour être honnête, je ne veux plus vivre sous les projecteurs, dit Damian. J'en ai assez. Je veux me concentrer sur mon entreprise.

Il haussa les épaules.

— J'ai eu mes quinze minutes de gloire et, franchement, j'en ai détesté chaque seconde…

— Il y a des avantages et des inconvénients à être célèbre, commenta Jerry. Mais vous avez un visage télégénique, je l'admets.

— J'ai surtout un esprit cartésien, corrigea Damian. La télévision n'était pas faite pour moi. Elle n'a fait que me créer une réputation qui n'a rien à voir avec ce que je suis et dont je ne suis pas fier. Je ne suis ni un individu assoiffé de réussite ni un homme à femmes.

— Il est vrai que les médias ont tendance à présenter les choses comme cela les arrange, approuva Jerry. Et il serait stupide de prendre pour argent comptant tout ce qu'on lit ou tout ce qu'on voit.

Il but une dernière gorgée de café et reposa sa tasse sur la soucoupe.

— Quoi qu'il en soit, j'ai l'impression que la sacralité du mariage ne signifie plus rien pour les jeunes d'aujourd'hui. La monogamie est pourtant un concept merveilleux.

— Je suis entièrement d'accord avec vous.

Sur cette affirmation, Damian vida d'un trait son verre d'eau dans l'espoir de laver le goût amer dans sa bouche.

— Mon mari trouve aussi que la musique d'aujourd'hui est abominable, intervint Sandra. S'il existait une machine à remonter le temps, il retournerait dans les années cinquante et ne reviendrait pas.

— Il n'y a rien de mal à avoir de la moralité, s'indigna Jerry.

— Eh bien, maintenant que tu es monté sur ses grands chevaux, il est temps de partir ! estima Sandra avec un sourire. Un verre de vin, et il devient philosophe !

Damian réprima un sourire.

Avant de le connaître, il trouvait Jerry McPartlin

intimidant, mais il voyait bien, à présent, que c'était sa femme qui tirait les ficelles en coulisses.

— Avant de partir, je dois aller faire un petit tour en cuisine, annonça Jerry en se levant.

— Toujours en train de travailler ! soupira Sandra en l'imitant, avant de se tourner vers Lainey. Je suppose que Damian est comme ça aussi ?

— Absolument, acquiesça Lainey. Damian ne vit que pour son travail.

Le jeune couple s'était levé à son tour, et Jerry tendit la main à Damian.

— Écoutez, je veux bien vous accorder un rendez-vous. Mais attention, je ne vous promets rien. Si vous voulez que je change de partenaire, il va falloir m'offrir mieux que la compagnie avec laquelle je travaille, ce qui sera difficile. Et à un meilleur prix…

— J'y parviendrai, assura Damian d'un ton confiant.

— Ah, l'arrogance des jeunes ! s'exclama Jerry, avec un petit sourire. Encore un défaut de la nouvelle génération !

— Allez, allez, vieux ronchon ! fit Sandra en glissant un bras sous celui de son mari. Il est temps d'y aller.

— Si vous voulez prendre un verre dans un endroit discret, il y a un bar VIP de l'autre côté de cette porte, indiqua Jerry. Allez-y, c'est très privé et personne ne viendra vous ennuyer.

— Ça me paraît être une très bonne idée, approuva Lainey avec un sourire poli.

Dès que Jerry et Sandra eurent tourné les talons, elle se pencha vers Damian, enthousiaste.

— On prend un verre ?

— Il vaut mieux que je te reconduise chez toi.

— Oh ! Allez, juste un verre ! Tu cherches à faire des affaires avec ce type, ce serait impoli de refuser !

— Bon, marmonna Damian, un verre, mais c'est tout.

Avec l'air d'un chat qui venait de laper tout un bol

de crème, la jeune femme se glissa sans l'attendre hors du salon privé où ils avaient dîné et se dirigea vers la porte indiquée.

Il la regarda s'éloigner, admirant le balancement de ses hanches sous le tissu moulant de la robe.

Son corps réagit aussitôt et il se le reprocha.

D'ordinaire, il n'avait aucune peine à entretenir des relations platoniques avec les femmes. Il avait pour mot d'ordre de ne jamais coucher avec ses amies proches, et aucune fille de son entourage ne lui avait jamais donné envie de déroger à cette règle.

Mais Lainey, inexplicablement, le rendait fou de désir…

S'efforçant malgré tout de garder la tête froide, il la suivit dans le bar VIP.

Il régnait dans la salle une atmosphère feutrée propice à l'intimité. Damian reconnut un homme politique local et un présentateur d'émission télévisée mais, à son grand soulagement, personne ne prêta attention à lui.

Lainey était déjà assise au bar et avait même reçu sa commande. Lorsqu'il la rejoignit, elle faisait tourner son doigt sur le rebord du verre d'un mouvement languide, et il l'imagina aussitôt faisant de même sur son sexe.

— Dépêche-toi de boire, lui lança-t-il, que je te ramène chez toi !

— Je parlais d'un verre pour toi, répondit-elle avec un sourire moqueur. Moi, je n'ai pas l'intention de me limiter…

Il secoua la tête, excédé.

— Qu'est-ce que tu es en train de faire, Lainey ?

— Je prends un verre avec mon fiancé.

Ses yeux bruns étaient perçants comme de l'ambre poli.

— Tu m'as invitée, ajouta-t-elle. Le moins que tu puisses faire, c'est me laisser profiter de l'endroit.

Elle pencha la tête, et une mèche de cheveux vint lui recouvrir l'œil de façon très sensuelle. Puis elle trempa le petit doigt dans son verre et le suça. Un peu de liquide crémeux resta sur ses lèvres.

La bouche sèche, Damian baissa la main pour se rajuster et sentit son sexe durci qui pressait contre la fermeture de son pantalon.

Bon sang, comment parvenait-elle à faire ça ?

— Qu'est-ce que tu bois ? demanda-t-il en essayant de détourner les yeux de son décolleté.

— De la liqueur de banane.

Elle porta le verre à ses lèvres et renversa la tête en arrière.

Le désir tétanisa Damian, et il ne vit plus que la colonne ivoire de son cou vibrant sous la déglutition.

— C'est délicieux !

Elle se lécha les lèvres pour appuyer ses paroles.

— Tu devrais essayer !

Résistant à l'envie de l'attirer dans ses bras et de l'embrasser sauvagement, il s'approcha du comptoir pour dissimuler son érection.

— Tu es ivre ?

— Pas encore.

Elle sourit, et il vit la pointe rose de sa langue entre ses dents.

— Mais je pourrais l'être bientôt…

— Maîtrise-toi, Lainey, lui ordonna-t-il.

Elle leva les yeux au ciel.

— Quel rabat-joie, celui-là ! Tu ferais bien d'apprendre à t'amuser un peu !

— Ta conception de l'amusement est un peu excessive pour moi.

Il fit signe au barman. Quelque chose de sec et de rude lui semblait approprié. Plus vite il boirait son verre, plus vite il pourrait s'en aller.

— En plus, il se fait tard, remarqua-t-il. Il vaudrait mieux que je t'appelle un taxi.

Lainey lui saisit le poignet, et il lui sembla que ses doigts fins le brûlaient tandis qu'elle orientait la montre vers elle.

— Il est 23 heures. La nuit ne fait que commencer !

— Ne sous-estime pas les bienfaits du sommeil.

Bon sang, il avait l'impression de parler comme un vieillard. D'ailleurs, comparé à elle, il l'était.

Leurs dix ans de différence le contrariaient et, du même coup, le rendaient moins sûr de lui.

D'autant que Lainey lui faisait l'effet d'un rayon de soleil, si joyeuse et si optimiste que cela le terrifiait.

— Je dormirai quand je serai morte, répliqua-t-elle avec un clin d'œil.

Quand son scotch arriva, Damian s'empara du verre d'un geste brusque et le but d'un trait, recherchant la sensation de brûlure dans sa poitrine. Il obtint l'effet escompté, et cela lui fit un bien fou.

Un silence plana un long moment, puis Lainey l'informa soudain :

— Je ne vais pas tarder à partir.

— Bien. Envoie-moi un texto pour me dire que tu es bien arrivée chez toi.

— Non, je parlais de quitter le pays.

Elle s'interrompit pour lancer une nouvelle commande, une coupe de champagne, cette fois.

— Pour toujours, probablement.

— Probablement ?

Elle leva les yeux vers lui.

— Je l'espère.

Ces mots firent à Damian l'effet d'un coup de poing dans l'estomac.

Si elle lui avait annoncé cette nouvelle une semaine

plus tôt, il lui aurait adressé un signe de la main et souhaité bonne chance. Désormais, tout avait changé.

— Qu'est-ce que c'est que cette histoire ?

— J'ai trouvé un job à Londres. Consultante en réseaux sociaux pour un coiffeur de stars.

— Félicitations…

Le mot resta coincé dans sa gorge comme une épine de cactus.

Il déglutit, mais une boule s'était formée dans son gosier.

— Tu en as parlé à Corinna et à Imogen ?

— Oui. Je pars à la fin de la semaine prochaine.

Damian réfléchit. Il aurait dû se sentir soulagé, puisque la source de sa tentation ne serait bientôt plus là. Or, au contraire, il lui semblait que quelque chose était en train de glisser sous ses pieds et menaçait de lui faire perdre l'équilibre.

— C'est bientôt, dis-moi…

— Oui.

Elle leva vers lui la coupe de champagne que le garçon venait de déposer devant elle.

— Aux nouveaux départs ! lança-t-elle.

— Et aux vieux amis !

À ces mots, une expression étrange passa sur le visage de Lainey tandis qu'elle buvait une gorgée.

Était-ce de l'émotion ? Il n'aurait su le dire. Elle était plutôt douée pour dissimuler ce qu'elle ressentait.

— Nous sommes amis ? J'ai toujours pensé que tu me voyais comme une petite cousine extrêmement agaçante.

— L'un n'empêche pas l'autre.

Elle lui donna une petite tape sur le bras.

— Donc, tu penses que je suis agaçante ?

— Tu vas me manquer, dit-il sans répondre.

Il regretta ces paroles dès qu'elles eurent franchi ses lèvres. Face à lui, Lainey le dévisageait, les yeux écarquillés.

— Toi aussi, tu vas me manquer, finit-elle par répondre.

— En fait, tu ne comptes pas revenir ?

— Non.

Elle inclina la tête.

— Cela veut dire que tu vas devoir trouver une explication à notre rupture, ajouta-t-elle.

— Je trouverai quelque chose.

Elle lui adressa un sourire narquois.

— Tu n'as qu'à dire que tu n'arrivais pas à satisfaire mes exigences au lit.

— Tu as bien vu que je ne me débrouillais pas trop mal dans ce domaine.

— Une nuit ne suffit pas pour en être sûre.

Elle se mordilla la lèvre inférieure.

— Je suis peut-être tombée sur un soir exceptionnel.

Il se pencha vers elle, et son parfum, mêlé à l'odeur de l'alcool dans son haleine, lui parvint aux narines.

— Ce n'était pas un soir exceptionnel, et tu le sais très bien.

Contre toute prudence, il la prit par la taille et l'attira contre lui.

Il vit alors les joues de Lainey s'enflammer et ses seins tendre le tissu de la robe, tandis qu'elle respirait un peu plus fort, un peu plus vite.

— Et moi aussi, je le sais, lui souffla-t-il à l'oreille.

— Que nous sommes bien ensemble ? demanda-t-elle dans un souffle.

— Au lit, oui.

— Alors, pourquoi ne pas recommencer ?

Elle leva la main, et le bout de ses doigts vint effleurer les boutons de la chemise de Damian.

— Pourquoi ne me dis-tu pas la vérité ?

— À quel sujet ?

— Sur ce que je t'inspire…

Elle le fixait de ses yeux immenses, et il se demanda soudain comme il avait pu ne pas les reconnaître au bal.

— Ce que tu m'inspires ? Que veux-tu savoir au juste ?

— Est-ce que tu as fantasmé sur moi ?

— Oui.

— Raconte-moi.

— Pourquoi ?

Elle parut hésiter et détourna la tête pour ajouter :

— Parce que, moi, j'ai passé une bonne partie de ma vie à me dire que mes sentiments étaient à sens unique.

— Ils ne l'étaient pas. Seulement, je savais que ça ne nous mènerait nulle part, alors je ne t'ai rien dit.

— Mais tu es attiré par moi ?

Il enveloppa d'un regard appréciateur sa longue silhouette lascive.

— Comment aurais-je pu ne pas l'être ? Je ne vois pas quel homme hétéro pourrait te résister.

Elle fronça les sourcils. Manifestement, cette réponse n'était pas à son goût.

— Tu veux dire que tes réactions sont uniquement biologiques ?

— Non, pas du tout ! Mais ce n'est pas parce que tu m'attires que nous sommes forcément compatibles, tous les deux. Et, de toute façon, je ne veux pas m'engager.

— Moi non plus.

Il la fixa quelques instants encore, déployant tous ses efforts pour s'en tenir aux règles qu'il s'était fixées.

— Tu devrais rentrer, maintenant, murmura-t-il.

— Non !

Il voulut se détacher mais, déjà, elle se blottissait contre lui, pressant le visage dans le creux de son cou.

Le suave parfum féminin l'enveloppa alors, et il eut de la peine à respirer. Elle avait l'odeur d'un jardin en été, mûr et appétissant, et ses cheveux roux le chatouillaient au-dessus du col de sa chemise.

— Emmène-moi chez toi, l'implora-t-elle d'une toute petite voix.

Il secoua la tête.

— Ce n'est pas une bonne idée.

— Pourquoi en faire toute une histoire ? se récria-t-elle en se détachant. Ce sera juste sexuel. Tu en as envie. J'en ai envie. Pourquoi se priver de prendre du bon temps ?

Il ne répondit pas, car le barman s'approchait d'eux.

— Vous désirez autre chose ? s'enquit-il.

— Non, merci, nous avons terminé, répondit Damian en posant un billet de banque sur le comptoir.

Il attendit que le garçon se fût éloigné pour se tourner vers Lainey.

— On est bien d'accord ? lui souffla-t-il. C'est juste sexuel ?

Elle hocha la tête.

— Absolument.

11

Alors qu'elle quittait le restaurant au bras de Damian, Lainey sentait son cœur tambouriner comme dans un concert de percussions.

Même dans ses rêves les plus fous, elle n'avait osé espérer vivre ce qui était en train de se passer.

Elle allait avoir cet homme pour elle, rien que pour elle, sans déguisement ni tricherie cette fois, dans une vraie chambre !

Bien sûr, ce serait uniquement sexuel, mais c'était déjà mieux que rien. Et puis, elle était sûre qu'au bout du compte il y aurait bien davantage entre eux. Damian se montrerait attentionné, prévenant, il chercherait à lui donner tout le plaisir qu'une femme pouvait attendre d'un homme. Il était celui qu'elle avait toujours voulu avoir et ce n'était pas pour rien.

Damian était parfait.

Sauf, peut-être, qu'il ne parvenait pas à lâcher prise. Toutefois, elle disposait de toutes les armes pour l'aider dans ce domaine.

L'air nocturne lui rafraîchissait agréablement les bras et les jambes tandis qu'ils marchaient sur le boulevard, mais il ne pouvait apaiser l'incendie qui faisait rage à l'intérieur.

Concentrée sur la force du bras de Damian, elle mettait un pied devant l'autre en veillant à garder son équilibre sur ses stilettos.

Ils bifurquèrent bientôt pour déboucher dans une rue transversale où s'élevait un luxueux hôtel. Damian voulut l'entraîner dans la porte tambour, mais elle se figea.

— Que faisons-nous ici ? demanda-t-elle, surprise.

— Tu m'as dit que tu voulais passer la nuit avec moi.

Elle secoua la tête, déçue et vexée.

— Tu m'emmènes à l'hôtel ?

— Non, je t'emmène chez moi.

— Mais…

Le visage de Damian était dur et sa bouche se réduisait à une fine ligne tendue. Sans rien ajouter, il la força à le suivre et se dirigea vers les ascenseurs.

— Je ne comprends pas, Damian, murmura-t-elle.

Cela n'avait aucun sens. Elle était souvent allée chez lui avec Corinna. Il possédait un magnifique appartement avec une vue époustouflante sur Southbank et le fleuve, une machine à café qui faisait un cappuccino parfait et un canapé divinement confortable.

— J'habite ici, indiqua-t-il avec un soupir contrarié.

Il appuya sur le bouton d'appel de la cabine avant d'ajouter :

— Pour le moment.

— Ah bon ? Et tu gardais ça secret ?

— Pas vraiment. Mais Corinna sait que je suis un type discret, au cas où tu te demanderais pourquoi elle ne t'en a jamais parlé.

Bizarre, songea Lainey. Il devait y avoir une histoire derrière ça.

Elle se promit d'essayer d'en savoir plus. Mais, pour le moment, elle avait d'autres préoccupations en tête.

Les portes de l'ascenseur s'ouvrirent, les invitant à entrer.

Les miroirs qui tapissaient les parois reflétaient la confusion de Lainey tandis qu'elle observait Damian.

Ce dernier appuya sur le bouton du dernier étage en évitant son regard.

Le couloir était silencieux et il y avait peu de portes. Ils s'arrêtèrent devant la première, que Damian ouvrit, puis tint ouverte pour Lainey comme il en avait l'habitude.

Le parfait gentleman. Depuis toujours.

— Ma parole ! s'exclama-t-elle.

D'immenses baies vitrées couraient sur toute la largeur de la pièce, offrant une vue magnifique sur la ville illuminée.

Damian introduisit sa clé magnétique dans un boîtier près de la porte et les lampes s'allumèrent. La pièce était plus vaste qu'un salon ordinaire, avec une kitchenette et un coin bureau.

Lainey se précipita vers la baie vitrée et s'y colla. Ainsi, elle avait l'impression d'être suspendue dans le vide, de flotter au-dessus de la ville.

— C'est fantastique, souffla-t-elle, et son haleine embua la vitre.

Quand elle se retourna, elle constata que Damian l'observait intensément.

— Oui, mais c'est temporaire, commenta-t-il en lui tendant la main. Allez, viens ! Il est l'heure d'aller se coucher, princesse…

Avec son élégance et sa distinction, il semblait tout à fait à sa place dans ce lieu. Elle, en revanche, se sentait mal à l'aise avec ses talons trop hauts et sa robe trop sexy. Que faisait-elle ici ?

Lorsqu'ils pénétrèrent ensemble dans la superbe chambre baignée du halo argenté du clair de lune, Damian ôta sa cravate et ouvrit le col de sa chemise, révélant le duvet brun qui ombrait son torse et qui, elle le savait, descendait en sillon étroit vers le ventre, avant de s'épanouir autour du sexe.

En le voyant ainsi, elle se demanda soudain ce que

cela ferait de sentir son poids sur elle, qui l'enfoncerait dans ce large matelas. Sans réfléchir, elle tendit le bras vers lui en un mouvement rendu gauche par la nervosité.

Il ne fit pas un geste vers elle. Ses pupilles étaient plus sombres que la nuit et il respirait de façon saccadée.

Lainey connaissait les signes. Elle les avait déjà observés la première fois qu'elle avait essayé de l'embrasser, trois ans plus tôt. La première réaction de Damian avait été d'aller vers elle, mais il s'était aussitôt ressaisi.

À présent, il avait la même posture, tout en crispation. Cette fois, cependant, elle ne le laisserait pas se dérober.

D'autant qu'elle savait désormais quel amant surdoué il était…

— Je m'étais promis de ne jamais m'aventurer sur ce terrain, déclara-t-il.

— Trop tard !

— Il n'est jamais trop tard pour faire les choses dans les règles.

Il s'écarta en repoussant ses mains impatientes.

— Je peux encore te raccompagner chez toi et, demain matin, nous ferons comme s'il ne s'était rien passé.

— Ne viens pas me dire que tu es capable de m'oublier ! plaisanta-t-elle.

— J'ai dit « nous ferons comme si ». Je n'ai pas dit que nous allions bel et bien nous oublier.

Il secoua la tête et ses cheveux sombres chatoyèrent sous le clair de lune.

— Malheureusement pour moi, ce ne serait pas possible, ajouta-t-il.

Il n'en fallut pas davantage à Lainey pour se décider. Sans attendre, elle tira sur la fermeture Éclair de sa robe et la descendit avec lenteur. Dans le silence, le frottement des mailles métalliques paraissait démultiplié.

Le regard de Damian suivit le mouvement, fixant chaque centimètre de peau ainsi révélé.

— Nom d'un chien…, murmura-t-il quand elle eut libéré les deux pans de la robe. Tu étais nue là-dessous pendant toute la soirée ?

— Hum…

D'un mouvement d'épaules, elle fit tomber la robe à terre et s'avança vers lui en tanguant sur ses talons aiguilles.

— Et maintenant, à ton tour !

Cette fois, il ne chercha pas à protester.

Il ôta sa veste et défit les boutons de sa chemise, dont il se débarrassa d'un geste impatient.

Dans la lumière froide de la lune, son torse paraissait moins hâlé que la première fois, mais chaque muscle était dessiné à la perfection. Lainey resta un instant bouche bée devant cet homme puissamment viril qui exsudait une sensualité torride, puis elle se reprit et posa une main sur sa cuisse. Elle sentit aussitôt des muscles vibrer sous ses doigts. Enhardie, elle s'aventura plus haut, pour frôler son érection du bout des ongles.

Elle ne put aller plus loin, car il lui saisit le poignet et écarta sa main.

— Non, Lainey, commanda-t-il. Pas tout de suite !

Docile, elle abandonna son premier projet et lui prit le visage en coupe pour l'attirer à elle et l'embrasser avec une fougue mêlée d'impatience.

Plaquée contre lui, elle fouilla sa bouche avec fièvre tandis que la boucle de la ceinture s'enfonçait dans son ventre.

Jamais elle n'avait eu envie d'un homme à ce point. Nue devant lui, elle le voulait tout entier.

Lorsqu'il laissa échapper un gémissement guttural, elle comprit qu'il avait cessé de résister. Alors consciente du pouvoir qu'elle avait sur lui, elle éprouva un plaisir si intense qu'elle fut parcourue de frissons.

Il était là pour elle, exactement comme elle le voulait, et il n'y avait plus ni déguisement ni mensonge.

La tension se relâcha tout à coup dans les épaules de Damian, et leur baiser se fit plus profond.

La température dans la pièce semblait avoir monté de plusieurs degrés et l'air vibrait d'électricité.

Damian enfonçait à présent farouchement les doigts dans ses hanches, tandis que ses dents s'étaient mises à rudoyer son sein gauche.

Il était en train de marquer son territoire, d'affirmer qu'elle était sa propriété, et elle sentit sa propre excitation monter encore d'un cran.

Soudain il la souleva et, comme par réflexe, elle noua les jambes autour de ses hanches tendues à l'extrême.

Tandis qu'elle s'accrochait à ses épaules, il fit deux pas, et elle sentit son dos entrer en contact avec la froide paroi de verre de la baie vitrée.

La barbe naissante de Damian lui irritait la peau tandis qu'il la dévorait de baisers et la mordillait ici et là. Elle se laissait faire, désireuse de voir les marques qu'il déposait sur son corps, de constater l'évidence de son désir.

Un frémissement lui parcourut soudain la colonne vertébrale et une pulsation presque douloureuse se mit à battre au fond de son sexe.

— Repose-moi, implora-t-elle. Je veux te toucher moi aussi…

— Pas encore, ma belle.

Elle prit une inspiration, frustrée, et il continua à explorer de la bouche, de la langue et des dents chaque parcelle du corps qu'elle lui offrait avec délice. Puis, tout à coup, il se dirigea vers le lit, la portant toujours enroulée autour de lui, et la déposa sur le matelas pour s'agenouiller devant elle et poser la bouche entre ses cuisses.

Elle retint son souffle. Déjà, la langue experte de Damian s'était lancée dans l'exploration de sa féminité pour s'attarder avec une délicieuse lenteur dans ses replis les plus secrets, provoquant à travers elle des ondes de choc qui lui arrachaient des gémissements rauques. Il était devenu impossible de protester, et elle s'abandonnait avec délectation à cette incroyable volupté, soumise et consentante.

Qu'avait-il fait pour mériter une femme aussi merveilleuse dans son lit ?

Interrompant délibérément l'expérience torride qu'il était en train de faire vivre à Lainey, Damian se mit à tracer de la langue un chemin entre le pli de l'aine et l'intérieur du genou.

Il allait prendre son temps, obliger sa partenaire à le supplier.

Il avait envie d'elle depuis si longtemps…

Elle était comme un bon repas, une boisson fraîche en plein désert, la lumière au bout du tunnel, bref, tous les fichus clichés auxquels on pouvait penser.

Cette fois, c'était la réalité. Il ne rêvait pas.

Elle se tortillait sur le lit tandis que, avec une infinie lenteur, il explorait tous les pleins et les déliés de son corps, la rondeur de ses seins ou de ses hanches, la douceur de son ventre et de ses cuisses…

D'humeur taquine, il donna un coup de langue sur le bourgeon gonflé et sensible de son clitoris, et elle lui enfonça les ongles dans les épaules, lui infligeant une délicieuse douleur tandis qu'elle soulevait les hanches à la rencontre de son visage.

— Patience ! souffla-t-il en dessinant des volutes avec sa langue.

Chaque caresse était légère, douce, inachevée, et visait

à procurer de délicieuses sensations tout en laissant l'orgasme hors de portée.

— Tu es un homme cruel, Damian, cria Lainey en rejetant la tête en arrière. Je ne peux plus… Je ne peux plus supporter tout ce que tu me fais.

— Mais si, bien sûr que tu peux.

Malgré ces paroles, le désir qui montait en lui envahissait tous ses sens, et Damian commençait lui-même à perdre le contrôle. Les gémissements fiévreux de Lainey ne faisaient qu'ajouter à son émoi.

La jeune femme était à présent semblable à une grenade prête à exploser et à les brûler l'un et l'autre.

Et, lui, il avait très envie d'être brûlé.

— Damien, s'il te plaît…

Tout en prononçant ces mots, elle tira sur ses cheveux pour l'obliger à relever la tête.

— Je ne suis pas suffisamment fière pour ne pas te supplier, tu sais.

Le rire rauque dont elle accompagna ces paroles fit courir un feu brûlant dans les veines de Damian, et il dut retenir les mots qui lui venaient à l'esprit et tournoyaient dans sa tête. Des mots crus, vulgaires… qu'il ne prononça pas parce qu'il avait des sentiments pour Lainey. On ne parlait pas comme ça à une princesse.

— Je t'en prie ! reprit-elle. J'ai besoin de jouir.

Sensible à son désarroi, il acquiesça et glissa un doigt en elle. Aussitôt, les muscles se crispèrent autour de lui, et il se délecta de son début d'orgasme, qu'il contrôla en maintenant délibérément la jeune femme au bord du précipice et en lui interdisant de basculer.

— Tu as un goût délicieux, murmura-t-il contre son sexe. Tu es si douce, si parfaite…

Il prit son clitoris entre ses lèvres, l'aspira doucement, lui imposa encore quelques secondes la torture, puis acheva de lui donner ce qu'elle voulait.

Des cris de plus en plus forts et rapides jaillirent de sa gorge, et elle finit par hurler son nom.

Il ne s'écarta d'elle qu'une fois les dernières vagues de l'orgasme évanouies, alors qu'elle gisait écartelée sur le lit, la peau humide et luisante sous le clair de lune.

Alors il vint se placer à côté d'elle, posa un long baiser sur ses lèvres et la prit dans ses bras.

— Je savais que tu serais doué pour ça, lui dit-elle en se blottissant contre lui.

De la pulpe des doigts, elle traça des cercles dans son dos, avant de faire la même chose du bout de ses ongles.

— Tu as une bouche à procurer des orgasmes, ajouta-t-elle.

Il se mit à rire.

— C'est un compliment ! Je le mérite vraiment ?

— Oui, vraiment.

La main qu'elle promenait sur lui quitta son dos et alla prendre en coupe le renflement de son érection prête à exploser sous le boxer.

— Je crois que nous devons te libérer de ça, estima-t-elle avec un sourire malicieux.

Damian ne se fit pas prier pour se débarrasser du caleçon, puis il ouvrit le tiroir de la table de chevet et tâtonna à la recherche d'un préservatif.

Cela faisait si longtemps qu'il n'était pas sûr d'en avoir encore. Quand ses doigts entrèrent en contact avec une pochette d'aluminium, il poussa un soupir de soulagement.

Une fois protégé, il se positionna au-dessus de Lainey, une main posée de chaque côté de sa tête. Le matelas tangua sous son poids tandis qu'il lui écartait les jambes avec son genou.

— Je pense à ça sans arrêt depuis l'autre nuit, avoua-t-il.

— Même quand tu me disais que c'était une erreur ?

— Ce n'est pas parce que je voulais faire les choses dans les règles que je n'avais pas envie de me perdre en toi.

— Et maintenant ?

— Maintenant… si tu continues à parler, je vais être obligé de te bâillonner, parce que je ne peux pas attendre une seconde de plus.

Elle ouvrit la bouche comme pour dire quelque chose, mais la referma aussitôt.

— Sage décision, princesse, acquiesça-t-il.

Assuré de la trouver prête pour lui, il la pénétra avec rudesse, profondément.

Lorsqu'elle voulut poser les paumes sur son torse, il lui prit les poignets d'une seule main et lui releva les bras au-dessus de la tête.

Depuis la nuit du bal, combien de fois avait-il imaginé ce moment ? Cependant, ses rêves n'étaient qu'un pâle reflet de ce qu'il ressentait en cet instant, immergé dans le fourreau étroit et brûlant du sexe de Lainey. Comme deux pièces de puzzle s'emboîtant à la perfection, leurs deux corps semblaient faits l'un pour l'autre.

Les bras de la jeune femme se tordaient en tous sens, essayant d'échapper à sa poigne, tandis que ses hanches cognaient contre les siennes.

— Garde les mains au-dessus de la tête ! commanda-t-il. Ne m'oblige pas à arrêter…

— Non, n'arrête pas, s'il te plaît…

Sûr qu'elle lui obéirait, il la libéra. Comme il le lui demandait, elle conserva ses bras relevés et ses doigts se crispèrent autour des barreaux de la tête de lit.

— Maintenant, dis-moi ce que tu veux, Lainey, lui dit-il.

— Je…

Elle cessa de gémir et il glissa une main entre eux pour aller la poser sur son clitoris.

— Oh ! C'est complètement fou…, souffla-t-elle. J'ai… J'ai encore envie de jouir !

Il posa les lèvres contre son oreille.

— Tu as encore envie de jouir, petite gourmande ?

— Oui, approuva-t-elle, sa tête battant de droite à gauche. Envie de jouir sous tes doigts.

Oh ! Nom d'un chien !

Comme s'il ne suffisait pas qu'elle soit si parfaitement réceptive et qu'elle cède avec volupté aux chocs qu'il lui imposait, le désespoir qui faisait vibrer sa voix le rendait fou.

Pressant son clitoris, il y dessina des mouvements circulaires jusqu'à ce qu'il la sente se resserrer autour de son sexe, le corps agité de puissants soubresauts.

Au prix d'un effort surhumain, il se retint encore une seconde puis, perdant toute notion du temps et de l'espace, il bascula à son tour dans un autre univers.

Quelques longues minutes plus tard, il roula sur le dos en entraînant Lainey avec lui.

Elle enfouit alors le visage dans le creux de son cou et murmura son prénom dans un gémissement de bien-être qui fit à Damian l'effet douillet et réconfortant d'une chaude couverture.

Lorsqu'il eut recouvré ses forces, il se leva en soulevant Lainey dans ses bras et la porta jusqu'à la salle de bains. Là, il la déposa devant le lavabo tandis qu'il remplissait la baignoire.

Dans le miroir, il aperçut de légères marques rouges aux endroits où il l'avait agrippée.

Demain, les preuves de cette nuit passée ensemble auraient disparu. Il ne leur resterait plus que des souvenirs.

Après avoir testé la température du bain, il aida la jeune femme à s'installer dans la baignoire et prit place derrière elle.

Lorsqu'elle appuya la tête contre son torse, ses longs cheveux roux se mirent à danser à la surface de l'eau tandis que le robinet continuait à couler.

Pensivement, il traça des cercles à l'intérieur des cuisses de la jeune femme. Dans son esprit toutefois, l'inquiétude perçait. Que se passerait-il demain ?

Elle dut sentir son changement d'humeur, car elle lui prit la main avec un sourire.

— Arrête de ruminer, murmura-t-elle.

Entrelaçant ses doigts aux siens, elle ajouta d'un ton confiant :

— Tout va bien se passer.

12

Damian se réveilla le lendemain matin avec l'impression d'avoir été transporté au paradis.

Roulant sur le côté, il chercha Lainey des yeux, mais le lit était vide.

Étonné, il se redressa et s'adossa à l'oreiller.

Soudain, des bruits lui parvinrent de la kitchenette et il comprit que Lainey n'était pas loin. Soulagé, il se leva et enfila son pantalon.

Il étouffa un bâillement en pénétrant dans la partie principale de la suite et se passa la main dans les cheveux. Cela faisait longtemps qu'il ne s'était pas senti épuisé à ce point.

Il n'y avait rien à dire, cela avait été une agréable façon de se fatiguer, mais à présent il lui fallait de toute urgence une bonne tasse de…

— Café ? proposa Lainey en surgissant devant lui, un mug fumant à la main.

— Ma parole, tu es un ange ! s'exclama-t-il.

La description était on ne peut plus juste. Des jambes interminables prolongeaient le bas d'un T-shirt blanc — un T-shirt à lui — qui la couvrait tout juste. Sous le fin tissu de coton, saillaient les pointes de ses deux petits seins tentateurs.

Il plissa le front.

— Tu es toujours là ?

— Tu pensais que j'allais m'enfuir ?

Elle s'assit sur la table basse et croisa les jambes.

Il avait espéré avoir moins de mal à lui résister à la lumière du jour, sans la robe et les talons aiguilles, mais non. C'était encore pire…

— Je n'étais pas certain que tu aurais envie de rester, avoua-t-il en s'asseyant sur le canapé.

Elle inclina la tête.

— Et toi, tu as envie que je m'en aille ?

Ah, l'éternelle question !

Il l'évitait généralement en mettant les voiles avant qu'il ne soit nécessaire de communiquer. Mais ce n'était pas ainsi qu'il avait envie de se comporter avec Lainey.

— Je n'ai pas dit ça.

— Tu as l'air un peu fatigué.

Il leva les yeux au ciel, et elle sourit.

— Vas-y, bois ! conseilla-t-elle.

Il secoua la tête.

— Toujours la même vieille Lainey qui régente son monde !

Il l'écouta toutefois et se mit à siroter le café.

— J'ai une proposition à te faire, reprit Lainey.

Elle posa les pieds sur le canapé à côté de lui, lui offrant la vision de kilomètres de peau laiteuse.

— Je vais rester ici et si, d'ici minuit, tu n'as pas eu à nouveau l'envie de me faire l'amour, je m'en irai et il ne sera plus jamais question de ça entre nous.

— C'est une variante de Cendrillon pour adultes ? s'enquit-il en la considérant d'un regard moqueur par-dessus le rebord de sa tasse.

Elle lui tira la langue.

— Plutôt de *La Belle et la Bête.*

— Charmant !

— Donc, on est d'accord ?

Elle posa les deux mains sur les épaules nues de

Damian et se pencha en avant. Les pointes de ses cheveux virent lui caresse le torse.

— Sans vouloir te décourager, ajouta-t-elle, je crois que toutes les chances sont de mon côté.

Elle approcha la bouche de ses lèvres, tandis que ses genoux lui écartaient les cuisses.

Le sang de Damien se mit à bouillir dans ses veines comme si elle l'avait branché sur une prise électrique. Chaque respiration devint une épreuve tandis que le désir le submergeait.

Bon sang, comment faisait-elle ça ?

Elle s'écarta aussitôt de lui en lui décochant un clin d'œil.

— Je vais prendre une douche. Tu peux me rejoindre, si tu veux.

Puis elle s'éloigna en balançant les hanches, ses cheveux flottant derrière elle telle une bannière de soie écarlate.

Une telle arrogance aurait dû exaspérer Damian, mais non : il la trouva charmante et réconfortante. Lainey le connaissait bien et elle ne cherchait pas à se ranger à son avis quoi qu'il dise, ce que les femmes faisaient généralement avec lui depuis l'émission de télé. Il était reposant d'avoir avec une femme un échange naturel…

Le ruissellement de la douche l'arracha à ses pensées, lui évoquant l'image d'un corps féminin qu'il brûlait de sentir contre lui.

Comment résister à l'envie impérieuse de la rejoindre ?

Il devait toutefois garder la tête froide et continuer à jouer à ce délicieux petit jeu du chat et de la souris le plus longtemps possible. Il n'était pas question que sa relation avec la meilleure amie de sa petite sœur continue.

Lainey s'attarda un long moment sous la douche. En laissant ruisseler l'eau tiède, elle espérait effacer en elle toute trace de désir et chasser jusqu'au souvenir des caresses de Damian. Mais il lui suffisait de fermer les yeux pour que les images de la veille lui reviennent.

Une fois de plus il s'était montré à la hauteur. Une étreinte torride, et pas de prise de tête ! Lorsqu'ils étaient retombés tous les deux dans un apaisement béat, il l'avait bercée dans ses bras, et elle s'était endormie.

Évidemment, elle avait déjà envie de renouveler l'expérience. C'était une drogue redoutable, à laquelle elle reconnaissait sans peine qu'elle était devenue accro.

Elle leva son visage vers le jet et gloussa. Elle devait être folle. Comment expliquer autrement qu'elle s'entête à poursuivre un homme de ses assiduités tout en sachant que cela ne la mènerait nulle part ?

La porte de la salle de bains n'avait pas bougé d'un centimètre depuis qu'elle y était entrée.

Damian avait relevé le défi sans le moindre problème !

Vaguement dépitée, elle rinça l'après-shampooing sur ses cheveux et coupa l'eau.

D'épaisses serviettes de toilette blanches étaient posées sur un étincelant présentoir en inox. C'était l'un des avantages qu'il y avait à résider à l'hôtel.

Pourquoi Damian vivait-il ici ? Il avait renoncé à un superbe appartement pour s'installer dans une chambre d'hôtel — non, une suite ! — qui devait coûter par nuit ce qu'elle gagnait en un mois comme coiffeuse.

Et pourquoi Corinna ne lui avait-elle rien dit ? C'était le genre d'information qu'elle se serait empressée de lui livrer en temps ordinaire. Si elle ne l'avait pas fait, c'est qu'il ne s'agissait pas, pour Damian, d'une simple envie de changer de décor et qu'il avait demandé à sa sœur de rester discrète.

Elle se sécha et déambula nue dans la chambre de Damian en se demandant ce qu'elle allait mettre. Sa robe de la veille convenait déjà à peine pour un dîner en ville, alors pour une matinée en plein soleil ! Le problème, c'était qu'elle n'avait pas vraiment le choix...

Elle saisit la robe et l'enfila, puis ajouta par-dessus une chemise blanche prélevée dans la garde-robe de Damian, roulant les manches jusqu'aux coudes. Elle fouilla ensuite son sac à la recherche des ballerines qu'elle gardait toujours au cas où, ainsi que sa trousse de maquillage.

— Tu me piques encore mes vêtements ?

La voix masculine la fit sursauter. Elle se retourna. Damian se tenait sur le seuil, toujours torse nu, superbe.

— Je voulais faire un effort pour paraître respectable, se justifia-t-elle. Alors, quels sont les projets pour la journée ?

Il croisa les bras en s'appuyant au chambranle avec un soupir.

— Écoute, Lainey... Je ne pense pas que nous devrions jouer à ce genre de petit jeu.

Il avait raison sur toute la ligne.

Bientôt, elle s'envolerait pour Londres et tout serait terminé entre eux de toute façon, alors pourquoi chercher à rendre la séparation encore plus douloureuse ?

Elle se reprit : si la fin était inévitable, autant y aller franchement. À quoi bon les petits regrets ? Il fallait faire les choses en grand !

— Nous avons conclu un marché, donc je reste. Tu pourras me virer à minuit si tu veux mais, en attendant, tu es coincé avec moi.

— Je ne me souviens pas d'avoir donné mon accord.

Il se redressa et, en deux longues enjambées, réduisit la distance qu'il y avait entre eux.

— De toute façon, tu es beaucoup trop jeune pour moi.

— Trop jeune ? J'ai presque vingt-cinq ans !

— Tu devrais chercher quelqu'un de ton âge.

— Ah non, alors !

Elle leva les yeux au ciel et rassembla ses cheveux par-dessus une épaule, consciente que cette réaction étayait l'argument de Damian.

— Tu n'es pas si vieux que ça mais, parfois, tu te comportes comme si tu avais cent ans.

— Tu vois !

— Non, je ne vois pas. J'ai dit que je restais et je reste. Tu peux toujours argumenter avec moi, je suis sûre d'avoir le dernier mot. Tu aurais davantage intérêt à m'emmener boire un café quelque part. Un vrai.

— Et si je te disais tout de go que je ne veux plus coucher avec toi quoi qu'il arrive ?

Il l'attira contre lui en la toisant de haut, d'une manière qui se voulait sans doute intimidante, mais qui eut pour effet de faire renaître en elle le désir qui couvait toujours sous la cendre.

— Je dirais que tu mens, rétorqua-t-elle.

Il grimaça un sourire.

— Bon… Allons-y pour le café ! C'est sans doute plus sûr pour moi que nous sortions d'ici.

Elle se mit à rire.

— Tu aimerais bien le croire, n'est-ce pas ?

Il faisait déjà chaud, et le soleil qui filtrait à travers les arbres bordant la terrasse promenait sur leur table des éclats de lumière.

Ils avaient trouvé un café tranquille avec une cour assez isolée pour qu'ils puissent parler sans crainte d'être entendus.

Or Lainey avait des questions.

Elle rompit l'extrémité d'un croissant et s'empressa de le mettre dans sa bouche.

— C'est quoi, l'histoire de cette chambre d'hôtel dans laquelle tu vis ?

Damian secoua la tête.

— Ce serait trop long à t'expliquer, soupira-t-il.

— Nous avons toute la journée.

Il fixa un moment sa tasse de café, avant de relever vers elle un regard contrarié.

— Je ne pouvais plus supporter de rester dans cet appartement, avoua-t-il.

Lainey, qui avait bien connu Jenny, avait toujours considéré que Damian et elle n'étaient pas faits l'un pour l'autre. Bien sûr, elle avait gardé cet avis pour elle. Elle avait assisté au mariage, une cérémonie classique et dénuée d'émotion et, moins d'un an plus tard, elle avait suivi les événements de loin, par l'intermédiaire de Corinna, lorsque l'union avait commencé à se fissurer. Jenny était beaucoup trop autoritaire pour lui, estimait-elle, et sa famille était encore pire. Quand, enfin, le couple s'était séparé, Damian n'avait plus jamais reparlé de son ex-épouse.

Pas même pour expliquer les raisons du divorce. À ce jour, cela restait un mystère pour Lainey.

— Pourquoi ? demanda-t-elle. Qu'est-ce qui avait changé ?

— Rien. C'était bien ça le problème. J'avais envie de tourner la page, de passer à autre chose.

— Mais tu *es* passé à autre chose !

Elle but une gorgée de café, tout en s'abritant d'une main les yeux du soleil.

— Tu as complètement changé. Ou plutôt, tu es redevenu celui que tu étais avant.

Il secoua la tête.

— Pas du tout !

— Mais si ! Quand vous étiez ensemble, tu avais l'air complètement coincé. Et puis, tu étais sous tension en permanence. On aurait dit que tu cherchais à jouer un rôle, à être quelqu'un d'autre.

— Ah bon ?

— Oui.

Elle tendit le bras pour lui donner une petite tape sur la main.

— Eh, ne me regarde pas comme ça ! Je peux dire des trucs très profonds, parfois !

Il leva un sourcil.

— Des trucs très profonds ? répéta-t-il d'un ton ironique.

Il se moquait d'elle, maintenant !

Vexée, elle croisa les bras. Elle savait ce qu'elle disait.

— Parce que, toi, tu penses que tu n'as pas changé du tout ? insista-t-elle.

— C'est un peu trop sérieux, comme conversation, pour le petit déjeuner, tu ne trouves pas ?

— Nous sommes peut-être en train de prendre le petit déjeuner, mais il n'est pas vraiment tôt. En plus, j'ai l'impression que cette conversation te poserait problème quelle que soit l'heure.

— J'ai bien le droit de préférer les sujets légers ! protesta-t-il.

— Je pourrais te convaincre de devenir sérieux, tu sais. Après tout, je t'ai bien convaincu deux fois de faire l'amour avec moi.

— Une seule.

— Non, deux, persista-t-elle.

— La première ne comptait pas.

— Dans ce cas, je recommencerai.

Elle haussa les épaules et hocha la tête.

— Tu essaies juste de gagner du temps, là.

— Faux !

— Je m'en fiche, j'ai toute la journée, le nargua-t-elle.

— Tu vas avoir besoin de tout le week-end, au rythme auquel tu manges ce croissant.

Il désigna la viennoiserie qu'elle avait à peine entamée.

— Tu préférerais que j'enfourne tout dans ma bouche en une fois ?

Elle se mordilla la lèvre inférieure sans retenir un sourire.

— Ce ne serait pas digne d'une lady, n'est-ce pas ?

Damian éclata de rire, abandonna enfin son expression sérieuse.

— Depuis quand es-tu une lady ? s'exclama-t-il.

— Tu as raison, reconnut Lainey en riant à son tour. J'ai encore pas mal de chemin à faire…

Son téléphone vibra sur la table à cet instant, et la photo de Corinna apparut sur l'écran.

Sa bonne humeur s'évanouit aussitôt. Elle n'avait aucune envie de parler à son amie maintenant. Elle se sentait trop coupable.

La barbe ! Pourquoi fallait-il que Corinna soit la sœur de Damian ?

Non. En fait, la vraie question était : pourquoi ne pouvait-elle pas se contenter d'une simple relation physique avec Damian ? Pourquoi lui fallait-il plus que cette nuit torride qu'ils venaient de passer ? Il n'y avait rien de mal à s'envoyer en l'air. D'ailleurs, elle ne s'en était pas privée jusqu'à présent.

Mais, avec cet homme-là, il était impossible de s'arrêter là…

— C'est quoi, cette expression que tu as ? demanda Damian. On dirait que tu complotes un meurtre !

Elle fronça le nez.

— Que sais-tu de l'air qu'on a quand on complote un meurtre ?

— Tu te souviens du jour où je t'ai récupérée chez ce cinglé ? Je suis sûr que, si j'étais passé devant un miroir à ce moment-là, j'aurais eu cette tête-là.

— Quel cinglé ? demanda-t-elle, surprise. Il y en a eu tellement !

— Il faut dire que tu t'arranges toujours pour sortir avec de drôles de types !

Il finit de boire son café et offrit son visage au soleil.

— Je ne sais pas comment tu te débrouilles ! À croire qu'il ne reste plus d'hommes normaux en Australie parmi lesquels tu pourrais faire ton choix !

— Malgré ce que tu as l'air de croire, je ne tire pas toujours le mauvais numéro.

Elle haussa les épaules, puis s'étira d'un air fataliste.

— Et puis, n'oublie pas que tu m'as rejetée, ajouta-t-elle.

Il pinça les lèvres, et elle songea que ce rejet n'avait rien à avoir avec Corinna ou Jenny. Elle n'était tout simplement pas le genre de fille avec laquelle on faisait des projets d'avenir.

Elle n'était pas assez bien pour lui.

Elle se reprit. Ce n'était pas le moment de céder au pessimisme. En attendant la fin du week-end, elle devait bannir les doutes de son esprit et profiter de chaque instant.

Et elle ne pouvait oublier qu'elle était sur le point de tout quitter et de faire un grand saut vers l'inconnu, précisément parce qu'elle ne pouvait avoir l'homme qu'elle désirait de tout son cœur.

13

Avec ce qui s'était passé entre eux la nuit précédente, Damian n'avait aucune envie de déverser ses problèmes personnels sur Lainey. Il n'était pas question de quitter le domaine du sexe informel pour celui d'une relation… pas si informelle que ça.

À moins qu'il n'ait encore tellement honte de son divorce qu'il ne supportait pas l'idée d'en parler…

Même à Lainey.

Seuls sa famille et Aaron savaient ce qui s'était passé, et tous avaient promis de tenir leur langue.

Il n'avait pas été capable de rendre sa femme heureuse et il ne pouvait s'en prendre qu'à lui-même, un point, c'est tout. Personne n'avait à se mêler de ça.

— Donc, tu as vendu ton appartement parce que tu n'avais pas digéré ton divorce ? insista Lainey, tandis qu'ils quittaient le café.

— Eh bien, disons plutôt que j'avais l'impression que ce ne serait jamais vraiment chez moi. Après tout, j'avais vécu en couple dans cet appartement.

Il chaussa des lunettes de soleil pour se protéger du regard inquisiteur de Lainey, avant de poursuivre :

— Le temps avait beau passer, je continuais à sentir la présence de Jenny.

— Et maintenant, tu as envie de tourner la page une bonne fois pour toutes ?

Elle le dévisageait avec des yeux brillants d'espoir.

Et l'espoir était exactement ce qu'il ne voulait pas lui donner…

Quand Lainey était adolescente, il n'avait eu aucun mal à remarquer qu'elle avait le béguin pour lui, car elle avait la subtilité d'un marteau-piqueur.

Au départ, elle était toute jeune et cela l'avait fait sourire, mais plus le temps avait passé, plus il s'était senti attiré par cette fille fantasque au cœur d'or. Et, même si cela lui coûtait, il devait reconnaître que, depuis le divorce, il lui arrivait même de fantasmer sur elle.

— Je suis prêt à passer à autre chose, oui. Mais je ne crois plus aux contes de fées. Aller de l'avant, ça ne veut pas dire chercher à me remarier.

Elle hocha lentement la tête comme si elle réfléchissait à cette réponse.

— Je pense que c'est très bien de vouloir avancer. Mais en vivant à l'hôtel ? Franchement ? Une chambre d'hôtel n'est pas un vrai chez-soi. Tu n'as même pas une cuisine digne de ce nom !

— Je veux trouver le bon endroit et je n'ai pas envie de précipiter les choses, cette fois. Ni pour un appartement ni pour une femme. Et puis, je connais le propriétaire de l'hôtel, c'est un client.

Sous les arbres qui bordaient la promenade aménagée le long de la rive du fleuve, les bancs étaient occupés par des couples ou des familles qui profitaient de l'ombre en ce chaud dimanche d'été. S'ils s'étaient tenus par le bras, Damian et Lainey auraient eu l'air d'un couple comme les autres. Leurs pas résonnaient à l'unisson, une synchronie qui ne se développait qu'après des années de vie commune.

— Je peux t'aider à avancer, tu sais.

La voix de Lainey était moins assurée que tout à l'heure. Un sourire timide erra sur ses lèvres quand elle ajouta :

— J'ai envie de t'aider, en fait.

— Je n'ai aucun besoin de ton aide.

— C'est ce que tu crois.

— J'en suis sûr.

— Pourquoi es-tu aussi têtu ?

Elle inclina la tête, et un coup de vent souleva sa longue chevelure rousse en tout point semblable à celle de la Petite Sirène.

— Je me demande pourquoi tu t'obstines toujours à ne manifester que de la…

Elle s'arrêta, cherchant manifestement le mot juste pour poser la question qui lui tenait à cœur.

— De la mauvaise humeur ? suggéra-t-il.

— Oui. Exactement.

Elle s'arrêta de marcher et le prit par les épaules, comme pour le secouer.

— Je vais t'apprendre comment on s'amuse, moi ! s'exclama-t-elle.

Lui saisissant aussitôt les poignets, il repoussa ses mains, mais garda le contact avec sa peau un peu plus longtemps que nécessaire.

— Pour commencer, si on te cherchait un appartement ? proposa-t-elle.

Il le considéra, décontenancé.

À vrai dire, ce n'était pas une mauvaise idée.

Quelques visites de biens à vendre les tiendraient éloignés de la chambre d'hôtel. Et parler décoration et équipement électroménager était diablement plus facile qu'évoquer son divorce…

Une demi-heure plus tard, Damian et Lainey suivaient une négociatrice en immobilier aux manières brusques dans un appartement avec toit-terrasse situé à Southbank. Il se trouvait qu'elle était une fidèle de l'émission *Australia's Most Eligible* et le nom de Damian McKnight l'avait incitée à annuler tous ses autres rendez-vous pour se charger de ce prestigieux client.

— Cet appartement, commença-t-elle, appartient à un homme d'affaires qui vit à Sydney et qui voulait un pied-à-terre à Melbourne, mais il n'en a plus besoin maintenant. Comme vous le voyez, il est comme neuf.

— Pour trois millions de dollars, il peut ! marmonna Damian entre ses dents.

Lainey réprima un sourire. Ils se dirigèrent vers la cuisine, dont il inspecta l'équipement. Les plans de travail en marbre étincelaient sous le soleil qui entrait à flot par les baies vitrées. La pièce, particulièrement vaste, semblait en effet n'avoir jamais servi.

— Tu nous imagines dans cette cuisine, chéri ? demanda-t-elle, assez fort pour que la négociatrice l'entende.

Ses yeux noisette pétillaient de malice, tandis qu'elle se tenait devant lui les mains jointes, l'air ravi.

À quoi jouait-elle ? se demanda Damian, agacé. Il la gratifia d'un froncement de sourcils appuyé, mais cette mise en garde ne parut pas l'atteindre.

— On pourrait en faire, du désordre, dans un grand espace comme ça !

Elle sourit innocemment à la négociatrice et vint se pendre au bras de Damian.

— Vous savez, je n'ai pas l'air comme ça, mais je suis une vraie petite femme d'intérieur, moi ! affirma-t-elle.

La femme leva un sourcil dédaigneux en observant Lainey comme on inspecterait une souillure sous la semelle de sa chaussure.

— Vous trouverez ici des équipements de la plus haute qualité, monsieur McKnight, indiqua-t-elle en continuant à se déplacer dans la pièce. Ce serait une honte qu'un homme comme vous gaspille son argent pour une chose qui ne serait pas digne de son standing.

Le sous-entendu était clair, et elle l'appuya d'un rapide coup d'œil en direction de Lainey qui, heureusement, était trop occupée à observer le panorama tout en faisant courir ses doigts sur le marbre pour le remarquer.

Damian crispa les mâchoires. Oui, sa robe était trop courte et trop voyante, son maquillage trop charbonneux. Mais cela ne donnait à personne le droit de la juger.

— Je mets un point d'honneur à ne jamais gaspiller mon argent pour des choses indignes de mon standing, madame. Ma fiancée sait mieux que personne que j'ai des exigences bien spécifiques.

Lainey releva la tête avec un sourire radieux.

— Ah ça, oui, mon amour ! On peut dire que tu as des goûts drôlement spéciaux !

La négociatrice dévisagea Damian avec incrédulité, puis elle s'empressa de se diriger vers le salon.

— Comme vous le voyez, la partie living est décloisonnée, mais il y a un espace additionnel à usage récréatif. Si vous voulez me suivre par ici…

— Oh ! À usage récréatif ? répéta Lainey. C'est super, ça ! Mais il va falloir vérifier si c'est assez grand pour ranger tout notre équipement… récréatif.

Damian étouffa un rire. Le visage de la négociatrice était devenu écarlate. Poursuivant la visite, elle bifurqua vers la salle de bains.

Damian la suivit. Certes, ce n'était pas bien de faire payer à cette pauvre femme sa petite remarque perfide, mais cela faisait longtemps qu'il ne s'était pas amusé comme ça.

— Vous pouvez constater que la salle de bains est très grande. Il y a une double douche, une large baignoire et des sèche-serviettes individuels, que vous pouvez programmer avec ces interrupteurs…

Elle jacassait à perdre haleine, incapable de croiser le regard de l'un ou de l'autre.

— Ah, ça, c'est bien, une double douche, commenta Lainey d'un ton sérieux. Ça nous évitera de casser la vitre, comme l'autre fois dans la maison en location…

Damian toussa pour dissimuler son amusement.

— Oui, la facture a été plutôt salée, renchérit-il.

— Mais on s'est bien amusés, non ?

Passant devant lui, Lainey effleura nonchalamment sa braguette, avant de trottiner pour rattraper la négociatrice qui terminait la visite au pas de charge.

Malheureusement, si la conversation était légère, cette caresse, elle, eut sur lui un effet bien réel.

Tandis qu'il restait en arrière, le temps de recouvrer ses esprits, Lainey se mit à jouer les clientes tatillonnes lorsqu'elle arriva dans la chambre, qu'elle inspecta dans ses moindres détails.

— C'est un lit king-size ? demanda-t-elle à la négociatrice, qui dissimulait mal son agacement de devoir traiter avec cette fiancée délurée.

— Bien sûr, madame, répondit-elle sèchement.

— Oh ! Ne m'appelez pas madame, répliqua Lainey, avec un sourire sucré. Je suis bien trop jeune pour ça et, en plus, nous ne sommes pas encore mariés !

Tandis que la femme s'apprêtait à leur montrer le dressing, Damian saisit Lainey par le bras.

— Arrête, maintenant, lui souffla-t-il à l'oreille. Ça suffit !

— Mais… Je ne lui ai pas encore dit que tu me demandes de me déguiser en infirmière, plaisanta-t-elle.

— Tu n'as pas intérêt !

— Sinon quoi ?

Elle lui adressa un clin d'œil.

— Tu vas me punir ?

— Ne me tente pas.

La jeune femme se libéra d'un mouvement gracieux et rejoignit la négociatrice dans le dressing.

Penchée en avant, elle fit mine d'examiner la façon dont étaient posées les plinthes, et le bas de sa robe remonta jusqu'au ras de son postérieur.

Sachant qu'elle ne portait rien en dessous, Damian sentit son sang bouillir. Il se tourna face à la baie surplombant la ville et se rajusta. Son sexe tendait l'étoffe de son jean, et il n'avait rien pour le dissimuler.

Le rire de Lainey résonna à ses oreilles, tandis qu'elle se matérialisait à côté de lui.

— C'est incroyable, cette vue, non ? fit-elle.

— Oui, ce panorama est fantastique, pérora la négociatrice. Les gens sont prêts à payer des fortunes pour un panorama comme ça.

— Tu imagines te réveiller tous les matins en voyant ça ? renchérit Lainey en glissant un bras sous celui de Damian. Te coucher tous les soirs face à ça… Regarder la lune…

S'il avait été en train de boire un verre d'eau, Damian se serait étouffé avec. Il fallait qu'il sorte d'ici.

Plus il imaginerait ce que ce serait de regarder Lainey nue devant la fenêtre, lui présentant les rondeurs appétissantes de la chute de ses reins, plus il aurait de mal à contrôler son désir.

— Alors, qu'en dites-vous, monsieur McKnight ? demanda la négociatrice.

— Je dois y réfléchir.

— J'ai aussi d'autres biens à vous proposer. Nous pouvons prendre rendez-vous, si vous voulez…

— Je vous appellerai si je souhaite voir autre chose.

Sur ces mots, il gagna la porte d'un pas vif, suivi par Lainey qui trottinait derrière lui.

— Ah oui, j'ai l'impression que tu es intéressé ! lui dit-elle tandis qu'ils se dirigeaient vers l'ascenseur.

— Qu'est-ce qui te fait dire ça ?

— En dehors du fait que ton jean a l'air un peu étriqué soudain ?

— Un peu ?

Elle éclata de rire.

— Beaucoup.

Le temps qu'ils se retrouvent dans la rue, Damian avait réussi à reprendre la maîtrise de lui-même.

D'accord, il n'était pas indifférent au charme de Lainey. Ça, il le savait déjà. Elle était drôle, sexy, pleine de confiance en elle, et c'était loin d'être désagréable. N'importe quel homme aurait eu la même réaction que lui.

Il n'y avait pas de quoi en faire une histoire. Quand ils seraient de retour à l'hôtel, il lui demanderait de s'asseoir et de l'écouter. Il lui dirait qu'il tenait beaucoup trop à elle pour avoir avec elle une relation autre qu'amicale. Qu'il avait fait une erreur et qu'il ne voulait pas que cela gâche tout entre eux.

Mais, en même temps, il lui faudrait gérer une éprouvante frustration sexuelle…

— Il fait une chaleur ! s'exclama Lainey lorsqu'ils rebroussèrent chemin le long du fleuve. Si on achetait des crèmes glacées ?

— Mais voyons, nous n'avons pas encore déjeuné !

— Merci pour la leçon de morale, grand-papa !

Elle lui donna une petite tape sur le coude.

— Je peux prendre une glace en guise de déjeuner si ça me chante !

Damian haussa les épaules. Une glace lui semblait en fait un excellent antidote à son ébullition intérieure.

Tandis qu'ils déambulaient le long de la promenade, il essaya d'y voir plus clair dans ses pensées.

Tout, dans cette situation, annonçait un désastre. Pourtant, il avait du mal à se résoudre à y mettre un terme.

Était-ce important, après tout ? Lainey quitterait bientôt le pays. La date de fin de leur relation s'inscrirait d'elle-même.

Cependant, il connaissait bien Lainey, et elle avait un problème : elle n'allait jamais jusqu'au bout de ses projets. Mieux valait donc, au cas où, lui expliquer pourquoi il ne pouvait pas prendre d'engagement sérieux avec elle.

Et s'il lui disait la vérité sur son divorce ? Ça l'aiderait peut-être à comprendre pourquoi il se comportait ainsi.

Cette simple idée lui fit monter le rouge aux joues, et son souffle se fit soudain plus court. Quatre années s'étaient écoulées depuis la catastrophe, et la honte le submergeait toujours avec autant de force qu'au moment où il avait surpris Jenny et Ben ensemble.

Lorsqu'il s'était marié, il espérait que cette union lui apporterait un accomplissement, et il pensait que Jenny agissait dans la même optique. Hélas, il s'était vite aperçu qu'elle attendait de lui qu'il lui sacrifie ses ambitions professionnelles et s'occupe exclusivement d'elle… Dans le cas contraire, elle était prête à le lui faire payer. Et c'était d'ailleurs ce qui s'était passé.

Le soleil tapait dur. Lainey avait ôté la chemise blanche et des gouttes de sueur coulaient le long de ses bras nus et dans son décolleté. Sa robe lui collait au corps comme une seconde peau.

— Pourquoi es-tu aussi sérieux ? demanda-t-elle soudain.

Elle inclinait la tête, une main en visière au-dessus de ses yeux.

— Je pensais à l'appartement, affirma-t-il.

Plongeant la main dans sa poche, il en sortit ses lunettes de soleil et les lui tendit.

Elle les posa sur son nez et les grands verres miroir dissimulèrent ses yeux.

— Pourquoi fais-tu la grimace, alors ?

— Parce que c'est une décision importante.

Tout en prononçant ces paroles, il repéra un peu plus loin devant eux un grand café qui possédait un comptoir de crèmes glacées.

— Il faut peser le pour et le contre.

— Et quelles sont tes exigences ? Les choses sur lesquelles tu ne veux faire aucun compromis ?

— À part la vue fantastique, tu veux dire ?

Il esquissa un sourire.

— Je veux de la place pour pouvoir mettre un grand bureau.

Ils s'arrêtèrent et se joignirent à la file d'attente devant le glacier.

— Quoi d'autre ? s'enquit Lainey.

— Il me faut un coin où je puisse traîner et me détendre... Et aussi réfléchir.

Elle secoua la tête.

— Tu réfléchis déjà trop.

— Je croyais qu'on parlait de l'appartement.

— C'est le cas.

Elle remonta les lunettes sur le dessus de son crâne.

— Mais sache que l'appartement est une représentation de toi-même.

— Comment ça ?

— Tu veux un grand bureau parce que tu es ambitieux et que ton travail tient une place importante dans ta vie. Et tu veux aussi un coin pour te détendre et être toi-même, parce que tu joues sans cesse un personnage quand tu es à l'extérieur.

Il haussa les sourcils, surpris par une telle finesse d'analyse. L'expression de Lainey se fit pensive.

— C'est peut-être pour ça que tu t'es d'abord installé à l'hôtel... Tu sais que tu ne veux plus être l'homme que tu étais avec Jenny, mais tu n'as pas encore décidé de la prochaine étape.

Sa stupéfaction monta encore d'un cran.

— Dis donc, c'est vrai qu'il t'arrive de dire des « trucs très profonds », toi ! s'exclama-t-il.

Elle esquissa un sourire bienveillant.

— Tu en doutais ?

Comme ils approchaient du comptoir, elle commença à consulter avec le plus grand sérieux la carte des glaces, qui avaient les couleurs de l'arc-en-ciel.

— Quel parfum veux-tu, Damian ? C'est moi qui régale !

— Certainement pas.

Déjà, il sortait son portefeuille, mais elle lui donna une petite tape sur la main.

— J'ai dit que je payais. Tu m'as déjà offert cette robe ridicule, et je sais donc que tu dois être ruiné à l'heure qu'il est.

Damian se mit à rire, puis abdiqua.

— Vanille, dit-il. Une seule boule.

Lainey s'adressa à la jeune femme derrière le comptoir.

— Deux cornets à une boule, s'il vous plaît... Et comme parfums... Le premier, noix de coco, l'autre caramel.

— Et ma vanille, alors ? s'étonna Damian.

— Tu n'es pas vanille, je le sais.

Il secoua la tête en soupirant, mais ne put réprimer un nouveau sourire.

— Si tu le dis...

Il prit les deux cornets que lui tendait la vendeuse tandis que Lainey payait.

— Lequel tu veux ? demanda-t-il ensuite.

Sans hésiter, elle s'empara de la glace au caramel et s'empressa d'y passer la langue.

— Hum..., s'extasia-t-elle. Excellent !

— Ça te choque que je te connaisse si bien ? demanda Lainey un peu plus tard, tandis qu'ils continuaient à déambuler le long du fleuve.

— Tu ne me connais pas aussi bien que tu le crois ! protesta Damian.

— Il est vrai que tu te caches du monde…

— Bien obligé ! répliqua-t-il en se concentrant sur sa glace.

C'était une vraie torture pour Lainey de voir cette langue et ces lèvres dévorer ainsi la glace avec une efficacité chirurgicale.

— Pourquoi ?

Il haussa les épaules.

— Parce qu'il s'est passé des choses qui m'ont rendu méfiant.

— Moi, je ne t'ai jamais critiqué, remarque bien !

— À part quand tu m'as dit que j'étais rasoir, tu veux dire ?

Il mordit dans la gaufrette du cornet.

— Et la fois où tu m'as expliqué que j'étais aussi hilarant qu'un jour de pluie ?

Elle rougit.

— D'accord, j'ai peut-être dit un ou deux trucs comme ça. Mais c'était parce que…

— Parce que je ne suis pas drôle ?

— Tu peux l'être quand tu t'autorises à te décoincer un peu, tempéra-t-elle en haussant les épaules. Tu agis toujours comme si c'était ta mission de protéger tout le monde autour de toi.

— C'est le cas, rétorqua-t-il sans hésiter.

— Mais non, pas du tout ! C'est vrai que je te suis reconnaissante pour toutes les fois où tu m'as sortie d'affaire. Vraiment ! Seulement…

Elle engloutit le dernier bout de son cornet et se passa la langue sur les lèvres.

— Seulement, tu dois arrêter de te soucier des autres et commencer à penser à toi.

— Je ne pourrai jamais cesser de vouloir prendre soin de toi.

Cette observation fit à Lainey l'effet d'un coup de poing au plexus solaire. Et quand il se tourna vers elle, elle reçut de plein fouet l'intensité de son regard bleu acier.

Pouvait-il lire dans son âme à cet instant ? Savait-il qu'elle cherchait à fuir sa propre vie ? Tout cela, parce qu'elle avait peur que l'amour qu'il lui inspirait soit éternellement à sens unique !

Bien sûr, il lui était souvent arrivé de penser qu'elle n'éprouvait pour Damian qu'un béguin d'adolescente pour le grand frère de sa meilleure amie, un béguin qui durait un peu plus longtemps que la moyenne.

Un béguin inoffensif, tant que ce n'était pas…

De l'amour.

Comment était-il possible d'aimer quelqu'un qui ne vous aimait pas en retour ? Quelle cruauté que les humains aient été conçus ainsi !

Machinalement, elle tira sur le bas de sa robe.

— Tu n'as pas besoin de chercher à te couvrir, Lainey. J'ai vu tout ce qu'il y avait à voir la nuit dernière.

Faisait-il allusion à son corps ou à l'étrange mélange de crainte et de désir qui bouillonnait en elle ?

Reprenant son souffle, elle leva la main pour caresser le visage de Damian. Un début de barbe ombrait ses joues, et une miette de gaufrette était restée sur sa lèvre. Elle l'ôta du bout du pouce.

Elle sentit le souffle de Damian s'accélérer, chaud contre sa main. Puis, contre toute attente, il lui embrassa le bout du pouce, lui prit le poignet et posa les lèvres à l'intérieur de sa paume.

Ses prunelles bleues s'étaient assombries.

— Si je cache ce que je ressens pour toi, c'est parce

que j'ai peur de te faire du mal, souffla-t-il alors d'une voix altérée.

— Je ne te laisserai pas m'en faire, ne crains rien.

Elle ne pouvait se le permettre. S'il réussissait à franchir la barrière qu'elle avait prudemment dressée autour de cette relation, il lui briserait le cœur à jamais.

Leur rencontre était purement physique, c'était juste la réalisation d'un fantasme.

Et il ne pouvait en être autrement…

14

Lainey était assise au milieu de sa chambre, entourée de cartons étiquetés, non avec la description de leur contenu, mais avec des noms. Imogen. Corinna. Maman.

Elle avait divisé ses possessions — pas si précieuses que ça — en deux piles : « À garder » et « À jeter ». La pile « À garder » avait ensuite été répartie dans des cartons, en fonction de la personne qui apprécierait le plus les objets en question.

Cela lui faisait penser à un testament. Elle s'en allait et tout ce qui resterait d'elle, ce serait une invraisemblable collection de chaussures et ses dessins animés d'enfant sur VHS.

Elle ouvrit le couvercle d'un bac en plastique poussiéreux rempli à ras bord de souvenirs.

Son T-shirt de sixième, avec les signatures de tous ses amis.

Un bracelet d'amitié avec des perles portant les initiales C, L et I.

Un album photos enveloppé dans une taie d'oreiller My Little Pony. La page de couverture était couverte d'autocollants pailletés. Elle l'ouvrit et eut un sourire attendri en découvrant une photo de Corinna, Imogen et elle, vêtues d'horribles jeans taille haute et de débardeurs à fines bretelles, parées d'un hideux gloss blanc nacré.

Alors qu'elle se mettait à feuilleter l'album, son cœur

se serra un peu plus à chaque page. Au fil des ans, ces deux filles avaient toujours été là pour elle.

Arrivée à la dernière page, elle trouva une photo volante.

L'image lui fit un coup au cœur.

Écrite au feutre rose, la date remontait à dix ans, le jour du nouvel an. Elle avait encore son blond foncé naturel, et ses cheveux lui retombaient jusqu'à sa taille.

Elle ne regardait ni l'appareil photo ni la nourriture posée sur la table. Elle avait les yeux rivés sur Damian.

Celui-ci avait un peu plus de vingt ans, il était musclé et son visage bronzé était lisse, dénué de soucis. Son regard amusé pétillait et les blessures psychologiques n'avaient pas encore crispé sa mâchoire.

Lainey ne se souvenait pas de cette photo mais, là, son adoration pour Damian était indéniable. Au verso, elle avait écrit les mots : « Si seulement… ».

— On peut entrer ? demanda Corinna en passant la tête dans l'embrasure de la porte. On ne risque pas de mourir écrasées sous une avalanche de stilettos ?

— La voie est libre, acquiesça Lainey.

Elle avait la voix tremblante, et les mots peinaient à franchir sa gorge nouée.

— Qu'est-ce qui ne va pas, Lainey ?

Le sourire de Corinna s'était évanoui.

Ôtant ses chaussures d'un coup de talons, elle vint s'asseoir par terre à côté de Lainey. Imogen, arrivée derrière elle, se pencha pour ramasser l'album.

— Ah, tu faisais un petit tour dans le passé ? demanda-t-elle.

Elle en feuilleta quelques pages, avant d'éclater de rire.

— Oh ! bon sang, Corinna ! Qu'est-ce qui t'avait pris de te faire cette coiffure ?

Elle retourna l'album, et Corinna grimaça.

— C'est vrai que j'ai l'air d'une mouffette, avec ces larges bandes platine sur mes cheveux noirs.

Lainey fit un effort pour sourire.

— Alors, quoi de neuf entre ta sœur et Dan ? s'enquit-elle.

— Euh… Ne m'en parle pas.

Imogen secoua la tête. Depuis le bal, elle s'était montrée extrêmement discrète sur le sujet.

— C'est compliqué.

Corinna haussa un sourcil.

— Ah bon ? Pourquoi ?

— J'ai dû impliquer quelqu'un d'autre dans mon enquête. Un type du bureau qui le connaît.

Ses joues avaient pris une légère couleur rosée.

— Mais j'ai l'impression qu'il fait exprès de tarder à me donner les informations. Je n'aurais jamais dû lui demander de m'aider.

Elle rougit davantage, et Lainey songea qu'elle leur cachait quelque chose. Toutefois, elle la connaissait suffisamment pour savoir qu'elle ne parlerait que lorsqu'elle serait prête.

— Tu emportes tous tes albums avec toi ? demanda Corinna.

— Je ne peux pas. Je n'ai pas la place.

Imogen lui tapota le bras.

— Je peux te les garder, si tu veux.

— Je croyais que j'arriverais à assumer…, commença Lainey, avant d'éclater soudain en sanglots. Oh ! là, là, est-ce que je ne suis pas en train de faire une énorme erreur ?

— Non, Lainey.

Corinna lui passa un bras autour des épaules.

— Si ce n'est pas pour fuir Melbourne que tu vas à Londres, non.

— Comment pourrais-je faire l'un sans l'autre ? Ce sont les deux faces de la même pièce.

Elle renifla et s'essuya la joue d'un revers de main.

— Si tu vas quelque part, c'est une avancée : tu saisis une opportunité qui s'offre à toi. Mais si tu quittes simplement l'Australie parce que tu cherches à fuir et que tu as choisi Londres au hasard, alors, il n'y a aucun progrès.

La gentillesse de Corinna ne fit qu'attiser la culpabilité de Lainey.

Comment avait-elle pu croire qu'il lui serait possible de partir en faisant comme si rien ne s'était produit : ni le bal ni le week-end avec Damian…

— Je… J'ai couché avec Damian.

Elle avait prononcé ces mots comme on se jette à l'eau, incapable de garder ce secret pour elle une seconde de plus.

Corinna écarquilla les yeux.

— Quoi ? Mais quand ?

Imogen, quant à elle, se mordit la lèvre en regardant ses amies l'une après l'autre sans rien dire.

— Récemment, répondit Lainey en reprenant son souffle. Je me suis dit que, puisque je partais…

— C'était ta dernière chance ?

— Oui…

L'expression de Corinna était difficile à déchiffrer, mais elle n'avait pas l'air sur le point de faire un scandale.

— Et tu pars quand même ?

— On ne bouleverse pas ses plans pour une aventure purement sexuelle.

Elle attendit que Corinna esquisse son habituelle grimace faussement dégoûtée, mais son amie garda son sérieux.

— Ce n'était que ça ?

— Tu as vraiment envie d'en parler ? Il s'agit de ton frère quand même !

Les larmes lui brûlaient à nouveau les yeux, et elle rejeta la tête en arrière pour essayer de les contenir.

— Je pensais que tu serais furieuse…, souffla-t-elle.

— Je l'avais vu venir à des kilomètres, rétorqua Corinna. D'ailleurs, je pensais que l'un de vous deux craquerait plus tôt que ça.

Lainey la considéra, abasourdie.

— Quoi… Tu… Tu n'es vraiment pas en colère contre moi ?

Corinna secoua la tête.

— Il y a toujours eu quelque chose entre vous, ça se voyait. Et je suis bien placée pour savoir que l'amour ne se commande pas. Qui aurait pu croire que, moi, je tomberais amoureuse de Joe ?

— Vous allez si bien ensemble !

— C'est vrai. Mais je m'étais mis en tête que j'épouserais un avocat ambitieux, un type carriériste qui marquerait son époque…

Elle haussa les épaules.

— Au lieu de quoi, j'ai rencontré un instituteur qui veut s'installer à la campagne pour cultiver un potager et élever des poules, et je ne pourrais pas être plus heureuse !

— Vous êtes complètement opposés, tous les deux, remarqua Imogen avec une drôle d'expression. C'est bien. Ça crée un équilibre.

Lainey sentit s'alléger le poids qui pesait sur sa poitrine. Faire des cachotteries à Corinna lui avait ôté un peu de sa joie de vivre.

Mais il n'y avait pas que cela. Elle commençait à redouter que son départ pour Londres ne change rien à la tristesse qui l'habitait.

Peu importait le nombre de continents et d'océans qu'elle mettrait entre eux, jamais elle ne pourrait cesser de penser à Damian.

— Il a été correct avec toi, au moins ? demanda Corinna. Je sais qu'il ne cherche pas délibérément à se comporter comme un goujat, mais il n'est plus lui-même depuis quelques années. Parfois, j'ai l'impression de ne pas le reconnaître.

— Il a été parfait. Il m'a traitée comme si j'étais quelqu'un de formidable, même si je ne le suis pas.

— Ne dis pas ça ! protesta Imogen. Bien sûr que tu es formidable !

— Pas assez, apparemment. Si j'étais si géniale que ça, il aurait voulu me garder plus d'un week-end.

— Tu lui as demandé davantage ? voulut savoir Corinna.

— Non, mais…

Lainey se mordit l'intérieur de la joue.

— Enfin, il savait que j'allais partir. Il n'y a jamais eu de malentendu à ce sujet.

— Dans ce cas, pourquoi t'aurait-il proposé de continuer s'il savait que tu avais cette fantastique opportunité de carrière à l'étranger ?

Lainey eut envie de crier à ses amies d'arrêter de lui donner de l'espoir. Si elle allait voir Damian maintenant, le cœur en bandoulière, il la briserait.

Mais n'était-elle pas déjà brisée ? Si elle s'était sentie si bien que cela, serait-elle là, assise par terre, à pleurer sur une vieille photo ?

Qu'elle aille ou non avouer ses sentiments à Damian, elle continuerait à ressentir pour lui des choses qui lui faisaient mal.

— Et si je vais le voir et qu'il me dit que je ne l'intéresse pas ? bredouilla-t-elle.

— Est-ce que ça changera quelque chose ? interrogea Corinna en inclinant la tête pour chercher son regard. Sachant que tu as l'intention de partir quoiqu'il arrive, n'est-ce pas mieux de savoir ce qu'il en est ?

— Cori a raison, approuva Imogen. Tu ne pourras jamais passer à autre chose si tu continues à te demander ce qu'il ressent pour toi…

Lainey se demanda quelle option elle préférait.

Partir maintenant, sans voir Damian, signifiait qu'elle passerait sa vie à se demander ce qui aurait pu se passer.

Mais si elle allait le voir et qu'il la rejetait…

Elle aperçut son reflet dans le grand miroir en pied disposé dans un angle de la chambre.

Ses cheveux roux étincelaient, flamboyants, éclatants, arrogants. Ce n'était pas une couleur que l'on portait quand on souhaitait se fondre dans la masse. Même si elle l'avait conçue au départ comme un déguisement.

D'un mouvement résolu, elle se leva soudain, prit son sac à main et en sortit son miroir.

— Ah, le fameux miroir ! s'exclama Corinna. Je me demande pourquoi je n'ai pas compris quand il me l'a montré…

Lainey poussa un soupir. C'était ce petit objet qui avait permis à Damian de la retrouver après cette nuit cruciale.

Que ce serait-il passé s'il n'était pas tombé dans la limousine ? Ils ne se seraient pas revus, sans doute, et ils n'auraient pas passé le week-end ensemble. Elle n'aurait pas su qu'en fait ils s'entendaient à merveille, qu'ils se complétaient l'un l'autre…

Elle passa les doigts sur le dessin de la rose.

Vas-y !

La voix dans sa tête commença comme un murmure et s'amplifia, jusqu'à ce que les mots se mettent à pulser au rythme du flux du sang dans ses veines.

Vas-y ! Vas-y ! Vas-y !

Elle prit une grande inspiration pour se donner du courage.

Ses amies avaient raison. Il y avait une grande différence entre partir pour l'Angleterre et fuir l'Australie.

Elle ne voulait pas que ses doutes la suivent dans son nouveau pays, dans sa nouvelle vie.

Le moment de la confession était venu.

Elle aimait Damian McKnight, et ce, depuis toujours.

Maintenant, elle allait le lui dire en face.

Damian ne pouvait réprimer son sourire. Un grisant sentiment de victoire l'avait envahi.

Cela faisait cinq bonnes minutes qu'il fixait l'e-mail et se réjouissait d'avoir gagné la partie.

Jerry McPartlin était prêt à signer avec lui !

Il attendait maintenant de voir s'afficher le numéro de Ben sur son téléphone.

Son ancien employeur serait fou de rage, et ce serait un juste retour des choses. Cette ordure allait enfin payer pour ce qu'il lui avait fait…

L'idée saugrenue lui vint soudain d'appeler Lainey pour partager la bonne nouvelle avec elle et pour la remercier de son aide.

Car, il devait bien le reconnaître, il ne serait arrivé à rien sans elle à ses côtés. Elle avait charmé les McPartlin, contrebalancé par sa douceur et sa joie de vivre sa personnalité à lui, beaucoup trop abrupte… Et tout cela sans le juger, sans lui reprocher sa trop grande ambition.

Il ouvrit la liste des contacts dans son téléphone et commença à la dérouler. Avant qu'il ait eu le temps d'appeler, la sonnerie de son interphone retentit.

— Damian, votre conférence téléphonique de 16 heures a été reportée, annonça Leila. Stacy dit qu'ils ont besoin de vingt-quatre heures supplémentaires pour trouver l'information que vous leur avez demandée. Et il y a ici Lainey Kline, qui voudrait vous voir, mais elle n'a pas de rendez-vous.

Le cœur de Damian fit un bond dans sa poitrine.

— Très bien. Faites-la entrer !

Quelques instants plus tard, Lainey pénétrait dans son bureau, telle la personnification de ses désirs. Comme toujours, son apparition fit réagir la libido de Damian.

— Bonjour ! lança-t-elle, d'une voix hésitante qui ne lui ressemblait pas.

Elle semblait différente de d'habitude. Elle ne s'était pas maquillée de façon outrancière, ne portait ni vêtements moulants ni talons vertigineux. Elle avait même noué ses longs cheveux roux en une sage queue-de-cheval.

— J'espère que je ne te dérange pas.

— Tu es toujours la bienvenue.

Il lui désigna un siège.

— J'allais t'appeler, de toute façon, ajouta-t-il.

Elle releva la tête vers lui, manifestement surprise.

— C'est vrai ?

Il joignit les mains et se cala contre le dossier de son fauteuil en cuir.

— J'ai décroché le contrat avec Jerry McPartlin ! annonça-t-il d'un ton victorieux. Ça n'aurait pas pu se faire sans toi. Je te dois un verre pour te remercier.

Lainey secoua la tête pour protester.

— Je n'y suis pour rien…

— Ah, si, je t'assure ! Ma première rencontre avec ce type a été un désastre. Si tu n'avais pas accepté de te faire passer pour ma fiancée, il ne m'aurait jamais accordé de seconde chance !

Elle sourit.

— Dans ce cas, je suis ravie d'avoir pu te rendre service. Je sais que c'était important pour toi.

À ces mots, Damian sentit son sentiment de triomphe s'atténuer. Lainey serait-elle toujours aussi heureuse pour lui quand elle saurait toute l'histoire ?

— C'était un client de mon ancien employeur, tu sais…, commença-t-il.

Elle le fixa sans rien dire avec une expression perplexe.

— Et Jenny a eu une aventure avec lui. Enfin, avec mon boss… Mon ancien boss.

Il s'éclaircit la gorge, étonné par la bouffée de colère qui refaisait surface, toujours aussi brutale. Combien de temps faudrait-il pour que cela s'estompe ?

— Je les ai surpris ensemble. Tous les deux.

Elle secoua la tête, manifestement décontenancée.

— Oh ! je l'ignorais…

— Normal ! Je n'allais pas le crier sur les toits. Je ne l'ai dit à personne.

Il chercha son souffle.

— Le pire, c'est que ça a commencé comme une revanche. Jenny ne voulait pas que je monte ma propre agence, parce qu'elle savait que ça me prendrait beaucoup de temps et elle trouvait déjà que je la négligeais. Elle m'a dit que je devais être un bon mari pour qu'elle ne soit pas tentée d'aller voir ailleurs.

— Mais c'est n'importe quoi ! s'indigna Lainey. Ce n'est pas parce qu'un homme travaille beaucoup que sa femme est obligée d'avoir des aventures !

— En tout cas, mon patron en a bien profité. Et, quand j'ai démissionné, il m'a dit que je ne réussirais jamais dans les affaires.

— Et tu viens de lui voler un client ?

— Son plus gros client.

Un silence plana quelques instants, puis Lainey releva la tête et le regarda droit dans les yeux.

— Pourquoi est-ce que tu me racontes ça, Damian ?

— Parce que ça te concerne, répondit-il aussitôt.

— Tu aurais dû me le dire avant…

Elle se détourna.

— Tu l'aimes encore ? murmura-t-elle.

— Qui ? Jenny ?

Il eut un mouvement de recul.

— Certainement pas ! s'exclama-t-il. Comment veux-tu que je la respecte après ce qu'elle m'a fait ?

— N'empêche que tu t'accroches toujours à elle.

L'expression de Lainey était à la fois douce et triste. La jeune femme n'avait pas du tout la réaction qu'il attendait.

— Cette histoire de vengeance montre que tu n'en as pas terminé avec ce qui s'est passé. Tu m'as dit toi-même que c'était à cause de la tromperie de Jenny que tu n'avais pas pu rester dans l'appartement. En fait, Jenny continue de tout régenter dans ta vie.

Damian fronça les sourcils, pensif.

Il savait qu'il n'aimait plus Jenny. C'était pour lui une certitude. Toutefois, il était vrai que la trahison dont elle s'était rendue coupable dictait toutes les décisions qu'il prenait. Elle conditionnait chacun de ses pas vers le succès et le poussait à considérer que ce ne serait jamais assez.

N'était-ce pas à cause de Jenny que McPartlin avait pris une telle importance à ses yeux ? Récupérer ce client avait été une condition sine qua non pour pouvoir tourner enfin la page. Une réussite qui lui prouverait que Ben s'était trompé et qu'en fait il avait bel et bien atteint le sommet de la réussite.

Mais ce genre de réussite était-il vraiment tout ce qu'il souhaitait dans la vie ?

— Jenny est sortie de ma vie, affirma-t-il entre ses dents serrées, comme pour s'en convaincre.

— Mais, depuis, tu n'as pas eu de vraie relation amoureuse.

— Je n'en veux pas. Je te l'ai dit.

— Pourquoi ?

Il la considéra un instant avant de répondre.

— Parce que je n'ai pas envie de me retrouver une nouvelle fois à devoir choisir entre une femme et ma carrière.

— Tu racontes n'importe quoi, Damian.

Il secoua la tête sans comprendre.

— Tu crois que je te mens ?

— Si tu n'aimais plus Jenny, tu ne serais pas en train de ressasser cette rupture quatre ans après.

— Je ne suis pas sûre que tu sois la personne la mieux placée pour donner des conseils matrimoniaux.

Damian regretta ces paroles dès qu'il les eut prononcées. Il avait éprouvé le besoin de se placer sur la défensive, mais ce n'était pas une raison pour attaquer l'une des seules personnes dont l'opinion comptait pour lui. Il s'en rendait compte à présent : si Lainey n'avait eu aucune importance à ses yeux, pourquoi aurait-il déballé tout son linge sale devant elle ?

— Le fait est que, moi, je sais d'où vient mon problème, rétorqua-t-elle d'une voix qui tremblait un peu. Je ne suis pas dans le déni comme toi.

Damian sentit son cœur se serrer.

— Moi, si je sors avec tous ces crétins, c'est parce que je sais que je ne pourrai pas avoir l'homme que je veux vraiment.

Damian eut l'impression que son sang se figeait dans ses veines.

À présent, il n'y avait que deux possibilités, et il ne voulait les entendre ni l'une ni l'autre. Si elle lui disait qu'elle en aimait un autre, il ne pourrait le supporter. Et si c'était de lui qu'elle était amoureuse…

Nom d'un chien ! Comment avait-il pu laisser les choses lui échapper ainsi ?

Il n'aurait jamais dû emmener Lainey chez lui après le dîner avec les McPartlin. Depuis qu'il avait quitté Jenny, aucune autre femme ne lui avait inspiré de vrais sentiments. Il avait enchaîné les aventures pour satisfaire un besoin physique, rien d'autre. Avec Lainey cependant, tout avait été différent. Il n'était plus parvenu à contrôler quoi que ce soit.

— Tu ne me poses pas la question ? demanda-t-elle d'une petite voix misérable.

Il se trouvait à la croisée des chemins, et elle l'obligeait à s'arrêter pour regarder au loin et décider de la direction à prendre.

Quand elle sortirait du bureau, quelque chose serait scellé. Soit elle entrerait pour de bon dans sa vie, soit elle en disparaîtrait pour toujours.

— Je ne suis pas certain d'avoir envie de savoir, murmura-t-il.

Elle laissa un silence s'installer, comme si elle cherchait à reprendre son souffle.

— Eh bien, moi, j'ai besoin de te le dire, reprit-elle enfin. Je t'aime, Damian. Je t'ai toujours aimé.

15

Lainey avait toujours estimé exagéré de dire que le temps pouvait s'arrêter après un événement important.

Mais elle comprenait maintenant. C'était comme si une main géante s'était posée sur la terre pour interrompre sa rotation.

L'absence de réaction de Damian était révélatrice : elle-même venait de commettre une terrible erreur.

— Non, tu ne peux pas m'aimer, se décida-t-il enfin à répondre.

Aussitôt, Lainey bondit sur ses pieds, prête à prendre le large. Il la retint d'un geste.

— Reste, s'il te plaît ! Nous devons en parler, tous les deux.

Ainsi, on y était !

C'était le moment où il allait dire « Toi et moi, c'était très sympa, mais… » et elle allait devoir rester bien gentiment à l'écouter, alors que son cœur était en train d'exploser en mille morceaux.

Pourquoi s'était-elle infligé cela ?

Damian dut percevoir son trouble, car il tendit la main vers elle.

— Tu es en train de paniquer, je le vois…

— Pas du tout ! Mais je sais d'expérience que ça ne donne jamais rien de bon quand quelqu'un dit « Nous devons en parler. »

— Je suis désolé…, commença-t-il.

— Je sais que tu ne veux pas d'une relation à long terme, coupa-t-elle sans parvenir à le regarder dans les yeux. Tu me l'as dit. Mais je pensais…

Sa voix se brisa, et elle ne put aller plus loin. Le silence de Damian pesait d'un poids insupportable sur son cœur.

— C'est exactement ça, acquiesça-t-il. Je ne veux pas d'une relation de longue durée.

Cette fois, elle ressentit physiquement la douleur dans sa poitrine.

— Dans ce cas, nous pouvons peut-être passer directement à l'étape suivante, celle où je quitte le pays et où nous oublions que cette discussion a eu lieu.

— Mais non, Lainey, il n'est pas question d'oublier… Oh ! je… Bon sang, je ne sais pas comment faire ça !

— C'est comme pour retirer un pansement. Il faut y aller d'un coup sec !

Son cœur cognait dans sa poitrine et les larmes qu'elle retenait lui brûlaient les yeux. Elle poursuivit malgré tout :

— Tu n'as qu'à dire : « Lainey, on s'est bien amusés, mais tu n'es pas une fille pour moi. »

Damian secoua la tête.

— Ce n'est pas ça du tout.

— Alors, c'est quoi ? Parce que, de mon point de vue, on dirait que nous voulons deux choses différentes, toi et moi.

Elle noua ses mains sur son ventre en priant pour ne pas se mettre à pleurer avant d'être seule.

Seule…

C'était une idée à laquelle elle ferait bien de s'habituer. Parce que, dans très peu de temps, elle serait à des milliers de kilomètres de là, loin de sa famille et de ses amis.

Et de l'homme qu'elle aimait désespérément.

— Je te rappelle que tu es supposée t'en aller, dit-il.

Ces mots lui firent l'effet d'un coup de poignard en plein cœur.

Dans l'esprit de Damian, il y avait toujours eu une date de fin. Pas un instant, il n'avait envisagé de laisser les choses aller plus loin avec elle.

— Bien sûr que je pars ! déclara-t-elle. Et je me demande bien pourquoi je suis venue ici aujourd'hui, d'ailleurs !

— Lainey, s'il te plaît, ne gâchons pas ce qui s'est passé entre nous…

Elle se leva et, les bras serrés autour d'elle, fit un pas en arrière.

— Je ne vois pas de quoi tu parles, riposta-t-elle avec amertume.

Oui, elle allait partir, même si elle savait que la distance ne la sauverait pas de la souffrance. Même quand elle aurait quitté l'Australie, elle aurait encore mal. Elle pourrait tout aussi bien aller sur Mars que ça n'y changerait rien.

Bon sang, pourquoi s'était-elle laissée convaincre par Corinna et par Imogen ? C'était couru d'avance pourtant…

Elle s'aperçut que Damian s'était levé et contournait son bureau pour venir à sa rencontre.

— Je ne veux pas te perdre, Lainey, lui dit-il lorsqu'il arriva devant elle. Mais ça ne veut pas dire que j'ai autre chose à te donner.

— Tu as beaucoup de choses à donner, Damian. Mais tu refuses de prendre des risques.

Elle battait en retraite, reculant d'un pas chaque fois qu'il en faisait un en avant.

— Ou alors, poursuivit-elle, c'est que je ne suis pas assez bien pour que tu fasses l'effort d'essayer.

Le ton résigné de Lainey serrait le cœur de Damian. Elle était la plus généreuse, la plus intéressante, la plus belle personne qu'il ait jamais rencontrée. Et, à cause de lui, voilà qu'elle se sentait insignifiante !

— Cela n'a rien à voir, protesta-t-il. Ce n'est pas du tout ça…

— C'est peut-être mieux comme ça de toute façon, l'interrompit-elle. Nous ne sommes pas à égalité dans cette histoire. Si nous étions ensemble, je vivrais toujours dans la peur que tu rencontres quelqu'un de mieux que moi.

— Il n'y a personne de mieux que toi ! C'est bien ça le problème…

Elle esquissa une moue perplexe.

— Je n'y comprends rien. Pourquoi ne veux-tu pas être avec moi si tu penses qu'il n'y a personne de mieux que moi ?

— Lainey, que veux-tu que je dise ? Je ne t'ai jamais rien promis, et il y avait une bonne raison pour cela.

Il tendit la main vers elle, mais elle s'écarta avec brusquerie.

— Mais ça ne veut pas dire que je ne ressens rien pour toi, ajouta-t-il avec conviction.

Elle secoua la tête, l'air écœuré.

— Je n'avais jamais voulu voir à quel point tu es égoïste. Uniquement préoccupé par la préservation de ta petite personne…

Ces grands yeux accusateurs et cette posture défensive qui lui criaient « Pourquoi ne veux-tu faire aucun effort ? » le glaçaient de culpabilité.

Il avait envie de garder Lainey, il était prêt à lutter pour cela, mais il ne savait comment s'y prendre. Pour que leur relation fonctionne, il fallait qu'ils conservent une certaine distance, un espace de liberté…

Le mieux, pour le moment, consistait donc à prendre du recul en attendant que la tension retombe.

Mais parviendrait-il à expliquer cela, à réparer les choses d'une façon qui ne donne pas à Lainey l'impression d'être rejetée ?

Aujourd'hui, en tout cas, cela lui semblait impossible. Il avait besoin de réfléchir à tête reposée.

— C'est important de se préserver, plaida-t-il.

— C'est sûr, rétorqua-t-elle, ironique.

Lainey le considérait de son regard devenu presque vert sous l'effet des larmes. Il la trouva si belle qu'il eut du mal à la regarder en face. Il se détourna.

— Il faut croire que j'avais besoin de cette leçon, souffla-t-elle.

— Je ne voulais pas te faire de mal, assura-t-il d'une voix rauque.

— C'est raté. Mais ce n'est pas à toi que j'en veux, c'est à moi.

Damian hésitait encore. Quelle décision devait-il prendre ? Son cœur lui commandait de prendre Lainey dans ses bras et de la serrer contre lui en lui promettant un amour éternel, tandis que sa raison s'empressait de le mettre en garde et lui commandait d'en finir avec cette discussion.

Il se sentait tiraillé entre l'envie d'avancer et la peur de voir le passé se répéter.

Allons, il devait rester fort.

— Je suis désolé, finit-il par articuler.

— Il ne faut pas, assura-t-elle. Tu as raison, tu ne m'as jamais rien promis. J'ai dû entendre ce que j'avais envie d'entendre, au lieu d'écouter ce que tu disais vraiment.

Elle se dirigea d'un pas vif vers la porte.

— On se reverra peut-être un jour… Ou pas.

La seconde suivante, la porte se refermait avec un discret cliquètement. Damian resta figé, écoutant le bruit des pas qui s'éloignaient.

Quand la cloche de l'ascenseur retentit dans le couloir, il retourna derrière son bureau et se laissa tomber dans son fauteuil.

Oui, il avait pris la bonne décision. Il devait du moins

s'en convaincre et chasser cette impression qu'il avait d'être le dernier des goujats.

Damien avait une méthode très simple quand il était confronté à un problème d'ordre sentimental : le déni.

Il avait aussi pour habitude de se noyer dans le travail, de façon à ne pas avoir le temps de penser à toutes les façons dont il avait raté sa vie.

La veille, Corinna et Imogen avaient organisé une fête pour le départ de Lainey, réunissant famille et amis. Il n'y était pas allé, préférant rester dans sa suite, à contempler la photo qu'on avait déposée pour lui à la réception. Elle était vieille, un peu décolorée, mais il se rappelait très bien de l'occasion : un dîner de nouvel an chez ses parents, dix ans plus tôt.

Ce matin, Lainey s'était envolée pour Londres, et son avion devait faire escale à Dubaï. Damian avait vérifié sur Internet que le décollage avait eu lieu à l'heure et cela faisait donc maintenant sept heures et quarante-six minutes que Lainey était dans les airs. Il avait mis une alarme sur son téléphone pour savoir quand elle atterrirait.

Quel intérêt ? Il n'en avait pas la moindre idée. De toute façon, il n'avait aucune intention de l'appeler. Que pourrait-il lui dire ?

Dehors, le temps était radieux. Dans la rue, il y avait un festival ce jour-là, avec des hommes déguisés en dragons. Leurs costumes étaient d'un beau rouge rubis, éclatant et fier.

Comme Lainey…

Son cœur se serra, comme chaque fois qu'il pensait à elle, avec un mélange inconfortable de désir, de frustration et de regrets.

Il sortit sur le balcon et crispa les mains autour de la

rambarde. Des pots en terre cuite de Toscane accueillaient des plantes odorantes, et il dut se retenir de tout envoyer valser d'un grand coup de pied.

Ce besoin de destruction passerait. Il le faudrait bien. Car Lainey ne reviendrait pas.

Et lui, il n'allait pas changer d'avis.

Un coup frappé à la porte le fit sursauter.

Qui diable venait interrompre sa séance d'auto-apitoiement ?

Il n'avait pas commandé de repas. Il avait à peine mangé ces derniers jours. La nourriture ne passait pas.

Il rentra dans la suite, attrapa un T-shirt sur le dossier d'une chaise et l'enfila avant d'aller ouvrir.

Les mots de bienvenue restèrent coincés dans sa gorge quand il découvrit qui se tenait sur le seuil.

— Ça fait un bail !

Ben avait toujours le même sourire arrogant, il portait toujours le même costume noir à fines rayures blanches qui lui donnait des airs de mafioso, son eau de toilette était trop entêtante, et il mâchait son chewing-gum la bouche ouverte.

— Qu'est-ce que tu veux ? demanda sèchement Damian.

Ben eut un petit claquement de langue réprobateur.

— C'est une façon d'accueillir ton ancien mentor ? Où sont passées tes bonnes manières ?

— Tu n'as jamais été mon mentor.

Damian tendit le bras en travers de l'encadrement de la porte pour bien signifier à son visiteur qu'il ne le laisserait pas entrer.

— Et tu n'es pas le bienvenu ici !

— Cela va être difficile pour toi de me faire sortir de ta propriété, vu que ce n'est pas ta propriété, fit Ben, dont le sourire s'élargit. Remarque, vivre dans une chambre d'hôtel est un choix intéressant…

Damian serra les dents pour retenir le flot d'injures qui menaçait de jaillir.

— Je vais bientôt emménager dans un nouvel appartement. J'attends juste que la vente soit enregistrée.

C'était un mensonge, mais cela ne regardait personne.

— Bien sûr.

Ben hocha la tête, l'air pas du tout convaincu.

— Bref, j'ai entendu dire que tu avais réussi à me piquer un client. Je serais venu plus tôt, mais il m'a fallu du temps pour te trouver ici.

Malgré son calme apparent, il devait être hors de lui. Il avait beau faire comme si cet événement n'avait aucune importance, il ne pouvait dissimuler son dépit. Pourquoi se serait-il déplacé jusqu'ici si le départ de McPartlin de sa clientèle ne lui avait fait ni chaud ni froid ?

— Je te laisse McPartlin de bon cœur, affirma-t-il. C'est un vieux crétin de toute façon !

Ben haussa les épaules, toujours sur ses gardes.

— Mais je suis tout de même curieux, poursuivit Ben. Comment as-tu fait pour le récupérer ? Tu lui as raconté que je t'avais piqué ta femme ?

Contre toute attente, cette allusion au passé laissa Damian de marbre. La perfidie de Ben semblait ne plus avoir de prise sur lui.

— J'ai fait mon travail, tout simplement. Je lui ai présenté un projet qui l'aidera à économiser des sommes significatives. Chose que tu aurais dû faire depuis longtemps, soit dit en passant. Si ta compagnie fonctionnait si bien que ça, il ne serait pas parti.

— Tu te crois plus malin que les autres, hein ? Le grand Damian McKnight, un homme intègre et soucieux d'éthique ! Allons, à d'autres ! Tu n'es pas différent de moi.

— Sauf que je ne couche pas avec des femmes mariées, moi ! Je ne te permets pas de nous comparer. Je n'ai rien à voir avec toi.

— À propos de femmes, je suis venu t'apporter ça…

Ben sortit une enveloppe blanche de la poche de sa veste et la lui tendit. Le nom de Damian était écrit dessus et deux colombes décoraient le coin en bas à droite.

— Une invitation à un mariage ?

— Eh oui ! On se passe finalement la corde au cou ! Comme tu le sais, ce sera la deuxième fois pour Jenny, mais je n'ai rien contre les galops d'essai.

Damian attendit que la vague familière le submerge, mais il ne se passa rien.

À sa grande surprise, apprendre que Jenny et Ben allaient se marier le laissait indifférent.

— Très bien, je vous souhaite beaucoup de bonheur, répondit-il.

Ben cilla. Visiblement, il ne s'attendait pas à cette réaction.

— Je le pense, insista Damian. J'espère que vous serez plus heureux que nous l'avons été, Jenny et moi. Je ne souhaite à personne de vivre l'expérience que nous avons vécue. Même pas à toi.

— Pardon ?

— En revanche, je n'assisterai pas au mariage. Mais, ça, tu devais t'en douter.

Damian lui rendit l'enveloppe.

— Maintenant, arrête de te préoccuper de moi et pense plutôt à ta future femme !

Il referma la porte sur son visiteur médusé.

Lainey avait raison, songea soudain Damian. Pendant des mois, voire des années, il était resté accroché à sa propre histoire au lieu de recommencer à avancer.

Avoir réussi à signer avec Jerry McPartlin n'était pas la clé qui lui permettrait de tourner enfin la page. Au contraire, ce n'était qu'un lien de plus qui le rattachait au passé. Une façon de croire qu'il avait réalisé un progrès, alors qu'il n'avait fait que continuer à se protéger.

En fait, tout ce qu'il avait réussi à faire, c'était perdre la seule femme qui avait vu clair dans tout ce fatras de sentiments contrariés et qui voulait quand même de lui !

Une femme tellement merveilleuse qu'il aurait dû faire tout ce qui était en son pouvoir pour lui montrer à quel point il la respectait et la considérait comme une véritable déesse.

Il avait tout gâché. Lamentablement.

Empoignant son téléphone, il composa le numéro de portable de son assistante.

— Leila, s'il vous plaît, réservez-moi un billet sur le premier vol pour Londres demain matin, déclara-t-il lorsqu'il l'eut au bout du fil.

Tout en parlant, il attrapa la petite valise qu'il gardait toujours prête pour ses déplacements professionnels de dernière minute.

— Mais vous devez rencontrer M. McPartlin demain matin à 11 h 30 ! lui rappela Leila d'un ton surpris.

— Reportez le rendez-vous.

— Mais…

Il déposa la valise sur le lit et l'ouvrit.

— C'est votre tout premier rendez-vous avec lui, et il a bien précisé…

— Reportez le rendez-vous, répéta Damian. Je dois me rendre à Londres d'urgence. Ses affaires tournent bien. Tout ne va pas s'effondrer s'il attend quelques jours. Et s'il ne veut pas attendre, eh bien, je ne le retiens pas.

Il y eut un silence troublé à l'autre bout de la ligne, puis son assistante approuva.

Dix minutes plus tard, il recevait les informations sur son vol.

Maintenant, il ne lui restait plus qu'à découvrir où résiderait Lainey et à chercher le moyen de se faire pardonner.

Ce ne serait pas facile, mais il trouverait.

Lainey méritait une relation honnête et profonde.

Tout ce dont il avait toujours eu peur. Tout ce qui le mettait en danger et risquait de le faire souffrir.

Il était temps de se débarrasser de son filet de sécurité.

Il aimait passionnément Lainey et, si cela faisait de lui un fou, eh bien tant pis !

16

Lainey se trémoussa un peu en tirant discrètement sur le corsage de sa robe.

C'était la deuxième fois qu'elle participait à une soirée mondaine dans une robe empruntée, et la deuxième fois qu'elle se sentait totalement déplacée.

Seulement, ce soir, elle n'avait pas de masque derrière lequel se dissimuler.

— Essayez de sourire, *darling*, lui souffla son nouveau patron, Andrew, avec son accent britannique très marqué. Il y a beaucoup de gens importants ici.

Il ne plaisantait pas. Lainey avait déjà reconnu Vivienne Westwood, Rosie Huntington-Whiteley et Stella McCartney. En gros, c'était une *fashion week* londonienne, sans les défilés de mode.

— Oui, oui, bien sûr…

Elle hocha la tête et plaqua un sourire sur ses lèvres. Mais, à l'intérieur, elle avait l'impression qu'on avait creusé son cœur à la petite cuillère.

Elle se trouvait à Londres depuis deux jours et devait commencer à travailler le lundi suivant, mais son patron était impatient de la sortir et de la présenter à tout le monde, et elle, de son côté, se sentait prête à se jeter à corps perdu dans le travail.

Elle avait déjà commencé à aider Andrew à rassembler quelques dépêches pour Instagram, mais cela ne lui avait pas procuré l'extase espérée.

En fait, elle avait très vite compris que la stratégie d'Andrew Lawrence-Jenkins en matière de réseaux sociaux ne visait pas tant à développer son business qu'à donner l'impression qu'il menait une vie passionnante.

Elle l'aiderait à comprendre qu'il avait besoin d'une approche plus structurée, mais il était encore trop tôt pour avoir cette conversation.

Elle prit donc consciencieusement des photos et bavarda avec plusieurs invités en faisant un effort pour dissimuler à ses interlocuteurs à quel point elle brûlait de se retrouver seule chez elle.

— Excusez-moi une minute…

Elle adressa un petit signe de tête à Andrew, mais il semblait fasciné par le top model masculin qui s'était approché pour lui parler.

Ravie de pouvoir s'éclipser sans avoir à se justifier, elle récupéra son manteau et sortit dans le jardin.

Quelques personnes fumaient près des portes-fenêtres, mais elles ne s'étaient pas aventurées plus loin à cause du temps. C'était la première fois que la pluie cessait depuis l'arrivée de Lainey, cependant il faisait toujours très froid.

Peu importaient les conditions climatiques. Elle avait besoin de prendre l'air. Entre sa robe trop serrée, la musique assourdissante et sa constante envie de pleurer, elle n'en pouvait plus.

Elle se laissa tomber sur un banc humide et frissonna dans l'air glacial. Elle avait pourtant tout ce qu'elle avait toujours désiré : un job motivant, une invitation à une soirée privée, ainsi que des quantités d'opportunités qui scintillaient devant elle comme les lumières d'une grande ville.

N'empêche qu'elle se sentait aussi morne et triste que le temps.

Elle ne rêvait que d'une chose : entendre la voix de

Damian. Et aussi sentir son souffle sur sa joue et la solidité rassurante de son torse…

Seulement, il l'avait rejetée, confirmant qu'elle n'obtiendrait jamais ce qu'elle voulait avec lui. Que ses espoirs étaient stupides et enfantins et qu'elle serait toujours seule. Ou, au moins, destinée à sortir avec des hommes sans intérêt qui n'arriveraient pas à la cheville de celui qu'elle aimait.

Elle sortit de son sac le miroir de poche de sa grand-mère et l'ouvrit. À l'intérieur, elle avait placé une petite photo d'elle en compagnie d'Imogen et de Corinna. La vue de ces visages souriants lui serra le cœur. Ses amies lui manquaient déjà énormément. Et ses parents aussi.

Sans parler de Damian, même s'il lui en coûtait de le reconnaître. Damian lui manquait affreusement.

À sa grande surprise, elle avait découvert que le mal du pays pouvait provoquer de véritables désagréments physiques. Depuis qu'elle avait franchi les portiques de sécurité de l'aéroport, elle avait mal au ventre.

Peut-être avait-elle eu tort de venir ici…

— Il reste une place sur ce banc ?

Une silhouette masculine la surplombait, sombre et imposante. L'homme portait un costume et sa chemise blanche était agrémentée d'une cravate rouge vif, mais son visage disparaissait sous un masque noir.

Lainey secoua la tête. Ce ne pouvait pas être lui ! Il était en Australie, et elle, à Londres, à panser ses blessures et à essayer d'accepter qu'ils ne soient plus jamais ensemble…

C'était peut-être le mal du pays qui lui provoquait des hallucinations.

Elle porta la main à son front. Pas de fièvre…

Elle se leva et serra les bras autour d'elle en un geste de défiance.

— Pour information, monsieur, nous ne sommes pas à un bal masqué, dit-elle avec mauvaise humeur.

L'homme posa une main sur son épaule, et elle eut l'impression qu'il la brûlait à travers l'étoffe de ses vêtements.

— Vous ne me demandez pas mon nom ?

Cela ne faisait plus aucun doute, elle avait reconnu la voix. Damian était bien là. Avec elle. Pour elle ?

— Ce n'est pas la peine. Je sais qui vous êtes, Rumpelstiltskin.

— Ce n'est pas très joli, n'est-ce pas ? Ni très facile à prononcer, commenta-t-il, avant de hausser les épaules. Que voulez-vous, mes parents ont toujours eu de drôles d'idées.

Au-dessous du masque, ses lèvres pleines se retroussèrent en un sourire malicieux. Cet accessoire ne faisait que le rendre plus ténébreux et plus séduisant encore. D'autant qu'elle savait désormais quel plaisir cet homme pouvait lui procurer.

— Et moi qui espérais que nous jouerions aux devinettes ! ajouta-t-il.

— J'en ai assez des petits jeux…

Ils étaient seuls dans le jardin. Même les fumeurs qui se tenaient tout à l'heure près des portes-fenêtres avaient battu en retraite, sans doute effrayés par les coups de tonnerre qui se déchaînaient depuis peu au-dessus de leurs têtes.

La pluie n'allait pas tarder à tomber, et rester à découvert était risqué. Toutefois, Lainey ne pouvait pas esquisser le moindre geste. Elle se sentait comme statufiée.

En outre, elle n'était pas encore tout à fait certaine qu'il ne s'agissait pas d'un rêve.

— Moi aussi, affirma Damian.

Elle fronça les sourcils, perplexe.

— Et pourtant tu es là, avec un masque. Pourquoi ?

— J'avais besoin de te voir.

Elle retint son souffle, hésitant à croire ce qu'elle venait d'entendre.

— Comment as-tu fait pour entrer ici ? C'est une soirée très privée.

— Je me suis débrouillé.

— Tu t'es faufilé en douce ?

Il se mit à rire.

— J'aimerais bien être aussi doué que toi pour jouer les pique-assiette, mais non. J'ai tout simplement contacté des relations. Tu n'imagines pas les efforts que j'ai dû déployer avant de savoir que tu serais là ce soir.

— Vraiment ?

— D'abord, j'ai soudoyé Imogen et Corinna pour qu'elles me disent chez qui tu travaillais, puis j'ai appelé là-bas et on m'a parlé de cette soirée où devait aller ton patron. J'ai ensuite fait le tour de toutes les personnes que je connaissais de ce côté-ci de l'océan pour obtenir une invitation, en espérant que tu serais là. Et je ne te raconte pas la leçon de morale du siècle que j'ai endurée de la part de Jerry McPartlin, parce que j'ai annulé son rendez-vous pour pouvoir prendre le premier vol.

Il rit de nouveau.

— Figure-toi que ce vieux brigand m'a viré et qu'il est retourné chez Ben !

Il avait prononcé ces paroles comme si cela ne l'affectait pas le moins du monde.

Lainey écarquilla les yeux.

— Mais… Tu avais fait tant d'efforts pour obtenir qu'il signe avec toi !

— Peu importe. J'avais trop envie de te voir.

Il repoussa une mèche de cheveux de Lainey et la glissa derrière son oreille. Elle frissonna, non à cause du froid, mais parce qu'elle devait résister à l'envie de se jeter dans ses bras.

— Je suis content que tu aies gardé tes cheveux roux. Ça te va bien.

— Damian, arrête…

Elle ferma les yeux un instant dans un vain espoir de se ressaisir.

— Pourquoi es-tu venu ici ?

— Parce que tu avais raison. Je voulais me venger et je m'accrochais au passé. Je voulais travailler avec McPartlin pour de mauvaises raisons. Jamais je n'aurais fait croire à un autre client que j'étais fiancé. Mais j'étais tellement obsédé par l'idée de nuire à Ben que j'étais prêt à tout.

— Même à faire croire que tu étais fiancé avec moi, murmura-t-elle.

— Cela n'a pas été désagréable, loin de là. Mais ce n'était pas bien.

— Et tu es venu jusqu'ici pour me dire que c'était mal de faire croire aux gens que nous étions fiancés ?

Une profonde amertume nouait la gorge de Lainey.

— Tu aurais pu économiser un billet d'avion, tu sais.

— Je suis venu pour te dire que j'étais désolé.

Il lui prit le visage entre ses mains et effaça du pouce une larme qui roulait sur sa joue. Lainey ne s'était même pas rendu compte qu'elle pleurait.

— Je n'aurais pas dû t'impliquer dans mes problèmes personnels, reprit-il. Et, surtout, je n'aurais pas dû te demander de jouer un rôle pour moi.

Il soupira.

— Mais ce n'est pas le plus important… Le plus important, c'est que je regrette d'avoir été trop stupide pour m'apercevoir que tu avais cessé d'être une amie depuis longtemps.

— Ah bon ? Depuis combien de temps ?

— Trop longtemps. Le soir où tu m'as embrassé, il y a trois ans… Bon sang, tu ne peux pas savoir à quel point j'avais envie de te rendre ce baiser ! Seulement, cela aurait été déplacé.

Il secoua la tête.

— Tu étais si jeune et si enthousiaste ! Et j'étais terrifié par notre différence d'âge.

— On s'en fiche, de ce qui est déplacé ou non. Moi, j'ai quitté l'école dès que j'ai pu, parce que j'en étais malade, de devoir me conformer à toutes ces règles ridicules qui décident de ce qu'on a le droit de faire ou pas. Je n'aime pas qu'on m'oblige à être comme tout le monde.

— Tu n'en as toujours fait qu'à ta tête, n'est-ce pas ?

— Exactement. Le problème, c'est que, toi, tu voulais une femme parfaite, qui n'enfreindrait pas les règles.

Elle décida de jouer cartes sur table, même si elle savait qu'elle risquait gros.

— Je ne serai jamais comme ça, Damian. Je veux garder ma personnalité.

— Et tu as raison !

Inclinant la tête, il posa son front sur le sien.

— J'adore que tu aies de la personnalité et que tu n'hésites pas à enfiler un déguisement pour obtenir ce que tu veux. Et j'adore que tu refuses de te laisser abattre par une réponse négative et que tu trouves tes propres solutions quand la vie ne te donne pas ce que tu en attends.

— Même si je t'ai dupé pour pouvoir coucher avec toi ?

— Si tu ne l'avais pas fait, nous ne serions pas ici aujourd'hui. Et je continuerais à refuser de reconnaître que je te désire depuis trop longtemps.

— Qu'allons-nous faire ?

Elle redressa courageusement les épaules et chercha son regard.

La pluie s'était mise à tomber, s'écrasant sur eux à grosses gouttes. Son collant mouillé plaqué à ses jambes la faisait frissonner et elle désirait d'autant plus ardemment retrouver la chaleur des bras de Damian.

Toutefois, elle ne bougerait pas d'un centimètre tant qu'elle n'aurait pas obtenu ce qu'elle voulait.

Lui. Lui tout entier…

Le seul homme qu'elle ait jamais aimé.

— Je vais être honnête avec moi-même et avec toi, Lainey.

Il lui prit les mains avant de poursuivre d'un ton plein de fougue :

— Je t'aime, Lainey Kline. J'aime ta fantaisie, ta détermination, ta loyauté… J'aime ton corps incroyablement sensuel. Je t'ai toujours aimée, même quand je ne voulais pas l'admettre.

Se demandant si elle devait y croire, Lainey s'éclaircit la gorge.

— Mais… Pourquoi me dis-tu ça maintenant ? interrogea-t-elle d'une voix tremblante.

— Parce que je t'ai perdue et je me suis rendu compte que c'était la plus terrible épreuve de ma vie.

Des yeux, elle suivait sa pomme d'Adam, qui faisait le yoyo dans sa gorge.

— J'ai eu l'impression qu'on m'arrachait le cœur, poursuivit-il, et je ne m'attendais pas à une telle douleur. Voilà pourquoi je suis ici. J'ai laissé tomber McPartlin & Co, et je laisserai tomber tout le reste s'il le faut pour être avec toi. Je suis prêt à venir m'installer dans ce fichu pays de grisaille si tel est ton désir.

La lueur d'espoir qui avait commencé à briller s'était transformée en un brasier qui lui réchauffait le cœur.

— Tu veux dire que tu t'installerais ici pour moi ?

— Pour toi, princesse, j'irais n'importe où !

Cette fois, elle n'y tint plus ; jetant les bras autour de son cou, elle l'embrassa à pleine bouche.

Ce n'était pas un baiser de conte de fées. C'était brouillon, maladroit et… torride.

La pluie continuait à se déchaîner, mais Lainey s'en moquait. Ce qui se passait en cet instant était plus fort encore que tout ce qu'elle avait pu imaginer quand elle était adolescente.

Si parfaitement imparfait… Comme elle. Comme eux.

— Je suppose qu'il vaudrait mieux rentrer maintenant, pour que je te présente.

Elle sourit malicieusement.

— Mais comment allons-nous expliquer ton masque ?

— Tu n'as qu'à dire simplement que c'est un juste retour des choses. Tu m'as dupé une fois et je te rends la monnaie de ta pièce.

— Tu es sans pitié, Rumpelstiltskin, murmura-t-elle avec un sourire, avant de lui déposer un tendre baiser sur les lèvres. Tu as de la chance que je t'aime.

— Oh oui, une chance inouïe !

Même avec le masque, elle pouvait lire la sincérité dans son regard.

— Et je te promets de consacrer le reste de notre vie à rattraper tout le temps que j'ai perdu.

Elle se tourna vers la porte-fenêtre.

— Et si on laissait tomber les présentations ? suggéra-t-elle.

Sans attendre de réponse, elle l'entraîna alors vers une tonnelle qui semblait prévue pour offrir un abri romantique aux amoureux soucieux d'intimité.

— Il n'y a pas une minute à perdre, ajouta-t-elle. Commençons dès maintenant à rattraper le temps perdu !

Épilogue

Trois mois plus tard

Damian sautillait d'un pied sur l'autre, tel un boxeur impatient de frapper son premier coup.

L'adrénaline qui se déversait dans ses veines le transformait en une boule de nerfs, lui d'ordinaire si calme.

Ce soir, l'événement était de taille.

C'était le plus important de tous.

Lainey revenait au pays.

Et il allait l'avoir toute à lui pour une semaine…

Son job à Londres la tenait très occupée, et elle avait vite trouvé ses marques dans sa nouvelle vie. Toutefois, entretenir une relation à distance n'était pas chose facile.

Elle avait pourtant insisté pour qu'il reste en Australie et y conserve son agence. Pour sa part, elle avait résolu d'aller au terme de son contrat de six mois et d'utiliser ensuite cette expérience pour trouver l'emploi de ses rêves à Melbourne.

Près de lui.

Mais faire l'amour via Skype ne suffisait pas à le satisfaire. Avec leur emploi du temps de fous, le décalage horaire et les vingt-quatre heures de vol entre Melbourne et Londres, Lainey lui manquait terriblement. Il ne l'avait pas touchée pendant un mois entier et il avait l'impression de mourir à petit feu. Ce soir, ils se reverraient pour la première fois depuis qu'il était allé lui avouer son amour à Londres.

Aussi avait-il pensé à tout pour ce soir. Il avait mis un peu plus de temps que prévu à tout organiser, mais le résultat en valait la peine.

Il s'impatienta en détaillant le flot continu de voyageurs qui se déversaient dans la zone des arrivées.

Le troupeau humain se fondait en un vague magma de formes et de couleurs, jusqu'au moment où il l'aperçut.

Avec ses cheveux roux qui se détachaient sur le noir de sa tenue, elle ressemblait à une sorte de super héros ninja. En version sexy…

Dès qu'elle le put, elle se jeta dans ses bras et il faillit vaciller, bien qu'il eût les pieds fermement ancrés dans le sol.

L'enveloppant de ses bras, il s'empara de ses lèvres et respira l'odeur familière du parfum qu'il aimait.

Une main dans ses cheveux, l'autre dans son dos, il la serra très fort contre lui, au point qu'il eut soudain peur qu'elle s'évapore.

Damian n'avait pas la larme facile, mais il s'aperçut qu'il avait la gorge nouée et des picotements sous les paupières.

— Tu m'as tellement manqué, soupira Lainey, les yeux brillants de larmes. Et je regrette que personne n'ait encore inventé la téléportation. Ce vol était interminable.

— Calme-toi, princesse ! Tu étais en première classe. Tu n'as pas de raisons de te plaindre.

Elle sourit.

— J'avoue que c'était confortable. Mais j'avais tellement hâte de te retrouver !

— Tu es là maintenant.

Il fut surpris par l'émotion que trahissait sa propre voix.

— Nous sommes ensemble. Tout est rentré dans l'ordre, conclut-il. Tout est parfait.

Le trajet en voiture fut rapide. Surexcitée, Lainey emplissait l'habitacle de son babillage, racontant d'un ton joyeux les dernières anecdotes de sa vie à Londres.

Il avait méticuleusement planifié la soirée qui les attendait. Chaque détail avait été étudié, depuis la vue que l'on aurait de la table jusqu'au dessert. À présent, il se sentait aussi nerveux qu'un adolescent à son premier rendez-vous amoureux.

— Alors, quels sont tes projets pour ce soir ? demanda-t-elle tandis qu'ils s'enfonçaient dans le cœur de la ville.

— Mes projets ?

Elle le regarda d'un air suspicieux.

— J'ai l'impression que tu mijotes quelque chose, toi…

Damian réprima un sourire. Le ciel s'assombrissait déjà, mais les éclairages de la ville scintillaient autour d'eux tel un rideau de lumière.

Il s'arrêta à la hauteur de l'immeuble qui abritait son nouvel appartement et entra dans le parking souterrain.

— Où allons-nous ?

Lainey regarda par sa vitre, mais il n'y avait rien d'autre à voir que des poteaux de béton et des rangées de voitures.

— Tu n'avais pas dit que tu resterais à l'hôtel et que nous chercherions quelque chose ensemble à mon retour ?

— Je ne me souviens pas, non…

Il se gara à son emplacement et coupa le moteur.

— Et maintenant, tu veux bien arrêter de poser des questions ?

Elle lui adressa un sourire éblouissant.

— Ça, jamais !

Comment avait-il pu tomber éperdument amoureux de cette petite folle, qui avait dix ans de moins que lui et qui était sauvage à l'extérieur, mais loyale et déterminée à l'intérieur ? Qui avait un cœur d'or, l'esprit ouvert et des jambes pour lesquelles il était prêt à se damner ?

Ils restèrent un moment assis dans la voiture sans bouger et sans parler.

— Bon, tu me fais confiance ? demanda-t-il enfin.

Elle posa sur lui un regard débordant d'amour.

— Absolument et complètement.

Il descendit de voiture et sortit la valise du coffre. Les roulettes grinçaient tandis qu'ils se dirigeaient vers l'ascenseur et il se promit que, quand Lainey repartirait à Londres à la fin de la semaine, elle aurait une nouvelle valise.

À la seconde où la porte de la cabine s'ouvrit, Lainey se tourna vers lui, tout excitée.

— Je reconnais cet ascenseur ! s'écria-t-elle.

— La barbe ! Moi qui espérais garder la surprise jusqu'au dernier moment !

— Quand as-tu emménagé ?

— La semaine dernière. Ils avaient du mal à le vendre et j'ai pu négocier.

Parvenus au dernier étage, ils pénétrèrent ensemble dans l'appartement.

— Je n'en reviens pas que tu l'aies acheté ! s'exclama Lainey. Quand nous l'avons visité, j'étais sûr que tu n'irais pas jusqu'au bout.

L'appartement n'avait presque pas changé depuis qu'ils l'avaient vu. Dans l'esprit de Damien, ce serait Lainey qui devrait y apporter sa touche personnelle lorsqu'elle rentrerait définitivement de Londres.

— C'est magnifique, s'exclama-t-elle, les yeux écarquillés.

— On va en faire notre petit nid rien qu'à nous, promit-il. On va le décorer ensemble et y engranger des souvenirs. Quand j'ai dit que je voulais passer le reste de ma vie à rattraper le temps perdu, je le pensais.

Sur ces mots, il la souleva dans ses bras, l'emmena dans la chambre et la déposa sur le lit.

— N'y pense même pas, dit-elle en faisant mine de se débattre. J'ai pris une douche au lounge lors de mon escale à Singapour, mais ça fait déjà huit heures. Pas question que tu me touches.

— Pas question ?

Il rit, rampa au-dessus d'elle et glissa un genou entre ses jambes.

— Ma petite Lainey, je ne pense qu'à ça depuis des jours… Tu n'imagines pas quel effet ça me fait de savoir que la femme de ma vie est dans mon lit. Je n'ai pas l'intention de te lâcher avant d'avoir senti ces cuisses magnifiques trembler autour de moi, avant d'avoir entendu cette voix sensuelle me supplier d'aller plus fort et plus profond.

— Parce que tu te crois irrésistible ? demanda-t-elle, malicieuse.

Nouant les bras autour de son cou, elle cambra le dos tandis qu'il pressait ses hanches contre les siennes.

— Et pour info, dit-elle, narquoise, j'ai très bien compris l'effet que ça te fait !

— C'est bon de t'avoir à la maison.

Il pressa les lèvres dans son cou, et sa main droite vint s'arrondir sur un sein. Son sexe palpitait, frustré par ces longues semaines où il avait dû se contenter de s'accorder lui-même du plaisir.

Lainey glissa la main entre eux, abaissa la glissière du pantalon et enroula les doigts autour de son membre.

— Hum… À la maison. Cette formule me plaît beaucoup.

— Arrête de parler…

Quand il la pénétra, ce fut comme si tout ce qu'il attendait depuis toujours s'accomplissait. Les lèvres de Lainey étaient posées sur les siennes, son corps enfiévré répondait à ses coups de reins puissants. Ils étaient encore partiellement habillés, mais il s'en moquait. Il avait envie d'elle et il n'y avait pas une seconde à perdre.

— Lainey, murmura-t-il à son oreille tandis qu'il se perdait dans sa moiteur brûlante. Je t'aime à la folie.

— Moi aussi, je t'aime à la folie…

Elle avait les paupières lourdes, les joues en feu. Et le petit creux que ses dents dessinaient dans sa lèvre inférieure tandis qu'elle essayait en vain de contenir ses gémissements de plaisir le rendait fou.

— Je m'embarque dans cette histoire pour un bon moment, tu sais, souffla-t-il.

Il repoussa une mèche de cheveux roux qui tombait sur le front de Lainey et posa ses lèvres sur les siennes.

— Je dirais même pour toujours, ajouta-t-il.

— Et à jamais, murmura-t-elle, tandis qu'un frisson la parcourait. Comme je l'ai toujours voulu.

JACKIE ASHENDEN

Obsession

Traduction française de
JULIETTE FUHS

MAGNETIC

HARLEQUIN

Titre original :
RUINED

Ce roman a déjà été publié en 2018.

1

Cat

Lorsque, pour régler vos problèmes, vous en êtes réduite à faire appel à un club de bikers à la limite de la légalité, vous savez que la situation est grave. Et si, pour obtenir leur aide, vous êtes prête à tout, alors cela signifie qu'elle est pire encore. Mais quel autre choix avez-vous lorsque votre enfant est en danger ?

Dans l'état de panique dans lequel je me trouvais, je me moquais pas mal de la loi et j'aurais été capable de défier n'importe quel démon, de combattre n'importe quel dragon pour sauver ma fille. Le problème, c'est que je n'avais pas la force nécessaire pour me battre seule contre les dangers qui la menaçaient. Je devais demander à d'autres de le faire à ma place. Et j'étais prête à payer n'importe quel prix pour arracher Annie des griffes de son père.

Voilà comment je me retrouvais un samedi soir devant le club des Knights, sous la pluie, à minuit passé. De toute évidence, j'arrivais au milieu de la plus grosse fête à laquelle j'avais jamais assisté.

Bon sang ! Je n'avais aucune envie d'entrer dans un endroit pareil. De plus, je m'étais bien juré de ne jamais mettre les pieds dans ce club.

Mais ma fille était en danger, et les policiers pensaient que je m'inquiétais pour rien. Pour eux, tout allait bien puisqu'elle était avec son père. Ils ne savaient pas que sous ses allures d'ange Justin était pire que le diable.

J'étais complètement désemparée. C'est pourquoi, comme si souvent auparavant, je me préparais à demander secours au seul homme capable de m'aider… et qui se trouvait à l'intérieur. Dane Kingsolver, que tout le monde appelait « Smoke », était mon dernier recours. Malheureusement, celui qui était mon meilleur ami depuis l'enfance était également l'un des hommes de main des Knights.

Quand je l'avais appelé, au comble de la panique, il n'avait pas répondu à son maudit téléphone. C'est pourquoi, poussée par le désespoir, j'étais venue le chercher jusqu'ici.

Le club était installé dans un vieil entrepôt en brique, à la périphérie de Brooklyn. Devant le bâtiment, des dizaines de motos étaient alignées, brillantes comme des jouets d'enfant. Quelques types, dont l'allure n'avait rien d'innocent, traînaient autour, visiblement chargés de leur surveillance.

Deux autres bikers montaient la garde près de la porte d'entrée, entourés d'une bande de filles aux coiffures très sophistiquées, aux jupes si courtes qu'elles ne cachaient presque rien. Je me retins de lever les yeux au ciel. Pauvres idiotes ! Elles étaient venues ici en quête de frisson. Elles ne savaient pas quel danger elles couraient. J'avais presque envie d'aller les voir pour les mettre en garde. Mais ce serait une perte de temps. Elles n'écouteraient pas. J'avais suffisamment essayé de raisonner ma mère pour le savoir.

Quand elles disparurent à l'intérieur, je m'approchai à mon tour du videur sans me laisser impressionner par son expression arrogante. Il se tenait debout, les mains dans les poches de son jean, avec l'air de se prendre pour Dieu parce qu'il avait le pouvoir de choisir qui entrait ou n'entrait pas. Il était jeune, avec de beaux yeux bleus et un reste de douceur juvénile sur le visage. Cela ne durerait pas, bien sûr. Bientôt, il deviendrait aussi brutal et détestable que ses congénères.

Pour le moment, il me regardait avec suspicion. Manifestement, il ne savait pas qui j'étais, ni ce que je venais faire là. Ce qui n'avait rien d'étonnant car je n'étais pas une habituée des lieux, même si je connaissais parfaitement la vie du club grâce aux récits de Smoke. Je ne serais jamais venue ici si j'avais eu le choix.

J'affrontai son regard — j'avais appris très tôt à ne jamais reculer devant un chien qui peut mordre.

— Je dois voir Smoke.

Bien. Mon ton était catégorique et ferme. Le message était clair : « Ne me cherche pas où tu sauras à qui tu as affaire. » Mis à part cette petite marque d'autorité, il n'y avait rien d'impressionnant chez moi, loin de là. Seulement, je savais d'expérience qu'il ne fallait pas montrer la moindre faille face à ces types, sinon on se retrouvait à genoux en moins de temps qu'il ne faut pour le dire, humilié, affaibli, avec un œil au beurre noir en prime. Je m'étais promis que cela ne m'arriverait plus. Plus jamais.

Le videur plissa les yeux, plus méfiant que jamais.

— Qui le demande ?

— Cat. Cat Livingstone.

Il me toisa du regard. Je savais parfaitement ce qu'il voyait. Une femme à l'approche de la trentaine, à la mine fatiguée, vêtue d'un jean usé et d'un vieux T-shirt à l'effigie des *Ramones*. Des Converse éculées aux pieds. Aucun maquillage. Pas du tout le genre du club.

J'étais ordinaire. Terriblement ordinaire.

Et pour l'heure, je m'en moquais royalement. Après

tout, je n'étais pas là pour plaire à ce type ! Ni à qui que ce soit d'ailleurs. J'étais venue pour voir Smoke. Parce qu'il aimait ma fille à peu près autant que moi je l'aimais, et que je savais qu'il était prêt à faire n'importe quoi pour elle. Pour moi aussi d'ailleurs, car depuis le jour de notre rencontre nous nous protégions l'un l'autre.

— Je vois… Écoute, beauté, j'sais pas… J'pense pas que…

— Je me moque de ce que tu penses ! Je suis la meilleure amie de Smoke, et il va être très énervé si tu ne me laisses pas entrer immédiatement.

Je ne voulais pas lui parler d'Annie. Je me sentais déjà assez ridicule comme ça sans raconter ma vie à ce gamin prétentieux.

— Eh ! Fais gaffe ! Me parle pas comme ça et montre un peu de respect, OK ?

Super ! Après la journée cauchemardesque que je venais de passer, j'allais me faire remettre à ma place par un gosse stupide et arrogant. Alors que mon ex-mari violent détenait ma fille. Et tout ça à cause du foutu code de respect des bikers !

Je sentais la colère monter peu à peu en moi. J'ouvrais la bouche pour lui dire où il pouvait se mettre son respect quand Tiger apparut à la porte, une cigarette dans une main, une bière dans l'autre. Une fois n'est pas coutume, je ressentis un soulagement intense à sa vue.

Tiger était l'un des plus proches amis de Smoke, c'est pourquoi je le connaissais. Grand et musclé, il avait les mêmes cheveux bruns, presque noirs, que Smoke. Mais la couleur de ses yeux était différente, et c'est son regard d'ambre qui lui avait valu son surnom : « Tiger ». Il avait beau être lui aussi une ordure de biker, il était moins odieux que le gamin qui me barrait le passage.

— Salut, Cat, lança-t-il en me reconnaissant. Qu'est-ce qui t'amène ici ?

Ignorant le videur, je fixai Tiger qui se tenait en haut des marches.

— Smoke est dans le coin ? Je dois le voir, c'est urgent.

Je n'avais pas particulièrement envie de parler d'Annie à Tiger non plus. Il avait toujours un avis tranché sur un tas de sujets, et les enfants en faisaient partie. Ce soir, je n'étais pas d'humeur à supporter ses remarques.

Je le regardai s'adosser nonchalamment au mur et siroter une gorgée de bière. Il avait l'air si décontracté… alors que ma vie était en train de s'effondrer et que la panique me serrait la gorge. J'avais envie de lui sauter à la gorge et de l'étrangler. Toutefois, je remarquai une lueur particulière dans son regard doré, il n'était pas si tranquille qu'il voulait le laisser croire.

— Hum… Il est dans le coin, c'est sûr. Mais je me demande si tu as vraiment envie de le voir tout de suite.

Qu'est-ce qu'il racontait ? Ma patience avait atteint ses limites, et j'inspirai profondément pour maîtriser l'exaspération qui montait en moi.

— Bien sûr que si, je veux le voir ! C'est urgent, je te l'ai dit. En fait, c'est une question de vie ou de mort !

— Comme tu veux… Dans ce cas, tu le trouveras au bout du couloir, près des chambres.

Malgré sa posture détendue, il me dévisageait avec intensité. Qu'est-ce qui lui prenait, à la fin ? Tiger et moi, on se tolérait à peine d'habitude, et voilà qu'il semblait prodigieusement intéressé par mes réactions. Quoi qu'il en soit, je n'avais pas de temps à perdre avec ses bizarreries. Il m'avait dit ce que j'avais besoin de savoir, c'était l'essentiel !

Je jetai un regard plein de mépris au videur et montai les marches en vitesse. En passant la porte, je murmurai un remerciement à Tiger.

Étrangement, il se mit à rire.

— Ne me remercie pas trop vite. Rappelle-toi seulement que c'est une fête. Et ne viens pas me faire des reproches après si tu tombes sur des choses que tu aurais préféré ne pas voir.

L'esprit entièrement occupé par ma fille, je ne l'écoutais que d'une oreille. Annie… Je n'arrivais pas à penser à autre chose qu'à elle. À elle et à Justin, son maudit père qui ne l'avait pas ramenée à la maison après être allé la chercher à l'école, et qui ne répondait ni à mes appels ni à mes messages.

La peur me nouait le ventre depuis des heures, et j'essayai de me raisonner alors que je pénétrais dans l'antre des Knights. Paniquer n'aiderait pas ma fille.

— Fais attention à toi, Cat, lança Tiger dans mon dos. Tu sais à quoi ressemble une fête de bikers, hein ? Le terme adéquat serait plutôt : orgie.

J'acquiesçai vaguement de la tête et continuai à avancer. En vérité, je ne savais pas à quoi ressemblait ce genre de soirée. Je n'y étais jamais allée. Cependant, Smoke m'en avait suffisamment parlé pour que je m'en fasse une idée plutôt négative. Beaucoup d'alcool, de cigarettes et de hard rock violent. De la drogue aussi. Et du sexe. En fait, à peu près tout ce que je détestais. Mais après tout, je n'appartenais pas à un groupe de bikers. Ce n'était pas à moi de juger.

Comme j'avançais, je pris conscience que j'étais plongée jusqu'au cou dans un univers inconnu et effrayant. Impossible de ne pas critiquer ce qui se déroulait sous mes yeux.

La grande salle commune offrait le spectacle typique d'une soirée universitaire transposée dans un entrepôt abandonné — de larges canapés de cuir, des photos de motos et de femmes nues un peu partout, deux tables couvertes de bouteilles de bière vides. Voilà pour le décor. L'air sentait la cigarette, l'herbe et la bière éventée.

À un bout de l'immense pièce, il y avait un bar, derrière

lequel un type versait de l'alcool dans des shots alignés sur le ventre d'une fille presque nue. Allongée sur le comptoir, elle riait tellement que les verres manquaient se renverser à chaque instant.

Vaguement écœurée, je continuai tout droit vers le couloir du fond sans m'arrêter. Je faisais de mon mieux pour ne pas regarder autour de moi. J'essayais surtout de ne pas attirer l'attention des dizaines de motards vêtus de cuir qui étaient affalés dans les canapés ou accoudés au bar.

Malgré mes efforts, impossible de ne pas remarquer les types qui jouaient au billard dans un coin avec deux femmes complètement nues. Ni de manquer les deux autres qui semblaient en pleine conversation alors qu'une femme était agenouillée devant l'un et activait sa main sur l'entrejambe de l'autre.

Mince ! Smoke n'exagérait pas dans ses récits. Et c'était ici qu'il vivait ? J'avais beau le connaître depuis plus de vingt ans, j'étais choquée par ce que je voyais. L'ami que je connaissais ne correspondait tellement pas à ce que j'avais sous les yeux. Même s'il n'avait jamais semblé particulièrement enthousiasmé par cet aspect-là de la vie du club, comment faisait-il pour évoluer dans cette ambiance tellement… tellement transgressive ?

Cela dit, heureusement qu'il m'avait décrit les lieux en détail, car je savais exactement où trouver les chambres. Les yeux fixés sur la porte du fond qui y conduisait, je faillis rentrer dans un type gigantesque couvert de tatouages. Il avait une barbe sombre et des yeux vert pâle des plus étranges.

Je lus son nom gravé sur son blouson et jurai intérieurement. Merde ! « Big Red ». Smoke m'avait déjà parlé de ce gars. C'était le vice-président du club — et un sacré enfoiré, selon lui.

Je jouais de malchance d'être tombée sur lui.

— Salut, chérie, qu'est-ce que tu fabriques ici ? demanda-t-il d'une voix paresseuse. Je ne t'ai jamais vue dans le coin.

Ravalant mon impatience, je lui souris. Mieux valait jouer les gentilles avec ce genre d'individu.

— Je cherche Smoke, Tiger m'a dit qu'il était par là.

— T'as pas besoin d'aller voir Smoke, je suis là, moi.

Super ! D'abord le videur, et maintenant cet abruti. Je me demandais quelle mauvaise surprise la nuit me réservait encore...

Mon sourire mécanique s'élargit.

— Peut-être que je pourrais revenir te voir... Après..., lançai-je d'un ton suggestif.

Il rit, leva la main pour me pincer le menton, et je pris sur moi pour ne pas lui envoyer mon poing en pleine figure.

— Smoke est un peu... occupé pour le moment, ma belle.

— Pourquoi ? Qu'est-ce qu'il fait ?

Big Red rit encore.

— Il est avec Hannah et, crois-moi, il ne va pas apprécier d'être dérangé.

Hannah ? Jamais entendu parler de cette fille...

Je ressentis un curieux choc en entendant ces paroles. Pourtant, vu l'ambiance de la soirée, il n'y avait rien de bizarre au fait que Smoke soit en galante compagnie. A priori, tout le monde était avec une femme ce soir, pourquoi lui ne le serait-il pas ?

Alors pourquoi avais-je soudain la gorge serrée ? Sans doute parce que je n'en pouvais plus de cette soirée. Non seulement j'avais été forcée de venir dans cet endroit en pleine fête de l'apocalypse, mais en plus, j'allais devoir interrompre les ébats amoureux de mon meilleur ami. Tout ça parce que mon imbécile d'ex-mari avait décidé de ne pas me rendre ma fille !

Au lieu de me calmer, je m'accrochai à ma colère, comme si tout valait mieux que la peur paralysante qui s'insinuait en moi.

Un sourire vide sur le visage, je contournai l'homme dont la silhouette massive obstruait le passage.

— Je suis sûre qu'il appréciera une invitée supplémentaire, marmonnai-je.

Et pour faire bonne mesure, j'adressai un clin d'œil coquin à Big Red en réprimant un frisson de répulsion.

Enfin débarrassée de lui, je poussai la porte et me retrouvai dans le fameux couloir qui devait mener aux chambres. Heureusement, une fois la porte refermée, la musique assourdissante ne me parvenait plus qu'en fond sonore, étouffée. J'entendais même de la *house*, qui provenait de l'une des chambres, et des grognements de plaisir, qui s'échappaient d'une autre.

Par pitié, faites que Smoke ne soit pas derrière cette porte !

En tout cas, je savais que ce n'était pas sa chambre, parce qu'il m'avait dit qu'il occupait la dernière, tout au fond du couloir. J'avançai en me demandant ce qu'il pouvait être en train de fabriquer derrière la porte de *sa* chambre. Allais-je toquer et me retrouver comme une idiote face à un couple dénudé ?

Je passai le coude du corridor… et m'arrêtai brutalement. Pétrifiée.

Une silhouette familière était adossée au mur à quelques pas de moi.

Je connaissais par cœur ce mètre quatre-vingt-dix, ces larges épaules, ces hanches étroites, ces cheveux noirs coupés court et ces pommettes que n'importe quel dieu nordique envierait. Mes yeux fixaient, médusés, la mâchoire carrée, le nez droit et les sourcils arqués. Ils s'attardèrent sur cette bouche qui — selon les dires des rares amies à qui j'avais présenté Smoke — appelait le péché. Soudain, je voyais exactement ce qu'elles avaient voulu dire.

Smoke. L'homme que je connaissais le mieux au monde et qui me connaissait mieux que personne. J'avais cinq ans et lui sept lorsqu'il avait emménagé à côté de chez moi. Et j'étais devenue son amie dès l'instant où je l'avais vu, gamin maigre au jean troué et aux genoux écorchés, sauter sur son skateboard pour impressionner sa nouvelle voisine.

Il filait comme le vent sur ce skate, déjà fluide et puissant. Et, bien qu'il n'ait que sept ans, une force peu commune émanait de lui. Ce jour-là, j'avais décidé que, plus tard, je l'épouserais…

Ce que je n'avais pas fait, bien entendu.

Sinon, je ne me serais pas retrouvée dans ce couloir sombre, en train de regarder ses doigts s'enfoncer dans la chevelure d'une autre femme, agenouillée devant lui. La bouche sur son sexe.

Face à ce spectacle, une multitude de sensations m'assaillirent. Mais le plus étrange, c'était cette incroyable vague brûlante qui me traversait de part en part. Que m'arrivait-il ?

Smoke avait toujours eu autour de lui des femmes très démonstratives, et cela ne m'avait pas dérangée jusqu'à maintenant. Pourtant, le spectacle qu'il offrait en cet instant d'abandon me troublait jusqu'au fond de l'âme.

D'une nature réservée et calme, il ne laissait jamais voir aux autres ce qu'il ressentait et gardait tout le monde à distance. Même moi, dans une moindre mesure. Lorsqu'on lui posait des questions personnelles, il répondait par quelques sentences vagues avant de renvoyer la question. Ce qui faisait de lui une oreille attentive, car il savait écouter les gens. Et c'est en raison de cette opacité qu'il avait été surnommé « Smoke » par ses congénères.

Parce qu'il savait créer autour de lui une sorte d'écran de fumée, un halo de discrétion qui lui évitait de se confier.

Or, justement, en cet instant, je ne voyais aucun écran de fumée devant son visage. Son expression était… pure, vraie. J'étais hypnotisée, incapable de détourner le regard.

J'avais toujours su, bien sûr, qu'il était bel homme. Pourtant, c'était comme si je ne l'avais jamais *vu* auparavant. Soudain, je me sentis submergée par l'intensité de ses traits transfigurés par le plaisir, par le désir féroce qui crispait ses mâchoires et faisait saillir les muscles sous la peau dorée de son cou.

Il ne regardait pas la femme, mais chacun des mouvements qu'elle faisait semblait l'amener plus près de l'extase. Il articulait des paroles inaudibles. Je me demandai tout à coup quelle expression auraient ses yeux noirs si je plongeais en cet instant dans son regard. Si c'était moi qui étais à genoux devant lui, aurait-il l'air aussi chaviré de désir ? Et qu'est-ce que je ressentirais s'il me regardait, *moi*, comme cela ?

Affolée, je me dépêchai d'enterrer cette pensée incongrue. Qu'est-ce qui me prenait ? Smoke et moi ne nous étions jamais aventurés sur ce terrain-là et nous n'irions jamais !

Une fois, vers seize ans, j'avais eu un bref coup de foudre pour lui. Mais à aucun moment il ne m'avait laissée penser qu'il pourrait être intéressé. Alors, j'avais mis mes sentiments de côté. Et il n'était pas question que ces émotions enfouies resurgissent soudain.

J'aimais Smoke, il était mon meilleur ami. Et sans aucun doute l'homme pour qui j'avais le plus d'estime en ce bas monde. Toutefois, ces sentiments n'avaient jamais rien eu à voir avec le désir. De toute façon, d'après mon expérience, dès qu'il s'agissait de sexe, les hommes n'étaient que sources d'ennuis. Je ne voulais pas entendre parler de relations amoureuses.

Brusquement, comme s'il avait senti ma présence, Smoke tourna la tête vers moi et plongea son regard dans le mien. J'étais prise au piège. J'aurais dû me sentir doublement gênée, d'abord d'assister à un moment aussi intime, ensuite de rester figée ainsi sans pouvoir me détourner. Pourtant, tout ce que je ressentis, ce fut une nouvelle vague de chaleur, plus brûlante encore que la première.

La lueur sombre dans son regard me donnait le vertige. Au point que je ne savais plus où j'étais, ni même qui j'étais. J'eus l'étrange impression qu'il me regardait pour la première fois, sans rien cacher de son désir brut.

Cet échange était à la fois intense et étrange. Rien de tout cela n'était normal. Lorsque je détournai enfin le regard, la honte enflamma mon visage.

— Cat ?

Sa voix était rauque, hésitante. Ce timbre inhabituel fit courir des frissons sur ma peau.

— Qu'est-ce que tu fais là ?

Paralysée par la gêne, je gardai les yeux fixés sur le mur en face de moi.

— Je… Pardon, je ne voulais pas interrompre… J'ai besoin de toi.

— Comme tu vois, je suis un peu occupé…

— C'est Annie.

Seul le silence me répondit. Au bout d'une seconde, peut-être deux, il marmonna quelque chose à la femme agenouillée devant lui, et j'entendis le bruit d'une fermeture Éclair qu'on remonte.

J'essayai tant bien que mal de retrouver un rythme cardiaque normal. Qu'est-ce qui ne tournait pas rond chez moi ? Pourquoi cette réaction incompréhensible ? Je n'avais pas la réponse à toutes les questions qui se bousculaient dans mon esprit. Et pour le moment, je m'en moquais. Il y avait plus urgent.

La femme passa devant moi, et je sentis sur moi son regard de reproche. Elle, en tout cas, n'avait pas apprécié d'être interrompue.

— Raconte, exigea Smoke dès qu'elle eut disparu.

Je pris une longue inspiration avant d'oser lever le visage vers lui.

Son expression était celle que je connaissais : calme, distante. Le mur qu'il avait créé autour de lui était de nouveau en place, je le voyais dans son regard impénétrable. Le regard affamé et intense qu'il avait posé un peu plus tôt sur moi avait disparu, comme s'il n'avait jamais existé.

Étrangement, je sentis la déception me serrer le cœur. Comme si j'avais voulu retrouver cette sensation. Non ! Très vite, je repris le contrôle de moi-même.

— Je suis désolée. Je ne voulais pas venir ici. C'est Justin. Il a récupéré Annie à l'école et il devait la ramener à la maison il y a quatre heures. Il n'est pas venu. Il ne répond pas au téléphone, ni à mes messages…

Je m'interrompis lorsqu'une vague de panique me submergea. Par pitié, non ! Je ne pouvais pas me permettre de m'écrouler maintenant ! Heureusement, le simple fait de sentir Smoke tout près, de savoir qu'il allait me donner un coup de main comme il le faisait toujours m'aida à me détendre.

— Ça va aller, dit-il de sa voix grave et posée. On va la récupérer. Tu en as parlé à quelqu'un d'autre ?

— Non.

— Comment es-tu venue ici ? En voiture ?

— Oui.

Ses questions pragmatiques me permirent de me calmer.

— Bien.

Il passa une main dans ses cheveux, si noirs qu'ils en étaient brillants. Il réfléchissait.

— OK. Je veux que tu rentres chez toi et que tu m'attendes. Je vais aller la chercher.

Mon soulagement fut tel que je sentis mes jambes devenir molles brusquement, et je dus m'appuyer contre le mur. Je fonctionnais ainsi : ma volonté ne variait pas tant que je n'avais pas atteint mon objectif. Puis la tension se relâchait en moi, et j'étais littéralement submergée par un afflux d'émotions que j'avais du mal à contrôler. Ce n'était sûrement pas la meilleure manière de gérer les choses, mais cela m'avait déjà sortie de pas mal de situations compliquées, je n'allais donc pas faire la difficile.

Le regard de Smoke s'étrécit, et ses yeux brillèrent intensément malgré la pénombre. Il sentait toujours le moment où j'étais sur le point de craquer nerveusement.

— Tu veux qu'on te ramène chez toi ? Je vais demander à Tiger de te raccompagner.

Ce dont j'avais besoin, c'était d'aller récupérer ma fille avec Smoke, malheureusement je savais qu'il ne voudrait pas en entendre parler, de peur que je ne le freine. Le moins que je puisse faire était d'essayer de ne pas m'écrouler comme une poupée de chiffon ! Rassemblant mes forces, je me redressai.

— Non, ça va aller. J'ai ma voiture.

Je sentis ma gorge se serrer et le goût amer de la peur se répandre dans ma bouche.

— Je veux juste qu'elle rentre, Dane. S'il te plaît.

Sous le coup de l'émotion, j'avais utilisé son vrai prénom, chose que je faisais rarement parce qu'il détestait quand les gens l'appelaient « Dane ». En cet instant, cependant, son regard s'adoucit.

Il leva l'une de ses mains pour me caresser doucement la joue. Son contact chaud m'apaisa.

— Ça va aller, chaton. Je vais la ramener.

Chaton. À chaque fois que je l'appelais par son prénom,

il m'appelait « chaton ». Une blague stupide dont nous nous amusions depuis des années.

Aujourd'hui pourtant, je n'y réagis pas de la même façon. Ce petit nom chuchoté, la caresse de son pouce sur ma peau… éveillèrent d'étranges sensations au creux de mon ventre. Heureusement, il ne sembla pas remarquer mon trouble.

— Pourquoi cet enfoiré de Justin a-t-il fait ça ? marmonna-t-il. Il sait que je le tuerai s'il touche à un seul de tes cheveux ou à un de ceux d'Annie.

— Je ne sais pas. Il avait l'air normal lorsqu'il me l'a ramenée la semaine dernière.

Justin avait été plutôt calme ces derniers temps parce qu'il se savait menacé d'une restriction des droits de garde concernant sa fille. Étant avocat, il prétendait savoir comment contourner la loi. Pourtant, il s'était toujours tenu tranquille… Jusqu'à maintenant.

Si Smoke allait là-bas pour récupérer Annie et perdait son calme, Justin aurait gagné. Je passai un doigt dans l'une des boucles de sa ceinture pour retenir son attention.

— Ne fais rien de stupide, d'accord ?

Smoke avait très vite considéré Annie comme sa propre fille et il pouvait se montrer extrêmement protecteur vis-à-vis d'elle.

— Justin est un vrai connard, et il pourrait nous rendre la vie encore plus difficile, précisai-je.

Je n'ajoutai pas qu'il pourrait également rendre la vie impossible à tout le club de bikers, c'était inutile. Smoke savait parfaitement à quel genre de type il avait affaire. Son expression demeura indéchiffrable.

— Il ne pourra pas échapper indéfiniment aux conséquences de ses actes, Cat. Et tu ne peux rien y faire. Surtout s'il continue dans cette voie.

Je déglutis avec difficulté.

— Ce n'est pas pour lui que je m'inquiète.

Une lueur étrange passa dans le regard de Smoke.

— Je sais, arrête de te faire du souci.

Son sourire me glaça le sang. Il ne souriait comme cela que lorsqu'il bouillonnait de rage et s'apprêtait à écraser son adversaire. Je priais intérieurement pour qu'il se contrôle face à Justin.

— Je le laisserai en vie, gronda-t-il. Pour cette fois.

2

Smoke

Je serais capable de tuer pour cette gamine… Et je serais capable de tuer pour Cat.

En cet instant, alors que je rejoignais ma Harley au pas de course, j'avais des envies de meurtre. Si seulement je pouvais passer mes mains autour du cou de Justin et serrer jusqu'à ce qu'il expire son dernier souffle.

Il n'avait encore jamais été aussi loin. C'était mauvais signe. Jusque-là, il ne s'en était pas pris à Annie ; malheureusement, avec ce genre de type, ce n'était qu'une question de temps. Les manipulateurs de son acabit sont tous les mêmes — je devrais le savoir, j'ai grandi avec l'un d'eux.

Au moment où je démarrais, Tiger me rejoignit. Il avait l'air de planer, ce qui n'avait rien d'étonnant vu l'odeur de joint qui flottait tout autour de lui.

— Qu'est-ce que tu fous ?

— Cat a un souci avec Annie. Je vais régler l'affaire.

— Besoin d'aide ?

— Non.

Moins de gens seraient impliqués dans cette histoire, mieux cela vaudrait. Surtout si ce connard d'avocat commençait à jouer les gros bras. Son père était le chef de la police locale, et c'était l'unique raison pour laquelle il respirait encore.

Keep, le président de notre club, et mon oncle par ailleurs, ne voulait surtout pas d'embrouilles avec les flics depuis que les relations s'étaient pacifiées voilà un an. Quelques faveurs de notre part et ils nous fichaient la paix. Évidemment, la mort du fils du chef de la police mettrait fin à cette trêve fragile. Résultat, j'avais les mains liées.

Un jour, il avait vraiment fait mal à Cat. Ce n'était sûrement pas la première fois d'ailleurs. Quand j'avais découvert qu'il la frappait, ma première idée avait été de le mettre hors d'état de nuire, définitivement. Et je l'aurais fait, sans me préoccuper un instant de ce foutu accord avec les flics, si Cat ne m'avait pas supplié de lui laisser la vie. Alors j'avais pris sur moi et je l'avais aidée à partir. Pas parce que je comprenais son choix. Seulement, parce qu'elle était mon amie et que je n'avais pas l'intention de mettre sa vie sens dessus dessous plus qu'elle ne l'était déjà.

— Tu es sûr ? insista Tiger.

Il était toujours prêt à foncer dans une bagarre, et c'était un appui précieux en cas de pépin. Ce soir, cependant, il était clairement trop défoncé pour m'être d'une quelconque utilité.

— Certain. Garde quand même un œil sur ton téléphone au cas où j'aurais besoin de toi.

Je tournai l'accélérateur, et le moteur vrombit, emplissant le silence de la nuit. Tiger mit deux doigts sur sa tempe pour m'adresser un salut militaire avant que je lance ma Harley sur la route.

Je savais où vivait Justin. Depuis que Cat l'avait quitté, je passais régulièrement à moto devant chez lui pour qu'il n'oublie pas que j'étais là, dehors, à le surveiller, et que je n'attendais qu'une bonne raison d'en finir avec lui. Un avertissement pour qu'il ne s'en prenne pas aux deux personnes qui comptaient le plus pour moi.

Je comprenais d'autant moins ce que cet abruti fabriquait avec Annie ce soir. À vrai dire, je m'en foutais. Ce qui était sûr, c'est qu'il avait fait une belle connerie en ne la ramenant pas.

J'arrivai devant chez Justin au moment précis où la porte s'ouvrait sur lui. Il portait Annie à moitié endormie dans un bras et, de l'autre main, tenait une valise. Il ne m'avait pas encore vu, il était visiblement trop pressé de ranger la gamine et le bagage à l'arrière de sa BMW flambant neuve.

Je me tins à l'écart et lui accordai deux minutes, juste pour qu'il se croie tiré d'affaire. Puis je descendis de ma moto et marchai droit vers la voiture. Il venait juste de s'installer au volant quand je bloquai la portière qu'il s'apprêtait à refermer.

— Qu'est-ce que…

Il leva la tête et me découvrit enfin. Une lueur de haine féroce passa dans son regard, vite balayée par l'expression de peur qui vint déformer sa belle gueule de play-boy. Je m'accoudai nonchalamment au toit de sa voiture, l'autre bras passé dans la portière pour qu'il ne puisse pas la refermer.

— Salut, Justin, lançai-je avec un grand sourire. Tu vas quelque part ?

Sa bouche se tordit en un rictus.

— Écarte-toi de ma voiture ou j'appelle la police.

Je me contentai de rire.

— Hum… Ouais, tu vois, je ne suis pas sûr que tu aies envie de faire ça…

— Smoke !

La voix fluette d'Annie nous interrompit. Elle s'était redressée dans son siège, les yeux grands ouverts, une expression d'innocence sur le visage.

— Pourquoi tu es là ? Tu sais, il est très tard, et papa m'emmène en voyage ! continua-t-elle, visiblement très excitée. Juste lui et moi !

La pauvre n'avait que six ans, elle ne se doutait pas encore que son père était un sale con.

— Salut, ma puce ! Alors, ça roule ?

Je m'efforçai de garder une voix amicale tout en vérifiant son état. Elle semblait aller bien, elle me souriait comme si elle passait un super moment. Ainsi, le bon père de famille n'avait pas encore révélé sa vraie nature d'enfoiré violent… Heureusement !

— Y a rien qui roule ! dit-elle en riant. Et maman ? Elle arrive bientôt ?

— On va aller la retrouver très vite, ma chérie.

Je reportai mon regard sur Justin. Son visage était déformé par la rage, et sa bouche avait pris un pli mauvais. Comment Cat avait-elle pu trouver ce type séduisant ? Ça me dépassait complètement.

— Annie doit rentrer à la maison, maintenant, déclarai-je d'un ton plat. Tu détaches sa ceinture, tu me la donnes, et on en reste là.

— Va te faire foutre, rétorqua-t-il d'une voix sourde en cherchant à atteindre les clés. C'est *ma* gamine, et je fais ce que je veux avec elle !

Je serrai les poings pour maîtriser ma rage. Cet abruti ne m'écoutait pas. Alors je me penchai et sortis les clés du contact avant qu'il ait pu faire le moindre geste. Je les lançai aussi loin que possible de l'autre côté de la rue.

— Commence par aller chercher tes clés, grondai-je d'une voix aussi basse que menaçante.

Justin avait l'air sur le point d'exploser, mais la terreur que je lui inspirais le retint.

— Si tu la touches, je…

— Tu… Quoi ? Tu vas aller pleurer chez ton père ? Te cacher derrière tes satanés textes de loi ? Ou bien est-ce que tu vas enfin te comporter comme un homme et venir tenter ta chance contre moi ?

Putain ! J'aimerais tellement que ce lâche me défie ! J'avais juste besoin d'un bon prétexte pour le frapper ! J'en avais tellement envie que j'en tremblais. Malheureusement, il dut sentir ce besoin primitif de l'écraser car, comme à chaque fois, il fit machine arrière. Il s'enfonça dans son siège, et je sentis toute agressivité le quitter.

— Très bien. Vas-y, ramène-la. Mais n'oublie pas de dire à Cat que je ne laisse pas tomber. Je reviendrai. Et cette fois ce sera avec un ordre du tribunal.

Ce crétin avait l'audace de sourire ! Je me retins pour ne pas le frapper en plein visage et effacer son rictus suffisant. Keep me tuerait si j'anéantissais les bonnes relations que nous avions avec la police. Par chance, je n'étais pas stupide à ce point. Un seul petit coup de poing serait catastrophique pour tout le monde.

Néanmoins, j'avais de plus en plus de mal à me contrôler. En ce moment même, une tension animale, brutale rampait le long de ma colonne vertébrale. Jusque-là, Justin n'avait jamais menacé aussi clairement de demander la garde d'Annie.

Et d'abord parce qu'il n'avait aucune envie de s'encombrer d'une gamine à plein temps. En fait, la seule raison pour laquelle il persistait à venir la prendre de temps en temps, c'était pour emmerder Cat. Ce qui ne paraissait pas si aberrant quand on le connaissait. Ce type avait d'énormes problèmes de gestion de la colère.

J'étais bien placé pour le savoir : j'avais les mêmes… Si ce n'est qu'il y avait une différence de taille entre lui et moi. Contrairement à lui, je ne m'en serais jamais pris à une femme, ni à un enfant — ce qu'il faisait en utilisant Annie pour atteindre Cat. Je haïssais ce type de toute mon âme.

Ravalant ma fureur, je lui rendis son sourire — le mien lui promettait une mort précoce et douloureuse.

— Fais-le, juste pour voir.

Il ne devait pas avoir d'autres atouts dans sa manche, car son sourire s'effaça aussitôt.

— Je le ferai, ne t'inquiète pas. N'importe quel juge me donnera la garde face à une mère célibataire dépassée et à son petit copain biker et psychopathe.

Grâce à des années d'entraînement, je parvins à garder le sourire. Heureusement que je n'avais pas d'armes, sinon je n'aurais pas hésité à lui planter une balle entre les deux yeux. Merde ! Ce connard comptait m'utiliser, moi, contre Cat. J'avais toujours su que ce jour arriverait ! Un goût de bile envahit ma bouche.

Cat a toujours détesté les Knights, eux et tous les groupes de bikers quels qu'ils soient. Elle a toujours détesté que j'en fasse partie. Étant donné les antécédents qu'elle avait eus avec son père, je ne pouvais pas lui en vouloir. Pourtant, jusqu'à présent, mon choix de vie n'était jamais venu se mettre entre nous parce que je prenais soin de ne pas la mêler aux affaires du club.

Le plus ironique dans tout cela, c'était que je n'étais même pas son petit ami !

Je sentais la colère courir comme un poison à travers mes veines et se répandre dans tout mon corps. J'allais devoir trouver très vite un moyen de faire sortir toute cette rage pour ne pas exploser. Plus tard. Pour l'heure, je devais continuer à sourire au déchet humain que j'avais sous les yeux et me contenter d'imaginer mes poings s'écrasant sur son visage arrogant.

— Fais-le, Justin… Je n'attends que ça, de pouvoir te donner ce que tu mérites. Au fait, je peux savoir où tu comptais aller ? Tu es au courant que rompre le droit de garde est illégal, j'imagine.

— Je pourrai la garder légalement très bientôt,

affirma-t-il en haussant les épaules. Annie, tu es prête à rentrer chez maman ?

La petite, qui était restée silencieuse pendant notre échange tendu, hocha la tête. Elle n'avait sans doute pas compris tout ce que nous avions dit, même si elle sentait que quelque chose clochait.

— Alors on ne part pas en voyage ?

— Non, répondis-je à la place de Justin. On va plutôt aller faire un tour sur ma moto, ça te dit ?

— Oh oui ! s'exclama-t-elle, enthousiaste.

Je détachai sa ceinture moi-même et la pris dans mes bras, sans prêter attention à son père qui marmonna un vague au revoir avant de partir à la recherche de ses clés. Portant l'enfant, j'attrapai son sac et allai le ranger dans le top-case de ma Harley. Annie était montée sur ma moto avant même de savoir parler et elle savait exactement comment s'y prendre.

Une fois installé avec la gamine derrière moi, j'envoyai un message à Cat pour lui dire que nous prenions la route et qu'Annie allait bien.

Quinze minutes plus tard, nous arrivions à l'appartement de Cat. L'immeuble était vieillot et plutôt délabré, ce n'était sans doute pas l'endroit rêvé pour élever un enfant, mais les voisins étaient adorables et l'appartement bien rangé et chaleureux.

Cat était une bonne mère, même si elle ne roulait pas sur l'or, et cela seul importait pour un enfant. Annie avait des vêtements propres, elle mangeait bien et se couchait tous les soirs dans un lit moelleux. Et surtout, elle était entourée de gens qui l'aimaient. De gens qui ne se servaient pas d'elle comme moyen de pression. C'était bien plus que ce que la plupart des gosses ont. Bien plus que ce que moi j'avais eu étant enfant.

Cat nous attendait déjà au pied de l'immeuble, les mains enfoncées dans les poches de son jean. Elle essayait d'avoir l'air détendue, et peut-être donnait-elle le change à Annie, mais moi je n'étais pas dupe. Lorsque j'approchai pour garer la Harley, elle descendit l'escalier quatre à quatre pour nous rejoindre.

— Salut, ma chérie, lança-t-elle en prenant Annie dans ses bras. C'était comment chez ton papa ?

Elle semblait calme, bien que je perçoive encore la peur dans sa voix. Annie n'avait apparemment rien remarqué, car elle se lança dans le récit détaillé de ce qu'elle avait fait tout l'après-midi.

Cat croisa mon regard. Elle ne dit rien, sachant qu'elle n'avait pas besoin de mots. Ses immenses yeux verts parlaient pour elle.

Je les suivis dans l'escalier après avoir récupéré les affaires d'Annie et entrai dans l'appartement à leur suite. Cat était en train de murmurer à Annie qu'elle devait vite sauter dans son pyjama et se laver les dents avant d'aller au lit parce qu'il était très tard.

Je la laissai s'occuper du coucher de la petite et allai dans la minuscule cuisine, nettoyée avec un soin maniaque, pour prendre dans le frigo ma bière préférée. Il y en avait toujours une qui m'attendait. Je me servis avant de revenir m'affaler sur le canapé fatigué, recouvert d'un joli tissu indien.

La table du salon était en bois et juste à la bonne hauteur pour que j'y pose les pieds. Je pris soin d'abord d'enlever mes bottes pour ne pas agacer Cat.

Avec un long soupir de contentement, je savourai ma bière. J'aimais cet appartement. J'aimais la façon dont Cat en avait fait un lieu agréable malgré la moquette usée et le papier peint déchiré par endroits. Par-dessus tout, j'adorais le fait que Cat y vive.

Au club, j'avais une chambre à moi, et c'était pratique,

même si cela n'avait rien à voir avec un véritable foyer. D'une certaine façon, mon foyer était ici, près de Cat et Annie.

Avec un peu de chance, si je ne gâchais pas tout, Cat me garderait son amitié encore longtemps. Après tout, cela faisait plus de vingt ans qu'elle me supportait. Il me suffisait de me tenir à carreau, et elle resterait près de moi. Je m'étais plutôt bien comporté ces deux dernières décennies, il n'y avait pas de raison pour que je ne continue pas sur ma lancée.

Au bout d'un quart d'heure, elle me rejoignit, les mains à nouveau dans les poches. Elle faisait toujours ça quand elle était nerveuse. Comme si elle craignait que ses gestes ne la trahissent.

Ses cheveux noirs étaient rassemblés en une queue-de-cheval brillante et soyeuse. Son visage, en revanche, était pâle et tendu. Elle avait de grands cernes sous les yeux, et un rictus soucieux crispait sa bouche sensuelle. Même épuisée et stressée, elle restait merveilleusement et douloureusement belle. Elle l'avait toujours été.

Elle marcha d'un pas décidé jusqu'à l'un des fauteuils placés en face du canapé et s'y laissa tomber. En fait, j'avais l'impression étrange qu'elle évitait volontairement de croiser mon regard.

L'espace d'un instant, je me demandai ce qui lui arrivait, puis tout me revint en mémoire. J'avais préféré me concentrer sur Annie et mettre de côté les événements qui avaient précédé. Seulement, la dernière fois que Cat m'avait vu, la bouche de Hannah était autour de ma queue…

— Comment ça s'est passé avec Justin ?

Tout en me parlant, elle gardait les yeux fixés sur mes pieds posés sur la table basse. Pour une raison aussi stupide qu'inexplicable, j'eus envie de les laisser là. Cat avait traversé l'enfer ce soir, elle n'avait pas en plus besoin que je me comporte comme un gamin mal élevé. Pourtant, je ne bougeai pas.

— Regarde-moi, chaton.

Ses yeux se posèrent rapidement sur moi avant de repartir ailleurs.

— Dis-moi, Dane…, commença-t-elle.

Bon, cette fois, le doute n'était plus permis, elle ne voulait vraiment plus croiser mon regard. Quant à cette nouvelle habitude de m'appeler Dane, pour la deuxième fois de la soirée… Tout cela avait clairement un lien avec ce qu'elle avait vu dans le couloir.

J'avalai une nouvelle gorgée de bière. Je comptais bien l'interroger sur ces nouvelles manies dès que nous aurions éclairci ce qui s'était passé avec son ex. Il n'était pas question qu'elle devienne distante et bizarre, tout ça à cause d'un petit intermède sans importance.

Y avait-il autre chose que de la gêne dans son trouble ? Une sensation brutale me heurta de plein fouet… L'espoir. Cela faisait des années que je l'avais étouffé en moi, jusqu'à ce que le regard intense qu'elle avait posé sur moi dans la pénombre du corridor ne le réveille brutalement…

— Justin était sur le point de partir avec Annie, dis-je. Quand je suis arrivé, il l'installait dans la voiture avec une grosse valise.

Cat ne pipa mot et me regarda enfin, les yeux agrandis par l'horreur. Enfin, elle sembla reprendre son souffle.

— Merde ! Je savais qu'il me ferait ce coup-là, tôt ou tard, j'en étais sûre !

Le pire était encore à venir, et je déglutis péniblement. Je n'avais pas le choix, elle devait savoir.

— Attends, ce n'est pas fini. Il a dit qu'il allait essayer d'obtenir la garde complète d'Annie.

Elle s'immobilisa.

— Comment ça ? Il ne l'a jamais voulue avant. Qu'est-ce qu'il ferait avec Annie dans les pattes tout le temps ?

— Je n'en sais rien, mais il m'a semblé sérieux. Il compte s'en prendre à toi et utiliser les grands moyens, ajoutai-je en la regardant droit dans les yeux. Mère célibataire, appartement pourri et petit copain biker.

Le visage de Cat s'empourpra sous l'afflux de la colère.

— Non ! Il compte t'utiliser pour agir contre moi ? Quel salaud ! Je n'arrive pas à y croire !

Je sentis un étau se desserrer autour de ma poitrine. C'était l'une des choses que j'adorais chez Cat, elle prenait toujours mon parti. Toujours.

Furieuse, elle bondit hors de son fauteuil et se mit à arpenter la pièce.

— Pourquoi maintenant ? Ça n'a aucun sens ! Il n'a jamais voulu d'elle avant ! Je ne comprends pas ! Et en plus, tu n'es pas mon petit ami !

— C'est pourtant l'argument qu'il compte utiliser devant un tribunal. Et franchement, il n'a pas tort d'aller raconter ces bobards. C'est plutôt une bonne stratégie.

Cat s'arrêta brusquement et me regarda, les yeux lançant des éclairs.

— Tu ne m'aides pas vraiment, là !

— Je sais, je ne fais que te dire ce qu'il prépare.

— Alors, je préfère que tu te taises. C'est complètement insensé. Il fait ça uniquement pour me faire du mal. Il ne veut pas vraiment la garde d'Annie, il ne s'est jamais occupé d'elle !

— On se fout de ses motivations. La seule chose qui compte c'est de l'empêcher d'y arriver.

Cat serrait nerveusement les poings.

— Vraiment ? Et comment comptes-tu faire pour l'arrêter ? Je te rappelle qu'il est avocat. Ce sera sa parole contre la mienne.

Elle avait raison. Justin était puissant et riche. C'était un professionnel de la dissimulation. Personne ne se doutait qu'il était violent. Personne, sauf Cat et moi.

Cependant, j'avais déjà dû rester passif une fois alors qu'il avait maltraité la personne que j'aimais le plus au monde, je n'avais pas l'intention de recommencer. Encore moins à présent qu'il s'agissait d'une enfant.

J'allais devoir parler à Keep pour voir ce qu'il pouvait faire pour m'aider. Il était devenu ami avec le chef de la police et il trouverait peut-être un moyen de gérer le fils de ce dernier. Après tout, j'étais son neveu, et il m'avait toujours répété que si j'avais besoin de quoi que ce soit je n'avais qu'un mot à dire.

Jusque-là, je ne lui avais rien demandé. Je ne lui avais même pas tenu rigueur d'être le frère du plus grand connard que la terre ait porté — à savoir mon père —, et de ne pas m'avoir protégé contre lui. Seulement, cette fois, il n'était pas question de moi, mais de Cat et de ce dont *elle* avait besoin.

Bien décidé à la rassurer, je mis autant d'autorité que possible dans ma voix.

— Ne t'inquiète pas, je vais m'en occuper.

— Comment ça, t'en occuper ? Qu'est-ce que tu comptes faire ?

— Peu importe.

— Arrête tes conneries ! Ne me fais pas le sketch du grand méchant biker ! Pas quand ça concerne Annie !

Cat était tellement remontée que je la sentais prête à exploser. Je posai aussitôt ma bière sur la table et la rejoignis de l'autre côté. Sans réfléchir, je la pris dans mes bras. Elle poussa un petit cri énervé et posa les paumes sur ma poitrine pour me repousser. Elle était hors d'elle et, bon sang, je la comprenais.

Elle essayait seulement de protéger sa fille sans connaître exactement les menaces qui pesaient sur elles deux. Pour autant, je ne comptais pas lui dire dès maintenant ce que j'allais faire pour mettre son ex hors d'état de nuire. Pas tant que je n'aurais pas parlé à Keep, en tout cas. La raison de mon silence était simple : elle allait détester la solution qui se profilait dans mon esprit.

Je la serrai entre mes bras pour essayer de la détendre et, comme toujours, la proximité de son corps souple et chaud fut pour moi une torture. Mon sexe réagit et durcit rapidement, en même temps que mon esprit sombrait sous le poids de la culpabilité. Au fil des ans, j'étais devenu spécialiste dans l'art de masquer mes émotions, à commencer par le désir qu'elle m'inspirait. Évidemment, il y avait toujours des moments où ma volonté flanchait. Et, après ce regard échangé dans le couloir, rester dans le registre purement amical n'était pas facile.

L'odeur familière de Cat emplissait mes narines, et je me délectai du parfum doux et sensuel de sa peau auquel se mêlaient des fragrances de jasmin et de bois de santal. La tenir ainsi me donnait envie de la serrer plus fort contre moi, de poser mon visage entre ses seins pour m'imprégner d'elle tout entière en écoutant les battements de son cœur.

Non ! Très, très mauvaise idée ! Cat n'avait jamais fait montre d'un quelconque intérêt amoureux pour moi, et je n'avais, de ce fait, jamais amorcé la moindre tentative d'approche à son égard. Notre amitié était bien trop importante pour que je risque de la mettre en danger.

Inspirant lentement, je tentai de calmer mes pulsions. J'étais — et je voulais rester — son meilleur ami, et il n'était pas question que je lui offre autre chose que du réconfort.

— Je sais que tu es terrifiée, Cat. Je t'en prie, laisse-moi vous aider, toi et Annie.

Ses paumes étaient toujours posées sur mon torse, et je sentais leur chaleur transpercer ma peau. Plutôt que de me regarder, ses yeux fixaient ses mains, comme si elles offraient un spectacle fascinant.

— Je ne veux rien avoir à faire avec ton club de bikers.

Je ne veux pas les impliquer. S'il te plaît, Smoke, tu sais ce que j'en pense.

Oui, je le savais. Seulement, cette fois, le danger concernait aussi Annie.

— Cat, rappelle-toi que les Knights n'ont jamais rien fait contre toi, contrairement au club dont ton père faisait partie. Alors, s'ils peuvent aider Annie, est-ce que ce n'est pas le plus important ?

— Ce n'est pas... Tout cela n'a rien à voir avec mon père.

Bien sûr que si... Son père était un biker doublé d'un beau salaud. Un peu comme le mien, à la différence que celui de Cat ne la battait pas à chaque fois qu'il buvait un coup de trop. Non, le sien était plutôt du genre absent. Il était tout le temps parti pour différentes missions de son club et ne s'occupait pas de sa fille ni de la pauvre gamine riche qu'il avait mise enceinte.

— Ne raconte pas n'importe quoi, Cat, rétorquai-je.

— Je ne pense qu'à Annie ! Pas à mon père !

— Exactement ! Et c'est précisément pour cela que tu dois me laisser vous aider. Pour qu'elle soit en sécurité !

Mes mains posées sur ses hanches resserrèrent soudain leur emprise sans que je l'aie consciemment voulu. Une expression étrange, que je ne lui connaissais pas, traversa le regard que Cat avait enfin levé vers moi. Puis il dériva et se posa sur ma bouche. Mon cœur cessa de battre tandis que mon sexe durcissait en un instant.

Je m'immobilisai complètement. Elle n'avait jamais posé un tel regard sur moi auparavant, et il n'y avait aucun doute possible. Elle me désirait. La sensation enivrante de l'espoir se rua dans mes veines.

Cat profita de mon état de choc pour essayer de me repousser à nouveau, mais je ne la laissai pas faire. Hors de question ! Pas alors que je venais juste de la surprendre à me regarder avec ces yeux-là.

— Smoke, s'écria-t-elle en appuyant plus fort les paumes contre mon torse.

— Non. Nous devons parler, Cat…

Mes mains empoignaient fermement ses hanches minces.

— Quoi ? Non, pas du tout. Écoute, je suis fatiguée et…

— Nous devons parler de ce que tu as vu ce soir, dans le couloir.

3

Cat

Je me figeai à l'instant où Smoke prononça le mot *couloir*.

Bon sang ! Pourquoi étais-je restée plantée tout à l'heure devant lui, fascinée par le spectacle de son plaisir ? Et pourquoi l'avais-je laissé à l'instant me prendre dans ses bras ? Cela dit, je n'avais aucune raison de me méfier. Il m'avait prise dans ses bras à de multiples reprises au cours de nos vingt ans d'amitié, et cela n'avait jamais posé le moindre problème.

La différence aujourd'hui était que mon corps réagissait différemment.

Je ne m'étais jamais attardée jusqu'alors sur le contact de ses mains sur mes hanches, sur la force tranquille qui émanait de lui. Je n'avais jamais remarqué à quel point sa peau était brûlante sous mes paumes qui, pressées contre son torse, semblaient en feu comme si je les avais posées sur une fournaise.

Même son odeur, pourtant familière, me semblait nouvelle et troublante. Il sentait merveilleusement bon. Sa lotion après-rasage évoquait pour moi des promenades en forêt — une senteur sombre, boisée, légèrement épicée, qui se mêlait à la fragrance subtile du cuir qui ne le quittait jamais tout à fait.

Je m'efforçais de raisonner calmement en dépit des battements désordonnés de mon cœur. Il était hors de question que je me laisse distraire de ma colère. J'étais furieuse qu'il compte demander de l'aide à son club pour m'aider à protéger Annie et je comptais bien lui dire ce que j'en pensais.

Mais voilà, pour une raison inconnue, j'étais incapable de soutenir son regard. L'obscurité de ses prunelles semblait m'aspirer, et j'avais soudain l'étrange sensation d'être enveloppée dans un délicieux cocon de velours dont j'aurais voulu ne plus jamais sortir.

De plus en plus troublée, je baissai le regard pour le poser sur sa bouche. Grave erreur… Ce spectacle ne fit rien pour apaiser la tension qui m'habitait. Comment ne pas admirer la ligne séduisante de ses lèvres ? Celle du bas, plus charnue, était irrésistible. Je ne connaissais personne d'autre dont la bouche appelait autant les baisers.

Une vraie dingue ! Voilà ce que j'étais. Bonne à enfermer.

Smoke était mon ami — mon meilleur ami —, et je n'aurais pas dû le regarder de cette manière. Peu de gens étaient restés à mes côtés et faisaient partie de ma vie. Je ne voulais pas gâcher ma relation avec Smoke. Je ne voulais pas le perdre, lui moins que tout autre.

Voilà pourquoi, par la seule force de ma volonté, j'essayais désespérément de calmer l'embrasement de mon corps. Cela ne devait pas être bien compliqué… Je n'avais qu'à oublier la chaleur qui courait dans mes veines alors que son corps était serré contre le mien. Ignorer à quel point son torse était dur et puissant sous mes paumes…

— Quel couloir ? demandai-je stupidement.

— Tu sais parfaitement de quoi je parle.

— Oh… *Ça*.

Rouge d'embarras, j'essayais de l'écarter de moi, mais il ne me laissa pas faire. Au lieu de me libérer, il laissa ses mains glisser plus bas pour s'enfoncer dans les poches arrière de mon jean. Avant que j'aie pu faire le moindre mouvement, ses larges paumes enserrèrent mes fesses, et mon souffle se bloqua dans ma gorge.

J'expirai brutalement et me mis à respirer de manière saccadée. Cette fois, le choc me poussa à le fixer, médusée. Ses yeux posés sur moi étaient noirs et brillants, intenses. Son regard sombre déclencha en moi une tension inconnue qui prenait sa source dans mon ventre et se diffusait dans tous mes membres.

— Qu'est-ce que tu fais ? balbutiai-je d'une voix faible.

J'entendis clairement la peur dans le son tremblotant de ma voix, et cela me déstabilisa davantage encore. Je n'avais jamais eu peur de Smoke jusqu'alors. Que m'arrivait-il ? Mon instinct me soufflait que ce n'était pas lui qui m'effrayait, mais plutôt les émotions incontrôlables qui me traversaient.

Il se contenta de m'ignorer.

— Tu as vu ce que Hannah me faisait.

Je rougis comme une adolescente.

— Oui, et alors ? Je n'ai aucune envie d'y repenser, c'était… C'était déplacé.

— C'est pour ça que tu agis aussi bizarrement depuis ?

Je sentis la panique m'envahir. J'étais incapable d'aligner deux pensées cohérentes. Comment réfléchir alors que la seule information qui parvenait jusqu'à mon cerveau, c'était la sensation torride de ses mains pressées sur mes fesses, la chaleur de ses doigts chauffant ma peau à travers l'épaisseur du jean. Et encore, ce n'était pas le pire. Il y avait aussi son corps puissant face à moi. Chaque fibre de mon être semblait consciente de sa présence virile.

Incapable de m'en empêcher, je pressai la pulpe de mes doigts contre son torse qui me parut incroyablement dur — une montagne de muscles qui ne bougerait sans doute pas d'un pouce, quelle que soit la force que je mettrais pour le repousser. *Si* j'essayais de le repousser.

Ses bras m'entouraient, forts et solides, m'encerclant d'une barrière d'acier. J'aurais dû avoir peur, me sentir étouffée, prise au piège, et pourtant je n'avais aucune envie de m'extraire de ce cercle. Je me sentais protégée, pas menacée.

J'essayais d'analyser rationnellement ce qui avait pu changer en moi pour que je réagisse de la sorte. Smoke m'avait déjà tenue dans ses bras, et rien de tel ne s'était produit. Par exemple, lorsque mon père était parti pour ne plus revenir à cause d'une énième mission qu'il devait accomplir pour son stupide club de motards, c'est chez Smoke que j'avais cherché du réconfort.

Non que mon père ait jusque-là prêté beaucoup d'attention à moi ou à ma mère, mais sa mort rendait son absence définitive, et son indifférence ne m'avait pas préparée au choc de sa disparition. Et comme ma mère n'était pas franchement du genre tendre, en tout cas avec moi… Il n'y avait plus que Smoke pour me consoler.

Pourtant, à l'époque, je n'avais jamais remarqué la fermeté de ses muscles. Du moins, n'en avais-je pas été troublée. Pas plus que par la chaleur qui émanait de lui ou par son odeur enivrante. J'étais bien trop rongée alors par la rage et le chagrin.

Aujourd'hui, tout était différent.

— Je… Je n'agis pas bizarrement, marmonnai-je sans conviction en prenant soin de garder les yeux fixés sur son torse.

Pour l'amour du ciel, je ne voulais pas avoir cette conversation avec lui ! Pas alors que j'étais perturbée par une multitude de sensations nouvelles. Et certainement pas alors que ses mains étaient enfoncées dans les poches de mon jean et que ses bras m'enserraient étroitement.

— Si, tu le fais. Regarde-moi, Cat.

Je ne reconnus pas le timbre rauque et autoritaire de sa voix, et un long frisson me parcourut. Était-ce la dureté de son ordre qui me faisait réagir de façon si épidermique ? D'ordinaire, je ne supportais pas les gens qui me disaient quoi faire. Et pourtant, en cet instant, je me retrouvais à faire exactement ce qu'il ordonnait. Je levai la tête pour croiser son regard.

À nouveau, la teinte sombre de ses prunelles — de la couleur exacte de l'expresso extra-fort que je lui préparais lorsqu'il avait la gueule de bois —, m'hypnotisa. Je ressentis une sorte de choc électrique qui remonta le long de ma colonne vertébrale et fit vibrer chacune de mes terminaisons nerveuses.

Affolée, je le repoussai instinctivement pour tenter de m'extraire de cet étrange envoûtement. Pour me libérer de *lui*.

Cette fois, Smoke me laissa m'écarter, et je ressentis une déception violente lorsque son corps cessa d'envelopper le mien, comme si j'avais aimé cette étreinte et qu'elle me manquait douloureusement.

J'étais folle. Définitivement.

Je n'avais aucun sentiment de cet ordre pour Smoke. Il était comme un frère pour moi. C'était mon meilleur ami. Point final.

— Qu'est-ce qui se passe, Cat ? demanda-t-il, les sourcils froncés.

— J'ai besoin d'un peu d'espace, d'accord ?

J'avais les joues brûlantes, je devais être écarlate et je n'avais aucune envie d'affronter son regard, pourtant je me forçai à le faire. D'instinct, je croisai les bras sur la poitrine en un geste de protection ridicule.

Ses yeux sombres parcoururent mon visage, et je retins un juron. Il savait sans doute parfaitement ce qui me faisait rougir de la sorte, le monstre ! Comme il gardait le silence, je compris qu'il jouait avec mes nerfs et n'était pas décidé à abréger mon embarras.

Lentement, il croisa les bras à son tour, imitant ma posture. À ma grande honte, je ne pus m'empêcher de fixer son biceps qui, en gonflant, avait fait remuer les étoiles des Knights tatouées sur son bras gauche.

Je n'avais jamais été une grande fan de tatouages — ce qui n'avait rien d'étonnant puisque dans mon enfance ils avaient toujours été synonymes de mauvaises nouvelles et de déception. Pourtant, les étoiles sur le bras de Smoke me semblaient tout à coup… fascinantes. Elles attiraient mon regard sur les muscles souples qui jouaient sous sa peau, elles contrastaient avec la teinte dorée de sa carnation. Je mourais d'envie de poser les lèvres sur l'encre sombre et de découvrir quel goût avait la peau de Smoke, plus loin sous ses vêtements.

Mon regard affamé courut le long de son bras jusqu'à son épaule. Il était tellement grand ! Et si musclé !

Je le savais déjà, bien entendu, je m'étais assez émerveillée de sa carrure lorsque à seize ans je croyais être amoureuse de lui. À dix-huit ans, il avait déjà le torse bien dessiné, les hanches étroites, et cette grâce féline qui avait fait son succès auprès de la gent féminine. Aujourd'hui, à trente ans, il s'était développé, et ses pectoraux tendaient son T-shirt.

— Cat… Est-ce que tu es en train de me… mater ?

Sa voix basse et voilée fit courir des frissons sur ma peau.

Puis l'affolement me saisit. Je devais nier. Parce qu'en effet, inutile de me mentir à moi-même, j'étais en admiration devant lui.

La température de mes joues dut atteindre celle d'un volcan en éruption. J'aurais dû l'affronter du regard et bluffer, mais j'en étais incapable. Évidemment, éviter son regard, c'était admettre qu'il avait vu juste. Néanmoins, cela m'évitait d'aller à la confrontation. J'avais eu mon quota de tension pour la journée. Un peu de lâcheté ne pouvait pas me faire de mal, au point où j'en étais…

— Non, bien sûr que non, marmonnai-je avant de tourner les talons pour rejoindre la cuisine. J'ai besoin d'une bière.

Et d'un peu d'espace pendant qu'on y est.

Dans la cuisine, j'ouvris la porte du frigidaire avec brusquerie et m'emparai d'une canette dont je bus une longue gorgée. Le liquide froid apaisa légèrement ma fièvre.

Qu'est-ce qui m'arrivait, bon sang ? Je ne comprenais pas pourquoi je me retrouvais brusquement dans cet état d'excitation incompréhensible. Ni pourquoi je lorgnais avec concupiscence mon meilleur ami, comme si je n'avais pas fait l'amour depuis des années.

Quoique… C'était sans doute cela le problème. De fait, je n'avais pas fait l'amour depuis des années.

Je fixai avec rancœur le papier peint qui se détachait du mur. Inutile de me mentir à moi-même. Je n'avais pas connu de plaisir physique depuis des lustres. La raison en était simple : les hommes pouvaient être de vraies ordures, et j'en avais suffisamment bavé avec eux au cours de ma vie — surtout avec Justin.

Penser à mon ex me fit l'effet d'une douche froide. Ce qui eut au moins comme avantage d'apaiser mes nerfs à vif. Même des années après, repenser à ma naïveté, pour ne pas dire ma bêtise, me laissait toujours un goût amer.

Tout avait pourtant bien commencé. Justin semblait être un type génial — précisément le genre d'homme que je recherchais. Un avocat qui gagnait bien sa vie et restait du bon côté de la loi. Certainement pas un dealer, un drogué ou un criminel comme la plupart des personnes que mon père fréquentait. En fait, Justin semblait aussi éloigné de cet univers que possible, et c'est la raison pour laquelle j'étais tombée amoureuse de lui.

Ce n'est que lorsque je m'étais retrouvée enceinte que la situation avait commencé à se détériorer et que le vernis de bonne éducation avait craqué. Il s'énervait vite et me hurlait dessus. Il avait toujours eu un problème de gestion de la colère et il se servait facilement de ses poings pour se défouler. Jusqu'au jour où il s'en était servi sur moi.

La première fois qu'il m'avait frappée, j'étais tellement sous le choc que je n'avais pas su comment réagir. Lui avait fondu en larmes juste après et s'était excusé, promettant qu'il ne le referait plus jamais. Alors, je lui avais pardonné. Il ne s'était plus rien passé jusqu'à la naissance d'Annie. Puis il avait recommencé. Une fois. Deux fois. La troisième fois, j'étais partie puis revenue. À la quatrième, il avait manqué me tuer. C'est à ce moment-là que j'étais partie.

Non sans en tirer quelques leçons. De toute évidence, des monstres vicieux se cachaient souvent derrière les gentils garçons. Les mauvais garçons, eux, étaient comme mon père. Et, comme il ne semblait pas y avoir quoi que ce soit entre les deux, j'avais préféré m'en passer. C'était bien plus simple — pour moi comme pour Annie.

De toute façon, entre elle et mes deux jobs — le centre d'appels la journée et le *Lucky's* où j'étais serveuse le soir —, je n'avais pas le temps de penser aux hommes.

Ils ne me manquaient pas d'ailleurs, pas même physiquement. Le sexe avec Justin était somme toute correct, pas meilleur pour autant que ce que j'aurais été capable de faire avec mon imagination et un vibromasseur en état de marche. En restant célibataire, j'étais seule responsable de mes orgasmes et je m'en contentais parfaitement.

Mais dans ce cas, pourquoi avais-je dévisagé Smoke de la sorte un peu plus tôt ?

Je ne savais pas comment répondre à cette question. Ce que je savais en revanche, c'est que désirer un homme — mon meilleur ami, qui plus est — était bien la dernière chose dont j'avais besoin en ce moment.

— Tu comptes enfin me dire ce qui t'arrive ?

Mon cœur tressauta violemment dans ma poitrine au son de sa voix, et je me retournai brusquement.

Smoke se tenait dans l'embrasure de la porte, une épaule appuyée contre le cadre, les bras nonchalamment croisés sur le torse. Ses yeux noirs s'étrécirent tandis qu'il m'observait.

Jusqu'à cet instant, je n'avais jamais trouvé ce regard menaçant — pas une seule fois, même lorsqu'il s'en servait comme mise en garde pour d'autres. Maintenant, j'en éprouvais tout le danger.

Non que je craigne qu'il me fasse du mal. Jamais Smoke ne porterait la main sur moi pour me blesser. Non, le danger venait du fait qu'il me connaissait trop bien. Il savait, quelles que soient mes protestations, que quelque chose me tracassait.

Et si ce n'était pas déjà fait, il ne tarderait pas à deviner ce dont il s'agissait.

Pour me calmer, j'avalai une nouvelle gorgée de bière et sentis la fraîcheur du liquide m'apaiser un peu.

— Il n'y a rien du tout. Simplement, la nuit a été atroce, entre l'absence d'Annie et…

— Et voir ton meilleur pote se faire sucer ?

— Pour l'amour du ciel, Smoke ! Est-ce que tu peux arrêter de… de dire ça ? Combien de fois encore comptes-tu m'en parler ?

— Je ne sais pas. Disons… Jusqu'à ce que tu arrêtes d'agir bizarrement.

— Je n'agis pas bizarrement ! OK, je l'admets, te voir ainsi était… déconcertant. Mais je suis une grande fille. Je sais bien ce que vous faites dans votre club.

Malgré mes objections, son regard resta de marbre. J'avais l'étrange impression qu'il voyait en moi des choses dont je ne savais même pas qu'elles existaient. C'était déstabilisant.

— Et concernant le fait que tu m'as maté ? Tu as une explication ?

— Je ne t'ai pas maté ! Tu es mon ami. Tu es comme un frère pour moi ! Ce qui signifie que si je te matais je serais une vraie malade, tu ne penses pas ?

Il ne répondit pas, se contentant de me fixer de son regard inébranlable. Je pouvais encore entendre l'écho de ma voix se répercuter contre les murs de la cuisine. Une voix stridente et véhémente. Trop véhémente pour être honnête. Bon sang, je m'enfonçais un peu plus à chaque fois que j'ouvrais la bouche.

Je me détournai et passai une main nerveuse dans mes cheveux.

— Tu sais quoi ? Je suis épuisée, je dois aller me coucher. On parlera plus tard.

L'espace d'un instant, je crus qu'il allait garder le silence et continuer à me contempler ainsi toute la nuit. Puis il ouvrit la bouche.

— D'accord. Tu as en effet l'air fatiguée. Cat…

— Quoi ?

— Nous en reparlerons, je te préviens.

Une étincelle brilla dans ses prunelles noires, et mon cœur battit plus vite. Je déglutis et haussai les épaules comme si je m'en moquais éperdument.

— Bien sûr, oui.

Smoke soupira, et ses bras retombèrent le long de son corps tandis qu'il se redressait pour s'écarter de la porte.

— Je vais aussi m'occuper de ce crétin de Justin, d'accord ?

— Oui…

Je poussai un léger soupir.

— Merci de m'avoir ramené Annie, Smoke. Je veux dire… Merci de prendre soin de nous.

C'était de bien pâles remerciements en comparaison de ma reconnaissance pour ce qu'il avait fait, mais je n'avais pas d'autres mots à ma disposition.

De toute façon, il savait à quel point j'étais sincère. De fait, il me sourit, un vrai sourire franc et amical cette fois, et je me sentis aussitôt rassurée. Son sourire avait toujours eu le don de me rasséréner. Il me donnait cette impression particulière que le soleil venait de percer à travers d'épais nuages.

— Toujours, chaton… Toujours…

4

Smoke

— Salut, Keep. Tu as une minute ?

Je passai la tête à l'intérieur du bureau au moment où l'une des habituées du club, Bella, rabaissait sa jupe avec un air gourmand. Keep était adossé à son fauteuil, les mains croisées derrière la tête, l'air particulièrement fier de lui. Parfait. S'il prenait un peu de bon temps au déjeuner, cela voulait dire qu'il n'avait rien de compliqué à gérer.

Mon oncle me sourit en désignant du menton la chaise en face de la sienne.

— Bien sûr. Prends un siège.

J'entrai et m'installai, les coudes sur les genoux, dans une posture décontractée pour masquer ma nervosité. Je n'aimais pas demander des faveurs à quiconque, parce que je détestais l'idée de devoir quoi que ce soit. Peut-être que j'espérais ainsi agir différemment de mon père qui ne s'embarrassait pas de telles précautions ?

Mais Keep n'était pas comme lui. Il était même le seul qui avait tenté de me protéger de lui quand il le pouvait. Pas assez, certes, mais il avait au moins essayé. C'est lui encore qui m'avait fait entrer chez les Knights. Il était devenu président peu après mon arrivée.

Lui devoir quelque chose ne me paraissait donc pas une épreuve insurmontable. C'était un frère du club, c'était mon président et c'était mon oncle. Dans les trois cas, son rôle était de m'aider, comme il aidait tout le monde. D'où son surnom « Keep », parce qu'il protégeait ceux qui étaient sous sa garde.

Comme le silence s'éternisait, il me lança un regard interrogateur.

— Quoi de neuf ? C'est important si je me fie à ton expression.

En effet, ça l'était. Il n'y avait personne d'aussi important qu'Annie et Cat à mes yeux. J'avais intérêt à jouer serré si je voulais que Keep m'aide. Il avait de bonnes relations avec le père de Justin, et ça aussi, ça comptait. D'autant plus que Keep voulait que les Knights restent du côté de la loi. Il s'assurait toujours que le club fasse profil bas et ne dépasse pas les bornes.

Cela dit, par « les Knights » on ne sous-entendait pas les « chevaliers en armures brillantes », mais plutôt les « chevaliers de la ruine ». Il y avait une raison à ce nom, même si elle n'incluait ni drogue, ni prostitution, ni armes ou quoi que ce soit de ce genre. Pour gagner de l'argent, nous avions les activités habituelles des clubs de bikers : un club de strip-tease, quelques garages à travers la ville et pas mal de travail de sécurité ou de surveillance. De toute façon, aucun des bikers ne rejoignait le club pour l'argent. Ce que nous voulions, tous, c'était avaler de la route et vivre libres, avec les nôtres.

J'avais rejoint le club parce que les Knights étaient une sorte de famille et qu'ils m'apportaient un équilibre. Pourtant j'avais bien conscience que cette histoire avec Justin risquait de faire chavirer ce fichu navire. Mais peu importait, il fallait essayer. Pour le bien de Cat.

— Oui, il y a un… souci… avec Justin Grant.

Keep plissa les yeux.

— Tu veux parler du fils du chef Campbell ?

— Malheureusement, ouais.

Il poussa un profond soupir et décroisa les mains pour appuyer les coudes sur le bureau.

— Bon sang, Smoke ! Ne me dis pas que ça recommence !

Je réprimai un brusque mouvement d'irritation. Tout le monde savait que je détestais le fils du chef de la police à cause de Cat et que, si j'en avais eu la possibilité, cette ordure serait six pieds sous terre depuis longtemps. Néanmoins, je n'avais jamais touché à un seul de ses cheveux, et Keep n'avait aucune raison de s'agacer.

Malgré tout, je comprenais parfaitement ce qu'il voulait dire. Une fois encore, je me retrouvais dans une sale situation à cause de Cat. Mais ça, c'était une autre histoire.

Je ravalai donc ma colère, gardai une posture détendue et soutins son regard sans fléchir.

— S'il ne s'agissait que des habituelles conneries de Justin, je ne serais même pas venu te trouver. Seulement, la nuit dernière, il n'a pas ramené Annie à la maison, et je l'ai retrouvé en train de charger la gamine et une valise dans sa voiture. Il n'avait pas l'air d'avoir l'intention de revenir.

Le visage de Keep resta impénétrable. Il avait toujours été fort pour masquer ses émotions. Un peu comme moi.

— Et alors ? Grant est son père, après tout.

Je serrai les mâchoires pour contrôler ma colère. Keep savait ce que Cat et Annie représentaient pour moi, et il n'ignorait pas que Cat avait été le seul point de repère quand ma vie avait sombré dans l'horreur et le chaos. Il savait à quel point je tenais à elle, à quel point j'avais *besoin* d'elle. Il était simplement en train de jouer l'avocat du diable.

— Cat est sa mère, répondis-je d'un ton plat. Il n'a pas le droit d'emmener la petite loin d'elle.

Keep haussa les épaules.

— L'habituel drame des divorces et de la garde des gamins… Laisse-les se débrouiller tout seuls, ça n'a rien à voir avec nous.

— Grant va revenir à la charge, repris-je en ignorant purement et simplement sa remarque. Non seulement il est avocat, mais c'est aussi un manipulateur et un menteur de première catégorie. Il va raconter à la cour que Cat travaille la nuit, qu'elle sort avec un biker et qu'elle met Annie en danger…

— Je comprends bien, dit Keep. Mais je te le demande encore : en quoi est-ce que ça nous regarde ? Je sais que Cat compte pour toi, mais tout ça n'a rien à voir avec les affaires du club. J'ai déjà assez de choses à gérer et je n'ai pas besoin que les flics viennent fourrer leur nez dans nos affaires. C'est exactement ce qui se passera si on se mêle de cette histoire.

Je ravalai une fois encore ma frustration.

— Je le sais, Keep. Nous devons quand même faire quelque chose. Tu sais ce que ce type a fait à Cat. Je ne le laisserai pas recommencer.

Keep laissa échapper un soupir.

— Vous êtes amis, je comprends. Et sa gamine est adorable. Pourtant, je dois te dire non, Smoke. Intervenir ferait courir trop de risques au club.

Je retins un juron. Sur n'importe quel autre sujet, j'aurais accepté l'avis de mon président sans discuter. Seulement, il s'agissait de Cat. Je n'avais pas été capable de la protéger la première fois que Justin s'en était pris à elle. Je ne pouvais pas échouer à nouveau.

— Keep, je ne t'ai jamais rien demandé jusque-là. Pas une seule fois ! Pas même après tout ce qui s'est passé avec mon père. Je te demande quelque chose maintenant. J'ai besoin de ton aide pour Cat et Annie.

Les yeux de mon oncle perdirent brusquement toute

chaleur, et je me mis aussitôt sur mes gardes. Keep était un type détendu en apparence… En apparence seulement. Ce n'était pas pour rien qu'il était président du club.

— Tu connais ma réponse, il n'y en aura pas d'autre, répondit-il d'un ton très calme.

Je connaissais ce ton, celui qui signifiait très clairement : « Je ne le dirai pas une fois de plus. » Jamais personne n'argumentait quand Keep prenait ce ton-là. Parce que tout le monde voulait garder sa tête sur ses épaules.

Cependant, j'avais en tête un objectif plus important encore que ma propre survie.

— Si elles faisaient partie du club, tu les protégerais, n'est-ce pas ?

Pure question rhétorique. La réponse était évidente.

— Tu sais bien que oui. Mais elles n'en font pas partie.

En effet. Pas encore. Je m'adossai à ma chaise tandis qu'une idée germait dans ma tête. Je ne laisserais jamais cette ordure de Justin faire à nouveau du mal à Cat. Il devrait d'abord me passer sur le corps.

Heureusement, il y avait une autre possibilité. Malheureusement, Cat n'allait pas l'apprécier. Elle allait même carrément la détester.

Il fallait que Cat et Annie fassent partie des Knights pour obtenir leur protection, et le seul moyen pour cela était que Cat devienne ma compagne officielle aux yeux des autres bikers. Si Justin revenait importuner Cat, nous allions devoir prétendre que nous étions ensemble devant tous les membres du club.

Personnellement, je ne désirais rien d'autre depuis déjà des années, il ne me serait donc pas difficile de faire comme si elle était ma petite amie. Même si, jusqu'à présent, j'avais gardé ce fantasme secret, sachant que Cat ne ressentait pas la même chose que moi.

Maintenant, je n'en étais plus si sûr… Se pouvait-il que ses sentiments à mon égard aient changé ? Cette simple pensée me fit l'effet d'un uppercut. Qu'est-ce qui me prenait d'avoir des idées pareilles ? D'accord, son comportement de la veille était étrange. Elle refusait de me regarder dans les yeux et se tendait à chaque fois que je l'approchais. Et elle avait violemment rougi lorsque j'avais abordé le sujet délicat de mon intermède avec Hannah. Comme si c'était elle qui devait se sentir embarrassée par la situation !

Pourtant, cela ne m'avait pas empêché de mettre les mains sur ses fesses. Je remuai sur mon siège, physiquement troublé par ce souvenir. Je ne l'avais jamais touchée de cette façon. En fait, je n'avais jamais eu le moindre geste ambigu envers elle, même si parfois je la désirais tellement que j'avais mal partout, comme un junkie qui a besoin de sa dose. Mais elle était mon amie. Point final.

Je m'en tenais à ce statu quo depuis des années, et c'est ce qui rendait mon geste encore plus incompréhensible. Mes paumes me brûlaient au souvenir de ses fesses rondes. Comment avais-je pu glisser les mains dans ses poches ? Elle essayait de s'écarter, et j'avais instinctivement réagi pour l'empêcher de se détourner… Pour discuter avec elle.

Discuter… Quelle blague !

Dès que j'avais posé les mains sur elle, je n'avais plus songé un seul instant à discuter. Elle était si chaude sous mes doigts, nos deux corps étaient si proches… J'avais eu la sensation que nous étions parfaitement connectés. Enfin.

Cependant, elle m'avait déjà touché un nombre incalculable de fois par le passé, et je n'avais jamais ressenti cela — sans doute parce que j'avais passé la majeure partie de ma vie à me forcer à ignorer mes réactions quand j'étais près d'elle.

Et elle ? Comment avait-elle réagi à mon contact ? Elle avait rougi, certes. Mais est-ce que cela signifiait qu'elle avait été troublée ? Avais-je réellement lu du désir dans le regard qu'elle avait posé sur moi ? Ou était-ce le fruit de mon imagination ?

— Qu'est-ce qui t'arrive, Smoke ? Tu t'agites sur ta chaise comme un gamin surexcité.

Bon sang ! Si je ne faisais pas plus attention, Keep allait finir par remarquer mon état. D'autant que mon sexe réagissait avec enthousiasme à la seule idée que j'aie pu faire de l'effet à Cat. Pourquoi m'avait-elle brusquement repoussé comme si je l'avais brûlée ? Pourquoi refusait-elle de discuter de cette malencontreuse rencontre dans le couloir du club ? Tant de possibilités s'ouvraient à moi…

Merde ! Avoir une érection alors qu'il n'y avait aucune fille nue dans la pièce — et en face de mon président, qui plus est — n'était pas le meilleur moyen de faire bonne impression. Je m'efforçai d'écarter toute pensée impliquant le corps de Cat et me levai de ma chaise.

— Ça va, aucun problème.

— Je suis désolé pour Cat. J'espère que ça ne sera pas un souci entre nous.

Keep m'avait lâché, certes. Seulement, il devait préserver le bien-être de tout le club et il était obligé de considérer les choses dans leur ensemble.

— Tout va bien, président, lui assurai-je.

Et je ne mentais pas. Tout irait bien. J'avais trouvé le meilleur moyen de protéger Cat et Annie de Justin. J'allais la faire mienne.

Pour cela, pas mal de choses devraient changer, et ça n'allait pas être simple. Je savais ce que Cat pensait des Knights. Dire qu'elle n'était pas une grande fan de mon club était un doux euphémisme.

Non, elle n'allait pas du tout aimer mon plan, mais je ne la laisserais pas reculer. Je la convaincrais. Pour le bien d'Annie. Et peut-être pour notre propre bien à tous les deux, qui sait ?

5

Cat

J'arrivais à la fin de mon service au *Lucky's* lorsque la porte s'ouvrit sur Smoke. Je me figeai, interdite.

Carl, le propriétaire du bar, n'appréciait pas que Smoke, ou n'importe quel autre biker, traîne dans le coin. Smoke s'abstenait donc de venir me voir, sachant que sa présence pouvait m'attirer des ennuis. D'où ma surprise en le voyant.

Oui, voilà. J'étais simplement surprise, et c'est ce qui expliquait pourquoi mon pouls battait aussi vite…

À voir sa mine soucieuse, Smoke avait quelque chose d'important à me dire. Pourvu que ce ne soit pas à propos de ce que j'avais vu au club… De toute façon, s'il m'en reparlait, j'appellerais la sécurité pour le mettre dehors.

— Salut, Cat.

Sa voix grave et profonde me fit l'effet d'une caresse. Comme il s'approchait du bar, je me retrouvai en train de le dévisager comme une idiote. Mince ! Qu'est-ce qui me prenait de le contempler avec ces yeux d'affamée ? Il était pourtant habillé comme d'habitude : bottes noires, jean noir et un T-shirt de couleur sombre, légèrement délavé. Rien de particulièrement élégant… ou différent.

Pourtant, j'étais incapable de détourner le regard. Son

T-shirt moulait son torse et ses biceps. Son jean tombait bas sur ses hanches. L'un des coins de sa bouche se soulevait en un demi-sourire irrésistible. Son regard sombre me fixait avec une intensité troublante. Et tous ces petits détails asséchaient ma bouche et faisaient redoubler les battements de mon cœur. J'avais soudain la sensation de manquer d'air.

Merde ! Que m'arrivait-il ? Il semblait projeter autour de moi une sorte de champ magnétique qui me rendait extrêmement sensible à sa proximité. Ma peau s'échauffait et picotait d'une façon inhabituelle.

Non, non, non ! Je devais arrêter de délirer ! Il y avait une explication très simple à tout cela : le spectacle que j'avais vu deux nuits plus tôt était encore frais dans mon esprit. Bientôt, tout rentrerait dans l'ordre.

Cependant, une voix inconnue, tout au fond de moi, me susurra que je me berçais d'illusions…

Smoke s'accouda au bar sans rien dire. Il restait là, le sourcil levé, immobile, irrésistible. Je me détournai précipitamment et feignis d'essuyer quelques verres.

— Qu'est-ce que tu fais ici ? demandai-je d'un ton plus sec que je l'aurais voulu.

Il répondit comme s'il ne l'avait pas remarqué.

— Je dois te parler.

— Maintenant ? En plein service ?

— Oui. C'est important.

Je repliai le torchon avec un soin excessif, m'assurant que les coins étaient parfaitement alignés.

— Ça ne peut vraiment pas attendre ? Tu sais que Carl n'aime pas te savoir dans les parages.

— Je te l'ai dit, c'est important. C'est à propos d'Annie et toi.

Je ne pouvais éviter son regard plus longtemps. Le simple fait de me montrer aussi fuyante devait déjà lui paraître suspect. J'inspirai brièvement et levai le visage pour croiser ses yeux sombres.

Le courant électrique, désormais connu, courut sur ma peau, me donnant la chair de poule.

Pour l'amour du ciel, que se passait-il ? Smoke venait me parler d'Annie, et j'étais incapable de me concentrer sur quoi que ce soit d'autre que les réactions physiques qu'il déclenchait en moi.

Je ne savais pas ce dont il s'agissait, mais je devais absolument contrôler ce qui me rendait aussi fébrile. Je n'avais aucune intention de commencer une relation avec un biker, encore moins si le biker en question était mon meilleur ami. Sans compter que j'en avais fini pour un temps avec les hommes.

— Dis-moi, demandai-je en m'appuyant contre le bar avec une nonchalance feinte. De quoi s'agit-il ?

— J'ai trouvé un moyen de m'assurer que Justin ne vienne plus faire d'histoires.

— Sérieusement ?

À l'idée d'être débarrassée pour de bon de mon ex, je sentis mon cœur faire un bond dans ma poitrine.

— Je suis toujours sérieux, chaton. Particulièrement quand il s'agit de vous deux et de votre sécurité.

De fait, il ne souriait pas, et son regard était plus intense que jamais. Je préférais ne pas le reprendre sur le « chaton ».

— Comment ? Que comptes-tu faire ?

— Tu ne vas pas aimer…

Le vague soulagement que son annonce avait déclenché disparut aussitôt. Son air grave aurait dû me mettre d'emblée sur mes gardes. Ce qu'il avait à me dire n'allait pas rendre ma vie plus simple.

— Qu'est-ce que je ne vais pas aimer, exactement ?

— C'est en rapport avec les Knights.

Smoke s'était toujours comporté ainsi lorsqu'il devait

m'annoncer quelque chose qui n'allait pas me plaire. Il restait calme, direct, sérieux. Il ne me cachait jamais l'aspect négatif des choses, afin que je sache parfaitement ce qu'il en était.

— Je veux vous mettre sous la protection du club, toi et Annie.

Non, non, c'est hors de question ! J'entendis soudain mon instinct se mettre à hurler en moi. Je détestais les bikers, je ne voulais rien avoir à faire avec eux, encore moins mêler ma fille à leur univers.

— Je t'ai déjà dit ce que je pensais…

— Je sais ce que tu m'as dit, Cat, m'interrompit-il. Mais écoute-moi jusqu'au bout, d'accord ?

Je ravalai mes protestations. Je n'avais pas envie d'entendre son plan, mais il cherchait à m'aider, et je lui devais bien ça.

— D'accord. Explique-moi comment Annie et moi allons nous retrouver sous leur protection alors que nous ne faisons pas partie des Knights ?

Au lieu de me répondre, Smoke se redressa. Il semblait… mal assuré, ce qui n'avait aucun sens parce que « assurance » était sans doute le mot qui le caractérisait le mieux.

— C'est là que ça se complique, admit-il. Pour être protégée, tu dois devenir membre du club.

— Et comment ? À moins que cette bande de machos se soit soudain mise à recruter des femmes ?

Je ne cherchai pas à cacher le sarcasme dans ma voix. Après tout, j'avais de très bons arguments pour détester ces motards.

Smoke ignora mon ironie. La chaleur de son regard continuait de m'envelopper. La tension s'accrut encore en moi si bien que j'eus soudain du mal à respirer.

— Il y a un seul moyen pour cela, reprit-il à voix

basse. Tu obtiendras leur protection, pour toi et pour Annie, si tu deviens ma compagne officielle.

Le choc me figea sur place. Face à son annonce, je ne savais tout simplement pas quoi dire. Je ne savais même pas quoi penser. Je me sentis envahie d'un sentiment d'irréalité. Il ne pouvait pas être sérieux !

Accepter de me rapprocher du club était déjà impensable, alors devenir sa compagne…

Pourtant, il ne souriait pas. Et ce regard… Je connaissais ce regard. C'était celui qu'il avait lorsqu'il comptait atteindre son objectif coûte que coûte, que cela me plaise ou non. Smoke avait toujours été indépendant, il ne savait pas se plier aux exigences des autres, ou alors il s'étiolait et devenait malheureux. Voilà comment, au fil des ans, j'avais appris à deviner le moment où il avait pris une décision définitive.

— Tu… Tu n'es pas sérieux, n'est-ce pas ? balbutiai-je.

Je devais avoir l'air d'une petite fille désemparée.

— Je suis parfaitement sérieux. Toi et moi, nous allons rester ensemble le temps que ton ex comprenne le message et te fiche la paix. Évidemment, ce ne sera pas pour de vrai.

Il se tut soudain, et j'eus l'étrange impression qu'il se retenait d'ajouter quelque chose. Puis il reprit :

— Nous devons faire en sorte *d'avoir l'air* d'un vrai couple aux yeux du club.

Avoir l'air… Qu'est-ce que ça pouvait bien vouloir dire ? Comme si je ne le savais pas ! Une bouffée de chaleur inattendue me submergea. J'essayai de l'ignorer. En vain.

Je devais me concentrer, il le fallait. Pour occuper mes doigts tremblants, je dépliai le torchon et le repliai à nouveau.

— Donc, si je comprends bien, tu penses que si tu fais de moi ta compagne le club nous protégera de Justin.

— Je ne le pense pas, je le sais.

Je me retins de lever les yeux au ciel devant son ton définitif. Comme si les règles de loyauté de ces maudits clubs étaient gravées dans le marbre !

— Je croyais pourtant que ton président ne voulait pas d'ennuis avec le chef de la police. Si Justin vient reprendre Annie et que le club l'en empêche…

Je laissai ma phrase en suspens pour qu'il réfléchisse aux conséquences.

— J'en ai justement parlé avec Keep ce matin. À cause de ça, il ne lèvera pas le petit doigt pour t'aider si tu restes hors du club. En revanche, si tu es avec moi, tu auras une armée pour te protéger. Le club passe avant tout le reste, et dans ce cas le chef de la police pourra aller se faire foutre.

Le club passe toujours avant… J'avais appris cette leçon avant même de savoir marcher. Le club et ses frères avaient toujours été ce qui comptait le plus dans la vie de mon père.

Ma mère aussi avait dû apprendre cette leçon très tôt, alors qu'elle était encore une toute jeune fille issue d'un milieu privilégié. Elle était tombée follement amoureuse d'un biker avec des tatouages sur les bras et une Harley étincelante. Elle s'était imaginé que cet homme lui offrirait la liberté que sa riche famille ne lui donnait pas. Au lieu de cela, il lui avait offert un aller simple vers la déchéance de l'héroïne.

Mon père ne l'avait jamais épousée, il n'avait même pas fait d'elle sa compagne officielle dans son club. Ce qui ne l'avait pas empêché de la mettre enceinte, avant de l'abandonner dans un appartement miteux, où elle avait dû m'élever seule parce que sa famille l'avait définitivement rejetée. En fait, la seule raison pour laquelle elle était restée, c'est qu'il la maintenait sous la dépendance de sa dose. Et aussi parce que apparemment elle l'aimait, même s'il ne lui apportait rien de bon et ne se gênait pas pour la frapper de temps à autre.

Un vrai prince de conte de fées…

Aujourd'hui encore, je ne m'explique pas pourquoi il n'a pas fait d'elle sa compagne. J'ai toujours pensé qu'à ses yeux nous n'étions pas assez bien pour son précieux club. Comme si cet univers-là était bien trop spécial pour qu'il le partage avec nous. Cela dit, en ce qui me concerne, je n'aurais pas aimé en faire partie…

Voilà d'où je tenais ma haine des clubs de bikers. Je détestais les Knights à cause de l'influence qu'ils avaient sur Smoke. Le jour où il m'avait dit qu'il avait signé pour devenir membre, je ne lui avais plus adressé la parole pendant au moins deux semaines. Je ne voulais pas qu'il rejoigne ce monde-là. La vérité, c'est que j'avais peur qu'ils me l'enlèvent.

Nous avions surmonté tout ça avec les années, même si parfois je ressentais encore sa loyauté envers les Knights comme une trahison.

Comme en cet instant.

— Cat.

La voix de Carl dans mon dos m'obligea à revenir au présent.

— Ton service ne se termine que dans quinze minutes. Retourne au travail.

Smoke réagit aussitôt à son ton autoritaire en se redressant brusquement.

— Non, commençai-je pour l'arrêter.

Malheureusement, il était trop tard.

— Elle finit plus tôt ce soir.

Smoke avait parlé sur ce ton plat et dur qu'il employait lorsqu'il donnait des ordres. Ou lorsqu'il énonçait des faits.

— Pardon ? lança Carl, furieux. Est-ce que c'est *toi*, son patron ?

— Smoke, s'il te plaît, dis-je encore pour tenter de calmer le jeu.

La dernière chose dont j'avais besoin, c'était de me disputer avec Carl. Certes, c'était un boulot pourri, et la paie était catastrophique, seulement je n'avais pas le choix. Mon travail de jour ne suffisait pas à payer toutes les factures.

Évidemment, Smoke m'ignora. Il sortit de sa poche arrière une liasse de billets et en tira deux qu'il jeta sur le comptoir.

— Tiens, voilà l'équivalent de sa paie pour les quinze minutes restantes.

Son regard sombre revint se poser sur moi.

— Viens, ordonna-t-il, nous devons parler.

Les yeux ronds, je fixai les billets. Manifestement, Smoke ne se rendait pas compte à quel point j'étais mal payée. Je repris mes esprits et me tournai vers mon patron.

— Pardon, Carl, Smoke ne voulait pas…

— Je me fous de ce qu'il voulait ou pas ! Je t'ai déjà dit que je ne voulais pas de lui ici ! Dégagez, tous les deux !

— Mais, je…

— Et ce n'est pas la peine de revenir.

Une rage fulgurante me transperça de part en part. Merveilleux ! Comme si je n'avais pas déjà suffisamment de problèmes avec Justin qui menaçait de m'enlever Annie, et Smoke qui voulait me protéger en m'intégrant dans son club… Voilà qu'à présent j'allais être obligée de me trouver un autre job.

Décidément, ma vie s'arrangeait de jour en jour !

Je ravalai les mots furieux que j'aurais voulu jeter à la tête de Carl et de Smoke. Les mâchoires serrées, je récupérai mon sac. Sans un regard en arrière, je me dirigeai vers la sortie. J'ouvris violemment la porte et fonçai dans la rue comme une furie, sans vérifier si Smoke me suivait ou non.

— Cat ! Attends un peu !

Je continuai sur ma lancée. La frustration formait une boule compacte dans ma gorge. J'étais en colère contre lui. Et surtout contre moi-même pour les décisions catastrophiques que j'avais prises autrefois et qui se retournaient aujourd'hui contre ma fille et moi.

Comme j'avais été stupide et naïve ! Au début, j'avais sincèrement cru que Justin était un mec bien, qui gagnait honnêtement sa vie — tout l'inverse de mon père, en somme. Mon seul objectif, alors, était de ne pas finir comme ma mère. Je voulais tomber sur un homme bien, afin de construire une vie stable, d'avoir des enfants merveilleux, une maison confortable et une carrière satisfaisante.

Au lieu de cela, tout ce que j'avais récolté, c'étaient des coquards, un appartement miteux et une existence qui tenait plus de la survie. La seule chose positive que m'avait apportée ma rencontre avec Justin, c'était Annie.

Mais aujourd'hui, cela aussi était menacé, et je n'avais aucun moyen de protéger ma fille seule. Cette situation me ramenait aux sensations atroces dans lesquelles ma relation avec Justin m'avait plongée — impuissance, faiblesse, sentiment de ma propre inutilité…

Je m'étais promis de ne plus jamais retomber là-dedans, et pourtant Justin avait encore assez de pouvoir sur moi pour me faire du mal.

— Cat. Stop !

Je sentis une main chaude se poser sur mon bras et je dus m'arrêter juste avant l'arrêt de bus que je comptais rejoindre. Je ne quittai pas l'abri des yeux tandis que je prenais la parole d'un ton tranchant.

— Merci de m'avoir fait perdre mon travail, Smoke. De toute façon, je n'avais pas vraiment besoin de cet argent, n'est-ce pas ?

— C'était un job merdique, de toute façon. Et de l'argent, j'en ai si tu en as besoin.

Je n'essayai même pas de cacher mon exaspération. Quelle arrogance ! C'était vraiment au-dessus de ses forces de faire semblant d'être désolé ?

Je fis volte-face, pour lui lancer un regard noir. Malheureusement, c'est moi qui me retrouvai prise au piège. Le souffle court, je contemplai ses traits parfaits dans le clair-obscur de la rue. Mon corps réagissait instinctivement à ce spectacle. C'était comme si j'avais envie… Non *besoin*, de quelque chose que je ne savais pas nommer.

— Le problème, ce n'est pas l'argent, repris-je. J'ai perdu mon travail à cause de toi et je ne peux pas dire que ça me fasse sauter de joie.

— Je comprends, tu es énervée, mais admets la vérité, Cat, c'est surtout mon idée qui te met dans cet état.

— Ton idée ? Tu veux dire celle qui consiste à faire de moi ta compagne ? Je n'aime pas cette idée, évidemment ! Elle est complètement idiote.

Je vis une expression de contrariété passer sur ses traits, trop vite pour que je sache quoi en conclure. Était-ce de la douleur ? De la déception ?

Sa bouche prit un pli dur, et je compris qu'il était en colère contre moi. Ce qui était très rare… et déstabilisant.

— Tu devrais peut-être arrêter d'être aussi bornée à propos des Knights. Arrête un peu de ne penser qu'à tes problèmes et réfléchis à ce qui est le mieux pour Annie.

Je me figeai, tétanisée par ses paroles. Puis la vague de fureur qui m'emporta transforma mon champ de vision en une marée rouge. Comment osait-il se montrer aussi autoritaire et arrogant ? Je venais de perdre mon job à cause de lui, et il avait le culot de me dire que je ne pensais pas assez à ma propre fille ! Tout ce que je faisais, c'était pour elle. Absolument tout !

— Je t'interdis de me dire que je ne pense pas à elle, simplement parce que tu es vexé que je n'aime pas ton idée, fulminai-je.

Je dégageai brusquement mon bras et, emportée malgré moi par une colère incontrôlable, je laissai les mots m'échapper sans réfléchir :

— Annie est *ma* fille. Pas la tienne. Tu n'es pas son père. Tu n'as pas à intervenir.

Il était trop tard pour revenir en arrière, et je me sentis blêmir en entendant mes propres paroles.

6

Smoke

J'eus l'impression d'avoir reçu un coup de pied dans l'entrejambe. La douleur était cuisante, viscérale. Sans réfléchir, je saisis Cat par les avant-bras et la poussai contre le mur de l'immeuble juste derrière. Je l'y maintins sans ménagement.

— Tu oses me dire ça ? Va te faire foutre, Cat ! Je connais cette enfant depuis qu'elle est venue au monde, je l'ai aimée bien avant sa naissance ! Et j'ai passé bien plus de temps avec elle que Justin. Putain, je suis bien plus son père que lui. Alors ne me répète jamais une connerie pareille !

Je voyais ses pupilles dilatées et ses yeux élargis tandis qu'elle me regardait, choquée par mon éclat. J'eus l'impression qu'elle me voyait soudain comme un étranger.

Avait-elle regardé Justin avec ces mêmes yeux horrifiés ? Peut-être que finalement je ressemblais plus à mon père que je ne le croyais ?

À cette idée, mon sang se glaça dans mes veines. Non !

Mortifié, je la relâchai aussitôt et m'écartai en essayant de recouvrer mon calme.

Je savais qu'elle était en colère contre moi — certes,

il fallait reconnaître que balancer ses quatre vérités à son imbécile de chef et la faire virer n'était sûrement pas ma plus brillante idée. Pour autant, rien ne justifiait la cruauté de ses paroles. Annie était ma fille de tant de façons qu'il m'était insupportable d'entendre que je n'avais pas le droit de lui venir en aide.

Cela dit, il n'y avait rien d'étonnant à ce que Cat ne supporte pas l'idée de dépendre du club. Après ce que son père leur avait imposé, à sa mère et elle, je ne pouvais pas l'en blâmer. Néanmoins, les Knights ne ressemblaient en rien au club ultra-violent dont faisait partie son père, quant à moi je n'avais rien à voir avec ce salaud irresponsable !

En vérité, j'étais juste déçu qu'elle ne me soit pas tombée dans les bras avec reconnaissance quand j'étais venu lui offrir la protection du club.

Le problème, c'est que je crevais littéralement d'envie qu'elle me tombe dans les bras. Je voulais qu'elle se serre contre moi, je voulais l'entendre me dire qu'elle ne souhaitait rien tant que de devenir ma compagne.

J'étais vraiment accro. Voilà pourquoi le fait qu'elle n'ait eu aucune de ces réactions s'ajoutait à la douleur qui me serrait la poitrine.

— Smoke ?

Sa voix résonna derrière moi — le ton était moins furieux, plus incertain. Apparemment, elle regrettait ses paroles… Je ne répondis pas, de peur de dire quelque chose de stupide qui n'aurait fait qu'empirer la situation.

Soudain, je sentis dans mon dos un léger effleurement.

— Je suis désolée, je n'aurais pas dû dire ça. Bien sûr que tu as ton mot à dire concernant Annie. Je suis juste… Tu sais que je n'aime pas le club et tu sais pourquoi. Et toute cette situation avec Annie me terrifie.

Du Cat tout craché. Quand elle était stressée, elle explosait comme un volcan. D'ordinaire, je me serais retourné pour la prendre dans mes bras, lui dire qu'elle n'avait pas à s'en faire et que j'allais m'occuper de tout. Seulement, elle avait tapé là où ça faisait le plus mal, et j'étais toujours blessé et furieux.

Non, je n'avais pas envie de la réconforter, j'avais envie de tout autre chose sans même comprendre l'origine de mon fantasme. J'aurais voulu qu'elle s'excuse autrement qu'avec des mots. Qu'elle s'agenouille devant moi et prenne mon sexe dressé dans sa bouche.

Une nouvelle pression dans mon dos me fit serrer les paupières. Cette fois, elle laissa la main là où elle l'avait posée.

— Smoke, s'il te plaît. Je n'en pensais pas un mot. Tu le sais.

Non, justement, je ne le savais pas. Et de toute façon, elle avait raison sur un point : Annie n'était pas ma fille. Cat ou même ce crétin de Justin auraient pu me l'enlever à tout moment, et je n'y pouvais rien.

La douce pression s'accrut quand elle appuya la paume entre mes omoplates.

— J'aurais tellement voulu que ce soit toi, son père.

Je serrai les mâchoires. Si j'avais été le père d'Annie, nous ne serions pas là en ce moment. Nous serions dans son lit, et elle serait nue sous moi.

Je sentis une force primitive croître en moi. J'en avais assez de lui laisser le choix. Cat allait devenir ma compagne, qu'elle le veuille ou non. Bien sûr, elle était assez grande pour prendre ses propres décisions. En revanche, Annie était une gamine et elle avait besoin de ma protection. Donc, si elle laissait ses propres faiblesses l'empêcher de protéger Annie, je les balayerais d'un revers de main sans états d'âme.

Je me retournai enfin vers elle, m'arrachant à regret à sa caresse. Elle me fixait avec incertitude, et je dus rassembler toutes mes forces pour ne pas vaciller face au spectacle qu'elle m'offrait. Elle était incroyablement sexy dans le T-shirt moulant qu'elle devait porter au *Lucky's*. Le coton serrait tellement ses seins que je sentais mes paumes frémir, brûlant de les prendre en coupe avant de passer le pouce sur leurs pointes jusqu'à ce qu'elles durcissent pour moi… Mon sexe était déjà si dur que j'en avais mal.

Et si je le faisais pour voir ce qui se produisait ? Merde ! La petite voix dans ma tête jouait les tentatrices. Surtout, ne pas l'écouter. Je devais rester raisonnable.

— Il va se passer exactement ce que je t'ai annoncé, Cat. Je ne vais pas rester sans rien faire alors que ce salopard de Justin s'en prend à toi ou à Annie. Pas une autre fois. C'est clair ?

Son visage se ferma, et elle esquissa une moue boudeuse.

— Je ne…, commença-t-elle.

— Quoi ? l'interrompis-je. Tu as une meilleure idée ?

Cette fois, son expression se fit plus prudente, sur la réserve, et je savais pourquoi. Elle ne me voyait plus comme un ami et un allié désormais. Elle me voyait comme un biker agressif qui lui mettait la pression.

Je n'étais pas sûr que ce soit une mauvaise idée, finalement. Peut-être qu'elle m'avait considéré comme un ami pendant bien trop longtemps.

— Non, je n'en ai pas, admit-elle.

— Alors, c'est décidé. Je vais te présenter comme étant ma compagne et, si Justin revient à la charge, il aura tout le club contre lui.

Je la regardai déglutir avec difficulté. J'aurais voulu poser ma paume sur son cou gracieux pour sentir son pouls rapide sous mes doigts, le sentir accélérer encore lorsque je me pencherais pour prendre sa bouche.

Bon sang, je perdais totalement le contrôle ! Pire ! Je m'en moquais. L'opportunité se présentait enfin de la séduire comme j'en rêvais depuis des années et tout à coup, je ne voyais plus quelles raisons m'empêchaient d'agir selon mes désirs.

Heureusement, la voix de la raison me rappela à l'ordre. Cat avait été blessée par le passé et m'imposer physiquement à elle était tout sauf une bonne idée.

Elle détourna le regard, comme si elle avait deviné mes pensées. Le silence s'éternisa. Puis elle reprit la parole.

— Ni Annie ni moi n'allons nous installer dans cet horrible entrepôt, OK ?

Je laissai échapper un soupir de soulagement. Elle me disait oui ! Ce n'était pas suffisant, néanmoins. J'avais trop besoin de l'entendre donner son accord de vive voix.

— Est-ce que ça veut dire « oui », chaton ?

Une lueur d'irritation enflamma son regard vert.

— Bon sang, Smoke. Je ne vais pas…

— Dis-le.

Je n'avais pas spécialement l'intention de prendre ce ton autoritaire. Mais c'était clairement un ordre.

Un éclat particulier brillait dans ses yeux — une sorte de… chaleur que de toute évidence je n'étais pas censé voir.

— Bon, très bien. Je prétendrai qu'on est en couple, satisfait ?

Sa voix traduisait irritation et impatience, mais il me sembla qu'elle cherchait surtout à cacher son trouble. Non, bien sûr que non, je n'étais pas satisfait. Je ne le serais jamais sauf si elle m'appartenait un jour.

Quand elle m'appartiendrait…

Mon souffle se bloqua dans ma gorge lorsque je pris conscience que cette perspective était désormais du domaine du possible. Pendant des années, je n'avais pas cru cela envisageable. Pourtant, plusieurs indices ces derniers jours transformaient peu à peu la vague lueur d'espoir qui avait brillé dans ce couloir en une véritable guirlande de Noël.

Un frisson parcourut mon dos. Pas de doute, il y avait de l'espoir.

— Ça fera l'affaire.

J'avais pris soin de masquer toute émotion pour ne pas l'effrayer.

— Ce ne sera pas pour de vrai, insista-t-elle, butée. Nous ne le faisons que pour protéger Annie. Dès que Justin aura compris l'avertissement et arrêtera de nous ennuyer, tout redeviendra normal.

Cat semblait sûre que je la laisserais reprendre sa vie d'avant... Elle pouvait toujours compter là-dessus ! Je n'allais cependant pas lui annoncer de but en blanc que c'était impossible. Une fois que je l'aurais auprès de moi, là où je l'avais toujours voulue, et qu'elle m'appartiendrait aux yeux du monde, je serais de toute façon incapable de la laisser repartir.

— Ce ne sera pas vrai pour nous, seulement ça devra avoir l'air réel, pour convaincre Keep et les autres...

— Ah ? Je croyais..., commença-t-elle, soudain méfiante.

— Keep m'a dit qu'il ne te protégerait pas dans la situation actuelle. Alors je lui ai demandé directement s'il le ferait si tu étais avec moi. Il a dit oui.

Je m'interrompis un instant, afin d'être sûr qu'elle saisissait parfaitement l'implication de chacun de mes mots.

— Si Justin revient à la charge et que le club doit intervenir, nous serons tous dans une situation difficile vis-à-vis des flics. Keep refusera d'aller jusque-là s'il pense que tu fais semblant d'être ma compagne. En fait, s'il le découvre, il sera furieux.

Voire pire... Je l'avais déjà vu en colère. Si je ne m'étais pas occupé moi-même de mon père, Keep l'aurait fait. Et je n'avais aucune envie qu'il dirige ses foudres contre moi ou Cat.

Son froncement de sourcils s'accentua.

— Alors, affirmer que nous sommes en couple ne suffira pas ? C'est ce que tu es en train de me dire ?

— Exactement. Keep se montrera forcément méfiant. Nous allons devoir le convaincre que c'est sérieux entre nous.

Cat baissa les yeux, étudiant le pavé comme si c'était le spectacle le plus fascinant qu'elle ait jamais vu. Était-elle en train de… rougir ?

Déjà, deux nuits plus tôt, elle avait évité mon regard de cette façon, quand il avait fallu aborder la délicate question de ce qu'elle avait vu dans le couloir. Elle avait également rougi quand je lui avais fait remarquer qu'elle me matait.

La tension entre nous monta d'un cran. Non, je ne rêvais pas ! Je percevais instinctivement quand une femme ressentait du désir. Et en ce moment, Cat avait envie de moi et ne voulait surtout pas que je le sache.

Une joie brutale explosa dans ma poitrine. Enfin ! Après toutes ces années d'attente sans espoir. J'avais la révélation que je ne lui étais pas indifférent.

Elle me désirait. Je le lisais dans sa façon d'éviter mon regard, dans la tension de sa posture, dans l'émotion qui marquait son visage.

Je fus incapable de retenir la pulsion qui me portait vers elle. Je pris son menton entre mes doigts et relevai son visage pour la forcer à plonger son regard dans le mien. Ses iris étaient presque noirs, assombris par le désir et le choc.

— Alors, Cat ? Est-ce que ce sera un problème de faire semblant ? insistai-je d'une voix dure.

Elle s'était immobilisée. Malgré la pénombre de la rue, je voyais son pouls battre follement dans son cou. L'air entre nous était devenu lourd et dense, comme avant un orage.

— Je ne sais pas…, souffla-t-elle. Je veux dire, je ne… Qu'es-tu exactement en train de me dire, Smoke ?

Sa peau était si douce sous mes doigts. J'aurais voulu faire courir le pouce sur sa lèvre pour en éprouver le satin.

— Je dis que nous devons agir comme un vrai couple. Tu sais ce que ça signifie.

Elle cligna des paupières, et son attention se fixa sur ma bouche. Mon sexe durcit aussitôt. Mon instinct me hurlait de la plaquer contre le mur et de lui faire l'amour jusqu'à ce que nous oubliions tout ce qui nous entourait. Seulement, la prendre vite et fort en pleine rue n'était pas exactement ce que je rêvais de faire. Surtout quand il s'agissait d'elle, surtout pas après tant d'années de frustration.

Non, quand je lui ferais l'amour, je ferais durer le plaisir. Je la ferais crier de jouissance. Je l'obligerais à me supplier avant de prendre enfin possession de son corps.

Peut-être est-ce tout cela qu'elle lut dans mon regard, car elle se dégagea brusquement de mon étreinte en éclatant d'un rire nerveux.

— J'espère que ça n'implique pas qu'on couche ensemble, parce que je préfère te prévenir que ça n'arrivera pas.

Elle avait tellement de mal à cacher son trouble que sa tentative de blague échoua misérablement.

Pendant une seconde, j'envisageai de lui demander si elle en était si sûre. Mais je parvins à rester muet. Je n'avais aucun intérêt à l'effrayer. Néanmoins, je n'allais pas non plus perdre cette occasion d'avancer mes pions.

— Non. En revanche, tu vas devoir être à l'aise avec l'idée que je te touche.

Elle vacilla puis recula de quelques centimètres, ses Converse couinant sur le pavé. Sa nervosité était telle que je la sentais autour de nous, comme un champ magnétique.

— Me toucher ? Comment ?

J'aurais dû m'arrêter, bien sûr. J'aurais dû la laisser s'écarter et rentrer chez elle. Je ne le fis pas. J'étais comme possédé par une force puissante, brutale. Son malaise, parce qu'il traduisait son désir, m'excitait. Je voulais la rendre encore plus nerveuse.

Bon sang, cela faisait des années que je crevais de frustration à la regarder. Aujourd'hui, je prenais enfin ma revanche, c'était mon tour de la voir frissonner d'excitation.

Je conservai ma posture détendue, afin qu'elle ne se sente ni menacée ni dominée. Je la maintins un moment captive de mon regard qui ne cachait rien de mon désir.

— Viens, et je te montrerai.

7

Cat

Je regardais Smoke, incapable de détourner les yeux, tandis que mon sang battait à mes oreilles.

Quelque chose était en train de se passer entre nous. Quelque chose d'intense et de terrifiant. Je l'avais su dès l'instant où j'avais ouvert la bouche comme une idiote pour lui balancer qu'il n'avait pas son mot à dire concernant Annie. Je n'avais aucune excuse pour cette attaque lâche et injuste, si ce n'est que j'étais effrayée et que la peur me rendait toujours agressive.

Était-ce mon éclat qui avait déclenché cette atmosphère tendue entre nous ? Ou bien cela remontait-il à la nuit où j'avais débarqué au club et découvert le véritable visage de Smoke, lorsque le désir abattait toutes ses défenses ?

Je ne savais pas exactement. Et peut-être que ça n'avait aucune importance. La seule chose qui comptait, c'est qu'en cet instant ce n'étaient plus les yeux de mon meilleur ami que je contemplais. Mais ceux d'un étranger dangereusement séduisant qui me fixait comme s'il voulait me dévorer.

En fait, il me regardait comme il avait dû regarder cette femme dans le couloir. Comme un homme gouverné par ses sens.

Ma gorge se serra un peu plus, et je sentis les pointes de mes seins se tendre douloureusement contre le tissu de mon T-shirt.

Smoke ne fit pas un geste dans ma direction. Il se tenait simplement debout devant moi, les mains dans les poches de son jean. Ses yeux étaient plus noirs encore qu'à l'accoutumée. Ils brûlaient d'un feu intérieur que je n'avais encore jamais vu. Un brasier nourri d'un désir brûlant, et d'une note de défi aussi. Oui, il me mettait au défi de m'approcher.

Ce regard-là, au moins, je le connaissais. Le premier jour de notre rencontre, alors que Smoke avait sept ans et moi cinq, je l'avais regardé faire des acrobaties sur son skate pendant une bonne demi-heure avant qu'il me le tende. J'avais relevé le défi. Ensuite, il y avait eu de multiples occasions où il m'avait poussée à faire des choses qui m'effrayaient. Monter sur ce fameux skate d'abord, puis conduire sa moto, boire du bourbon, aller prendre des cours de danse, dire à ma mère qu'elle devait arrêter l'héroïne sans quoi ce serait moi qui partirais, reprendre des cours de droit, quitter Justin… Bien sûr, tout dans cette liste n'avait pas fonctionné. Mais certains challenges comptaient parmi les meilleures expériences de ma vie.

Ce défi-là était différent, cependant. Parce qu'il pouvait remettre en cause la nature profonde de notre amitié.

Merde ! Je perdais la tête ! J'agissais comme si tout cela était sérieux, comme si c'était réel, alors que tout était faux. Il s'agissait juste de faire semblant.

Je poussai un petit soupir. Smoke avait dit « prétendre ». Oui, bien sûr. Ce qui signifiait que le regard enfiévré qu'il posait sur moi n'était qu'une apparence. Il ne me désirait pas vraiment. Il faisait semblant. Et c'était pareil pour moi.

Rien n'était menacé parce que nous n'allions pas

sérieusement nous mettre en couple. Nous devions juste nous entraîner pour être crédibles dans nos rôles. Je pouvais le faire, il n'y avait rien de mal à ça.

Et puis, Smoke n'avait pas tort. Quel que soit mon désir de rester à l'écart des Knights, il semblait bien qu'ils soient ma seule option pour protéger correctement Annie de son père. Sans compter qu'après les horreurs que je venais de lui dire je lui devais bien ça.

— Montre-moi, finis-je par chuchoter en m'écartant du mur pour m'approcher de lui.

Ma voix tremblait, et je ne parvenais pas à contrôler les battements affolés de mon cœur.

Du calme, c'est seulement Smoke.

Comme je m'approchais, il dut baisser les yeux pour ne pas me quitter du regard, et je fus brutalement consciente de notre différence de taille. Je ne la découvrais pas, bien sûr, mais pour la première fois je la ressentais. Il était bien plus grand et plus large que moi. Tellement puissant et viril.

J'aurais voulu pouvoir faire une blague sur les mérites de son entraînement sportif, mais je n'avais jamais eu aussi peu envie de plaisanter.

— Viens plus près dans ce cas.

Sa voix était calme, posée, pourtant son timbre me sembla plus profond que d'habitude, plus troublant aussi. Je devais me ressaisir ! Je le regardais comme s'il était un étranger. Alors qu'il était mon ami !

Je fis un pas de plus vers lui.

— C'est mieux, acquiesça-t-il.

Nous n'étions plus qu'à quelques centimètres l'un de l'autre, et je pouvais sentir la chaleur qui émanait de son corps. J'avais de plus en plus de mal à soutenir son regard, l'obscurité brûlante qui s'en dégageait menaçait de m'engloutir. Je me sentais comme au bord du gouffre, tous mes sens en alerte, comme si le plus petit bruit, le mouvement le plus furtif risquait de me faire tomber dans un précipice sans fond.

— Alors, est-ce que tu vas…

Je ne finis pas ma phrase. Smoke tendit la main et passa le bras autour de ma taille pour m'attirer contre lui. Les mots moururent sur mes lèvres.

Je n'avais plus assez d'air pour respirer tant sa présence enivrante m'enveloppait. Son bras était à la fois dur comme l'acier et souple autour de moi. Il me maintenait fermement, et d'instinct je pressai les paumes contre son torse pour conserver une distance protectrice entre nous. Mais il n'y avait plus de distance possible.

Il était tout contre moi, chaque parcelle de son corps en contact avec le mien — il touchait mes cuisses, mes hanches, mon ventre, mes seins… Si dur. Si chaud.

Je pouvais sentir les muscles de son torse se tendre et se dénouer sous mes paumes, et un long frisson courut le long de mon échine. Un frisson de volupté face à ce mâle puissant.

Étais-je folle d'apprécier ainsi sa force, alors qu'après Justin j'aurais dû savoir ce que la puissance virile signifiait pour une femme plus faible ?

Pour l'heure, cependant, la vigueur que je sentais en lui asséchait ma bouche et nouait mon ventre. J'avais la sensation étrange qu'en me maintenant ainsi contre lui Smoke faisait tomber une à une toutes mes défenses pour révéler celle que j'étais vraiment.

Allons, Cat ! Il ne s'agit que de faire semblant ! Rien d'autre !

Je redressai le menton pour lui prouver que je savais encore relever un défi. J'avais toujours voulu lui montrer que j'étais capable d'être à la hauteur de ce qu'il exigeait de moi.

À cause de la lumière dans son dos, son visage restait dans l'ombre. Je pouvais quand même deviner son expression fière, intense, tendue.

Mon pouls refusait de s'apaiser, et j'avais du mal à respirer.

Smoke leva son autre main et glissa doucement les doigts dans mes cheveux, caressant ma tête avant d'arrêter son geste à l'arrière de mon crâne. Puis il serra le poing, et j'inspirai brutalement lorsqu'il agrippa ma chevelure.

Je n'avais pas mal, non. Seulement, je pris brusquement conscience que je ne pouvais plus m'écarter, qu'il me maintenait en son pouvoir. Et qu'il était sur le point de m'embrasser.

— Smoke…

Je ne savais pas même ce que je comptais lui dire pour le retenir… Ou pour l'encourager. Je n'en eus cependant pas le temps.

Sa bouche était déjà sur la mienne. Je me raidis sous le choc, tandis que mon cerveau se vidait de toute pensée rationnelle.

Puis une vague de chaleur me parcourut tout entière. J'avais l'impression qu'un éclair venait de me transpercer de part en part.

Soudain terrifiée par la violence des sensations qui m'animaient, j'essayai de me dégager en repoussant Smoke. Cette chaleur terrifiante ne pouvait qu'être dangereuse, il fallait que je m'écarte.

Il ne me laissa pas faire, bien au contraire, et resserra sa prise autour de ma taille. Le message était clair : il était seul aux commandes.

Je tressaillis violemment. Étrangement, j'étais à la fois faible face à lui et… terriblement féminine. Vulnérable et merveilleusement consentante. J'étais partagée entre la panique et un autre sentiment… Oui, de la volupté.

Alors que j'essayais de faire la part des choses dans mon esprit confus, Smoke se mit à m'embrasser. Un baiser lent et adroit. Ses lèvres étaient douces et fermes. Elles effleuraient les miennes en une caresse tendre.

Puis il passa la langue sur mes lèvres, et d'instinct je les entrouvris.

Alors je goûtai la saveur de sa bouche. Suave, chaude, comme un bourbon de luxe. Je sentis tout mon corps trembler à ce contact. Délibérément, sa langue prit possession de ma bouche, et j'abandonnai définitivement la lutte. Cela faisait si longtemps qu'on ne m'avait pas touchée ainsi. Si longtemps que personne ne m'avait embrassée. Et voilà que mon meilleur ami le faisait et que c'était comme si… Oui, comme si la dernière pièce du puzzle trouvait enfin sa place.

Qu'est-ce que j'allais inventer ? Il ne s'agissait que de faire semblant !

J'essayai de reculer pour parler, pour lui rappeler que tout cela était faux. Mais il ne me laissa pas faire.

Ses doigts enfouis dans mes cheveux accentuèrent leur pression, et il tira davantage ma tête en arrière. Son baiser se fit plus profond, et j'oubliai tout de ce que je devais lui rappeler pour me concentrer uniquement sur son goût enivrant.

Mon pouls était si rapide que j'en avais le vertige. Comme si j'étais ivre. De lui. De ce baiser. J'avais l'impression qu'il envahissait chaque fibre de mon être, qu'il était partout autour de moi. Je sentais son torse dur contre mes seins palpitants, son bras puissant autour de moi, sa bouche sur la mienne, tendre et exigeante. Il m'embrassait comme s'il ne pouvait s'en rassasier.

Pourtant, je me trompais forcément. Ce n'était qu'un jeu. Tout était faux…

Malgré moi, mes doigts se refermèrent sur le coton de son T-shirt, je m'agrippai à lui comme une noyée à sa bouée. Seigneur ! Il savait parfaitement ce qu'il faisait, et c'était tellement bon.

J'étais incapable de ne pas répondre à son baiser. Ma langue caressait la sienne, avide de cette chaleur terrifiante qu'il me communiquait et dont je devenais, à chaque instant, plus dépendante.

J'en voulais plus. Je le voulais, lui.

Mes seins étaient lourds et leurs pointes se dressaient contre son buste. Je sentais entre mes cuisses une pulsation délicieuse. Ma peau tout entière semblait sur le point de prendre feu.

Smoke gronda doucement contre mes lèvres — un grondement sourd et primitif qui me donna la chair de poule. Puis sa main glissa le long de ma taille pour empoigner mes fesses. Il me pressa puissamment contre son bassin, et je retins un gémissement lorsque je sentis la rigidité de son membre pressé contre la fermeture Éclair de mon jean. Des vagues de plaisir intense se répercutèrent en écho dans mon ventre lorsque la pression s'intensifia sur mon sexe.

Incapable de me retenir, je gémis et arquai les reins vers lui, cherchant d'instinct à reproduire la volupté de cette friction. C'était comme si on m'avait affamée pendant des mois avant de me mettre sous le nez mes friandises préférées. Il m'en donnait une bouchée, avant de me l'enlever. Oui, j'étais de plus en plus affamée de lui.

Soudain, ses bras autour de moi disparurent, sa bouche se détacha, et je vacillai sur mes jambes, haletante, le cœur au bord de l'implosion.

Je clignai des paupières et retrouvai difficilement mon équilibre. Recommencer à respirer normalement me demanda un effort encore plus grand.

Smoke se tenait un peu en retrait, les bras croisés. Son expression était impénétrable. Il me regardait avec une sorte de… détachement. Comme si ce baiser avait été pour lui une simple expérience dont il voulait à présent constater les effets sur moi.

De toute évidence, il n'avait pas vécu ce moment comme moi. Ce constat provoqua un serrement violent au niveau de ma poitrine, une sensation qui ressemblait à une amère déception. Non, ce ne pouvait pas être cela. Je n'avais aucune raison de me sentir déçue qu'il n'ait pas trouvé ce baiser époustouflant, parce que l'intensité que j'y avais mise n'était que le fruit de mon imagination. Une imagination rendue fertile par une trop longue abstinence. Cela n'avait rien à voir avec une quelconque alchimie entre nous.

Smoke, lui, avait visiblement de quoi satisfaire ses besoins sexuels, il s'était contenté de mimer la passion pour me montrer comment se conduire devant Keep, il était donc normal qu'il n'ait rien ressenti.

Et son érection ? Il n'avait pu la feindre, elle… Cela dit, beaucoup d'hommes avaient tendance à bander pour un oui ou pour un non. Smoke avait tenu une femme entre ses bras, son corps avait réagi, rien de plus.

J'inspirai avec force et croisai hâtivement les bras pour cacher les pointes de mes seins.

— Alors ? J'étais assez convaincante, d'après toi ?

J'avais voulu prendre une voix détachée, malheureusement, je n'avais pas pu en effacer complètement le tremblement.

— Ça fera l'affaire.

Sa voix, en comparaison, semblait tout à fait normale, quoiqu'un peu plus grave qu'à l'ordinaire.

J'eus soudain envie de le frapper pour ébranler sa nonchalance exaspérante.

Pour ma part, les battements de mon cœur étaient toujours aussi frénétiques, et la douleur délicieuse entre mes jambes ne voulait pas refluer. Si j'arrêtais d'y penser, peut-être cela passerait-il enfin ?

— Bien. Comment fait-on maintenant ? Je veux dire, tu vas te contenter d'annoncer aux Knights qu'on est ensemble… ?

Il restait aussi immobile qu'une statue, grand, sombre,

et d'une certaine façon, menaçant. Distant, surtout, et c'était bien le plus désagréable.

Apparemment, il ne m'avait pas pardonné mes paroles. Merde. Si notre amitié était brisée, j'en serais l'unique responsable. Ce n'était pas une surprise, je finissais par abîmer ou foirer à peu près tout ce que j'entreprenais.

La panique me serra la gorge à cette pensée atroce. Je ne devais pas penser comme ça ! C'était faux. Certes, il y avait bon nombre de choses dans mon existence qui ne s'étaient pas passées comme prévu, mais c'était la vie. Point final. Une vie de merde, d'accord, mais j'étais loin d'être la seule.

Et puis, j'avais Annie, et Smoke. Mes deux points de repère dans la tourmente. Je ne me laisserais pas prendre ma fille et je ne perdrais pas mon amitié avec Smoke. C'était inenvisageable.

— Donc tu es d'accord pour suivre mon plan ? demanda-t-il.

Comme si j'avais le choix… Je me retins de lever les yeux au ciel.

— Pour Annie, oui.

Il acquiesça lentement de la tête, et j'eus soudain l'impression étrange que je venais d'accepter quelque chose qui me dépassait complètement. Une nouvelle fois, la terreur me prit à la gorge, et je me forçai à la dompter. Qu'y avait-il de mal à jouer la petite amie de Smoke, après tout ?

Brusquement, je revis en pensée une scène entraperçue dans le club, lorsque j'étais venue le chercher pour récupérer Annie. Tous ces hommes et ces femmes en train de faire des choses à la vue de tous… Mon Dieu, quelle horreur !

— Euh… Je… Nous n'aurons pas à faire quoi que ce soit en public, n'est-ce pas ? Parce que, là, c'est clairement non ! Je ne ferai jamais un truc pareil !

Smoke ne fit pas un geste et me répondit d'une voix mécanique, presque désincarnée qui m'agaça au plus haut point.

— Non, rien de tout ça, ne t'inquiète pas.

— D'accord. Dans ce cas…

J'hésitai, ne sachant pas comment continuer. Bon sang ! C'était bien la première fois que je ne savais pas comment m'exprimer avec Smoke ! La boule dans ma gorge grossit encore. Il n'y avait plus de doute. Les choses avaient bel et bien changé entre nous. Je dus me forcer pour achever ma phrase.

— … Est-ce que tout va bien… entre nous ?

— Bien sûr, chaton, tout va bien, me répondit-il finalement.

Seulement, je n'avais pas manqué de remarquer sa propre hésitation. J'eus l'impression qu'un froid glacé coulait sous ma peau. J'ouvris la bouche pour dire quelque chose, mais il s'était déjà détourné. Il avança vers la cour du *Lucky's*, où j'aperçus l'éclat des chromes de sa Harley.

— Viens, reprit-il. Je t'expliquerai mon plan pendant que je te ramène.

8

Smoke

— T'es sérieux, mec ? C'est ça ton plan ?

Tiger était affalé sur le canapé en face de moi, une bière dans une main, un joint dans l'autre, une fille sur les genoux. Elle tirait de petites bouffées sur le joint et arborait un air d'ennui profond. Elle attendait visiblement que nous ayons fini notre conversation pour commencer d'autres activités plus passionnantes.

Malheureusement pour elle, ça risquait de durer encore un moment.

— Oui, c'est ça mon plan. Il ne te plaît pas ?

Je me rencognai dans mon fauteuil et jouai un instant avec un trou du revêtement de cuir. Je n'avais pas l'intention de laisser Tiger m'atteindre par ses sarcasmes. Nous étions installés non loin de la table de billard du club, le coin le plus discret et le plus tranquille pour échanger. Je venais juste d'annoncer ma décision à Tiger et de lui expliquer comment je comptais sauver Cat et Annie des griffes de Justin. De toute évidence, il trouvait mon idée stupide…

— Et à ton avis, qui va croire que tu es vraiment en couple avec Cat ? demanda Tiger en secouant la tête. Tout le monde sait que c'est ton amie.

— Et tout le monde pense aussi que je couche avec elle.

De fait, la plupart de ces machos étaient persuadés que l'amitié entre un homme et une femme était un mythe. À vrai dire, ma propre situation permettait difficilement de prouver le contraire… Tiger leva les mains en l'air en un geste de capitulation.

— C'est vrai.

— Donc ce ne sera une surprise pour personne.

— C'est vrai aussi. En revanche, le fait que tu prennes une compagne officielle risque d'en surprendre plus d'un.

Il n'avait pas tort. Jusqu'à présent, je n'avais jamais voulu m'engager auprès de qui que ce soit. Tiger était comme moi, du reste.

Tout ce dont j'avais besoin, c'était de ma Harley, mon club, quelques parties de sexe et Cat. Évidemment, j'aurais préféré que ce soit Cat qui se charge du sexe, mais on ne pouvait pas tout avoir… À moins que…

Je repensai au baiser que nous avions échangé quelques nuits plus tôt à côté du *Lucky's*. Mauvaise idée… Je devais penser à autre chose parce qu'à chaque fois je me mettais à bander.

Je m'étais comporté comme un con, ce soir-là, pourtant je n'en étais pas désolé du tout. Parce que, si rien d'autre ne se passait entre nous, j'aurais au moins le souvenir de ce baiser. Et pas n'importe quel baiser, bon sang ! Je n'en avais jamais eu de pareil.

Sa bouche avait exactement le goût que j'imaginais, meilleur encore. Douce et suave — un peu comme des framboises et du champagne luxueux. Le goût de Cat. Et j'en voulais bien plus.

Son corps pressé contre le mien était chaud et souple et, lorsque j'avais senti ses seins aux pointes dressées caresser mon torse, j'avais cru mourir de désir. Parce que j'avais eu la confirmation qu'elle aussi me désirait.

Puis elle avait répondu à mon baiser, et j'avais totalement perdu l'esprit. J'avais été tout près de la pousser contre le mur, de baisser son jean et de la prendre d'un seul coup. Heureusement, j'avais réussi à me contenir. Je l'avais écartée de moi après m'être assuré qu'elle comprenait bien à quel point elle avait envie de moi. Son souffle haletant, ses yeux noyés de volupté, son corps tendu vers le mien… Tout en elle traduisait la quête de l'assouvissement. Heureusement, parce que je ne savais pas comment j'aurais réagi si elle avait essayé de prétendre que ce baiser ne signifiait rien.

Certes, je n'avais jamais blessé Cat. Ce qui ne voulait pas dire pour autant que j'étais un type bien. Quoi qu'il en soit, j'avais réussi à me contenir. Je l'avais un peu bousculée pour lui montrer ce qu'elle et moi pouvions faire ensemble… Des étincelles, rien de moins.

— Mec ? Est-ce que tu as vraiment couché avec elle ? Parce qu'à te voir on dirait bien que…

— Non, le coupai-je. Je ne couche pas avec elle.

Pas encore, du moins. Et même si c'était le cas, ça ne regardait pas Tiger. Cela ne regardait que Cat et moi.

— Bien sûr, les autres seront surpris de me voir avec une compagne officielle, repris-je. Ils se diront qu'on a enfin saisi la force de nos sentiments ou une autre connerie de ce genre.

— Oui, sûrement. Et que se passera-t-il si Justin revient prendre la gamine ? Tu es sûr que Keep la protégera ?

— Il m'a dit qu'il le ferait, alors il a intérêt à s'y tenir.

— D'accord. Seulement, il n'a peut-être pas envie de foutre le bordel du côté du chef de la police.

Bon sang, comme je détestais les manœuvres politiques ! C'était un mal nécessaire cependant. Keep avait fait beaucoup d'efforts pour garder le club du bon côté de la loi. Le cas Justin Grant ne ferait que rendre la situation plus difficile. Sauf si, avec un peu de chance, le fait que Cat soit officiellement avec moi tenait cet enfoiré à distance.

— Tu comptes faire quoi exactement ? La ramener ici ? M'étonnerait que ça marche, mec. Elle déteste cet endroit.

— Je sais.

J'y avais réfléchi de mon côté. J'aurais pu insister pour qu'elle vienne s'installer ici avec moi, mais le club n'était pas un endroit pour les enfants. Je n'avais donc qu'une seule option.

— C'est moi qui vais emménager chez elle.

Je n'en avais pas encore parlé à Cat et je n'en avais d'ailleurs pas l'intention. Ces derniers temps, à chaque fois que je lui laissais l'initiative, les problèmes s'enchaînaient. Or, vu la situation, il n'y avait pas le choix. Si on voulait avoir l'air d'un couple, on devait vivre ensemble.

— Elle va encore plus détester ça, s'esclaffa Tiger.

Je haussai les épaules.

— Elle va devoir s'y faire.

— Ouais, je suis sûr qu'elle va devoir *se faire* à un paquet de trucs, dit-il sans cesser de rire.

Je ne relevai pas sa blague stupide. Lui et Cat ne s'étaient jamais entendus. Il pensait qu'elle était psychorigide et maniaque, elle pensait que c'était un crétin immature. Ils n'avaient tort ni l'un ni l'autre. Toutefois, Tiger avait ses propres démons, et son attitude d'abruti faisait partie de l'armure d'indifférence qu'il s'était construite pour se blinder.

— Alors ? Quand comptes-tu annoncer la bonne nouvelle au club ?

Tout en parlant, il glissa la main sous la jupe de la blonde qui se trémoussa.

— À la fête de samedi. J'amènerai Cat.

Elle n'allait pas non plus apprécier cette perspective

puisqu'elle détestait les fêtes en général, et celles du club en particulier. Une chose de plus qu'elle aurait à gérer.

La blonde enfouit le visage dans le cou de Tiger et se pressa contre lui. De toute évidence, notre conversation avait assez duré. Je me levai pour les laisser tranquilles.

— À plus, frérot, j'ai des trucs à préparer pour samedi.

À commencer par trouver un blouson à mon nom pour Cat, afin que tous sachent que ma meilleure amie était désormais ma petite amie et qu'elle était devenue, de ce fait, intouchable.

— J'ai hâte d'y être, lança Tiger dans mon dos. Bonne chance, mec, j'ai l'impression que tu en auras besoin.

Je me détournai pour ne plus voir son sourire stupide… et tombai pile sur le sourire d'une petite brune aux courbes pleines. Merde. Hannah.

Elle et moi avions un accord depuis longtemps. On couchait ensemble sans rien attendre l'un de l'autre. Avec ses longs cheveux noirs et ses traits délicats, il ne fallait pas être fin psychologue pour deviner qui je retrouvais en elle. J'allais la voir à chaque fois que la frustration de ne pas pouvoir toucher Cat devenait insupportable.

Peut-être aurais-je dû me sentir coupable de l'utiliser comme substitut, seulement j'étais prêt à faire ce sacrifice pour ne pas risquer de perdre ma meilleure amie. J'étais un putain d'égoïste… Comme je ne pouvais pas imaginer de vivre sans Cat, j'utilisais Hannah. Parce que je ne supportais pas non plus de ne pas avoir Cat dans mon lit.

Vaste dilemme… Pour ma défense, Cat était la première vers qui je m'étais tourné lorsque les poings de mon père étaient devenus plus durs encore que les murs contre lesquels il me projetait. Elle m'avait réconforté, avait apaisé ma haine, et elle ne m'avait pas jugé après cette nuit où j'avais mis fin aux coups, définitivement.

Ne plus la voir n'était tout simplement pas envisageable.

— Salut, Smoke, me lança Hannah d'un ton aguicheur, je te cherchais justement. Tu ne voudrais pas reprendre là où nous en étions restés la dernière fois ? Je suis libre maintenant, si ça te dit.

En temps normal, j'aurais été tenté — d'autant plus que nous avions été interrompus une semaine plus tôt et que ma queue avait été mise à rude épreuve ces derniers temps. J'étais frustré comme je l'avais rarement été. Seulement, le baiser avec Cat avait tout changé. Désormais, la perspective de coucher avec Hannah n'avait plus aucun attrait pour moi.

Si je pouvais avoir dans mon lit la femme que je désirais vraiment, je n'avais aucune raison d'en mettre une autre à sa place ! Il fallait juste que Cat admette enfin notre attraction mutuelle. Et je ferais tout pour que ce soit le cas.

Ensuite, une fois que je l'aurais prise au piège, je n'avais pas l'intention de la laisser partir.

— Pas maintenant, répondis-je, espérant que Hannah comprendrait le message.

Elle fit la moue et posa la main sur ma braguette pour toucher mon sexe qui, malheureusement, était dur.

— Vraiment ? Au contraire, le moment m'a l'air parfaitement choisi…

Oui, mon érection était impressionnante… parce que je n'arrêtais pas de penser à ce baiser époustouflant. Ma queue avait le plus grand besoin d'attention féminine. Mais pas de celle de Hannah.

— Ce n'est pas pour toi, rétorquai-je en éloignant fermement sa main.

Son sourire disparut, et je crus voir la déception assombrir ses traits avant qu'elle s'écarte en haussant les épaules.

— C'est toi qui y perds.

Soudain, je me sentis vraiment nul. Je n'étais pas

mieux que certains mecs du club qui se moquaient complètement des filles. Bien sûr, celles qui venaient ici savaient où elles mettaient les pieds, mais ce n'était pas une raison pour ignorer totalement leurs sentiments.

— Hannah, attends. Ça n'a rien à voir avec toi, OK ? C'est juste que… je suis avec quelqu'un, maintenant. Donc on ne peut plus continuer comme avant.

Certes, la monogamie n'était pas franchement une valeur célébrée dans le club, seulement je n'étais pas un grand fan des tromperies. Si Cat m'était fidèle — et clairement, je ne supporterais pas qu'elle ne le soit pas — alors je lui serais fidèle, moi aussi.

Une expression de tristesse passa sur le visage de Hannah.

— Merde, Smoke, tu es vraiment un nid à problèmes, tu sais. Tu es sexy et, en plus, tu es un type bien. Ce n'est pas une combinaison courante par ici.

Je ne sus pas quoi répondre, puisqu'elle avait tort. Je n'étais pas un mec bien. Loin de là. Les mecs bien ne tuaient pas leur père.

— Je suis désolé, Hannah.

— Moi aussi.

Ses yeux s'assombrirent, puis elle s'éloigna avant que je trouve quelque chose d'autre à dire.

9

Cat

Je venais de mettre Annie dans son bain lorsque le téléphone sonna. Je la laissai dans la baignoire et traversai le couloir jusqu'à ma chambre pour récupérer le portable dans la poche de mon jean.

Quand je vis qui appelait, je sentis mon cœur manquer un battement. Justin.

Je réfléchis un instant, hésitant à décrocher.

Smoke allait bientôt venir me chercher pour m'emmener à une fête du club au cours de laquelle il officialiserait notre prétendue union. Je n'avais pas encore eu le temps de me préparer et je devais encore sortir Annie de son bain et la mettre au lit avant que la baby-sitter arrive. Je ne me sentais donc pas d'humeur à discuter avec mon ex.

Selon Smoke, il y aurait des enfants au club en début de soirée, il m'avait donc proposé de partir plus tôt et de prendre Annie avec nous. Mais je trouvais ça prématuré. J'avais besoin de voir comment ça se passait là-bas avant d'y emmener ma fille. Il n'avait pas cherché à discuter et s'était débrouillé pour trouver une baby-sitter avant même que j'aborde le sujet.

Maintenant, je regrettais de ne pas avoir choisi l'option

qu'il me proposait. Si j'avais été à cette fête avec Annie et Smoke, je n'aurais pas eu à gérer ce coup de fil.

Mais éviter Justin était lâche. Je le savais. C'est pourquoi j'appuyai sur le bouton vert.

— Salut, qu'est-ce que tu veux ? attaquai-je d'emblée.

— Ne sois pas aussi agressive.

Le ton de Justin était doux et tendre. Dire que j'avais un jour aimé cette voix alors qu'elle n'était que mensonge et tromperie !

— Je voulais juste parler.

Je serrai les dents.

— De quoi ?

— Allons, arrête de faire l'idiote. C'est à propos d'Annie.

— Et ?

— Quoi ? Ton petit ami ne t'a rien dit ?

— Ce n'est pas mon petit ami, lançai-je sans réfléchir avant de me mordre la langue.

Quelle idiote ! C'est justement ce que Smoke était censé être désormais.

— Bien sûr, comme si j'allais te croire…

La voix de Justin s'était soudain chargée d'amertume. Je connaissais ce ton-là. Mon ex-mari n'avait jamais supporté que je sois amie avec Smoke. C'était d'ailleurs le point de départ de la plupart de nos disputes. À plusieurs reprises, il avait exigé que je mette fin à notre relation. Ce que j'avais toujours refusé. Je n'avais pas l'intention d'arrêter de voir Smoke uniquement parce que Justin ne supportait pas que mon meilleur ami soit un homme.

— Qu'est-ce que tu veux, Justin ?

Je passai une main nerveuse dans mes cheveux. Parler avec lui m'épuisait. Sans compter que ces derniers jours avaient été éreintants. J'avais essayé de trouver un autre job pour remplacer celui du *Lucky's*, mais en vain. Malheureusement, l'échéance du loyer arrivait à la fin du mois, dans une semaine, et je n'avais pas d'argent. Enfin, si, je pouvais payer le loyer, mais dans ce cas, on risquait de ne manger que des pâtes pendant un certain temps…

— Je te l'ai dit, c'est à propos d'Annie. Je compte réclamer la garde complète dans les semaines qui arrivent.

Il semblait si content de lui que je sentis la rage m'envahir.

— À moins que tu n'acceptes spontanément de me la confier une bonne fois pour toutes pour qu'on s'épargne le drame du tribunal.

— Pourquoi est-ce que je ferais une chose pareille ? demandai-je en essayant de maîtriser ma colère.

— Oh ! allez, Cat, lança-t-il de sa voix doucereuse.

Cette voix dont j'avais un jour cru qu'elle signifiait qu'il tenait à moi, qu'il m'aimait.

— Être mère célibataire n'est pas simple, reprit-il. Tu as deux jobs, tu es épuisée… Réfléchis-y. Est-ce que c'est vraiment bon pour Annie d'avoir une mère aussi fatiguée tout le temps ? Et cet appartement dans lequel vous vivez… Il n'est pas seulement pourri, il est aussi dangereux pour une enfant. Le mien est grand, sécurisé, et en plus j'ai une piscine ! Tu sais à quel point Annie aime l'eau…

Sa voix, douce et posée, abattait peu à peu mes défenses.

— Si elle était avec moi, tu n'aurais pas tant de souci à te faire. Tu n'aurais pas besoin de travailler autant. Tu n'aurais plus toute cette pression.

Je fermai les yeux, horrifiée de sentir que si je n'y prenais pas garde j'allais éclater en sanglots. Des pleurs de nervosité et d'épuisement.

Justin avait raison. Être mère célibataire était dur, et je m'inquiétais constamment. Je n'avais jamais de temps libre, jamais de répit. Parfois, j'aurais juste rêvé d'avoir dix minutes pendant lesquelles je ne me ferais pas de souci pour Annie. Dix minutes sans me culpabiliser à cause du peu de temps que j'avais à lui consacrer, dix minutes sans me demander comment j'allais trouver l'argent pour la nourrir et l'habiller, ou tout simplement être la mère que j'aurais voulu être pour elle.

— Bien sûr, ça ne voudrait pas dire que tu ne la verrais plus, reprit la voix berçante de Justin. Tu aurais un droit de visite. Tu pourrais même la garder pour la nuit une ou deux fois par semaine, si tu veux. Ce ne serait pas mieux pour toi ? Tu pourrais passer du temps avec elle sans être stressée et fatiguée.

Bon sang ! Il me connaissait bien. Il savait de quoi j'avais peur. Ce qui m'angoissait. Au début de notre relation, j'adorais ça. Avoir près de moi quelqu'un qui devinait si bien mes pensées. Qui m'aimait exactement de la façon dont je voulais être aimée. Puis il avait levé le masque, et j'avais découvert à quel point j'étais stupide de m'être fiée à lui. Justin mentait tout le temps. Il le faisait encore en cet instant.

Je ravalai mes larmes.

— Et si tu t'énerves encore ? demandai-je d'un ton acerbe. Que se passera-t-il ? Tu frapperas Annie comme tu m'as frappée ?

Un silence hostile me répondit.

— Ça n'arrivera pas, lâcha-t-il enfin. Je ne lèverai pas la main sur elle.

Toute chaleur avait quitté sa voix.

— Je connais la chanson. Sur moi non plus, tu ne devais jamais lever la main.

— J'ai appris à gérer mes émotions depuis cette époque, répliqua-t-il sèchement. Cela dit, je n'aurais jamais commencé à te frapper si tu avais arrêté de voir ton connard de biker comme je te demandais de le faire.

Et voilà ! Le vrai Justin était de retour. Le type tyrannique et agressif.

— C'est ta dernière chance, Cat !

— Pourquoi ? demandai-je soudain. Tu n'as jamais voulu la garde d'Annie. Pourquoi la veux-tu maintenant ?

— Parce que c'est *ma* fille, putain ! Je veux récupérer ce qui est à moi, c'est clair ? Alors, tu vas faire ce que je te demande, oui ou non ? Sinon, je vais au tribunal.

J'avais les mâchoires si serrées que j'en avais mal au visage, et mon cœur brûlait de rage, pourtant je m'efforçai de conserver un ton calme.

— Non, je ne te donnerai pas la garde complète. Jamais.

Il émit un clappement de langue méprisant.

— C'est stupide de ta part, ma chérie. On va le faire de la manière forte, puisque c'est ce que tu veux.

Sur ces mots, il coupa l'appel. Bon sang ! Il ne m'avait même pas laissé la satisfaction de lui raccrocher au nez.

J'écartai le portable de mon oreille et contemplai un instant les jointures blanchies de mes doigts serrés sur l'appareil. Quel dommage que je ne puisse pas le balancer contre le mur ! Je n'avais pas les moyens de m'en acheter un neuf. Aussi, je le rangeai sagement dans ma poche et me contentai de pousser à voix basse quelques jurons bien sentis.

Je dus fournir un effort énorme pour retourner dans la salle de bains et m'occuper d'Annie en faisant comme si de rien n'était. J'y parvins cependant, tout en souhaitant intérieurement qu'elle soit trop jeune pour percevoir ma nervosité.

Un quart d'heure plus tard, elle était propre, en pyjama, et je m'apprêtais à lui lire une histoire lorsque la sonnette retentit.

Je m'immobilisai une seconde, traversée par l'idée horrible que c'était Justin qui venait la prendre. Puis je me souvins. La soirée. Soit c'était la baby-sitter, soit c'était Smoke.

Je laissai Annie avec son livre, allai vers la porte et jetai un œil par le judas. Smoke se tenait dans l'entrée, vêtu d'un jean noir et d'un T-shirt de la même teinte qui moulait ses pectoraux. C'était certainement le plus beau spectacle que j'aie eu à contempler de toute la journée. Je défis la chaîne de sécurité et ouvris la porte en me maudissant pour le sourire stupide que j'affichais malgré moi.

— Tu arrives bien tôt. Je ne suis pas encore prête.

Il ne me rendit pas mon sourire comme il l'aurait fait d'ordinaire. En revanche, il me contempla un moment de ce regard intense qui me mettait en émoi.

— J'ai pensé que je pouvais passer pour déposer quelques affaires.

— Quelles affaires ? demandai-je en remarquant enfin le sac qu'il avait jeté sur une épaule. Pour quoi faire ?

— Qu'est-ce que tu crois ? Je m'installe ici.

Je restai muette de stupéfaction. Je voulus dire quelque chose, n'importe quoi, mais au même instant Annie déboula dans le couloir en hurlant « Smoke » de toutes ses forces.

Aussitôt, le regard brûlant qu'il posait sur moi s'évanouit, et il passa devant moi en arborant un sourire éclatant.

— Salut, ma puce ! lança-t-il en ouvrant grands les bras.

Je refermai la porte d'entrée et m'y appuyai, toujours sous le choc. Les voir ainsi tous les deux, toujours si complices, ne fit qu'accentuer mon trouble. Smoke avait gardé son sourire pour Annie, et cela m'allait très bien. Après tout, je n'aurais jamais dû lui dire qu'il n'était pas son père et qu'il n'avait pas son mot à dire. L'affection qu'ils avaient l'un pour l'autre était bien la preuve de la stupidité de mon propos. Les voir ainsi ensemble juste après l'appel de Justin aggrava encore mon malaise.

Smoke porta Annie dans le couloir.

— Est-ce que j'ai le droit de te lire ton histoire ou tu préfères que ce soit ta maman, ma puce ?

— Toi ! s'écria-t-elle, aux anges.

Puis elle examina son sac avec curiosité.

— C'est quoi, ça ?

— Ça ? Oh ! juste une licorne. Elle était trop grosse pour que je la porte dans mes bras, alors je l'ai rangée dans le sac.

Annie éclata de rire.

— Tu racontes des bêtises !

— Tu as raison. Ce sont juste des trucs ennuyeux, comme des habits.

— J'adore les habits !

— Ceux-là ne sont pas pour toi, ma puce. Ils sont pour moi. Je vais rester un peu ici.

À ces mots, je vis le visage d'Annie s'illuminer de joie avant qu'ils disparaissent tous deux au coin du couloir.

Peu à peu, mon cerveau analysa les conséquences de ce qu'il venait de m'annoncer. Smoke allait rester quelque temps. Jamais il n'avait parlé de s'installer chez moi quand il m'avait exposé son plan devant le *Lucky's*. Il avait juste parlé de cette soirée.

Une vague de panique me coupa le souffle, sans que j'en comprenne précisément les raisons. Le fait qu'il s'impose sans prévenir aurait seulement dû m'agacer, pourtant savoir qu'il allait être si proche de moi pendant quelque temps me troublait profondément. Je me contentai de l'ignorer et entrai dans ma chambre pour me préparer. Il serait avec Annie pour un moment, autant en profiter. Je lui parlerais de cette histoire d'emménagement dès qu'elle serait endormie.

J'ouvris mon placard et fis la grimace devant l'absence de vêtements adaptés à une fête. De toute façon, qu'étais-je censée porter à une soirée de bikers ? Le soir où j'étais partie à la recherche de Smoke, aucune des femmes que j'avais vues là-bas n'était à proprement parler habillée. Pour ma part, il était hors de question que j'y aille quasiment nue !

Je sortis frénétiquement quelques affaires et les déposai sur le lit. J'écartai ma petite robe noire — trop habillée — et ma minijupe en jean — trop sexy. Il ne restait plus que la jupe crayon noire que je portais parfois pour aller travailler au call center, même si elle me semblait un peu… stricte.

Soudain, je revis ma mère qui passait des heures à se préparer quand mon père se décidait à l'emmener à son club. Je refusais de me conduire comme elle. Quelle importance, de toute façon ? Je n'allais pas à un défilé de mode.

Les rares fois où il acceptait qu'elle l'accompagne, ma mère y voyait un signe, comme si cela signifiait qu'elle allait enfin être reconnue comme sa compagne. Elle mettait les quelques rares vêtements de marque qui lui restaient de sa vie d'avant et se faisait belle.

Évidemment, cela ne changeait rien au comportement de mon père. Elle rentrait toujours de ces soirées seule et malheureuse.

Moi qui avais toujours cru que je ne finirais pas comme elle, voilà que je me retrouvais quasiment dans la même situation : mère célibataire, fauchée et en quête d'une tenue correcte pour me rendre à une soirée de bikers. Les deux seules choses qui me différenciaient encore d'elle, c'est que je n'étais ni droguée ni amoureuse.

— Tu es prête ?

Je sursautai violemment au son de la voix grave de Smoke. Il était appuyé contre le cadran de la porte, les bras croisés. Il n'y avait plus aucune trace du sourire qu'il avait adressé à ma fille. Son regard troublant, lui, était de retour, et je sentis mon souffle se bloquer dans ma gorge.

Mal à l'aise, je baissai les yeux sur les tatouages de ses biceps. Fascinée par ce spectacle, je sentis mon visage s'embraser. C'était la première fois que j'étais gênée face à lui. La bouche sèche, je détournai hâtivement les yeux vers les vêtements étalés sur le lit.

— Non, de toute évidence, je ne suis pas prête, soupirai-je en prenant le jean noir moulant qui me semblait être la meilleure solution. Annie s'est endormie vite…

— Elle était fatiguée. Elle m'a dit que tu t'étais énervée au téléphone juste avant que j'arrive.

Bon sang ! Cette enfant avait des oreilles hors du commun !

— Quelqu'un au travail, marmonnai-je.

Je ne savais pas pourquoi je préférais ne pas lui parler de Justin. Peut-être parce que mon ex m'avait fait me sentir affreusement impuissante et que je ne voulais pas que Smoke sache à quel point cela m'affectait.

— Annie prétend que tu parlais d'elle.

Piégée… J'expirai brusquement avant de lisser le dessus-de-lit dans un geste machinal.

— C'était Justin. Il essayait de me convaincre de lui laisser la garde d'Annie.

Je ne savais pas qu'il s'était approché jusqu'à ce que je sente sa chaleur dans mon dos. Il prit mon visage dans sa main et le tourna vers lui. Ses yeux noirs me transperçaient.

— Et que lui as-tu répondu ?

— À ton avis ? Je lui ai dit non, bien sûr.

Il dut entendre la vulnérabilité dans ma voix, car son regard s'adoucit.

— Qu'a-t-il dit d'autre, Cat ?

Son pouce glissa doucement le long de ma mâchoire, disséminant des étincelles de plaisir sur ma peau. Je me raidis pour ne plus rien ressentir.

— Il parlait comme si… Comme si c'était une bonne chose pour Annie, expliquai-je d'une voix altérée. Il a dit que ce serait mieux pour elle si sa mère ne travaillait pas tout le temps, si je n'étais pas sans cesse épuisée. Il a dit que son appartement était sécurisé, qu'il avait une piscine, et… Et tu sais comme elle aime nager…

Ma voix se brisa, et je sentis les larmes gonfler mes paupières. J'essayai de les retenir pour que Smoke ne devine pas combien les paroles de Justin m'avaient perturbée.

Cependant, il ne lâcha pas mon regard.

— Il n'y a pas de meilleur endroit pour Annie qu'ici, près de toi. Elle n'a pas besoin d'une piscine. Elle a besoin d'amour, et tu le lui donnes mieux que personne.

Mon cœur se serra.

— Je ne sais pas… Je ne sais plus, soufflai-je. Parfois je ne peux pas m'empêcher de penser qu'elle serait mieux là-bas. Il a de l'argent, et…

— Chut. Cet abruti n'a rien de bon à offrir à Annie. Si c'était un père digne de ce nom, il ferait déjà partie de sa vie, or ce n'est pas le cas. Et s'il avait été un mari digne de ce nom, il ne t'aurait jamais frappée. Ce qu'il a fait. Donc il peut aller se faire foutre avec ses conseils.

J'ouvris la bouche pour lui dire à quel point j'avais besoin de l'entendre, mais il posa le pouce sur mes lèvres et pressa doucement.

— Ne t'en fais pas, chaton. Tu ne dois plus t'inquiéter, surtout pas à propos de l'argent. Je suis là, maintenant, et je vais t'aider.

Je fermai les yeux, partagée entre le soulagement et l'amertume. Bien sûr, je n'étais pas d'accord avec le fait que Smoke prenne en charge mes factures, mais pour une raison inconnue mon cerveau semblait incapable de fonctionner correctement.

Je ne pus réprimer le délicieux frisson qui courut sous ma peau lorsque son pouce appuya plus fort contre ma bouche. Je vis dans son regard une flamme sombre s'allumer et, l'espace d'une seconde, j'eus terriblement envie d'entrouvrir les lèvres pour prendre son doigt dans ma bouche, le lécher, le mordiller.

Peut-être lut-il mon désir, car j'aperçus l'ombre d'un sourire carnassier sur sa bouche.

— Ta jupe crayon noire, ton chemisier vert, tes talons noirs. Et des bas.

Il me lâcha.

— Va te préparer. La baby-sitter sera bientôt là.

10

Smoke

La soirée était déjà bien lancée lorsque Cat et moi rejoignîmes le club. Ce soir, nous recevions un autre club, les Démons, ils étaient moins nombreux mais c'étaient de fidèles alliés. Voilà pourquoi nous avions fait les choses en grand — les Knights aimaient toujours faire leur show.

À l'extérieur, les rangées de motos luisaient doucement dans la nuit. Les membres qui avaient été assignés à leur surveillance discutaient dehors avec une bande de filles qui essayaient d'entrer.

J'aidai Cat à descendre de ma Harley et m'humectai nerveusement les lèvres lorsqu'elle lissa sensuellement le tissu de sa jupe qui était remontée sur ses cuisses pendant le trajet.

Elle s'était habillée exactement comme je le lui avais conseillé et elle était incroyablement sexy — plus encore que je ne l'avais imaginé. La jupe moulait ses fesses à la perfection, et son chemisier vert était assez transparent pour laisser deviner le soutien-gorge noir qu'elle portait en dessous. Et puis, cette couleur rappelait celle, incroyable, de ses yeux.

On aurait dit une secrétaire à la fois distinguée et

tentatrice. Elle avait même attaché ses cheveux en un chignon lâche, et je mourais d'envie de passer les doigts dedans pour en arracher les épingles.

Il ne manquait plus que ma marque sur elle pour que tous sachent qu'elle était mienne. Je réglerais ce problème une fois à l'intérieur. Mon plan consistait à la présenter comme ma compagne officielle devant tout le club afin que plus personne n'ait de doute à ce sujet. Alors, elle serait avec moi, pour de bon.

Une satisfaction intense m'emplit à cette idée, aussitôt suivie d'une vague de désir si puissante que j'en eus mal. Ce soir, la soif que j'avais d'elle serait enfin apaisée, lorsque je savourerais chaque parcelle de son corps parfait.

Cat lança un regard inquiet vers l'entrée. Sa nervosité ne me dérangeait pas. Je préférais largement ça à la fragilité désespérée que j'avais vue sur son visage tout à l'heure. Je détestais l'angoisse qui assombrissait son regard tandis qu'elle me racontait ce que son manipulateur d'ex lui avait dit.

Ce type était vraiment un enfoiré d'oser instiller ainsi le doute en elle en utilisant son fric et son pouvoir. J'aurais voulu l'étrangler de mes propres mains. Avec un peu de chance, quand il viendrait chercher Annie avec son soi-disant ordre de la cour, j'en aurais peut-être l'occasion.

— Tout va bien se passer, murmurai-je pour la rassurer. Ils n'ont rien à voir avec le club de ton père, OK ?

Les Knights prenaient soin les uns des autres. Et de toute façon, qu'ils le fassent ou non avec elle et Annie, c'est moi qui m'en chargerais.

— Merci, *Dane*, répliqua-t-elle d'un ton grinçant, piquée que j'aie noté sa nervosité. Il suffisait de le dire !

— Fais attention, Cat, je peux très bien t'appeler « chaton » devant tout le monde là-dedans, et tu seras coincée avec ce surnom pour le restant de tes jours. Tu sais comme ils les aiment…

Elle leva les yeux au ciel, mais son sourire réapparut et, l'espace d'un instant, c'était comme si notre vieille amitié reprenait ses droits. Puis je me rappelai la saveur de sa bouche et tout ce qu'il me restait encore à découvrir de ses merveilles. Non, son amitié ne suffisait plus désormais. Je voulais beaucoup plus.

D'un geste sûr, je lui pris la main et enlaçai les doigts aux siens.

— Prête ?

— Autant que possible, j'imagine.

Alors nous avançâmes sous les yeux écarquillés et envieux des filles qui attendaient l'autorisation d'entrer. Les membres me saluèrent d'un signe de tête et nous firent signe d'avancer. Sur notre passage, je sentis les regards appréciateurs qu'ils lançaient à Cat et je me raidis. Il était temps qu'elle arbore ma marque. Je leur jetai mon regard le plus féroce, et ils détournèrent hâtivement les yeux.

À l'intérieur, il y avait beaucoup de monde. Plusieurs personnes m'appelèrent, mais je ne m'arrêtai pas. Je continuai en direction du couloir qui menait dans la cour. C'était là-bas qu'il y avait toujours le plus d'ambiance en soirée. Keep y serait, et je souhaitais qu'il assiste à toute la scène. J'avais des fourmis dans les paumes tant il me tardait d'enfiler à Cat le blouson marqué de mon nom.

Au milieu de la cour flambait le traditionnel feu de bois. Des groupes buvaient et discutaient tout autour, certains dansaient au son des baffles. L'odeur de cigarette et d'herbe envahissait l'atmosphère, mêlée à celle du feu.

C'étaient ces petits détails que j'aimais tant dans le club. Mon foyer. L'amitié. Les gens qui vous soutenaient et prenaient votre parti, au péril de leurs vies. J'aimais ce sentiment d'appartenir à une vraie famille. Ce que je n'avais jamais eu étant enfant.

Désormais, Cat aussi pourrait appartenir à cet univers chaleureux.

Je la conduisis à travers la foule vers Keep. Il parlait à Big Red, notre vice-président, et à Chase, le président des Démons.

Tout autour, je sentis que les regards se concentraient peu à peu sur nous deux.

— Je te l'avais bien dit, lança quelqu'un.

J'ignorai tout le monde et croisai le regard de Keep en approchant. Je serrai plus fort la main de Cat.

Il leva légèrement les sourcils, puis son regard passa de Cat à moi.

— Qu'est-ce que c'est que ce bordel ? lança-t-il en guise de salut.

Je sentis Cat se raidir à côté de moi et je passai le pouce sur sa main en un geste d'apaisement. Elle avait déjà rencontré Keep deux ou trois fois, mais seulement en coup de vent.

— Exactement ce que tu crois, rétorquai-je.

Keep ne me lâcha pas un instant du regard tandis qu'il s'adressait à Red.

— Pourquoi tu ne demanderais pas à Leanne d'emmener Cat boire un verre ? lui dit-il. J'ai deux mots à dire à Smoke.

Leanne était la compagne de Red, et le fait qu'il lui confie Cat prouvait qu'il ne la considérait pas comme une fille de passage. Cependant, l'expression de son visage était tout sauf amicale. Heureusement, c'est à moi qu'elle était adressée. Et je pouvais le gérer.

Keep était certes mon président, et mon oncle, pourtant je ne comptais pas le laisser me dicter ma conduite. Il n'appréciait peut-être pas mon choix, mais il allait devoir s'y faire.

— Smoke…, commença Cat, qui s'inquiétait visiblement de la tournure que prenaient les événements.

— Ne t'inquiète pas, tout va bien. Je te retrouve dans une minute.

Je plongeai mon regard dans ses yeux verts et plaçai ma paume sur sa joue. Autant tirer avantage de la situation pour la toucher. J'étais certain qu'elle ne voulait pas s'éloigner, pourtant quand Leanne arriva elle la suivit sans discuter.

— Alors… Ça te dérangerait de m'expliquer ce qu'elle fout là ? attaqua Keep de la voix parfaitement calme qu'il utilisait quand son interlocuteur était en mauvaise posture.

Soudain, tous ceux qui étaient autour de nous trouvèrent une raison de partir au plus vite, si bien qu'en quelques secondes Keep et moi nous retrouvâmes isolés.

Je ne baissai pas le regard. Je savais avant de venir qu'il serait furieux. D'ailleurs, je m'en moquais, je n'allais pas reculer quand il s'agissait de la sécurité de Cat et Annie. J'aurais fait n'importe quoi pour les protéger et les garder près de moi. N'importe quoi.

— Tu sais très bien ce qu'elle fait ici. Je suis venu la présenter comme ma compagne.

— Ça a un rapport avec notre discussion de l'autre jour ?

Inutile de nier.

— Oui.

Son expression n'avait pas changé — comme moi, il savait garder ses sentiments pour lui. Seuls ses yeux durcirent davantage.

— Alors tu as l'intention de mettre en danger tout ce qu'on a construit — tout ce que *j'ai* construit — pour sauver ton amie ?

Il avait parlé sur le ton du constat, comme s'il s'agissait d'un simple détail. En général, c'était le signe que la personne en face de lui allait avoir de sérieux problèmes.

— Pas juste pour elle. Il s'agit aussi de la gamine,

Keep. Elle a six ans. Tu veux vraiment qu'elle retourne vivre avec un père violent ?

C'était un coup bas, car je faisais allusion à tout autre chose qu'à Annie ou Cat, et Keep le savait. Je le ramenais des années en arrière, à l'époque où tout le monde savait que mon père nous frappait, ma mère et moi. Pourtant, personne n'avait rien fait. Jusqu'à ce que je me décide à agir. Trop tard, hélas, ce jour où il avait frappé si fort qu'il avait envoyé ma mère à l'hôpital. Elle n'en était jamais revenue.

J'avais été le seul à le mettre hors d'état de nuire.

— À moins que tu estimes que ce n'est pas notre problème ? insistai-je.

Il se redressa et croisa les bras. Alors je sus que j'avais réussi à l'atteindre.

— Merde, Smoke. Tu fais semblant d'être en couple avec elle, c'est parfaitement clair. Je n'ai jamais cru qu'il se passait quoi que ce soit entre vous, malgré ce que racontaient les autres.

J'avançai jusqu'à me tenir juste devant lui. Et je le regardai droit dans les yeux. Un défi clair et direct. Parfois, c'était le meilleur moyen de gérer les choses avec Keep.

— Elle est à moi. Elle l'a toujours été et le restera toujours.

Le regard de Keep vacilla une seconde.

— Et si elle met les Knights en danger à cause de son ex ?

— Tu peux aller parler au chef de la police. Lui dire de contrôler son connard de fils.

— Oui, je peux. Et ça abîmera définitivement notre relation avec les flics, tu le sais.

— Nous pourrons le gérer.

Après tout, nous avions surmonté nombre d'autres difficultés qui s'étaient posées au fil des ans.

— À moins que tu penses que nous ne sommes pas assez solides, ajoutai-je pour le défier.

Keep laissa échapper un petit rire.

— Bon sang, gamin ! Je savais que tu me créerais des ennuis, un jour ou l'autre.

Je ne le contredis pas.

— Je vais la faire admettre dans le club, Keep, que cela te plaise ou non.

Mon oncle me contempla pendant une minute qui me parut atrocement longue.

— Pour info, non, ça ne me plaît pas. Et si les choses dégénèrent, on saura tous de qui ça vient, c'est clair ?

— Très clair.

— Je te fais une faveur, Smoke. Tu m'en devras une, compris ?

Je n'aimais pas du tout cette idée, mais que pouvais-je faire d'autre qu'accepter ?

— Compris.

Keep poussa un long soupir.

— OK. Alors, vas-y, annonce votre relation. Ensuite, je ne veux plus vous voir ni l'un ni l'autre pendant plusieurs jours !

Je retins un éclat de rire. Cela ne risquait pas de poser beaucoup de problèmes. Cat n'avait aucune envie de passer du temps au club. Et, si tout se déroulait comme je le voulais, je ne comptais pas la laisser sortir de la chambre avant au moins une semaine.

En attendant, j'allais lui offrir ce satané blouson. Enfin !

11

Cat

Je n'avais pas beaucoup apprécié le fait d'être mise à l'écart comme une gamine, sous la garde de Leanne. Je détestais vraiment la mentalité machiste des motards. Ils mettaient les femmes de côté pour discuter entre hommes des sujets importants. Pendant ce temps-là, nous, pauvres petites choses fragiles, nous n'avions à nous préoccuper que de nos coupes de cheveux et de nos tenues. Désespérant.

Quand je fis part de mon exaspération à Leanne, elle acquiesça vigoureusement.

— C'est juste une bande de crétins, déclara-t-elle en me tendant une bière fraîche. Des vrais gamins. Toujours en train de jouer à celui qui a la plus grosse, au sens propre du terme parfois. Contente-toi de les ignorer. J'y arrive bien, moi.

— Je vais essayer, maugréai-je.

Je sirotai ma bière, sans détourner mon attention des deux hommes qui discutaient près du feu.

Keep était à peine moins grand que Smoke, mais d'une carrure encore plus impressionnante. Ses biceps auraient fait pâlir d'envie Superman. Une impression de violence contenue se dégageait de lui, une menace latente qui me filait la chair de poule. Pourtant, c'était un bel homme aux cheveux bruns et aux yeux bleus. Son charisme était indéniable. Il avait clairement un air de famille avec Smoke.

Seulement, je n'aimais pas son expression agressive qui me rappelait un peu trop celle du père de Smoke. Ou celle de Justin. Des hommes qui ne savaient pas se contrôler et préféraient taper.

Smoke se tenait juste devant son oncle, tête haute, et je sentis mon cœur accélérer. Était-il en train de mettre en jeu sa place au sein du club, juste pour nous protéger, Annie et moi ? J'aurais voulu protester, l'en empêcher. Je savais ce que les Knights représentaient pour lui. Même si je ne les aimais pas, je respectais le fait que cela comptait pour lui. Je ne voulais pas qu'il quitte son club par ma faute.

Leanne s'apprêtait à me parler lorsque Big Red arriva dans son dos et l'enlaça pour lui chuchoter quelque chose à l'oreille. Elle rit et essaya de lutter en me lançant un regard d'excuse lorsqu'il l'entraîna à l'intérieur. Ils disparurent, et je me retrouvai seule, au beau milieu d'une foule de bikers tatoués. Les autres femmes portaient toutes des minijupes et des hauts très moulants. Merde ! Je n'aimais pas du tout ça…

Près du feu, Smoke tourna les talons, et Keep le suivit du regard. Pourvu que tout se soit bien passé.

Je sursautai en entendant un rire strident. Juste à côté, une fille éclatait de rire parce qu'un biker venait de la saisir dans ses bras et glissait la main sous son T-shirt. Génial ! Les jeux de mains commençaient déjà.

— Salut, ma belle.

Des paumes se posèrent sur mes hanches et, avant même d'avoir pu réagir, je me retrouvai contre le cuir d'un blouson.

— On dirait bien que l'atmosphère est en train de

s'échauffer, hein ? Tu as sans doute besoin que je te rafraîchisse un peu ?

Lorsqu'une main glissa vers mon sein, je retrouvai mes esprits et me dégageai brutalement.

— Fous-moi la paix !

Je fis volte-face et découvris un type costaud avec une barbe noire qui me matait sans vergogne. D'après son blouson, ce n'était pas un Knight.

— Ce n'est pas des façons de traiter un mec, espèce de salope, dit-il d'un ton énervé. Tu n'as pas la marque d'un frère sur toi, alors je me demande bien pourquoi tu m'envoies balader comme ça.

Je sentis la panique me gagner.

— Je suis avec Smoke, déclarai-je aussi calmement que possible. Et il sera hors de lui si tu poses encore une fois la main sur moi.

— C'est ça. Et tu ne portes pas son blouson, ce qui signifie…

— Ce qui signifie qu'elle est avec Smoke, mec.

La silhouette impressionnante de Tiger venait juste de se matérialiser entre moi et Barbe Noire.

— Alors pourquoi tu n'irais pas te trouver une autre gentille fille avec qui jouer ?

L'armoire à glace se mit à râler et sur un dernier regard noir s'enfonça dans la foule. Le soulagement me fit vaciller, et je m'agrippai à la table juste derrière moi.

— Merci, Tiger, soufflai-je.

Il tourna vers moi ses étranges yeux dorés.

— Qu'est-ce qu'il fout, Smoke, à te laisser comme ça toute seule ?

— Leanne était avec moi, mais Big Red est venu la chercher. Je viens de voir Smoke rentrer dans le club, il est sans doute à ma recherche.

— Je vais rester avec toi en attendant. Au cas où un autre de ces gros lourdauds viendrait t'emmerder.

Sur ces mots, il leva sa bière et en avala une longue gorgée, sans jamais détacher de moi son regard méfiant.

J'aurais voulu lui dire qu'il n'avait pas besoin de me surveiller, ce qui aurait été parfaitement stupide. Aussi, je gardai le silence en observant les bikers rassemblés autour du feu.

Certains couples semblaient déjà bien échauffés, et je sentis mes joues s'enflammer à ce spectacle. Je détournai les yeux en hâte. J'aurais voulu être n'importe où plutôt qu'ici. À côté de moi, Tiger ne disait rien, ce qui ne faisait qu'accroître ma gêne.

La situation devenait intenable, et j'étais sur le point d'annoncer que je voulais aller à l'intérieur lorsque je sentis un bras glisser autour de ma taille. Cette fois, le contact était familier, et je frissonnai de plaisir lorsque mon dos se pressa contre les muscles durs de Smoke. Je m'appuyai contre lui, infiniment soulagée.

— Tout va bien, chaton ? murmura-t-il à mon oreille.

— Oui. Ça va.

Je me retins d'appuyer la tête contre sa poitrine.

— Tu n'aurais pas dû la laisser seule, mec, intervint Tiger. Il y avait déjà un Démon qui la branchait.

Le bras de Smoke se raidit autour de ma taille. Je fermai les yeux pour savourer sa chaleur et cette odeur sombre et sensuelle qui émanait de lui.

— Leanne était censée rester avec elle.

— Ouais, eh bien Red avait d'autres plans pour Leanne, grommela Tiger.

— Ça va, répétai-je, agacée qu'ils parlent de moi comme si je n'étais même pas présente. Tiger a veillé sur moi.

Un éclair de surprise traversa le regard de Tiger comme s'il ne s'attendait pas à ça. Bon, certes, je ne l'appréciais pas particulièrement et ne le lui avais jamais caché, mais ça ne m'empêchait pas de reconnaître quand il se montrait sympa.

— Merci, mon pote, je t'en dois une, déclara Smoke.

— En attendant, tu ferais bien de te bouger et d'officialiser les choses. J'ai d'autres trucs à faire que du baby-sitting.

Smoke desserra son étreinte avant de prendre ma main.

— Viens. Il est temps de te présenter au club.

Je sentis ma gorge se serrer. Je ne savais pas exactement ce qui se préparait mais, quoi que ce soit, Smoke prévoyait de le faire devant tout le monde. J'essayai de me calmer tandis qu'il m'entraînait vers le feu. Sur notre passage, les gens se retournaient, et je me sentis ridiculement trop habillée avec ma jupe et mon chemisier. Aucune autre femme n'était autant couverte. Comme nous approchions du feu, les battements de mon cœur s'accélérèrent.

— Silence tout le monde ! tonna la voix de Keep qui se tenait de l'autre côté du foyer et nous regardait arriver. Fermez-la un peu et écoutez ce que Smoke a à vous dire.

Étrangement, tous se turent en quelques secondes et tournèrent leurs regards vers nous. Les doigts de Smoke se mêlèrent aux miens. Pourtant, malgré son étreinte rassurante, je n'avais qu'une envie : partir en courant.

— Pour tous ceux qui avaient lancé des paris sur Cat et moi, il est temps d'encaisser ou de payer ce que vous devez.

La voix de Smoke était forte, sourde, et il y avait une indéniable note de triomphe en elle. Je le vis lever sa main libre et je découvris le blouson de cuir qu'il tenait. Sur le dos, une inscription s'étalait en toutes lettres :

Propriété de Smoke — Club des Knights.

Autour de nous, les applaudissements et les hourras éclatèrent. Beaucoup levaient les poings vers le ciel, d'autres hurlaient des encouragements, souvent scabreux.

J'étais trop troublée pour réfléchir. Tout ce que je

pouvais faire, c'était contempler les reflets des flammes qui jouaient sur le visage de Smoke et me le rendaient presque étranger. Ses yeux étaient aussi noirs que la nuit au-dessus de nos têtes, et un large sourire éclairait ses traits. Mais ce n'était pas le sourire amical et joyeux que je connaissais, celui-ci était différent… dangereux, prédateur…

Il me lâcha la main et tendit la veste vers moi, sans pour autant s'approcher. Il attendait que je le rejoigne et l'enfile.

Les cris augmentèrent encore, et je sentis mes jambes bouger mécaniquement. J'avais l'impression que j'allais tomber à chaque pas. Le sang rugissait à mes oreilles, et j'avais la gorge sèche.

Ça n'avait aucun sens. J'aurais dû être calme et détendue, ce n'était qu'une mise en scène. Alors pourquoi est-ce que je réagissais si violemment ?

Arrivée devant Smoke, je me tournai pour lui présenter mon dos, les bras tendus en arrière. Il m'enfila le blouson, et le poids du cuir me réchauffa instantanément.

Autour de moi, le vacarme était devenu assourdissant. Je n'arrivais plus à respirer. J'étais en train de vivre ce que ma mère avait passé sa vie à attendre. Et je l'obtenais. Je faisais partie d'un club, alors que c'était la dernière chose au monde que je souhaitais.

Smoke posa les mains sur mes épaules et me tourna vers lui. Le sourire inconnu avait disparu. Il me regardait simplement avec intensité, exactement de la même manière que l'autre soir, devant le *Lucky's*, juste avant de m'embrasser.

Aussitôt, mon pouls s'accéléra. Il leva la main pour la poser à l'arrière de ma tête et m'attira vers lui. J'aurais voulu me dégager, prendre un peu de temps pour affronter ce déferlement d'émotions. Mais sa bouche était déjà sur la mienne, et je me sentis bouleversée.

Ses lèvres étaient chaudes et possessives. Et cette fois, il ne se montra ni doux ni patient. Sa langue pénétra ma bouche avec une exigence affamée, et je le laissai prendre ce qu'il demandait, incapable de résister à la puissance de son attraction.

Je n'entendais même plus les cris des autres, jusqu'à ce qu'il mette un terme à notre baiser. Quand il releva la tête, son visage exprimait le triomphe absolu, la satisfaction la plus pure. Jamais encore je ne l'avais vu rayonner ainsi, pas même le jour où il avait ramené sa Harley pour me la montrer.

Sa main redescendit se poser sur ma taille, et il me serra contre lui. Je déglutis avec difficulté avant de lâcher d'une voix rauque :

— Et maintenant ?

Les gens se rassemblèrent autour de nous, envoyant de grandes tapes dans le dos de Smoke et le félicitant. Tous me sourirent chaleureusement.

— Maintenant, nous profitons de la fête, me répondit-il.

— Je ne pourrais pas plutôt rentrer à la maison ?

— Non. Tu veux que ça ait l'air vrai ? Alors, on reste et on leur montre. Sauf si tu préfères aller directement dans ma chambre ?

Ses yeux brillaient d'une lueur dangereuse, et mon ventre se serra brusquement tandis qu'un courant électrique me traversait. Il plaisantait, bien sûr, mais ses yeux…

Je préférai détourner le regard.

— Euh… Non, c'est bon. On reste.

Les basses grondaient toujours plus fort, et la soirée s'enflammait, comme si l'annonce de Smoke avait donné le signal que la fête pouvait dégénérer en orgie.

J'aperçus dans la foule Tiger, qui était avec quelques gars réunis autour d'une petite brune. Elle portait une minijupe et un top qui volait autour d'elle à chacun de ses mouvements.

Je la vis se mettre à danser tout contre Tiger, les hanches ondulantes. Je fronçai les sourcils. Elle me semblait familière. Soudain, Tiger lui dit quelque chose à l'oreille, et elle rejeta la tête en riant avant de l'entraîner un peu à l'écart. Intriguée, je la regardais toujours lorsqu'elle se mit à genoux devant lui pour lui ouvrir sa braguette. OK ! Maintenant je la reconnaissais. C'était la femme qui… s'occupait de Smoke quand je l'avais surpris dans le couloir.

Mon regard vint instinctivement se poser sur le visage de Smoke. Son attitude était toujours détendue, et il ne changea pas d'expression tandis qu'il regardait le spectacle que Tiger et la fille offraient à la vue de tous. Je fouillai ses traits à la recherche d'un signe de jalousie, mais je n'en vis aucun.

Comme s'il avait suivi le cheminement de ma pensée, il prit la parole sans même me regarder :

— Ce n'était rien d'important, Cat. Ça ne signifiait rien du tout.

— Je n'étais pas… Je veux dire, je ne…

Je fus incapable de finir ma phrase.

— Tu es jalouse ?

Je sentis mes joues s'enflammer.

— Non ! Ne sois pas stupide !

Je reportai les yeux sur le feu, mais ils revinrent d'eux-mêmes sur Tiger et la fille. Je n'aurais pas dû regarder ce spectacle, j'aurais dû être écœurée par cette exhibition. Et pourtant, j'étais incapable de détourner le regard.

Sur ma taille, je sentis la main de Smoke remonter, passer sur mon ventre, puis venir prendre mon sein en coupe. Au lieu de m'écarter, je devins parfaitement immobile, et le souffle me manqua.

Mon chemisier était très fin, et sa main me brûlait

comme s'il avait appliqué un tison à même ma peau. Puis son pouce passa sur la pointe érigée. Le contact m'électrisa, et je manquai gémir. Il commença à dessiner des cercles autour de la pointe douloureuse. Je frissonnai violemment, incapable de me contenir.

— Qu'est-ce que tu fais ? demandai-je d'une voix rauque.

Il ne bougea pas.

— Je fais en sorte que notre couple ait l'air vrai.

Ma bouche était tellement sèche que je ne pouvais plus parler. Je n'entendais rien d'autre que le bruit assourdissant des battements de mon cœur. Et une tension insoutenable prenait naissance entre mes cuisses.

Là-bas, Tiger se débarrassa de sa bouteille de bière vide pour enfouir les deux mains dans les cheveux de la brune et bouger plus vite les hanches.

J'aurais voulu supplier Smoke d'arrêter sa délicieuse torture. Je ne comprenais même pas pourquoi j'en étais incapable. Ça n'aurait jamais dû arriver, c'était mal. Il n'aurait pas dû me toucher ainsi, et surtout je n'aurais pas dû en retirer un plaisir aussi insupportable.

Cependant, c'était exactement ce qui se passait. Son pouce continuait ses lents va-et-vient qui me faisaient trembler de volupté.

Il mentait. Personne ne pouvait voir sa main dans l'ombre, cachée sous le blouson. Ses caresses n'étaient pas pour les autres. Alors qu'est-ce qui lui prenait ?

Brusquement, l'habituelle panique glacée m'étreignit la poitrine. Alors, avec une violence involontaire, je me dégageai et me lançai à l'aveuglette dans la foule. J'entendis qu'il criait mon nom, mais je ne réagis pas.

Je n'avais aucune idée de l'endroit vers lequel je me dirigeais. Je savais seulement que je devais échapper aux sensations qui m'avaient envahie. Loin du spectacle de

Tiger et de la fille. Surtout, loin de Smoke et de ce désir brutal qui m'avait serré la gorge et enflammé les reins.

L'intérieur du club était bondé, et je continuais à marcher sans regarder personne. Je voulais seulement trouver un coin tranquille où me ressaisir.

Ce n'est que lorsque je remarquai l'obscurité et ma soudaine solitude que je pris conscience que j'avais marché jusqu'au fond du club, où se trouvaient les chambres et les bureaux. Je m'arrêtai brusquement. De derrière les portes me parvenaient des cris de plaisir… Comme la première fois que j'avais mis les pieds ici. Je reconnaissais cet endroit.

— Ne prétends pas que tu es arrivée ici par hasard. Il y a une raison, Cat.

La voix de Smoke était dure, profonde et pleine d'un désir sans fard. Il m'avait suivie.

Mes jambes vacillèrent sous moi, et je tentai désespérément d'inspirer un peu d'air. Je ne savais pas pourquoi j'étais venue jusqu'ici, à l'endroit même où je l'avais surpris dans le couloir, une femme à genoux devant lui. J'aurais dû sortir par l'avant, me retrouver sur le parking et appeler un taxi pour rentrer chez moi.

Mais je ne l'avais pas fait.

J'entendis ses pas se rapprocher dans mon dos et je me raidis. Il passa tout près de moi sans me toucher et continua jusqu'au mur d'en face contre lequel il s'adossa nonchalamment. Il avait les mains dans les poches et le regard planté dans le mien. Un regard qui n'avait rien de menaçant. Néanmoins, je me sentais prise au piège.

Il semblait avoir amené la chaleur de l'immense feu avec lui, et des flammes d'or dansaient dans ses yeux noirs.

— Viens ici, ordonna-t-il doucement.

Cette fois, je ne pouvais plus prétendre ne pas savoir ce qui arrivait. Et je ne pouvais plus prétendre ne pas le vouloir. Parce que j'en avais envie, non, *besoin*, autant que de l'air que je respirais.

J'aurais pu m'abandonner à ses caresses, mais au lieu de cela j'avais couru jusqu'ici, dans ce lieu où j'avais découvert pour la première fois que je le désirais. Il avait raison — ma fuite n'en était pas une.

Mes pieds se mirent en mouvement avant que ma tête en ait pris conscience. Je marchai vers lui comme s'il avait pris le contrôle de mon esprit, comme si je n'étais plus qu'une marionnette au bout des fils qu'il dirigeait. Je m'arrêtai juste devant lui, le souffle court.

Lui semblait calme et détendu. Il resta contre le mur. Seuls ses yeux brûlaient d'un éclat extraordinaire.

— Mets-toi à genoux, souffla-t-il.

Incapable de résister au puissant désir qui m'envahissait, je fis exactement ce qu'il commandait. J'avais l'impression que des siècles étaient passés depuis la première fois où je m'étais retrouvée dans ce couloir. Depuis la première fois où mon esprit traître s'était demandé ce que cela ferait d'être à la place de cette femme, à genoux devant lui.

J'allais finalement le découvrir, et cela me donnait le vertige.

Smoke posa une main sur ma tête et la glissa le long de ma joue. Je frémis.

— Tu sais ce dont tu as envie, chaton.

La gorge sèche, je vis mes doigts atteindre le premier bouton de son jean pour le défaire. Mes mains tremblaient. Alors il posa sa paume chaude sur mes doigts pour m'aider à baisser sa braguette.

Seigneur ! J'étais vraiment à genoux devant lui dans ce couloir où n'importe qui pouvait nous surprendre. Peut-être étais-je ivre ou défoncée par les effluves de drogue... Ou bien carrément folle.

À moins que ce ne soit exactement ce dont j'avais toujours eu envie.

Sous mes yeux, je vis bientôt son membre se dessiner sous le coton noir de son boxer. Mes doigts glissèrent le long de la forme rigide. Il était si chaud, si imposant. Tellement dur.

J'entendis à mes oreilles le bruit d'une respiration saccadée. La mienne.

Je libérai son sexe pour le prendre dans ma main. Sa peau était incroyablement douce et brûlante, comme du velours. Je ne me rappelais pas avoir déjà eu tellement envie de quelque chose de toute mon existence. J'avais envie de le goûter comme si ma vie en dépendait. Il guida mes doigts le long de sa hampe, et mon corps tout entier vibra intensément sous l'afflux du désir. Sa main se referma sur la mienne, et mon pouce passa sur le gland où une goutte de semence perlait déjà.

Tout au fond de moi, une alarme se déclencha, tentant désespérément de me ramener à la raison. Je tenais *Smoke* entre mes mains, mon meilleur ami. Or, faire cela avec son meilleur ami n'était certainement pas le meilleur moyen de préserver une amitié. Le seul problème c'est que je n'arrivais plus à me rappeler précisément pourquoi ce n'était pas une bonne idée…

— Regarde-moi, exigea-t-il d'une voix rauque.

J'obéis et laissai l'obscurité et les flammes de ses yeux me consumer.

— Prends-moi dans ta bouche, Cat.

Le désir eut finalement raison de moi. Je m'inclinai vers lui et inhalai son odeur sensuelle. Du bout de la langue, je goûtai la saveur de son sexe, le léchant délicatement. J'entendis sa respiration hachée.

— Prends-la tout entière dans ta bouche, je t'en supplie, chaton.

Sa voix exprimait cette fois un besoin désespéré, et

je n'hésitai pas une seconde. Je le pris dans ma bouche aussi loin que sa taille imposante me le permettait.

Il émit un grondement de plaisir qui se répercuta en moi comme une caresse, comme s'il venait de faire courir sa main sur mon corps. Jamais je n'avais entendu un son aussi érotique, et je brûlais de lui en arracher d'autres. J'enserrai son membre plus fort entre mes lèvres et mes doigts et me mis à faire des va-et-vient.

— Cat…

Il avait prononcé mon nom avec une telle faim que la tension entre mes cuisses s'accrut davantage. Il sortit les mains de ses poches et enfonça les doigts dans mes cheveux. Il les saisit à pleines mains si bien qu'il envoya des étincelles de douleur, qui se transformèrent aussitôt en vagues de volupté. Les épingles de mon chignon tombèrent sur le sol, et mes cheveux se répandirent dans mon dos. Je m'en moquais. L'érotisme de ces instants m'enflammait le sang.

Il me dirigeait comme je l'avais vu faire avec elle, sauf que son regard, intense et éperdu de désir, ne me quittait pas un instant.

— Tu sais à qui je pensais… quand tu m'as vu avec elle ? À toi, chaton, je ne pensais… qu'à toi, gronda-t-il.

Cette déclaration me fit l'effet d'un choc électrique. Il pensait à *moi*. Cela impliquait bien trop de choses auxquelles je n'étais pas préparée. Aussi je préférai l'ignorer. Je me concentrai sur le plaisir que je lui donnais, m'appliquant à le rendre fou de mes mains, de mes lèvres et de ma langue. Je tenais enfin ma vengeance, alors qu'il m'avait rendue folle d'excitation ces derniers jours.

Il offrait une vision merveilleusement érotique, la tête rejetée en arrière, incapable de retenir ses gémissements de plaisir.

— Oh… Putain… Cat…

Sa voix, rauque et saccadée, me fit l'effet d'une caresse

intime. Je pouvais sentir ses doigts trembler dans mes cheveux. C'est moi qui lui faisais cet effet, c'est moi qui faisais perdre pied à cet homme puissant et impassible. Je le faisais trembler et supplier.

J'étais incapable de le quitter du regard. L'agonie du plaisir marquait ses traits familiers, et ses grondements s'accéléraient, toujours plus rauques.

Je ne voulais pas que ce moment prenne fin, parce qu'en cet instant je me sentais tellement puissante, tellement forte… Plus que je ne l'avais été dans toute ma vie. Jusqu'alors, j'avais cru qu'être à genoux était un signe de faiblesse et de soumission, que cela menait nécessairement aux coups, aux humiliations et aux pleurs. Que cela laissait un goût d'amère défaite dans la bouche.

Mais pas là. Pas maintenant. Pas avec Smoke.

Lui me donnait l'impression d'avoir plus de pouvoir que je n'en avais jamais eu. Ce qui n'avait rien de surprenant finalement. Il avait toujours eu cet effet sur moi. Il me redonnait courage et volonté, même quand je pensais être brisée.

Ses doigts se crispèrent dans mes cheveux, et il commença à bouger les hanches d'avant en arrière, inversant le rapport de force, prenant le contrôle. Et je le laissai faire en sentant le plaisir nouer mes reins.

— Regarde-moi, Cat, gronda-t-il lorsque je baissai les cils. Je veux voir tes yeux.

Alors je soutins son regard sombre et ardent.

Une pensée terrifiante fit soudain irruption dans mon esprit. Ce que nous partagions allait tout changer. Plus rien ne serait jamais pareil.

Je choisis d'ignorer cette idée et me noyai dans ses yeux d'obsidienne. Bientôt, je vis l'extase ravager ses traits magnifiques, je le vis rejeter la tête en arrière en criant mon nom, les doigts serrés sur mes cheveux. Je pris dans ma bouche la semence de sa jouissance, et un long frisson de plaisir me transperça.

Le silence tomba entre nous, seulement interrompu par ses halètements sourds et ma respiration. Je ne devais penser à rien, ni à ce qui venait de se passer ni à ce qui se passerait ensuite. Parce que je savais qu'il y avait toujours des dégâts lorsqu'une ligne était franchie. Toujours.

Smoke se retira et desserra son emprise sur mes cheveux, avant d'appuyer mon visage contre son ventre plat. Je fermai les yeux, savourant le contact de sa peau douce.

Ma faim à moi n'était pas apaisée cependant. La pulsation entre mes jambes perdurait, insistante et douloureuse. Pourtant, je n'avais pas envie de bouger. J'aurais aimé rester indéfiniment dans cet instant de paix, lui, moi et ce silence heureux. Là où nous n'avions pas à discuter et nous disputer pour les choix que nous avions faits. Là où la seule chose qui importait, c'était le doux massage de ses doigts sur mon cuir chevelu.

Évidemment, un tel instant de grâce ne pouvait durer éternellement.

Je sentis son sexe redevenir dur dans ma paume, alors qu'il n'avait jamais vraiment perdu son érection. Puis ses doigts se firent moins doux et plus exigeants lorsqu'il me remit sur mes pieds.

Je le regardai, terrifiée à l'idée de ce que tout cela signifiait pour notre amitié. J'ouvris la bouche pour lui dire que nous devions oublier ce moment d'abandon, quand il fondit sur mes lèvres. Un baiser ardent et possessif qui me fit trembler des pieds à la tête. Comment pouvais-je lui résister quand mon corps lui était déjà tout acquis ? Il prenait ce qu'il voulait. J'étais incapable de m'éloigner.

Sa langue caressait la mienne, et le goût de son plaisir dans ma bouche le fit gronder alors qu'il me serrait les bras.

Sans cesser de m'embrasser, il m'entraîna au fond du couloir. Il n'y avait plus qu'une porte sur la gauche — la sienne —, il me pressa dans le coin. Il posa les mains de part et d'autre de mon visage, contre le mur. Son corps, large et puissant, me dominait tandis que son baiser passionné se faisait toujours plus exigeant.

Son odeur, à la fois si familière et chargée de désir viril, m'excitait au-delà de toute raison. Et sa chaleur, toute proche, alors qu'il ne me touchait pas, me rendait folle.

C'était à mon tour de frissonner de désir inassouvi.

Pourtant, même en cet instant, je restais terrifiée par ce qui allait se passer. Je savais ce vers quoi nous allions, et il n'y aurait pas de retour en arrière possible après cela.

Comme si ce que je venais juste de lui faire n'avait pas déjà tout changé… Oui, je pouvais toujours me bercer d'illusions !

Seulement, il y avait une différence entre le rendre fou de désir, le faire jouir et lui donner le même pouvoir sur moi.

Ses mains quittèrent le mur pour s'emparer du tissu de ma jupe et la faire remonter de plus en plus haut sur mes cuisses. Ma respiration était de plus en plus heurtée, et ma tête tournait. Je tentai de repousser ses mains, mais il était trop fort. Ma jupe fut retroussée sur ma taille avant que j'en aie pris conscience, et il me souleva contre le mur, m'y pressant de son corps.

Il semblait me maintenir ainsi sans fournir le moindre effort. Quand il appuya ses muscles contre mes hanches, son membre dur vint taper contre ma féminité, m'arrachant un cri de ravissement. J'aimais tellement ça ! C'était insensé ! J'aurais dû détester sa domination, le contrôle qu'il exerçait sur moi. Étrangement, j'adorais ça.

Il se raidit, poussant encore une fois les hanches entre mes cuisses. Son sexe, déjà aussi dur que tout à l'heure, appuya contre ma culotte humide de mon désir.

Ce contact déclencha une explosion de plaisir dans ma tête, un choc qui se répercuta dans tous mes membres.

Ma bouche s'ouvrit sur un cri, et mes hanches se mirent à onduler d'elles-mêmes. Smoke murmurait des mots incompréhensibles tout contre mon oreille.

Ses doigts glissèrent sous l'élastique de ma culotte. Impatients, ils déchirèrent le fin tissu et en un instant atteignirent ma chair intime, brûlante et mouillée. Habilement, ses caresses dessinèrent des cercles concentriques autour de mon clitoris.

Je me raidis à ce contact, incapable de refréner le long gémissement qui s'échappa de ma gorge. Je sentais des étincelles exploser derrière mes paupières closes et tout mon corps trembler sous l'emprise de la volupté qui me marquait comme au fer rouge. Jamais je n'avais ressenti un plaisir aussi aigu.

L'intensité de mes sensations fit brusquement remonter à la surface la panique intérieure. Soudain affolée, je poussai de toutes mes forces contre son torse, mais alors il me pénétra d'un doigt, puis d'un deuxième et les fit bouger en moi.

— Smoke… Oh… Smoke… Non… Je ne peux pas… Je t'en prie…

Je balbutiais tout en gémissant. Il me fit taire en reprenant ma bouche tandis que ses doigts allaient et venaient plus profondément en moi. J'avais l'impression que j'étais sur le point de prendre feu entre ses bras.

Sa bouche glissa sur ma joue, puis dans mon cou qu'il mordilla.

— Tu es tellement mouillée, gronda-t-il d'une voix vibrante. Et tellement étroite. Je savais que tu serais étroite.

Il retira lentement ses doigts, et je manquai crier ma frustration. Puis, juste au moment où la déception menaçait de me submerger, il les replongea en moi, me faisant lentement l'amour avec sa main. Je ne contrôlais plus rien, ni ma respiration sifflante ni mes hoquets de plaisir.

— Tu me veux en toi, chaton ? Dis-moi que tu veux sentir ma queue en toi, ma douce. Supplie-moi.

Sa voix était si chaude, si rauque… Je ne parvenais plus à respirer. C'était comme si mon corps tout entier était tellement concentré et resserré autour du plaisir qu'il me donnait que le moindre souffle aurait risqué de me faire exploser en mille morceaux. Et pourtant, je voulais m'échapper. Je voulais mettre un terme à cet insupportable plaisir, à cette faim dévorante qui menaçait de me détruire.

Je savais que c'était exactement ce qu'il allait faire : me prendre ici, dans ce couloir. Et je m'en moquais. Du moment que la douleur au creux de mon ventre prenait fin.

— Je… Je te veux, soufflai-je. Je te veux tout de suite.

— Où me veux-tu ?

Ses doigts bougèrent en moi, et son pouce vint presser mon clitoris gonflé de désir. Je poussai un gémissement.

— Je te veux en moi. Je t'en prie, Smoke, je t'en supplie…

Cette fois, il retira ses doigts pour de bon, et je me mordis les lèvres pour réprimer la frustration. Tandis qu'il me maintenait toujours contre le mur, il atteignit sa poche arrière et en sortit un emballage de préservatif qu'il défit de ses dents avant de jeter l'emballage au sol. En moins de temps que je ne l'aurais cru possible, il enfila la capote et positionna son membre tout contre mon sexe en me maintenant fermement les hanches.

Je pouvais sentir son érection tendue à l'entrée de ma fente et je me mis à trembler si fort que je crus un moment que j'allais jouir dans l'instant.

— Cat. Regarde-moi !

Son ton autoritaire me permit de reprendre un minimum le contrôle. Je plongeai mon regard dans le sien, mais il était tellement intense qu'il m'était difficile de l'affronter.

J'y lisais un désir violent, presque désespéré, et aussi de la colère. Une colère que je ne comprenais pas.

Je n'eus pas le loisir de m'interroger davantage, car il bougea les hanches pour me pénétrer lentement. Son sexe dressé entra sans effort dans mon intimité. En un instant, je fus transportée de l'autre côté. L'orgasme m'emporta avec une telle violence que je criai, le corps secoué de spasmes d'extase, les paupières saturées de flashs de lumière.

Smoke ne s'interrompit pas, il s'enfonça profondément en moi, tenant mes jambes fermement serrées autour de ses hanches, et je me délectai de sa chaleur entre mes cuisses.

Cela faisait tellement longtemps que je n'avais pas éprouvé cette plénitude. En vérité, je n'avais jamais connu de sexe comme celui-ci auparavant. Smoke était si imposant, si dominateur que j'étais comme arrachée à moi-même. Les échos de mon orgasme continuaient d'envoyer des éclairs de plaisir à travers mon corps.

Peu à peu ses mouvements gagnèrent en intensité. Il me pénétrait avec violence, de plus en plus vite, de plus en plus fort. Chacun de ses coups de reins me projetait contre le mur. Je me cambrai contre lui, stupéfaite de découvrir que mon corps, que je croyais rassasié, se tendait à nouveau, prêt à subir un nouvel assaut d'extase. La tension s'accroissait en moi à chacun de ses va-et-vient. Je serrai le poing sur son T-shirt et haletai bruyamment.

Il changea d'angle, faisant en sorte que ses hanches, à chaque mouvement, viennent frotter mon clitoris, et je rejetai la tête en arrière, terrassée par la faim qui grandissait en moi. Le son de ses grondements sourds alors qu'il me prenait emplissait sensuellement notre bulle de plaisir.

Comment aurais-je pu imaginer que ce serait aussi merveilleux ? En fait, je ne m'étais jamais autorisée à m'imaginer faisant cela avec Smoke. Désormais, je savais qu'il ne serait pas question de prétendre que rien n'était arrivé. Je ne pourrais ignorer la puissance de ces instants partagés. C'était tellement intense, tellement brûlant…

Alors que la montée de l'orgasme me faisait perdre peu à peu la raison, je répétais son nom comme une litanie. Ma voix, rauque et tendue, semblait méconnaissable à mes propres oreilles.

Au moment où je pensais ne plus pouvoir supporter l'intensité du plaisir, Smoke saisit ma main agrippée à son T-shirt et la dirigea entre mes jambes. J'essayai de résister — instinctivement, sans que j'en comprenne moi-même la raison —, mais il était fort et persuasif. Il plaça mes doigts à l'endroit précis où nos corps se joignaient, m'obligeant à sentir son sexe épais s'enfoncer dans le mien, tellement chaud et mouillé.

— Tu me sens, chaton. Je suis en toi.

Il tenait fermement ma main et appuyait sur chaque mot au rythme de ses coups de reins.

— Je suis en train de te baiser, ma douce.

Je gémis, les muscles parcourus de frémissements irrépressibles. Le contact de nos intimités jointes m'électrisait autant que ses mots.

Oui, il était en train de me baiser, dans le couloir d'un club de motards où n'importe qui pouvait nous surprendre. Et je m'en moquais éperdument. Il remonta mes doigts plus haut, sur mon clitoris.

— Caresse-toi, ordonna-t-il. Je veux que tu jouisses autour de moi. Maintenant.

J'obéis sans réfléchir, mes doigts caressant mon clitoris tandis qu'il me prenait brutalement contre le mur. En moins de trois secondes, je hurlai son nom, les yeux clos, le corps secoué de tremblements tandis qu'une nouvelle vague de jouissance m'emportait.

Je le sentais toujours aller et venir en moi à un rythme effréné. Puis, soudain, il pressa le visage contre mon cou et mordit ma chair tendre alors que l'orgasme le terrassait.

12

Smoke

Je n'avais pas envie de bouger. Je voulais simplement rester là, le visage enfoui dans son cou, à inhaler l'odeur enivrante de nos deux corps unis. Je voulais garder mon sexe enfoui dans le sien, conserver l'illusion que nous ne formions plus qu'un, qu'elle ne pouvait plus s'éloigner. Cat haletait bruyamment, et son corps était encore parcouru de frissons. Je la maintins contre moi, les jambes serrées autour de mes hanches.

J'avais fantasmé sur ce moment pendant des années, et rien de ce que j'avais imaginé n'était à la hauteur de la réalité. Comment aurais-je pu imaginer la tendre pression de sa bouche sur ma queue ? La chaleur de son sexe moite de désir ? Le goût de sa peau quand j'avais joui en elle ? Tout avait été tellement bon, tellement intense.

Je ne croyais pas avoir jamais été aussi dur. Même maintenant, après deux orgasmes épiques, je me sentais à nouveau gorgé de désir. Seulement, il était temps de quitter le club. Je préférais la ramener dans un vrai lit, où je pourrais prendre tout mon temps pour la déshabiller et goûter chaque centimètre de sa peau, avant de me perdre à nouveau en elle. La prendre très doucement, puis de plus en plus fort. Nous mener tous deux à la folie et à l'oubli de l'extase.

Je ne comptais pas accepter un quelconque refus de sa part après ce qui venait de se passer. Pas alors que j'avais découvert à quel point elle était excitée entre mes bras, à quel point je la faisais crier mon nom dans la jouissance.

Ses paumes se raidirent contre mon torse, et je m'écartai de mauvaise grâce. Je la déposai doucement sur le sol. Ses jambes se dérobèrent sous elle et, à ma grande satisfaction, elle dut s'agripper à mon cou.

Pendant des années, elle n'avait pas même semblé remarquer que j'étais un homme. Pourtant ce soir, dans ce couloir où elle était venue d'elle-même, elle s'était tournée vers moi, et j'avais lu dans son regard qu'elle me voyait enfin. Qu'elle avait fui précisément parce qu'elle m'avait vu comme un homme. Dès lors, ma décision avait été très simple. Elle me voulait, elle m'aurait.

Et elle avait obéi. Elle s'était mise à genoux quand je le lui avais dit, elle m'avait supplié de la prendre, puis elle avait joui sur mon ordre.

Elle avait aimé tout ce que je lui avais fait, qu'elle l'ait voulu ou non. Elle avait enfin abandonné pour quelques instants le contrôle tyrannique qu'elle exerçait sur elle. Et c'est moi qui avais accompli ce miracle !

Pour l'heure, elle gardait le visage baissé, ses longs cheveux masquant ses traits. Je ne voulais pas l'obliger à affronter mon regard — pas encore.

Je la laissai reprendre ses esprits et m'occupai de jeter le préservatif dans une poubelle. Je refermai mon jean avant de redescendre sa jupe le long de ses cuisses douces et fermes. Elle essaya mollement d'écarter mes mains, je ne m'en préoccupai pas. Elle était mienne désormais, et j'étais bien décidé à prendre soin d'elle.

— Smoke… Pourrions-nous juste…

— Non. Ne dis rien, Cat.

Je passai un doigt sous son menton et relevai son visage pour qu'elle me regarde. Ses joues étaient écarlates et ses yeux verts, presque noirs. Elle avait l'air profondément perturbée, et j'étais assez odieux pour en tirer un intense plaisir.

— Je te ramène à la maison.

Elle ouvrit la bouche, et je posai le doigt sur ses lèvres.

— Pas un mot, j'ai dit.

Elle serra les mâchoires et garda le silence.

Je m'assurai que nos vêtements étaient bien en place, puis je lui pris la main pour la conduire le long du couloir.

Putain ! Je n'arrivais pas à penser à autre chose qu'à sa bouche délicieuse et au contact de son corps contre le mien. À la façon sensuelle dont elle avait bougé ses hanches souples contre les miennes.

Je posai les yeux sur elle alors que nous avancions, et ses joues rosirent aussitôt. Elle pensait donc exactement à la même chose que moi. Elle ne me rendit pas mon regard, et je ne pouvais en conclure qu'une chose : elle regrettait ce qui venait de se passer. À cette pensée, ma poitrine se serra, mais je l'ignorai. Si elle imaginait que je la laisserais revenir en arrière, ne m'offrir que son amitié, elle avait faux sur toute la ligne. Il n'était plus question de faire semblant.

Quand nous repassâmes par la grande salle, quelques personnes nous demandèrent où nous allions. Je les ignorai.

Je conduisis Cat dehors et l'installai sur ma moto. Puis je roulai à travers les rues sombres de la ville, savourant la torture de ses bras passés autour de ma taille. La chaleur de son corps me brûlait à travers mon blouson, et, le temps que nous parvenions jusque chez elle, j'étais aussi dur qu'avant de la pénétrer.

Seulement, j'avais décidé de lui laisser un peu d'espace ce soir. Juste une nuit pour qu'elle ait le temps de prendre conscience de ce qui s'était passé entre nous. Ensuite, j'avais d'autres plans. Et aucun n'impliquait de garder mes distances.

La baby-sitter, qui était une amie de Leanne, fut surprise de nous voir rentrer si tôt. Je la payai pour quelques heures de plus, et elle partit très contente.

Cat se rendit aussitôt dans la chambre d'Annie et ne revint pas tout de suite. Elle essayait sûrement de retarder le moment de la confrontation, et je ne pouvais l'en blâmer. Tout cela devait la dépasser complètement.

Malheureusement pour elle, je n'avais personnellement aucun problème à gérer les inattendus.

Après avoir fermé la porte d'entrée sur la baby-sitter, je traversai le couloir qui menait à la chambre d'Annie et m'arrêtai dans l'encadrement de la porte. Cat était assise sur le bord du lit, la main sur le front d'Annie. Les lumières de l'extérieur créaient des jeux d'ombre et de lumière dans la pièce, dont seule la respiration profonde de la petite troublait le silence.

Je savourai cette image paisible, et le poids dans ma poitrine s'allégea un peu, parce que je me sentais enfin appartenir à ce tableau chaleureux. Cat et Annie étaient ma famille. Une famille que je n'aurais jamais cru avoir, ni même vouloir.

Après ce qui s'était passé avec mon père, j'avais décidé que je ne voulais ni femme ni enfants. Puis Cat m'avait prouvé qu'une famille pouvait exister sans cris et sans coups. Qu'il y avait des familles construites sur le respect et l'amour.

Du moins, tant que j'en restais loin. Mon cœur se serra face à cette atroce vérité. Malheureusement, mon âme était clairement entachée.

Pourtant, que mon âme soit salie ou non, cette famille était la mienne. Une femme sublime et forte pour qui j'aurais déplacé des montagnes, et une gamine qui n'était pas de moi et pour laquelle j'aurais néanmoins donné ma vie.

Je n'abandonnerais pas un tel trésor. Et, si quiconque essayait de me prendre Cat ou Annie, il devrait d'abord me passer sur le corps.

Cat dut sentir ma présence, car elle se pencha pour déposer un baiser sur le front d'Annie avant de se lever. Après un dernier coup d'œil à sa fille, elle marcha jusqu'à moi. Je devinais à sa démarche qu'elle rassemblait son courage pour m'affronter. Elle releva le menton et ne cilla pas lorsqu'elle croisa mon regard.

Elle passa devant moi sans un mot. Je m'écartai à peine, les mains dans les poches, histoire de lui faire comprendre que je ne comptais pas partir rapidement.

Elle se détourna pour cacher, trop tard, la rougeur de ses joues. Je la suivis, les yeux rivés sur ses fesses magnifiquement moulées dans sa jupe. Merde ! Qu'est-ce qui m'avait pris de décider de garder mes distances ? Je n'avais qu'une envie : l'étendre sur la première surface disponible, relever cette maudite jupe et m'enfouir profondément en elle.

Seulement, je connaissais Cat. Elle aurait besoin d'au moins une nuit pour recouvrer ses esprits. Une nuit pour admettre ce dont son corps avait besoin. *Moi.*

Arrivée dans le salon, elle se retourna, les bras croisés, clairement sur la défensive. Pour autant, je n'avais pas l'intention de l'écouter me faire la morale sur le fait que rien de tout ça n'aurait dû arriver et que nous devions maintenant faire comme si de rien n'était. Hors de question !

Elle était à moi comme j'étais à elle, et je ne la laisserais pas penser autrement. Comme elle ouvrait la bouche, je la pris par les hanches et la serrai contre moi, me délectant de sentir son sexe chaud contre ma queue palpitante.

— Non, tais-toi. Je ne veux pas t'entendre dire que tu regrettes ce qui vient de nous arriver.

Sa bouche esquissa une moue agacée, mais elle garda le silence.

— Voilà ce qui va se passer, continuai-je en pressant sa peau soyeuse. Je vais te laisser dormir seule ce soir, je m'installerai sur le canapé. Demain, tu prendras un jour off au travail et, après avoir déposé Annie chez sa nounou, nous aurons une petite discussion.

Elle n'essaya pas de s'écarter, sans pour autant se détendre entre mes bras. Son corps était rigide, tendu.

— J'imagine que par « discussion » tu veux dire…

— Je veux dire que je vais te baiser, ma douce. Toi et moi, nous allons faire l'amour, encore et encore.

Ses joues s'enflammèrent adorablement.

— Eh bien, j'imagine que c'est clair, au moins, lança-t-elle, sarcastique. Ni plus ni moins que des acteurs pornos, en somme. Super, ce n'est pas du tout réducteur.

— Je ne me rappelle pas que ça t'ait posé le moindre problème tout à l'heure quand tu criais de plaisir à mon oreille.

Cette fois, elle détourna le regard, les joues en feu, et se mordilla la lèvre.

Je savais parfaitement ce qui se passait. Cat agissait toujours ainsi lorsqu'elle était effrayée : elle maniait l'ironie dès qu'elle était sur la défensive. Dommage pour elle, je n'entrerais pas dans son jeu.

— Je ne vais pas te laisser me repousser, Cat. Plus maintenant.

Mes pouces caressaient doucement sa taille, maintenant un contact physique entre nous.

— À compter de demain, ce sera toi et moi. Ensemble.

Une mèche de cheveux tomba devant son visage, cachant son expression tandis qu'elle fixait ses pieds.

— Je pensais… Je croyais que nous faisions semblant.

— C'est ce que nous *faisions*. Au passé. J'ai changé d'avis.

Je n'avais aucune intention de lui cacher la vérité. Ce qui s'était passé entre nous me donnait enfin le droit de la garder auprès de moi.

— Pourquoi ? Depuis quand les choses ont-elles changé entre nous ?

Je contemplai sa chevelure brillante un moment puisqu'elle refusait toujours de relever le visage. Ses longs cils projetaient une ombre sur ses joues. Dès que je posais les yeux sur elle, je me sentais l'âme d'un poète… Le comble pour un biker !

— Elles n'ont jamais changé. Pas pour moi. Je t'ai toujours voulue, chaton. Toujours.

Sa tête se releva brusquement et ses yeux, emplis de stupeur, se plantèrent dans les miens. Elle cligna plusieurs fois des paupières.

— Vraiment ? Mais… Tu n'as rien dit… Enfin… Je n'avais pas remarqué que… Sérieusement, Smoke ?

Elle semblait sous le choc. Cependant, je n'avais pas la force de me lancer dans ces explications ce soir, et à mon avis, elle non plus.

— Demain, soufflai-je. Nous en reparlerons demain.

Un éclair de colère traversa ses yeux verts.

— Tu veux dire entre deux parties de sexe ?

Quelle tête de mule ! Elle voulait jouer à la plus maligne ? Très bien, je n'allais pas me gêner pour la provoquer. Je pris son adorable petit menton entre mes doigts.

— Peut-être… Seulement si tu es une gentille fille qui se comporte exactement comme je lui dis de le faire.

Elle gloussa, comme lorsque nous étions deux amis qui plaisantaient. J'aimais cette complicité, bien sûr, pourtant je ne voulais pas qu'elle en profite pour faire machine arrière. Alors, je me penchai vers elle pour l'embrasser langoureusement.

Son corps s'amollit presque aussitôt contre le mien, et elle émit un petit cri étouffé avant de me donner sa bouche, laissant ma langue la parcourir. Elle était si sensuelle, si séductrice que je n'avais plus aucune envie d'attendre le lendemain pour la prendre.

Cependant, cela faisait des années que mon corps crevait de frustration, et j'en avais assez. Je me moquais qu'elle n'ait pas su à quel point je la désirais pendant toutes ces années. Je me moquais de me montrer injuste envers elle. Désormais, j'avais le contrôle et je ne le lâcherais pas un instant.

Je me délectai de son gémissement de protestation lorsque je redressai la tête et, ignorant ma queue atrocement douloureuse, je m'écartai.

— Il est temps d'aller au lit, chaton.

Une expression de contrariété intense passa sur son visage un bref instant avant de disparaître. Elle haussa les épaules comme si elle avait été parfaitement indifférente à mon baiser, et je retins un sourire moqueur. Sa bouche était enflée et tremblante… Elle n'était qu'une petite menteuse.

— Je vais te chercher un oreiller et une couverture, marmonna-t-elle en se dirigeant vers la chambre.

Une minute plus tard, elle revint et se mit à installer les draps avec un soin maniaque sur le canapé.

Quand elle eut terminé, elle fit un geste maladroit qui trahissait son malaise.

— Voilà, c'est prêt.

Un silence inconfortable tomba, et je le fis durer, simplement parce que j'aimais la tension que cela créait entre nous. J'aimais voir ses joues rougir d'émotion. J'aimais tous ces signes qui prouvaient que notre amitié n'était plus.

Peut-être aurais-je dû regretter la fin de vingt années de complicité. Mais ce n'était pas le cas. Notre amitié s'était construite sur une bonne part de mensonges, du moins de mon côté. J'avais dû contrôler mon désir pour elle pendant des années.

Bien sûr, j'étais conscient que je risquais beaucoup en abandonnant notre ancienne relation. Mais quel risque courais-je, en vérité ? Je ne la laisserais pas partir. Ni maintenant ni jamais.

Je croisai son regard.

— Bonne nuit, Cat.

Elle ne détourna pas le sien.

— Bonne nuit, Dane.

13

Cat

Évidemment, une fois couchée, je ne parvins pas à fermer l'œil. J'étais épuisée, pourtant mon corps enfiévré ne me laissait pas de répit. Sans même parler de mon esprit qui ressassait sans cesse les événements de la nuit.

Je fermai fort les paupières pour tenter de chasser les images qui revenaient me hanter. En vain. Mon corps me faisait mal, mes seins étaient tendus et sensibles, et chaque frottement contre mon T-shirt provoquait un écho insupportable au creux de mes reins.

« Je vais te baiser, ma douce. »

J'enfonçai le visage dans mon oreiller, incapable de trouver un morceau de tissu frais pour apaiser mon corps en feu.

J'étais folle ! J'avais passé des années auprès de Smoke sans songer à lui en ces termes. Et voilà que j'étais incapable de dormir parce que je me languissais de lui ! Je ne faisais que penser à ce qui allait se passer demain.

Cette perspective me terrifiait. Encore, si le sexe avait été nul, nous aurions pu tirer un trait dessus et revenir à notre ancienne amitié. Seulement, les moments que nous avions partagés avaient été… incroyables. Inoubliables. Je n'avais pas la moindre envie de les oublier, de toute façon.

Je fermai les yeux plus fort encore. Non, je n'allais pas me mettre à pleurer. Hors de question !

« Je t'ai toujours voulue, chaton. »

Seigneur ! Ses yeux d'obsidienne… Ce regard qui me transperçait et anéantissait toutes mes barrières… Comment avais-je pu l'ignorer pendant toutes ces années ?

Peut-être simplement n'avais-je pas voulu le voir. L'idée qu'il me veuille me terrifiait au point de me couper le souffle. Alors j'avais sûrement ignoré cette perspective le plus longtemps possible.

Smoke devait rester mon ami — j'avais besoin qu'il le reste. Parce que quoi que ce soit d'autre, à commencer par une relation amoureuse, cela n'amènerait que souffrance et déception. L'amour était un mensonge qui finissait toujours par vous mettre plus bas que terre. L'amour avait trahi ma mère, à tel point qu'à la fin elle m'avait aussi laissée tomber. L'amour finissait toujours par faire mal. Comme avec Justin.

Je ne voulais pas d'une relation amoureuse. L'amitié, au contraire, c'était solide, fort et vrai. Les amis ne vous lâchaient pas — Smoke, en tout cas, ne m'avait jamais laissée tomber. Voilà ce dont j'avais besoin.

Sauf que Smoke avait visiblement d'autres projets.

J'étais prise au piège.

Je posai un bras sur mon visage enfiévré et respirai à fond pour me calmer. Hélas, le souvenir de l'instant où je m'étais agenouillée devant lui, où j'avais pris son sexe dans ma bouche m'envahissait. Cette fois, je n'eus pas la force d'y résister et je me laissai aller.

Je dus m'assoupir, car je me réveillai en sentant une douce chaleur sur mon visage. Je clignai des paupières, aveuglée par la lumière du soleil qui pénétrait à flots dans la pièce. J'étais désorientée, il ne faisait jamais jour comme cela quand je me réveillais à 6 heures du matin.

Je me tournai brusquement pour lire l'heure sur mon réveil. Merde ! Il était 9 heures. Annie ! La nounou ! Jamais je n'avais dormi aussi longtemps, jamais !

Tout en jurant, je sautai hors du lit et ouvris la porte violemment en courant vers la chambre de ma fille. Je tombai sur son lit vide... Où était-elle passée ?

Je repartis en courant vers le salon en essayant de ne pas paniquer face au silence de l'appartement. La pièce était déserte, elle aussi, les draps de Smoke soigneusement pliés au pied du canapé.

Mes yeux tombèrent sur un papier posé sur la table basse. Je le pris fébrilement.

J'ai emmené Annie chez la nounou et prévenu ton travail que tu étais malade.
Je reviens vite.
Prépare-toi.

Putain ! Cet abruti prétentieux prenait vraiment tout en main. Un frisson me parcourut l'échine, et ce n'était pas de la peur. Horrifiée, je dus reconnaître que c'était un frémissement d'anticipation.

Irritée, je refermai le poing sur le bout de papier. Non ! Rien ne se passerait comme il le voulait. Il était hors de question que je me plie sagement à ses ordres.

Hors de question qu'un homme — même si l'homme en question était Smoke — prenne le contrôle de ma vie comme l'avait fait Justin. Personne ne me dirait quoi faire de mon existence en s'attendant à ce que je me montre reconnaissante. Pas même mon meilleur ami !

Ce qui allait se passer, en revanche, c'était que nous allions nous asseoir à bonne distance l'un de l'autre et que je lui dirais la vérité. Que je ne pouvais être plus qu'une amie pour lui. Il connaissait mon passé. Il savait pourquoi notre amitié était tellement vitale pour moi. Il comprendrait. Il fallait qu'il comprenne !

Je poussai un soupir et rejoignis la salle de bains pour prendre une douche — glacée, bien entendu. Je sortis de la cabine enroulée dans une serviette et vins me poster devant mon armoire, passant en revue mes tenues.

Il me fallut un petit moment pour prendre conscience de ce que j'étais en train de faire. Merde ! D'habitude, je ne perdais jamais de temps à choisir mes vêtements. Je me contentais de séparer ce qui convenait pour le travail et ce qui était plus confortable pour la maison. Point.

Pourtant, j'étais là devant ma penderie, l'esprit plein de Smoke, à me demander ce qu'il aimerait me voir porter ! Ce qui me rendrait sexy.

Quelle idiote ! Agacée, je me débarrassai de la serviette et enfilai mon jean le plus confortable et un T-shirt. Je me forçai à ne pas jeter un œil vers le miroir.

Lorsque je me tournai vers la porte pour aller me faire un café, mon cœur cessa de battre. Les yeux sombres de Smoke étaient posés sur moi. Son corps musclé prenait tout l'encadrement de la porte.

Je rougis brutalement tandis qu'une brusque chaleur m'envahissait. Les images de la nuit passée se pressèrent simultanément dans mon esprit et je manquai suffoquer.

— Putain, Smoke ! Tu m'as fait peur ! Je ne t'ai pas entendu rentrer.

Il se contenta de hausser nonchalamment une épaule.

— Désolé de t'avoir fait peur.

Je résistai à l'envie de recoiffer mes cheveux ou de tirer sur mon T-shirt et plongeai les mains dans les poches arrière de mon jean.

— Je… Euh… Merci pour Annie. Je devais être morte de fatigue. Je n'ai rien entendu ce matin.

Il resta parfaitement immobile.

— Pas de souci. Tu en avais sûrement besoin.

Un silence étrange tomba entre nous et, une fois de plus, il ne fit pas l'effort de le rompre.

— Je… Je dois te parler, commençai-je, irritée par le fait qu'il ne comptait visiblement pas me faciliter la tâche.

Il n'eut pas l'air surpris le moins du monde.

— Bien sûr. Allons nous installer au salon.

Je m'arrêtai pour prendre un élastique et attacher mes cheveux mouillés en queue-de-cheval. Quand je le rejoignis, il s'était installé en plein milieu du canapé, les bras posés de part et d'autre du dossier, les jambes étendues devant lui.

Il portait un T-shirt et un jean noir, comme d'habitude, et avait gardé son blouson. Je sentis mon ventre se contracter brutalement, parce qu'il était à la fois arrogant et incroyablement sexy.

Son T-shirt moulait son torse, mettant en valeur sa musculature. Et le blouson rendait hommage à ses larges épaules.

Dire qu'il était assez fort pour m'avoir tenue contre un mur alors qu'il me prenait, comme si je ne pesais rien ! À ce souvenir, ma gorge se serra, et mon souffle devint irrégulier. Je ne pouvais m'empêcher de contempler son grand corps détendu, ses hanches étroites et ses muscles déliés. Mon propre corps se rappelait encore les sensations merveilleuses du sien plaqué contre ma peau.

Bon sang ! C'était à croire qu'il avait tourné un bouton en moi et que sa seule apparition suffisait à me donner des bouffées de fièvre.

Son regard soutint le mien, brûlant de cette flamme sombre qui affolait mon cœur. Il me regardait avec la même faim dévorante que lorsque je m'étais agenouillée devant lui.

— Déshabille-toi, gronda-t-il.

Je clignai des paupières, interdite.

— Quoi ?

— Je t'ai dit d'enlever tes habits. Maintenant, répéta-t-il de ce même ton, rauque et calme à la fois.

J'aurais dû me sentir exaspérée, au lieu de quoi, un frisson involontaire me parcourut des pieds à la tête tandis qu'une tension délicieuse nouait mon ventre.

— Je pensais que nous devions parler.

— C'est ce que nous allons faire. Tu parles, et je t'écoute. Dès que tu seras nue.

— Mais… Mais je…

— C'est comme ça que les choses vont se passer entre nous, chaton. On fait des compromis. J'obtiens ce que je veux et toi aussi. Maintenant, mets-toi nue ou c'est moi qui te déshabille.

Une flambée de colère m'envahit. Qu'est-ce qui lui prenait de me donner ainsi des ordres dans ma propre maison ? Seulement, au-delà de la colère, mon désir grandissait, menaçant de me faire perdre le contrôle à tout moment. J'avais découvert, la nuit passée, que j'aimais ses ordres parce que d'une certaine manière ils me libéraient de toute contrainte. J'étais terriblement excitée à l'idée de n'avoir rien d'autre à faire que lui obéir.

J'étais tellement fatiguée de devoir tout décider tout le temps. J'étais épuisée par les responsabilités qui pesaient sur une mère célibataire. En fait, même si je n'en étais pas fière, j'adorais l'idée que pendant quelques instants quelqu'un d'autre que moi prenait les décisions.

Néanmoins, obéir c'était exposer ma faiblesse et ma vulnérabilité. Auparavant, cela ne m'avait apporté que douleur et honte. Je ne pouvais pas refaire la même erreur. La nuit dernière était amplement suffisante.

Pourtant, c'était Smoke que j'avais face à moi, Smoke qui me donnait des ordres de sa voix envoûtante. Il ne me frapperait jamais, il ne me ferait pas de mal. Et j'avais encore en mémoire ce sentiment de puissance que j'avais éprouvé la nuit dernière lorsque je contrôlais la montée de son plaisir, à genoux devant lui.

Je ne comprenais pas comment cela avait pu arriver. Comment avais-je pu me sentir aussi forte alors que j'étais à genoux ? C'était incompréhensible, et pourtant je l'avais ressenti. Et j'avais aimé cela. Ne pouvais-je pas recommencer encore une fois ?

J'en avais tellement envie. Mon corps en avait tant besoin… Je voulais sentir sa bouche et ses mains sur moi, son sexe en moi. Peu importait que ces sentiments me terrifient, j'étais bien trop excitée pour pouvoir résister à son invite.

— Ne fais pas ta poule mouillée, Cat.

Ses mots, prononcés d'une voix basse et douce, résonnèrent dans tout mon corps. Il me les avait tant répétés au cours des années, à chaque fois que je me retrouvais bloquée par la peur.

Non, Smoke ne me forcerait jamais. Il n'avait rien à voir avec Justin ou mon père.

Pourtant, la peur restait tapie en moi. J'avais atrocement peur de le perdre si notre relation changeait de nature. Une peur d'autant plus stupide qu'il était déjà trop tard. Tout avait changé. Il n'y avait plus de retour en arrière possible.

— Et si je ne veux pas ? demandai-je. Si je veux seulement parler ?

— Alors, je m'en vais, répondit-il sans la moindre hésitation.

— Et tu t'éloignerais d'Annie ?

Il me jeta un regard noir.

— Je t'interdis d'utiliser Annie contre moi ! Tu sais très bien que je suis prêt à donner ma vie pour qu'il ne lui arrive jamais rien de mal. Et c'est pareil pour toi. Seulement, tu dois apprendre à m'accepter dans ton existence.

Soudain, j'eus honte de moi et de mes insinuations. Bouleversée, je ne parvins pas à garder mes sentiments pour moi.

— J'ai peur, Smoke.

Il ne fit pas le moindre geste, et son expression ne s'adoucit pas face à mon aveu de faiblesse. Seule la noirceur de ses yeux s'atténua un peu.

— Je m'en doute. Mais tu sais que je ne te blesserai pas, chaton. Je suis prêt à mourir pour toi.

J'ignore si ce furent ces mots ou le son familier et rassurant de sa voix — la voix de mon meilleur ami — qui me rassurèrent, mais je sentis soudain ma tension s'apaiser.

Sans même l'avoir consciemment décidé, je me mis à retirer mon haut. Puis je défis l'attache de mon soutien-gorge qui rejoignit le T-shirt sur le tapis. Cela faisait tellement longtemps que je ne m'étais pas déshabillée devant un homme que j'avais l'impression d'être affreusement gauche. Alors je fixai mon attention sur mes mains tandis que je détachais le bouton de mon jean et en baissais la fermeture Éclair. Je fis glisser le pantalon jusqu'à mes pieds en même temps que ma culotte.

La situation était étrange, inconfortable, et pourtant j'étais profondément troublée. Je me retrouvai nue devant lui, le cœur battant, la peau parcourue de frissons. Je me sentais exposée et vulnérable. J'aurais voulu couvrir mon corps de mes mains, mais je n'étais pas une lâche. Je redressai le menton et m'obligeai à lever le visage vers le sien.

Son expression me remua jusqu'au tréfonds de l'âme. Elle était si intense, si affamée... Comme s'il n'avait rien vu d'aussi tentateur de toute sa vie.

Le même sentiment de pouvoir que la veille me traversa alors, et je me cambrai instinctivement, fière soudain de lui montrer mon corps nu. Il me désirait avec la fureur du désespoir. Son regard se posa sur mes seins dressés, puis glissa à nouveau le long de mon ventre. Il passa la langue sur ses lèvres.

— Viens plus près, exigea-t-il d'une voix tendue.

J'avais beau détester les ordres, je fis exactement ce qu'il me dit. J'avançai lentement, avec la sensation terriblement excitante qu'il m'attirait vers lui comme si j'avais été attachée.

Je détaillai ses traits tout en m'approchant. Je le voyais me dévorer du regard, et mon pouls s'accéléra. Avant même qu'il les touche, mes seins étaient tendus et douloureux. Ma respiration devint difficile et haletante.

Une part de moi aurait voulu lui cacher l'effet dévastateur qu'il avait sur moi, mais après la nuit dernière il était trop tard. Je ne pouvais plus le lui cacher.

Lui ne semblait pas avoir les mêmes réserves. Il ne faisait aucun effort pour cacher la bosse que son érection créait sous son jean.

Le souffle court, je parvins devant lui.

— Me voilà, murmurai-je.

— Monte sur mes genoux, face à moi, dit-il en tapant ses cuisses du plat de la main.

Je sentis mon visage s'enflammer. Je le maudis intérieurement. M'installer nue sur ses genoux et le regarder dans les yeux, c'était m'exposer dans toute ma vulnérabilité. Et il le savait ! Il l'exigeait.

Je m'exécutai cependant, et il resta parfaitement immobile, les yeux fixés sur mes seins.

Je me sentais affreusement embarrassée. Être ainsi nue, assise sur lui qui était complètement habillé, c'était à la fois inconfortable et érotique. À présent que je le touchais, je pris conscience que ses mâchoires étaient tendues et que tout son corps était rigide. De toute évidence, il se contrôlait violemment pour rester passif.

Cette découverte fit aussitôt disparaître ma gêne. Je

remarquai alors à quel point le contact de son jean rêche contre la peau fine de mes cuisses était délicieux.

Il ne me quitta pas un instant des yeux tandis qu'il levait doucement les mains pour les déposer légèrement sur mes hanches. Je tremblai à ce contact.

J'essayai de prendre une inspiration qui se termina en un gémissement lorsque ses mains appuyèrent sur mes hanches en une lente et ferme pression pour m'installer exactement où il le voulait. Je cessai définitivement de respirer lorsque la chair douce de mon intimité fut pressée contre la rigidité de son sexe à travers le denim. Je parvins à retenir un cri, alors que mon corps était secoué d'un long tremblement.

— Tu voulais parler ? Je t'écoute.

Je rouvris les paupières pour plonger mon regard dans l'encre de ses yeux. Parler ? Alors que j'avais tellement besoin de me frotter contre lui ? Besoin de retirer son T-shirt pour toucher enfin sa peau chaude et douce. Ce que je voulais, c'était l'embrasser à en perdre haleine, jusqu'à ce qu'il partage la faim torturante qui m'habitait.

Mais je n'en fis rien. J'étais tout aussi incapable de parler. Que m'arrivait-il ? Jamais je n'avais été ainsi submergée par un désir si puissant que j'étais incapable de raisonner calmement. Tout ce que je voulais, c'était onduler contre le corps de Smoke.

— Tu n'as pas confiance en moi, n'est-ce pas ?

Le ton accusateur était évident, et je ne pouvais ignorer la douleur dans sa voix. Cela me fit mal. Étais-je capable de le blesser ?

— Non, non, ce n'est pas ça, parvins-je à lâcher malgré mon souffle haletant.

Ses pouces s'enfoncèrent dans la chair tendre de mes hanches, et j'eus l'impression d'être marquée au fer rouge.

— Si, c'est exactement ça. Si tu avais confiance en moi, tu n'aurais pas peur.

J'affrontai son regard noir comme la nuit.

— J'ai confiance en toi, protestai-je. C'est juste que…

Je m'interrompis afin de rassembler mes idées brouillées par le désir.

— J'ai peur parce que tu es mon meilleur ami. Tu es tout ce que j'ai, Smoke, et je ne… Je ne veux pas te perdre.

Je m'étais tellement forcée à prononcer ces dernières paroles que ma voix avait tremblé. Je devais le faire. Pour qu'il comprenne, pour qu'il s'apaise.

Malheureusement, cela n'eut pas l'effet escompté. Il crispa encore un peu plus les mâchoires, et son expression se fit orageuse.

— C'est exactement ce que je dis, tu n'as pas confiance en moi. Tu penses sérieusement que je pourrais te quitter ? Ça fait plus de vingt ans qu'on est amis, Cat. Merde ! Rien ne pourra jamais m'éloigner de toi, rien !

Je ne parvenais plus à respirer. J'avais l'impression qu'il avait pris mon cœur entre ses grandes mains chaudes et qu'il le serrait doucement.

— Le sexe change tout. Il rend les choses plus…, balbutiai-je.

— Ne mélange pas ce qui se passe entre nous avec l'histoire de tes parents ou ton mariage avec ce connard de Justin. C'est différent, et tu le sais. Putain, Cat ! *Je* suis différent.

Bien sûr qu'il l'était. Ma raison me le soufflait. Mais émotionnellement, j'avais été tellement abîmée que je ne parvenais pas à m'ôter de l'idée que, si je me laissais aller, il prendrait le pouvoir et l'utiliserait contre moi. Que je finirais seule et impuissante.

— Je sais tout ça, Smoke, dis-je malgré ma gorge serrée. C'est juste que cette alchimie entre nous, c'est… c'est trop. Je déteste perdre le contrôle et la nuit dernière…

Je fus incapable d'achever ma phrase. Je vis passer de la fureur dans son regard.

— Est-ce que je t'ai donné une seule fois une bonne raison de ne pas te fier à moi ?

— Je…

— Réponds, Cat !

Je sentis ma gorge se serrer. Non, bien sûr que non, ça n'était jamais arrivé.

— Ce n'est pas toi, Smoke, c'est moi qui ne fonctionne pas normalement.

— Dis-le ! exigea-t-il.

— Non, soufflai-je, non, tu ne m'as jamais donné aucune raison de ne pas avoir confiance en toi.

— Non, putain, jamais !

Sans que je m'y attende, il bougea sous moi, imprimant un léger roulement à ses hanches de façon que le jean tendu sur son érection vienne frotter mon sexe sensible. Je me cambrai sous l'afflux de volupté qui m'assaillit.

— Notre alchimie est délirante, et c'est ce que je veux entre nous. Je veux ce que nous avons eu la nuit dernière. Je le veux chaque nuit. Et tu sais quoi ? Si tu avais un tant soit peu confiance en moi, tu ne te préoccuperais pas un instant de perdre le contrôle.

— S… Smoke, soufflai-je en gémissant lorsqu'il imprima une nouvelle pression.

— Vingt ans et tu ne me fais toujours pas confiance.

Sa prise sur mes hanches se raffermit, et il me pressa plus fort contre son corps.

— Ça mérite une bonne leçon, tu ne crois pas ?

Il bougea encore une fois le bassin tout en me maintenant fermement contre la proéminence rigide de son érection. Je gémis lorsqu'elle frotta contre mon clitoris, envoyant une vague brûlante de plaisir dans tout mon corps. J'avais si chaud.

— Je veux que tu te laisses aller, chaton, murmura-t-il contre mon oreille. Je veux t'entendre crier. Je veux que tu perdes tout contrôle pour que tu comprennes enfin que je serai toujours là pour te retenir dans ta chute.

Ses hanches se soulevèrent, et une nouvelle onde de plaisir électrique me transperça.

— Je serai toujours là pour te protéger, ma douce.

Je haletais de plus en plus fort. J'essayai de m'écarter de lui pour faire cesser la brûlure entre mes cuisses, mais il me maintenait fermement. Je ne pouvais rien faire d'autre que retenir mes cris de volupté lorsque son sexe venait cogner contre ma fente, encore et encore.

Le corps secoué de tremblements, j'appuyai les paumes contre son torse et posai la tête sur son épaule. Il empoigna ma queue-de-cheval et tira ma tête en arrière pour prendre possession de ma bouche. Son autre main glissa pour se poser sur mes fesses. Sa langue me pénétrait sauvagement tandis que sa main courait le long de mes fesses et jusqu'à mon sexe. Du bout des doigts, il effleura la chair gonflée et humide de mon intimité.

Je ne savais plus où j'étais, je ne pouvais rien faire d'autre que gémir contre sa bouche alors que son membre dur pressait mon clitoris et que ses doigts passaient et repassaient sur ma féminité trempée de désir.

J'ondulais des hanches instinctivement, prise d'une fièvre irrésistible. Je buvais à ses lèvres, incapable de me rassasier de la faim qu'il avait éveillée en moi. Puis ses doigts remontèrent la ligne de mes fesses pour s'y arrêter. Je me raidis brusquement, à la fois choquée par l'intimité de son geste et terriblement excitée. Smoke ne s'arrêta pas pour autant, son doigt caressa la chair tendre et secrète avant de me pénétrer lentement.

Je vibrais de tout mon corps, et il avala le gémissement rauque qui m'échappa quand la sensation, un mélange foudroyant de félicité et de transgression, me submergea. Ma peau se couvrit de sueur tandis que son sexe allait et venait de plus en plus vite contre le mien et que son doigt me pénétrait de plus en plus profondément. Le plaisir était si intense que j'avais l'impression qu'une lame chauffée à blanc brûlait au creux de mes reins.

Smoke mordit ma lèvre, envoyant une onde de douleur sensuelle le long de mes terminaisons nerveuses. Je poussai un cri d'extase.

Les paupières closes, je gémissais sans discontinuer, prise au piège d'un ravissement trop puissant. Si j'essayais de me libérer de la sensation torturante de son doigt en moi, je me retrouvais plus fortement pressée contre son érection, et mon clitoris ne pouvait pas plus supporter la violence de ce plaisir.

Des lumières violentes explosaient sur le fond noir de mes paupières. L'odeur de Smoke, entêtante, m'enivrait. J'avais la sensation d'être enfermée à l'intérieur d'une bulle saturée de l'odeur de nos deux corps excités. La sensualité avait tellement pris le contrôle de mes sens que je bougeais de plus en plus vite contre lui, en quête d'une jouissance qui m'échappait toujours.

— Tu as envie de jouir, ma douce, n'est-ce pas ? murmura-t-il tout contre ma bouche tandis que son doigt bougeait lentement en moi.

Il pressa son sexe dur contre mon clitoris jusqu'à ce que j'émette un sanglot de frustration. Mon corps tremblait comme si j'avais de la fièvre tandis qu'un plaisir inimaginable montait dans ma tête. Le contact de mes seins contre son buste était presque insupportable. J'avais l'impression que j'allais disparaître dans la violence de ces sensations qui me jetaient hors de moi-même.

— Oui, Smoke, oui, je t'en prie... J'ai besoin de venir...

— Dis-moi ce que tu veux. Dis-le, gronda-t-il en me pénétrant plus profondément de son doigt.

— Je veux... jouir, je t'en prie.

Il recommença à dessiner de lents cercles avec le bassin,

et j'agrippai désespérément son T-shirt alors que le plaisir devenait de plus en plus insoutenable.

— Tu as confiance en moi ?

— Oui… Smoke… Oui. J'ai… J'ai confiance en toi.

Une autre lente pression m'arracha un sanglot d'extase. Son doigt reprit ses mouvements lents dans mon corps.

— Alors, prouve-le-moi, chaton. Donne-moi le contrôle.

Les dernières résistances qui protégeaient encore mon âme et mon esprit abandonnèrent la lutte en cet instant.

— Oui ! criai-je d'une voix déformée par le désir. Prends le contrôle. Je veux que tu le prennes.

Il ne me fit pas attendre plus longtemps. Ses hanches se pressèrent contre mon bassin en rythme tandis qu'il contrôlait d'une main sur ma hanche les mouvements de mon corps. Entre mes fesses, la pénétration de son doigt me faisait gémir sourdement.

Alors, enfin, la jouissance, explosive, brutale, m'emporta. Le visage enfoui contre sa poitrine, je criai mon plaisir encore et encore avant de m'écrouler, vidée de toutes mes forces, contre lui.

14

Smoke

J'étais si dur que je me sentais à l'agonie. Pourtant, je m'en moquais. La douleur physique n'était rien à côté du bonheur de tenir Cat dans mes bras, nue et comblée.

Lorsque les spasmes de l'extase s'espacèrent, je caressai son dos, heureux de sentir le satin de sa peau moite de sueur sous ma paume. Elle restait immobile et abandonnée contre moi, et la pièce résonnait de sa respiration laborieuse.

J'enfouis le nez dans ses cheveux et inspirai avec délice l'odeur douce de son shampoing presque couverte par celle, merveilleusement sensuelle, de son excitation. Je retins un grondement de frustration. Bon sang ! Je voulais m'emplir de cette odeur, la savourer partout — dans ma bouche, sur ma peau, partout. J'avais envie de la dévorer, de goûter chaque parcelle de sa peau, de ma langue, de mes doigts, de ma queue.

Dire que, pendant des années, tout cela n'avait été qu'un rêve sans espoir. Enfin, le rêve devenait réalité. Maintenant, Cat était à moi. Je pouvais enfin réaliser tous les fantasmes qui m'avaient hanté après des années à tenter de résister au désir.

À présent, j'avais toute la journée pour découvrir

son corps. J'avais tout mon temps. Le problème, c'est que j'étais aussi impatient qu'un adolescent et que je ne comptais pas perdre un seul instant à faire autre chose que jouir d'elle. J'avais trop besoin de me perdre en elle.

Je l'enlevai doucement de mes genoux et la déposai sur le canapé.

— Je reviens dans deux secondes, chaton, ne bouge pas.

Je n'attendis pas sa réponse et me dirigeai vers la salle de bains. Je mouillai une serviette d'eau chaude avant de revenir dans le salon. Cat était roulée en boule au bout du canapé. Son visage était tourné vers le dossier, appuyé contre son bras. Elle tenait les bras autour de son corps comme si elle avait froid, et ma poitrine se serra.

Je savais que je m'étais montré exigeant avec elle, que je l'avais poussée au-delà de ses limites. Et si j'étais allé trop loin ? C'est ce que je faisais toujours, non ? J'étais incapable de m'arrêter !

Mieux valait cependant ignorer cette voix maudite dans ma tête et me concentrer sur Cat. Je m'assis à côté de sa silhouette recroquevillée et la repris sur mes genoux. Elle n'eut qu'un bref moment de raidissement avant de se détendre contre moi, la joue posée sur mon torse.

Avec toute la douceur dont j'étais capable, j'écartai ses jambes pour vérifier l'état de sa fragile intimité. Comme je le craignais, sa chair vulnérable avait trop frotté contre le tissu rêche du jean, et la chair de son sexe adorable était toute rouge.

Bon sang ! Je n'aurais pas dû la frotter aussi fort sur moi. En colère contre moi-même, je passai légèrement la serviette tiède entre ses cuisses en espérant que la chaleur l'apaiserait.

Elle laissa retomber la tête contre mon bras, et j'entraperçus l'éclat vert de ses yeux tandis qu'elle me contemplait paresseusement à travers ses longs cils. Peu à peu, l'étau qui m'écrasait la poitrine se desserra. Il y avait un éclat particulier dans ces profondeurs vertes, et ce n'étaient ni la peur ni la dévastation auxquelles je m'étais attendu, mais quelque chose de plus doux, de plus intense aussi.

— Tu m'as brisée en mille morceaux, murmura-t-elle.

Non, elle n'était pas brisée, je le voyais maintenant. Je l'avais poussée dans ses retranchements, sauvagement, mais elle était forte. Elle était sans aucun doute plus solide que moi. Les femmes l'étaient toujours. Ma mère l'était, elle aussi.

— Menteuse, répondis-je en faisant glisser le linge sur sa peau vulnérable. Tu es tout sauf brisée.

Je me délectais de la sentir frémir sous le contact de la serviette, intime et léger. Sa bouche, encore enflée de nos baisers, s'entrouvrit sur un sourire. Incapable de résister, je me penchai sur ses lèvres, déjà en manque de son goût. Elle n'essaya pas de lutter et ouvrit la bouche sous la mienne, comme si elle avait elle aussi attendu ce baiser.

C'était tellement bon. Comme un shoot qui montait directement à la tête, sucré et brûlant. Le meilleur bourbon qu'il m'ait été donné de savourer.

Merde ! C'était si bon que j'étais à deux doigts de jouir dans mon jean comme un gamin !

Prudemment, je l'écartai de mes genoux. Je me levai et jetai la serviette sur la table avant de me débarrasser de mes vêtements, tremblant d'impatience. Qu'est-ce que j'avais prétendu, déjà ? Que j'avais tout mon temps ? Belle promesse… Je m'emparai de la boîte de capotes que j'avais posée sur la table et l'ouvrai fébrilement.

Cat me regardait depuis le canapé, les yeux grands ouverts, buvant le spectacle que je lui offrais en déroulant l'étui de latex le long de mon sexe douloureusement tendu. Lorsque je revins lentement vers elle, ses iris s'agrandirent encore. Elle me contemplait comme si elle ne m'avait jamais vu auparavant.

L'éclat particulier de son regard me donnait l'impression d'être un dieu vivant. Certes, j'avais toujours eu du succès auprès des femmes, mais le regard appréciateur de Cat me faisait l'effet d'une flamme se propageant le long d'une ligne d'essence. Mon cœur battait de plus en plus violemment dans ma poitrine.

Je l'allongeai sur le dos sans la quitter des yeux et lui écartai les cuisses avant de m'agenouiller entre elles. Elle frissonna lorsque je fis courir les doigts sur la peau fine de ses cuisses.

— Tu vas bien ? Tu n'as pas mal ? demandai-je d'une voix mal assurée en caressant la chair gonflée de son sexe.

Sa respiration s'étrangla dans sa gorge, et une rougeur délicate enflamma ses joues.

— Un peu.

Pourtant j'étais incapable de me retenir d'entrer en elle tant le désir me brûlait les reins.

— Dis-moi si cela devient douloureux, ma douce.

De mes doigts, je préparai son sexe humide à l'invasion de ma queue. Puis je me positionnai à l'entrée de sa fente et plongeai mon regard dans le sien.

— Regarde-moi, chaton. Je t'interdis de détourner les yeux, tu m'entends ?

Alors je la pénétrai doucement, d'une lente poussée. La sensation était si puissante que je ne parvenais plus à respirer tandis que sa chair intime se contractait autour de mon érection.

C'était tellement fort. Tellement bon.

Elle gémit en se cambrant contre moi. Elle était si belle, ainsi, les yeux mi-clos, le souffle court. La plus belle vision érotique qui soit. Cat, nue, sous moi… Enfin !

Ses seins étaient dressés, et une fine couche de sueur couvrait sa peau dorée. Étranglé de désir, je parcourus son corps du regard, jusqu'à l'endroit merveilleux où nos deux corps se rejoignaient. Mon cœur cessa de battre lorsque j'admirai la soie rose de son intimité serrée autour de ma queue large et dure.

— Oh ! putain, soufflai-je. C'est tellement bon. Prends-moi en toi, chaton, prends-moi tout entier.

J'écartai ses genoux pour ouvrir davantage ses jambes et me délecter du spectacle de mon sexe la pénétrant.

Elle poussa un petit cri tandis que je relevais ses hanches d'une main pour la pénétrer entièrement.

— Oh… Smoke… Je ne sais pas… Je ne peux pas…

— Si, tu peux.

Je me retirai lentement, savourant la vue de mon membre brillant de son miel. Puis je m'enfonçai à nouveau, nous faisant tous les deux gémir de plaisir.

À présent que j'étais en elle, le sentiment d'urgence avait disparu, je voulais prendre mon temps. Je voulais la savourer. Lui donner tout le plaisir qu'elle méritait. La faire crier mon nom, encore et encore.

Ses doigts se crispèrent sur mes biceps, s'enfonçant de plus en plus fort dans ma peau à mesure que je l'emplissais plus profondément. Elle rejeta la tête en arrière, m'offrant l'arc gracieux de son cou. J'adorais la voir s'abandonner de la sorte, j'adorais le son de son souffle haché.

— Ça aurait dû être comme ça depuis longtemps entre nous. Et c'est comme ça que ce sera désormais.

Ma voix était grave et rauque alors que je bougeais les hanches dans un autre lent va-et-vient. Je sentis ses ongles s'enfoncer dans ma chair.

— Je ne suis pas sûre… de pouvoir supporter…

Je plongeai en elle encore une fois, m'enivrant de l'agonie du plaisir qui illuminait son visage.

— Tu peux tout supporter, chaton. Tu es tellement forte.

— Je… Je ne sais pas, haleta-t-elle, les hanches soulevées pour venir à ma rencontre. Tu es… trop pour moi. Oh ! Seigneur…

Elle poussa un cri de volupté irrésistible quand je pressai son corps plus fort contre le mien.

Trop ? Non, certainement pas ! Cette femme merveilleuse avait élevé un enfant toute seule, elle avait gardé la tête haute face à son ex violent, elle avait construit une vie à partir de rien. Elle pouvait parfaitement gérer un type comme moi. Je n'avais aucun doute à ce sujet.

En cet instant, j'avais envie de lui prouver tout ce qu'elle était capable d'endurer. J'interrompis mes lentes allées et venues pour saisir l'une de ses jambes et la poser sur mon épaule tout en maintenant son autre genou largement écarté. Ainsi, elle était encore plus ouverte, et je la pris dans une poussée brutale, jusqu'au bout.

Le souffle coupé, Cat ferma les yeux, et ses ongles griffèrent mes épaules. Comme c'était bon de sentir les marques de son plaisir dans ma chair. Un plaisir que moi seul étais capable de lui donner.

Je me mis à la prendre plus vite, la poussant contre le bras du canapé à chaque coup de reins qui me faisait glisser dans l'étroit fourreau de son intimité.

— Tu vois ce dont tu es capable ? Tu peux tout supporter de moi, ma douce.

Je sentis que je perdais peu à peu le contrôle, submergé par l'intensité des sensations — la douceur de sa peau soyeuse, la senteur érotique de son excitation. Le plaisir remontait le long de ma colonne vertébrale, grondait sous mon crâne. Je voulais aller plus vite, plus fort, jusqu'à me perdre en elle.

Elle était à moi. Enfin.

— Smoke, supplia-t-elle alors que ses hanches bougeaient de plus en plus vite sous moi. Je t'en prie… Je t'en prie…

J'accélérai encore la cadence, presque fou de sentir

sa chair intime se contracter violemment autour de ma queue, de sentir la pression de sa jambe contre mon épaule et la douleur délicieuse de ses ongles dans ma peau.

Son visage portait les traces de l'intensité de l'extase qui montait en elle, ses joues et son cou rougissaient. Elle mordillait fiévreusement sa lèvre tout en fermant fort les paupières au bout desquelles scintillaient ses cils mouillés de larmes de plaisir. Elle était tellement belle, tellement parfaite.

Sauf que j'avais envie qu'elle me regarde la faire jouir.

Je m'arrêtai et pris son menton entre mes doigts.

— Ouvre les yeux.

Elle battit des cils, le regard flou, ses pupilles immenses prenant presque tout l'espace de ses iris. Le spectacle de son ravissement me fit gronder de satisfaction. Il n'y avait pas la moindre trace de peur dans son regard qui me fixait sans honte.

— Tu es à moi, ma douce, à moi, grondai-je d'une voix gutturale, presque sauvage.

Puis je me penchai sur elle et pris sa bouche, la pénétrant de ma langue en même temps que ma queue reprenait possession de son sexe étroit.

Elle trembla violemment, ravalant un cri, et me rendit mon baiser avec une passion dévorante. Il n'était plus question d'aller lentement. J'avais besoin de la prendre sauvagement, de l'entendre hurler sa jouissance et de sentir son corps venir à la rencontre du mien. Je voulais la baiser encore et encore sans interruption.

Notre étreinte devint sauvage. Je la maintenais sous moi tandis qu'elle soulevait instinctivement les hanches vers moi, pour frotter son clitoris contre mon bassin. Elle prenait ma bouche avec une frénésie incroyable, me rendant presque fou.

Non, en fait, elle me rendait *complètement* fou. Ses ongles griffaient la chair de mon dos, et je perdis définitivement le contrôle, la prenant avec une sorte de désespoir. Je mis les mains au-dessus de sa tête pour qu'elle ne heurte pas les accoudoirs tandis que je la pénétrais puissamment.

Ses cris d'extase résonnaient à mes oreilles, et je sentais ses seins tendus de désir bouger contre mes muscles. Le plaisir devint bientôt si insupportable que je quittai sa bouche pour m'enfouir dans son cou. Incapable de me retenir, je mordis doucement la chair tendre. En réponse, je sentis ses muscles intimes se contracter plus fort autour de ma queue, m'arrachant un grondement d'insoutenable plaisir.

Sa peau était si douce, si fraîche. Seigneur, j'étais au paradis. Je ne contrôlais plus mes coups de reins.

J'essayais de reprendre mes esprits, de ralentir, mais j'avais largement dépassé ce stade et j'allais et venais en elle sans interruption.

Jamais je n'avais rien vécu d'aussi bon dans toute mon existence. Un doute atroce s'immisça dans mon esprit. Je ne méritais pas un tel bonheur. Non ! Je n'allais pas gâcher cet instant de félicité parfaite ! Bien sûr que je méritais tout cela. Jouir du corps de Cat était longtemps resté un fantasme irréalisable. Et pourtant, ce jour était arrivé, et je ne comptais pas le laisser me glisser entre les doigts.

Je m'abandonnai enfin entièrement et nous conduisis tous deux vers les sommets de l'extase. Bientôt, elle sanglota, répétant inlassablement mon nom, les yeux mouillés de larmes. Nos deux corps luisaient de sueur, et je glissai la main entre eux, pour atteindre son clitoris gonflé et sensible. Je passai les doigts sur la douce excroissance de chair une fois, puis deux. Puis j'appuyai plus fort en m'enfonçant en elle.

Elle cria mon nom tandis que son sexe enserrait convulsivement le mien. Son corps se cambra comme si elle avait reçu un choc électrique, puis il s'amollit entre mes bras quand l'orgasme la submergea. Je la tins fermement contre moi, le visage dans son cou avant que l'extase me surprenne à mon tour. La jouissance remonta le long de mon membre jusqu'à l'arrière de ma tête, explosant en une myriade d'étincelles.

La sensation qui m'envahit ensuite était… indescriptible. Je n'avais pas de mot pour la décrire. Était-ce cela, la paix ? Ce sentiment me rappelait celui qui m'avait envahi après la mort de mon père, comme si un poids insupportable avait soudain quitté ma poitrine. Un poids dont je n'avais pas pris conscience, jusqu'à ce que je ne le sente plus.

Je devais vraiment être fou de faire cette comparaison, et pourtant c'était celle qui me venait en cet instant. Une sensation de libération prodigieuse.

J'inspirai lentement le parfum de sa chevelure. Un mélange de shampoing, de sexe et de l'odeur qui n'appartenait qu'à elle. L'odeur de mon foyer.

Non, jamais je ne la laisserais partir…

15

Cat

C'était la seconde fois de la matinée que je connaissais l'extase dans les bras de Smoke. La seconde fois que je criais son nom, dévastée par le plaisir. La seconde fois que j'étais littéralement anéantie par le désir.

Et la première fois que je n'avais pas peur. Non, je n'avais plus peur de ce qui allait se passer entre nous, parce que je m'en moquais éperdument.

Smoke semblait avoir abattu tous les doutes, toutes les peurs, toutes les incertitudes qui m'avaient assaillie. Entre ses bras, je n'étais plus que sensations. N'était-ce pas l'effet qu'il avait toujours eu sur moi ? Il réglait tout pour moi, depuis toujours.

Alors que j'étais paisiblement installée dans ses bras, mon angoisse me paraissait ridicule. Comment avais-je pu tant peiner à lui accorder ma confiance ? J'aurais dû la lui accorder immédiatement. Après tout, je me fiais à lui en ce qui concernait Annie. Qu'était mon cœur en comparaison de mon enfant ?

Mon cœur ? Qu'est-ce que mon cœur venait faire dans cette histoire ? Ce n'était qu'une façon de parler, sans doute. Il était mon meilleur ami, la personne sur qui je comptais le plus, bien sûr que je l'aimais. Mais je n'étais pas amoureuse de lui. Je n'avais jamais voulu franchir cette limite. Pas avec lui. L'amour était un sentiment atroce. Je devais m'interdire de le ressentir pour un ami d'une telle valeur.

Pourtant, mon instinct me disait que c'était bien cette direction que je prenais.

Inutile de le nier. Tout avait changé, et pas seulement à cause du sexe. Smoke voulait que nous soyons ensemble pour de bon. L'annonce officielle de notre couple était l'équivalent d'un mariage aux yeux du club. Et pour protéger Annie, cette relation devenait là aussi une nécessité.

Qu'y avait-il de mal à cela, après tout ? Cet homme ne me ferait pas de mal, il ferait n'importe quoi pour moi et ma fille et, en prime, il me donnait d'incroyables orgasmes. Que pouvais-je vouloir de plus ?

Blottie contre lui, je pris conscience que c'était précisément tout ce que je désirais le plus au monde. Pourtant, une force obscure en moi continuait de résister, m'empêchant de m'abandonner totalement. Était-ce à cause des problèmes avec mon père ? Ou autre chose ? Je n'en avais pas la moindre idée, je pressentais seulement que cette force jouait contre nous.

Je craignais d'être blessée à nouveau, or, si je donnais à Smoke un tel pouvoir sur moi, il pourrait me faire vraiment mal.

Il se raidit tout à coup, et je le sentis glisser contre moi. Aussitôt, ma bouche s'assécha, et toute pensée déserta mon esprit. Je savourais sur moi le poids de son corps et contre ma cuisse la semi-rigidité de son sexe. La chaleur qu'il dégageait était incroyable.

J'avais encore envie de m'arquer contre lui. J'avais envie de tracer de mes doigts les lignes de ses muscles puissants, le dessin excitant de ses abdominaux. Je voulais parcourir cette peau lisse et dorée.

Cette sensualité était nouvelle pour moi. Je n'avais jamais eu de telles envies pour un homme, auparavant. Pas même avec Justin.

Peut-être aurais-je dû me méfier de cette attirance irrépressible pour le corps de Smoke ? Avec un jour ou deux pour me ressaisir, j'aurais sans doute été raisonnable, mais en cet instant j'étais incapable de lui résister. Je levai les yeux pour me perdre dans son regard sombre.

— Tu es tellement incroyable, souffla-t-il.

« Tu es à moi. » Voilà ce qu'il avait dit à l'apogée du plaisir. La possessivité contenue dans de tels mots aurait dû me faire fuir très loin. Pourtant, lorsque Smoke les avait prononcés, c'était différent de Justin. Je m'étais sentie désirée, protégée. Pour la première fois, je n'étais plus la fille encombrante de mon père ou la petite erreur de ma mère, je n'étais plus le punching-ball de Justin. Je n'étais même plus la mère d'Annie.

J'étais la compagne et l'amante de Smoke. Simplement moi-même.

Je caressai son visage, passant le doigt sur l'arête de son nez et la courbe aiguisée d'une pommette, avant de frotter la paume contre sa barbe du matin. J'atteignis ses lèvres dont je traçai le contour. Elles étaient fermes et étonnamment douces.

— Toi aussi, tu es incroyable.

C'était loin de traduire la violence de mes sentiments intérieurs, c'était simplement vrai. Il l'était. Il me sourit, et sa bouche qui bougeait sous mes doigts envoya des frissons dans tout mon corps.

J'étais à nouveau excitée par lui. Mon meilleur ami. Mon amant.

Doucement, il mordilla la pulpe de mes doigts. Un puissant éclair de volupté vint se ficher directement dans mon ventre.

— Et ce n'est pas fini, ma douce. Nous avons toute la

matinée devant nous. Et je compte bien ne pas en perdre une seule seconde.

Même en cet instant, alors que j'étais nue et abandonnée entre ses bras, je ne pus m'empêcher de rougir.

— Tu n'as pas d'autres projets ?

— Aucun. Comme je te l'ai dit, je n'ai pas l'intention de faire quoi que ce soit d'autre que de te baiser.

Je sentis mon visage s'embraser. Smoke avait toujours eu un langage fleuri, voire vulgaire. Au fil des ans, je l'avais entendu dire des choses bien plus crues. Mais ce n'était pas de moi qu'il parlait, et certainement pas de moi et de sexe.

— Eh bien, c'est ce que tu viens juste de faire, alors…

— Quoi ? m'interrompit-il. On a fait « quoi » selon toi ? On est très loin du compte, crois-moi. J'ai tout un tas de fantasmes en réserve te concernant, Cat, et ils ne se résument pas à un missionnaire sur le canapé !

J'avalai ma salive avec difficulté, de plus en plus mal à l'aise face à son absence totale d'inhibition. De mon côté, ma vie sexuelle avait été correcte sans être exceptionnelle. Je n'avais jamais eu d'amant comme Smoke auparavant. Lui prenait ce qu'il voulait, exigeait, ordonnait sans honte. Je n'avais pas son assurance.

Je vis un coin de sa bouche se soulever, comme s'il savait ce qui se passait dans ma tête.

— Quoi ? Tu as toujours peur ?

— Non, bien sûr que non, m'écriai-je, agacée.

Il rit de me voir ainsi tomber dans le panneau qu'il me tendait, et je lui administrai une tape légère sur l'épaule.

— Arrête de te comporter comme un salopard ! Tout cela est nouveau pour moi ! J'ai besoin d'un peu de temps pour m'y habituer. Tu viens juste de me dire que tu me désires depuis des années, après tout.

L'éclat diabolique qui se mit à briller dans son regard fit un instant cesser les battements de mon cœur.

— Tu n'as pas besoin de temps.

Et, avant que j'aie pu ajouter le moindre mot, il me tourna brusquement sur le ventre, dos à lui, avant d'appuyer son sexe en pleine érection contre mes fesses.

— Non, chaton, la seule chose dont tu as besoin, c'est de ma queue.

J'inspirai brusquement tandis qu'il appuyait fermement la main à la base de ma nuque pour maintenir mon visage contre le tissu.

— Tu as toujours réponse à tout, n'est-ce pas ? demandai-je d'une voix déjà rauque.

— Parce que j'ai toujours raison.

Il garda la paume sur ma nuque tout en glissant son autre main sous mes hanches pour me mettre à genoux.

— Je pense vraiment que j'ai besoin de temps, Smoke, insistai-je alors que mon pouls pulsait violemment dans mes veines. Je te l'ai dit, je…

Je fus brutalement interrompue par le glissement délicieux de son sexe contre ma chair déjà humide de plaisir. Mes jambes tremblèrent.

— Tu veux dire que c'est trop pour toi, chaton ? demanda-t-il d'un ton innocent.

Il recommença son lent mouvement, conduisant son sexe le long de ma fente jusqu'à mon clitoris. J'étais totalement offerte, incapable de bouger à cause de sa main qui me maintenait en place. Et j'adorais cette domination sensuelle qu'il exerçait sur moi.

— Dis-le-moi, et j'arrêterai.

Un plaisir puissant renaissait en moi à chacun de ses mouvements. Ce n'était pas ce plaisir qui m'effrayait, mais la perte de contrôle… J'étais terrifiée à l'idée de laisser mon cœur s'échapper de ma poitrine pour tomber directement entre ses paumes. Cette possibilité avait toujours existé entre nous, je le comprenais à présent. Lui n'avait fait qu'attendre que je remarque enfin qu'une histoire était possible. Pendant ce temps-là, j'avais délibérément regardé ailleurs.

Aujourd'hui, je ne pouvais plus faire semblant. Pour autant, je ne voulais pas tomber amoureuse de lui. Et cela n'avait rien à voir avec son maudit club. J'avais simplement peur de ce que je pouvais perdre en me laissant entraîner dans cette histoire.

Lui.

Pas seulement son amitié, mais lui, Smoke. Je ne pouvais pas le perdre. C'était impossible.

Parce que tu es déjà amoureuse de lui, souffla une petite voix dans ma conscience.

Je fermai les yeux très fort contre le tissu du canapé pour échapper à cette pensée. Mieux valait me concentrer sur les sensations physiques qui me submergeaient — le chemin langoureux de son membre contre mon sexe, l'odeur musquée de nos deux corps excités, la puissance de nos désirs confondus.

Oui, c'était bien mieux de ne penser qu'à cela.

— Dis-moi, ma douce ?

Il se retira un peu, et je sentis son membre presser contre mes fesses.

— Et comme ça, c'est trop pour toi ?

Je gémis sourdement tandis qu'il appuyait un peu plus fort et passait la main le long de mon ventre, jusqu'à mon clitoris. Le plaisir se répandit en moi en un flot brûlant. Je haletai de plus en plus fort, et des paillettes de lumière explosèrent sous mes paupières.

— Cat, réponds, exigea-t-il en pressant de nouveau mon clitoris entre ses doigts.

— Je… Je ne sais pas…

Il s'appuya plus longuement contre mes fesses, et je sentis ma chair s'ouvrir pour lui. La sensation était à la fois légèrement douloureuse et tellement enivrante… Jamais je n'aurais cru désirer une telle chose et, maintenant, je ne pouvais penser à rien d'autre qu'à son sexe pénétrant mes fesses.

Ces derniers temps, il y avait beaucoup de choses que je croyais ne pas vouloir et qui m'étaient devenues plus nécessaires que ma prochaine respiration.

Smoke dut le deviner, car il rit doucement, l'enfoiré !

— C'est ce que je me disais aussi. C'est trop pour mon pauvre petit chaton. Ne t'inquiète pas, nous aurons tout le temps pour ça plus tard. Je reconnais que je n'ai pas assez de patience dès qu'il s'agit de me perdre en toi.

Il se retira légèrement et, cette fois, la colère en moi l'emporta sur la honte. Merde ! Si je refusais ce plaisir nouveau et interdit, je serais bel et bien la poule mouillée qu'il m'accusait d'être. Or je n'étais pas une poule mouillée. Certainement pas !

— Je n'ai pas peur !

Pour le lui prouver, je poussai les fesses en arrière, contre son érection brûlante. La main sur ma nuque appuya plus fort, m'immobilisant.

— Stop, ordonna-t-il d'une voix ferme. Tu n'as pas à me prouver quoi que ce soit, Cat.

— Vraiment ? Pourtant c'est bien toi qui m'as traitée de lâche tout à l'heure.

Il grommela un juron entre ses dents.

— Je n'aurais pas dû. C'était con.

Sa main libre parcourut mon dos en une caresse apaisante.

— Je ne vais pas te prendre comme ça maintenant de toute façon. Tu auras besoin d'être préparée pour ça, et je n'ai pas assez de patience aujourd'hui. J'ai trop envie de toi. Je ne veux pas te faire mal, à toi moins qu'à quiconque, chaton.

Gênée par la façon totalement décomplexée dont il parlait d'une chose qui me paraissait terriblement intime, je sentis une chaleur traîtresse couvrir mon visage.

Affreusement mal à l'aise, je voulus me redresser, mais sa main sur ma nuque resserra son emprise.

— Ça ne veut pas dire que je ne compte pas te baiser quand même, ma douce. Alors reste exactement comme tu es, offerte et magnifique. Ne bouge pas.

La main sur ma nuque disparut en même temps que la chaleur de son corps lorsqu'il se leva du canapé. J'aurais pu me redresser à présent, seulement, il m'avait dit de ne pas le faire. Alors je restai ainsi, à genoux, la tête contre le tissu, respirant avec difficulté tandis que je le regardais prendre un autre préservatif dans la boîte.

Contempler son corps souple et ses muscles puissants me fit aussitôt oublier mon malaise. Les yeux écarquillés et la gorge sèche, je le vis dérouler la capote le long de son membre large et dur.

Une nouvelle vague de désir me laissa pantelante, vide et affamée.

Smoke s'agenouilla dans mon dos et vint au-dessus de moi, en appui sur ses deux mains placées de part et d'autre de mon visage. Je retrouvai avec bonheur la chaleur de son corps qui se collait au mien. Seigneur ! Comme j'aimais cette sensation !

Je frémis en sentant sa main partir de mon épaule pour descendre lentement le long de ma colonne vertébrale. Ses doigts refirent le même chemin en sens inverse, et je m'arquai instinctivement contre sa paume, exactement comme le chat dont il m'avait donné le surnom. Incapable de me contrôler, je cambrai les hanches et me pressai contre lui avec insistance. J'avais tellement envie de lui, de le sentir en moi qu'un sanglot de frustration me serra la gorge.

Hélas, il ne semblait pas décidé à accéder à ma demande. Il se contenta de me caresser lentement. Puis je sentis son souffle courir le long de mon dos. Je me tendis aussitôt. Qu'allait-il me faire, maintenant ?

Ses mains prirent mes fesses en une douce étreinte avant de descendre plus bas pour écarter largement mes jambes. Je n'eus pas le temps de comprendre ce qui se passait que je sentis sa langue passer sur ma fente en un baiser appuyé.

J'émis un hoquet choqué avant qu'une vague de plaisir intense me fasse enfouir le visage dans le canapé. D'instinct, j'essayai de m'écarter de cette caresse presque insoutenable. Ses mains tenaient l'arrière de mes cuisses. J'étais fermement maintenue lorsqu'il me lécha une nouvelle fois, sa langue pénétrant mon sexe trempé de désir.

Je gémis et fermai les yeux lorsqu'il recommença. J'avais l'impression qu'un feu ravageait mes entrailles en même temps qu'une explosion de bonheur pur montait jusqu'à ma tête. Bientôt, je n'eus plus aucune envie de m'écarter, au contraire, mes hanches se soulevaient d'elles-mêmes pour lui donner un meilleur accès à mon intimité.

Mais là encore, sa poigne me maintenait si fermement que je n'étais pas libre d'onduler comme j'en mourais d'envie. Je ne pouvais que sangloter de plaisir tandis que sa bouche goûtait de plus en plus sauvagement mon sexe brûlant.

Je le suppliai d'arrêter tant le plaisir devenait insoutenable. Il n'obéit pas. Il attendit au contraire que je perde vraiment tous mes repères, que je me mette à délirer d'extase pour me laisser, tremblante et le corps désespérément vide.

Il se redressa, et je sentis enfin la chaleur de son membre appuyer contre mes fesses, puis glisser sur ma fente. Alors, il s'enfonça profondément en moi, d'un seul coup de reins puissant, brutal.

Je vins presque aussitôt, étouffant mes cris de jouissance dans les coussins. Mes muscles intimes se contractaient convulsivement autour de son sexe qui m'emplissait, allant et venant lentement, comme s'il avait tout le temps du monde. Les dernières vagues de l'orgasme n'avaient pas encore reflué que ses doigts caressèrent mon clitoris. Il joua avec moi jusqu'à ce que mon corps tout entier se mette à trembler violemment.

Je ne sais pas combien de fois il me fit jouir de la sorte, de ses doigts et de son sexe profondément planté en moi. Je ne savais plus qu'une chose : je ne serais plus jamais la même.

Il m'avait anéantie. Dépossédée de tout ce que je croyais être. Ruinée.

16

Smoke

Dès que j'eus terminé ma discussion avec Keep à propos de certains problèmes qui s'étaient posés lors de la rencontre avec les Démons, je sortis du club et montai sur ma Harley. L'impatience faisait battre mon cœur plus vite.

Il était presque 17 heures, et j'étais fou de rage à l'idée de trouver porte close à la bijouterie à cause de cette conversation.

Je devais à tout prix récupérer ce que j'avais acheté à Cat. Cela faisait deux semaines que nous vivions ensemble chez elle. Cette intimité nouvelle n'avait fait que renforcer ma certitude : nous étions faits pour être ensemble.

Tout en elle, absolument tout, m'appartenait et me ravissait. De ses longs cheveux d'or noir à ses iris verts lumineux. De sa petite chatte étroite à ses adorables seins.

J'aimais chaque instant que nous partagions. La façon dont elle m'embrassait quand elle rentrait du travail, et nos bagarres pour nous emparer de la télécommande quand nous nous installions devant la télévision après avoir couché Annie. À chaque fois, elle laissait inconsciemment une main posée sur moi, sur mon torse ou mon ventre, comme si elle ne pouvait s'empêcher de me toucher.

Le lendemain de cette soirée incroyable au club, elle m'avait dit que je l'avais anéantie, ruinée. Je n'avais pas osé répondre qu'elle m'avait fait exactement le même effet.

Avant, je reportais mon désir pour elle vers d'autres femmes, parce que je savais qu'elle ne me voulait pas comme je la voulais, moi. Et ça me convenait… à peu près. Je gérais ça du mieux que je pouvais.

Maintenant, toute cette frustration appartenait au passé. J'avais enfin Cat dans ma vie et dans mon lit. À présent, je connaissais par cœur le goût de sa bouche, la saveur érotique de son sexe mouillé de désir. Je savais quel effet ça faisait d'être enfoui profondément en elle, de sentir ses jambes fuselées enserrer ma taille, de l'entendre crier mon nom quand je la faisais jouir.

J'aimais tout autant la sensation qui m'envahissait quand elle se pelotonnait dans mes bras et posait la tête sur ma poitrine avant de s'endormir. Comme si elle se sentait à l'abri. Comme si elle me faisait enfin pleinement confiance…

Oui, elle avait anéanti toutes mes défenses. Il n'y aurait plus personne d'autre qu'elle désormais, je le savais au plus profond de moi.

Ce matin, nous nous étions disputés à propos du fait que je comptais prendre les choses en main financièrement — payer les factures, le loyer. Pendant la dispute, j'avais commis l'erreur de lui dire qu'elle devrait songer à changer d'appartement. Elle s'était mise en colère et m'avait lancé au visage que cet arrangement n'était pas censé durer et qu'elle n'irait nulle part tant que la menace que Justin faisait peser sur Annie n'était pas écartée.

Sauf que l'arrangement en question était permanent pour moi. Tout ce que nous vivions était réel.

Au cours des deux semaines passées, il m'avait semblé

plus raisonnable de la laisser s'habituer tranquillement à ma présence. Mais ce matin, alors que je voulais lui dire ce que je pensais — à savoir que je n'avais pas l'intention de m'en aller —, elle m'avait coupé l'herbe sous le pied en déclarant qu'elle devait partir au travail et que nous finirions cette discussion plus tard.

Maintenant, donc.

Je comprenais bien sûr qu'elle soit toujours effrayée. J'avais vu plusieurs fois la peur dans son regard au cours des jours passés. Elle doutait toujours de moi — de nous. C'est pourquoi j'avais dépensé une petite fortune pour lui payer la bague qui lui ferait enfin comprendre que nous deux c'était du sérieux. Le bijou devait être prêt aujourd'hui.

Ce serait la preuve de mon engagement envers elle — la promesse que je ne la quitterais jamais. Qu'elle était liée à moi pour toujours.

Et si elle ne voulait pas de ça justement ? À cette pensée, mon cœur manqua un battement.

Je me penchai sur le guidon de ma Harley et fis hurler le moteur pour exorciser ma peur et ma rage. Qu'importent ses desiderata, elle finirait par s'y faire. Elle était à moi et elle n'irait nulle part.

Récupérer la bague ne me prit que quelques minutes, et je me retrouvai à nouveau en selle, direction l'appartement de Cat. En entrant, je sus tout de suite qu'elle était déjà rentrée. Je l'entendis parler au téléphone comme je passais la porte d'entrée. Elle discutait avec la baby-sitter qui s'occupait d'Annie après l'école, les après-midi où je ne pouvais pas le faire moi-même.

Mon cœur s'emballa dans ma poitrine. J'avais l'impression que la bague était brûlante dans ma poche et qu'elle allait faire un trou dans mon jean. Des tonnes de questions tournaient en boucle dans ma tête, et je me retrouvai à faire les cent pas dans le salon pour essayer de me calmer.

Une partie de moi, celle du biker brutal, ne la laisserait pas partir, qu'elle le veuille ou non. Mais l'autre partie, celle de l'ami de toujours, voulait qu'elle reste par choix. Si seulement elle pouvait enfiler cette bague et dire qu'elle ne voulait rien d'autre que vivre avec moi pour toujours…

— Salut.

Je relevai la tête au son de sa voix et la découvris dans l'encadrement de la cuisine. Elle portait la même tenue que le soir de la fête, cette jupe noire tellement sexy et le chemisier vert presque transparent. Ma tenue préférée. Son regard était prudent. De toute évidence, elle n'avait pas oublié notre dispute du matin.

Elle leva la main pour libérer ses cheveux de l'élastique qui les retenait en queue-de-cheval. L'écran de soie noire se répandit sensuellement sur ses épaules. Mes doigts me picotaient tant je brûlais de les enfouir dans sa chevelure, avant de resserrer mon poing sur elle pour lui tirer la tête en arrière et exposer son cou. Je mourais d'envie de la lécher à l'endroit où battait son pouls, de la mordre doucement pour laisser une marque, *ma* marque, sur sa peau fine et pâle.

Putain, ce côté possessif devenait vraiment flippant ! Je n'aimais rien tant qu'apposer ma marque sur elle, pour montrer au monde extérieur qu'elle était mienne.

Malheureusement, le moment était mal choisi pour ce genre de petits jeux.

J'interrompis ma marche inutile et fourrai les mains dans mes poches. Mes doigts s'enroulèrent malgré moi autour de l'écrin de la bague.

— Salut, lançai-je.

Elle me répondit d'un soupir, puis vint vers moi, me passa les bras autour du cou et monta sur la pointe des pieds pour m'embrasser. J'aimais tellement ça ! Cette façon qu'elle avait de s'approcher de moi, sans crainte, sans hésitation. Cela me donnait des frissons à chaque fois.

Lorsqu'elle mit fin à notre baiser, mon cœur cognait à grands coups dans ma poitrine. Elle s'écarta, et je devinai à ses sourcils froncés qu'elle avait perçu mon humeur indécise.

— Qu'est-ce qui se passe ? demanda-t-elle doucement. C'est à propos de ce matin ?

Ma bouche s'assécha d'un coup, et mon pouls se mit à battre la chamade. Merde ! C'était de la folie de réagir comme ça ! Je n'avais aucune raison de flipper !

— Je dois te dire quelque chose.

Cat cligna des paupières, sans doute inquiète de mon ton plus sec que je ne l'aurais voulu. Elle baissa presque aussitôt ses longs cils, mais pas avant que j'aie entrevu l'éclat de peur dans ses yeux.

— Tu as l'air drôlement sérieux, dit-elle en reculant d'un pas, les bras croisés.

Elle réagissait exactement comme lorsqu'elle était effrayée. Elle s'éloignait de moi. Elle se protégeait. Et je ne pouvais pas la laisser faire.

Je sortis les mains de mes poches pour la ramener contre moi, savourant la sensation de son corps chaud contre le mien. Elle se détendit légèrement, mais son regard traduisait toujours sa réserve.

— Que se passe-t-il ? répéta-t-elle.

Je gardai un bras passé autour de sa taille et, de ma main libre, je sortis l'écrin de ma poche.

— C'est pour toi.

Ses yeux passèrent plusieurs fois de la boîte à moi et s'élargirent de stupéfaction.

— Smoke, je…

— Laisse-moi d'abord parler. Tu m'as dit ce matin que tu ne voulais pas déménager parce que nous deux, ce n'était pas censé être pour toujours. Seulement... Cat, ça l'est pour moi. Même lorsque Justin aura compris le message et battra en retraite, je ne compte pas m'éloigner de toi ou d'Annie, tu comprends ? Quand j'ai dit que je ne te quitterais jamais, je pesais chacun de mes mots.

Ses yeux verts me contemplaient, et elle restait muette. Ce n'était pas exactement la réponse que j'espérais... Je m'efforçai de refouler le sentiment de déception qui m'étouffait. Après tout, je pouvais bien me montrer patient. J'avais eu des années pour comprendre ce que j'avais envie de vivre avec elle, alors que tout cela était nouveau pour elle.

— Nous n'allons pas revenir en arrière, chaton, insistai-je. Parce que je ne veux plus être ton ami. Je veux être bien plus que cela. Je veux être tout ton univers, comme tu es le mien.

Je la sentis se raidir entre mes bras alors que l'émotion colorait ses pommettes. Je raffermis mon bras autour de sa taille pour qu'elle ne s'écarte pas.

— Ouvre la boîte.

Elle hésita, et j'essayai désespérément de ne pas me sentir blessé par sa réticence manifeste. Mon geste représentait nécessairement une épreuve pour elle, surtout après ce qu'elle avait vécu avec son ex. Seulement, je n'avais rien à voir avec Justin et je le lui avais déjà dit. Elle le savait, non ?

Elle finit par prendre l'écrin et l'ouvrit. La bague scintilla sur le velours noir. Elle était en or blanc et représentait une tête de chat stylisée dont les deux oreilles étaient incrustées de minuscules émeraudes. Un travail d'orfèvre qui m'avait coûté les yeux de la tête, mais je m'en moquais. Elle valait mille fois plus que chaque centime que m'avait coûté ce bijou.

Cette fois, sa réaction fut celle que j'attendais. Elle ouvrit la bouche et poussa un petit cri de surprise. Alors qu'un instant plus tôt elle ne voulait pas de ce cadeau, je vis ses doigts saisir instinctivement la bague. Je réussis à attraper l'anneau avant elle, parce que je voulais que ce soit moi qui le lui passe au doigt. Doucement, je pris sa main gauche et glissai le bijou à son annulaire.

Il lui allait parfaitement, je m'en étais assuré. Les émeraudes brillaient à la lueur du soleil qui entrait encore par les fenêtres.

— Smoke…

Sa voix tremblait d'émotion, et elle ne parvenait pas à me regarder dans les yeux, son attention entièrement focalisée sur la bague.

— Je ne comprends pas. Qu'est-ce que tout cela signifie, exactement ?

Je pris son menton entre mes mains pour qu'elle me regarde en face.

— Qu'est-ce que tu crois ? Tu es déjà ma compagne aux yeux du club, mais ce n'est pas suffisant pour le reste du monde. Je veux que notre relation soit officielle, légalement reconnue par tous. Et je veux adopter Annie, être son père pour de bon.

Je vis soudain une tempête d'émotions animer son visage, tellement brutale et rapide que je ne parvenais pas à reconnaître les émotions qui l'agitaient. Une seule émergeait cependant : la peur.

Instinctivement, elle essaya de s'écarter, et je l'en empêchai.

— Que crains-tu, Cat ? Je croyais que tu avais enfin confiance en moi.

Je cherchai à croiser son regard, car elle semblait en proie à une véritable panique.

— Laisse-moi, s'emporta-t-elle en me poussant de la main.

— Non !

Je saisis son visage entre mes mains et essayai tant

bien que mal d'ignorer l'atroce douleur qui me broyait la poitrine.

— Tu as été heureuse avec moi ces deux dernières semaines, je le sais. Alors pourquoi est-ce que cela te pose un problème que notre relation devienne permanente ?

— Smoke, répéta-t-elle en essayant à nouveau de me repousser.

Je ne bougeai pas d'un millimètre.

— Je sais que tu as peur, Cat. Je le vois dans tes yeux.

Ses doigts se crispèrent plus fort sur mon torse.

— Tu ne sais rien ! Il y a deux semaines, tu étais mon meilleur ami, et soudain tu veux me passer la bague au doigt et rendre tout cela officiel ! Tu es dans ma vie, dans mon lit et… merde, Smoke ! Tout ça va bien trop vite ! Je n'arrive même pas à réfléchir ! Je… J'ai besoin de temps, OK ? De temps et d'espace.

Bien sûr, je comprenais vaguement que tout allait trop vite pour elle. Pourtant, cela n'affaiblissait pas la violence du coup que je venais de recevoir en plein cœur. La déception me laissait un goût de cendre dans la bouche.

J'aurais voulu rétorquer que plus de vingt ans d'amitié ne rendaient clairement pas notre relation « rapide ». J'aurais voulu prendre sa bouche et l'embrasser à en perdre la raison, jusqu'à ce que sa peur s'évanouisse, ne laissant que le plaisir. J'aurais voulu lui prouver que la seule chose dont elle avait besoin, c'était moi.

Au lieu de quoi, je la lâchai brusquement et reculai. Elle m'avait demandé de l'espace, elle allait en avoir.

Elle inspira abruptement et se redressa, le visage fermé. Le cœur serré à en crever, je la vis retirer l'anneau de son doigt et le remettre dans son écrin.

— Elle ne te plaît pas ? demandai-je d'un ton dur qui ne faisait que traduire ma déception.

Elle avait à nouveau croisé les bras, comme si elle essayait de se protéger de moi, et son regard semblait blessé. Je ne la comprenais pas ! C'était moi qui avais mal. Pourquoi semblait-elle souffrir ?

— Elle ne me plaît pas…, répéta-t-elle d'une voix rauque d'émotion. Mais bien sûr que si ! Je l'adore. Elle est magnifique. Cette bague, c'est… C'est tout ce que j'ai toujours voulu et, oui, c'est terrifiant. Parce qu'à chaque fois que j'ai voulu quelque chose par le passé ça a tourné à la catastrophe.

À ces mots, la pression sur mon cœur s'allégea légèrement. Au moins, elle ne me rejetait pas complètement. Elle voulait toujours de moi. Seules ses angoisses profondes l'éloignaient de moi, de nous.

— Le passé ne veut rien dire ! Rien ne tournera à la catastrophe entre nous, pas si je peux l'en empêcher.

Je résistai à l'envie de la ramener contre moi alors qu'elle détournait le regard. Nerveusement, je passai une main dans ses cheveux.

— Tu ne peux pas le promettre, dit-elle. Toutes les relations que j'ai eues ont viré au cauchemar. Toutes. Et à chaque fois, c'est moi qui y laissais des plumes.

Cette fois, ses yeux assombris de douleur et de crainte se posèrent sur moi.

— J'en ai marre de perdre à chaque fois, Smoke, reprit-elle d'une voix tendue. J'en ai marre d'être abandonnée. Mon amitié avec toi est la seule chose dans ma vie qui n'ait pas mal tourné.

Un mouvement instinctif me poussait à la rejoindre, à lui prendre la main, à me comporter comme l'ami attentionné que j'avais toujours été pour elle. Mais la blessure de son rejet faisait courir dans mes veines la frustration et la déception comme un acide qui rongerait mon âme. J'avais la sensation atroce que tout ce dont j'avais toujours rêvé était là, à portée de main, et qu'elle me l'enlevait au dernier moment.

— Je n'arrêterai pas d'être ton ami simplement parce

que nous couchons ensemble, grondai-je. Ça ne changera pas ce qu'il y a entre nous.

Cette fois, elle planta son regard dans le mien.

— Je n'ai pas peur du changement, Smoke. J'ai peur de trop m'investir. J'ai besoin d'avoir quelque chose d'autre, quelque chose qui restera, même si ça ne marche pas entre nous.

— Merde, Cat ! Pourquoi penses-tu que ça ne marchera pas ?

Je sentais la colère monter en moi, malgré les efforts que je fournissais pour la contrôler. La frustration creusait un trou énorme dans ma poitrine, un gouffre béant qui menaçait de m'engloutir.

— J'ai été ton ami pendant plus de vingt ans ! Et je le reste aujourd'hui encore ! Rien ne changera cela. Je ne sais pas combien de fois il faudra que je le répète ! Je ne sais pas ce que je dois t'offrir de plus pour que tu en sois enfin convaincue ! Merde ! Je ne sais pas ce que tu veux de moi, à la fin !

Son visage se ferma brusquement.

— Je ne le sais pas non plus, souffla-t-elle à voix basse.

J'eus l'impression qu'une bombe explosait en moi. J'étais incapable de rester immobile, de conserver cette distance odieuse entre nous. Une distance qui s'élargissait à chaque seconde. Comme je m'approchais, elle tenta de lever la main pour me maintenir à l'écart, mais je l'ignorai.

Aveuglé par la douleur et la rage, je la saisis par les hanches et la pressai contre mon corps déjà dur, au simple contact de sa chair douce.

— Alors, penses-y ! De quoi as-tu besoin ? Tu veux absolument entendre ces conneries de déclarations d'amour, c'est ça ? C'est ce que tu veux ?

Une flamme brûlante passa dans son regard, sa colère répondant à la mienne.

— Alors pour toi, dire « je t'aime », ce sont des conneries ? Va te faire voir, Smoke.

Elle me repoussa brutalement, mais je m'en moquais. J'avais beau savoir que je ne faisais qu'aggraver les choses, je ne pouvais pas me retenir. Je pris ses fesses entre mes mains, enfonçant les doigts dans sa chair douce et ferme. Je l'appuyai plus fort contre mon érection, traversé d'un pathétique sentiment de triomphe en sentant son souffle se bloquer dans sa gorge.

— Réponds-moi ! Est-ce que c'est ce que tu veux entendre ? Tu veux que je te dise que je t'aime ?

Elle serra les lèvres, comme si elle ne voulait pas me répondre. Elle n'en avait pas besoin de toute façon. J'avais deviné juste. La bague, nous deux, ce n'était pas suffisant pour elle. Elle voulait que je lui dise « je t'aime ».

Seulement, je ne savais même pas ce que ça voulait dire, l'amour. Ce n'était pas grand-chose, à en croire mon expérience ! L'amour, c'était une femme qui agonisait sur un lit d'hôpital à cause des blessures infligées par son mari. L'amour, c'était des coups de poing en plein visage et des brûlures de cigarette sur la peau nue. C'étaient des années de souffrance et d'abus.

— L'amour, c'est de la merde, Cat, et toi, plus que tout autre, tu devrais le savoir. *Ça*, au contraire..., ajoutai-je en pressant à nouveau sa féminité contre ma queue, ce qui lui arracha un gémissement involontaire. *Ça*, c'est réel. Ça signifie quelque chose. Tout ce que je te donne, tout ce que je fais pour toi, ça a du sens. Alors, putain, si tu as besoin d'entendre les discours à la con pour te sentir bien et en sécurité, je te les dirai. Et si tu veux remonter l'allée d'une église dans une foutue robe blanche, avec des demoiselles d'honneur et tout le tralala, eh bien, soit ! Si tu veux rester dans cet appartement miteux, on y restera. Tout ce que tu voudras, chaton ! Tu n'as qu'à me dire ce que tu préfères.

Au fur et à mesure que je parlais, ses joues rosissaient, et la flamme dans ses yeux grandissait dangereusement, voilant son regard de désir. Elle avait enroulé les doigts dans le coton de mon T-shirt et bougeait avec moi, son corps alangui ondulant contre le mien. Même si son esprit avait encore du mal à m'accepter dans sa vie, son corps me reconnaissait aussitôt.

— Et si j'exigeais que nous redevenions simplement amis ? souffla-t-elle d'une voix rauque de désir. L'accepterais-tu aussi ?

— Non, ma douce. Pas moyen.

Pour me faire bien comprendre, je la soulevai contre moi afin qu'elle sente toute la longueur de mon sexe dur appuyer sur sa fente.

Je buvais son regard presque noir, enfin victorieux car je savais que ses pupilles ne s'élargissaient ainsi que quand elle me voulait avec une faim insoutenable.

— Dans ce cas… Tu… Tu dois me laisser du temps.

Putain ! Alors même qu'elle était excitée et prête à être prise, elle ne voulait pas lâcher l'affaire ! J'aimais cette ténacité chez elle, même si, en l'occurrence, elle me rendait fou. Tout ce que je voulais, c'était qu'elle dise oui. Qu'elle m'accepte ! Qu'elle me choisisse ! Était-ce vraiment trop demander ?

Je savais comment la convaincre, cependant. Je savais utiliser l'alchimie puissante entre nous, jouer avec son corps en manque, jusqu'à ce qu'elle sanglote et soit prête à me donner tout ce que j'exigeais. Mais j'aurais voulu qu'elle dise oui sans que j'aie à lui forcer la main !

Mon sang s'était transformé en acide dans mes veines, charriant la fureur et la frustration. J'avais envie de cogner. Plus encore, j'avais envie de baiser. De la prendre, jusqu'à ce qu'elle crie mon nom.

Je remontais déjà sa jupe, caressant la peau douce de ses cuisses au-dessus des bas noirs, lorsque mon téléphone se mit à sonner dans ma poche arrière. Je connaissais cette sonnerie. C'était Keep qui appelait. Et je ne pouvais pas l'ignorer.

Avec un juron, je lâchai Cat sans pour autant quitter son regard alors que je décrochais. Nous n'en avions pas fini, loin de là.

— Quoi ? lançai-je sans faire aucun effort pour me montrer poli.

— J'ai besoin de discuter d'un truc avec toi au club, déclara Keep sans prendre de gants. Il y a eu une plainte des flics à ton sujet.

Qu'est-ce que c'était que cette histoire ? Je restais toujours loin des flics, et ils me rendaient la politesse.

— Comment ça ? Je n'ai rien…

— Amène-toi ici, Smoke !

Keep coupa la communication. La rage grondait en moi, presque aussi fort que la faim brutale que j'avais de Cat. Je pouvais toujours sentir la chaleur de son corps, et ce n'était pas ce qui allait me donner envie de retourner au club discuter avec Keep. Cependant, ignorer un ordre direct du président n'était pas une bonne idée. Alors je fourrai mon téléphone dans ma poche.

— Je dois y aller.

Déjà, Cat avait redescendu sa jupe sur ses longues jambes. Ses doigts tremblaient, et j'eus au moins la satisfaction de me dire que même après deux semaines dans son lit je lui faisais toujours autant d'effet.

— Ah ? Qu'est-ce qui se passe ? demanda-t-elle d'un ton qu'elle voulait dégagé.

— Des ennuis au club.

Je fis un pas vers elle, la pris par la nuque et l'embrassai sauvagement.

— On n'en a pas encore fini, chaton.

Et sur cet avertissement, je quittai l'appartement.

17

Cat

Après le départ de Smoke, je m'écroulai sur le canapé car mes genoux étaient trop faibles pour me porter. Les pulsations de mon cœur ne voulaient pas s'apaiser, et je pouvais encore sentir la chaleur des doigts de Smoke sur mes cuisses. Et la pression de son sexe contre le mien.

J'inspirai brutalement et fixai la petite boîte posée sur la table. La bague à l'intérieur était parfaite. Sublime. Je l'adorais. Personne ne m'avait offert de présent aussi personnel auparavant. En fait, je n'avais qu'une envie : la passer à mon doigt et ne plus jamais la retirer.

Mais je ne le pouvais pas.

Les deux semaines passées avec lui avaient été merveilleuses. Déjà avant cela, il prenait tellement de place dans mon existence que je m'étais imaginé que l'avoir tout le temps à la maison ne changerait finalement pas grand-chose. Sauf que, bien sûr, cela changeait tout.

Il m'aidait à m'occuper d'Annie, il discutait avec moi, riait avec moi et me soutenait comme il l'avait toujours fait. Sauf qu'à la nuit tombée il ne partait pas.

Au lieu de cela, il m'emmenait au lit et me faisait crier de plaisir dans l'oreiller tandis qu'il découvrait et détruisait une à une toutes mes inhibitions. Jusqu'à ce qu'il n'y ait plus une seule partie de mon corps qu'il n'ait pas touchée, caressée, léchée ou mordue. Désormais, mon corps lui appartenait entièrement, il n'y avait rien que je ne l'aurais laissé faire. Il faisait en sorte que le plaisir me submerge au point que j'oublie ce qui m'avait effrayée ou retenue en premier lieu.

Et puis, il y avait tous ces moments hors de notre lit. Lorsqu'il posait la main sur mon dos ou enlaçait ses doigts aux miens. Quand nous regardions la télé et qu'il passait son bras autour de moi. Tous ces petits gestes de tendresse qui me faisaient fondre et me rassuraient. Je les aimais tant.

En fait, je n'avais pas réalisé jusqu'alors à quel point ces contacts quotidiens me manquaient. Maintenant, à chaque fois qu'il posait la main sur moi, je mourais d'envie de me presser contre lui, affamée de caresses.

Finalement, loin de briser notre amitié, cette nouvelle relation physique semblait l'avoir renforcée, enrichie. Tout entre nous était… tellement juste, naturel, bon.

Et pourtant…

Mon regard revint se poser sur l'écrin de la bague. Je ne comprenais pas moi-même ce qui, dans ses paroles ou dans ses attentes, m'avait tellement effrayée. J'aurais dû avoir confiance en lui. Non, j'avais confiance en lui. Néanmoins, mettre cette bague à mon doigt, c'était assumer la permanence de notre relation bien plus clairement que son blouson sur mes épaules.

Bien sûr, Smoke était tout ce que je désirais. Mais l'horrible relation de mes parents et la violence de mon histoire avec Justin avaient visiblement endurci mon cœur. J'étais prête à me protéger de mes sentiments quoi qu'il en coûte. J'avais besoin de préserver mon cœur de la douleur qui ne manquerait pas d'arriver. Elle finissait toujours par arriver.

Voilà pourquoi je ne voulais pas tomber amoureuse de

lui. Je refusais de me montrer vulnérable face à quelqu'un qui pourrait me blesser. Et Smoke avait le pouvoir de me faire du mal, même s'il ne l'avait jamais utilisé. Il avait le pouvoir de me détruire sans même lever le petit doigt, et c'était bien plus effrayant que tout ce que j'avais vécu, y compris avec Justin.

Étais-je prête à lui montrer qu'il avait un tel pouvoir sur moi ? À vrai dire, je n'étais pas moi-même totalement impuissante face à lui. J'avais clairement vu la déception dans son regard lorsque j'avais retiré la bague. Il voulait vraiment que je dise oui.

Ce spectacle m'avait fait culpabiliser, même si, étrangement, je m'étais également sentie immensément soulagée de voir que j'avais moi aussi le pouvoir de le blesser. Peut-être cette réaction perverse était-elle due au fait que j'avais l'impression qu'il tenait mon cœur entre ses mains, tout en maintenant le sien à l'abri ?

Ses paroles tournaient en boucle dans ma tête. Il pensait réellement que les sentiments amoureux n'étaient que des mensonges. Et je ne pouvais pas l'en blâmer. Après tout, je pensais à peu près la même chose.

Alors pourquoi avais-je tellement besoin d'entendre ces mots de sa bouche ? Avait-il raison de mépriser ainsi l'amour ? Est-ce qu'il suffirait qu'il me dise « je t'aime » pour que je me sente enfin rassurée ? Aucune idée.

J'étais sûre en revanche de ne pas vouloir les entendre simplement parce qu'il savait que je les attendais. Je voulais les entendre parce qu'il les pensait sincèrement.

Mais était-ce le cas ? Smoke m'aimait-il ? Ou bien n'étais-je qu'une sorte d'obsession pour lui ? Ou pire, une simple possession, comme sa moto ou son blouson de motard ? Certes, il faisait énormément de choses pour moi, les aurait-il faites pour n'importe qui d'autre qu'il aurait pris sous sa protection ? Ou bien agissait-il ainsi parce que je représentais bien plus que cela pour lui ?

Qu'est-ce que j'allais m'imaginer ? Que j'étais assez spéciale pour qu'il me traite, *moi et seulement moi*, différemment ?

Mince ! Je détestais ces pensées névrotiques qui sapaient ma confiance en moi déjà bien fragile. Je ne devais pas me laisser envahir par ces idées noires alors qu'il était temps d'aller chercher Annie chez la baby-sitter.

Je me dirigeais vers la porte, prête à partir, lorsqu'on frappa au battant.

L'esprit tout empli de Smoke, j'étais certaine qu'il était de retour et je réfléchissais frénétiquement à ce que je lui dirais. Aussi, j'ouvris la porte sans regarder par le judas au préalable et me figeai instantanément.

— Salut, Cat, lança Justin de sa voix douce, si trompeuse.

Ma respiration se bloqua dans ma gorge. Il se tenait à deux pas de moi, vêtu d'un costume hors de prix, toujours aussi beau et arrogant. Je réprimai un frisson devant son sourire qui affichait une gentillesse feinte.

Malheureusement, je restai interdite un trop long moment, et il en profita pour me faire rentrer dans l'appartement, fermant la porte derrière lui. Je reculai de deux pas instinctivement avant que ma raison reprenne le dessus. C'était toujours comme cela. Mon corps se rappelait les coups et cherchait à les éviter. Je m'arrêtai brusquement, furieuse d'avoir reculé devant lui.

— Qu'est-ce que tu fiches ici, Justin ? Je ne t'ai pas invité à entrer. Sors de chez moi !

J'étais parvenue à adopter un ton ferme. Hélas, cela ne suffit pas.

— Non, non, répondit-il sans cesser de sourire. Je veux d'abord te parler.

— Eh bien, moi, je ne veux pas parler avec toi. Sors de mon appartement !

Il leva les bras en un geste d'apaisement qui mit le comble à mon exaspération.

— Accorde-moi cinq petites minutes, Cat. Cinq minutes.

Je n'en avais aucune envie mais, à moins de le mettre violemment à la porte — ce qui m'obligerait à m'approcher bien trop près de lui —, il ne me laissait guère le choix.

Je croisai les bras et levai le menton.

— Cinq minutes et tu t'en vas.

Il poussa un soupir, comme s'il était soulagé et passa une main nerveuse dans ses cheveux. Il m'adressa son petit sourire en coin dont il était persuadé qu'il le rendait irrésistible, alors qu'il me faisait grincer des dents.

— Écoute, j'ai bien réfléchi à propos d'Annie, de la garde… Au fait que tu es piégée dans cet appartement…

Il s'interrompit pour jeter un coup d'œil écœuré autour de lui.

— Enfin, ce n'est pas exactement le meilleur endroit pour élever un enfant, non ? Alors, je me demandais si tu avais réfléchi à la possibilité qu'on se remette ensemble.

L'espace d'une seconde, l'information refusa de monter jusqu'à mon cerveau. Puis je sentis l'air quitter brusquement mes poumons.

— Tu plaisantes, c'est ça ? demandai-je d'une voix blanche. Je t'en prie, dis-moi que tu plaisantes.

Justin se renfrogna, et son rictus exaspérant disparut.

— Non. La vérité, c'est que tu me manques, Cat. Je voudrais que tu reviennes.

Je secouai la tête sans pouvoir m'en empêcher, trop interdite pour trouver mes mots. Il ne pouvait pas être sérieux, c'était impossible. Tout ce que je fus capable de faire fut de pousser une exclamation stupéfaite.

— Tu es complètement fou. Comment pourrais-tu croire, ne serait-ce qu'une seule seconde, que j'aurais envie de revivre avec toi ? Après tout ce que tu m'as fait ?

Il sembla accuser le choc, comme si ma déclaration le prenait par surprise. Puis il ébaucha ce qui devait être pour lui un air contrit.

— J'ai changé, Cat. Je ne suis plus le même, je te le promets. Et puis, pense à Annie. Elle a besoin d'un père. Nous sommes sa famille.

— Annie a déjà un père, bien meilleur que toi, rétorquai-je d'un ton glacial.

Je regrettai aussitôt ma sortie. C'était pourtant vrai qu'Annie avait trouvé en Smoke un vrai père, qui s'occupait d'elle comme si elle était son enfant. Cependant, j'avais commis une erreur en l'affirmant tout haut.

Cette fois, toute la superbe de Justin s'effondra d'un coup. Son expression changea du tout au tout et devint aussi froide que le marbre.

— Ce connard de biker n'est pas son père ! *Je* suis son père ! Et si tu te souciais un tout petit peu d'elle, tu comprendrais que votre place à toutes les deux est auprès de moi !

— Bien sûr ! Avec un homme qui ne sait pas contrôler ses crises de rage. Qui préfère frapper plutôt que parler. Oh oui, elle serait tellement mieux avec un type comme toi, pas de doute !

Face au sarcasme que je ne cherchais pas à masquer, Justin reprit son masque d'avocat propre sur lui.

— Oh ! ça suffit ! Tu vas continuer longtemps à me reprocher ces vieilles histoires ? Je t'aimais, Cat. Je t'aime toujours. Est-ce que ça ne compte pas pour toi ?

Je fixai intensément ses traits trop parfaits. Cet homme avait prétendu m'aimer des centaines de fois, plus que je ne pouvais les compter. Et pourtant, il m'avait frappée violemment, méchamment. Je me rappelais parfaitement la sensation de ses poings qui fracassaient ma chair et mon âme. Malgré tout, j'acceptais ensuite ses déclarations d'amour, comme une pauvre petite chose assoiffée de tendresse et d'affection.

Ces mots, je voulais tellement les entendre que j'oubliais volontairement le fait qu'ils contredisaient ses actions.

Quand nous étions ensemble, Justin passait la majeure partie de son temps à me critiquer, à me rabaisser, comme si je n'étais pas assez bien pour lui. Il me faisait croire que je devais sans cesse m'améliorer pour le mériter.

Il me frappait. Il me blessait. Il me faisait me sentir faible et diminuée.

Smoke ne faisait rien de tout cela. Certes, il ne m'avait pas dit les mots que je désirais tant entendre. Mais tout ce qu'il faisait, il le faisait pour moi, dans mon intérêt. Il m'aidait à avancer, à me construire, il me faisait me sentir belle et désirée. Il me faisait me sentir forte.

Il me défiait sans cesse pour m'inciter à aller de l'avant, à aller au-delà de mes limites, simplement parce qu'il savait que je pouvais le faire. Il voulait le meilleur pour moi, depuis toujours. Et aujourd'hui, il voulait plus encore, pour moi et avec moi.

Parce qu'il tenait sincèrement à moi. Parce qu'à sa manière il m'aimait.

Je sentis l'évidence de cette révélation me pénétrer lentement, comme une caresse qui coulait dans mon sang, qui traversait mes os, qui atteignait mon âme.

Smoke m'aimait. Peut-être ne l'avait-il pas dit, mais chaque jour il me le montrait dans sa façon de me toucher, de me regarder. Il le montrait aussi dans la manière attentionnée dont il s'occupait d'Annie. Oui, son amour était évident.

En un clin d'œil, je sentis toute ma peur refluer et disparaître, terrassée par l'évidence de cet amour. Sans même m'en rendre compte, je laissai mes bras retomber de part et d'autre de mon corps et avançai vers Justin.

— Tu veux savoir à quel point ça compte, Justin ? Eh bien, ça compte pour rien. Parce que tu ne m'aimes pas. Tu ne m'as jamais aimée. Si cela avait été le cas, tu ne m'aurais pas traitée comme tu l'as fait.

Il émit un reniflement de mépris et se redressa comme

s'il cherchait à m'impressionner par sa taille. Il essayait à nouveau de me faire me sentir faible et petite.

— Merde, Cat ! Tu es toujours énervée à cause de quelques malheureuses claques ? Allez, quoi. Elles ne t'ont pas fait si mal que ça !

En entendant ces mots, je sentis une brutale vague de fureur m'envahir. C'était comme si une tempête de rage détruisait définitivement ma vulnérabilité et ma peur. Sans même réfléchir, je levai le poing et le lui envoyai en pleine figure. Fort.

Sous la violence du coup, il recula. Du sang jaillit de son nez et, malgré la douleur dans mes jointures, une satisfaction intense se répandit dans mes veines.

— Putain, mais qu'est-ce qui te prend ? balbutia-t-il en portant la main à son nez, totalement stupéfait.

— Eh bien, Justin, pourquoi tu t'énerves comme ça ? Ce n'était rien d'autre qu'un petit coup au visage, non ? *Ça ne fait pas si mal que ça.*

— Tu es complètement folle ! hurla-t-il d'une voix mal contrôlée qui partit dans les aigus.

La colère et un sentiment de libération intense me rendaient soudain toute-puissante. Je m'avançai encore vers lui et le vis avec satisfaction reculer un peu plus.

— Tu sais ce qui vous différencie, toi et Smoke, Justin ? Tout. Absolument tout. C'est un meilleur ami, un meilleur amant, un meilleur père. Et c'est sans aucun doute un homme meilleur que toi.

Le visage de Justin se tordit brusquement de rage. Il m'agrippa brutalement les cheveux et les tira pour m'amener vers lui.

— Sale garce ! Je vais t'apprendre qui est le meilleur, moi !

Cette fois, je n'avais définitivement plus peur de lui, même quand ses mains me firent mal alors qu'il tentait d'arracher ma blouse et de déchirer ma jupe. J'éprouvais seulement une rage sans nom. Je la sentais monter en moi, brûlante, étincelante, et je rassemblai mes forces, prête à la laisser exploser.

Puis, aussi soudainement qu'elles m'avaient agrippée, les mains de Justin me lâchèrent. Interdite, j'entendis un grondement animal : celui de Smoke.

— Touche-la encore une fois, et je te tue.

Il se tenait dans le couloir, le poing serré sur le col de Justin. Son autre poing s'abattit sur son visage si fort que Justin rebondit contre le mur. Smoke le rattrapa et lui assena un nouveau coup de poing. Une fois. Deux fois. Justin tomba sur le sol en geignant, mais Smoke n'en avait pas fini avec lui. Il lui envoya un coup de pied dans les côtes, puis un autre, et un autre encore.

Cette fois, ma colère reflua, et la peur revint. Pour Smoke.

Son visage n'était plus qu'un masque de rage, et je sus en cet instant que si je ne l'arrêtais pas il allait tuer Justin, ou du moins l'envoyer à l'hôpital sérieusement amoché.

Je me jetai contre Smoke, tirant sur le cuir de son blouson de toutes mes forces pour le retenir.

— Arrête, Smoke ! Arrête ! Il n'en vaut pas la peine !

Hélas, il ne m'écoutait pas. Il ne m'entendait sans doute même pas tandis que je voyais sa botte s'enfoncer dans le corps recroquevillé de Justin.

Tremblante de terreur, je me serrai contre son dos et passai les bras autour de sa taille, juste pour qu'il sache que j'étais là, que j'allais bien.

— Arrête, suppliai-je. Je t'en prie, Smoke. Arrête.

Sous mes paumes, sa poitrine se soulevait et s'abaissait violemment. Ses muscles contractés traduisaient l'intensité de sa fureur. Je savais que c'était cette même rage que je venais d'exorciser un instant plus tôt. Seulement, il y avait de meilleurs moyens de s'en débarrasser que de battre un homme à mort.

Moi-même, je n'aurais pas dû frapper Justin, mais après tout il me devait bien plus qu'un seul coup.

Je serrai davantage les bras autour de Smoke et, enfin, je sentis sa fièvre meurtrière s'apaiser, et il cessa de frapper la masse gémissante à ses pieds. La respiration puissante et rapide de Smoke résonnait dans le petit espace.

Je crus un instant qu'il était peut-être trop tard, que nous allions devoir appeler une ambulance, mais finalement Justin grogna, se retourna et se mit difficilement sur les genoux puis debout. Son visage était couvert de sang, et il gardait une main sur ses côtes contusionnées.

— Tu es un homme mort, lança-t-il à Smoke d'une voix débordante de haine. Plus aucune cour ne lui confiera la garde d'Annie maintenant. Pas alors que son connard de mec est poursuivi pour agression.

Il cracha du sang sur le sol.

— Amuse-toi bien en prison, connard !

Je resserrai les bras autour de Smoke pour le retenir. Et Justin sortit.

18

Smoke

J'étais aveuglé par la rage. En cet instant, je comprenais pourquoi les gens parlaient de colère noire, mon champ de vision s'était effectivement recouvert d'un voile sombre dès que j'avais ouvert la porte et trouvé cet enfoiré de Justin en train d'arracher les vêtements de Cat et de tirer ses cheveux.

Cela m'avait brutalement replongé des années en arrière, la seule autre fois où j'avais ainsi perdu tout contrôle. Je revivais ce jour maudit où j'avais trouvé mon père en train de frapper ma mère, encore et encore. Toute conscience anéantie, je l'avais tué. Ce qui avait eu pour conséquence de ruiner toute ma vie, d'entacher mon âme à jamais, exactement comme ce que je venais de faire en cet instant.

Je sentais l'atroce vérité se faire jour en moi, tandis que la colère refluait. Je n'aurais jamais dû frapper Justin. Hélas, mon sang n'avait fait qu'un tour lorsque j'avais vu ses mains posées sur Cat, la blessant comme il l'avait fait par le passé. Je ne pensais à rien d'autre qu'à le faire payer pour ce qu'il avait fait.

Cat me serrait contre elle maintenant, les bras passés

autour de ma taille. Sa chaleur remontait le long de ma colonne vertébrale et apaisait lentement ma fureur.

Malheureusement, il était trop tard. Bien trop tard.

Justin me tenait. J'étais fait comme un rat. Il allait porter plainte contre moi et, comme Keep voulait préserver ses relations avec les flics, je devrais purger une peine de prison. D'autant plus que j'avais désobéi à Keep en posant la main sur le fils du chef de la police.

À cause de moi, Cat se retrouverait sans protection, et Keep ne pourrait rien faire légalement pour empêcher Justin de récupérer la garde d'Annie. Illégalement, bien sûr, il pouvait agir, néanmoins j'étais prêt à parier qu'il ne voudrait pas aggraver les choses avec les flics.

Merde ! Je venais de perdre le club et, pire que tout, je venais de perdre Cat.

J'avais tout de suite senti que l'appel de Keep n'annonçait que de mauvais présages. Dès que j'étais arrivé au club, il m'avait demandé des explications sur la plainte d'un flic à mon propos. Je n'étais même pas en ville au moment où l'altercation était censée avoir eu lieu. Et Keep le savait parfaitement puisque c'est lui qui m'avait envoyé en mission à l'extérieur. Nous avions tous deux compris que quelqu'un cherchait à me causer des ennuis. Et il n'y avait pas trente-six possibilités. C'était Justin. Il s'était débrouillé pour que son père passe ce coup de fil afin de m'éloigner de Cat.

Dès que je l'avais compris, je m'étais tiré du club en vitesse, roulant comme un fou pour retrouver Cat. Puis, quand j'avais vu ce malade dans l'entrée, les mains sur elle, j'avais littéralement pété les plombs. Je l'avais frappé à l'aveugle, étranglé par la rage. Et maintenant, j'étais pris au piège.

Je n'avais plus qu'un seul moyen d'arranger les choses, et ce moyen m'arracherait le cœur. Mais c'était aussi la seule possibilité pour Cat de garder Annie auprès d'elle. Et il était hors de question qu'elle perde sa fille par ma faute.

— Smoke ?

Sa voix était douce, et ses doigts passaient sur mon ventre en un geste apaisant. Aussitôt, mon corps réagit… Plus bas.

— Tout va bien.

Bon sang ! Je venais de ruiner sa vie, et tout ce qui l'inquiétait, c'était comment j'allais.

Soudain, je ne supportais plus son contact — pas alors que la culpabilité m'étouffait. Je ne voulais pas de sa tendresse après la façon dont je venais de détruire sa vie. Je détachai ses bras avec autant de douceur que possible, essayant de maîtriser la créature violente et enragée que j'étais au plus profond de moi.

— Smoke ?

Je ne voulais pas la regarder. Il me suffirait de l'éclat de ses yeux verts pour perdre définitivement la raison. Alors je m'écartai, le dos tourné, et avançai vers la chambre.

— Smoke, répéta-t-elle anxieusement. Qu'est-ce qui se passe ?

Je m'arrêtai sans me retourner.

— J'ai déconné, déclarai-je d'une voix si rauque qu'on aurait pu croire que je rentrais d'une orgie de trois jours. J'ai tout gâché. Je suis désolé.

— Tu penses qu'il va porter plainte pour agression ? Mais tu me protégeais, Smoke. Je suis témoin, c'était de la légitime défense. Je leur dirai ce qu'il allait me faire…

Je fixai la porte de la chambre, les articulations douloureuses pour avoir tellement frappé cet enfoiré.

— Ce que tu diras ne comptera pas. Peu importe ce qu'il était en train de faire. Personne ne te laissera la garde d'Annie si tu fréquentes un biker violent.

Au fur et à mesure que je parlais, j'avais la sensation que ma poitrine était de plus en plus serrée dans un étau.

Une souffrance atroce, comme un coup de couteau, me fouaillait le cœur.

— Tu te trompes. Nous avons le club. C'est pour cela que je suis devenue ta compagne, non ? Ils nous aideront.

Elle prononçait les mots comme si elle cherchait à s'en convaincre elle-même, et cela me fit plus mal encore.

— Sauf que j'ai tout foiré aussi avec le club.

Les poings serrés, je sentais le sang sécher sur mes jointures. Voilà ce que j'étais. Un type avec du sang sur les mains. Le trou dans ma poitrine s'élargit encore.

— Keep a été très clair. Si je voulais qu'on garde de bonnes relations avec la police, je n'avais pas le droit de toucher Justin. Il sera furieux lorsque ce connard portera plainte.

— Mais, une fois tu m'as expliqué que…

— Aucune explication ne suffira dans ce cas ! La seule chose que je peux faire, c'est prendre mes responsabilités et accepter les conséquences de mes actes !

Soudain, Cat se dressa devant moi, les sourcils froncés, les yeux emplis d'inquiétude… pour moi. Je me dégoûtais.

Puis mon regard tomba sur les traces rouges sur sa peau, sur le tissu déchiré de son haut, et toute ma rage revint.

— Il t'a fait mal.

Ma voix n'était plus qu'un grondement guttural, exactement comme l'animal que j'étais.

— Non. En fait, c'est moi qui lui ai fait mal.

— Ton haut…

Je tendis la main pour toucher le tissu délicat. Je devais fournir d'intenses efforts pour ne pas exploser sous la pression de la fureur qui m'habitait. Je voulais effacer les traces qu'il avait laissées sur sa peau, les couvrir de mes doigts. Elle était mienne, et l'idée que quiconque ait pu la toucher, la blesser, me rendait fou.

Soudain Cat regarda ma main et laissa échapper un petit cri.

— Smoke, tu saignes !

Elle s'approcha de moi, mais je m'écartai vivement. Non ! Je ne pouvais pas supporter qu'elle me touche. Ses yeux s'élargirent de surprise et de peine.

— Smoke...

Putain ! La souffrance devenait intolérable ! Je devais faire le nécessaire, et vite, avant de faiblir.

— Je ne peux pas... Je ne peux pas rester avec toi. Plus maintenant. Pas si tu veux garder Annie.

J'avais beau essayer de la contrôler, la douleur perçait dans chacun de mes mots.

— Qu'est-ce que tu veux dire ? Tu ne peux plus être avec moi ? De quoi tu parles ?

— Si un tribunal sait que nous sommes ensemble, tu es fichue. Le club ne te sauvera pas maintenant que j'ai mis une telle pagaille avec Justin. Keep a besoin de ses relations avec la police et il ne les mettra pas en jeu. C'est à moi de payer pour ce que j'ai fait. Je vais devoir encaisser.

— Tu veux dire... aller en prison ? Tu délires ! Ne sois pas stupide ! Tu n'irais nulle part, et certainement pas en prison. Il y a plein d'autres façons de régler cette histoire et...

— Il n'y a aucun autre moyen ! l'interrompis-je brutalement. Tu ne garderas pas Annie si je ne pars pas !

— Si tu ne pars pas... Combien de temps ? De combien de temps parles-tu au juste ? Jusqu'à ce que toute cette histoire prenne fin, c'est ça ?

Cette fois, le couteau dans ma poitrine s'était transformé en une gueule d'animal qui me déchirait de ses crocs. C'était tout ce que je méritais de toute façon, je n'étais moi-même rien d'autre qu'une bête féroce. J'avais presque tué un homme — je l'aurais bel et bien tué si elle ne m'en avait pas empêché — et je pissais le sang sur son parquet.

Elle risquait de perdre la garde de son enfant à cause de moi. Elle risquait de tout perdre à cause de moi.

Comme elle avait eu raison de ne pas porter ma bague. Raison d'avoir peur de moi.

J'étais un type dangereux. Je blessais les gens. Je tuais même. Et un jour ou l'autre, peu importait que je préfère m'arracher le cœur plutôt que de lui faire du mal, je lui en ferais à elle aussi. Je l'avais déjà fait. J'avais sacrifié notre amitié, je l'avais forcée à devenir ma compagne, mon amante. Elle n'avait jamais voulu tout ça, et j'avais insisté. Je ne lui avais pas laissé le choix.

Quel genre d'homme faisait cela à une amie ?

— Non, Cat, déclarai-je, la gorge sèche. Ce que je veux dire, c'est que je dois te quitter, pour de bon.

Elle blêmit brusquement.

— Quoi ?

— Je… Je ne peux plus être avec toi. C'est mieux pour toi et pour Annie si je ne suis plus dans vos vies. Je vais purger ma peine de prison et je ne veux pas qu'Annie et toi soyez mêlées à cet univers. Surtout pas si ça implique que tu la perdes !

Maintenant, elle me regardait comme si j'étais un étranger.

— Tu ne peux pas sérieusement me dire cela. Tu ne peux pas le penser !

J'affrontai son regard, pour être sûr qu'elle comprenne à quel point j'étais sérieux.

— Je pèse chacun de mes mots, Cat.

— Non, répéta-t-elle en secouant la tête, ses yeux verts traversés d'éclairs. Tu n'iras pas en prison alors que tu ne faisais que me protéger ! Et tu ne me quitteras pas ! Je te l'interdis !

La boule dans ma gorge m'empêchait pratiquement

de respirer. Ma magnifique petite entêtée ! Évidemment, elle refusait d'admettre la vérité.

— De toute façon, tu ne voulais pas de tout ça, tu te souviens ? Tu avais besoin de temps pour réfléchir.

Lui rappeler ses réserves ne pouvait pas lui faire de mal. Cependant, ses yeux flambèrent de colère, et elle releva le menton en un geste de défi.

— Je sais très bien ce que j'ai dit. Et alors ? Si j'avais tort ? Si c'est cela que je veux finalement ?

Non ! Par pitié ! Faites qu'elle n'ait pas changé d'avis sur nous deux ! Je ne pourrais pas le supporter ! Je dus rassembler mes dernières forces pour lâcher d'une voix désincarnée :

— Eh bien, il est trop tard, maintenant. Nous n'avons plus le choix.

Et sans attendre sa réponse, je la contournai et entrai dans la chambre. Je ne pouvais pas soutenir cette conversation. Pas alors qu'elle avait ce regard blessé et que tout ce que je pourrais dire ne ferait qu'aggraver la situation.

Mieux valait que je parte vite. Comme pour les blessures, il était souvent mieux d'arracher le sparadrap d'un seul coup.

J'attrapai mon sac et sortis mes affaires de l'armoire où Cat m'avait fait de la place pour les fourrer dedans.

— Tu n'es qu'un lâche !

La voix de Cat, basse et tremblante, résonna comme un coup de feu. J'avais la gorge trop serrée pour répondre, alors elle continua :

— Je t'interdis de faire ça, tu m'entends ? Tu n'avais pas le droit de changer notre relation, de me faire te désirer, de me dire que tu ne me quitterais jamais… pour partir à la première occasion.

Chacun de ses mots me frappait comme une balle, me transperçant de dizaines de trous. Je pouvais presque sentir mon âme s'écouler hors de moi par ces béances atrocement douloureuses.

— C'est mieux ainsi.

Je gardai les dents serrées pour me retenir de gémir d'agonie.

— Mieux pour qui ? Pour moi et Annie ? Ou pour toi ?

L'accusation dans sa voix relança la fureur dans mes veines. Elle se tenait juste derrière moi, furibonde.

— Tu veux vraiment un homme comme moi ? J'aurais tué cet enfoiré si tu n'avais pas été là ! Je l'aurais battu à mort pour avoir osé poser la main sur toi !

Je me retournai vers elle dans le but de l'intimider, pour qu'elle voie qui j'étais vraiment. Un type violent et brutal.

— C'est ce genre d'homme que tu veux dans ta vie ? Près de ta fille ?

Étrangement, son regard s'adoucit, comme si elle voyait en moi quelque chose de touchant.

— Tout cela n'a rien à voir avec Annie ou moi, n'est-ce pas ?

Je me raidis quand elle avança vers moi au lieu de reculer. Elle se fichait éperdument de ma rage, comme si elle ne croyait pas un instant que je mourais d'envie de frapper quelque chose jusqu'à l'oubli. Elle leva la main pour me caresser le visage.

— Tu t'inquiètes parce que tu as perdu le contrôle avec Justin. Comme avec ton père.

Son regard perspicace me transperçait, et je saisis instinctivement son poignet pour rompre le contact.

— Non, ça n'a rien à voir.

J'essayais désespérément de ne pas sentir la chaleur de sa peau sous mes doigts, ni le rythme effréné de son pouls.

Je mentais, bien sûr, et nous le savions parfaitement tous les deux. J'avais tué mon père, et son fantôme continuait de me hanter après toutes ces années. Le poids de ma violence meurtrière ne me quitterait jamais.

— Tu sais ce que je pensais à l'époque, reprit Cat de son adorable ton décidé. Rien n'a changé. Tu as tiré sur lui pour protéger ta mère. Et tu as frappé Justin parce que tu essayais de me protéger. Voilà le genre d'homme que tu es, Smoke. Tu as toujours été ce genre d'homme. Je pensais que tu le savais. Être auprès d'Annie et moi ne t'a jamais dérangé avant cela. Alors, qu'est-ce qui a changé ?

Elle était si près de moi, à présent, que je pouvais m'enivrer de son odeur familière. Son seul parfum suffisait à me rendre dur. Sans compter que sa blouse déchirée ne cachait plus grand-chose de ses seins magnifiques. Je la désirais tellement !

Mon étreinte se resserra sur son poignet, et je sentis sous la pulpe de mes doigts son pouls s'accélérer.

Ce qui avait changé ? Moi. Et c'est elle qui était responsable de cette métamorphose. Être son ami était facile en dépit de la frustration, cela me permettait de garder une distance salvatrice. J'avais passé ma vie à vouloir davantage sans comprendre ce que cela signifiait vraiment.

Ce qui s'était passé avec Justin venait seulement de révéler la force de mes sentiments pour elle, la violence qui habitait mon âme. J'étais brutal. Agressif. Possessif. Je voulais que Cat m'appartienne, entièrement. Et cela me rendait dangereux.

Elle ne méritait pas une telle brutalité. Pas plus qu'Annie. Cat avait besoin d'un homme qui ne soit ni jaloux, ni autoritaire, ni exigeant. Et Annie avait besoin d'une image paternelle qui soit autre chose qu'un type qui ne gérait pas ses nerfs ou battait tous ceux qui toucheraient à sa femme.

— Peu importe ce qui a changé. Les faits sont les faits,

et il vaut mieux que je parte pour Annie. C'est à elle que tu devrais penser en ce moment, pas à moi.

L'intensité de son regard était presque insoutenable.

— C'est faux ! Ce n'est pas mieux pour elle que tu partes.

Elle posa sa main libre sur ma poitrine, et sa soudaine proximité me fit ressentir d'autant plus cruellement à quel point elle m'était désormais inaccessible. J'aurais pourtant tellement voulu abolir ce mur qui se dressait entre nous. Sentir sa chaleur ne faisait qu'aggraver la souffrance qui m'étouffait.

— Ce qui est bon pour nous, ce serait que tu restes. Parce que tu me fais du bien, Smoke, et que tu fais du bien à Annie. Tu ne le vois donc pas ?

J'aurais tellement voulu la croire ! Hélas, je savais trop que je n'étais bon pour personne depuis ma naissance.

Incapable cependant de résister à la tentation, je pris son visage entre mes mains.

— J'ai pris ma décision. Je suis vraiment désolé, chaton. C'est comme ça.

Sa bouche se serra.

— Non. Non !

Avant que j'aie pu l'en empêcher, elle s'était dressée sur la pointe des pieds et pressait ses lèvres contre les miennes. Elle m'embrassa fiévreusement, furieusement, et je luttai pour ne pas répondre à son baiser. Tous mes muscles étaient tendus par le besoin de la toucher, de l'allonger à même le sol et de me perdre en elle. Je savais que ma rage et ma peine ne disparaîtraient que lorsque ma queue serait étroitement enserrée dans son sexe doux et chaud. Seulement, l'oubli ne serait que temporaire, et la séparation n'en serait ensuite que plus difficile.

Malheureusement, Cat semblait bien décidée à me rendre les choses encore plus compliquées, et ma retenue l'incita juste à m'embrasser avec une passion désespérée.

C'était l'expérience la plus excitante et la plus terrifiante de toute ma vie.

Jamais encore elle ne s'était montrée aussi entreprenante et agressive avec moi. Jamais elle n'avait exprimé son désir avec une telle liberté. Elle m'embrassait comme si c'était son seul moyen de survie.

Ma queue était dure comme de l'acier. J'avais intérêt à mettre rapidement un terme à ce baiser si je voulais être capable de m'éloigner.

Alors j'enfouis une main dans ses cheveux et lui tirai la tête en arrière. Elle résista et m'obligea à tirer plus fort. Je devais lui faire mal à présent, pourtant elle n'émit pas le moindre bruit de protestation. Je parvins enfin à l'écarter. Face à ses yeux assombris de désir et de fureur, je sentis mon cœur se briser.

— Tu ne peux pas partir ! Je ne te laisserai pas faire, s'écria-t-elle avec rage.

Ses mains se collèrent brusquement sur mon sexe à travers le jean, et ma respiration se bloqua dans ma gorge.

— J'ai changé ma vie pour toi ! Tu n'as pas le droit de partir comme si ça ne comptait pas !

— Arrête, Cat… Je t'en prie.

Mes doigts se crispèrent un peu plus dans sa chevelure. Une partie de moi voulait lui faire mal, pour qu'elle paye le fait de rendre tout cela tellement atroce. Je ne me rappelais pas avoir eu aussi mal de toute mon existence.

— Laisse-moi partir !

Des larmes noyèrent ses yeux, mais elle ignora mon ordre, caressant plus fermement mon sexe rigide.

Brusquement, la violence explosa en moi. J'étais énervé, excité et aveuglé par la rage que je sentais pulser dans mes veines. Et Cat était si proche, si chaude, à me toucher, à me faire douter… Je n'avais pas le choix, il fallait qu'elle comprenne combien elle avait tort, à quel point elle se trompait sur moi.

Elle serait bien mieux sans moi.

Si elle voulait vraiment savoir quel genre d'homme j'étais, je n'allais pas lui mentir.

19

Cat

Sa main crispée dans mes cheveux me faisait mal. Pourtant, ce n'était rien à côté de la douleur qui ravageait mon cœur.

Je contemplai son beau visage qui reflétait la même agonie que la mienne. La souffrance se mêlait à une fureur indicible. La même que celle qui avait pris le dessus lorsqu'il frappait Justin. Là encore, sa rage rencontrait la mienne.

Je savais parfaitement ce qui avait changé en lui, et pourquoi il était capable de me quitter alors qu'il voulait m'épouser quelques heures plus tôt. Frapper Justin avait ramené à la surface le souvenir traumatique de la mort de son père. Ce devait être d'une violence terrifiante pour lui. Un tel traumatisme ne disparaîtrait jamais. Cependant, il savait forcément que ce qui s'était passé alors ne le définissait pas. Surtout, il savait bien que cela ne changeait rien à mes sentiments pour lui.

Il n'avait pas le droit de me quitter. Il n'avait pas le droit de transformer notre amitié, de me dire que nous appartenions l'un à l'autre, de me promettre d'être toujours là, pour fuir à la première difficulté !

Il ne pouvait pas me laisser tomber amoureuse de lui,

m'offrir tout ce que j'avais toujours désiré et plus encore, et me l'enlever ensuite !

Je savais parfaitement ce qu'il était en train de faire parce que je connaissais Smoke sur le bout des doigts. Je partageais chacun de ses sentiments paralysants tandis qu'il me maintenait en arrière, tirant brutalement sur mes cheveux.

— Tu es en train de me mettre à l'écart, murmurai-je alors que sa main se posait sur le devant de mon chemisier. Tu essayes de me montrer à quel point tu es mauvais pour moi. À quel point tu pourrais me faire du mal.

Il ne répondit pas, mais sa bouche s'abattit sur ma gorge, mordant ma peau qui se hérissa de plaisir. Puis il saisit brutalement mon chemisier et le déchira en deux. Je frémis d'anticipation. Sa brutalité m'excitait, parce que je savais qu'il ne me ferait jamais souffrir.

— Seulement, tu oublies une chose, poursuivis-je, la voix tremblante. Je te connais, Dane Kingsolver. Je te connais depuis tes sept ans. Et depuis tout ce temps, pas une seule fois tu ne m'as fait du mal.

Il garda le silence et déchira la dentelle délicate de mon soutien-gorge. Enfin, sa paume, large et chaude, empoigna ma poitrine nue, faisant aussitôt durcir les pointes de mes seins. Je poussai un léger halètement tandis que le plaisir grandissait en moi. Il mordit à nouveau la chair tendre de mon cou, et je gémis plus fort. Pour me punir, il pinça la pointe de mon sein, m'arrachant un cri. La douleur me fit monter les larmes aux yeux en même temps qu'une volute brûlante enflait dans mes reins. La tension entre mes cuisses devenait insupportable. Et quand le pincement reprit, le plaisir contracta mes muscles intimes.

Smoke tira plus fort sur mes cheveux, arquant mon dos pour atteindre mes seins de ses dents. Il lécha et mordilla les pointes délicieusement douloureuses. Je poussai un long gémissement d'agonie lorsque sa bouche caressa ma poitrine offerte.

Mon pouls battait avec passion, et tout mon corps tremblait. Il glissa une main exigeante sous ma jupe, puis dans l'élastique de ma culotte qu'il déchira aussi facilement que du papier. Une fois qu'il m'eut débarrassée de tout vêtement, ses doigts s'emparèrent de mon sexe, passant sur la chair douce et mouillée.

Des ondes de plaisir me traversaient.

— Smoke… Oh mon Dieu…

À travers mes yeux mi-clos, je voyais son regard sombre qui ne me quittait pas. Lentement, il inséra un doigt en moi, tandis que son pouce jouait avec mon clitoris, puis un autre qu'il enfonça profondément. Lorsqu'il écarta les doigts à l'intérieur de moi, je cessai de respirer. Le plaisir était tellement fort… tellement puissant…

Je savais ce qu'il essayait de faire. Pour m'empêcher de me disputer avec lui, il reprenait le contrôle, comme il l'avait toujours fait. Seulement, je ne pouvais pas l'accepter. Pas cette fois. Il voulait me quitter, et je ne le laisserais pas faire. Je ne pouvais certes pas le retenir par la force, néanmoins je n'étais pas impuissante, comme je l'avais découvert ces deux dernières semaines.

Je connaissais son unique faiblesse. Moi.

J'ouvris largement les yeux pour plonger dans son regard, tandis que ses doigts imprimaient un rythme soutenu et délicieux à la montée de l'extase. Malgré ce qu'il prétendait, il n'était pas indifférent. Je voyais la lueur enflammée au fond de ses yeux. Ses traits tirés traduisaient la faim qu'il avait de moi. Je me laissai emporter par cette obscurité.

Peut-être comprit-il ce que je comptais faire, car il retira brusquement ses doigts et les porta à mes lèvres, le regard dur.

— Lèche, ordonna-t-il. Sens comme tu mouilles pour un meurtrier.

J'obéis sans détourner le regard, léchant ses doigts, goûtant mon plaisir sur sa peau. Notre goût à tous les deux. Ensemble.

Et pas un instant, alors que j'obéissais, je n'eus le sentiment de me soumettre. Bien sûr, il fallait être fort pour résister, mais parfois le vrai pouvoir était de se rendre, corps et âme.

— Je t'aime, murmurai-je. Je t'aime tant.

Une soudaine angoisse traversa ses iris noirs. Soudain, il me redressa et me tourna face contre le mur. Son corps puissant me maintenait prisonnière. Je tournai le visage de côté, le souffle haletant parce que le papier peint rugueux frottait les pointes de mes seins érigées. Ma respiration s'emballait, et j'avais l'impression que mon cœur battait directement dans ma tête.

Smoke posa le bras sur ma nuque pour m'empêcher de bouger, et je sentis son souffle rauque contre mon oreille.

— Ces mots ne veulent rien dire, gronda-t-il d'une voix qui traduisait une souffrance infinie. Je t'interdis de les prononcer.

— Ils veulent dire quelque chose pour moi. Je ne veux pas que tu partes. Je t'aime et je…

Sa paume recouvrit ma bouche. Je ne cherchai pas à me débattre et laissai sa main bloquer mes mots. Ne pas pouvoir les dire n'enlevait rien à la force de l'amour qui m'habitait.

Je tremblais d'anticipation lorsqu'il écarta mes jambes. Je voulais tellement ce qui allait suivre. J'en avais tant besoin.

J'entendis le bruit de sa braguette qu'il descendait de sa main libre. Puis la sensation du coton et du jean contre la peau nue de mon dos et de mes fesses. Lorsqu'il me pénétra d'une seule poussée, je fermai les yeux pour me laisser envahir par la vague brûlante qui déferla en moi.

À présent que je prenais la pilule, nous n'avions plus besoin de nous préoccuper des préservatifs, et je savourai la sensation de sa chair qui me pénétrait, m'écartelait.

Je gémis contre sa paume et arquai les hanches pour le laisser me prendre plus profondément encore.

— Cat… Cat…, répéta-t-il dans un soupir désespéré.

Il enfouit le visage dans mon cou et laissa la main glisser autour de mon cou en une emprise possessive merveilleusement érotique. Sa main libre s'empara de mon genou qu'il releva pour m'écarter les cuisses. Il maintint ma jambe sur son poignet en prenant appui sur le mur. Dans cette position, j'étais tellement ouverte que son membre m'empalait profondément.

Il se mit à me prendre brutalement, à grands coups de reins puissants. J'étais coincée entre le mur et la fournaise de son corps qui me dominait.

Je ne cherchai même pas à protéger ma joue de la griffure du papier peint, je m'abandonnai entièrement à la possession sauvage de Smoke. Sa respiration brûlait délicieusement dans mon cou alors qu'il me relevait la jambe plus haut encore, jusqu'à ce que je me retrouve sur la pointe du pied, les reins cambrés, entièrement offerte.

Il imprimait à présent un rythme régulier de plus en plus rapide qui me faisait gémir sans discontinuer. Sa main autour de mon cou se resserra, me laissant à bout de souffle, en proie au vertige.

Malgré la passion violente de notre étreinte, je n'avais pas peur. Jamais je n'aurais peur de lui.

— Rien de ce que tu feras ne pourra m'éloigner de toi, murmurai-je. Je veux tout de toi, Dane. Comme tout ce qui est à moi t'appartient. Même si tu pars, je serai là pour toi. Toujours.

— Ne dis pas ça. Ne dis pas ça, je t'en supplie.

Ses mots étaient un cri du cœur, déchirants d'angoisse.

Comme pour apaiser la panique qui transparaissait dans sa voix, il bougea plus vite, plus fort, et sa main descendit entre mes cuisses pour se refermer autour de mon clitoris gonflé. Bientôt, mes pensées et mes paroles s'anéantirent en même temps que mes jambes se mettaient à trembler. Lorsque l'orgasme me saisit, je ne pus que crier son nom.

Il vint en moi d'une dernière poussée brutale et planta les dents dans la chair tendre de mon épaule à l'instant où il jouit.

Après la tempête qui venait de me traverser, je restai un long moment immobile et vide, savourant simplement la sensation de son corps chaud pressé contre le mien.

Puis, brusquement, je me rappelai ce qui avait précédé, ce qu'il comptait faire, et je me raidis instinctivement. En réponse, il lâcha ma jambe pour que je puisse me redresser. Je me retournai entre ses bras pour voir son visage, pour l'embrasser, pour le retenir de toutes mes forces avant qu'il essaye encore de partir.

Ses yeux sombres trouvèrent les miens et, l'espace d'une insoutenable seconde, je crus que j'avais gagné. Alors il baissa le regard, et mon cœur se brisa. Le désespoir se planta au plus profond de moi comme la lame acérée d'un couteau.

Smoke s'écartait déjà pour remettre ses vêtements en place. Son visage n'était plus qu'un masque inexpressif, et je retins un sanglot de douleur.

Lui avait peut-être la capacité de transformer son cœur en pierre, pas moi. J'étais exposée, mise à nue devant lui.

— Ne pars pas.

Je ne cherchai même pas à cacher mon désespoir. Si j'avais eu encore un peu de force dans mon corps ravagé, je l'aurais agrippé ; hélas, seul le mur m'empêchait de m'écrouler au sol.

— Je suis désolé, dit-il d'un ton plat, désincarné.

Il se détourna et avança vers la porte.

— Tu as dit que tu ne me quitterais jamais. Tu as dit que tu serais toujours là pour moi.

Ma voix n'était plus qu'un filet de souffrance pure.

— J'ai menti.

Et sur ces mots, il sortit sans un regard en arrière.

20

Smoke

Je conduisis ma Harley jusqu'au club en pilotage automatique. Je n'entendis même pas les mots que prononçait le type qui gardait le parking, seules ses lèvres bougeaient comiquement sans qu'aucun son ne parvienne jusqu'à mes oreilles. Lorsque j'avançai, le regard baissé, je fus vaguement étonné de ne pas voir mes jambes couvertes de sang alors que j'avais la sensation de me vider de toute parcelle de vie. Dans ma poitrine, mon cœur avait été arraché, et il ne restait qu'un trou béant.

J'avançai sans rien voir, sinon les images de Cat qui défilaient dans ma tête en un film insoutenable. Je repensai encore et encore au tendre abandon de son corps qu'elle m'offrait alors que je la prenais contre le mur. Je pouvais encore sentir le rythme affolé de son pouls alors que je serrais les doigts autour de son cou.

J'avais déjà été sévèrement abîmé dans certaines bagarres, pourtant, je ne connaissais rien de la douleur avant aujourd'hui. Passer le pas de cette porte m'avait littéralement arraché une partie de moi-même.

Qu'aurais-je pu faire d'autre, cependant ?

Cat avait refusé de m'écouter. Au lieu de se défendre, au lieu de me repousser, elle s'était laissée aller contre moi alors que j'arrachais ses vêtements comme une bête furieuse. Je voulais qu'elle s'énerve, qu'elle se fâche, qu'elle me combatte parce que je la traitais ainsi. En retour, elle m'avait tout donné.

Et je m'étais empressé de lui renvoyer son don merveilleux en pleine figure.

Bien décidé à ignorer la voix de ma maudite conscience, je me dirigeai droit vers le bureau de Keep. Pour la troisième fois de la journée…

Plusieurs frères m'adressèrent des hochements de tête et des saluts, je ne répondis pas. Je n'étais pas d'humeur à bavarder.

— Merde ! lança Keep lorsque je pénétrai dans son bureau sans frapper. Qu'est-ce qui s'est passé, cette fois ?

Je ne m'embarrassai pas de diplomatie pour déclarer brutalement :

— J'ai frappé Justin Grant. Méchamment. Il va porter plainte. Je voulais juste te prévenir que j'assumais la responsabilité totale de mes actes et que…

— Ferme-la, aboya Keep. Recommence du début, dans l'ordre.

Je serrai les dents pour maîtriser la violence qui montait en moi.

— L'appel du chef, à propos d'une prétendue plainte contre moi, venait de Justin. Il voulait que je m'éloigne de Cat pour pouvoir se rendre chez elle. Il était là quand je suis arrivé, les… les mains sur elle.

Je manquai m'étrangler au souvenir de cet enfoiré violentant Cat.

— Alors je lui ai donné une bonne leçon pour qu'il comprenne qu'il n'avait pas intérêt à s'approcher de ce qui m'appartenait.

Keep se renfonça dans son fauteuil, son regard me transperçant de part en part.

— Et tu n'aurais pas pu garder un minimum le contrôle de tes nerfs ?

Mes mâchoires étaient si serrées que j'eus du mal à lui répondre.

— Bizarrement, quand je l'ai vu en train d'arracher ses vêtements et de la brutaliser, je n'ai pas eu la présence d'esprit de me contrôler.

Keep garda le silence, alors je poursuivis :

— Comme je te le disais, ce connard va porter plainte et il va tout faire pour que Cat ne conserve pas la garde de la petite. Je suis seulement venu t'informer que Cat et moi, c'est fini. Je vais plaider coupable et tirer ma peine.

— Comment ça, c'est fini ?

— Avec tout ce bordel, je ne peux pas rester avec elle, lâchai-je en sentant mon cœur se déchirer une nouvelle fois. J'ai fait d'elle ma compagne parce que je voulais que le club la protège. Mais, avec ce qui vient de se passer, elle va s'attirer des ennuis…

Keep émit un reniflement méprisant.

— Quelle connerie ! Tu as fait d'elle ta compagne parce que tu es amoureux d'elle, tout le monde le sait.

Amoureux ? Mais qu'est-ce qu'ils avaient tous avec ce mot !

— Non, tu ne comprends pas. On faisait juste semblant, pour qu'elle soit protégée et…

— Bien sûr. Encore une belle connerie ! Tu en pinces pour cette fille depuis tellement longtemps que je ne me rappelle pas t'avoir connu autrement qu'amoureux d'elle ! Et elle t'aime aussi. Tu es aveugle ou quoi ? Bon sang, il n'y avait qu'à voir la façon dont elle te dévorait des yeux à la fête.

Mon corps tout entier me semblait de glace. Et mon esprit refusait de croire un mot de ce que j'entendais.

Keep secoua lentement la tête d'un air navré.

— Tu n'es vraiment qu'un idiot. Pourquoi l'as-tu

quittée ? Et ne recommence pas avec tes excuses à la con ! Ça n'a rien à voir avec le fait de la protéger.

— Bien sûr que si ! Je n'avais pas le choix ! J'ai quasiment battu à mort le père de son enfant. Quel modèle suis-je pour Annie, à ton avis ? Merde, Keep ! Cat a déjà été avec un connard violent, elle n'a certainement pas besoin d'en subir un autre.

Je sentais peser sur moi le regard de mon oncle, et il garda le silence un long moment avant de déclarer :

— Tu as beaucoup de qualités, Smoke, beaucoup de défauts aussi, mais je ne savais pas que tu étais un lâche.

Instinctivement, je serrai les poings dans les poches de mon jean alors que la rage grandissait en moi.

— Tu es peut-être mon président, Keep, mais si tu répètes ça encore une fois je t'envoie mon poing dans la figure.

Cet enfoiré se contenta d'éclater de rire.

— Oh ! ça va ! Admets-le ! Tu ne quittes pas Cat pour *la* protéger. Tu la quittes pour protéger ta pauvre petite personne.

J'eus tout à coup la sensation atroce que le sol se dérobait sous mes pieds, et ma gorge se serra douloureusement.

Était-ce possible ? Se pouvait-il que je sois vraiment le lâche que Keep décrivait ? Je n'arrivais plus à penser, j'avais besoin d'air, mais mon oncle reprit impitoyablement la parole.

— De quoi as-tu tellement peur ? Qu'est-ce que tu crois qu'elle va faire ? Se lever un beau matin et partir ? Bon sang ! Elle est amie avec toi depuis une éternité. Elle connaît tous les squelettes que tu caches dans tes placards et pourtant elle est toujours là.

— Comment pourrais-je encore être avec elle ? lâchai-je d'une voix brisée, incapable de retenir les mots. J'ai tué ton frère et j'ai presque tué Grant. Je suis mauvais,

Keep. Je le sais, tu le sais, et maintenant c'est au tour de Cat de le comprendre.

— Arrête ! Ton père avait largement mérité ce qui lui est arrivé, et ni moi ni personne ne te blâmera jamais pour ça. Quant à Cat, tu as été son meilleur ami pendant plus de vingt ans. Tu l'aimes, tu aimes sa gamine, et je sais que tu serais prêt à mourir pour les protéger toutes les deux. Qu'y a-t-il d'autre à ajouter ? Alors maintenant, qu'elle veuille ou non être avec toi, la décision lui revient. Et si elle veut bien de toi… Bon sang ! Qui es-tu pour lui dire qu'elle a tort ? Et ne viens pas me raconter que l'amour n'existe pas ! La quitter va te tuer, je le vois bien.

De fait, mon visage n'était plus qu'un masque de souffrance, mon corps tout entier me faisait atrocement mal.

— Je ne la mérite pas, grondai-je à voix basse. Elle est… tout ce que je ne suis pas.

Keep se redressa et, posant les coudes sur son bureau, se pencha vers moi.

— Bien sûr que tu ne la mérites pas. C'est exactement pour cette raison qu'à partir de maintenant tu vas passer chaque seconde de ta misérable existence à essayer de devenir meilleur en espérant être un jour à la hauteur.

Je croisai enfin son regard. Il était mon oncle, mon président. L'homme qui m'avait servi de père.

— Il ne s'agit pas seulement de Cat. J'ai aussi tout foiré avec le club.

Cette fois, le regard de Keep lança des éclairs.

— Quel club tu penses que je dirige ? Tu crois vraiment que je laisserais un enfoiré comme Justin Grant me prendre un mec comme toi ? Je couvre tes arrières, Smoke, tu devrais le savoir depuis le temps.

— Ce que j'ai fait à Grant va mettre le club dans…

— Laisse-moi gérer les affaires du club, tu veux ? Toi, va t'occuper de ta femme et fais-le vite, parce que je n'ose pas imaginer ce que tout ton cinéma est en train de lui faire subir.

J'étais incapable de bouger, je restais là, figé, tétanisé.

Qu'est-ce que j'avais fait ? Qu'est-ce qui m'avait pris ? Évidemment que le club couvrait mes arrières. Comment avais-je pu en douter ? Et Cat, elle non plus, ne m'avait jamais trahi.

Une douleur cuisante me transperça, différente du sombre désespoir qui menaçait de m'engloutir un peu plus tôt. La honte. Le remords. Comment avais-je pu lui tourner le dos et oublier tout ce qu'elle avait fait pour moi ? Oublier vingt années d'amitié et de loyauté !

Keep avait raison sur toute la ligne. J'étais fou amoureux d'elle et je m'étais montré aussi lâche et abject que Justin en la quittant. Tout ça parce que j'étais terrifié par la force de mes sentiments pour elle. Je m'étais laissé dépasser par l'angoisse de ne pas la mériter.

En vérité, je n'avais aucune excuse pour m'être comporté de la sorte. Cat ne m'avait jamais rejeté, pas une seule fois. Pas même après la mort de mon père. Elle avait toujours été là pour moi. Sans jugement. Sans critique.

Oui, elle m'aimait.

Soudain, ses paroles revinrent s'imprimer sur l'écran brûlant de mes paupières. « Même si tu me quittes, je serai toujours là pour toi… »

Sa voix résonnait dans ma tête, gravant la honte au fer rouge en moi.

— Merci, Keep, dis-je d'une voix brisée. Je dois y aller.

Il poussa un profond soupir.

— Il était temps.

21

Cat

Depuis l'abandon de Smoke, j'avais accompli tous les actes de la vie quotidienne de façon mécanique. J'étais partie récupérer Annie chez la nounou, je l'avais lavée, je lui avais donné à manger, je l'avais mise au lit en faisant comme si tout allait bien. Comme si je n'avais pas un trou vide à la place du cœur après que Smoke me l'avait arraché et foulé aux pieds.

Comment allais-je faire pour continuer à vivre sans lui ? Il était auprès de moi depuis si longtemps que je ne parvenais pas à concevoir son absence. Sans même compter les deux dernières semaines où il était devenu tellement plus qu'un ami… Penser à nos instants de bonheur ne fit qu'aggraver l'atroce douleur qui m'empêchait de respirer.

J'avais eu beau l'aimer de toutes mes forces, cela n'avait pas suffi. Il était parti. Une fois encore, j'avais tout perdu. Je me retrouvais sans rien, sinon une peine immense qui menaçait de m'étouffer.

Bien sûr, un jour ou l'autre je parviendrais à me relever et à recommencer à vivre. C'est ce que j'avais toujours fait : reprendre pied et continuer à avancer coûte que coûte. J'allais trouver des solutions pour gérer Justin et toute cette histoire. Mais pour l'heure, la douleur pesait trop lourdement sur mes épaules.

Tout ce que je voulais, c'était pleurer toutes les larmes de mon cœur meurtri.

Je me blottis sur le canapé en serrant dans mes bras un coussin qui portait encore son parfum. Mon regard tomba alors sur la boîte posée sur la table basse, et je sentis la lame du couteau se retourner dans ma poitrine.

Cette bague, c'était tout ce que j'avais de lui désormais. Il avait emporté tout le reste, avec mon âme.

Je pris la boîte et l'ouvris précautionneusement. La figure de chat brilla doucement, si petite, si parfaite. Une larme tomba sur l'anneau, faisant scintiller les émeraudes minuscules.

Était-ce mon refus qui avait fait basculer Smoke de l'autre côté ? Était-ce moi qui l'avais fait partir ? Si je lui avais dit oui, peut-être que tout aurait été différent et qu'en ce moment même nous serions assis ensemble sur ce canapé, au lieu que j'y sanglote seule, le cœur en morceaux.

Soudain, j'entendis du bruit à la porte d'entrée, et mon sang se figea dans mes veines. Personne n'avait la clé à part moi. Se pouvait-il que Justin ait trouvé un moyen de se la procurer ?

La porte du salon s'ouvrit brutalement et, muette de stupeur, je découvris la haute silhouette de Smoke dans l'encadrement.

En un instant, je compris que mon cœur ne devait pas être tout à fait mort, car il se remit à battre la chamade. Mon corps tout entier s'enflamma brusquement.

Le regard ténébreux de Smoke trouva le mien, et je chavirai face à l'intensité de son expression.

J'ouvris la bouche sans savoir ce que j'allais dire. Je n'eus pas le temps d'y réfléchir davantage parce que

Smoke avança sur moi et me souleva dans ses bras pour prendre mes lèvres.

Son baiser était affamé, désespéré. Il était aussi brûlant de désir et de passion. Quand j'essayai, affolée, de m'écarter, il me serra plus fort contre lui. Il ne cessa pas de m'embrasser pendant de longues minutes, comme s'il avait peur que je disparaisse s'il s'arrêtait.

Alors je le laissai me dévorer, les doigts plantés dans ses épaules, le cœur cognant dans la poitrine dans un écho parfait avec le sien.

Une éternité passa avant qu'il s'écarte enfin pour me contempler de ses yeux sombres comme la nuit, pleins d'un désir infini.

— Je me suis comporté comme un lâche, Cat, souffla-t-il d'une voix rauque. Je n'aurais jamais dû m'éloigner. Je suis tellement désolé. Désolé de t'avoir fait mal, de ne pas t'avoir écoutée, de m'être détourné de toi.

Il prit mon visage entre ses mains, caressant du pouce mes pommettes, ce qui déclencha une myriade de frissons sous ma peau.

— Par-dessus tout, je suis désolé de ne pas t'avoir dit ce que je ressentais.

Ma gorge était tellement serrée que je n'aurais pas pu sortir le moindre mot. Je n'osais même pas bouger, au cas où tout cela ne serait qu'un rêve qui risquait de disparaître au moindre souffle.

— Je croyais que j'agissais ainsi pour te protéger, mais c'était faux, chaton. Je ne cherchais qu'à me protéger, moi. Keep m'a aidé à y voir clair sur deux ou trois trucs…

— Pourquoi ? De quoi te protégeais-tu ? balbutiai-je finalement.

Il me buvait des yeux comme s'il n'avait jamais rien vu de plus important dans tout l'univers.

— Qu'est-ce que tu crois ? Je me protégeais de toi.

Je le regardai, interdite.

— De moi ?

— Personne sur cette terre n'a plus de pouvoir sur moi que toi, ma douce. Tu pourrais m'anéantir en un claquement de doigts. Je t'aime depuis si longtemps… Et puis, Justin t'a enlevée à moi et… Enfin, j'imagine que je cherchais une excuse pour m'enfuir en croyant que j'éviterais ainsi la douleur de te perdre. Je ne te mérite pas, tu comprends ? Tu es la femme la plus parfaite qui soit alors que, moi, je suis un biker violent avec un passé merdique.

Je tentai de ravaler la boule qui m'obstruait la gorge.

— Alors pourquoi es-tu revenu ?

— Parce que tu as toujours été là pour moi, chaton. Tu ne m'as jamais laissé tomber. Tu m'as protégé, toujours. Et j'ai fini par me dire que si tu étais restée auprès de moi pendant plus de vingt ans c'est que, peut-être, je n'étais pas une cause perdue.

Il s'interrompit pour m'adresser l'un de ses sourires trop rares dont il avait le secret.

— Et puis, Keep m'a prévenu qu'il allait me botter les fesses si je ne retournais pas immédiatement ici pour arranger les choses avec toi.

Mais je ne l'écoutais plus. Mon cerveau venait enfin de comprendre ce qu'il m'avait dit.

— Attends… Tu as dit… que tu m'aimais ?

— Oui. Je t'aime. Et je ne le dis pas parce que c'est ce que tu as envie d'entendre. Je le dis parce que je ressens un amour immense à chaque fois que je pose les yeux sur toi. Il semble bien que finalement l'amour signifie quelque chose, même pour moi, conclut-il avec un sourire en coin.

Alors, enfin, je trouvai le courage de poser les mains sur son visage afin de m'assurer que je ne rêvais pas.

— Tu sais que tu n'as pas à me mériter, n'est-ce pas ? Tu dois juste continuer à être mon ami, comme avant.

Un brasier sembla soudain s'allumer dans son regard.
— Je suis désolé, chaton. Je ne veux plus être ton ami.
— Alors ne le sois pas, murmurai-je en passant les bras autour de son cou. Sois mon mari, à la place.

Bien plus tard, tandis que nous gisions, haletants, à même le sol du salon, nos corps couverts de sueur enfin apaisés, Smoke sortit la bague de son écrin. Il prit ma main et plongea son regard dans le mien. Il passa l'anneau à mon doigt sans me demander si je voulais l'épouser. À la place, il demanda :
— Cat, veux-tu m'aimer ?
Il connaissait déjà la réponse, mais je la lui donnai tout de même.
— Toujours, Dane, de tout mon cœur.

Épilogue

Smoke

Je n'ai jamais su comment Keep s'était débrouillé, toujours est-il que Justin a fini par abandonner ses charges contre moi. Mieux encore, il a accepté de céder tous ses droits parentaux sur Annie, et j'ai enfin pu l'adopter.

Contre toute attente, j'ai découvert que Cat avait bel et bien envie de remonter l'allée en robe blanche. Je pouvais difficilement refuser cette mascarade après lui avoir promis qu'elle ferait ce qu'elle voudrait. Pour l'occasion, nous avions même engagé une porteuse de fleurs, mission essentielle dont Annie s'est acquittée à la perfection.

Certes, je n'avais jamais été un grand fan de mariages, mais le mien fut inoubliable. Lorsque Cat s'est avancée vers moi et a levé le voile nuptial derrière lequel ses grands yeux verts me contemplaient… J'ai tout simplement cessé de respirer.

Elle était si belle.

Mon cœur s'est étrangement serré.

Depuis le début, elle m'apprenait que l'amour n'était pas qu'un mot vide de sens. Que c'était une force plus belle, plus puissante et plus riche que tout ce que j'avais pu imaginer. Elle était mon amie, mon amante et désormais ma femme.

Non, décidément, je n'aurais jamais cru que l'existence puisse être aussi parfaite. Et pourtant, elle l'était…

NICOLA MARSH

Le défi du play-boy

Traduction française de
ÉVELYNE JOUVE

MAGNETIC

HARLEQUIN

Titre original :
SWEET THING

Ce roman a déjà été publié en 2018.

1

Abby

Le jour de mon divorce aurait dû être le plus heureux de ma vie.

J'avais déjà concocté mon programme : huit heures de bonheur dans la cuisine des Petits Délices, à m'adonner à mon activité préférée, la pâtisserie, suivies d'une soirée détente chez moi avec un DVD de Channing Tatum et un verre de bordeaux.

Quelle plus belle façon de célébrer la fin officielle d'un mariage désastreux que de siroter un grand cru en regardant un mec super sexy à la télé ?

Hélas, mon fantasme vola en éclats à 10 h 32 précises, quand Remy King, le patron le plus adorable de toute l'Australie, dégringola de son échelle en essayant d'attraper un paquet de sucre dans la réserve et atterrit aux urgences d'une clinique privée de Sydney, où je le suivis.

— Inutile de rester, me souffla-t-il, les yeux emplis de souffrance malgré une injection d'antidouleur assez fort pour endormir un éléphant. Retourne au magasin.

— Non, Makayla y est et elle s'occupe de tout.

Je me perchai au bord du lit et lui pris doucement la main.

— J'avais terminé mes fournées de croissants, de

beignets, d'éclairs et de macarons quand tu nous as fait ton numéro de voltige. Elle n'a plus qu'à servir les clients.

Il esquissa un pâle sourire qui se transforma en grimace.

— C'est la faute de l'échelle.

— Bien sûr. Elle s'est mise à valser toute seule.

Je secouai la tête.

— Si tu n'étais pas un patron génial, je t'étranglerais pour ton imprudence.

— Et si tu n'étais pas la meilleure apprentie que j'aie jamais eue, je te virerais pour ton insolence.

J'exerçai une légère pression sur sa main. Tous les jours, je louais le ciel que cet homme m'ait donné ma chance au moment où j'en avais le plus besoin.

Car, dans la famille Prendigast, on ne quittait pas un mari odieux et intéressé après neuf mois de mariage…

Mes parents n'avaient pas cherché à comprendre le pourquoi de l'affaire. La seule chose qui les avait préoccupés, comme toujours, était leur sacro-sainte réputation. Quand on appartenait à l'une des familles les plus fortunées de Sydney, on ne provoquait pas de scandale. Voilà pourquoi, au lieu de me soutenir, ils m'avaient reniée, me coupant les vivres histoire de me donner une bonne leçon.

Avaient-ils vraiment pensé que je ferais acte de repentance et qu'au bout d'une semaine je viendrais sonner à la porte de leur hôtel particulier, la tête basse ?

Un an plus tard, ils attendaient toujours…

Malgré leurs torts, ils me manquaient. Mes amies aussi. Mais, le jour où j'avais tourné le dos à mon ancienne vie, j'avais également laissé derrière moi Abigail Prendigast, la jeune fille docile et douce qui faisait toujours ce qu'on lui disait de faire.

— Qu'est-ce qui ne va pas ?

Je m'aperçus que Remy m'observait, les sourcils froncés.

— Si c'est pour la pâtisserie que tu t'inquiètes, il ne

faut pas ! J'ai déjà contacté Tanner, et il a accepté de me remplacer pendant ma convalescence.

Je me raidis. C'était censé être une bonne nouvelle ?

Je n'avais jamais rencontré le frère de Remy, mais j'avais entendu parler de lui. Suffisamment pour me forger une opinion… qui n'était pas bonne.

Ce type m'avait tout l'air d'être un play-boy sans intérêt, un bon à rien riche à millions qui possédait plusieurs night-clubs sur la côte Est et passait le plus clair de son temps à l'étranger, à claquer son argent avec des filles.

Pas franchement reluisant, et pourtant Remy l'adorait. J'avais perçu de l'émotion dans sa voix chaque fois que Tanner l'avait appelé de l'une de ses lointaines destinations. Je suppose qu'on pouvait lui savoir gré de rester en contact avec son frère malgré sa vie dissolue.

Je l'avais entrevu une fois, brièvement, alors que Remy discutait avec lui via Skype. Cheveux sombres, yeux noirs, joues ombrées de barbe. Beau, oui, si on aimait le style mauvais garçon. Personnellement je préférais les hommes qui ne trimballaient pas une ribambelle de casseroles dans leur sillage, et le peu que j'avais vu de Tanner me disait qu'il était du genre à avoir une batterie de cuisine complète accrochée à ses basques.

— Il n'est pas à l'étranger ? demandai-je avec un calme de façade.

Je n'avais franchement pas envie qu'un inconnu incapable de faire la différence entre une praline et une pêche Melba vienne regarder ce que je faisais par-dessus mon épaule. J'étais compétente dans mon travail et n'avais nul besoin qu'un milliardaire ne connaissant rien à la pâtisserie me fasse perdre mon temps.

— Je peux très bien gérer la boutique toute seule, tu sais, ajoutai-je.

— Non, tu ne peux pas être au four et au moulin.

Une ombre inquiète voila son regard et disparut d'un

battement de cils, si vite que je me demandai si je ne l'avais pas rêvée.

— Tanner est un homme d'affaires remarquable. Il possède plusieurs restaurants en plus de ses boîtes de nuit. Il assurera l'intérim pendant un mois, le temps que je sois de nouveau apte au service.

— Un mois ?

Les mots jaillirent de ma gorge comme un cri d'horreur, et Remy s'esclaffa.

— Je ne fais que répéter ce que m'a dit le médecin ! Mais plus je ménagerai ma cheville et mes côtes cassées, plus vite je serai de retour.

Malédiction ! Naturellement, il ne pouvait pas utiliser des béquilles avec trois côtes cassées. Mais, quand il avait dit que Tanner le remplacerait, j'avais imaginé que ce serait l'affaire d'une semaine, grand maximum. Au lieu de ça, j'allais devoir supporter cette présence pendant tout un mois ?

Honteuse de penser à moi alors que Remy souffrait, je lui serrai de nouveau la main avec affection.

— Repose-toi et tâche de récupérer très vite ! Je m'occupe du magasin, ne t'inquiète pas. Tout ira bien.

— Ça, c'est mon texte !

La voix, grave, s'était élevée derrière moi avec un timbre chaud et mystérieux qui m'évoqua des nuits sensuelles, voire torrides, avec un je-ne-sais-quoi d'insolent qui me mit d'emblée sur la défensive.

Je me retournai et croisai le regard du démon fait homme.

Ciel, ces yeux ! Ils avaient une couleur terre de Sienne, presque dorée, magnifique, et ils me dévisageaient comme si j'étais une petite tarte tatin prête à être dévorée.

Un frisson se faufila dans mon dos tandis que le regard affamé fixait ma main posée sur celle de Remy.

— Quel tableau touchant ! lança-t-il encore avec une

ironie douce qui me hérissa. J'espère que je n'interromps rien ?

Je retirai ma main d'un geste brusque.

— Ne commence pas à te comporter comme un mufle, Tanner ! répondit Remy. Je te présente Abby, mon apprentie, la meilleure pâtissière de toute l'Australie.

— Après toi, naturellement, grand frère !

Tanner me toisa d'un regard nonchalant, et toutes les fibres de mon corps s'éveillèrent, comme s'il les avait tirées d'un long sommeil.

— Oui, après moi, évidemment…

Remy lui sourit avec une affection manifeste et lui fit signe d'approcher.

— Merci d'avoir répondu si vite à mon SOS.

— Tu plaisantes ? C'est un plaisir.

Je résistai à l'envie de me lever pour reculer lorsqu'il parvint près du lit.

Il faisait au moins un mètre quatre-vingt-dix, avec ce genre de silhouette que l'on obtenait en transpirant pendant des heures dans une salle de sport… Ou en se livrant à un autre genre d'exercice physique…

Mais que m'arrivait-il ? C'était la deuxième fois en moins d'une minute que je pensais sexe en le regardant.

Il fallait vraiment que je me trouve un petit ami !

Depuis ma rupture avec Bardley, mon célibat ne m'avait pas pesé, loin de là. J'avais été bien trop occupée à me réinventer une vie — sans thés mondains, sans dîners dans des restaurants multi-étoilés pour épater les clients et sans les sempiternelles sorties en mer à bord du yacht le week-end. Le tout en gardant du temps pour mes études de commerce. Encore un truc que j'avais largué en partant, et je n'en étais pas mécontente !

— En fait, ton appel arrivait à point nommé.

Tanner s'appuya au lit, réduisant le décor à une maquette pour enfants.

— J'étais justement à la recherche de nouveaux défis.

Je sentis la chair de poule me recouvrir tout entière tandis que son regard sans équivoque m'informait qu'il ne parlait pas uniquement des Petits Délices.

Soit Remy ne voyait pas les ondes électriques crépiter entre Tanner et moi, soit les antidouleurs faisaient enfin leur effet, parce qu'il nous fit signe de sortir avec un sourire rassuré.

— Parfait. Dans ce cas, je vous propose d'aller faire plus ample connaissance tous les deux et de me laisser agoniser tranquillement.

— Tes désirs sont des ordres, grand frère !

Tanner se pencha pour étreindre le malade avec délicatesse, un geste d'une tendresse inattendue qui me donna envie de l'apprécier un tout petit peu, alors que je n'en avais eu aucune intention jusque-là.

— Je te tiendrai informé heure par heure de ce qui se passe à la pâtisserie. Ne t'inquiète pas, tout ira bien.

— Prends soin de toi, Remy, dis-je à mon tour en passant de l'autre côté du lit pour lui effleurer la joue d'un baiser. Et reviens-nous vite en pleine forme, OK ?

— Promis !

Son sourire ne me dit rien qui vaille.

— Je te laisse entre les mains expertes de Tanner maintenant.

Je sentis mon visage s'enflammer alors que j'imaginai ce que prendre cette image au pied de la lettre représenterait.

Je commis l'erreur de relever les yeux au moment où l'intéressé me montrait les mains en question avec un sourire dévastateur.

— Petite veinarde !

Toute une liste de qualificatifs aurait pu décrire ce que je ressentais en cet instant.

Mais « veinarde » n'y figurait assurément pas.

2

Tanner

Je ne plaisantais pas en disant que je cherchais des défis à relever. Mais, de ceux-ci, le sorbet blond aux yeux glacés ne faisait pas partie.

Un bonhomme de neige aurait gelé à son contact !

À la seconde où elle m'avait toisé, je l'avais cataloguée : « Fille à papa capricieuse qui joue à la pâtissière pour distraire son ennui. » Comme quand elle était petite et qu'elle fabriquait de faux gâteaux avec sa dînette d'enfant gâtée. À l'époque, elle devait déjà attendre le prince charmant au mégacompte en banque qui viendrait l'enlever dans son beau coupé blanc.

Ce genre de femme connaissait les contes de fées sur le bout des doigts.

D'où la question qui me brûlait les lèvres : pour quelle raison avait-elle porté son tablier d'opérette aussi longtemps — un an — sous les ordres d'un patron ?

Dix mois auparavant, Remy m'avait livré quelques infos sur sa protégée au cours d'une conversation téléphonique. Il m'avait raconté comment, un jour, l'une de ses plus fidèles clientes était entrée dans la boutique, perdue, les larmes aux yeux, pour le supplier de l'embaucher. Elle lui avait expliqué qu'elle avait toujours rêvé de devenir chef pâtissier.

Qui allait avaler ce genre de boniment ?

Pas moi, en tout cas.

J'ignorais à quel petit jeu pouvait bien se livrer la jolie demoiselle, mais je comptais bien profiter de mon séjour pour la surveiller de près.

Tout le monde a une face cachée, je l'avais appris à mes dépens. Si la princesse des neiges avait l'intention d'escroquer mon frère, je comptais la renvoyer au pôle Nord d'un bon coup de pied aux fesses. Des fesses qu'elle avait fort jolies, soit dit en passant. J'avais pu apprécier leur plastique appétissante quand elle s'était penchée pour embrasser Remy.

Le geste était touchant et témoignait de l'affection qu'elle lui portait — c'était l'effet souhaité, tout au moins. Mais je n'étais pas dupe.

Les saintes-nitouches dans son genre étaient des reines de la manipulation, mais, si son but était d'embobiner mon frère — peut-être en le poussant à lui céder un jour des parts des Petits Délices —, elle allait au-devant d'une déception cuisante.

Remy avait toujours eu le cœur trop tendre, c'était son problème, et sans doute l'une des raisons pour lesquelles mon père l'avait toléré alors qu'il me méprisait.

— Il faut aller tout de suite à la pâtisserie, déclara-t-elle comme nous quittions l'hôpital. Makayla doit être débordée.

— Pas si vite, ma jolie !

Je lui saisis le bras pour l'arrêter, et une décharge électrique me traversa la paume. Zut ! Je retirai la main comme si de rien n'était.

— Il vaudrait mieux commencer par faire plus ample connaissance.

Elle me regarda comme si je venais lui suggérer de

se déshabiller devant moi, perspective qui n'était pas désagréable, loin de là. Ce serait un vrai plaisir de voir se troubler ce visage impénétrable.

— Je pensais à un café en terrasse, mais si tu as une autre idée en tête je suis partant…

Je lui décochai un clin d'œil, sachant que ça la rendrait folle.

Gagné ! Elle me toisa du haut de son mètre soixante-quinze. Elle était grande pour une femme. Je préférais les modèles plus petits et plus dociles.

— D'abord, on ne m'appelle pas « ma jolie », siffla-t-elle, le menton relevé.

— J'ai l'impression que tu le regrettes. Je me trompe ?

Je me penchai vers elle avec arrogance, persuadé qu'elle allait reculer, mais elle ne bougea pas et planta ses grands yeux bleus dans les miens. Leur couleur inhabituelle me rappela un glacier que j'avais vu un jour en Nouvelle-Zélande. N'importe, je devais reconnaître que cette fille avait du cran.

— Je vais être très claire, indiqua-t-elle froidement. J'aime mon travail et je respecte ton frère. Il m'a donné ma chance à un moment critique, et je n'ai pas l'intention de tout gâcher pour un play-boy à la noix qui ne peut pas s'empêcher de sauter sur tout ce qui porte une jupe.

Elle vrilla son index sur mon torse, et je ne pus qu'admirer son sang-froid devant mes provocations.

— Alors arrête ton numéro et parle-moi travail, c'est tout !

Impossible de ne pas la taquiner…

— Tu sais que séduire une fille récalcitrante, c'est du travail ?

— J'ai l'impression que tu es irrécupérable, marmonna-t-elle en s'éloignant d'un pas brusque.

Bon, j'avais peut-être poussé le bouchon un peu

loin, mais j'en retirais un atout majeur : j'avais une vue imprenable sur son postérieur.

Je ne m'étais pas trompé, il était vraiment joli. Ferme, rond, bien mis en valeur par le pantalon noir moulant que portaient les employés de la pâtisserie.

La pâtisserie…

J'avais promis à Remy que le magasin tournerait comme une horloge en son absence et je tiens toujours mes promesses. J'étais peut-être un crétin cynique, mais pour moi Remy était à part. C'était mon frère, et je lui devais beaucoup.

Ce qui signifiait que je devais rester aimable avec la demoiselle aux jolies fesses rondes.

— Hé, attends-moi !

Je la rattrapai en quelques enjambées.

— D'accord, on va mettre mes plaisanteries idiotes sur le compte du décalage horaire. Après tout, je suis arrivé de Los Angeles très tard la nuit dernière.

Son regard exaspéré m'indiqua qu'elle n'avait pas dégelé du tout.

— Allons boire ce café, et je promets de bien me conduire, insistai-je.

Je levai les mains pour lui montrer que je n'avais pas de pièges à souris dans les manches.

— D'accord ?

Elle se mordilla la lèvre avec l'air d'hésiter, et ce petit réflexe innocent eut un effet fulgurant sur ma libido. Contrairement à ce qu'elle pensait, je ne sautais pas sur tout ce qui portait jupons et cela faisait même plusieurs semaines que je n'avais pas touché une femme.

Trop longtemps, apparemment, s'il suffisait à la princesse des glaces de se mordiller la lèvre pour m'exciter comme ça.

— Allez, Abby ! Je ne mords pas…

Je faillis ajouter « sauf si tu me le demandes gentiment », mais je m'arrêtai à temps. Ce n'était pas ce qui m'aiderait à refroidir ma température interne.

Après ce qui me parut une éternité, elle m'adressa un petit signe de tête crispé.

— Bon.

Je lui souris.

— Je vais bien me tenir, promis.

Pas si simple, parce que, tandis que nous marchions côte à côte, la brise m'apporta quelques notes de son parfum, un mélange exquis de vanille et de noix de coco, et je songeai que sa peau devait avoir la même saveur délectable.

Stop ! Remy avait menacé de m'arracher mes bijoux de famille si je m'avisais de mettre sa protégée dans mon lit. Non que j'en aie envie. Provoquer était une chose, passer à l'action en était une autre.

Cependant, comme un nouveau souffle de brise rabattait une mèche de ses cheveux blonds sur son visage et que les doigts me démangeaient de la repousser en arrière, je compris que ces quatre semaines de collaboration allaient être très, très longues.

J'avais souhaité un défi ?

Tout laissait croire que j'en avais trouvé un.

3

Abby

Comme si j'avais du temps à perdre !

Je devais regagner Les Petits Délices au plus vite pour m'assurer que Makayla contrôlait la situation.

Et au lieu de ça j'étais obligée de me montrer aimable avec ce… Avec *lui*.

— Cette table te convient-elle ?

Il me montra l'unique table pour deux disponible en terrasse, parfaite pour un tête-à-tête amoureux.

Je ravalai un « pas question ! » et hochai la tête.

— Finissons-en… Je dois retourner à la pâtisserie.

— J'ai l'impression que tu es très pressée de te débarrasser de moi…

Il recula ma chaise, un geste courtois inattendu de sa part.

— Allons, j'ai promis de bien me tenir.

Je le remerciai d'un sourire figé tout en m'asseyant, consciente que sa conception du « bien se tenir » et la mienne étaient à mille lieues l'une de l'autre.

— Qu'est-ce que tu veux boire ?

Il s'assit et entreprit de retrousser ses manches, dévoilant des avant-bras couverts de tatouages.

Je cillai. Je n'aimais pas les tatouages. Je n'arrivais pas

à comprendre comment on pouvait massacrer son corps de la sorte. Toutefois, lorsqu'il posa les coudes sur la table, je fus incapable de détourner les yeux des dessins qui débutaient au-dessus des poignets et s'enchevêtraient le long des bras.

Des vignes. Des roses. Des motifs complexes. Des symboles que je ne pouvais déchiffrer de là où je me trouvais, mais que je me pris à rêver d'examiner de plus près.

Je réprimai un mouvement pour me rapprocher et m'obligeai à me ressaisir. Quand je levai les yeux, Tanner souriait comme s'il savait à quel point je le trouvais fascinant.

— Ça te plaît ?

— Non, lâchai-je avec dédain.

Je devais avoir l'air d'une fille bien prude, avec le flot de chaleur qui envahissait mes joues.

— Je n'en ai pas seulement sur les bras, précisa-t-il d'une voix suggestive qui fit courir un frisson le long de mes cuisses. Je te le dis pour le cas où tu te poserais la question.

— Je n'aime pas les tatouages, affirmai-je d'un ton sec, sans pour autant réussir à regarder autre chose que ses avant-bras.

Mystérieux. Bronzés. Virils.

Zut !

— Tu n'es pas la seule.

Il haussa les épaules, comme si mon opinion n'avait aucune importance.

— Beaucoup de gens pensent que les tatouages sont réservés aux motards et aux dealers. Ils ne saisissent pas leur dimension artistique.

— Parce que tu es amateur d'art ?

Voilà une question sûre, neutre, qui pouvait enclencher une conversation polie et nous éloigner des sujets dangereux, comme ses tatouages ou son corps.

— Je suis amateur d'encre.

Il s'adossa à sa chaise et croisa les mains derrière la tête, l'image d'un homme bien dans sa vie et dans sa peau. Ce faisant, il me révéla un nouvel échantillon de ses tatouages, car sa chemise remonta, m'offrant un aperçu de son ventre. Impossible de déterminer ce que représentait exactement le dessin, mais il me sembla distinguer un coutelas et un crochet.

— Tu ne te prends pas pour un pirate, quand même ?

Les mots avaient jailli de mes lèvres sans que je puisse les retenir, et mon visage s'enflamma aussitôt. Tanner éclata de rire et les clients de la table voisine se tournèrent vers nous.

— N'aie pas l'air si choquée ! s'exclama-t-il d'un ton moqueur en prenant la carafe d'eau pour remplir nos verres. Disons que j'apprécie les beaux pillages, sabre au clair, comme les pirates de la grande époque.

Je serrai les lèvres pour ne pas laisser échapper une autre remarque incontrôlée. Par exemple, que je préférerais subir le supplice de la planche plutôt que d'être pillée par lui…

Non, ce n'était pas vrai, et depuis mon mariage désastreux je m'étais juré de ne plus mentir — en particulier à moi-même.

Au cours de ces trente minutes avec Tanner King, je m'étais sentie plus vivante qu'en plusieurs années. Cet homme enflammait ma colère, il me défiait. Son attitude suffisante et arrogante me faisait sortir de mes gonds.

Mais j'aimais ce bourdonnement qui m'électrisait et cette sensation étrange au creux du ventre. Comme un manque. Un vide. Une envie…

À ma grande horreur, je devais reconnaître qu'il m'excitait un peu. Non, beaucoup. *Oh non !*

Sale type…

— Laisse-moi deviner : je vais avoir droit à une grosse blague salace sur la troisième jambe du pirate, qui n'est pas en bois, elle ?

Il rit de nouveau, et les petites rides qui se creusèrent au coin de ses yeux lui donnèrent un charme fou.

— J'adore ton humour. L'humour chez une femme, ça me plaît beaucoup.

J'allais lui rétorquer qu'avec ou sans humour il aimait tout ce qui portait jupon, mais la serveuse apparut à cet instant. Une fois la commande passée — double expresso pour lui, café noisette pour moi —, je me retrouvai sous le feu de son intense regard doré et me surpris à aimer ça. Beaucoup trop.

Je devais ramener la conversation sur un terrain solide, professionnel. Sans sourires séducteurs et sans jambes de bois.

— Remy m'a dit que tu avais dirigé plusieurs restaurants ?

Une ombre passa dans son regard, mais il la chassa d'un battement de cils.

— C'est vrai, mais les boîtes de nuit sont davantage mon truc.

Sûrement. Je l'imaginais sous les spots d'une salle pleine de monde, telle une panthère cherchant sa proie dans la nuit. Tous les sens aux aguets. Observant. Guettant son heure, avant de bondir par surprise sur sa pauvre victime.

Quoique… Vu la quantité de testostérone que son corps irradiait, l'expression « heureuse victime » était sans doute plus adéquate.

— Je ne crois pas t'avoir déjà vu à la pâtisserie, si ?

Il manipulait distraitement sa petite cuillère et se figea en entendant ma question, comme si je venais de sous-entendre que l'activité de son frère ne l'intéressait pas le moins du monde.

— J'ai passé beaucoup de temps à Londres et à L.A. J'aidais des amis à monter des night-clubs similaires à ceux que je dirige ici.

— Quel altruisme !

Le sarcasme franchit tout seul mes lèvres, et je vis mon interlocuteur froncer les sourcils.

— Excuse-moi..., soufflai-je. C'était un jour important pour moi aujourd'hui, et puis Remy est tombé et je me suis vraiment inquiétée... Pour lui et... et pour la boutique...

Génial, voilà que je bredouillais ! Il eut le tact de ne pas se moquer de moi. En fait, pour la première fois depuis notre rencontre, il avait l'air sérieux. Presque grave. Le voir cesser de faire le pitre quand la situation le requérait me fit plaisir.

— Pour la boutique, tu n'es pas toute seule, je suis là, affirma-t-il en me dévisageant. Quant à mon frère, ne t'en fais pas, je le connais, il va très bien s'en remettre.

Il s'interrompit et me dévisagea d'un regard perplexe.

— Pourquoi est-ce un jour important pour toi ? Tu vas te marier ?

Je fis la grimace.

— Ah non, merci, j'ai déjà donné ! Et j'ai jeté mon bouquet aux orties.

— Ah, tu es mariée ?

— Oui. Enfin, non : à partir d'aujourd'hui, je suis officiellement divorcée. Youpi !

— C'est sûr qu'il vaut mieux être divorcée que mariée, répondit-il en hochant la tête.

— Pas forcément. À la base, j'étais très heureuse de l'épouser.

Aujourd'hui encore, je me rappelais tous les détails de la cérémonie. Le jardin de l'hôtel particulier de mes parents transformé en paradis hivernal. Les tables dressées sous d'immenses marquises blanches. Les nappes immaculées. Les illuminations féeriques dans les arbres parfaitement taillés. Cinq cents invités, choisis parmi les plus proches relations de mes parents. Et Bardley qui m'attendait devant l'autel, tout sourire, comme si j'avais un compte en banque à huit chiffres tatoué sur le front.

J'aurais dû prendre mes jambes à mon cou à ce moment-là. Mais je voulais tellement faire plaisir à tout le monde que j'en avais perdu mon âme.

Plus jamais ça. Plus jamais…

— Tu as envie d'en parler ? interrogea-t-il en esquissant un sourire sexy. Allez, raconte à tonton Tanner tes petits secrets honteux.

S'il savait !

— Il n'y a rien de honteux et ce ne sont pas des secrets. J'ai épousé un garçon avec qui j'ai quasiment grandi. Nos familles étaient amies, nos parents nous poussaient constamment l'un vers l'autre, il nous a semblé tout naturel de nous marier. J'avais vingt et un ans…

Mon cœur se serra en y repensant. J'avais prononcé le « oui » fatidique qui me liait à lui, et Bardley s'était aussitôt changé en un monstre sadique et autoritaire.

— Nous nous sommes installés pas très loin de chez mes parents et des siens. Nous avions une maison parfaite, une vie parfaite, sauf que rien n'était parfait…

Ma voix mourut, et je me demandai pourquoi j'étais en train de raconter ma vie à un étranger. Toutefois, c'était peut-être justement parce que je ne connaissais pas Tanner et qu'il ne savait rien de moi. Aujourd'hui, ma vie repartait de zéro. J'avais compté les jours jusqu'au divorce officiel. Qui sait ? Une fois évacuées la détresse et l'amertume qui s'étaient emmagasinées en moi pendant des années, je pourrais peut-être enfin accepter l'idée que le passé n'avait plus aucune influence sur moi ?

— Il te battait ?

Je levai les yeux, surprise par la violence de sa voix.

— Dis-moi où je peux le trouver, poursuivit-il, et je le réduirai en bouillie !

— Hé, Rocky, du calme ! protestai-je en levant une main apaisante. La violence de Bardley était psychologique et verbale. Il ne m'a jamais frappée.

— C'est une arme de désaxé, marmonna-t-il en desserrant les poings. Ça ne m'étonne pas : il faut être un désaxé pour s'appeler Bardley.

Je souris. Sa colère était à son image : terriblement sexy.

— C'est pour mettre un terme à son comportement de « désaxé », comme tu dis, que je l'ai quitté. Je n'en pouvais plus.

Je secouai la tête en me remémorant le moment exact où j'avais repris le contrôle de ma vie.

Bardley m'avait humiliée devant ses amis, m'obligeant à essayer le ski nautique alors que j'étais terrifiée par l'eau dès qu'elle dépassait le niveau de mes mollets. J'étais tombée à la première tentative et m'étais foulé le poignet. Au lieu de m'aider, Bardley m'avait ridiculisée devant tout le monde.

Ce soir-là, j'avais fait ma valise avec ma main valide et je m'étais fait conduire en taxi dans un motel. Puis j'avais vidé mon compte en banque et épuisé tous les crédits de mes cartes bancaires pour m'offrir le meilleur avocat de Sydney, en le payant d'avance.

Je m'en voulais profondément d'avoir été aussi bête, de m'être laissé utiliser et dénigrer sans rien dire. Mais cela ne datait pas d'hier, hélas. J'avais toujours été d'une passivité stupide. À croire que j'étais née idiote…

— Alors, quel est le plan ?

— Le plan ? demandai-je en revenant à la réalité.

J'étais presque surprise de me retrouver assise dans un café du bord de mer, en face d'un homme à tomber par terre.

— Oui… Pour fêter ton divorce.

Il baissa la voix.

— Rassure-moi, tu as prévu quelque chose ?

— Évidemment ! J'avais prévu de quitter la pâtisserie de bonne heure ce soir, de m'acheter une bonne bouteille de vin rouge et d'en boire un verre devant un film avec Channing Tatum. Mais là, c'est râpé ! Je vais devoir travailler jusqu'à pas d'heure pour remplacer Remy et préparer les fournées de demain.

Il leva les yeux au ciel.

— Mais qu'est-ce que vous avez toutes avec Channing Tatum ?

— Il est super sexy, super beau et il bouge comme un dieu. Ça te va, comme réponse ?

— Un type sur un écran, qui court devant une caméra ? fit-il en secouant la tête avec dédain. Tu parles d'un fantasme ! Tu ne préfères pas un homme en chair et en os ?

Je décelai du défi dans ses yeux. Il me provoquait. Il voulait me pousser à dire oui.

Je savais ce qu'il m'offrait.

Une nuit de sexe.

Une nuit pour effacer les souvenirs amers de mon mariage.

Une nuit pour redevenir une femme vivante.

C'était tentant… Mais ensuite nous allions devoir travailler ensemble pendant quatre semaines. Remy comptait sur moi, et il était hors de question que je trahisse sa confiance en m'offrant du bon temps avec son frère.

Je pris une inspiration.

— Ce que je veux vraiment, là, tout de suite, c'est boire ce café et retourner à la pâtisserie, répondis-je, soulagée de voir la serveuse revenir avec notre commande.

— Dommage…

Son regard sensuel me confirma que les quatre semaines à venir allaient être de la pure torture.

— Si tu changes d'avis, tu sais où me trouver.

Il leva sa tasse, comme pour porter un toast.

— Je bois à notre future collaboration, aux célébrations en chair et en os et à la découverte de la fameuse jambe de bois.

Je m'étranglai avec mon café, et il éclata de rire, un rire chaud, sexy, qui me fit frissonner de la tête aux pieds.

Oui, ces quatre semaines s'annonçaient très, très longues…

4

Tanner

À la minute où je franchis la porte des Petits Délices, je sus que j'aurais dû refuser net quand Remy m'avait appelé à l'aide.

J'avais une bonne raison d'éviter sa pâtisserie. Avec ses parquets couleur miel, ses murs clairs et les arômes de sucre caramélisé et de levure chaude qui flottaient dans l'air, la boutique me rappelait irrésistiblement la maison.

Et maman…

J'avais dix ans quand elle était morte. Vingt ans plus tard, je me souvenais d'elle comme si c'était hier, de ses gestes gracieux et précis quand elle préparait un gâteau. J'aimais la regarder. Je lui passais les tasses de farine, les œufs, j'avais mon propre plan de travail pour rouler de petits morceaux de pâte. Je léchais le glaçage collé à mes doigts.

Nous avions une grande cuisine. Maman avait monté sa petite entreprise artisanale de cupcakes, mais elle savait aussi bien cuisiner le salé. S'activer derrière les fourneaux avait été sa passion tout comme elle-même avait été la passion de mon père, la jolie Française qui lui avait volé son cœur lors d'un voyage à Paris…

Dommage que ce grand amour n'ait été qu'un feu de paille.

D'après ce que m'avait raconté Remy, papa était tombé amoureux de Claudette Allard au premier regard. Deux mois plus tard, ils se mariaient. Remy était né l'année suivante et moi cinq ans plus tard. La mésentente s'était installée dans leur couple à partir de ce moment.

Mon père n'entrait jamais dans la cuisine, le royaume exclusif de maman, et je m'en réjouissais. Nous étions bien plus heureux quand il n'était pas là, maman, Remy et moi !

J'avais adoré ces moments de complicité. Je revoyais tout : maman me donnant une tape sur la main parce que je chipais un croissant sur la grille avant même qu'il ait eu le temps de refroidir, Remy m'aidant à tracer un message au pochoir sur le glaçage d'un gâteau, ma fierté d'offrir à maman un cupcake au chocolat — son préféré — que j'avais confectionné avec des chutes de pâte, notre trio riant, plaisantant, chahutant, heureux d'être ensemble…

Jusqu'à ce jour fatal où j'avais entendu mes parents se disputer plus fort que d'habitude. Malgré les années écoulées, les mots échangés restaient gravés dans ma mémoire. Ce jour-là, ma mère, bouleversée, était partie en trombe au volant de sa voiture et elle s'était tuée dans un accident, nous laissant à la garde de mon père.

Ce jour-là, mon enfer avait commencé.

— Ça va ?

Je tressaillis. Abby avait posé une main légère sur mon bras et elle me dévisageait d'un air intrigué.

Furieux d'avoir laissé le passé revenir me submerger, je me dégageai d'un geste brusque.

— Bien sûr que ça va. Allons-y !

Elle ne me croyait pas. Ses yeux bleu foncé me fixaient

avec une intensité déroutante, comme s'ils avaient le pouvoir de lire en moi.

Mais c'était impossible. Personne ne voyait réellement celui que j'étais. Jamais. J'y veillais.

— C'est la première fois que tu viens ici ?

Je secouai la tête.

— Non, je suis déjà venu, mais il y a longtemps.

Elle serra les lèvres et reprit d'un ton plus ferme :

— Je vais te montrer le bureau de Remy, puisque c'est là que tu travailleras.

Elle ignorait donc que j'avais appris la pâtisserie ? Intéressant. Mademoiselle Lèvres Pincées pourrait être surprise de voir ce que j'étais capable de faire avec un rouleau à pâtisserie.

— Je te suis, répondis-je avec une petite courbette moqueuse.

Je ravalai un rire en voyant sa mâchoire se crisper. C'était un vrai plaisir de la taquiner, elle réagissait au quart de tour.

L'affluence de la matinée était passée, il ne restait plus qu'une maman avec une poussette et un couple âgé assis à une table devant un thé. Je me souvenais que le début de la matinée et le milieu de l'après-midi étaient toujours très mouvementés. Remy avait sûrement prévu assez de personnel pour faire face, mais je ressentais quand même une pointe d'anxiété à l'idée de ne pas me montrer à la hauteur.

Allons ! Je dirigeais plusieurs boîtes de nuit et j'avais possédé des restaurants tout le long de la côte Est. Comment pourrais-je être dépassé par la gestion d'une simple pâtisserie ? C'était absurde.

Oui, mais cette boutique était l'enfant chéri de Remy, sa fierté, et je devais beaucoup à mon frère. Il m'avait soutenu quand j'étais petit et que je subissais de plein fouet la haine de mon père. Il m'avait appris à cuisiner, à jouer au foot, à m'exprimer avec des mots plutôt qu'avec mes poings quand des gamins du collège se moquaient de moi parce que je n'avais pas de maman. Il m'avait élevé lorsque notre père avait eu la décence de passer l'arme à gauche, sans jamais se plaindre d'avoir un ado rebelle sur les bras alors que la plupart des garçons de vingt ans sortaient avec des filles ou passaient des soirées entre copains.

Remy était mon héros depuis toujours, la seule personne devant laquelle j'acceptais de baisser la garde. Non seulement j'allais assurer l'intérim avec brio, mais je ferais en sorte que sa pâtisserie marche du feu de Dieu !

Nous passions de l'autre côté du comptoir quand un jeune homme surgit de l'office, une pile de plaques de cuisson entre les mains. Abby lui sourit, et le pauvre garçon faillit tout lâcher. Il faut dire qu'il y avait de quoi ! Je n'avais pas encore eu l'occasion de voir sourire la princesse des glaces, mais ce fut une révélation. Un coup de maillet dans le ventre.

— Shaun, je te présente Tanner King, le frère de Remy. Il va le remplacer jusqu'à son retour.

Je tendis la main au jeune garçon.

— Ravi de faire ta connaissance.

— Moi aussi.

Shaun posa les plaques sur le comptoir et me serra la main. Une poigne ferme. Un bon point pour lui.

— Abby m'a envoyé un texto ce matin pour me dire qu'il pourrait retravailler dans un mois. C'est une bonne nouvelle.

— En effet.

Le gosse ne devait pas avoir plus de dix-huit ans, et pourtant l'idée qu'Abby lui ait envoyé un texto me piquait au vif.

— Tu travailles ici depuis longtemps ?

— Deux mois, balbutia-t-il en lançant à Abby un regard

effrayé, comme s'il redoutait que je le vire sur-le-champ. Je prépare un CAP de pâtisserie et je fais mon stage ici.

— C'est un bon choix.

J'adoucis ma voix pour qu'il ait l'air moins terrorisé.

— Remy est le meilleur.

— Je suis d'accord !

À cet instant, une femme surgit dans le couloir qui reliait la boutique à la cuisine.

Si Abby était la glace, cette fille-là était le feu.

Des cheveux roux flamboyant, des yeux d'un bleu profond et un corps de danseuse, tout en lignes souples et effilées. Une bombe. N'empêche qu'elle me laissa de marbre, là où Abby réussissait à m'allumer juste en relevant le menton avec insolence.

Allez comprendre…

— Bonjour, je suis Makayla Tarrant, la plus fabuleuse des employées !

Je serrai la main qu'elle me tendit, soulagé de constater qu'il n'y avait pas de crépitement électrique à son contact.

— J'espère que tu vas te donner à fond, me dit-elle, parce que Remy n'aime pas les tire-au-flanc !

À ces mots, Abby eut l'air effarée et lui lança un regard choqué. J'éclatai de rire. Cette Makayla me plaisait déjà.

— Tu seras rassurée d'apprendre que j'ai l'intention de travailler aussi dur que vous tous pendant mon séjour ici.

Je remontai mes manches pour prouver ma bonne volonté et enregistrai le regard d'Abby, qui se posa instantanément sur mes avant-bras.

Tout à l'heure, à la terrasse du café, mes tatouages avaient paru la fasciner. Quand elle avait rougi, j'avais eu l'envie absurde de me déshabiller tout entier pour lui montrer le reste, ceux qu'elle ne pouvait pas voir à cause de mes vêtements.

Elle s'éclaircit la gorge tandis que ses joues s'empourpraient de nouveau.

— Mettons-nous au travail, l'heure tourne, lança-t-elle d'un ton brusque.

Oui, décidément, lui montrer l'intégralité de mes tatouages pourrait se révéler divertissant.

— J'ai été ravi de faire votre connaissance, dis-je à Makayla et à Shaun.

Le gamin me sourit nerveusement, et Makayla hocha la tête tout en me jaugeant du regard, comme si elle ne parvenait pas à bien me cerner.

Bienvenue au club, ma belle !

Abby s'engagea dans le couloir qui menait à la cuisine et je la suivis. L'odeur du sucre, de la cannelle et du beurre fondu devenait plus intense à chaque pas.

L'espace d'un instant, je crus que j'allais cesser de respirer. Une angoisse me nouait la gorge. Violente. Déstabilisante.

Je faillis pousser un ouf de soulagement quand Abby ouvrit une porte marquée « Bureau » au milieu du couloir.

Je ne pouvais pas entrer dans la cuisine en cet instant. Le passé me prenait aux tripes, et j'étais empli de regrets pour des moments de bonheur disparus à jamais.

— Remy est très organisé, tu trouveras toutes les infos dont tu as besoin dans des chemises cartonnées. Les factures, le stock, les commandes passées sur Internet, les bilans mensuels…

Elle se tut quand je claquai la porte derrière nous en regrettant de ne pas pouvoir en faire autant avec mes souvenirs.

— Qu'est-ce qui ne va pas ? demanda-t-elle en me fixant dans les yeux.

— Rien du tout, grognai-je. Continue.

— Non !

Elle croisa les bras et demeura immobile, le regard toujours rivé sur moi. Son insistance m'ennuyait autant que mes souvenirs, qui ne me laissaient pas de répit et me rappelaient chaque minute à quel point ma mère me manquait.

— Manifestement, cet endroit te bouleverse et je dois savoir pourquoi, afin que nous puissions régler le problème et aller de l'avant.

— Ma belle, je n'ai pas besoin d'un psy.

J'avançai alors vers elle, supprimant la courte distance qui nous séparait.

— Et je n'ai pas besoin non plus qu'on me prenne par la main pour régler mes problèmes.

— N'y vois aucune condescendance de ma part.

Elle fit un pas arrière tandis que j'envahissais à dessein son espace personnel.

— Je veux que l'entreprise fonctionne sans heurt pendant l'absence de Remy, reprit-elle. Alors, si quelque chose ne va pas, il est souhaitable de s'en occuper maintenant pour ne pas que cela affecte notre travail.

J'admirais son dévouement envers Remy, mais il était hors de question que je la laisse fouiner dans ma vie.

— Il n'y a donc que cela qui compte pour toi ? Le travail ?

Un petit pli apparut entre ses sourcils, comme si elle ne comprenait pas la question, puis elle hocha la tête.

— Oui, figure-toi ! Remy m'a donné ma chance au moment où ma vie était en miettes. J'ai une dette envers lui et je ne te laisserai pas bousiller ce qu'il a bâti à la sueur de son front.

Mon respect pour elle monta d'un cran, et pourtant je ne suis pas quelqu'un qu'on impressionne facilement. Je décidai de lui mettre un peu de pression pour chasser les émotions inhabituelles qui m'assaillaient depuis quelques minutes.

— Si tu ne penses qu'au boulot, quand trouves-tu le temps de baiser ?

Sa bouche forma un O de stupeur, et j'avançai d'un pas supplémentaire.

— *Baiser*, répétai-je avec une insistance narquoise. Tu sais : un homme et une femme qui prennent du plaisir ensemble… ?

Je me penchai vers elle, assez près pour sentir le parfum vanille de ses cheveux, assez près pour voir que son teint de porcelaine était cent pour cent naturel et vierge de tout maquillage, assez près pour l'embrasser.

— Recule, ordonna-t-elle d'une voix sourde et un peu haletante.

— Essaie de m'y obliger.

Je souris en me demandant à quand remontait la dernière fois que j'avais apprécié ce genre d'affrontement avec une femme.

— Tu n'es qu'un… qu'un sale gosse, murmura-t-elle, et cela m'amusa de voir comment elle avait édulcoré son insulte.

— Et toi, tu es une femme jusqu'au bout des ongles.

Je m'adossai à un meuble de classement, sachant qu'elle serait obligée de passer devant moi pour sortir.

— Mais une femme pleine d'épines. Vraiment, tu ne prends jamais du bon temps ?

La colère dans son regard alluma des reflets émeraude et saphir dans le bleu de ses yeux.

— Je n'ai pas le temps de m'amuser ! Je travaille ici dix heures par jour, cinq jours sur sept, et je vais à l'université une fois par semaine pour compléter ma formation ! Je n'ai qu'un jour de repos, le dimanche, et je le consacre à faire des recherches pour mon blog professionnel !

Sa respiration sifflait d'indignation.

— Alors trouve-toi un autre terrain de jeu et laisse-moi tranquille ! conclut-elle.

J'aurais pu me sentir gêné de l'avoir poussée aussi loin, mais ce n'était pas le cas. Parce que, si la princesse de glace m'avait excité, la femme outragée et furieuse me rendait fou de désir.

Elle était magnifique.

Je la calmai de la seule manière que je connaissais : je l'attirai à moi et l'embrassai.

Elle ne s'y attendait pas, et je profitai de son cri étouffé pour prendre sa bouche d'assaut.

Je pensais la voir reculer, se débattre ou me mordre. Autant dire que le gémissement de plaisir qui monta de sa gorge me prit au dépourvu, me transperçant jusqu'à l'âme. Et quand elle se plaqua contre moi, si passionnément que mon dos heurta le meuble de classement, je tombai des nues.

La princesse des glaces aimait la manière forte. Qui l'eût cru ?

Tout en dévorant sa bouche, je pris un sein en coupe dans ma paume et en pinçai le mamelon. Elle se tortilla contre moi, chaude, fiévreuse, abandonnée.

Si elle ne m'arrêtait pas, j'allais la prendre, là, sur le bureau de Remy…

Remy.

Avec un râle d'agonie, je m'arrachai à elle, stupéfait d'avoir laissé les choses aller si loin.

Qu'avait donc cette femme pour que je perde à ce point le contrôle et en oublie jusqu'à mon nom ?

— Il faut que je bosse, grondai-je.

Je passai devant elle et m'assis au bureau tout en regrettant que mon frère n'ait pas eu la bonne idée d'installer une salle de bains sur son lieu de travail.

Jamais je n'avais eu autant besoin d'une douche froide.

Abby me dévisageait, bouche bée. Je savais ce qu'elle ressentait : moi non plus, je ne parvenais pas à croire que nous avions fait ça.

— Je… Tu… Oh ! et puis zut, marmonna-t-elle en secouant la tête, tandis que j'essayais de ne pas regarder ses lèvres gonflées, ses joues empourprées et ses cheveux en désordre.

On aurait dit que nous venions de faire bien plus que nous embrasser, et mon sexe restait dur de désir.

— Ne crois pas que je vais m'excuser, lançai-je lui faisant signe de partir d'un geste cruel, comme si ce baiser n'avait rien signifié pour moi.

En réalité, il fallait qu'elle s'en aille au plus vite pour que je ne sois pas tenté de recommencer. Car la prochaine fois, c'était sûr, je ne pourrais pas m'arrêter.

— Rassure-toi, je n'attends rien de toi.

La princesse des glaces était de retour et elle me toisa avec un mépris indicible.

— Absolument rien !

Elle claqua la porte en sortant.

Franchement, je ne pouvais pas le lui reprocher.

5

Abby

S'il avait existé un Oscar de la meilleure simulatrice, j'en aurais eu une étagère pleine. Je ne saurais même plus où les ranger !

Je n'avais fait que ça toute ma vie : simuler. Prétendre que j'étais ravie de la boîte à bijoux en argent ciselé que m'avaient offerte mes parents pour mes sept ans alors que j'avais demandé un jeu de croquet. Prétendre que j'étais fière d'avoir une soirée disco pour mes treize ans, avec DJ et buffet traiteur, alors que je rêvais d'un simple *fish and chips* en cornet sur une plage en compagnie de ma seule vraie copine. Prétendre que j'étais folle de joie à l'idée d'un grand mariage avec des gens que je ne connaissais même pas, alors que j'aurais voulu un échange de vœux tout simple à la mairie…

Oui, j'étais une experte dans l'art de faire semblant. Une championne ! Et cette prouesse me permit d'enchaîner les fournées de brioches, de croissants et de pains au chocolat comme si ce baiser n'avait jamais eu lieu.

Ce baiser…

Six heures plus tard, il me hantait encore.

Dominateur, sans concession et tellement passionné que je me liquéfiais rien que d'y penser.

Si j'étais la reine de la simulation, Tanner était le maître de la persuasion.

On ne m'avait jamais embrassée de cette façon.

C'était comme franchir la porte des enfers, brûler de l'intérieur et vouloir que ça dure encore.

J'avais perdu la tête. À la seconde où sa bouche avait écrasé la mienne, je n'avais plus été capable de réfléchir. Pour être tout à fait honnête, je n'en avais eu aucune envie : embrasser Tanner King tirait définitivement un trait sur mon ancienne vie et donnait un bon coup de starter à la nouvelle.

J'étais mortifiée de lui avoir cédé si facilement, perplexe quant à ses motivations, très remontée contre son arrogance, mais pas déçue du tout.

Dieu, il savait embrasser une femme !

Je touchai mes lèvres du bout des doigts. J'avais l'impression qu'elles brûlaient encore de l'assaut qui leur avait été livré.

— Ça y est, j'ai fermé le magasin.

Je sursautai et me retournai d'un mouvement vif en espérant que Makayla ne m'avait pas vue rêver tout éveillée.

— Merci.

Elle sourit et pointa un doigt vers la petite table, dans la cuisine, où les employés déjeunaient pendant la coupure de midi.

— Et si tu t'asseyais pour me parler un peu du beau gosse pendant que je nous prépare un chocolat chaud ?

— Je ne vois pas ce qu'il y a à en dire, répondis-je trop vite.

Makayla leva un sourcil.

— Pas à moi, trésor ! Je t'ai vue éviter le bureau tout l'après-midi, et tu n'arrêtes pas de rougir, les yeux dans le vague.

Makayla pirouetta sur elle-même, comme pour ne pas oublier qu'elle avait été danseuse avant d'être vendeuse.

— Et comme je t'ai aussi vue sourire béatement en te touchant les lèvres, j'en conclus que le beau gosse t'a embrassée et qu'il se débrouille plutôt bien.

— Tu es beaucoup trop perspicace, soupirai-je tout en me laissant tomber sur une chaise. Ce sera un double chocolat pour moi !

— Ça marche ! dit-elle en commençant à s'activer. Sincèrement, ça me fait plaisir de te voir t'intéresser à un mec. Depuis trois mois que je travaille ici, je ne t'ai jamais entendue parler d'un amoureux, ni même d'un rendez-vous.

Étais-je à ce point pathétique ? Probablement, puisque, depuis Bardley, je fuyais toute relation.

— Qui a dit que je m'intéressais à Tanner ?

Makayla s'esclaffa tout en versant le chocolat chaud dans deux mugs.

— Trésor, c'est écrit sur ton visage.

— Je suis à ce point transparente ?

— Oui. Mais, en même temps, je suis très observatrice.

Makayla glissa deux marshmallows dans chaque tasse et posa celles-ci sur la table.

— C'était une question de survie dans mon dernier boulot.

L'amertume crispa ses lèvres l'espace d'une seconde, comme si ce n'était pas un souvenir agréable, puis son sourire réapparut, illuminant son visage. Makayla courait les castings pendant son temps libre. Elle avait travaillé dans plusieurs troupes de théâtre, mais les rivalités internes avaient miné son éternelle bonne humeur.

— Tanner me fait de l'effet, c'est vrai. Mais, en même temps, cela fait un an que je ne fréquente personne. Alors forcément...

— Tu n'es pas sortie avec un homme depuis un an ?

Makayla simula un malaise, une main crispée sur le cœur, et j'esquissai une grimace.

— Je sais, je suis un cas désespéré.

Au moment où je prononçai ces mots, je me rendis compte que c'était vrai. Mon mariage avait été lamentable à tous les points de vue, mais le plus pénible pour moi, finalement, c'était de ne pas avoir eu quelqu'un avec qui parler de mon travail à la fin de la journée, de ne pas pouvoir partager mes rêves, mes inquiétudes. Bref, de ne pas avoir un partenaire à mes côtés.

Peut-être étais-je en manque sans le savoir. Peut-être était-ce pour cette raison que j'avais surréagi au baiser de Tanner ?

Oui, c'était sûrement ça. Mieux valait ne plus y penser, et le souvenir s'effacerait de lui-même.

— Tu devrais vraiment t'aérer, voir du monde, me conseilla Makayla en fronçant les sourcils. On pourrait aller danser, toutes les deux, si tu veux. On boirait quelques verres. On reluquerait les beaux garçons…

— Je n'aime pas trop aller en boîte. Je me sens mal à l'aise…

— Ça suffit !

Makayla agita l'index sous mon nez.

— C'est moi qui commande. Demain, on sort, point final !

— Je n'ai pas envie d'un partenaire d'une nuit.

— C'est ce que tu crois. Ta libido appelle au secours, ma vieille. Après un an d'abstinence, elle doit être au bord du coma !

Elle prit un pouls imaginaire avec une mine catastrophée, et j'éclatai de rire.

— Il y a une super boîte de nuit dans le centre de Sydney. Le Mirage. On y va ensemble demain soir, c'est décidé.

Elle agita les sourcils de manière comique.

— Prépare-toi à passer une longue nuit de folie, ma poule.

Je connaissais ce regard. Makayla l'avait déjà eu quand elle m'avait emmenée à Rocks Market dans une boutique cent fois trop chère pour moi, m'acheter une ravissante écharpe en soie rose. Et aussi quand elle m'avait traînée dans une galerie de peinture, à une exposition de nus.

Elle ne lâcherait pas l'affaire jusqu'à ce que je dise oui.

Je poussai un soupir de capitulation.

— Bon, d'accord.

Elle me décocha un clin d'œil.

— Ça va être chaud bouillant !

Il me faudrait plus qu'un mirage pour effacer Tanner et son baiser de ma mémoire. Seul un sosie de Channing Tatum pourrait peut-être y parvenir... Mais les chances d'en rencontrer un dans une boîte de nuit de Sydney étaient d'une sur dix millions — et encore.

Makayla leva sa tasse de chocolat, les yeux brillants.

— J'ai hâte d'être à demain !

Pas moi, mais il fallait que je chasse de mon esprit cette attirance absurde pour Tanner.

Une soirée en boîte serait peut-être la solution.

6

Tanner

Je devais reconnaître que mon frère savait gérer une entreprise. Les Petits Délices réalisaient des bénéfices importants et le chiffre d'affaires pourrait même être multiplié par deux si le commerce d'à côté acceptait sa proposition de rachat.

J'étudiais les livres de comptes depuis deux jours et je n'avais pas réussi à trouver la moindre faille.

Contrairement à moi. Je m'en étais découvert une énorme, de la taille du Grand Canyon, en la personne d'une pâtissière hautaine et froide qui embrassait comme une déesse.

Je ne parvenais pas à oublier ce baiser. Incompréhensible, vu le nombre de femmes qui étaient passées dans ma vie. Pourquoi diable Abby produisait-elle un tel effet sur moi ? C'était inquiétant.

J'avais donc pris des dispositions pour éviter de la croiser. La veille, j'étais parti comme un voleur pendant qu'elle faisait une pause avec Makayla et là je venais de passer la journée enfermé dans mon bureau.

Nous avions échangé un bonjour poli ce matin, sans plus, et ça m'allait très bien. Je n'avais pas vocation à être le passe-temps d'une fille de la haute société. Son petit trophée personnel pour fêter son divorce.

Ce n'était pas faute d'être tenté. Abby serait sûrement une partenaire torride au lit. Les femmes qui sortaient d'un mariage calamiteux se transformaient souvent en volcans sous la couette.

Mais Remy me massacrerait si je faisais pleurer sa protégée ou, pire, si elle démissionnait parce qu'elle se sentait mal à l'aise en ma présence.

C'était déjà arrivé une fois, quand j'étais jeune et stupide. Je venais d'ouvrir ma première boîte de nuit et j'avais couché avec la comptable. Nous étions d'accord tous les deux pour une brève aventure, mais la dame avait changé d'avis en cours de route et j'avais dû lui mettre les points sur les *i*. Du coup, elle avait claqué la porte — et j'avais perdu une comptable hors pair.

Donc, pas question de torpiller les plans de Remy. J'allais garder mes distances et — peut-être — m'excuser auprès d'Abby de l'avoir embrassée. L'entreprise affichait un chiffre d'affaires en belle progression depuis un an, et Abby semblait avoir largement sa part dans ce succès.

Les Petits Délices et Remy ne pouvaient pas se permettre de perdre leur pâtissière vedette.

Je jetai un coup d'œil à l'horloge. 19 heures passées et, dans deux heures, une deuxième journée de travail m'attendait. Pas le temps de faire une pause. Bon sang, passer douze heures derrière un bureau s'apparentait à une forme de torture moderne !

Pressant les doigts sur mes paupières, je pris quelques inspirations tout en faisant rouler mes épaules. J'ouvris les yeux en entendant deux petits coups frappés à la porte. Celle-ci s'ouvrit, et Abby entra avec un café expresso fumant et un croissant aux amandes.

— Tu as travaillé toute la journée sans lever le nez. J'ai pensé qu'un petit en-cas te ferait du bien.

— Tu es un ange, dis-je avec sincérité, alléché par l'arôme puissant du café brésilien. Merci !

— Pas de quoi.

Ses joues se colorèrent, comme si elle n'avait pas l'habitude de recevoir un compliment, et je fus aussitôt propulsé vingt-quatre heures en arrière, au moment où je l'avais embrassée.

Sa rougeur avait été plus prononcée alors, le bleu de ses yeux si clair que j'aurais pu m'y noyer.

Mon sexe pulsa à ce souvenir, et je jurai intérieurement. *Pense à Remy et redescends sur terre, imbécile !*

Elle posa le plateau sur le bureau.

— Au risque de passer pour une casse-pieds, je trouve que tu ne devrais pas rester enfermé toute la journée dans ce bureau sans manger.

— J'ai peut-être tout un stock de barres énergétiques caché dans un tiroir, qu'en sais-tu ?

Elle fronça les sourcils.

— C'est le cas ?

— Non. C'est une formule magique contre les casse-pieds.

Elle sourit, et son visage passa de simplement ravissant à époustouflant.

— Je vais bientôt partir. Tu pourras tout fermer ?

— Bien sûr.

Je tapotai ma tempe.

— Le code de l'alarme est gravé ici.

L'amusement fit pétiller ses yeux.

— Ça m'étonne que ton cerveau ne soit pas saturé avec tous les numéros de téléphone de filles que tu dois y stocker. L'équivalent d'un annuaire, au moins…

Je ris, appréciant de la voir détendue.

— La moitié d'un annuaire seulement.

— Tu es trop modeste.

Surpris de la voir plaisanter alors que je m'attendais à

la trouver gênée et glaciale après notre baiser, je poussai un soupir faussement penaud.

— En fait, tous les numéros de mes conquêtes — un bon millier, à la louche — sont enregistrés dans mon portable.

— Ah, voilà pourquoi tu en as un gros…

Elle se tut, manifestement pétrifiée par sa bourde.

— Nous parlons bien de mon téléphone portable ? Ou tu es toujours obsédée par ma jambe de bois ?

Ses joues virèrent au rouge vif.

— La journée a été longue. Je ferais mieux d'y aller.

— Et je ferais mieux de te laisser partir.

Mais elle ne fit pas un geste et moi non plus, nos regards se livrant une bataille invisible pendant que des ondes électriques vibraient tout autour de nous.

Je devais absolument briser le charme qu'elle exerçait sur moi avant de tenter quelque chose de stupide, comme l'embrasser de nouveau. Parce que, cette fois, je ne pourrais pas m'arrêter.

— Je suis désolé de t'avoir embrassée hier, lâchai-je d'un ton brusque, alors que je n'étais pas désolé du tout. C'était déplacé. On va mettre ce dérapage sur le compte du décalage horaire, de mon inquiétude pour Remy et de ton inépuisable talent pour m'envoyer des piques.

— Je suis ravie d'apprendre que ce n'était pas en raison de mon charme, dit-elle, tempérant par un sourire la sécheresse de sa réplique. En ce qui me concerne, c'est déjà oublié. Comme ça…

Elle claqua des doigts, et mon ego en prit un coup.

Oublié ? Elle était bien la seule !

— Il faut vraiment que j'y aille. Makayla m'emmène en boîte ce soir.

À l'entendre on avait l'impression que son amie la traînait chez le dentiste pour se faire arracher une dent.

— À demain, alors.

— Bonne soirée !

Je la regardai franchir la porte, les yeux rivés sur ses fesses.

Elle portait son pantalon de travail comme une déesse, et je mordis hargneusement dans le croissant.

La pâte fondit sur ma langue, et je me demandai si la peau d'Abby aurait la même saveur délicatement sucrée.

7

Abby

Je m'étais représenté Le Mirage comme un lieu sombre en sous-sol avec des murs tapissés de miroirs, une boule à facettes et une musique techno à vous exploser les tympans.

Je m'étais complètement trompée.

— Alors, n'est-ce pas un endroit génial ?

Makayla m'agrippa par le bras et sautilla sur place, excitée comme une puce.

— J'avais entendu des critiques dithyrambiques sur cette boîte, mais ça dépasse mes espérances !

Les miennes aussi. L'établissement était magnifique, depuis les parquets vitrifiés et les hauts plafonds voûtés jusqu'au lustre de cristal qui pendait au-dessus de la console de mixage du DJ, dressée au centre de la piste de danse.

La salle, décorée dans des teintes or et ivoire, donnait l'impression de se trouver dans un palace. La classe ! J'étais conquise.

Je décochai un petit coup de coude à Makayla.

— Maintenant, je peux bien te l'avouer : c'est la première fois que je sors en boîte de nuit.

Makayla me fit pivoter vers elle, bouche bée.

— Quoi ? Tu plaisantes ?

Je levai ma main libre.

— La vérité et rien que la vérité, Votre Honneur ! Je le jure.

— Mais qu'est-ce que tu es ? Une nonne ? Une ermite ?

Elle lâcha mon bras et lui donna une tape.

— Soit tu as vécu dans une secte, soit tu as été kidnappée par un psychopathe qui t'a enfermée dans une cabane de jardin, parce que tout le monde est allé en boîte au moins une fois dans sa vie !

Elle n'était pas tombée si loin de la vérité. Appartenir à la famille Prendigast avait été comme grandir dans une secte. Ensuite, j'avais vécu avec Bardley dans une prison construite de mes propres mains.

— Je me suis mariée à vingt et un ans.

Makayla secoua la tête, et un nuage de boucles rousses balaya ses épaules nues saupoudrées de paillettes.

— Mais tu n'es pas allée en boîte en douce avant d'avoir l'âge autorisé ? Tu n'es pas partie faire la fête avec des amies à la sortie du lycée ?

— J'ai passé ma scolarité dans des écoles privées pour filles et, non, nous ne pratiquions pas l'école buissonnière.

À vrai dire, nous ne faisions rien de très excitant, à part nous rendre dans des boutiques hors de prix et nous offrir des séances de manucure-pédicure dans le confort de nos hôtels particuliers. Les filles avec qui je sortais n'étaient même pas de vraies amies. Toutes plus détestables les unes que les autres, des clones de leurs mères, et dont la seule ambition était de se trouver un très riche mari issu du même milieu qu'elles.

Elles n'avaient qu'un seul sujet de conversation : leur petite personne. Moi, je rêvais d'intégrer un groupe de vraies copines. J'en voyais qui sortaient du lycée bras dessus bras dessous, rieuses, insouciantes. Elles se moquaient bien de ne pas avoir de voiture avec chauffeur ou de chaussures de marque. Mes parents m'avaient appris toute petite que l'argent pouvait tout acheter. Mais ils s'étaient trompés : je ne pouvais pas acheter le bonheur que je lisais sur le visage de ces filles.

— Trésor, il faut que tu apprennes à lâcher prise.

Makayla me poussa gentiment vers la piste de danse.

— Et la leçon commence maintenant.

J'avançai vaillamment, prête à faire un essai, mais, au même moment, j'aperçus mon reflet dans l'immense miroir qui tapissait le mur du sol au plafond et me figeai.

Alors que Makayla se fondait dans le décor avec son maquillage de soirée, ses boucles rousses, ses talons aiguilles et sa silhouette moulée dans une robe chaussette pourpre, j'avais pour ma part l'air d'une grand-mère, avec mes cheveux électrisés par le séchoir soufflant, mon rouge à lèvres rose pâle, mes petits talons et ma robe noire sans manches qui m'arrivait sagement aux genoux.

— Danse ! Maintenant !

Makayla me poussa de nouveau sur la piste et, cette fois, je me laissai happer par la foule qui se déhanchait au rythme d'une vieille chanson pop.

Je mettais toujours de la musique quand je pâtissais. Mais il y avait un monde entre se balancer en cadence dans une cuisine et se donner en spectacle devant des inconnus.

Par chance, personne ne semblait me prêter attention et je m'obligeai relâcher les épaules et à onduler en rythme.

— Eh bien voilà, tu danses et la terre n'a pas tremblé !

Makayla plaqua une main sur sa bouche en écarquillant les yeux d'un air horrifié.

— Ciel ! Tu pourrais peut-être même commencer à t'amuser !

— Essaie d'en faire autant ! criai-je par-dessus la musique en me déhanchant.

Makayla éclata de rire et leva les deux bras, ondulant

avec sensualité pendant que son corps souple effectuait des mouvements que je me sentais incapable d'imiter, même en rêve.

Après la première danse, je perdis le fil du temps. Des chansons des années quatre-vingt alternaient avec des rythmes technos. Je me donnais à fond sans plus m'inquiéter d'être ridicule. J'agitai les hanches, gesticulai des épaules, secouai des parties de mon corps qui n'avaient pas bougé depuis une éternité.

Je m'amusais comme une folle quand un ancien petit ami de Makayla nous rejoignit et, dès lors, je me rendis compte très vite que j'étais la cinquième roue du carrosse.

Je posai la main sur l'épaule de Makayla.

— Je vous laisse.

— Non, reste !

Le regard de Makayla glissa de son copain à moi. Elle était visiblement ivre morte, et je la rassurai d'un sourire.

— Je suis épuisée de toute façon. Je vais aller boire un verre au bar et je prendrai un taxi pour rentrer chez moi.

— Tu es sûre ?

Je hochai la tête.

— Absolument.

Je me penchai pour lui faire la bise.

— Amuse-toi…

Elle hésitait toujours.

— Mais on était censées trouver un garçon sexy pour te remettre dans le circuit !

— Une autre fois, assurai-je en la poussant doucement vers l'homme qui attendait patiemment que nous terminions notre conversation. Vas-y ! Et sois coquine pour deux.

Ses yeux pétillèrent.

— Je crois que j'en suis capable.

Je ris et quittai la piste de danse. J'avais à peine fait trois pas que le copain de Makayla prit celle-ci dans ses bras et se livra avec elle à une sorte de danse lente et sensuelle. Torride.

Je me surpris à envier Makayla. J'aurais tellement aimé avoir ne serait-ce que la moitié de son sex-appeal !

Je me détournai avec un soupir… et percutai Tanner de plein fouet.

8

Tanner

Faire le tour de mes boîtes de nuit après avoir passé deux jours à éplucher des livres de comptes dans un bureau fermé n'était pas ma définition du bonheur, mais j'étais absent depuis près d'un an et je devais vérifier que les gérants assuraient.

En fait, je n'avais pas vraiment de raisons de m'inquiéter. J'avais engagé les meilleurs à chaque poste, et les quatre établissements que j'avais visités jusqu'ici fonctionnaient à la perfection. Le Mirage était le dernier de ma liste et, comme pour les autres, la direction était au top.

J'avais prévu de me mêler aux clients pendant une trentaine de minutes afin d'écouter les critiques, puis de discuter avec le personnel et, si besoin était, de redynamiser mes troupes.

Mais mon plan s'évanouit à la seconde où j'aperçus Abby. Elle ondoyait sur la piste de danse, bras écartés. Elle ne suivait absolument pas la musique et bougeait à un rythme qu'elle était la seule à entendre.

Mais c'était le spectacle le plus érotique que j'aie jamais vu.

Fasciné, tous les sens en alerte, je restai à la contempler en sentant mon désir monter de minute en minute.

Soudain, un jeune type rejoignit Makayla et je les vis se mettre à bavarder sans cesser de se déhancher comme deux amants qui se retrouvent. Abby dut se sentir de trop, car elle se pencha vers son amie et lui dit quelque chose avant de s'éloigner.

Vingt paires d'yeux la suivirent quand elle quitta la piste de danse.

Elle ne portait pourtant rien d'osé. Sa petite robe noire toute simple détonnait presque au milieu de l'assistance féminine très dénudée. C'était son allure qui attirait les regards. La ligne gracieuse de ses épaules. Son port de tête altier. Le balancement subtil de ses hanches.

Elle avait une classe folle. Tous les hommes présents ce soir rêvaient de lézarder cette froide façade et de faire fondre la glace. Moi le premier.

Un garçon plus entreprenant que les autres posa son verre pour l'aborder, mais je lui coupai la route.

— Désolé, vieux. Chasse gardée !

Je n'avais aucun droit sur Abby, mais il était hors de question que je laisse qui que ce soit lui tourner autour.

J'allais lui signaler ma présence derrière elle quand elle se retourna et me percuta.

— Attention !

Je lui enlaçai la taille par réflexe pour l'empêcher de tomber et ne pus résister à l'envie de la taquiner.

— Il faut que tu arrêtes de te jeter à ma tête comme ça. C'est pénible…

Elle retrouva tout de suite son équilibre, mais je ne la lâchai pas. Je pris plaisir à sentir la chaleur de son corps, sa peau humide de sueur, la pointe de ses seins frôlant mon torse.

Elle cilla, stupéfaite.

— Qu'est-ce que tu fais ici ?

— Cet endroit m'appartient.

Je haussai les épaules comme si cela n'avait pas vraiment

d'importance, alors que chaque nouvelle boîte de nuit était un signe éclatant de ma réussite — et la preuve que mon père s'était trompé du tout au tout à mon sujet.

— Je ne suis pas venu à Sydney depuis un an, alors je fais le tour de mes établissements pour m'assurer que tout va bien.

Étonnamment, elle n'avait pas bougé. Le premier mouvement de surprise passé, elle semblait accepter que je la tienne dans mes bras comme si je ne voulais plus la laisser repartir.

— Incognito ?

— Plus ou moins, oui.

Notre conversation s'éteignit d'elle-même, et nos regards restèrent rivés l'un à l'autre comme s'ils se livraient une guerre invisible. Une fois de plus, je me demandai ce qu'il y avait chez cette femme qui me bouleversait à ce point.

Je la désirais avec une force que je n'avais pas ressentie depuis longtemps. Voire jamais. En général, j'invitais une fille pour une soirée, je l'emmenais chez moi et basta ! Je couchais pour le plaisir, pour me changer les idées. Et avec des partenaires qui connaissaient la chanson et n'attendaient rien d'autre.

Bref, des femmes aux antipodes d'Abby.

Abby était du genre à vouloir les fleurs d'oranger, la robe blanche et les grandes orgues. Elle avait évoqué son ex et la faillite de son mariage, mais peut-être ce dernier avait-il échoué parce qu'elle avait placé la barre trop haut ? Peut-être son mari avait-il eu recours à cette violence verbale parce qu'il ne supportait plus la pression qu'elle lui imposait ?

Non, honte sur moi ! Parce que je désirais Abby comme un fou et que je ne devais pas céder à la tentation, j'essayais de la rabaisser pour évacuer ma frustration. Lamentable !

— Je vais y aller.

Elle esquissa un mouvement de recul et, si j'avais eu deux sous de jugeote, je l'aurais laissée partir.

Au lieu de ça, je resserrai mon étreinte.

— Je te fais visiter ? Ensuite on boira un verre dans la pièce VIP et je t'appellerai un taxi.

Elle était sur le point de refuser. Je voyais le « non » trembler sur ses lèvres. Bizarrement, elle ne le prononça pas et hocha la tête.

— D'accord…

Mais elle resta devant moi sans bouger comme si elle n'était pas sûre de pouvoir me faire confiance. Preuve qu'elle n'était pas sotte.

— Il y a un problème ?

Elle prit une courte inspiration.

— En fait, je viens de danser pendant deux heures et je vais tomber dans les pommes si je ne bois pas un grand verre d'eau. On ne peut pas zapper la visite et aller directement au bar ?

Je souris, séduit par sa franchise.

— Aucun problème. Viens avec moi.

La zone VIP était comme toujours peuplée de sportifs de haut niveau, d'acteurs célèbres et de top models. Ce soir, il y avait même une star du rap venue des USA. Abby avait les yeux écarquillés, sidérée sans doute par l'impudeur avec laquelle les femmes se collaient à leur cavalier plus que par la notoriété des invités.

Cette fille était incroyablement naïve. À croire qu'elle n'avait jamais vécu. Les jeunes demoiselles riches comme elle devaient fréquenter les meilleures écoles privées, et seulement des soirées chics. Cependant, même si elle avait été mariée, cela faisait un an, de son propre aveu, qu'elle était célibataire. En douze mois, elle avait bien dû se lâcher un peu ? Alors pourquoi cet air d'innocence qui flottait autour d'elle comme une aura ?

— Par ici…

Je glissai ma carte dans une serrure électronique et attendis le bip avant de pousser la porte.

Bien que je n'aie pas mis les pieds ici depuis un an, je savais que la suite serait dans un ordre impeccable et le réfrigérateur rempli. Le personnel était professionnel, et l'info avait dû circuler d'un club à l'autre que je risquais de passer cette nuit.

— Qu'est-ce que je te sers ?

La porte se referma sans bruit derrière nous et je vis une ombre inquiète traverser son regard, avant qu'elle ne redresse le menton comme si elle avait pris une décision.

Elle se méfiait. Je la comprenais, mais elle n'avait rien à craindre de moi. Même si je rêvais de briser sa carapace de froideur, je n'allais pas rompre la trêve. Remy était trop important à mes yeux, et j'avais causé suffisamment de dégâts dans mon existence pour provoquer un nouveau désastre dont je pourrais me sentir responsable.

— De l'eau gazeuse, si tu as.

— Pour toi, rien n'est impossible, *baby*.

Je lui décochai un sourire malicieux et je fus surpris de la voir me sourire en retour.

— Assieds-toi, si tu veux.

Mais elle resta debout et inspecta la pièce du regard.

— Où sommes-nous ?

— Dans ma tanière.

Je sortis une bouteille d'eau gazeuse du petit bar réfrigéré, en dévissai le bouchon et en versai le contenu dans un grand verre, auquel j'ajoutai une rondelle de citron.

— Quand j'ai envie de fuir le bruit et les clients un peu trop m'as-tu-vu de la zone VIP, je viens me réfugier ici.

— C'est magnifique, dit-elle en glissant la main sur le cuir noir des canapés tout en promenant son regard sur le petit bureau surmonté d'un plateau en verre et la vitrine où je gardais toutes mes coupes.

— Elles sont toutes à toi ?

— Non, je les vole en douce aux sportifs qui viennent et je les stocke ici, dis-je, pince-sans-rire, en lui tendant le verre.

— Merci.

Elle le vida d'une traite sans même respirer, et je regardai les mouvements de sa glotte en essayant de ne pas céder à la tentation d'y voir une image érotique.

Elle me rendit le verre vide avec un sourire.

— Ouf, ça va mieux !

— Encore ?

— Je veux bien, merci.

Elle s'approcha de la vitrine pendant que je lui servais un autre verre.

— Tu as reçu un tas de prix dans l'hôtellerie.

— Les prix ne servent à rien, seulement à flatter l'ego.

Je lui tendis le verre en me forçant à détourner les yeux.

Une chance que j'aie fait installer une salle de bains. J'allais prendre une douche froide à la seconde où je l'aurais mise dans le taxi.

— Je préfère les récompenses concrètes qui s'affichent dans la colonne des bénéfices.

Une soudaine mélancolie marqua ses traits à ces mots.

— Mon père parlait sans cesse de la colonne des bénéfices, lui aussi.

— C'est ce que recherche n'importe quel homme d'affaires avisé. Ça, et un portefeuille d'actions bien garni.

Elle plissa le nez, et je dus reconnaître que je n'avais jamais rien vu d'aussi adorable.

— Venant de quelqu'un comme toi, c'est bizarre. Avec tes tatouages, tu as plus l'air d'un rebelle que d'un actionnaire.

— Décidément, on dirait que mes tatouages te perturbent beaucoup !

Sans attendre, je retirai ma veste, la jetai sur un canapé et remontai mes manches.

— Vas-y. Regarde bien ! Ensuite tu pourras me coller une autre étiquette bien stéréotypée.

Je ne savais pas d'où venait ma colère, mais je me traitai mentalement d'imbécile en la voyant rougir.

— Je n'ai pas dit ça pour te juger. Ce qu'il y a, c'est que... Que je n'avais jamais vu de tatouages avant toi et...

— Et dis-toi que tu n'as encore rien vu ! sifflai-je.

Sans le savoir, elle avait touché un point sensible et j'étais parti au quart de tour.

Mes tatouages n'étaient ni une lubie ni un effet de mode. Ils faisaient partie de moi.

À une certaine époque, parce que j'étais mal dans ma peau, j'avais décidé d'en changer. D'opérer une mue, littéralement.

Et le fait qu'une femme comme Abby cède à la facilité en m'associant à un rebelle de pacotille me mettait en colère.

— Finissons-en ! grondai-je tout en déboutonnant ma chemise pour l'envoyer voltiger. Tu veux voir ? Vas-y, rince-toi l'œil.

Je restai face à elle, mains sur les hanches, vibrant de défi et, en même temps, étrangement vulnérable. Qu'importait ce qu'elle pensait de moi ? Dès que Remy serait sur pied, je partirais où me porteraient mes envies, à Bangkok, Ibiza ou Munich, et j'ouvrirais de nouvelles boîtes de nuit à succès.

Je me moquais complètement de l'opinion qu'Abby avait de moi.

Sauf que ce n'était pas vrai...

— Désolée, s'excusa-t-elle d'une voix douce et hésitante, les yeux rivés sur mon torse. Je n'ai pas voulu te blesser.

Ma colère reflua un peu tandis qu'elle dévorait du regard chaque centimètre de ma peau. Elle semblait fascinée.

— Tu es magnifique, dit-elle en se rapprochant pour mieux voir.

Elle se mordilla la lèvre — un petit réflexe innocent qui me donna envie de la jeter sur le canapé et de la prendre sur-le-champ.

— Je peux ?

Sans attendre ma réponse, elle me toucha, ses doigts suivant chaque motif tracé à l'encre avec une douceur aérienne.

Le bouddha. Le signe de paix entouré d'une guirlande de fleurs. Le phénix…

Je retins mon souffle quand elle descendit plus bas, explorant le dessin du pirate. Sa caresse était aussi légère que l'air, mais ma peau était un brasier.

— Satisfaite ? demandai-je entre mes dents serrées, en regrettant d'avoir laissé la colère me pousser dans cette situation impossible.

Mettre Abby au défi de me regarder sans rougir était une chose — d'autant que j'étais sûr qu'elle se dégonflerait —, mais la laisser me toucher partout comme si elle voulait apprendre par cœur chacun de mes tatouages en était une autre.

Elle leva vers moi l'eau troublée de son regard, et le désir sans fard que je lus dans ses yeux me coupa le souffle.

Diable ! J'avais un problème. Un énorme problème.

— Pas complètement, murmura-t-elle avant de presser sa paume brûlante sur mon sexe bandé à travers mon pantalon. Tous ces jolis tatouages sont une insulte à ta virilité. Il va falloir me montrer la jambe de bois de ce pirate pour me redonner foi en toi.

Un rire venu du plus profond de mon être me secoua tandis que je m'agrippais aux derniers vestiges de mon self-control.

— Abby, c'est une mauvaise idée. Tu es la protégée de Remy et quand ça finira dans les larmes…

— Ne t'inquiète pas.

Elle me gratifia d'une caresse patte de velours à travers mon jean qui atomisa ce qu'il me restait de volonté.

— Une nuit. C'est tout ce que je demande. Rien de plus.

Elle retira sa main, et je maudis intérieurement mon stupide esprit chevaleresque.

— Mais je dois te prévenir que je n'ai pas couché avec un homme depuis plus d'un an. Je risque de te casser en deux morceaux.

Je pouvais résister à la princesse arrogante…

Mais pas à la sirène espiègle qui me jaugeait du regard comme si elle se sentait capable de me dévorer d'une seule bouchée et de revenir finir les restes un peu plus tard.

— Bon sang, Abby, tu rends les choses très difficiles…

— J'espère bien !

Elle remit sa main au même endroit, avec plus d'insistance, et je baissai la garde.

Je la pris aux épaules et la plaquai contre moi d'un même mouvement, annonçant d'emblée la couleur.

Ce serait chaud, brutal, intense. Et fichtrement bon.

Elle s'enflamma instantanément. Écrasant sa bouche sur la mienne, elle me poussa contre le mur et s'enroula autour de moi comme une liane.

C'était le truc le plus excitant que j'aie jamais connu — qu'une fille comme elle désire un type comme moi avec cette force…

Sa langue chercha la mienne, tour à tour timide, hardie et autoritaire tandis qu'elle faufilait une main entre nous pour descendre la fermeture Éclair de mon jean.

Ses baisers se faisaient ardents, pressants, à l'opposé de l'image distante qu'elle offrait d'habitude. Ce contraste entre le feu et la glace m'excitait au plus haut point. Le chaud et le froid. Un cocktail volcanique.

Elle jouirait à la seconde où j'entrerais en elle, je le

savais. Une impatience fiévreuse palpitait douloureusement dans mon ventre.

Prenant un sein en coupe dans ma paume, je fis rouler le mamelon durci entre le pouce et l'index, lui tirant un gémissement rauque. Elle avait les seins sensibles, j'adorais ça. Je voulais les embrasser, les lécher, les sucer jusqu'à ce qu'elle crie de plaisir.

Mon cerveau cessa de fonctionner quand elle glissa la main à l'intérieur de mon boxer. Elle prit mon sexe entre ses doigts.

— Je veux te voir, murmura-t-elle tout contre ma bouche, mordillant ma lèvre inférieure pendant qu'elle continuait à me caresser, à me cajoler. À me liquéfier.

— Idem…

Je pris une respiration sifflante tandis qu'elle dessinait avec son pouce des petits cercles sur la pointe de mon sexe. Je lui saisis le poignet pour l'arrêter avant de me rendre ridicule.

Il y avait quelque chose d'incroyablement sexy à voir une femme timide et réservée prendre les commandes. Son audace embrasait mon désir.

— Retourne-toi.

Si ma voix éraillée l'effraya, elle n'en montra rien. Elle s'humecta simplement les lèvres avant de protester avec une moue boudeuse :

— Mais je veux voir le pirate. Intégralement !

— Tu le verras, ma belle. Fais-moi confiance…

Je lui décochai un sourire de loup affamé.

— Mais d'abord, je veux te voir, toi. Intégralement !

Une lueur indécise passa dans son regard, et j'appuyai sur la télécommande pour baisser la lumière. J'étais prêt à tout pour la mettre à l'aise.

À tout — sauf à m'arrêter.

J'avançais en roue libre depuis la seconde où elle avait glissé la main dans mon pantalon.

Je ne pouvais plus m'arrêter. Et je ne voulais plus.

D'autant qu'elle avait établi les règles : ce serait un coup d'un soir, rien d'autre. Il n'y aurait ni violons, ni promesses, ni lendemains.

Seulement une étreinte brûlante et intense.

Après un célibat de plus d'un an, elle m'avait choisi pour rompre la période de jeûne.

La petite fille sage et bien élevée souhaitait s'envoyer en l'air avec un mauvais garçon. Elle voulait vivre une nuit inoubliable.

Entendu. C'était dans mes cordes.

Dans la mesure où les termes du contrat étaient clairs : pas de sentiments, juste du sexe pour le sexe, j'étais partant.

— J'ai envie de toi, dit-elle, son hésitation envolée tandis qu'elle posait sur moi un regard que le désir faisait virer à l'indigo.

— Sentiment partagé, ma douce.

Je la fis pivoter pour descendre la fermeture Éclair de sa robe. Le petit crissement du métal contre le métal se mêla au bruit très doux de sa respiration courte.

J'étais sûr qu'elle avait une peau douce et crémeuse, sans un défaut. À l'opposé de la mienne. Quand j'arrivai en bas, elle gémit un peu. Je fis remonter mes mains le long de son dos jusqu'à sa nuque et repoussai la robe sur ses épaules.

Le tissu glissa tout seul jusqu'à ses pieds, où il alla former un petit tas vaporeux, la laissant en soutien-gorge et culotte noire coordonnée. Coupe à la française. C'était presque un signe. J'adorais tout ce qui venait de France. La cuisine, les frites, les baisers… Et les petites culottes. J'allais me faire un plaisir d'arracher celle-ci avec mes dents pour dévorer les trésors qu'elle dissimulait.

Sa peau était aussi parfaite que je l'avais imaginé, et je suivis du bout des doigts la courbe de ses reins puis de ses hanches, avant de remonter plus haut, appréciant sa douceur veloutée. Elle trembla un peu quand je défis l'agrafe du soutien-gorge, et je me rapprochai pour faire glisser celui-ci le long de ses bras.

— Magnifique, lui murmurai-je à l'oreille en l'enlaçant par-derrière pour prendre ses seins.

Je savourai leur poids, en titillai les pointes ambrées avec mes pouces.

— Je meurs d'envie de te goûter.

Elle émit un petit cri tandis que sa tête basculait en arrière, et je capturai ses lèvres, dévorant sa bouche pendant que je pinçais les mamelons. Je savourai sa chaleur humide, prélude à ce qui m'attendait quand je descendrais plus bas.

— Encore, demanda-t-elle comme je relevais la tête, et j'obéis sans me faire prier.

Sans cesser de l'embrasser, je la retournai vers moi et baissai sa culotte, attendant qu'elle l'enjambe, pour faufiler mes doigts entre ses replis mouillés. Elle était trempée de désir. Pour moi.

— Tanner, s'il te plaît…

J'aurais voulu prolonger ce moment, la faire jouir une fois voire deux avec ma bouche avant de passer aux choses sérieuses, mais mon propre célibat prolongé me plongeait dans un état d'urgence. Je ralentirais plus tard. Nous avions toute la nuit pour ça.

Je pressai mon pouce sur son clitoris, le titillai deux fois. La rapidité avec laquelle elle jouit me stupéfia.

Je n'aurais jamais pensé qu'elle était du genre à crier pendant l'amour mais, pour le coup, je me félicitai que les salles du club soient toutes insonorisées.

— Eh bien…, soupira-t-elle en laissant retomber sa tête contre mon épaule tandis que les derniers spasmes du plaisir la faisaient encore frissonner. Je crois que j'étais vraiment en manque.

Sa franchise était délicieuse. Les femmes me parlaient rarement après l'amour, sauf pour me demander où était la douche et laisser entendre qu'elles voulaient un autre rendez-vous.

— Ce n'est que le début, dis-je en la repoussant doucement pour la contempler.

Je ne pus m'empêcher de sourire à la vue de ses cheveux ébouriffés, de ses joues empourprées et de ses lèvres gonflées.

— J'ai l'intention de te faire jouir avec ma bouche plusieurs fois ce soir.

Comme elle écarquillait les yeux de stupeur, je poursuivis :

— Mais, avant, je vais te baiser. Toujours d'accord ?

Elle hocha la tête, le regard luisant de désir, et entreprit de déboutonner mon jean.

S'il ne s'était agi que de moi, j'aurais liquidé l'effeuillage, mis un préservatif et me serais introduit en elle avant d'avoir eu le temps de compter jusqu'à trois. Mais c'était sa nuit, et je lui laissai l'initiative.

Elle défit le bouton de mon jean et descendit maladroitement la fermeture Éclair.

— Doucement, ma douce. Le moment est mal choisi pour une amputation à vif.

— Mais je veux te voir, gémit-elle en tirant sur mon jean pour le faire descendre, son regard avide rivé sur la bosse sans équivoque qui tendait mon boxer.

— Je suis tout à toi…

J'envoyai voltiger mes chaussures, mes chaussettes et me débarrassai de mon jean d'un coup de pied.

— Mais fais attention, ajoutai-je, on dit que regarder trop longtemps le sexe d'un garçon rend aveugle.

— Je croyais que c'était quand on jouait avec ?

Je souris. Elle n'était pas si naïve qu'elle en avait l'air, en fin de compte…

— Tu es fabuleuse.

Une lueur de tristesse passa dans ses yeux, et je me maudis d'avoir commis une maladresse sans le vouloir.

— Ça va ?

Elle se mordit la lèvre tout en secouant la tête.

— En fait, je... Je n'ai pas trop l'habitude. Et je ne suis pas très douée pour...

— Ce sinistre individu !

La rage m'envahit à la pensée des dégâts psychologiques que son ex avait causés.

— Regarde-moi !

Je lui soulevai le menton d'un doigt. Le doute dans son regard me serra le cœur.

— Oublie ce que t'a raconté cet imbécile. S'il y avait des problèmes, sois sûre qu'ils venaient de lui, pas de toi.

— Comment peux-tu en être si sûr ?

Je la fis taire d'un baiser. Rien de tel qu'une démonstration par l'exemple.

Elle s'enflamma instantanément et me caressa avec fièvre, pétrissant mes biceps, mes hanches, gémissant contre ma bouche tandis qu'elle enfonçait ses doigts dans les muscles de mes fesses.

Je l'allongeai sur le canapé et restai au-dessus d'elle. Elle me dévisagea, les yeux brillants de désir.

— Ce que tu as dit tout à l'heure... Ce que tu voulais me faire...

Elle me quitta du regard, elle se libéra de sa culotte.

— S'il te plaît, fais-le.

Je réprimai un sourire face à cette femme qui évitait pudiquement de dire « Baise-moi ! » alors qu'elle était nue devant moi. Je laissai glisser mon regard entre ses cuisses, vers le nirvana. Elle n'avait pas cédé à la mode de l'épilation brésilienne, et je m'en félicitai. J'aimais une jolie touffe soignée.

— À ton tour ! déclara-t-elle en s'offrant à mon regard

comme une déesse de l'amour libertine et lascive. Je veux te voir intégralement.

Glissant les pouces sous l'élastique, je baissai mon boxer. Elle poussa un cri étouffé à la vue mon sexe bandé.

— Tu es énorme !

Elle rougit tout en continuant à le fixer, comme si elle ne parvenait pas à en détourner les yeux.

— Je n'ai pas beaucoup d'éléments de comparaison, poursuivit-elle. En fait, je n'en ai vu qu'un seul avant toi, mais il était beaucoup moins impressionnant. Toi, tu es vraiment…

Elle fit mine de hurler à la mort comme un loup de dessin animé, et j'éclatai de rire pour ne pas trahir ma surprise. Son mari avait été son seul partenaire ?

Pas étonnant qu'elle ait peur de ne pas être à la hauteur. Ce type devait être un minable au lit et il lui avait fait croire que c'était à cause d'elle. Un rustre…

— Mais pourquoi le pirate est-il cul-de-jatte ?

Un sourire insolent flotta sur ses lèvres adorables.

— Il aurait été beaucoup plus amusant de lui donner une jambe de bois.

Elle pointa un doigt vers mon sexe, et je ris de nouveau.

— Tu es une vilaine fille.

— Pas encore, mais j'espère bien le devenir.

Elle me fit signe d'approcher de son index recourbé.

— Viens là et corromps-moi !

J'avais deviné que c'était son fantasme. Se faire baiser par le mauvais garçon aux tatouages. Oublier, l'espace d'une nuit, ses précédentes expériences ennuyeuses. Je n'étais pas dupe et pourtant, pendant une seconde, je me surpris à avoir bêtement envie qu'elle voie plus loin que la surface.

Qu'elle cherche l'homme derrière le type super bien gaulé et qu'elle me désire, *moi*, Tanner King. Qu'elle me désire vraiment.

Agacé, je ramassai mon jean sur le sol et tirai un préservatif de mon portefeuille.

Elle sortit un bout de langue pour s'humecter les lèvres pendant qu'elle me regardait le dérouler avec une expression émerveillée. Elle avait l'air de faire une découverte.

— Tu es sûre que tu n'es pas vierge ?

Ses pommettes rosirent.

— C'est juste que d'habitude, la lumière est éteinte.

Ma parole ! Son ex devait vraiment être un abruti de première pour ne pas vouloir contempler chaque centimètre de ce corps magnifique quand il lui faisait l'amour.

Avec un clin d'œil appuyé, je m'agenouillai près du canapé.

— J'aime voir ce que je fais.

Elle esquissa un sourire malicieux.

— Je veux regarder moi aussi.

Message reçu ! J'allais devoir lui offrir un spectacle qu'elle n'oublierait pas.

J'avais décidé de prendre mon temps, mais ma résolution explosa en vol quand elle ouvrit les jambes, offrant à mon regard affamé la vision irrésistible de ses replis humides. Dieu, je ne pouvais plus attendre…

La saisissant, je la fis pivoter pour la renverser sur les coussins, les jambes dans le vide. Puis je la rapprochai de moi et m'assis sur mes talons, face à elle. Je dus prendre sur moi pour ne pas la pénétrer séance tenante.

— Il est encore plus gros vu de près, chuchota-t-elle.

L'admiration dans sa voix me fit sourire.

— Tu le vois peut-être à travers un miroir déformant ?

Elle rit, et ce fut le son le plus adorable que j'aie jamais entendu.

D'habitude, je ne plaisantais pas pendant le sexe. Et je riais rarement. Je faisais le job, je prenais mon pied, la dame aussi, et voilà.

Mais, même si nous n'avions pas encore abordé la partie la plus agréable, tout était différent avec Abby.

Il y avait entre nous un rapport spécial qui dépassait le simple désir physique.

Et qui me désarmait…

Secouant la tête, je me concentrai sur ce que je faisais le mieux : donner du plaisir à une femme.

— Regarde-moi, commandai-je tout en prenant mon sexe dans ma main.

Je pressai l'extrémité contre ses replis ruisselants et le fis glisser contre son clitoris jusqu'à ce qu'elle se mette à haleter et à se tortiller contre moi.

— C'est trop bon…

Elle se redressa sur les coudes pour regarder, et j'accentuai la pression, serrant les dents pour supporter la tension qui grandissait dans mes testicules.

— Plus fort, haleta-t-elle en se soulevant tandis que la sueur perlait entre ses seins.

— À tes ordres, ma douce.

Je me frottai une dernière fois contre son clitoris puis, au moment où son orgasme se déclenchait, j'entrai en elle. Un seul coup de reins puissant. Sans concession. Sa chaleur humide m'enveloppa.

Dieu… C'était le paradis.

Je lui imposai tout de suite un rythme rapide, pressant mon pouce sur son clitoris tandis qu'elle criait, exigeant qu'elle me donne jusqu'à la dernière goutte de son plaisir.

Elle se souleva, approchant sa poitrine de mon visage, et je happai un mamelon dans ma bouche tout en continuant à aller et venir en elle.

— Trop sensible, balbutia-t-elle en retombant en arrière pour détacher son mamelon de ma bouche. Je… veux… voir.

Je lui donnai satisfaction.

J'accélérai encore le rythme. Plus vite, plus fort. J'oubliai tout pendant que je regardais Abby me regarder.

C'était le truc le plus chaud que j'aie jamais fait.

Mes testicules se tendirent et mon cerveau devint un écran vide juste avant que je plonge en elle une dernière fois. Aussi loin que possible.

Le plaisir me souleva comme une houle immense et m'emporta dans une déferlante de sensations, balayant mes pensées, mes forces, ma résistance.

Je n'avais plus conscience de rien — sauf de cette femme.

Abby.

J'avais dû fermer les yeux parce que, quand je les rouvris, elle me regardait comme si je venais de lui donner les clés de la meilleure pâtisserie de Paris.

— C'était incroyable, chuchota-t-elle. Je ne savais pas que ça pouvait être aussi bon.

— Juste bon ?

Je passai un bras autour de sa taille pour serrer son corps contre moi. Encore une première pour moi. Je n'étais pas du genre câlin après le sexe.

— Il va falloir que je monte le niveau pour la suite, alors.

Je ne pouvais voir son visage enfoui contre mon torse, mais je sentis qu'elle souriait.

Pourtant, tandis qu'elle continuait à s'agripper à moi comme si elle ne voulait plus jamais me lâcher, le remords commença à m'envahir.

Pour moi, ce ne serait rien d'autre qu'une nuit de sexe fabuleuse et je m'en irais au matin. Je redeviendrais Tanner King, le type sur qui on avait mis une étiquette, celui qu'on jugeait, celui qu'on essayait d'approcher sans jamais y parvenir.

Même si cette nuit était mémorable, elle ne me changerait pas.

Abby pourrait-elle en dire autant ?

9

Abby

J'étais endolorie à certains endroits de mon corps dont j'avais ignoré l'existence jusque-là.

Plus de quinze heures après avoir quitté Tanner, mes muscles me rappelaient encore ce que nous avions fait ensemble.

Et à quel point j'avais aimé ça…

Tanner n'était pas venu travailler aux Petits Délices ce jour-là. Je ne parvenais pas à décider si j'étais soulagée ou consternée de son absence. Mais je n'arrêtais pas de sourire en pensant à lui.

Ce que nous avions fait au club, puis à son appartement était une erreur majuscule.

Je n'aurais jamais dû coucher avec lui.

Et pourtant je n'éprouvais aucun regret.

Pire, j'avais envie de recommencer !

Quand il m'avait emmenée dans sa suite privée, au Mirage, j'avais prévu de rester juste le temps d'un verre et de rentrer chez moi juste après. Et puis il s'était mis en colère, il avait enlevé sa chemise et… j'avais perdu la raison.

Je n'étais pas de celles qui reluquent les garçons. Bien sûr, comme n'importe quelle femme, j'appréciais les corps musclés sur la plage, l'été. Mais je n'avais jamais eu le fantasme de savoir à quoi ressemblait un homme sans ses vêtements. Jusqu'à Tanner.

À la seconde où il avait retiré sa chemise en un geste de défi, j'avais été dévorée du désir de le voir tout entier.

J'aurais dû appeler un taxi à cette minute même. Ou éclater de rire, comme s'il s'agissait d'une plaisanterie. N'importe quoi, sauf le dévorer des yeux comme je l'avais fait.

Il s'était montré plein d'indulgence pour mon inexpérience, cherchant à me mettre à l'aise en plaisantant. Son attitude avait été en tout point irréprochable. Je ne pouvais pas en dire autant à mon sujet.

Au lieu d'écouter la voix de la raison, j'avais prêté l'oreille à un petit démon intérieur qui me chuchotait que je méritais une nuit de plaisir, juste une. Et j'avais cédé à la tentation.

Le problème, c'était que cette nuit avec Tanner avait été tellement fabuleuse — une révélation — que je ne songeais plus qu'à recommencer.

Bien sûr, je n'en avais rien laissé paraître. Quand il m'avait embrassée au moment de nous séparer, j'avais joué les blasées, comme si je couchais tous les soirs de la semaine avec un amant différent. S'il avait deviné que je jouais la comédie il n'en avait rien dit. Et je lui en savais gré.

J'avais filé très vite et, pendant le court trajet entre son luxueux appartement et la pâtisserie, j'avais revécu chaque minute de notre nuit. Et j'en avais tiré une conclusion : il allait me falloir déployer des talents de comédienne que je ne possédais pas pour rester de marbre en présence de cet homme.

Bardley se moquait toujours de mes émotions à fleur de peau et de mon incapacité à cacher ce que je pensais.

Toutefois, il se trompait. Si j'avais été si facile à déchiffrer, il aurait vu sur mon visage tout le mépris qu'il m'inspirait.

Grâce à Tanner, je savais désormais que je n'étais pas responsable du fiasco de notre vie sexuelle. Combien de fois Bardley m'avait-il reproché d'être frigide ? Un vrai glaçon, disait-il. Et il me répétait que je ne le faisais pas bander, que j'étais aussi nulle au lit que dans une cuisine.

Un vrai coup bas, parce que j'étais déjà très à l'aise derrière les fourneaux, à l'époque.

Oh ! et puis qu'il aille au diable !

Dieu merci, j'en avais fini avec lui. Et la nuit incroyable que je venais de vivre avait remplacé les souvenirs minables qu'il me laissait par des images d'un érotisme torride. Tanner était tout simplement incroyable.

— Tu es encore en train de rêvasser !

Makayla me rappela à l'ordre d'un petit coup de hanche.

— Il s'est passé quelque chose au Mirage, hier soir ?

Je sentis une chaleur brûlante me monter aux joues, mais je continuai à nettoyer mon poste de travail comme si de rien n'était. Nous avions été débordés toute la journée. En plus de la production habituelle, il avait fallu livrer plusieurs fournées de viennoiseries à une école qui organisait une fête. Nous n'avions pas eu une minute à nous, ce qui m'avait permis d'échapper à l'inquisition de Makayla. Jusqu'à cette minute.

— C'est plutôt à moi de te poser cette question, éludai-je d'un ton malicieux. Tu avais l'air très proche de ce joli garçon dont j'ignore le nom quand je vous ai laissés.

Makayla fit la moue.

— Quand c'est fini avec un ex, c'est fini. On ne remet pas le couvert, à moins d'être stupide.

Makayla s'essuya les mains sur un torchon.

— Bon, et toi ? Tu ne fantasmes plus sur notre séduisant patron ?

Si elle savait !

— Ne sois pas bête…

— Dommage qu'il travaille à l'extérieur aujourd'hui. Il met du soleil dans la boutique quand il est là. C'est le jour et la nuit avec Remy.

En effet. Leur lien de parenté était bien la seule chose que les deux hommes avaient en commun. On ne pouvait pas trouver caractères plus différents.

— C'est vrai, acquiesçai-je soulagée qu'elle ait changé de sujet.

— Même physiquement.

Makayla prit une pause de culturiste.

— Tanner a le style baroudeur de l'extrême, alors que Remy est doux comme un mouton.

Tanner aussi pouvait être doux comme un mouton quand il le voulait, j'en avais eu la preuve la nuit précédente.

— Tu connais leur passé ? Tu travailles avec Remy depuis un an, vous avez bien dû en discuter, non ?

Je haussai les épaules.

— Pas vraiment.

En fait, nous bavardions uniquement pendant nos moments de pause, et c'était toujours pour parler pâtisserie, émissions culinaires ou dernières parutions de livres de recettes.

Bien sûr, j'avais évoqué mon mariage désastreux et mon rêve de devenir un jour un vrai chef pâtissier. Remy m'avait confié qu'il avait ouvert sa boutique plusieurs années auparavant, qu'il n'avait toujours pas rencontré la femme de sa vie et que Tanner était la seule famille qui lui restait.

J'aimais travailler pour lui. Avant d'être un patron, Remy était un ami. Je n'oublierais jamais qu'il m'avait offert un travail et un toit quand j'en avais eu besoin. Que serais-je devenue sans lui ? Toutefois, nous n'étions adeptes des confidences ni l'un ni l'autre, et cela m'allait très bien. Du moins, jusqu'à présent. Parce que, là, j'aurais donné n'importe quoi pour connaître deux ou trois détails sur la vie de Tanner.

— Peut-être que Tanner sera plus bavard si tu le travailles au corps ?

Makayla appuya cette suggestion d'un clin d'œil qui me fit rire.

— J'adore son allure de *bad boy*, ajouta-t-elle. Pas toi ?

— Il n'est pas mal, c'est vrai, concédai-je.

Makayla leva les yeux au ciel.

— Pas mal ? Tu es aveugle ou quoi ?

— Qu'est-ce que tu veux que je dise ? Qu'il est tellement sexy que je prends feu rien que de penser à lui ?

Je fis mine de m'éventer avec ma main, et Makayla sourit.

— Oui, là, c'est déjà mieux.

Elle se mordit la lèvre comme si elle hésitait à continuer.

— J'ai un aveu à te faire.

Je me sentis pâlir. Allait-elle m'annoncer qu'elle avait couché avec Tanner ? Cette pensée me donna la nausée, et je déglutis, subitement glacée.

Makayla était une bombe. Et pas seulement physiquement. Elle était drôle, pleine d'esprit, adorable. Il n'y aurait rien d'étonnant à ce qu'il ait craqué pour elle.

— Je t'écoute…

Mon sourire devait ressembler à une grimace, et ma gorge était si serrée que ma voix tendue résonna deux tons trop haut.

— Je vous ai vus ensemble hier soir au Mirage. Tu traversais la zone VIP avec lui.

Je faillis m'évanouir de soulagement. Quel cauchemar ! J'avais cru…

— D'accord ! Je comprends mieux maintenant pourquoi tu me parlais de lui avec autant d'insistance. Tu cherchais à m'extorquer l'info, c'est ça ?

— J'avoue... Allez, dis-moi tout ! Il s'est passé quelque chose entre vous ?

Je n'avais jamais eu une véritable amie. Dans mon lycée privé, les filles étaient toutes des garces. À l'université, les étudiantes étaient distantes, et les amies de Bardley aussi ennuyeuses et prétentieuses que lui.

Je ne connaissais Makayla que depuis trois mois, mais j'avais tout de suite accroché avec elle. J'aimais sa façon d'attraper la vie à bras-le-corps, son rire franc, son enthousiasme, sa chaleur.

J'aurais pu lui mentir, lui raconter des histoires, mais je hochai la tête.

— On est sortis ensemble, oui.

Elle bondit, puis effectua une espèce de danse d'Indien avant de se figer.

— Attends : tu veux dire que vous vous êtes embrassés ou... ou que vous avez fait *crac-crac* ?

Je me sentis devenir écarlate.

— Oui, on a fait... ce que tu dis. Mais surtout tu n'en parles à personne, OK ?

— Je suis une tombe.

Elle fit mine de tirer une fermeture Éclair sur ses lèvres, mais son silence ne dura que deux secondes, le temps de m'observer avec un sifflement admiratif.

— On a raison de dire qu'il faut se méfier de l'eau qui dort.

Elle me saisit ensuite par le bras.

— Donne-moi tous les détails, vite !

Je secouai la tête. Je ne voulais pas que Makayla dévisage Tanner en souriant d'un air entendu, et moins encore que ce dernier pense que j'étais une horrible pipelette incapable de tenir sa langue.

Je n'avais jamais été du genre à raconter ma vie et je n'allais pas commencer maintenant.

— Désolée. Aucun commentaire !

— Tu n'as pas tort.

Makayla soupira et me lança un sourire affectueux.

— Je suis contente pour toi, sincèrement. Tu mérites de t'amuser un peu. Mais, s'il a un copain qui lui ressemble, préviens-moi.

Elle fit la grimace.

— Je traverse une mauvaise passe, poursuivit-elle. Je me suis présentée à huit auditions ces quinze derniers jours : *nada* ! Et pour les mecs, ce n'est pas mieux.

— Les directeurs de casting sont stupides de ne pas t'engager.

Je ne pouvais m'empêcher de la défendre, même si, en réalité, je n'avais aucune idée de ses compétences réelles en danse. Elle avait littéralement mis le feu à la piste du Mirage la veille au soir, mais ça ne voulait rien dire.

— Quant aux garçons, c'est pour bientôt, à coup sûr. Tu es belle, drôle et intelligente. Tu vas trouver quelqu'un de génial sous peu, j'en suis certaine.

Un sourire étrangement vulnérable flotta sur ses lèvres.

— J'espère, parce que je ne suis pas inspirée quand je suis célibataire.

Elle agita les sourcils d'un air espiègle.

— L'amour me donne des ailes sur scène et en dehors de la scène. C'est mon carburant, et là je frôle la panne sèche.

Elle imita un moteur qui tousse, et j'éclatai de rire.

— En tout cas, merci de m'avoir emmenée dans cette boîte hier soir. Je ne m'en rendais pas compte, mais j'en avais besoin.

— D'aller en boîte ou de faire *crac-crac* ?

— Les deux, répondis-je avec un sourire aussi malicieux que le sien. Maintenant, si l'interrogatoire est terminé, on pourrait peut-être fermer la boutique et aller se coucher ? Je suis claquée.

— Tu n'as pas beaucoup dormi la nuit dernière, veinarde !

— Pas dormi du tout…

Tanner m'avait caressée, embrassée, léchée absolument partout. Je n'avais jamais imaginé que le sexe puisse être aussi bon. Il m'avait conduite aux confins du plaisir un nombre incalculable de fois, m'excitant, me rendant à moitié folle de désir pour me faire basculer ensuite avec une maîtrise qui trahissait des années de pratique.

J'aurais dû être jalouse de toutes les femmes qui lui avaient permis d'affûter son talent. Mais non : je me sentais seulement reconnaissante envers elles. Très, très reconnaissante.

— Allez, fermons la boutique avant que je commence à te haïr.

Makayla me sourit et ramassa nos tasses.

— Un conseil : ne te pose pas de questions avec Tanner, fonce ! Il n'est là que pour peu de temps, alors profite du moment présent.

Ce qui s'était passé la veille n'était rien d'autre que la tentation d'une nuit. Or, d'après les magazines, on ne revoyait jamais sa tentation d'une nuit. Moi, j'allais me retrouver face à Tanner durant un mois entier.

Allais-je réussir à jouer la comédie, à faire comme s'il ne s'était rien passé et à chasser de ma mémoire le souvenir de sa bouche sur mon corps ?

Pire : en avais-je envie ?

Je brûlais rien que d'y repenser. Comment réagirais-je lorsqu'il serait devant moi ?

Aurais-je la force de résister ?

Je le saurais dès le lendemain, quand Tanner reviendrait travailler.

10

Tanner

Après un bref baiser aux premières heures de l'aube, elle s'était éclipsée.

J'aurais dû m'en réjouir : je ne laissais jamais une femme passer la nuit chez moi. En fait, j'amenais rarement mes conquêtes ici. Pendant toutes les années que j'avais passées à Sydney, je pouvais compter sur les doigts d'une seule main les filles qui avaient fini dans mon appartement.

Mais Abby avait été autre chose…

Elle avait été quoi ? Un coup d'une seule nuit ? Une opportunité de faire l'amour ? Une foutue erreur ? Techniquement parlant, les trois à la fois. Mais alors pourquoi diable étais-je aussi contrarié de découvrir qu'elle était partie ?

Et puis, il y avait un truc bizarre : en fait, je n'avais pas aussi bien dormi depuis des années. D'ordinaire, j'aimais avoir mon lit pour moi tout seul, je détestais qu'on empiète sur mon espace personnel. Pourtant, alors que nous venions de faire l'amour pour la cinquième fois, elle s'était soudain lovée en cuillère contre moi et j'avais aimé ça. Au point que j'avais sombré dans un profond sommeil.

Diable ! Pourquoi avait-elle filé si vite ?

En rogne, je me levai et allai me doucher. Seul. J'avais rêvé d'une douche à deux. J'avais tout ce qu'il fallait pour que ce soit un moment inoubliable. Jets à angles multiples, pommeau directionnel. J'aurais pu la tourner face à la paroi du fond, ajuster les jets de façon à toucher son point sensible, la prendre en levrette…

Jurant tout bas, je réglai la température des robinets sur froid. Glacé même. Le désir battait dans mes veines comme un tambour. Prendre Abby n'était plus une option. Ni maintenant ni probablement jamais.

La nuit qui venait de s'écouler avait été une aberration.

Je m'étais juré de ne pas toucher la protégée de Remy, mais ma promesse était partie en fumée quand Abby m'avait regardé comme une vierge affamée. J'aurais dû résister. Et je n'avais pas pu. Plusieurs semaines de célibat avaient court-circuité mon cerveau.

Une excuse minable, parce que j'aurais pu l'arrêter. J'aurais *dû* l'arrêter. Mais je ne l'avais pas fait, et maintenant il fallait en assumer les conséquences.

C'est-à-dire la voir tous les jours au boulot sans la toucher.

Je n'étais pas complètement idiot. Je savais qu'il ne pourrait pas y avoir de deuxième fois. Ce serait un désastre.

Une femme comme Abby n'était pas adepte des coups d'un soir. Elle voudrait du romantisme, des dîners aux chandelles, des roses rouges et tout le tralala. Même si elle affirmait le contraire. Et surtout si elle n'avait eu personne depuis un an.

Franchement, je n'arrivais pas à comprendre qu'une femme aussi magnifique ait pu faire vœu d'abstinence aussi longtemps. Son mari avait-il été à ce point nul au lit pour qu'elle renonce à lui trouver très vite un remplaçant ?

En tout cas, ça semblait valoir la peine d'attendre, parce que sa réaction à chacune de mes caresses m'avait sidéré.

C'était ce qui me déstabilisait le plus, toute cette passion enfouie en elle. Comme le feu sous la glace. Des flashs de la nuit passée me revenaient sans cesse. Abby nue, son corps vibrant sous le mien, le désir dans ses yeux, ses ongles s'enfonçant dans mon dos, ses cris de plaisir…

— Non…, marmonnai-je en m'habillant en un temps record.

Impossible d'aller à la pâtisserie aujourd'hui. Je ne pourrais pas me retrouver en face d'elle sans que des images érotiques me submergent comme un film X diffusé en boucle.

Elle devinerait à quoi je pensais. Et que se passerait-il ensuite ?

Maintenant que je savais combien nous étions inflammables au contact l'un de l'autre, comment allais-je pouvoir résister ? Bon sang !

J'attrapai une bouteille de smoothie à la banane dans le frigo et quittai l'appartement. Un boulot fou m'attendait au Mirage, des choses que j'aurais pu faire la nuit dernière si je n'avais pas soudain perdu le fil. Seulement, à la seconde où j'avais aperçu Abby sur la piste de danse, mon cerveau s'était déconnecté.

Je n'aurais jamais dû l'emmener dans l'appartement privé, et encore moins enlever ma chemise une fois seul avec elle. J'avais cherché les ennuis et je les avais trouvés.

Il ne me restait plus qu'une seule solution pour survivre en attendant le retour de Remy : m'enfermer à double tour dans le bureau et prendre régulièrement des douches froides.

Je me garai sur l'emplacement qui m'était réservé dans le parking souterrain et entrai dans le night-club. Malgré les années, j'éprouvais toujours un petit frisson d'exaltation en songeant que cet endroit m'appartenait, que je l'avais créé de toutes pièces et que son succès grandissait de mois en mois.

Pas mal pour un voyou et un bon à rien, n'est-ce pas, père ?

Combien de fois m'avait-il accablé de ses commentaires fielleux, me réprimandant, me rabaissant, me répétant que je ne ferais jamais rien de ma vie parce que j'étais un minable ? Combien de fois m'avait-il donné du pain rassis de plusieurs jours, gardant pour lui la baguette fraîche ? Et les bas morceaux du poulet, alors qu'il découpait pour lui la cuisse juteuse ?

Quand il venait à la maison, Remy voyait bien l'attitude de notre père à mon égard, mais il mettait ses sautes d'humeur et sa colère sur le compte du chagrin. Pour ma part, je savais que cela n'avait rien à voir et que sa haine ne visait que moi.

Même avant la mort de maman, il m'humiliait et me traitait comme un domestique, mais uniquement quand maman et Remy n'étaient pas là.

Je ne comprenais pas pourquoi il me traitait de la sorte. Je me disais que c'était ma faute, que je devais avoir une tare cachée qu'il était le seul à voir. Jusqu'au jour où j'avais été témoin de l'ultime dispute, qui avait provoqué l'accident et la mort de maman. Le jour où mon père m'avait révélé les vraies raisons de sa haine à mon égard et où je m'étais fait le vœu solennel de ne plus jamais laisser ses insultes m'atteindre.

Parce que ce n'était pas moi le problème. C'était lui. Ses soupçons abjects avaient fini par tuer maman et m'avaient convaincu, moi, de tout faire pour ne jamais lui ressembler.

Le jour où il était mort, je m'étais réjoui. J'avais assisté à son enterrement, mais uniquement par respect pour mon frère. Remy n'avait jamais compris mon animosité à l'égard de notre père, et je ne lui avais jamais révélé la vérité. Je lui laissais ses illusions et ses bons souvenirs.

Il avait cinq ans de plus que moi, il avait déjà décroché un contrat de chef pâtissier à mi-temps alors que j'étais encore un lycéen de quinze ans. Il n'avait pas assisté aux séances de torture psychologique que mon père pratiquait quotidiennement sur moi.

Tout cela appartenait au passé, et mon père n'avait plus le pouvoir de me faire souffrir. Pourtant, chaque fois que j'entrais dans l'une de mes boîtes de nuit, je le remerciais ironiquement de m'avoir donné l'envie de me battre et l'ambition d'atteindre ce succès dont il ne m'avait jamais cru capable.

— Salut, Tanner ! Je ne m'attendais pas à te voir aujourd'hui.

Hudson Watt, mon manager et mon plus ancien copain, m'accueillit au bar d'une tape sur l'épaule.

— Tu n'es pas censé préparer des croissants et des gâteaux toute la journée ?

— Si, mais j'ai des vérifications à faire ici. J'avais prévu de m'en occuper hier soir, mais j'ai eu un empêchement.

Hudson me lança ce même sourire ironique qu'au lycée, quand je racontais un bobard pour échapper à une interro.

— Je crois que je l'ai vu.

— Quoi donc ?

Hudson remplit un verre d'eau gazeuse et y ajouta un zeste de citron avant de le faire glisser sur le bar dans ma direction.

— Ton empêchement. Un mètre soixante-quinze, blonde, fine, de longues jambes, de la classe…

Impossible de ne pas rire.

— Elle s'appelle Abby. Je lui ai juste fait visiter les lieux et ensuite je l'ai ramenée.

— Chez elle ou chez toi ?

J'aurais pu mentir, mais Hudson était un ami de très longue date. Il me connaissait mieux que quiconque.

— Chez moi.

Je vidai la moitié du verre d'eau pour essayer de faire retomber un peu la tension qui battait à mes tempes.

— Je n'aurais pas dû.

Hudson leva les sourcils.

— C'est la première fois que je t'entends exprimer des regrets après t'être envoyé une fille.

— Attends, tu as oublié la fois où on est sortis avec ces jumelles, à Bundaberg ? De vraies furies. On s'en est mordu les doigts pendant longtemps.

Hudson secoua la tête, narquois.

— Ne change pas de sujet et laisse-moi deviner. Elle est froide au lit, c'est ça ?

Froide ? Brûlante, oui ! Incandescente, ensorceleuse. Ce genre de femme vous entrait dans la tête comme une obsession et n'en ressortait plus. Dieu sait pourtant que j'avais essayé ! Mais elle revenait à chaque minute d'inattention. Et elle me narguait. Nue. Passionnée. Lascive.

Nom d'un chien…

— Abby est la protégée de Remy. Je n'aurais pas dû la toucher.

— Pourquoi ?

Hudson m'adressa un clin d'œil.

— Si j'en juge à la façon dont vous vous regardiez quand vous avez quitté le club comme deux fusées, elle était on ne peut plus consentante.

— C'est compliqué, dis-je en secouant la tête. Et toi ? Tu en es où de ta vie sentimentale ?

— Bien essayé, la tentative de diversion, mais c'est raté.

Hudson jeta un coup d'œil à sa montre.

— J'allais justement faire un saut chez Jim pendant ma pause. Viens avec moi, on verra si tu es aussi un champion de l'esquive sur un ring.

— Tu vas toujours chez Jim ?

Cette salle de sport m'avait sauvé la vie quand j'étais

gamin. J'avais quatorze ans quand Hudson m'avait emmené là-bas pour la première fois. Les gamins pouvaient y boxer pour se détendre, faire du sport ou libérer leurs frustrations.

Je ne m'en étais pas privé.

Quand je n'en pouvais plus de subir les vexations de mon père à la maison, je filais chez Jim. Je commençais par vingt minutes de sac de frappe, puis j'enchaînais par des combats avec d'autres ados. Libérer mon trop-plein de rage jusqu'à en tituber d'épuisement m'avait permis de survivre. Je n'étais pas retourné là-bas depuis dix ans.

— Bien sûr. Il n'y a pas mieux pour s'entraîner.

Hudson sautilla sur place, les poings au niveau du visage.

— Viens, ça te fera du bien. Tu as rêvassé cinq fois depuis le début de notre conversation. Ça veut dire que tu en pinces sérieusement pour cette fille.

C'était peu de le dire ! Coucher avec Abby n'avait pas calmé mon attirance pour elle. C'était même tout le contraire.

— N'importe quoi !

Hudson s'esclaffa et, cette fois, me boxa le bras pour de bon.

— Allez, en route ! Je vais me faire un plaisir de te ratatiner.

— C'est ce que tu crois.

Une heure plus tard, Jim l'emportait haut la main, mais l'exercice m'avait fait du bien, et ce retour aux sources regonflé le moral.

Cette salle de sport était un peu comme ma deuxième maison. L'odeur de sueur mêlée à celle de l'huile de massage. Quatre rings s'alignaient face à une rangée de hautes fenêtres. On pouvait s'exercer avec des haltères et des sacs de frappe au fond, près d'un vieux distributeur de boissons.

Il n'y avait pas grand monde ce matin-là. Les habitués étaient probablement au travail. Et je devrais être en train d'en faire autant, au lieu de ruminer le passé.

— Tu es rouillé, estima Hudson en me lançant une serviette-éponge.

— Et toi, tu t'es ramolli, rétorquai-je en lui décochant un coup de poing dans l'estomac qui le fit vaciller.

— Je parie qu'Abby ne t'a pas dit ça...

Cette fois, j'armai mon poing et esquivai facilement, riant si fort qu'un entraîneur, un peu plus loin, tourna la tête vers nous en souriant.

— Sérieusement, vieux, si elle te plaît à ce point, ne la laisse pas filer. Fais quelque chose !

Je détestai l'espoir que ses paroles faisaient naître en moi.

— Comme quoi, Einstein ?

— Aucune idée. J'ai l'air d'un expert en femmes ?

J'essuyai la sueur sur mon visage et ma nuque.

— Tu n'as personne en ce moment ?

— Non. Entre la gestion du bar et mon travail à mi-temps au théâtre, il ne me reste pas lourd pour entamer une relation.

— Qui parle d'une relation ?

Il se renfrogna.

— Je ne suis pas comme toi. Moi, quand je sors avec une femme, j'aime que cela dure plus longtemps qu'une demi-journée.

— Pour ta gouverne, Abby est restée toute la nuit.

Je regrettai mon aveu dans la seconde, mais trop tard.

— Ah ! Quand je te disais que celle-ci n'était pas comme les autres !

— Tu me cherches ?

J'avançai vers lui d'un air faussement menaçant, et il resta planté devant moi, comme ce grand échalas blond rieur qu'il avait toujours été. Fidèle entre les fidèles. Un ami, un vrai.

— Tu n'es pas cap de me faire bouger.

C'était un jeu entre nous depuis que nous étions gamins. Nous éclatâmes de rire.

— Allez, on retourne au club ! Je veux vérifier que tu ne m'as pas arnaqué en maquillant les comptes.

Je tirai sur les lacets de mes gants avec mes dents en me disant que je devrais me remettre à la boxe.

C'était un sport qui évacuait toutes les frustrations, y compris sexuelles.

— Quel idiot je suis, je n'y ai même pas pensé !

Comme il retirait ses gants et m'aidait à enlever les miens, je perçus une hésitation en lui.

— Qu'est-ce qu'il y a ?

— C'est cet endroit.

Il montra les rings d'un geste vague.

— Chaque fois que je viens ici, c'est comme si le passé me sautait à la gorge… Et je me demande comment j'ai pu subir tout ça si longtemps sans rien dire.

C'était encore un point commun entre nous : notre enfance malheureuse. Mais mon père avait été un ange à côté du sien.

— Laisse le passé où il est, vieux. Et retournons travailler.

Hudson cilla plusieurs fois, comme s'il revenait d'un endroit sinistre, puis il retrouva son sourire enjoué et je réprimai un soupir de soulagement.

— Je te suis.

Tandis que nous nous habillions en échangeant des plaisanteries, je sus que j'avais pris la bonne décision en me tenant loin de la pâtisserie et d'Abby ce jour-là.

Mais je ne pourrais pas les fuir éternellement et, dès le lendemain, il me faudrait affronter le bourbier dans lequel je m'étais enlisé tout seul.

11

Abby

J'avais prévu de prendre un bain chaud et de me coucher tôt après avoir fermé la boutique, mais comme je poussai la porte de mon petit studio, au-dessus de la pâtisserie, je ne ressentis pas le réconfort habituel.

Je me rappelais comme si c'était hier le jour où Remy m'avait conduite ici en me disant que je pouvais rester aussi longtemps que je le souhaitais. J'avais été une fidèle cliente de la pâtisserie depuis mon mariage. Je venais m'y réfugier presque tous les après-midi pour échapper à l'atmosphère électrique de la maison. Je m'installais à la petite table près du comptoir, je commandais un café latte et un croissant et j'étudiais mes cours.

Remy sortait parfois de sa cuisine pour venir échanger quelques mots avec moi. Aussi généreux de son temps et de sa gentillesse qu'il l'était avec ses merveilleuses pâtisseries.

Je n'avais jamais trouvé le courage de lui dire que la pâtisserie était ma passion et qu'il exerçait le métier de mes rêves. Et, quand il m'avait demandé si j'arrivais à conjuguer vie de famille et études universitaires, je lui avais parlé avec enthousiasme de mon futur diplôme de commerce.

S'il avait deviné que mon sourire n'était qu'une façade, il n'en avait rien laissé paraître. Et, le fameux jour où je m'étais enfin décidée à quitter Bardley, il ne m'avait pas posé de questions non plus. Pourtant, j'avais déboulé dans son magasin pour le supplier d'une voix entrecoupée de sanglots de me donner du travail.

Non seulement il m'avait embauchée, mais il m'avait proposé le petit appartement du premier, « le temps de voir venir… ».

À la minute où j'avais découvert ce lieu confortable et baigné de lumière, j'en étais tombée amoureuse. Le parquet acajou, le tapis bleu électrique à motifs rouges, le canapé et les chaises en chintz, la bibliothèque bourrée de livres, la kitchenette minuscule mais très fonctionnelle… Tout m'avait enchantée.

Le confort de la chambre et de la salle de bains était rudimentaire, mais peu m'importait. Je n'avais jamais eu de chez moi. J'étais passée directement de l'hôtel particulier de mes parents à la monstruosité que les parents de Bardley avaient offert à leur fils pour notre mariage. Être libre de faire ce que je voulais dans mon propre espace était le paradis pour moi.

J'avais emménagé avec les quelques affaires que j'avais emportées quand j'avais mis un terme à mon mariage. J'avais réglé six mois de loyer à Remy en avance — une somme dérisoire, vraiment, par rapport aux prix pratiqués dans ce quartier huppé — et je m'étais glissée avec bonheur dans un nouveau quotidien.

Enfin, je vivais ma vie à moi !

Ce soir, toutefois, je me sentais des fourmis dans les jambes et, après avoir passé quelques minutes dans l'appartement, je décidai d'aller faire un tour en voiture. Encore une liberté que je n'avais jamais eue dans le passé : conduire pour le plaisir.

Je me glissai derrière le volant et ne pus réprimer un

sourire de satisfaction en entendant le moteur ronronner. Quand j'étais petite, nous avions un chauffeur qui me déposait à l'école tous les matins et revenait me chercher le soir. Bardley, quant à lui, faisait appel à un service de transports privé pour se déplacer d'un point à un autre. Il n'avait jamais compris que je puisse aimer conduire moi-même ma voiture et se moquait de moi quand je manifestais l'envie de quitter la ville le week-end et de rouler au hasard, sans destination arrêtée.

Les occasions de prendre le volant avaient donc été rares, d'autant que Bardley exigeait ma présence à toutes ses activités mondaines : matchs de polo, régates, cocktails, courses de chevaux. Il me voulait accrochée à son bras comme un trophée.

Pendant mes rares heures de liberté, je conduisais pour le plaisir, cheveux au vent, juste pour découvrir de nouveaux paysages et vagabonder à ma guise sans m'entendre rabâcher que j'étais une idiote et une inutile.

Je roulais depuis plusieurs minutes, perdue dans mes pensées, quand je pris conscience que je me dirigeais inconsciemment vers une destination bien précise.

Je retournais chez moi.

Pas dans l'hôtel particulier où j'avais vécu pendant vingt et un ans, avant mon mariage, mais à Ritzy Double Bay — le quartier de mon école. Tout semblait plus lumineux ici, comme si une fée avait répandu partout de la poudre étincelante.

Je longeai les avenues plantées d'arbres verdoyants et leurs rangées de maisons aussi somptueuses que des palais, avec leurs pelouses impeccables, leurs courts de tennis et leurs pool houses assez grands pour loger des familles entières.

Je revoyais aussi les boutiques que j'avais fréquentées à l'époque, du temps où un prix à quatre chiffres pour une paire de chaussures ou un sac à main griffé ne me faisait pas reculer.

Et ces cafés où je retrouvais mes amies pour discuter de nos masques au caviar et de la rupture de tel ou tel couple de stars. Des amies que je n'avais pas cherché à revoir après avoir quitté Bardley. Des amies qui n'avaient jamais essayé non plus de me retrouver.

Je continuai en direction de Redleaf Beach, la plage où j'étais parfois restée assise sur le sable pendant des heures en regrettant de ne pouvoir me baigner comme les autres dans ses eaux bleues si tentantes. Je n'osais même pas m'aventurer là où j'avais pied, de peur que Bardley me ridiculise devant tout le monde en raillant ma phobie de l'eau.

J'agrippai le volant plus fort en reconnaissant au loin un bâtiment d'un blanc éclatant, tout en longueur, bordé de jardins luxuriants : le spa où je me rendais une fois par mois avec ma mère.

Ma gorge se serra à la vue de la façade familière, avec sa lourde porte en chêne cloutée de métal doré. Que ferais-je si j'apercevais maman ? Sur une impulsion, je m'arrêtai sur le parking et coupai le moteur, les yeux rivés sur l'entrée.

C'était ridicule, car, même si je la voyais, je ne bougerais pas. Il y avait trop de ressentiment, trop de chagrin en moi. En douze mois, elle ne m'avait pas téléphoné une seule fois. Exception faite de ses appels à la raison, tout au début, quand elle m'avait supplié de ne pas détruire mon couple sur un coup de tête.

À aucun moment au cours de ces conversations, elle ne m'avait demandé si j'allais bien, comment je parvenais à m'en sortir financièrement, ou même si j'avais un endroit où dormir. Ses discussions n'étaient que critiques et reproches.

« Comment as-tu pu être aussi stupide, Abigail ? Quitter

ton mari, ta maison, tes amis ? Mais à quoi pensais-tu en partant ? Tu avais une vie de rêve, une vie de luxe. Et tu as tout abandonné du jour au lendemain ! Tu as mis ton mari dans l'embarras et tu nous as humiliés, nous, tes parents. Je te conjure de regagner immédiatement le foyer conjugal ! »

Le foyer conjugal ? C'était presque risible. Je n'avais jamais eu de « foyer » avec Bardley. Nous étions deux amis d'enfance qui cohabitaient dans une immense maison. Des colocataires, plus exactement, qui faisaient l'amour sans conviction de temps à autre.

Personne ne se doutait de rien. Pour tout le monde — les amis tout comme la famille —, nous formions le couple le plus heureux d'Australie. La fusion glamour de deux familles puissantes. Une vie où l'argent pouvait tout acheter, y compris un avenir doré pour nos futurs enfants.

La plus grande supercherie jamais orchestrée.

Je me détestais d'avoir toléré cette mascarade pendant si longtemps. D'avoir été cette petite fille craintive et docile qui acceptait toutes les décisions de ses parents, y compris sur le choix de son futur époux : un homme pour lequel je ne ressentais tout au plus qu'une tiède affection.

Mais Bardley m'avait fait une cour express, et je m'étais laissé emporter par l'euphorie d'être admirée. Quelle idiote ! Alors qu'il ne voyait en moi que des dollars et des actions, j'avais eu des étoiles plein les yeux, persuadée que ce mariage allait combler tous mes rêves.

Grossière erreur. Bardley s'était transformé en despote à la minute même où il m'avait mis la bague au doigt. Et moi, j'avais commencé à me renier, jour après jour, à devenir une potiche qui disait « amen » à tout pour avoir la paix et ne pas déclencher de crise.

Aujourd'hui encore, je m'en voulais à mort d'avoir été

une telle imbécile. Contrairement à ce qu'on pourrait penser, la vie aisée que je menais alors ne me manquait absolument pas. Ma liberté n'avait pas de prix.

Ce que je ne parvenais pas à accepter, en revanche, c'était l'indifférence de mes parents. Depuis que je n'étais plus leur marionnette, j'avais cessé d'exister à leurs yeux.

Papa avait toujours été un père distant, très concentré sur son travail. Je n'obtenais de sa part un hochement de tête approbateur que si je lui obéissais au doigt et à l'œil. À la moindre résistance, il se murait dans un silence qui pouvait durer des jours. Toute petite, déjà, j'avais compris qu'il ne fallait pas le contrarier.

Je n'étais donc pas surprise qu'il m'ait reniée. Mais maman ! Son mutisme me faisait mal. Très mal.

Je lui avais téléphoné deux fois au cours des six derniers mois. J'avais juste besoin d'entendre sa voix. Mais la bonne avait intercepté mes appels, et je n'avais pas pu lui parler.

Elle ne m'avait jamais rappelée.

Avais-je tort de vouloir renouer malgré tout ? De garder l'espoir que mes parents finiraient un jour par me comprendre ? Même s'ils se comportaient mal avec moi, ils me manquaient terriblement.

Je tressaillis en sentant une larme glisser sur ma joue. Je pleurais sans même m'en rendre compte. Je m'essuyai les yeux d'une main rapide, lançai un dernier regard plein de mélancolie au spa et redémarrai.

Au moins, cette escapade avait atteint un objectif : me faire oublier Tanner quelques minutes.

Toutefois, comme je reprenais la direction des Petits Délices, je sus que la trêve était terminée et que j'allais devoir affronter de nouveau la réalité.

12

Tanner

— Les réserves de farine sont au plus bas, le sucre et le beurre atteignent la cote d'alerte, et les livraisons n'ont pas été enregistrées ! Et je ne parle même pas de la vitrine : on dirait qu'un gosse de cinq ans s'est amusé au chamboule-tout avec les gâteaux ! Je peux savoir ce qui se passe ?

Je fusillai Abby du regard, détestant le ressentiment qui étincelait au fond de ses yeux bleus. Des yeux que j'avais fait chavirer de plaisir deux jours tôt.

Je me montrais parfaitement odieux depuis que j'avais poussé la porte de la pâtisserie, à 7 heures ce matin. C'était stratégique. Je devais dresser une barrière entre nous, sinon je ne pourrais pas m'empêcher de la toucher.

Quand elle m'avait snobé à mon arrivée, comme s'il ne s'était rien passé entre nous, j'avais eu envie de la renverser sur le comptoir pour faire resurgir la femme sensuelle qui m'avait ensorcelé.

Je voulais retrouver la sirène passionnée, insatiable, folle de désir.

Une obsession qui était en train de me rendre dingue…

J'avais donc imité son indifférence glaciale. Sauf que nous n'étions dupes ni l'un ni l'autre. C'était une comédie que nous jouions tous les deux pour ne pas craquer.

En arrivant ce matin-là, j'étais sûr qu'elle m'ignorerait. Elle m'avait montré tout le mal qu'elle pensait de moi à la minute où nous nous étions rencontrés. Loin de me décourager, son dédain m'avait aiguillonné, me poussant à la provoquer à la moindre occasion.

C'était comme une petite danse subtile. *J'avance, tu recules.* Une bataille de volontés. Malheureusement pour elle, je ne refusais jamais un défi. J'avais appris très tôt que la seule façon de supporter la haine de mon père était de feindre l'indifférence.

Il ne tolérait pas que je le regarde en souriant quand il me donnait une correction. Il frappait encore plus fort, mais en pure perte. Il n'avait jamais réussi à me briser. Ni lui ni personne. J'étais devenu trop endurant, trop cynique, trop coriace.

Beaucoup trop pour quelqu'un comme Abby.

Si les choses devenaient sérieuses entre nous, je finirais par lui faire du mal et ce serait une catastrophe. Pour elle, pour Remy, et peut-être même pour moi.

J'étais un grand garçon, je m'en remettrais. Mais Remy m'en voudrait à mort d'avoir blessé sa protégée et je ne voulais pas le décevoir. Je me fichais de ce que pensaient les gens, mais l'opinion de mon frère, en revanche, comptait beaucoup pour moi. *Il* comptait beaucoup pour moi. Il était la personne la plus importante de ma vie.

J'allais donc poursuivre ce petit jeu ridicule, même si je désirais Abby à en crever.

— Je vais demander à Makayla de vérifier les bons de livraisons et la vitrine. Quant aux commandes, celle d'aujourd'hui est en retard. Ça arrive de temps en temps…

Elle m'écrasa d'un regard méprisant, comme si elle avait marché dans une substance nauséabonde qui restait collée à ses semelles malgré ses efforts pour s'en débarrasser.

— Je vais aller voir dans le cellier. Nous avons toujours du stock en réserve pour les cas d'urgence.

— Parfait, marmonnai-je, dents serrées, en la suivant des yeux.

Elle avait vraiment des fesses sublimes.

C'était plus fort que moi. Je ne pouvais pas m'empêcher de me rappeler leur rondeur veloutée sous mes lèvres. Leur fermeté sous mes mains. Ses gémissements quand je les avais mordillées.

Elle s'arrêta à l'entrée du cellier et se retourna.

Zut ! Je me détournai précipitamment, mais pas assez vite. Pris en flagrant délit…

Elle haussa les sourcils.

— Si ta mauvaise humeur est la conséquence de ce qui s'est passé entre nous l'autre nuit, oublie !

Son visage était devenu glacial.

— Moi, ajouta-t-elle, c'est déjà fait.

Je restai coi tandis qu'elle disparaissait dans le cellier comme une furie et claquait la porte derrière elle.

— Nom d'un chien !

Je passai les doigts dans mes cheveux en résistant à l'envie de donner un coup de pied dans le comptoir.

J'aurais dû la laisser ruminer sa colère dans son coin. Mais ce maudit orgueil me poussait à avoir toujours le dernier mot. Je la suivis tout en sachant que c'était une erreur. Je voulais qu'elle ravale cette dernière pique.

Elle n'avait pas oublié notre nuit passionnée, c'était impossible. Sa repartie était dictée par la colère et l'amertume. Je l'avais blessée avec mon attitude imbécile.

Mais je n'avais pas voulu lui faire de peine.

J'allais m'excuser de ma conduite. Et mettre un peu d'huile dans les rouages de notre relation de travail. Oui, c'était le plan.

Un plan qui explosa à la minute où j'entrai dans le cellier et la découvris appuyée à une table, la respiration sifflante, les yeux étincelants, le menton relevé.

— Sors d'ici ! cria-t-elle aussitôt.

Pour toute réponse, je refermai la porte d'un coup de talon.

Et tournai la clé dans la serrure.

— Ne t'approche pas ! lança-t-elle encore, tandis que j'avançais vers elle.

Elle ne me lâcha pas du regard, ne fléchit pas, même quand nous fûmes face à face, à un souffle l'un de l'autre.

— Tu es un rustre arrogant, revêche et stupide, et…

J'écrasai ma bouche sur la sienne. Nos dents crissèrent, nos nez se heurtèrent. Un baiser désastreux pour quelqu'un d'aussi expérimenté que moi, mais cela m'était égal. Je voulais goûter encore la douceur de sa bouche, explorer sa chaleur, exciter sa langue avec la mienne.

Elle agrippa ma chemise comme pour me repousser, mais m'attira au contraire à elle, griffant le coton, cherchant la peau nue sous le vêtement.

Je connaissais cette fièvre.

Deux nuits plus tôt, dans mon appartement, j'avais adoré son corps. J'avais pris mon temps, et cette exploration lente s'était gravée dans mon esprit. Je connaissais chaque relief, chaque courbe, chaque point sensible. J'avais léché, titillé, caressé chaque centimètre érogène jusqu'à ce qu'elle soit pantelante de désir.

Mais aujourd'hui l'heure n'était pas à la délicatesse.

— Dépêche-toi, gronda-t-elle tout près de mon oreille, avant d'agacer la petite plage douce juste derrière le lobe avec sa langue.

Puis elle me mordilla brièvement l'oreille avant de donner des petits coups de langue en remontant vers la joue et ma bouche.

Abby la sensuelle était de retour, et je n'allais pas m'en plaindre.

Je descendis la fermeture Éclair de son pantalon, baissai sa culotte, glissai un doigt dans sa chaleur humide.

— Je veux plus ! souffla-t-elle.

J'accédai joyeusement à sa demande.

Je sortis un préservatif de mon portefeuille et baissai mon jean et mon boxer en un temps record.

Je la voulais moi aussi. *Maintenant !*

Son pantalon descendu jusqu'aux chevilles m'empêchait de lui écarter les jambes. Je la retournai d'un mouvement vif et l'inclinai sur la table, exposant ses fesses sublimes à mon regard affamé.

— Tu aimes que je te prenne dans cette position, je le sais.

Je glissai une main dans sa fente, taquinai son clitoris tout en me plaquant derrière elle.

— On l'a fait deux fois l'autre nuit.

— Tu parles trop.

Elle me regarda par-dessus son épaule, les yeux étincelants de défi.

Je la pénétrai d'un coup de reins puissant, et elle se tortilla pour m'accueillir plus loin.

Elle en voulait davantage ? J'allais lui donner satisfaction.

Je commençai un lent va-et-vient, décidé à la rendre folle de plaisir, à la plonger dans le même état d'excitation que moi. Toutefois, il m'était impossible de tenir, alors que j'avais rêvé de ce moment pendant deux jours. Alors que je la trouvais encore plus fabuleuse que dans mon souvenir.

Mon sexe pulsait à chaque poussée, la pression montait. Je pinçai en rythme son clitoris jusqu'à ce qu'elle se pousse en arrière aussi fort que je me poussais en elle.

— Oh oui… Oui…

Elle se raidit puis laissa échapper un long gémissement satisfait pendant qu'elle se contractait autour de moi.

Je jouis avec une telle force que je vis des étoiles fourmiller devant mes yeux.

Cette fois, quand elle me regarda par-dessus son épaule, son sourire était satisfait, repu. Je connaissais cette sensation de perfection.

— J'espère que tu vas être de meilleure humeur, maintenant.

Elle se redressa à demi, ne me laissant pas d'autre choix que de me retirer.

— On n'aurait pas dû faire ça.

Je compris que ce n'était pas ce qu'il fallait dire en voyant son visage se figer. Elle masqua très vite son désarroi derrière ce sourire de façade que j'avais appris à détester.

— Il y a un tas de choses qu'on ne devrait pas faire, comme manger les croissants invendus. Mais on les fait quand même.

Elle avait l'air détaché, mais je perçus de la souffrance derrière les mots.

Bon sang, j'avais recommencé ! Je l'avais blessée alors que ce n'était pas du tout mon intention !

— Abby, je crois que nous devrions discuter de ce qui se passe entre nous…

— En ce qui me concerne, il n'y a rien à en dire. J'en avais envie, un point c'est tout.

Elle remonta sa culotte et referma son pantalon avec des gestes d'une élégance nonchalante, alors que je me sentais gauche et maladroit en faisant la même chose de mon côté.

— Ce n'est même pas la peine d'en parler.

Elle se détourna, mais je lui saisis la main pour la ramener vers moi.

— Attends. J'ai mal réagi et j'en suis désolé. Mais

on doit crever l'abcès, sinon les semaines qui viennent vont être invivables.

Elle me regarda fixement, le menton relevé. Elle avait du cran. Ça me plaisait.

— Tu es désolé de quoi, au juste ? De t'être comporté comme un crétin toute la journée ou de ne pas pouvoir t'empêcher de me toucher ?

Elle avait une sacrée droite. Cela me plaisait aussi.

— Les deux.

Avec soulagement, je vis les coins de ses lèvres frémir. Sa bouche me rappelait les trucs très chauds qu'elle m'avait faits dans mon appartement, et je me remis instantanément à bander.

— Tu n'as pas à t'excuser pour le… le sexe.

Bon sang, elle était trop craquante quand elle rougissait !

— J'ai aimé ça, ajouta-t-elle. Beaucoup. Je pense même que nous devrions recommencer.

— Pardon ?

J'avais dû mal entendre. Elle voulait qu'on continue à faire l'amour ensemble ?

— Pas de sentiments ni de promesses, juste un plan à court terme. Une brève aventure, le temps de ton séjour à Sydney.

Elle dégagea sa main avant que je puisse réagir.

— Ce serait le meilleur moyen pour moi de tirer définitivement un trait sur le passé.

Voilà donc ce que j'étais pour elle : un moyen de se remettre en selle après un an de célibat. Un type qu'on pouvait jeter quand on aurait fini de s'en servir, tout juste bon pour une brève aventure.

En général, c'était moi qui faisais ce genre de proposition. Un homme était toujours partant pour un coup d'une nuit. Les femmes, en revanche, avaient besoin de sentiments, d'engagement, de promesses à long terme…

Apparemment, Abby était différente. Elle n'avait pas

passé la journée à rêvasser. Elle était restée concentrée sur son travail comme si elle se fichait complètement que je me comporte comme un ours mal léché. Comme si mes états d'âme ne lui faisaient ni chaud ni froid.

Elle ne voulait pas de sentiment. J'aurais dû m'en féliciter, mais je ne pouvais m'empêcher de penser que je n'avais pas su faire naître la moindre étincelle en elle. Évidemment, puisque j'étais un bon à rien ! Un sentiment paralysant, déstabilisant, que j'avais mis des années à surmonter — du moins je le croyais jusque-là.

— Si je comprends bien, tu veux te servir de moi pour explorer ton côté obscur ? déclarai-je d'une voix lente. T'encanailler avec un mauvais garçon avant de retourner fréquenter les gens de ton monde ?

La culpabilité troubla son regard, puis elle secoua la tête.

— Ton côté *bad boy* m'attire, c'est vrai. Mais pas seulement. Tu… Tu me plais vraiment.

Ses joues s'empourprèrent de nouveau à ces mots.

— Je ne savais pas que le sexe pouvait être aussi génial. Et j'en veux encore.

Elle avança d'un pas et me fixa avec défi.

— J'en veux beaucoup plus.

Je serrai les dents, résistant à grand-peine à l'envie de la reprendre illico sur la table.

— Du sexe, et seulement du sexe ?

— Je ne suis pas une fille compliquée.

Elle montra le cellier d'un geste circulaire.

— Ma vie est ici. Je veux compléter mon apprentissage, acquérir le plus d'expérience possible auprès de ton frère, économiser sou à sou pour, peut-être un jour, ouvrir ma propre pâtisserie. Toi et moi ? C'est une parenthèse délicieuse, mais ça restera une parenthèse. Rien d'autre. On est d'accord ?

— On est d'accord.

Elle semblait sûre de son fait. Mais, quand viendrait l'heure des adieux, serait-elle aussi affirmative ?

— Et Remy ?

Elle fronça les sourcils avec perplexité.

— Quoi, Remy ?

— Mon frère va m'étriller quand il apprendra que j'ai couché avec toi.

— Il n'a pas besoin de le savoir.

— Je ne veux pas lui mentir. On se dit tout. Il m'a toujours soutenu, j'ai une dette éternelle envers lui.

Bon sang, pourquoi avais-je dit ça ? Il y avait quelque chose chez Abby qui brisait mes défenses et me donnait envie de me confier. C'était d'autant plus déconcertant que je n'avais jamais révélé la vérité à personne, pas même à Remy.

Encore une conséquence de mon enfance. J'avais honte. Honte d'avoir si longtemps supporté les insultes et les humiliations de mon père sans me rebiffer. Honte d'avoir accepté qu'il me traite comme un chien durant toutes ces années. Honte que l'on découvre un jour quel lâche j'avais été.

— J'admire ta loyauté.

Elle pencha la tête en disant ces mots et m'étudia d'un regard pénétrant qui me déstabilisa.

— Dans une famille, on doit toujours se serrer les coudes.

La faille à peine perceptible dans sa voix me déchira le cœur.

— Tu as des frères et sœurs, toi ?

— Non.

Une seule syllabe, mais lourde de souffrance.

— Mes parents ont placé tous leurs espoirs en moi. Ce qui explique qu'ils m'aient reniée la première et unique fois où je leur ai désobéi.

Elle lâcha un petit rire sans joie.

— Peu leur importait que je n'aie aucune envie d'un anniversaire de princesse à dix ans. Ou d'un grand bal pour mes seize ans. Ou d'un diplôme de commerce.

Elle avait une respiration hachée.

— Ou d'épouser à vingt et un ans un copain d'enfance que je n'aimais pas. J'ai toujours fait ce qu'ils voulaient pour qu'ils soient fiers de moi. Jusqu'à ce que je quitte mon mari. Là, ils n'ont pas apprécié…

Elle s'éclaircit la gorge.

— J'envie tes liens avec Remy. Tu as de la chance.

— De la chance ? Non, ce n'est pas le mot que j'emploierais pour définir ce que j'ai vécu, lâchai-je avec ironie.

Nom d'un chien, ça recommençait ! J'étais encore en train d'en dire trop !

Elle fronça les sourcils et me détailla d'un regard brillant de curiosité.

— Ah bon ? Pourquoi ?

— Pour rien.

Je consultai ostensiblement ma montre.

— On devrait sortir d'ici.

Une autre qu'Abby serait sans doute revenue à la charge pour me soutirer une explication. Dieu merci, cette femme-là était trop bien élevée. Ou alors, elle était sérieuse quand elle affirmait ne vouloir partager que du sexe avec moi.

— Oui, tu as raison.

Elle hésita, et son sourire timide me fit bondir le cœur.

— Ce soir, après le travail, tu veux monter chez moi ? J'ai prévu de préparer des *fettuccini alla carbonara*.

J'aurais dû refuser. Abby ne m'invitait pas seulement pour manger des pâtes, et nous le savions tous les deux. Mais elle s'était montrée franche en m'exposant ce qu'elle attendait de moi. Et vu la façon dont je m'étais comporté aujourd'hui, écartelé entre mon désir pour elle et la nécessité de ne pas la toucher, il valait mieux accepter un arrangement entre adultes plutôt que de rempiler pour plusieurs semaines de frustration.

— J'ai un gros faible pour les pâtes.

J'avançai d'un pas et posai la main sur sa taille, caressant du pouce le petit espace de peau nue entre la ceinture de son pantalon et sa chemise.

— Et pour toi, aussi.

— Parfait. Alors c'est réglé !

Elle me déposa sur la joue un petit baiser d'une tendresse inattendue qui fit de nouveau bondir mon cœur dans ma poitrine.

Cependant, alors que je déverrouillais la porte et regagnais la cuisine avec elle, je savais au plus profond de moi que les choses étaient loin d'être réglées entre nous.

Et ce constat me flanquait la trouille.

13

Abby

C'était de la folie.

Mais je m'étais mise moi-même dans cette situation.

Je fredonnais en m'activant dans ma cuisine. Je vérifiai que les pâtes étaient bien *al dente*, versai du parmesan dans un bol, débouchai une bouteille de riesling en faisant mine d'être parfaitement à l'aise à l'idée de recevoir un homme super sexy chez moi. En réalité, j'étais dans tous mes états.

Tanner avait accepté le principe d'une brève aventure avec moi !

J'en tremblais encore. Ensuite il avait laissé filtrer quelques détails de son passé et j'avais cessé de le regarder simplement comme un amant super canon, mais comme un homme secret avec, peut-être, une âme blessée.

Bien sûr, je n'étais pas sotte. J'avais déjà compris que ses tatouages n'étaient qu'une façade en trompe-l'œil, mais, quand il avait parlé de la chance qui n'avait pas toujours été au rendez-vous, l'amertume que trahissait sa voix m'avait serré le cœur.

J'aurais voulu le prendre dans mes bras en cet instant, lui offrir du réconfort. Mais j'avais lu dans ses yeux le refus farouche de se confier et je n'avais pas insisté. Je n'avais aucune envie de le mettre mal à l'aise. J'étais donc retournée travailler, mais j'avais quitté la pâtisserie trente minutes plus tôt que d'habitude en vue de prendre une douche et de préparer le dîner.

Ado, je n'avais jamais eu de petit copain. Bardley avait été le premier dans tous les domaines : mon premier flirt, mon premier amant, mon premier mari. Il n'appréciait pas ma cuisine et se moquait de mon tempérament de « bobonne au foyer », comme il disait. Il préférait aller manger dans un restaurant étoilé ou se faire livrer ses repas par un grand traiteur. Une semaine seulement après le mariage, j'avais donc cessé de faire la cuisine alors que c'était une activité que j'adorais quand je vivais chez mes parents. Une décision que j'avais prise moi-même, mais qui m'avait profondément attristée.

Les fois où les doigts me démangeaient trop et où je cédais à ma passion pour la pâtisserie, Bardley faisait des commentaires désobligeants et m'interdisait de manger « ces cochonneries remplies de glucides ». Il n'était pas question que je devienne « une grosse dondon », disait-il.

J'aurais dû l'assommer avec la poêle à frire.

C'était donc la première fois que je ressentais le plaisir de cuisiner pour un homme qui me plaisait. Un homme qui me voulait, moi, en guise de dessert, de préférence aux tartelettes au citron que j'avais prélevées dans la vitrine. En fait, je me demandais même si nous aurions la patience d'attendre la fin du repas.

Ce qui s'était passé dans le cellier justifiait ma proposition audacieuse. Nous n'avions pas cessé de nous tourner autour au cours de la journée, et j'avais su dès la première minute que sa mauvaise humeur venait de ce qu'il s'efforçait de garder ses distances avec moi.

Alors, je l'avais défié pour le faire craquer. Travailler à ses côtés comme si de rien n'était après la nuit torride que nous avions passée ensemble avait été la plus cruelle des tortures. Le voir passer près de moi, sentir son odeur masculine, sa chaleur, regarder ses grandes mains batailler avec une porte de four récalcitrante… J'avais eu les nerfs à vif toute la journée.

Et je l'avais désiré comme je n'avais jamais rien désiré dans ma vie.

Mon passé de petite fille riche ne m'avait pas préparée à cela. Pendant des années, on m'avait tout apporté sur un plateau d'argent. J'avais à peine le temps de convoiter quelque chose que je l'obtenais aussitôt.

Je croyais qu'il en allait de même dans toutes les familles.

Devoir résister au désir que m'inspirait Tanner avait donc été une découverte que j'avais gérée comme j'avais pu, en me plongeant dans le travail et en faisant de la pâtisserie comme une maniaque. J'enchaînais les fournées. Les présentoirs des Petits Délices croulaient sous mes pâtisseries signatures : croissants aux amandes, bugnes, chaussons aux pommes…

Étonnamment, Makayla avait tout vendu. J'étais galvanisée par mon succès quand Tanner était venu chercher la bagarre. Alors, je lui avais donné ce qu'il voulait : une bonne dispute. Je savais qu'il prendrait la mouche et me suivrait dans le cellier. Et, comme je l'espérais, il était tombé dans le panneau.

Tremblant au souvenir de ce qui s'était passé ensuite, je pressai les mains sur mon cœur pour calmer ses battements fous. Je vibrais de désir et, lorsqu'il frapperait à la porte, il y avait de fortes chances que je me jette dans ses bras.

C'était le problème quand on était sevré de sexe depuis des mois. Le jour où l'on pouvait enfin assouvir ses envies, on devenait insatiable. Tanner et moi avions fait l'amour cinq fois pendant notre fameuse nuit, plus une fois aujourd'hui, et je n'étais pas toujours rassasiée. Je ne pensais qu'à recommencer encore et encore…

J'étais devenue une obsédée.

Je sursautai en entendant frapper à la porte et sentis mes paumes devenir moites. Je les essuyai sur le tissu de ma robe toute simple en coton, puis je remuai les doigts et secouai les bras comme un lutteur qui s'échauffe avant une séance de sport.

Si cela ne tenait qu'à moi, ce serait une longue, très longue séance de sexe torride.

Mon corps s'embrasa par avance, et je pris tout mon temps pour aller ouvrir.

Comme si me faire désirer pouvait encore servir à quelque chose !

À la seconde où je le vis, je sentis le souffle me manquer. Il avait troqué la chemise à manches longues qu'il avait portée toute la journée contre un T-shirt blanc moulant qui soulignait chaque relief de son corps musclé. On apercevait ses tatouages par transparence. Ses larges épaules tendaient le tissu et ses mains enfoncées dans ses poches faisaient saillir ses biceps.

J'essayai de ne pas le dévorer des yeux. Cela ne se faisait pas quand on était une jeune fille bien élevée. Je ne pus toutefois m'empêcher de promener mon regard le long de son torse, puis sur son jean, où je notai un renflement intéressant. Ma bouche se dessécha.

Je déglutis et cherchai quelque chose à dire, une phrase de bienvenue qui ne se réduise pas à « Prends-moi tout de suite ! »

— Il y a quelque chose qui sent très bon ici, lança-t-il en franchissant le seuil.

Il inclina la tête et effleura ma joue d'un baiser.

— Et ça sent bon aussi dans la cuisine, ajouta-t-il avec un sourire en coin.

— Entre, dis-je d'une voix étranglée pendant qu'il

passait devant moi et que je refermais la porte. J'espère que tu as faim.

— Je suis affamé.

Ces trois mots prononcés d'une voix basse et traînante hérissèrent les petits cheveux sur ma nuque, et la chair de poule m'envahit tout entière.

Je collai mon dos à la porte tandis qu'il plaçait les mains de part et d'autre de ma tête pour m'emprisonner contre le battant. Comme si j'avais envie de m'enfuir ! Ses yeux noirs me fixèrent d'un regard intense, et je sus à cet instant qu'il me faudrait faire réchauffer notre dîner.

— Moi aussi, croassai-je en jetant les bras autour de son cou.

Il rit et recula d'un pas, vacillant un peu. Mais je m'en fichais ; j'avais déjà entrepris de l'escalader littéralement, une jambe autour de sa taille, les mains agrippées à ses épaules. J'avais besoin de lui. Je le désirais. Avidement. Désespérément.

En souriant, il m'enserra la taille de ses deux mains.

— On ne devrait pas manger d'abord ?

— Mais c'est ce qu'on fait, murmurai-je en lui mordillant le lobe d'une oreille pour ne lui laisser aucun doute sur la nature du festin que j'envisageais.

C'était lui que j'avais envie de manger. C'était chaque centimètre de son corps splendide que je me sentais prête à dévorer.

Il m'avait fait l'amour avec sa bouche plusieurs fois l'autre nuit, mais je ne lui avais pas retourné la politesse, un peu effrayée par ce sexe énorme que je tenais dans ma main.

Mais, ce soir, ce serait moi qui prendrais ce que je voulais.

Et ce que je voulais, c'était lui.

Je le poussai contre la porte, tirai sur son T-shirt pour le faire sortir de son jean et descendis sa braguette. Puis je me laissai glisser le long de ses jambes et m'agenouillai à ses pieds.

— Qu'est-ce que tu fais ?

Sa voix était un halètement à peine audible tandis qu'il posait la main sur ma tête.

— Je déguste l'entrée.

Je lui décochai mon plus beau sourire, espérant me donner confiance en moi alors que je n'avais encore jamais pratiqué de fellation.

Bardley trouvait le sexe oral répugnant, aussi n'avions-nous jamais essayé. Je m'en félicitais aujourd'hui. C'était comme si je m'étais préservée pour un homme que j'appréciais vraiment.

— Abby, tu me tues, dit-il, les yeux voilés tandis qu'il me regardait sortir son sexe bandé du boxer.

Il était gros et dur dans ma main quand je le caressais de bas en haut. Je m'inclinai pour en lécher la pointe. Vu de si près, il était vraiment impressionnant. Je me sentis soudain perdue.

— Juste pour info, je ne l'ai jamais fait, soufflai-je.

Ses doigts se crispèrent dans mes cheveux, et je grimaçai un peu.

— Que... Quoi ?

— Je te dis ça parce que je risque de ne pas être à la hauteur.

Il jura.

— Écoute, Abby, chaque fois que tu me touches, je brûle, alors, quoi tu me fasses, ce sera phénoménal.

Encouragée par cette confiance qu'il me témoignait, je pris son sexe dans ma bouche et le suçai lentement. Il jura de nouveau. Souriante, je le léchai en décrivant des arabesques avec ma langue, explorant cette peau douce comme du velours qui couvrait une dureté d'acier, découvrant sa saveur un peu musquée.

Je ne pouvais pas le prendre complètement, il était

trop gros, mais, comme je faisais coulisser ma bouche dans un lent va-et-vient, je commençai à attraper le coup. Et, à en croire les gémissements étranglés de Tanner, je ne me débrouillais pas trop mal.

— Bébé, je veux être en toi. Je veux… Oh ! bon sang !

Il referma son poing dans mes cheveux tandis que j'accélérais le rythme.

Il jouit dans un long grondement qui me donna l'impression d'être une déesse toute-puissante. Je ne m'étais jamais sentie aussi excitée de ma vie !

Je n'avais jamais compris les articles des magazines où les femmes se vantaient du pouvoir qu'elles avaient dans une chambre à coucher. Jusque-là, je trouvais que s'agenouiller devant un homme pour le faire jouir avec sa bouche s'apparentait à un acte de soumission. Or, donner du plaisir à Tanner de cette façon m'avait procuré une sensation de bonheur incroyable.

Je me relevai, et il me dévisagea comme si je venais de lui offrir le plus beau des cadeaux.

— Pas mal pour une novice, non ?

Impossible d'effacer le sourire effronté de mon visage.

— Pas mal ?

Il m'attrapa par la taille et m'attira à lui.

— Tu es incroyable…

Je n'aurais su dire combien temps nous restâmes ainsi, étroitement enlacés, mon visage enfoui dans son torse, respirant son odeur enivrante pendant qu'il me serrait contre lui. Mais plus les minutes passaient et plus j'avais du mal à me convaincre qu'il s'agissait seulement d'une aventure sans lendemain. J'étais trop bien dans ses bras et, apparemment, c'était réciproque.

N'ayant aucune expérience, je ne savais pas si c'était normal ou non de rester ainsi l'un contre l'autre. Bardley n'était vraiment pas un tactile, et Makayla disait que les hommes avec lesquels elle sortait ne l'étaient pas non plus — mais cela tenait peut-être au fait qu'elle les mettait dehors très vite parce qu'elle ne voulait pas qu'ils passent la nuit chez elle.

Pourtant, la façon dont Tanner m'étreignait, comme s'il ne voulait plus jamais me laisser partir, me donnait l'impression d'être… très précieuse.

Un sentiment très dangereux avec un homme comme lui.

Car nous n'éprouvions rien de plus qu'une attirance physique l'un pour l'autre. Deux personnes que le hasard avait réunies au bon moment et qui s'étaient mises d'accord pour étancher ensemble leur soif de plaisir.

Cependant, blottie au creux de ses bras, j'avais du mal à ne pas souhaiter bien davantage en cet instant.

14

Tanner

— Ce sont les meilleures pâtes que j'aie jamais mangées !

Je repoussai mon assiette avec un soupir de contentement.

— Tu es une cuisinière hors pair.

Les joues d'Abby se teintèrent d'un rose délicat, comme après le sexe.

— Je parie que tu dis ça à toutes les filles…

— Seulement à celles qui m'envoient au septième ciel avant de me servir un repas comme celui-là.

Sa rougeur s'accentua et ses yeux brillèrent de plaisir, comme si je venais de lui faire le plus beau des compliments.

— Je suis heureuse que ça t'ait plu, répondit-elle d'un ton détaché.

Et son sourire malicieux indiquait qu'elle ne parlait pas uniquement des pâtes.

J'aimais cette facette-là de sa personnalité : audacieuse, taquine, sûre d'elle. Flirtant avec moi alors qu'à l'évidence ce genre de petit jeu n'était pas dans ses habitudes.

J'étais un vrai veinard d'avoir eu droit à sa première fellation. Quel genre de crétin était son ex ? Un eunuque ? Un impuissant ? Comment pouvait-on rester de marbre devant une femme aussi sensuelle ? Ne pas avoir envie de tout expérimenter avec elle ?

Moi, je voulais tout. Et j'aurais tout. J'allais l'emmener faire un voyage érotique qu'elle n'oublierait pas de sitôt.

J'avais eu envie de tomber à ses pieds pour lui donner autant de plaisir qu'elle m'en avait procuré, mais elle s'était détournée, expliquant que le dîner allait refroidir et que nous avions tout le temps plus tard.

J'avais cédé en sachant que l'attente attiserait encore mon désir. Mais j'avais bandé pendant tout le dîner et, même si je ne mentais pas en affirmant que c'était les meilleures pâtes que j'aie jamais mangées, c'était elle que je voulais dévorer.

— Tu as appelé Remy aujourd'hui ?

D'une phrase, elle doucha ma libido. C'était comme si elle m'avait jeté un seau d'eau froide à la figure.

— Oui. Les médecins sont contents de ses progrès, mais ça l'énerve de ne pas pouvoir sortir.

— Il doit être inquiet de nous savoir seuls, commenta-t-elle avec un sourire en coin. Il se méfie et il n'a pas tort.

— Demain, je lui parlerai.

Après ce qui s'était passé dans le cellier, j'avais résolu de tout lui dire. Je ne pouvais pas mentir à Remy. À n'importe qui, oui, mais pas à lui.

Je n'avais pourtant fait que ça pendant des années. Au départ, maman servait de tampon entre papa et moi, mais après son décès, quand le choc et la colère de mon père s'étaient agglomérés en une boule de haine contre moi, j'avais dû mentir à Remy pour le protéger.

Quand il rentrait tard après ses heures supplémentaires à la boulangerie où il faisait son stage en complément de sa formation de pâtissier, il me demandait toujours comment s'était passée ma journée, si tout allait bien au collège. Il me croyait quand je répondais qu'il n'y avait pas de problème. Et, s'il voyait que quelque chose clochait, il se disait que j'étais perturbé par la mort de maman.

Il n'avait jamais soupçonné la vérité, et j'avais fait en sorte qu'il ne se doute de rien. Remy était quelqu'un de bien, et je ne voulais pas qu'il se sente coupable de me laisser seul avec ce fou furieux. Et, quand cette ordure avait fini par tirer sa révérence, j'avais continué à cacher à mon frère ce qui s'était passé, afin de ne pas lui donner mauvaise conscience.

Le sourire d'Abby s'effaça.

— Tu vas lui parler de nous ?

Je faillis rétorquer qu'il n'y avait pas de « nous », mais je ravalai ces paroles parce qu'elles la blesseraient inutilement. D'autant que ce n'était pas tout à fait vrai. Il y avait un « nous », d'une certaine façon, même s'il se réduisait à notre envie insatiable de faire l'amour ensemble.

Je hochai la tête.

— Il le saura de toute façon. Il lui suffira de me regarder quand il me parlera de toi…

Je posai les mains à plat sur mes cuisses pour empêcher mes doigts de triturer un pan de la nappe.

— Au cas où tu ne l'aurais pas remarqué, je deviens complètement idiot dès qu'il est question de toi.

Son sourire adoucit le pli inquiet qui s'était formé sur son front.

— Dois-je te rappeler que nous sommes tous les deux des adultes consentants ? Et que ce que nous faisons de notre temps libre ne regarde que nous ?

— Je sais, mais ça ne me plaît pas de lui cacher quelque chose d'aussi important.

Zut ! Je n'aurais pas dû dire ça… À présent, elle allait s'imaginer que notre liaison comptait beaucoup pour moi, alors que j'avais seulement voulu indiquer qu'elle concernait aussi Remy dans la mesure où Abby travaillait pour lui.

Par bonheur, elle ne releva pas ma remarque maladroite.

— Si vous êtes si proches, tous les deux, pourquoi n'es-tu jamais venu le voir l'année dernière ?

— Je voyage beaucoup. Ça prend du temps de travailler comme consultant pour installer de nouveaux clubs aux quatre coins de la planète.

C'était du pipeau, et nous le savions tous les deux.

— Si tu ressens le besoin de le lui dire, ne te gêne pas pour moi, dit-elle en haussant les épaules. J'espère seulement qu'il ne se lancera pas dans un laïus moralisateur quand nous nous séparerons.

Notre aventure avait une date d'expiration. Nous étions d'accord tous les deux sur ce point, et je ne me serais jamais engagé dans cette relation si Abby n'en avait pas eu conscience. Alors pourquoi avais-je soudain l'impression que le plat de pâtes pesait une tonne dans mon estomac ?

Je reculai un peu ma chaise de la table et dus refréner l'envie subite de prendre mes jambes à mon cou pendant que c'était encore possible.

— Il n'a pas son mot à dire, assurai-je. Comme tu l'as si bien dit, nous sommes des adultes consentants. Il n'y aura donc aucun psychodrame quand ce sera terminé.

Le sourire décontracté qu'elle afficha ne m'abusa pas une seule seconde.

Nous nous mentions à nous-mêmes.

Nous avions beau répéter que notre attirance l'un pour l'autre était purement physique et que nous quitterions sans douleur quand ce serait fini, plus nous passions du temps ensemble, plus ce scénario s'assombrissait.

J'aurais dû partir tout de suite. Détaler avant que le piège ne se referme.

Mais, au même instant, elle se leva de table et me tendit la main.

— Prêt pour le dessert ?

— Tu parles des tartelettes au citron ?

Elle esquissa une moue malicieuse.

— Les tartelettes seront bien meilleures si nous les mangeons un peu plus tard…

Elle fit une pause théâtrale puis se pencha en avant pour murmurer :

— … Au lit.

Je me levai si vite que ma chaise heurta le mur. Pas banal, cet enthousiasme, pour quelqu'un qui souhaitait s'enfuir il n'y avait pas deux minutes. Un ultime baroud d'honneur pour pouvoir dire à ma conscience de la fermer un peu plus tard.

— La première fois que je t'ai vue, je t'ai prise pour une princesse hautaine qui faisait de la pâtisserie pour passer le temps.

Elle haussa un sourcil.

— Et moi, je t'ai pris pour un play-boy arrogant et égoïste qui ne s'intéressait qu'à lui-même. Ton avis aujourd'hui ?

— Tu es peut-être bel et bien une princesse qui joue à faire des gâteaux, mais tu n'es pas hautaine.

Je la parcourus d'un regard brûlant.

— Et par ailleurs tu es fantastique au lit, ajoutai-je.

— Je te retourne le compliment, dit-elle en souriant. Si tu m'accompagnes dans ma chambre, nous pourrons être fantastiques ensemble. Qu'en dis-tu ?

Impossible de résister à la tentation. L'opportunité de stopper le jeu était dépassée depuis longtemps. Quoi qu'il se passe à partir de maintenant, je devrais en assumer la pleine responsabilité.

Parce que c'était ma décision.

Et elle le savait.

Elle s'était montrée franche dès le début en m'avouant qu'elle se servait de moi pour effacer le passé. De mon côté, je n'avais rien dit, alors qu'elle représentait bien plus qu'une partenaire de sexe pour moi.

Je me servais d'elle, moi aussi. D'une façon qui la rendrait furieuse si elle le découvrait.

— Ne t'avise pas de me faire faux bond maintenant, *bad boy* !

Elle me rejoignit en souriant, glissa un doigt dans ma ceinture et tira.

— Je ne sais pas à quoi tu penses, mais oublie. Nous ne ressentons rien l'un pour l'autre, alors évacue les remords de dernière minute, la culpabilité ou je ne sais quoi qui te fait hésiter, et montre-moi ce corps magnifique.

Je relâchai mon souffle, libérant en partie la tension qui nouait douloureusement les muscles de mes épaules.

— Je n'aurais jamais imaginé que tu serais le genre de femme à aimer les tatouages.

— Seulement les tiens, précisa-t-elle en tirant sur mon T-shirt pour le faire passer par-dessus ma tête. Je pourrais passer des heures à les regarder.

Je ne fis pas un mouvement pendant qu'elle suivait les dessins du bout des doigts, s'attardant sur les motifs, exactement comme la première fois dans mon bureau privé du club.

Et, comme la première fois, le désir m'aveugla, pulsant dans mon corps au même rythme que les battements de mon cœur.

Je ne comprenais pas ce qui m'arrivait. Abby était belle, mais j'étais sorti avec de vraies beautés. Elle était inexpérimentée, alors que j'avais connu des spécialistes du sexe, des filles brûlantes à toute heure du jour et de la nuit.

Et pourtant Abby me rendait fou comme aucune autre femme avant elle. C'était inexplicable.

— Quel est celui que tu préfères ? demandai-je.

Ma peau se couvrit de chair de poule tandis qu'elle suivait du doigt les contours du trèfle à quatre feuilles sur mon omoplate droite.

Avant de les lécher.

— Celui-là.

— Pourquoi ?

— Parce que, chaque fois que je le vois, j'ai de la chance.

Je ris tandis qu'elle m'enlaçait la taille par-derrière en une étreinte inattendue.

— J'aime quand tu arrêtes de froncer les sourcils, murmura-t-elle.

— Je fronce les sourcils ?

— Presque tout le temps, acquiesça-t-elle, sa respiration effleurant mon dos. Ça te donne l'air d'un tigre, alors qu'en réalité tu es un petit chaton.

— Qui dit ça ?

— Moi.

Elle desserra son étreinte et vint se poster devant moi, les yeux pleins d'un mélange de détermination et de désir.

— Je crois qu'il est temps que tu me fasses ronronner.

Elle n'avait pas besoin de me le dire deux fois. Je la soulevai dans mes bras, lui arrachant un petit cri ravi. Elle enroula les bras autour de mon cou et me mordilla le lobe de l'oreille. De petites morsures délicieuses, à la limite de la douleur, qui illustraient bien la frontière étroite sur laquelle nous avancions comme des funambules.

Ce que nous faisions maintenant était fabuleux, mais le retour de bâton serait d'autant plus terrible si ça tournait mal.

Ouvrant de l'épaule la porte de sa chambre, je la déposai doucement sur le lit. Elle voulait ronronner ? Je veillerais à exaucer son vœu.

— Comment as-tu su où était la chambre ?

— J'ai passé une nuit ici. Un soir où j'étais trop soûl pour rentrer chez moi.

J'attrapai un préservatif, déboutonnai mon jean et le retirai, ainsi que mes chaussettes.

Une fois encore, son absence de curiosité me surprit. Je m'attendais à ce qu'elle me demande pourquoi j'étais resté ici au lieu d'aller chez Remy, et pourquoi je m'étais soûlé. Mais, au lieu de me poser des questions, elle me fit signe de la rejoindre de son index recourbé.

— Tu es le plus bel homme que j'aie jamais vu.

Elle s'allongea sur les draps, les mains sous la tête, m'étudiant avec une admiration qui ne semblait pas feinte.

— Je pourrais te contempler toute la nuit.

Plus elle me regardait avec émerveillement, plus je sentais une force monter en moi. Comme si j'étais capable de combattre des dragons pour elle. Comme si je pouvais être le genre d'homme avec lequel elle aurait envie de passer le reste de ses jours…

À la seconde où cette pensée me traversa, je sus que je devais la chasser de mon esprit. Ce n'était qu'un mirage. Une image magnifique, mais qui disparaîtrait en fumée si j'essayais de la toucher.

Je n'étais pas un homme pour elle. Même si, à cette seconde, dans ce moment de faiblesse, je rêvais de le devenir.

— Et moi, je pourrais te baiser toute la nuit.

Si ma crudité la choqua, elle n'en laissa rien paraître. Elle se contenta de sourire tandis que son regard descendait de mon torse jusqu'à mon ventre, puis mon sexe.

— Alors qu'est-ce que tu attends ?

Je commençai tout en bas, par ses pieds. J'en massai la voûte plantaire, embrassai les orteils et remontai vers les chevilles. Des baisers très doux qui la firent soupirer de contentement et onduler comme un serpent.

Refermant les mains sur ses chevilles, je l'attirai un peu vers moi et lui écartai les jambes.

Elle ne portait pas de culotte.

— J'aime…

Je rampai vers elle et lui relevai sa jupe, la dénudant pour mon plaisir.

Ses replis luisaient du désir qu'elle avait de moi.

— J'aime quand tu me regardes, murmura-t-elle en se tortillant un peu quand je glissai un doigt en elle. J'ai l'impression d'être belle.

— Tu l'es. Incroyablement. Divinement.

Je glissai un deuxième doigt en elle tandis que mon pouce cherchait son clitoris, que je fis tourner tout en observant son visage. Une langueur extatique passa sur ses traits. Ses yeux s'embrumèrent et ses lèvres s'entrouvrirent.

Sans la quitter des yeux, j'inclinai mon visage vers son sexe afin de la dévorer. Elle aimait ça, je l'avais découvert l'autre nuit. Et lui procurer du plaisir, même de façon éphémère, était devenu la première de mes priorités.

J'adorai ses gémissements lorsque je léchai son clitoris, répétant le mouvement encore et encore jusqu'à ce qu'elle halète et se soulève pour se presser contre ma bouche.

— Maintenant…

Elle adoucit cette injonction d'un « s'il te plaît » à peine audible.

— Tes désirs sont des ordres, dis-je en accélérant les mouvements de ma langue.

Elle jouit avec violence, décollant ses hanches du lit alors qu'elle criait mon prénom.

— Tu sais quoi ? suggérai-je en souriant quelques instants plus tard. Tu devrais créer un gâteau qui s'appellerait L'« orgasme sonore ».

Je m'allongeai près d'elle sur le lit et fis glisser les brides de sa robe sur ses épaules.

Elle marmonna des sons intelligibles tandis que je retirais la robe et l'envoyais voltiger, laissant Abby nue. Totalement sublime.

— Je n'ai pas compris. Tu veux que je remette ça tout de suite ?

Je titillai nonchalamment un mamelon puis le pinçai quand il durcit.

— Si c'est ce que tu veux…

— Je te veux toi, en moi.

Elle attrapa ma main pour l'immobiliser tandis que son regard essayait de me livrer un message que je n'avais aucune chance de saisir.

On aurait dit de la gratitude mêlée à une émotion que je n'osais pas identifier, parce qu'elle me ficherait la trouille. Encore plus que maintenant.

— Entendu, dis-je en la tournant sur le côté pour que nous soyons face à face. J'apprécie qu'une femme sache ce qu'elle veut et qu'elle n'ait pas peur de le demander.

— Et moi, c'est toi que j'apprécie, murmura-t-elle en enroulant une jambe autour de mes reins pour glisser plus près de moi. J'aime chaque centimètre de toi.

Sans la quitter du regard, je la pénétrai d'une longue poussée et elle soupira. Les paillettes vertes, dans ses yeux, étincelaient de passion.

Elle était si étroite, si parfaite, je ne pourrais jamais oublier cet instant. Jamais.

J'aurais dû détourner le regard pour l'empêcher de voir au fond de mon âme, mais, tandis que nous ondulions ensemble, lentement, sensuellement, je ne réussis pas à rompre le contact.

Nous ne parlions pas. Ne gémissions pas. Ne demandions rien ni l'un ni l'autre. Il n'y avait que le bruit de nos respirations lourdes, comme si nous nous fondions l'un dans l'autre.

C'était divinement lent. Délicieux et épuisant.

De longs va-et-vient qui me donnaient stupidement envie de vouloir autre chose encore. Des promesses, peut-être, des aveux murmurés…

Comme la première contraction de son orgasme palpitait autour de moi, je changeai légèrement l'angle de mes hanches et donnai un coup de reins si violent que nos têtes se heurtèrent.

— Oh…

Elle jouit avec un cri perçant, incroyablement sexy, et je la suivis dans l'extase une seconde plus tard, le corps tendu et le cerveau vide. Stupéfait par l'intensité de mon orgasme et par l'envie féroce que j'avais de recommencer dès que j'aurais retrouvé des forces.

— Je crois que nous nous sommes approchés du paradis, murmurai-je, déconcerté de constater que nos regards ne s'étaient pas lâchés une seule seconde.

En cet instant, la réalité m'apparut en pleine lumière.

Ce que nous avions fait, ce n'était pas seulement du sexe.

C'était bien davantage.

Cette intimité, ce besoin de la regarder, de rester en elle…

Il n'y avait qu'une façon de résumer tout ça : j'étais dans de sales draps.

15

Abby

D'habitude, je lançais mes premières fournées à 6 heures, mais ce matin-là, j'avais commencé à 5.

Tanner ne s'était pas réveillé quand je m'étais levée, ce qui m'avait permis de l'observer pendant de précieuses minutes. Il était très différent quand il dormait, moins impressionnant.

Il avait le visage plus doux et semblait plus jeune. Ses lèvres, habituellement serrées, esquissaient un demi-sourire. Il avait l'air d'un adorable petit garçon.

Avait-il toujours été ainsi, constamment sur le qui-vive, ou lui était-il arrivé, à un moment ou un autre de son existence, quelque chose qui l'avait placé dans cet état d'alerte permanent ?

La veille, il avait laissé échapper un nouvel indice sur son passé. Et, même si je ne me permettais jamais de jouer les indiscrètes, je regrettais que Remy ne m'ait pas parlé davantage de son jeune frère.

Jusqu'ici, cela ne m'avait pas posé de problème. Les confidences n'avaient pas leur place dans une aventure sans lendemain. Je ne savais rien de Tanner King, et c'était très bien ainsi.

Mais cette nuit avait tout changé.

Était-ce parce qu'il était le premier homme à être entré chez moi ? Ou qu'il m'avait complimentée sur mon dîner ? Ou, peut-être, parce qu'il m'avait confié n'avoir jamais passé une nuit entière chez une femme. Ou à cause de ce lien étrange qui nous avait unis l'un à l'autre quand nous avions fait l'amour dans mon lit la première fois. Et la deuxième. Et la troisième…

Je n'aurais su le dire. Ce dont j'étais certaine, en revanche, c'était que j'étais de plus en plus accro à cette « petite aventure sans lendemain ».

Dans la forme, rien n'avait changé. Dès que Remy serait en état de reprendre le travail, Tanner s'en irait. Mais je l'avais entendu discuter avec Makayla, la veille : il projetait d'ouvrir deux nouvelles boîtes de nuit à Sydney. Cela signifiait qu'il quitterait certes Les Petits Délices, mais qu'il resterait en ville…

Je voyais là un motif d'espoir. Car, depuis la nuit dernière, ma conception du court terme s'était… allongée.

J'aurais pu me mentir à moi-même et me raconter que j'avais envie de continuer avec lui uniquement pour le plaisir physique. Le fabuleux, l'irrésistible pouvoir addictif du sexe… Toutefois, j'avais cessé de me mentir à moi-même le jour où j'avais quitté Bardley, quand j'avais enfin reconnu qu'à force de vouloir satisfaire tout le monde, sauf moi, j'avais fait de ma vie un désastre.

Donc, fini les mensonges ! Je devais accepter le fait que j'étais en grand danger si je m'amourachais de ma brève aventure. Il fallait que je parvienne à contrôler la situation. Il me suffirait de garder une expression neutre chaque fois que je serais en présence de Tanner et de veiller à ce qu'il ne s'avise jamais de regarder sous mon masque d'indifférence. Parce que, s'il y avait une chose que j'avais bien retenue à son sujet, c'était que Tanner King ne voulait pas de boulet au pied et qu'il n'était pas du genre à s'encombrer de sentiments amoureux.

Ça tombait bien : j'avais moi-même des projets d'avenir bien arrêtés et je n'en avais pas fait mystère.

Pas question qu'un béguin passager fasse capoter mon ambition. J'avais trop souvent renoncé dans ma vie. J'avais perdu des années à renier celle que j'étais pour des individus qui, au final, ne se souciaient pas de moi. L'amour finissait toujours par créer une relation de dépendance et de soumission. Voilà pourquoi les uniques liens que j'aurais avec Tanner ne devraient être que physiques.

Et, cette fois, ce serait moi qui mènerais la danse. J'allais me montrer égoïste, déterminée, préoccupée par mon seul plaisir !

Avec son charme sensuel et son corps magnifique couvert de tatouages, Tanner King était la tentation faite homme.

Mais je ne succomberais pas.

Après avoir passé quinze bonnes minutes à rêver tout éveillée, je m'étais habillée sans bruit. Il n'avait pas bronché pendant que je lui préparais un petit déjeuner, que j'avais laissé sur un plateau près du lit avec un mot. Il ne trouverait rien d'extraordinaire à ce que je sois partie travailler sans le réveiller. En revanche, ma demande implicite de descendre par l'escalier de service, comme un vulgaire livreur, pourrait le vexer.

Il était vrai que je n'avais aucune envie d'affronter les questions indiscrètes de Makayla et ses sous-entendus ironiques si jamais elle voyait Tanner débarquer au matin dans la même tenue que la veille. Je ne saurais tout simplement pas quoi lui répondre.

C'était une chose de m'avouer à moi-même que j'avais commis l'énorme bêtise d'avoir le béguin pour le frère de Remy, mais le reconnaître devant témoin ? Non. Makayla en ferait des gorges chaudes si elle l'apprenait.

Pour l'instant, je devais me concentrer sur mes tâches

de la matinée et cesser de penser à l'amant magnifique qui dormait dans mon lit en attendant un réveil que je ne manquerais pas de rendre inoubliable...

— Zut ! grommelai-je comme un morceau de beurre tendre tombait par terre.

La préparation d'une pâte feuilletée réussie nécessitait de la concentration et du savoir-faire, deux qualités que je ne possédais pas ce matin, à l'évidence.

Je recommençai en m'appliquant. Étendre la pâte, ajouter le beurre, plier et étaler au rouleau. Plier dans l'autre sens. Étaler au rouleau. Répéter l'opération encore et encore afin d'obtenir un feuilletage aérien qui fondrait dans la bouche après cuisson.

Remy disait que mes croissants, mes pains au chocolat et mes chaussons aux pommes rivalisaient avec ceux qu'il avait goûtés à Paris dans les meilleures pâtisseries. Je n'étais pas dupe, je savais que ses compliments étaient destinés à m'encourager, mais je les acceptais avec le sourire, tout en formant le vœu d'être un jour à moitié aussi douée que mon mentor.

En attendant, je travaillais dur, créant, goûtant, recherchant une texture toujours plus légère ou une saveur de beurre plus onctueuse. Les Petits Délices vendaient toute leur production chaque jour, et on nous passait souvent des commandes de croissants aux amandes, ma spécialité.

J'avais tellement progressé en un an que j'avais du mal à croire que j'étais restée la même personne. Grâce au ciel, j'avais eu le cran de laisser derrière moi l'idiote pathétique, la béni-oui-oui qui avait abandonné ses rêves pour vivre ceux des autres.

C'était encore une chose que j'avais découverte en faisant l'amour avec Tanner : la confiance en moi. Une sensation enivrante qui avait fait totalement disparaître la fille timide que j'avais été.

Réaliser ma première fellation avait été très intimidant, mais la façon dont il avait réagi, dont il m'avait regardée juste après, m'avait donné une impression de toute-puissance. J'aurais pu me retrouver dans une position servile, à genoux, concentrée sur son plaisir, mais au final, la personne à qui j'avais donné du plaisir, c'était moi.

Je ne m'étais jamais sentie aussi vivante. Aussi sûre de moi. Une vraie révolution pour la carpette que j'avais été jadis.

Quand je lui avais proposé une aventure sans lendemain, je n'avais pas imaginé que la découverte de ma sensualité me transformerait à ce point. Comme si, en éveillant mon corps à la vie, Tanner m'avait offert ce dont je rêvais depuis toujours : le courage d'être moi-même. De faire mes propres choix sans me soucier de ce qu'en penseraient les autres.

Grâce à lui, j'avais enfin sauté le pas. Bien sûr, c'était plus facile avec lui parce que nous n'avions pas de sentiments l'un pour l'autre. Notre relation était purement physique. Du moins, c'était ce que j'avais pensé jusqu'à hier soir.

Voilà pourquoi j'avais pris la fuite ce matin. J'avais beau me répéter que nous avions décidé ensemble de nous en tenir à une brève liaison, après la façon dont nous avions fait l'amour cette nuit, j'avais le sentiment inquiétant d'être au bord d'un gouffre.

Et cela me terrifiait.

Plus nous nous rapprochions l'un de l'autre, plus j'étais en danger de redevenir cette fille docile qui faisait passer tout le monde avant elle. Un homme comme Tanner détesterait cette femme servile, et moi, je me haïrais de retourner en arrière.

Zut…

Je me concentrai sur mon feuilletage, pliant, étalant, pliant de nouveau la pâte, focalisant mon attention sur mes gestes pour chasser les idées noires et tenter de me détendre. J'aimais la rigueur de la pâtisserie, l'application méthodique d'une recette. Si toutes les étapes étaient respectées, le résultat était forcément réussi.

Les gestes familiers me rendirent mon calme après le tourbillon d'émotions que Tanner provoquait en moi chaque fois que nous étions ensemble. Son image me poursuivait. Je le voyais torse nu, le regard chargé de défi, dans son bureau privé. S'avançant vers moi dans le cellier, les yeux étincelants de désir. Léchant la sauce carbonara sur ses lèvres. Couché dans mon lit, pantelant et nu, comme s'il était chez lui.

Dieu du ciel !

J'ouvris le four pour y glisser la première plaque de croissants, la chaleur ne faisant rien pour apaiser mes joues enfiévrées.

La pâtisserie m'apportait toujours une forme de sérénité, mais aujourd'hui, confrontée au mâle superbe qui dormait à l'étage, elle ne faisait pas le poids.

C'était le moment de sortir l'artillerie lourde.

J'allais préparer six fournées d'amuse-bouche salés, dussé-je en mourir d'épuisement !

C'était le minimum pour m'empêcher de remonter l'escalier quatre à quatre et de demander à Tanner de faire de moi son amuse-bouche favori.

16

Tanner

Je détestais l'idée de quitter l'appartement comme un voleur, mais je n'étais pas stupide. Abby voulait juste éviter que les autres employés ne se posent des questions si je venais travailler aujourd'hui dans les mêmes vêtements qu'hier.

Rien n'échappait à Makayla. Elle avait des yeux derrière la tête et un tempérament naturellement soupçonneux. Je plaignais le type qui partagerait sa vie. Les furies jalouses n'étaient pas du tout mon style. Je préférais les femmes réservées et secrètes qui se transformaient en bombe sexuelle dans l'intimité.

Les femmes comme Abby…

C'était une attention touchante d'avoir déposé un plateau de petit déjeuner sur la table de nuit pour mon réveil. Une marque d'affection qui était aussi un demi-aveu. Des petits signaux inquiétants comme celui-là, nous en avions échangé des dizaines la nuit dernière.

Nous avions à peine parlé pendant l'amour. Mais nos regards s'étaient crié ce que nous nous refusions à dire avec des mots.

Inutile de se voiler la face, nous avions quitté le stade de la camaraderie sexuelle pour explorer un territoire nébuleux et inconnu auquel nous ne voulions ni l'un ni l'autre donner un nom. Personnellement, j'étais d'accord pour faire comme si de rien n'était. Et Abby aussi, si j'en croyais la façon dont elle s'était éclipsée avant l'aube pour échapper à toute discussion.

J'engloutis mon pain au chocolat, avalai mon jus d'orange pressée et me glissai dans l'escalier de service, les quelques lignes de son message gravées dans ma mémoire :

Merci pour cette nuit. J'espère que le dîner t'a plu.
Il faudra recommencer très vite. L'escalier de service est désert le matin.
À plus tard,

Abby.

Pas de baisers. Intéressant. Je croyais que toutes les femmes en inondaient leurs messages. Mais, encore une fois, Abby était à part.

Le « Il faudra recommencer très vite » me donnait envie d'être à ce soir avec une impatience inquiétante. Je ne sortais pas avec Abby. Nous n'étions pas en couple. Mais son dîner avait été délicieux, et il était normal que je lui rende la politesse.

Elle venait d'un milieu très aisé, elle avait probablement fréquenté les restaurants les plus réputés de Sydney. J'allais donc l'emmener dans mon repaire préféré, un petit thaï situé dans une ruelle, derrière Kings Cross. J'étais prêt à parier qu'elle n'y avait jamais mis les pieds.

Mais ce ne serait pas un rendez-vous galant. Juste un homme qui invite l'une de ses amies à dîner. Rien de plus.

— Pipeau, pipeau, marmonnai-je à mon reflet pendant que je me rasais pour la première fois depuis plusieurs jours.

Remy ne tolérait pas le laisser-aller et il aurait suffisamment de raisons d'être fâché contre moi pour ne pas en ajouter une nouvelle à sa liste.

Je mis cinquante minutes pour atteindre l'hôpital à l'heure de pointe, un temps amplement suffisant pour chercher une explication plausible au fait que j'avais mis sa protégée dans mon lit. Cependant, quand je me garai enfin sur le parking et me dirigeai vers le service où il était hospitalisé, je n'avais toujours rien trouvé d'autre à lui raconter que la stricte vérité.

Abby était une fille canon, et je n'avais pas pu résister au désir qu'elle m'inspirait.

Remy n'allait pas apprécier du tout.

Quand j'ouvris la porte de sa chambre, il serrait la télécommande dans une main et changeait les chaînes d'un air morne.

— Salut, toi ! Comme tu te sens ?

Un pâle sourire éclaira son visage boudeur.

— Bien mieux, maintenant que je vois ton vilain museau.

Il coupa la télé et s'assit plus droit dans le lit avec une grimace.

— Tu as toujours mal ?

— C'est supportable. La morphine me rend à moitié zinzin, mais ce n'est pas désagréable, en fin de compte…

Je ris et me penchai pour l'embrasser.

— Tu es plus ronchon que la dernière fois, c'est bon signe.

— Le médecin dit que je suis un patient modèle.

Il se renfrogna.

— Mais j'ai du mal à croire un garçon qui donne l'impression d'avoir quitté la maternelle la semaine dernière, même s'il a une blouse blanche et un stéthoscope autour du cou.

— C'est parce que tu es un vieux croûton. En comparaison, tout le monde te paraît jeune.

Il pointa sa hanche du doigt.

— Vu que je vais devoir marcher avec des béquilles pendant les trois prochaines semaines, je vais faire comme si je n'avais rien entendu.

— On a l'âge de ses conquêtes, dis-je en me demandant quel âge pouvait avoir Abby.

— Je n'ai pas fait de conquête depuis bien longtemps.

Il me lança un regard interrogateur, et je sus ce qu'il allait dire avant qu'il ouvre la bouche.

— Et toi ?

— Je me suis occupé de la pâtisserie à plein temps, si c'est ce que tu demandes.

Nous savions l'un comme l'autre que non, aussi enchaînai-je très vite :

— Tout se passe bien. La clientèle afflue, les comptes sont équilibrés, les stocks réapprovisionnés, les employés heureux.

Certains plus que d'autres, même si Remy n'avait pas besoin de savoir pourquoi Abby souriait aux anges.

— Toi, tu couches avec Abby !

La déception était perceptible dans sa voix, et il secoua la tête.

— Bon sang, je t'avais pourtant dit ne pas la toucher !

Je lâchai un rire qui sonna faux, même à mes propres oreilles.

— Tu m'as déjà vu suivre tes conseils ?

— Autrefois, oui.

Il me fixa dans les yeux, aggravant mon sentiment de culpabilité.

— Tu devrais t'en souvenir.

Je me rappelais toutes les occasions où j'avais écouté Remy. Quand il me ramenait à la raison après chaque affrontement avec mon père, même s'il en ignorait la cause réelle. Quand il m'avait convaincu de ne pas m'enfuir, la fois où il m'avait trouvé caché dans la grange, une semaine après la mort de maman. Quand il m'avait calmé le jour des funérailles de notre père en m'expliquant que nous allions nous en sortir parce qu'il avait plus de dix-huit ans et qu'il pouvait toucher l'assurance-vie que maman avait eu l'intelligence de souscrire à notre nom.

Sans cet argent et l'influence apaisante de mon frère, qui sait comment j'aurais fini ? En prison, avec des voyous, comme le prophétisait si souvent mon père ?

Je lui devais la vérité. Tout au moins concernant Abby.

— Je sais que je n'aurais pas dû fricoter avec Abby. Mais nous avons établi les règles dès le départ, et notre séparation se fera sans bobos.

— Tu es un imbécile, lâcha Remy, les lèvres serrées. Tu ne l'as pas vue le jour où elle a débarqué au magasin, désorientée, perdue, au bord des larmes. Elle ne m'a pratiquement jamais parlé de ce mari qu'elle avait, mais ça devait être un tordu de première pour déboussoler une fille aussi adorable. Du coup, depuis sa séparation, elle n'est sortie avec personne.

Il pointa un doigt accusateur vers moi, les sourcils froncés.

— Le fait qu'elle t'ait choisi est un acte important pour elle. Et toi, tu vas tout bousiller, comme d'habitude.

Un froid glacial m'envahit. Remy était mon conseiller, mon modèle, il m'avait toujours soutenu. Que voulait-il dire ?

— Tu peux m'expliquer cette remarque, grand frère ?

Mon ton cinglant n'était pas fait pour dissiper la tension entre nous.

— Je ne t'ai jamais vu avoir une relation sincère avec une femme. Dès qu'une fille s'approche un peu trop près, tu la vires. Voilà ce que je veux dire.

Remy posa la main sur son front comme s'il sentait monter une migraine.

— Abby est différente et, si tu la blesses parce que tu

ne peux pas croiser une fille sans baisser ton pantalon, je te filerai la correction que tu mérites !

Je ne pus m'empêcher de lui sourire avec tendresse.

— Ce serait une première.

Remy n'avait jamais frappé personne. Moi, au contraire, j'avais rendu ma propre justice avec mes poings au lycée plus souvent qu'à mon tour. La rage enfouie et l'orgueil ne faisaient pas bon ménage, surtout quand les gamins découvraient sur quel bouton appuyer pour me faire exploser.

Remy me dévisagea, la tête légèrement inclinée.

— On dirait que tu as quelque chose de changé. Tu as l'air plus jeune, plus insouciant…

— L'odeur des viennoiseries, sans doute. Ça me change de celle de la sueur des boîtes de nuit.

Ma réponse désinvolte le fit rire.

— Nous savons tous les deux que ce n'est pas ça.

— Non, ce n'est pas ça, admis-je à contrecœur.

J'aurais voulu en savoir davantage sur Abby, mais, si j'insistais, Remy ne me lâcherait plus.

— Abby est quelqu'un d'exceptionnel, laissai-je échapper du bout des lèvres.

Il leva les sourcils.

— D'exceptionnel… Tu veux dire… Pour toi ?

— Je parlais en général.

Mon explication était lamentable. Je m'éclaircis la voix.

— En fait, ça fait longtemps que je ne me suis pas senti aussi détendu.

Remy m'observa d'un air songeur.

— Vous sortez ensemble depuis ton arrivée, exact ?

Je hochai la tête en essayant de ne pas écouter la petite voix qui me chuchotait à l'oreille des rêves impossibles. J'avais déjà envisagé la possibilité d'aller plus loin avec Abby, mais à aucun moment elle ne m'avait laissé entendre qu'elle pourrait souhaiter poursuivre notre relation et je ne voulais pas m'exposer à une rebuffade.

On m'avait rejeté plus de la moitié de ma vie, ça suffisait.

— Tu reconnais donc qu'Abby et toi, vous pourriez être davantage qu'une simple passade ?

— Abby et moi sommes assez grands pour savoir ce que nous avons à faire, merci.

Je souris en voyant Remy croiser les bras avec un air de dignité offensée.

— Occupe-toi juste de te remettre sur pied rapidement, monsieur le fouineur.

Remy sourit, mais son regard restait attristé, comme s'il ne parvenait toujours pas à croire que j'aie pu toucher à sa protégée.

— Abby et toi, vous comptez beaucoup pour moi. Ne bousille pas tout, d'accord ?

— Je ferai de mon mieux.

J'effectuai un salut militaire.

— Autre chose, mon capitaine ?

Remy hésita, puis secoua la tête.

— Abby est importante pour moi, insista-t-il. Professionnellement et humainement. Alors fais attention à elle.

Je hochai la tête.

— Compte sur moi, grand frère.

C'était une promesse que j'avais bien l'intention de tenir, si Abby ne chamboulait pas tous mes plans.

17

Abby

Je n'eus pas le temps de me demander si Tanner avait apprécié mon petit déjeuner ni même s'il avait accepté de partir par l'escalier de service. Parce qu'à neuf heures et une minute exactement, Makayla jeta un coup d'œil au site web des Petits Délices et découvrit une commande de dernière minute pour un séminaire en entreprise. Deux cents petits-fours salés, autant de sucrés, plus une centaine de mini-viennoiseries : croissants, chaussons aux pommes et pains aux raisins. L'équivalent d'une semaine de travail en une seule journée !

— C'est infaisable !

Makayla imprima la commande, les sourcils froncés.

— Dans des cas de ce genre, reprit-elle, Remy et toi, vous travaillez comme des forçats pour finir dans les temps. Et encore, c'est toujours limite. Mais sans lui, c'est irréalisable.

Elle avait raison. Je n'avais pas le choix, je devais décliner cette commande. J'avais cessé depuis un an d'être cette fille qui disait oui à tout le monde de peur de déplaire. J'avais travaillé dur pour apprendre à dire non…

Posant les yeux sur l'écran de l'ordinateur, j'aperçus le visage de Remy qui souriait dans le coin de la page d'accueil de notre site web. Jamais il n'aurait refusé une aussi grosse commande. Il aurait retroussé ses manches et n'aurait pas relevé la tête avant d'avoir terminé. Je n'avais pas le droit de le décevoir.

Accepter de relever un gros défi pour un homme qui m'avait donné ma chance quand j'en avais vraiment besoin, ce n'était pas se comporter de manière servile. C'était une façon d'aider un ami qui m'avait lui-même aidée, et de rembourser un peu ma dette envers lui.

— Bon, il faut que ce soit prêt pour quelle heure ?

Makayla me dévisagea comme si je n'avais plus toute ma raison.

— Livraison à 14 h 30.

— Ce n'est pas gagné, murmurai-je tout en parcourant la liste pour dresser mentalement mes priorités. On peut utiliser les fournées d'amuse-bouche salés que j'ai préparées ce matin et mettre le panneau épuisé sur la vitrine. Du coup, je m'attaquerai tout de suite aux petits-fours sucrés — éclairs, tartelettes aux fruits, opéras, choux à la crème…

— Tu n'y arriveras jamais toute seule ! Sérieusement. On va devoir s'approvisionner chez un concurrent.

— Tu plaisantes ? Remy ne ferait jamais une chose pareille ! Il refuse de mettre son nom sur des produits qu'il n'a pas réalisés lui-même.

— Je sais bien, mais il n'y a pas d'autre solution. Oh là là, on est mal !

À cet instant, j'entendis des pas derrière moi et me retournai.

— Quel est le problème, mesdames ?

Mon cœur s'accéléra lorsque je découvris la haute silhouette de Tanner qui se découpait dans l'encadrement de la porte.

— Une énorme commande vient de nous tomber

dessus. Mais, sans Remy, je n'arriverai jamais à la terminer dans les temps.

Son regard se figea un instant, voilé par une émotion que je ne parvins pas à déchiffrer, puis il cilla et une certaine détermination apparut sur ses traits, comme s'il avait pris une décision et que rien ne pouvait le faire changer d'avis.

— Je vais t'aider, dit-il en remontant les manches de sa chemise, m'offrant une vision séduisante de ses avant-bras tatoués. Dis-moi ce que je dois faire.

J'appréciais son offre, mais il la faisait visiblement à contrecœur et j'étais triste à l'idée que c'était peut-être à cause de moi et de l'intimité qui était née entre nous la nuit dernière.

— À moins que tu n'aies des dons de magicien, je ne vois pas trop comment tu pourrais…

— Je sais pâtisser.

Il fit craquer les articulations de ses doigts comme un boxeur s'apprêtant à monter sur le ring.

— Allons-y ! reprit-il.

Je le regardai, ne sachant trop comment réagir.

— Écoute, Tanner… J'apprécie ta proposition, vraiment. Mais, sans vouloir t'offenser, il… Il y a un monde entre préparer un gâteau au yaourt et créer des viennoiseries dignes des Petits Délices.

Il leva un sourcil.

— Tu doutes de mes compétences ?

Il donnait l'impression de parler de ses prouesses au lit, et j'entendis Makayla étouffer un rire.

— Tanner, ce n'est pas une plaisanterie. La réputation de Remy est en jeu, et si je ne parviens pas à livrer…

— Alors cessons de perdre du temps et attaquons !

Sans plus m'attendre, il se dirigea vers la cuisine. Je demeurai bouche bée, les yeux rivés sur ses fessiers parfaits.

— Je crois que vous n'aurez pas besoin d'allumer le four, commenta Makayla en s'éventant de la main. La chaleur que vous dégagez quand vous êtes ensemble suffirait à faire cuire une pizza.

Elle secoua la tête et reprit son sérieux.

— Écoute, on n'a rien à perdre. Laisse-le nous aider. Fais le maximum et, si tu ne parviens pas à terminer la commande dans les temps, nous pourrons toujours remplacer les mignardises par les tartelettes aux fraises et au citron de la vitrine et les minichaussons aux pommes par les montagnes de pains au chocolat que tu as fait cuire ce matin à une heure indue.

Makayla s'interrompit, plissant les yeux.

— J'avoue que j'ai du mal à comprendre ce que tu fichais ici à feuilleter de la pâte, alors qu'un mec chaud bouillant t'attendait dans ton lit.

Franchement, moi aussi.

— Au lieu de dire des bêtises, téléphone au numéro sur la feuille et demande-leur s'ils nous autorisent à faire des changements dans la commande.

Makayla esquissa un salut militaire.

— Oui, chef ! répondit-elle en me poussant vers la cuisine. Va pâtisser avec le beau gosse.

— La recette assurée du désastre…, murmurai-je en m'exécutant de mauvaise grâce.

J'appréciais l'initiative de Tanner. Sincèrement. Je trouvais génial qu'il n'hésite pas à retrousser ses manches quand nous avions besoin d'aide. Mais je ne me voyais pas lui donner un cours de pâtisserie comme à un enfant alors qu'il me faudrait réaliser à toute vitesse des feuilletés haut de gamme.

En arrivant dans la cuisine, je constatai avec étonnement qu'il avait déjà mis un tablier et des gants et aligné du sucre, du beurre, de la farine et des œufs sur le plan de travail de Remy.

— Qu'est-ce que tu fais ?

— Des croissants, répondit-il comme si cela tombait sous le sens que le propriétaire d'une boîte de nuit prépare soudain des viennoiseries.

Il avait toujours cette lueur tourmentée au fond du regard qui me serrait le cœur. Comme si c'était une épreuve pour lui de se retrouver ici avec moi.

— Remy m'a appris quand j'étais ado. Je sais faire.

Il montra d'un geste mon poste de travail.

— Occupe-toi du reste.

Stupéfaite, je le regardai couper le beurre et mesurer la quantité exacte de farine.

— Ma petite Abby, je sais que tu adores me reluquer, mais là, tu perds du temps.

Il poudra ses mains de farine et m'envoya un baiser, générant un petit nuage blanc dans l'air.

— On a une commande à honorer.

Sans voix, je me dirigeai vers mon plan de travail et me mis à réaliser avec méthode les pâtes dont j'allais avoir besoin, tout en essayant de ne pas regarder dans la direction de Tanner, qui semblait être un expert de la pâte feuilletée et du croissant.

Je n'arrivais pas à croire qu'il réussisse à façonner des croissants absolument symétriques et de taille égale. Il en remplit deux plaques en un tournemain.

— Cent, ça suffira ? demanda-t-il en les glissant dans le four et en réglant le minuteur.

— Largement, acquiesçai-je sans cacher ma stupeur. Dis-moi, il y a quelque chose que tu ne sais pas faire ?

— Oui : je n'ai jamais pu escalader le Harbour Bridge.

Il plissa le nez.

— J'ai le vertige.

— Une chance que tu n'aies pas peur de plonger dans la farine, dis-je en mettant la touche finale à mes tartelettes à la fraise. Je n'arrive pas à croire que tu aies réalisé ces croissants toi-même.

— Je suis un homme aux multiples talents cachés, affirma-t-il en se frappant la poitrine d'un geste moqueur. Mais tu le sais déjà.

Il vint se placer derrière moi et m'embrassa la nuque. Un frisson voluptueux me parcourut de la tête aux pieds.

— Tu sais que tu es très sexy quand tu te concentres ? ajouta-t-il.

Il se pressa contre moi, me montrant combien il me trouvait sexy, et je gémis, frottant mes fesses contre lui.

— Plus tard, gronda-t-il en parsemant de baisers ma nuque et le lobe de mes oreilles, avant de chercher ma bouche pour y piquer un baiser. J'ai suffisamment mécontenté Remy ce matin. Inutile d'ajouter à sa colère en bousillant cette commande.

— Tu es allé le voir à l'hôpital ?

Il contourna mon plan de travail, et je décelai de la contrariété dans ses yeux.

— Oui. Avant l'heure officielle des visites.

— Et tu lui as dit, pour nous ?

Il hocha la tête, et les lignes de chaque côté de sa bouche se creusèrent.

— Il a réagi exactement comme je le prévoyais. Il m'a dit de te laisser tranquille et de ne pas te faire de mal.

— Alors où est le problème ?

Il hésita avant de secouer la tête.

— Il n'y a pas de problème. Mon frère est un anxieux, il l'a toujours été. Il pense que la séparation sera plus difficile que nous ne le pensons.

Je gardai le silence. Comment lui dire que j'étais d'accord avec Remy ?

Au début je n'avais voulu voir en Tanner qu'un rebelle tatoué et un objet sexuel idéal pour effacer mon passé. Cela m'avait bien arrangée, mais les choses avaient changé. Après avoir dîné, puis passé la nuit avec lui et l'avoir regardé façonner des croissants comme s'il faisait ça tous les matins, je savais que nous courions le danger de quitter la zone confortable de la brève aventure pour un territoire auquel je n'osais pas donner un nom, de peur de rendre les choses plus difficiles.

— Laissons Remy ronchonner dans son coin. L'important, pour l'instant, c'est de décider qui va se charger des pains aux raisins. On le fait à pierre-papier-ciseaux ?

Je ne pus m'empêcher de rire.

— Inutile, je te les laisse. Moi, je m'occupe des mignardises.

— J'adore quand tu me donnes des ordres. Au lit et hors du lit.

Une chaleur traîtresse me monta aux joues, et je lui fis signe de se mettre au travail.

— Il nous reste trois heures pour terminer la commande. Ce n'est pas le moment de traîner.

— D'accord, patronne. Mais tu ne perds rien pour attendre, dit-il d'une voix basse et rauque qui me fit vibrer de désir.

— On en reparlera ce soir.

Je m'éclaircis la gorge et constatai avec embarras que mes mains tremblaient au moment où je farinais mon plan de travail.

— À propos : ce soir, je t'emmène au restaurant.

Je demeurai bouche bée. Il m'annonçait ça comme ça ! Comme si un homme sublime m'invitait tous les soirs à dîner…

— Rien d'extraordinaire, juste un petit restaurant thaï que j'adore. Et qui deviendra vite ton lieu de prédilection à toi aussi si tu aimes la nourriture asiatique un peu épicée.

— Merci, c'est gentil.

Où avais-je puisé ce petit ton détaché ? Mystère. Parce que, dans ma tête, c'était le grand chambardement.

— Je passe te chercher à 19 h 30 ?

— D'accord.

Notre conversation s'arrêta là tandis que nous nous concentrions l'un et l'autre sur nos tâches respectives. J'avais beau ne pas le regarder, j'avais une conscience aiguë de sa présence près de moi, le *bad boy* aux mille tatouages qui façonnait des viennoiseries comme des œuvres d'art, ouvrant mon appétit à d'autres plaisirs.

Qu'y avait-il de plus sexy qu'un homme aux fourneaux ? me demandai-je. À vrai dire, rien. Cela me plaisait beaucoup qu'un homme sache amalgamer du sucre, des œufs et de la farine pour créer de la magie… Comme Tanner.

Décidément, il me plaisait de plus en plus. Cette journée avait enflammé mes émotions, les compressant en une boule brûlante au fond de moi.

La façon dont il avait volé à mon secours, transformant une situation de stress en jeu, la manière dont il me laissait prendre les commandes, son humour, son charme désinvolte, tout me séduisait en lui.

Il m'attirait, et ce n'était pas seulement physique. Je le désirais tout entier. Intensément. Et pour plus longtemps qu'une brève aventure.

D'où mon problème : qu'allais-je devenir lorsque notre liaison prendrait fin et qu'il poursuivrait sa route sans moi ?

Parce que j'avais eu le cran de quitter un mari que je n'aimais pas, je m'étais imaginé qu'il serait très simple de quitter Tanner le moment venu. Quelle erreur !

J'avais voulu casser ma routine, m'offrir une parenthèse amusante, sexy et sans conséquence. Vivre un moment de sexe torride avec un homme torride. Je n'avais pas prévu que mes sentiments évolueraient et que la situation m'échapperait.

J'avais parcouru un si long chemin en un an ! Je ne voulais plus d'une relation à sens unique qui ferait à nouveau de moi une partenaire docile et effacée, prête à tous les compromis pour éviter les conflits et rendre mon compagnon heureux.

Cette seule perspective me terrifiait. J'avais des projets, je ne voulais pas y renoncer. Serais-je obligée de le faire si Tanner s'installait dans ma vie pour longtemps ? Je n'osais même pas y penser.

Remy avait raison d'être inquiet.

J'avais une épée de Damoclès au-dessus de la tête.

Et, malheureusement, elle s'abattrait sur moi le moment venu sans que j'aie aucun moyen de l'en empêcher.

18

Tanner

— Je n'arrive pas à le croire…

Je fusillai du regard l'affichette collée à la vitrine de mon petit restaurant thaï. Fermé pour travaux ?

— Je n'ai même pas pensé à réserver, parce que c'est un de ces endroits où on s'arrête au hasard d'une promenade et que c'est rarement plein.

— Ce n'est pas grave.

Abby posa une main sur mon bras.

— Nous irons dîner ailleurs, voilà tout.

Bien sûr, mais j'aurais voulu lui montrer un endroit qui comptait pour moi et voir comme elle se comporterait dans un milieu qui n'était pas le sien. Ce n'était pas un test, du moins, pas vraiment, juste une façon de me convaincre que, même si nous étions physiquement attirés l'un par l'autre, nous ne pourrions pas nous entendre sur le long terme.

À croire que le sort m'avait puni pour ma sournoiserie, m'obligeant à me rabattre sur un plan B… que je n'avais pas.

— Sincèrement, cela n'a pas d'importance, insista Abby.

Elle glissa son bras sous le mien.

— La journée a été rude, je me contenterais volontiers d'un sandwich, et au lit !

— Ton empressement à m'attirer dans ta chambre me flatte !

Elle retira son bras en rougissant, et je me mis à rire.

— Je t'ai percée à jour.

— Pas du tout ! se récria-t-elle en relevant le menton avec défi.

J'aurais pu la croire, sans cette lueur coquine au fond de ses yeux bleus.

— Mais si tu veux acheter une pizza et venir la manger chez moi, ça me va aussi.

C'était l'invitation la plus séduisante de la journée, mais ce rendez-vous était censé prouver quelque chose et je n'avais pas l'intention de lâcher l'affaire. Notre attirance physique parasitait notre relation, nous empêchant de savoir si nous étions compatibles, ou si nous ne pourrions jamais être autre chose l'un pour l'autre que des partenaires sexuels.

— Qu'est-ce que tu dirais d'un *fish and chips* à Manly Beach ?

Si mon changement de sujet la surprit, elle n'en montra rien. Elle fronça simplement les sourcils d'un air dubitatif.

— Il y a beaucoup de route entre Kings Cross et Manly.

— Mais si on prend le ferry, c'est plus court.

Les yeux d'Abby se mirent à briller.

— Tu ne vas pas le croire, mais j'ai vécu toute ma vie à Sydney et je n'ai jamais pris le ferry pour Manly !

— C'est vrai ?

Elle détourna le regard.

— Je ne me déplaçais qu'en voiture avec chauffeur. Celui de papa et ensuite celui de Bardley.

— *Bardley*. Je persiste à dire que c'est un prénom d'abruti, ricanai-je en détestant le coup de poignard de la jalousie qui me transperçait le cœur chaque fois qu'elle mentionnait ce nom.

— Ce n'est pas faux !

Elle éclata de rire et glissa de nouveau son bras sous le mien.

— En plus, je n'ai jamais mangé de *fish and chips* sur la plage, ajouta-t-elle. Alors je suis partante !

Ses parents auraient-ils une attaque s'ils savaient que leur jolie princesse allait s'encanailler en prenant le ferry, puis en mangeant du poisson frit avec les doigts ? Et, surtout, Abby regrettait-elle sa vie d'avant ?

Elle détestait son ex-mari, mais ce devait être compliqué de tout quitter du jour au lendemain quand on avait toujours vécu dans le luxe. Elle et moi avions travaillé comme des forçats aujourd'hui pour terminer la commande dans les temps, mais Remy lui imposait probablement un rythme presque similaire tous les jours. Elle devait s'écrouler de fatigue le soir, dans son minuscule appartement. Un sacré défi pour elle ! Je ne l'en admirais que davantage.

— Ta vie d'avant ne te manque pas ?

Je perçus sa crispation tandis que je lui ouvrais la portière de la voiture.

— Pourquoi me demandes-tu ça ?

— Par curiosité…

J'attendis qu'elle se soit installée pour faire le tour et m'asseoir au volant.

— Ce doit être assez rude de passer de la voiture avec chauffeur au transport en ferry, repris-je.

Elle garda le silence un long moment, comme si elle cherchait la réponse la plus sincère possible.

— Ma famille me manque, je l'avoue. Certaines de mes amies aussi. Mais le luxe, non. Ça n'a jamais eu réellement d'importance pour moi.

Sur ce point, nous étions différents, elle et moi. Pour ma part, j'aimais le luxe. C'était même un élément essentiel de ma vie. Il était la preuve éclatante que mon père s'était trompé sur mon compte.

Je ne considérais pas mon argent comme acquis et je ne le jetais pas par les fenêtres, loin de là. Mais je me réjouissais de cette victoire durement conquise. Et je remerciais tous les jours ce vieux bâtard de m'avoir poussé à me surpasser pour le faire mentir.

— Tu n'as gardé aucun contact avec des gens de ton ancienne vie ?

Je profitai d'un feu rouge pour lui décocher un regard en coin. Ses lèvres étaient serrées, et elle croisait les bras sur sa poitrine comme si elle cherchait à se protéger. Mais de quoi ? De ses souvenirs ? De sa tristesse ? De moi ?

— Non.

Cette réponse brève et coupante indiquait que le sujet était clos. Je gardai donc le silence jusqu'à Circular Quay, achetai des tickets et embarquai avec Abby à bord du ferry.

Toutefois, je n'étais pas décidé à lâcher le sujet. Connaître le passé d'Abby pourrait m'aider à la préserver quand notre aventure arriverait à son terme. J'aimais beaucoup cette femme et je ne voulais pas la faire pleurer. Savoir ce qui était douloureux pour elle me permettrait de la quitter en douceur, sans appuyer là où ça faisait mal.

— Tu n'as jamais eu envie de reprendre contact avec ta famille ?

Je m'attendais à ce qu'elle me rembarre d'un regard noir, mais elle ne bougea pas. Elle contemplait l'Opera House, perdue dans ses pensées.

— Si, finit-elle par répondre. J'ai songé plusieurs fois à appeler maman. Elle me manque.

Elle détourna le regard des voiles blanches et me fixa.

— Tu vas me prendre pour une idiote, mais je suis même passée en voiture devant un spa où nous avions l'habitude de nous rendre ensemble, elle et moi, dans l'espoir de l'apercevoir.

— Elle te manque, ça n'a rien de stupide.

Je passai le bras autour de ses épaules et la serrai contre moi.

— Remy me manque, à moi, quand je suis de l'autre côté des mers, lui dis-je. C'est normal. La famille occupe toujours une place particulière dans notre cœur.

Mais pas toujours positive. Mon père en était la preuve.

— Je n'arrive pas à croire qu'elle n'ait pas cherché à me revoir.

Elle posa la main sur ma cuisse, un geste intime et naturel qui fit bondir mon cœur.

Elle avait confiance en moi. Assez pour me parler de son passé. Étais-je digne de cette confiance ?

— Pas même un coup de fil, rien. Quelle mère se comporte ainsi ?

Je n'en avais aucune idée. De mon côté, je n'avais que de bons souvenirs de ma mère et de nos moments de complicité dans la cuisine. Mais je devais offrir un peu de réconfort à Abby, sinon, cette escapade en tête à tête allait sombrer au fond de la baie de Sydney.

— Je suppose que c'est ton père qui fait la loi chez eux. Elle ne veut pas le contrarier, parce qu'elle cherche à préserver son couple et à avoir paix.

Elle leva vers moi ses beaux yeux, et je vis du respect dans ses prunelles bleues.

— Tu as raison, c'est papa qui décide toujours de tout, et quand il dit non, c'est non. Mais il n'aurait pas besoin de savoir…

— Si elle te ressemble, elle ne veut sans doute pas agir dans son dos. Question de principe.

— Arrête d'être aussi logique ! protesta-t-elle en riant. De toute façon, je n'ai pas envie de parler de ma famille. C'est trop déprimant.

Elle secoua la tête comme pour chasser la tristesse.

— Et toi ? Je ne sais rien de ton passé, à part que tes parents sont décédés quand tu étais très jeune.

Je me raidis et sentis ma cuisse se contracter involontairement sous sa paume. Si elle savait… Il faudrait une vie entière de bonheur pour apaiser la souffrance qui me coupait le souffle chaque fois que je pensais à mes parents.

— C'est tout ce que t'a dit Remy ?

— Il m'a dit que sa mère était morte quand il avait quinze ans et son père quand il en avait vingt.

Son regard se voila de compassion.

— Toi, tu devais donc avoir dix ans quand tu as perdu ta maman, poursuivit-elle. Cela a dû être très dur.

— Bien au-delà de ce que tu peux imaginer.

Ma mère avait été mon héroïne, mon roc, mon bouclier. Elle me protégeait de mon père, devinant sa haine même s'il ne laissait rien paraître devant elle.

Je le haïssais tous les jours, lui, d'avoir causé sa mort. De surcroît à cause de moi.

— Tu peux me parler d'elle ?

Elle murmura ces mots tout doucement. En me soutirant des confidences sur ma famille, elle disposerait d'un levier pour me manipuler.

Cela ne risquait pas d'arriver.

Toutefois, je l'avais moi-même interrogée sur sa famille et elle m'avait répondu. Le moins que je puisse faire, c'était de lui livrer quelques bribes d'infos sur la mienne.

— Mon père n'avait pas beaucoup de temps à me consacrer, alors maman et moi étions très proches. Elle m'a appris à cuisiner. À choisir une bonne mangue, à enlever le cœur des pommes pour faire une tatin jusqu'à ce que les doigts me fassent mal…

Une joie douce-amère m'envahit à ce souvenir précis.

— Elle était française. Très élégante. Beaucoup de classe. Elle se maquillait et se parfumait tous les jours, même pour me conduire à la crèche. Tout le monde l'adorait.

Sauf mon père. Je n'avais jamais su pour quelle raison

leur mariage avait sombré, jusqu'à ce que j'entende les accusations odieuses qu'il lui avait lancées le jour de sa mort.

— C'était une femme merveilleuse, j'en suis sûre, commenta Abby avec un sourire. C'est pour cette raison que tu avais l'air un peu déstabilisé quand tu m'as aidée à honorer notre gigantesque commande ? Te retrouver dans cette cuisine a réveillé des souvenirs ?

Surpris par sa perspicacité, j'acquiesçai.

— Elle était fantastique. Chaque fois que j'entre dans une cuisine, même chez moi, je ressens son absence. Ici…

Je frappai mon torse du poing à l'emplacement du cœur, comme si ce geste allait déloger la douleur qui irradiait là dès que je pensais à ma mère et à la souffrance que m'inspirait son absence.

Je voulus changer de sujet, mais déjà Abby poursuivait :

— Et ton père ?

— C'était un salaud.

La réponse avait fusé sans que je puisse la retenir. Toutefois, Abby ne parut pas se formaliser de sa violence. Elle me caressa plutôt la cuisse d'un geste apaisant.

— Pourquoi ?

— Il me haïssait.

La surprise entrouvrit ses lèvres.

— Tu n'étais qu'un enfant. Comment un père peut-il haïr son propre fils ?

Je ne pouvais lui expliquer. Je n'avais jamais dit la vérité à personne, pas même à Remy. J'optai donc pour la version soft.

— Leur mariage ne marchait pas et, comme j'étais le portrait craché de maman, j'imagine que ça ne me rendait pas sympathique à ses yeux.

Elle fronça les sourcils.

— Je n'aime pas critiquer les absents, dit-elle d'un ton dur, mais ton père m'a tout l'air d'avoir été un cas.

— C'est un euphémisme, marmonnai-je, embarrassé par le tour que prenait la conversation.

Cela me plaisait qu'elle ne mette pas ma parole en doute et qu'elle prenne spontanément ma défense. Pas de chance ! Cette sortie était destinée à mettre en lumière nos différences irréconciliables, pas à nous rapprocher par des confidences.

— Quoi qu'il en soit, Remy est tout ce qu'il me reste de famille, et il a été génial avec moi dans le passé.

Son regard se troubla, comme si elle mourait d'envie d'en savoir plus. Mais, à ma grande surprise, elle se contenta de demander :

— Dis-moi, à combien de filles as-tu fait le coup de la sortie en ferry ?

Soulagé de la voir changer de sujet, je lui décochai un sourire malicieux.

— À ce jour, une seule.

Elle fit la moue.

— Tu ne me crois pas ?

— Je crois que tu es un dragueur invétéré depuis que tu es en âge de baratiner une fille et que tu as eu une kyrielle de petites amies.

Elle vrilla l'index sur mon torse.

— Et ne t'avise pas de le nier !

— Je ne le nie pas.

Je levai les mains comme si je n'avais rien à cacher.

— N'empêche que je n'en ai jamais invité une seule sur un ferry !

— Alors je suis la première ? Quelle chance j'ai ! s'exclama-t-elle en battant des cils.

— Non, c'est moi, le veinard, assurai-je en me demandant comment elle réagirait si elle voyait ne serait-ce que la moitié des pensées qui dansaient dans ma tête. Je sais que tu m'as choisi pour tourner la page de ton passé…

Je déposai un baiser dans ses cheveux.

— … Et je bénis ma chance !

Une étrange expression passa sur son visage. Du regret ? De la colère ? De l'espoir ? Elle s'effaça avant que j'aie pu l'analyser.

Abby se blottit plus étroitement contre moi tandis que le ferry progressait sur l'eau. Nous échangeâmes des banalités sur Harbour Bridge, le Luna Park, les énormes bateaux de croisière qui passaient au large. Une conversation légère et décousue qui avait le mérite d'être rassurante, sans risque de nous entraîner dans le tourbillon des émotions et des sentiments.

J'avais tellement envie qu'elle découvre l'homme que j'étais derrière mes tatouages et mon arrogance de façade ! Cet homme-là pourrait tomber amoureux d'une fille comme elle. Il suffirait de pas grand-chose…

Mais un monde nous séparait, et j'étais incapable de nouer une relation avec qui que ce soit. Mon père ne cessait de me le répéter, et ça devait être vrai.

À sa mort, je m'étais juré de mettre toute mon amertume, mon ressentiment et ma souffrance au service de mon combat pour réussir. Je deviendrais un type brillant, riche, qui pourrait profiter de tout ce que la vie avait à offrir.

Si je décidais de m'engager avec une femme comme Abby, je ne pourrais plus me fermer au reste du monde. Je devrais la laisser voir en moi, au plus profond de mon être, là où se cachait ce gamin de dix ans terrifié et humilié.

Je n'étais pas prêt pour ça.

— On est arrivés, annonçai-je inutilement comme le ferry accostait et que les passagers commençaient à débarquer.

— Tant mieux, parce que je meurs de faim !

Elle me tint la main tandis que nous passions notre commande à une minuscule échoppe en plein air et la serra d'un geste complice quand nous demandâmes l'un comme l'autre du barramundi et un supplément de sel sur nos frites.

Si seulement c'était aussi simple ! Si nos goûts communs pouvaient être le ciment d'une relation permanente entre nous…

J'étais en pleine incohérence. Je voulais tenir Abby à distance et, en même temps, je mourais d'envie de la voir aussi longtemps que je serais à Sydney.

Elle avait pourtant précisé dès le départ qu'elle recherchait une brève aventure, et pas davantage. Et elle méritait mieux qu'un type comme moi. Je voyais bien la façon dont elle me regardait : elle commençait à éprouver du sentiment pour moi et, même si ça me plaisait, je ne pouvais pas m'empêcher de penser que ça finirait forcément dans les larmes. Je brisais toujours tout ce que je touchais.

Je pris notre dîner enveloppé dans une feuille de papier et nous partîmes pour la plage, arrivant juste à temps pour voir le soleil plonger derrière l'horizon dans un incendie mauve et indigo.

— Waouh ! s'exclama-t-elle en dégageant sa main de la mienne pour s'asseoir sur le sable. Je savais que tu avais d'innombrables talents, mais planifier un coucher de soleil comme celui-là juste pour nous, c'est trop fort !

— Pour toi, je suis prêt à tout, soufflai-je, trop bas pour qu'elle puisse m'entendre.

J'avais voulu lui montrer les plaisirs simples que j'appréciais, mais pas seulement. J'avais cherché à me prouver à moi-même que nous n'étions pas compatibles l'un avec l'autre. J'avais eu la certitude qu'elle préférerait dîner dans un grand restaurant que de manger du poisson frit sur une plage. Et pourtant, en voyant sa joie de petite fille quand elle ouvrit le papier et pêcha un morceau de poisson d'une main et des frites chaudes de l'autre, je sentis que je ne l'avais pas si bien cernée. Et je la désirai comme jamais.

— C'est trop bon, soupira-t-elle, la bouche pleine.

J'éclatai de rire et m'aperçus alors que je n'avais pas ri de cette façon depuis très longtemps. Un rire plein du bonheur sincère de partager ce moment avec elle.

— Qu'est-ce qu'il y a de drôle ?

Elle s'essuya les lèvres avec un mouchoir qu'elle avait puisé dans son sac.

— Attends, laisse-moi deviner ! Je ne ressemble pas à tes copines de d'habitude, des filles squelettiques qui se nourrissent uniquement de salade !

— Dieu merci !

Je lui retendis le cornet de frites et, à mon grand amusement, elle en prit une pleine poignée.

— C'est quoi, cette fixation sur mes petites amies ? Tu es jalouse ?

— Pff !

Elle fourra les frites dans sa bouche pour ne pas avoir à me répondre, et je souris.

— Tu as le droit de me trouver irrésistible, tu sais. Des milliers d'autres l'ont fait avant toi.

Elle écarquilla les yeux.

— Des milliers ? C'est répugnant !

Je me mis à rire, savourant ce badinage léger et sans conséquence.

— J'exagère peut-être un peu.

— Des centaines, passe encore. Mais des milliers ? Non, non, non !

— C'est drôle que tu me voies comme une espèce de play-boy débile.

Je m'allongeai sur le dos, appuyé sur mes avant-bras.

— Je ne cherche peut-être pas une relation à long terme, mais ça ne veut pas dire que je saute sur toutes les femmes que je rencontre, tu sais !

— Seulement celles qui déposent leur petite culotte à tes pieds, compléta-t-elle avec sérieux, les yeux brillants de malice.

— La seule petite culotte qui m'intéresse ces jours-ci, c'est la tienne.

Je fixai un moment sa poitrine avec une insistance délibérée, avant de faire glisser mon regard plus bas.

— Arrête, siffla-t-elle en se tortillant un peu dans le sable.

— Pourquoi ? Parce que ça t'excite ?

Elle cilla, les lèvres entrouvertes de surprise.

— Il n'y a rien de mal à l'admettre, tu sais, repris-je. D'ailleurs, je vais t'avouer un secret : je bande chaque fois que je suis avec toi, et très souvent simplement quand je pense à toi.

— Oh ! souffla-t-elle, tandis que son regard se posait sur mon entrejambe.

Il fallait s'y attendre, mon sexe se pressa douloureusement contre la braguette de mon jean. Si j'avais voulu lui prouver ce que j'avançais, je ne m'y serais pas pris autrement. Bon sang, je n'aurais jamais dû commencer ce jeu…

— Je t'avais dit qu'il valait mieux acheter une pizza et rentrer chez moi.

Elle ronronnait presque, de sa voix douce et séductrice. Elle se délectait de la situation dans laquelle je m'étais mis stupidement.

— Maintenant, il va falloir attendre le ferry et endurer une longue, interminable traversée avant de rejoindre la voiture.

— Satané ferry ! grommelai-je, mécontent que notre rendez-vous soit devenu torride en une fraction de seconde, et plus encore de devoir supporter un vrai supplice sur tout le trajet de retour.

— L'idée était de toi, je te signale.

— Inutile de retourner le couteau dans la plaie…

Elle se leva et épousseta le sable de ses vêtements.

— Si on appelait un taxi pour ne pas avoir à attendre le ferry ? suggéra-t-elle malicieusement.

— Bonne idée ! m'exclamai-je en rassemblant nos affaires pour les jeter dans une poubelle. Et il faudra boucler ta ceinture, ma belle, parce que je vais demander au chauffeur de mettre toute la gomme !

Un sourire taquin flotta sur ses lèvres tandis qu'elle se dressait sur la pointe des pieds pour m'embrasser sur les lèvres.

— Merci pour ce dîner. J'ai adoré !

Je restai un instant sans voix. Puis je l'entraînai vers la route et hélai un taxi. Quand je l'eus poussée à l'intérieur, je m'affalai littéralement sur la banquette dans ma précipitation. J'avais hâte d'être seul avec elle. Hâte d'être dans un lieu où je pourrais lui montrer concrètement, par mes actes, à quel point moi aussi j'avais adoré notre petite escapade !

19

Abby

D'habitude, j'attendais avec impatience ma journée de formation complémentaire à l'Institut de Sydney. L'occasion pour moi de faire une pause, une fois par semaine, loin du rythme trépidant des Petits Délices, et d'étudier la pâtisserie sous l'angle de la théorie, et pas seulement de la fabrication proprement dite.

J'adorais les cours en amphi, prendre des notes, participer aux travaux pratiques, échanger des recettes avec d'autres élèves…

Oui, j'adorais tout ça. Mais aujourd'hui mon esprit ne cessait de vagabonder. Et par la faute d'un propriétaire de boîtes de nuit couvert de tatouages qui avait un faible pour les pâtes à la carbonara… Et pour moi.

Cette nuit avait été incroyable. Nous avions ri, nous avions fait l'amour. Oui, l'amour. Aucune confusion possible avec du simple sexe.

Pendant notre rendez-vous sur la plage, Tanner m'avait montré un autre visage, plus doux, différent, mais tout aussi séduisant. J'aimais découvrir toutes les nuances de sa personnalité complexe comme on dévoile par petites touches un portrait caché sous une autre peinture.

Il était monté chez moi au retour du pique-nique sur

la plage, et nous étions restés au lit des heures, avant de nous endormir dans les bras l'un de l'autre, épuisés. Quand il était parti, un peu avant l'aube, il avait eu l'air singulièrement ému. Comme s'il était réticent à l'idée de s'en aller…

Cela m'avait un peu effrayée. Il ne fallait pas que je laisse Tanner contrecarrer mes projets d'avenir. J'avais déjà sacrifié mes ambitions autrefois et, maintenant que mon divorce avait été prononcé et que j'étais enfin libre, je voulais vivre la vie que j'avais choisie. Déployer mes ailes.

Même si notre entente au lit était incroyable, même si je le désirais jour et nuit comme une folle, prolonger cette aventure aboutirait immanquablement à un désastre.

Je savais ce qui arriverait. Je tomberais amoureuse de lui, je me sacrifierais pour qu'il soit heureux et, au final, je lui en voudrais de m'avoir volé ma vie et je me retrouverais propulsée douze mois en arrière, à ramasser les morceaux de mes rêves en maudissant ma faiblesse.

Après avoir accompli tant d'efforts pour m'en sortir, je ne pouvais pas retomber dans les mêmes travers. Cette fois, je ne m'en remettrais pas, c'était sûr.

Déterminée à oublier ces problèmes pour mieux me concentrer sur mes cours, je remontai la bandoulière du sac sur mon épaule et franchis l'imposant portail de l'institut.

Je récitai mentalement l'emploi du temps de la journée quand je trébuchai sur une fissure de l'allée. Je perdis l'équilibre…

… Et manquai de percuter ma mère.

— Bonjour, Abigail.

Elle m'aida à me redresser tout en m'observant avec un sourire hésitant.

— Comment vas-tu ?

— Bien, répondis-je machinalement, abasourdie de la voir ici.

J'étais partagée entre l'envie de la serrer dans mes bras et celle de lui tordre le cou.

Elle m'avait tellement manqué ! Et moi ? Lui avais-je manqué au moins un peu ?

Un tsunami d'émotions me submergeait en cet instant : colère, amertume, espoir, regrets. Un cocktail volcanique qui faisait trembler mes mains. Je les fermai et les rouvris plusieurs fois pour tenter de me ressaisir.

J'avais souvent imaginé les retrouvailles avec mes parents, le soir, quand je buvais un verre de chardonnay en essayant d'ignorer la petite voix insistante dans ma tête qui me répétait qu'ils n'en avaient rien à faire de moi. En rêve, je voyais ma mère me prendre dans ses bras et me serrer comme si elle ne voulait plus jamais me lâcher. Je voyais même papa s'excuser et me supplier de lui pardonner.

Mais la réalité était bien différente. Pas d'étreinte. Seulement une rencontre qui ne devait manifestement rien au hasard, planifiée pour une raison que je ne m'expliquais pas.

— Tu as l'air fatiguée, dit-elle en scrutant mon visage.

Autrefois ce regard insistant m'aurait embarrassée. Mais plus aujourd'hui.

Combien de fois l'avais-je entendue me reprocher de ne pas prendre assez soin de moi ?

« Abigail, hydrate davantage ton front, tu seras ridée à trente ans. »

« Abigail, combien de fois t'ai-je dit de mettre de l'écran total quand tu vas au soleil ? Tu veux devenir un vieux pruneau avant cinquante ans ? »

« Abigail, utilise de l'anticerne quand tu as mal dormi. »

« Abigail, cette teinte de rouge à lèvres est trop claire

pour toi. Tu as l'air d'un fantôme. Choisis un rose plus vif. »

J'avais accepté ses conseils de beauté parce que c'était son domaine de prédilection, tout comme j'acceptais ses critiques permanentes sur ma garde-robe ou ma coupe de cheveux. Elle était ma mère, et c'était plus facile d'obéir que de déclencher une dispute et, pour finir, la guerre du silence. Je détestais quand elle m'ignorait.

Et c'était ce qu'elle avait fait ces douze derniers mois.

Si elle avait voulu me donner une leçon, elle avait manqué son objectif. La seule chose que son attitude m'avait apprise, c'était que j'aurais dû fuir la dictature de mes parents et vivre ma vie comme je l'entendais depuis longtemps. Et aussi que je ne pouvais pas avoir confiance en eux, même si je les aimais.

En espérant que l'émotion ne ferait pas trembler ma voix, je déclarai froidement :

— Je suis très occupée, maman. On pourrait peut-être se voir un autre jour ?

Elle fronça le nez — son front, lissé par les injections répétées de Botox, ne se plissait plus.

— C'est ridicule. Tu n'as pas besoin de travailler dans cette pâtisserie, ni de venir étudier ici une fois par semaine.

Elle désigna d'un geste vague les bâtiments de l'institut, puis agita la main devant son nez comme si le lieu sentait mauvais.

— Tu vaux mieux que ça.

Mon sang se glaça. Non, ce n'était vraiment pas ainsi que j'avais imaginé nos retrouvailles après un an de silence. Pas un mot de regret, pas une larme d'émotion, pas une once de tendresse. Rien.

Juste la même vieille rengaine : maman me disant ce que je devais faire ou ne pas faire.

— Comment sais-tu où je travaille ?

Je ne me souciais pas vraiment de sa réponse. À l'évidence, ils avaient voulu garder un œil sur moi pour s'assurer que je n'avais pas sombré dans la prostitution ou quelque chose de pire encore, qui apposerait le sceau de la honte sur le nom glorieux des Prendigast.

— Tu sais que ton père aime garder un œil sur tout le monde.

Elle me tapota le bras, un geste rapide et sans chaleur qui ne transmettait rien d'autre que de la condescendance.

— Nous étions inquiets pour toi et…

— Arrête ton cinéma, maman ! Si tu avais été inquiète, tu m'aurais téléphoné. Ne serait-ce que pour me montrer que j'étais plus importante que ta fichue réputation !

Ma voix avait monté d'un cran. Des étudiants se tournèrent dans notre direction, et je m'obligeai à prendre une inspiration pour me calmer.

— Écoute, ajoutai-je, je n'ai pas envie de me disputer avec toi et je dois aller en cours, alors…

— Reviens à la maison ! m'interrompit-elle avec une expression sévère. Il n'est pas trop tard. Tu peux encore sauver ton mariage avec ce pauvre Bardley, que tu as quitté sur un coup de tête grotesque, et retrouver ta vie d'avant…

Le pauvre Bardley ? Je comptai mentalement jusqu'à dix pour refréner la colère qui montait et me faisait trembler.

— Tu ne comprends pas. Je suis enfin heureuse. Je mène la vie qui me plaît, pas celle que vous m'aviez choisie.

— Ne sois pas ridicule ! siffla-t-elle, un pli amer au coin des lèvres. Tu te comportes comme une enfant. Nous t'avons laissée faire tes caprices pendant un an, mais maintenant la récréation est terminée.

Je contemplai la femme qui m'avait donné la vie, avec

son tailleur bleu ciel très chic, ses cheveux blonds bien tirés, son maquillage parfait et son sac à main qui aurait suffi à payer mon loyer pendant deux ans.

Ma mère.

L'espace d'un instant, j'avais eu l'espoir qu'elle soit venue me dire qu'elle avait finalement compris pourquoi j'avais abandonné mon ancienne vie. Je m'étais figuré qu'elle allait me serrer très fort dans ses bras pour me montrer qu'elle était à mes côtés et qu'elle me soutenait dans ma décision.

Quelle idiote je faisais !

La déception me noua la gorge. J'aimais mes parents, mais maintenant j'en arrivais à me demander si, de leur côté, ils m'avaient jamais aimée.

Aimer, ce n'était pas chercher à contrôler son enfant, à le dominer, et se mettre en colère lorsqu'il n'obéissait pas au doigt et à l'œil. L'obliger à vivre une vie qui le rendait malheureux et le laisser tomber pendant douze mois sans même essayer d'établir un dialogue.

Le chagrin qui me nouait le ventre remonta vers ma gorge, m'empêchant de respirer. Je devais m'échapper, fuir loin de cette réprobation que je lisais dans les yeux de ma mère.

Il n'y avait pas d'amour dans ce regard, seulement de la colère, et je ne pouvais pas le supporter.

— Salut, maman. Ne cherche pas à me revoir.

Comment avais-je réussi à prononcer ces mots sans craquer, je n'aurais su le dire. Pourtant ma voix s'éleva, étonnamment calme, alors que je n'étais que désolation et désarroi à l'intérieur. Un flot sombre d'émotions menaçait de jaillir de mes yeux comme un torrent.

Ma mère releva le menton, prête à un affrontement qui n'aurait jamais lieu. Parce que j'en avais terminé avec elle. Pour de bon. Je tournai les talons, et sa voix furieuse s'éleva derrière moi.

— Abigail ! Je t'interdis de t'en aller !

Dommage, parce que ce fut pourtant ce que je fis, sans un regard en arrière.

20

Tanner

— Qu'est-ce que tu as raconté aux médecins pour qu'ils me fassent sortir plus tôt que prévu ?

Remy m'adressa un sourire plein de gratitude tout en se levant à l'aide de ses cannes anglaises.

— À la réflexion, je me fiche de ce que tu leur as dit. Je suis trop content de rentrer chez moi !

— Tu as le droit de reprendre le travail, tant que tu laisses ta cheville au repos et que tu te contentes de superviser tes employés, précisai-je avec la sensation d'être un traître.

Obtenir le retour anticipé de Remy n'était en rien un acte altruiste. J'avais besoin qu'il revienne aux Petits Délices.

Pour pouvoir partir.

Avoir passé cette nuit parfaite avec Abby et continuer à travailler avec elle serait intenable.

Pour la première fois de ma vie, je m'étais réveillé aux côtés d'une femme après une nuit incroyablement torride et je n'avais pas eu envie de partir.

J'avais éprouvé le désir de rester. Dans son lit. Dans son appartement. Dans sa vie.

C'était le signe que je devais prendre la fuite. Vite. Très vite.

Je n'étais pas l'homme des serments éternels. Je finissais toujours par décevoir les gens qui m'approchaient de trop près. Mon père me l'avait répété pendant toute mon enfance et il avait raison : je n'étais qu'une coquille vide, incapable d'éprouver de vrais sentiments. Si je ne m'étais pas éloigné de Remy, cela avait seulement été au prix d'un effort, par volonté de prouver à mon père que sa prédiction était fausse. Avant de mourir, il avait eu le temps de constater qu'en dépit de tout j'étais resté loyal à mon frère. J'espérais qu'il se retournait dans sa tombe tous les jours en nous regardant.

— Je ne pourrai jamais assez te remercier d'avoir tenu la barre pendant que j'étais à l'hôpital.

Remy s'éclaircit la gorge tandis que je soulevais son sac.

— Tu as été formidable, crut-il bon d'ajouter.

— Laisse tomber les violons, grommelai-je en l'escortant lentement dans le couloir en direction de la sortie. Tu veux que je te dépose chez toi ou aux Petits Délices ?

— À la pâtisserie, bien sûr !

Il agita l'une de ses cannes.

— Ma cheville est immobilisée dans un plâtre, et ces instruments sont parfaits pour la marche. Tout roule.

J'étais content pour lui. Et pour moi ? Pour moi, c'était une autre histoire. Il fallait que je mette un terme à ma relation avec Abby, mais chaque fois que je songeais à cette rupture j'avais la nausée.

Je voulais que cette femme fasse partie de ma vie.

Seulement, je savais que je finirais par la lasser tôt ou tard. Que je ne serai pas à la hauteur.

Non, la seule solution honnête et magnanime était de tout arrêter maintenant, avant que l'un de nous deux soit trop attaché à l'autre.

Trop tard pour moi. J'étais déjà ferré. Je me débattais

comme un homme qui se noie, tentant désespérément d'agripper la bouée la plus proche. Et cette bouée, c'était le retour de mon frère.

— Attends-moi ici, je vais aller chercher la voiture…

— Qu'est-ce qui ne va pas, Tanner ?

Remy m'arrêta en me touchant le pied avec une béquille.

— Il y a un problème avec Abby ?

— Non, non, tout se passe très bien entre nous, affirmai-je en recourant à ce sourire paisible que j'avais travaillé jusqu'à la perfection quand j'étais enfant.

Remy n'avait jamais deviné ma souffrance derrière ma façade désinvolte. Ni le jour où, âgé de huit ans, je lui avais caché mes larmes parce que mon père m'avait hurlé que je ressemblais à « cette pute française » qui l'avait piégé pour qu'il l'épouse. Ni toutes les fois, après la mort de maman, où ses insultes et ses humiliations avaient ancré en moi l'idée que j'étais un raté et que personne ne voudrait jamais s'encombrer d'un garçon comme moi.

À l'époque, j'en avais voulu à Remy de ne pas être là pour me défendre. Je l'avais presque détesté de ne penser qu'à son apprentissage et à son rêve d'ouvrir un jour une pâtisserie.

Cependant, quand la torture psychologique de mon père était montée d'un cran, j'avais été soulagé que Remy ne soit pas là. Mon père avait détruit ma vie, je ne voulais pas qu'il bousille aussi celle de mon frère. Remy était quelqu'un de bien. Il s'était occupé de moi du mieux qu'il avait pu. Cela avait été une vraie chance pour moi de l'avoir.

Après la mort de mon père, Remy m'avait demandé d'où me venait mon animosité à son égard. Avait-il dit ou fait quelque chose un jour qui m'avait blessé ? En guise de réponse, j'avais fracassé sur le mur la chope de bière préférée de mon père. Elle avait explosé en mille morceaux pendant que je partais d'un rire hystérique. Remy avait mis cet énervement sur le compte du chagrin. J'avais quinze ans, j'étais en pleine crise d'adolescence, pensait-il. Par chance, il n'avait jamais remis le sujet sur le tapis.

Je puisai donc de nouveau dans mes talents d'acteur pour feindre le détachement.

— C'est très agréable de travailler avec elle.

Remy me lança un regard noir. Il était clair qu'il n'était pas dupe. Pas cette fois.

— Je ne parle pas du boulot, et tu le sais très bien.

— Bon, d'accord : on s'est bien amusés, elle et moi.

Je haussai les épaules, l'air indifférent, tout en souhaitant ardemment que cette maudite douleur qui me broyait la poitrine disparaisse au plus vite.

— C'était très chouette, vraiment. Mais tout a une fin.

— Vous avez rompu ?

J'avais honte de lui mentir, mais c'était mieux ainsi.

— Tu me connais. Je ne suis pas du genre à m'attacher.

— Bon sang, s'énerva Remy. Abby est une fille géniale et tu vas tout gâcher, comme d'habitude ? Tu pourrais au moins te donner le temps de voir où ça vous mène !

Je savais très bien où cela nous mènerait. Droit dans le mur.

— Bon, je vais chercher la voiture, indiquai-je en m'éloignant.

Ma décision était prise, et je n'en changerais pas.

J'espérais juste qu'Abby comprendrait.

21

Abby

Profitant d'une accalmie après l'affluence du matin, je m'accordai une pause à la cuisine devant un café *latte*. Je tentai de passer en revue les tâches qui m'attendaient cet après-midi-là, mais il me fut impossible de me concentrer. Chaque fois que je commençais à dresser la liste, Tanner se glissait à l'intérieur de ma tête et monopolisait toutes mes pensées.

Il ne servait plus à rien de continuer à nier l'évidence, j'étais tombée éperdument amoureuse de lui.

Et j'avais failli le lui avouer ce matin-là.

J'avais trouvé si naturel de me réveiller à ses côtés, de discuter avec lui de nos projets pour la journée, blottie contre lui ! Pendant un moment, il m'avait d'ailleurs semblé que nous étions sur la même longueur d'onde. Il avait plongé son regard dans le mien et m'avait pris la main comme s'il s'apprêtait à me dire quelque chose d'important. Allait-il prononcer les mots tant espérés ? Me révéler qu'il ne voulait pas que notre relation s'arrête, qu'il voulait vivre en couple avec moi, ou du moins, faire un essai ?

J'avais retenu mon souffle, le cœur battant, mais il s'était ravisé. Il avait porté ma main à ses lèvres et l'avait effleurée d'un baiser, avant de basculer sur moi et de m'emmener au paradis.

Il était très doué pour m'embrouiller les idées. Chaque fois qu'il me touchait, j'oubliais tout ce qui m'entourait. Et, là encore, il m'avait fait perdre le fil en me noyant dans un océan de plaisir. Mais ce ne serait que partie remise.

J'allais lui avouer que mes sentiments pour lui avaient changé. En priant pour qu'il ne prenne pas ses jambes à son cou…

Il avait quitté l'appartement avant l'aube, affirmant qu'il avait rendez-vous, mais j'avais senti qu'il n'était plus le même. Comme s'il avait fermé une porte pour me laisser à l'extérieur de sa vie.

Était-il mal à l'aise parce qu'il avait deviné ce que j'étais sur le point de lui révéler ? Ou souffrait-il simplement du manque de sommeil ? Quelle que soit la raison de ce départ précipité, il allait arriver à la pâtisserie d'une minute à l'autre et j'étais déterminée à rester strictement professionnelle toute la journée… Avant de l'inviter à un dîner en amoureux ce soir.

Et là, je lui dirais la vérité sur mes sentiments.

La porte de derrière s'ouvrit en grinçant et je me redressai, portant inconsciemment la main à mes cheveux pour me recoiffer.

Tanner franchit la porte, le visage indéchiffrable, et la tint grande ouverte comme s'il attendait quelqu'un.

— Qu'est-ce que… Oh ! Remy ?

Je poussai un cri de joie en voyant mon patron sautiller dans la cuisine sur ses cannes anglaises, le visage fendu d'un sourire aussi large que le Harbour Bridge.

— Mais qu'est-ce que tu fais là ?

Je me précipitai vers lui pour l'enlacer affectueusement, ravie de le retrouver.

— Le médecin m'a autorisé à rentrer plus tôt, parce que j'ai été un patient modèle. Me revoilà sur le pont !

Il fit mine d'inspecter les lieux, le regard sévère.

— Tout semble en ordre, moussaillon.

Je lui donnai une tape sur le bras.

— Non seulement nous avons gardé le navire à flot, mais nous avons réussi à honorer des commandes énormes et à réaliser de jolis profits !

— Rappelle-moi de t'augmenter.

Remy me dévisagea avec gratitude.

— Sans rire, ma petite Abby, tu as bien travaillé et je t'en suis extrêmement reconnaissant.

Il se tourna à demi vers son frère, qui n'avait pas bougé de sa place, pour ajouter :

— Et à toi aussi, Tanner.

— Il est encore sous l'effet des tranquillisants, plaisanta ce dernier en levant les yeux au ciel.

Je me mis à rire de bon cœur.

— Asseyons-le confortablement sur une chaise pour qu'il puisse donner ses ordres et recommencer à se comporter en patron odieux et exigeant.

La clochette de la boutique tinta, indiquant l'arrivée d'un client.

— Je m'en occupe, lançai-je. Makayla est sortie faire une course, et Shaun est malade aujourd'hui.

Remy hocha la tête.

— Vas-y. Tanner va m'aider à m'installer.

— C'est génial que tu sois de retour.

Je l'étreignis d'un geste impulsif avant de m'élancer dans le couloir pour rejoindre le magasin.

Je m'arrêtai net en découvrant la nouvelle venue.

— Qu'est-ce que tu fais ici ?

Je fermai à demi la porte de communication entre le magasin et la cuisine afin d'éviter que Remy ou Tanner ne m'entendent envoyer ma mère au diable.

— Sors d'ici ! Immédiatement !

Au crédit de ma mère, elle ne se laissa pas impressionner par le ton glacial de ma voix.

— Je suis venue m'excuser.

— T'excuser ? Mais de quoi ? De ne pas avoir cru en moi pendant vingt-deux ans ? D'avoir voulu faire de moi ton clone ? De m'avoir imposé tes choix en me traitant par le mépris si je ne cédais pas tout de suite ? De ne pas m'avoir soutenue alors que mon mariage était un désastre ? Ou d'avoir eu le culot de me demander de revenir et de continuer cette mascarade, uniquement pour que tu puisses continuer à te pavaner en société ?

Les coins de sa bouche peinte en rouge s'affaissèrent, et elle secoua la tête.

— Je mérite tes reproches.

— Et bien plus encore ! Mais ce n'est ni le moment ni le lieu. Je travaille !

— Je sais.

Elle promena le regard autour d'elle, marquant son approbation d'un petit mouvement sec du menton.

— J'ai toujours aimé passer devant cette boutique. Mais je ne suis jamais entrée. On peut prendre un kilo rien qu'en regardant ces merveilleux gâteaux !

Maman était passée sans se montrer ? Elle était venue discrètement s'assurer que j'allais bien ? Mais, si elle avait vraiment tenu à moi, elle serait venue me parler, elle m'aurait serrée dans ses bras, elle aurait essayé de faire la paix. Au lieu de ça, elle avait attendu douze mois, puis s'était pointée à l'institut de formation pour me demander de courber l'échine encore une fois.

C'était d'ailleurs la raison de sa visite aujourd'hui. Elle n'avait pas réussi à me convaincre de me plier au diktat des Prendigast la première fois, elle revenait à la charge pour un deuxième assaut.

Elle s'approcha du présentoir et fit glisser ses doigts sur la vitre.

— Tout est bien appétissant ! Ces petits macarons. Les croissants. Les tartelettes… J'en salive !

— C'est mon travail, indiquai-je en redressant les épaules. Celui que j'ai toujours voulu faire.

Je m'attendais à une riposte acerbe ou, au mieux, à un compliment formulé du bout des lèvres.

— Tu as réalisé ton rêve, tu as de la chance.

Elle s'éclaircit la gorge et se tourna vers moi.

— C'est la raison de ma visite, en fait. Je veux t'aider.

— Je n'ai que faire de ton aide !

Je ne voulais rien d'elle, pas après la façon dont elle m'avait abandonnée au moment où j'aurais eu besoin d'elle. Elle n'était revenue que pour me critiquer et oser me dire, magnanime, qu'elle était prête à me pardonner !

Comme si j'avais quelque chose à me faire pardonner !

Elle soupira et lissa un pli imaginaire sur la manche de sa veste.

— Je sais que rien ne peut excuser mon silence pendant un an. Ni les propos que je t'ai tenus l'autre jour. Mais j'espère que mes actes te convaincront de ma bonne foi.

La curiosité atténua mon ressentiment.

— Je ne comprends pas. De quoi parles-tu ?

— Je suis venue te tendre un rameau d'olivier.

Elle prit une inspiration.

— Si ton rêve est de devenir chef pâtissier, je veux t'aider à le réaliser. Donc, j'ai décidé de t'acheter une boutique. Où tu veux. Je paierai le loyer aussi longtemps que tu le souhaiteras. Ou bien j'achèterai les murs, au choix.

Comme je restais muette, elle enchaîna très vite :

— C'est sans contrepartie. Je ne m'attends pas à ce que tu me pardonnes. Mais je voudrais faire de nouveau partie de ta vie. Rattraper le temps perdu…

Elle poussa un soupir et reprit d'une voix très douce :

— Peut-être bien que j'ai été jalouse de toi, je l'avoue.

Toi, tu as eu le cran de prendre ta vie en main, sans céder au diktat des conventions comme je l'ai fait moi-même.

Elle secoua la tête, et ses cheveux blond platine coiffés en bob accrochèrent la lumière.

— Pendant des années, je me suis répété à moi-même que j'étais heureuse que ton père prenne toutes les décisions, et que ma vie me comblait. Mais, au final, qu'est-ce que j'ai de si fantastique, à part des vêtements griffés, une voiture de sport et des cheveux magnifiques ?

Je ne pus m'empêcher de sourire. Maman avait toujours été très fière de ses mèches blondes.

— Bref, je suis désolée, Abigail. Pour tout.

Elle esquissa un geste vers moi, incertaine de ma réaction.

J'hésitai. Je mourais d'envie d'effacer le passé, de me jeter dans ses bras, mais j'avais peur qu'elle ne me trahisse de nouveau.

— Abigail, s'il te plaît…

Je ne pouvais pas ignorer sa voix suppliante ni son offre généreuse. J'avançai vers elle et me blottis dans ses bras.

Des larmes me brûlaient les yeux. Je les laissai déborder, retrouvant avec émotion ce parfum familier, savourant le réconfort de cette étreinte. J'avais besoin d'elle. J'aurais toujours besoin d'elle.

Quand nous nous séparâmes, elle avait les yeux rougis et elle cilla très vite, comme pour dissiper de nouvelles larmes.

— Alors, qu'est-ce que tu en dis ? Ça te plairait de devenir ton propre patron ?

Sa proposition m'avait coupé le souffle sur le coup, mais je devais tourner mon refus de telle sorte qu'elle ne le prenne pas mal.

— J'apprécie ton offre, maman. Vraiment. Mais je voudrais d'abord continuer à progresser auprès de Remy et terminer mon apprentissage ici.

Je vis la déception dans son regard et enchaînai :

— Mais plus tard, qui sait ? J'adorerais posséder un jour ma propre pâtisserie.

— C'est formidable.

Elle me prit les mains et les serra dans les siennes.

— Je suis désolée d'avoir autant tardé à te le dire, mais je suis très fière de toi, Abigail.

— Merci, maman. Venant de toi, cela compte beaucoup pour moi.

Elle me contempla en souriant.

— Ton père est un vieil ours têtu, mais je suis sûre qu'il s'adoucira lui aussi.

— N'en mets pas ta main au feu.

Ma réponse sèche la fit rire.

— Si ce n'est pas le cas, je ne veux pas que cela affecte notre relation à nous.

— Sérieusement ?

Je ne cherchai pas à cacher mon incrédulité.

— Tu ne t'es jamais demandé pourquoi j'avais été aussi docile à la maison ? m'enquis-je.

Elle rougit, mais, si nous voulions avoir une chance d'entretenir une vraie relation et d'aller de l'avant, je devais me montrer totalement sincère.

— Je suis désolée, maman, mais je t'imitais. Papa décidait de tout. Tu n'avais jamais ton mot à dire avec lui. Soit tu obéissais comme un petit soldat, soit il te punissait en ne t'adressant plus la parole. Des jours et des jours de silence, jusqu'à ce que tu cèdes. Je l'ai vu faire avec toi. Et tu finissais toujours par céder. Moi, j'ai suivi ton exemple.

Je secouai la tête, dépitée de m'être montrée si faible, mais heureuse du chemin parcouru.

— Je me suis rendu compte que les problèmes s'aplanissaient tout seuls si je disais « oui » à tout ce qu'il demandait.

Je vis des larmes briller dans ses yeux.

— Mais… Nous ne t'avons pas rendue malheureuse, quand même ? Nous t'aimions. Nous t'avons offert tout ce que…

— Le bonheur, ce n'est pas d'avoir tout ce qu'on désire. C'est d'être en accord avec soi-même.

Je lui montrai la pâtisserie d'un geste circulaire.

— Je me sens plus vivante ici que je ne l'ai jamais été.

Le visage de maman se décomposa, mais cela ne m'arrêta pas. Pour que nous puissions avancer, il fallait qu'elle comprenne ce que j'avais enduré.

— Ce n'est pas entièrement ta faute, maman, mais c'est parce que j'ai grandi dans une maison où on a étouffé en moi toute révolte depuis l'enfance que j'ai accepté ce mariage absurde avec Bardley.

Elle se tordit les mains.

— Mais vous aviez grandi ensemble ! C'est un gentil garçon, et vous aviez tellement de choses en commun…

— Je ne l'ai jamais aimé, et il s'est révélé un mari odieux, despotique et insultant. Un connard, pour appeler les choses par leur nom.

Elle ne s'offusqua pas de ma grossièreté, mais ses lèvres se mirent à trembler, sa morgue habituelle envolée.

— Je ne sais pas quoi dire…

— Mon but n'est pas de te mettre mal à l'aise.

Je lui touchai le bras.

— Je veux juste que tu comprennes pourquoi je me suis battue pour gagner mon indépendance et vivre la vie que j'avais choisie.

Elle hocha la tête.

— Tu t'es montrée franche avec moi, alors à mon tour ! Je ne crois pas que ton père se radoucira. Il est encore furieux de ce qu'il appelle tes « bouffonneries ».

Elle dessina deux guillemets en l'air.

— Mais je tenterai tout ce que je peux pour lui faire entendre raison.

— Merci, maman.

Je me penchai pour la serrer encore dans mes bras. Elle avait accepté d'entendre la vérité sans crier et elle n'avait pas fui en vacillant sur ses hauts talons. C'était tout à son honneur. Nous avions peut-être une chance de renouer des liens mère fille. Une vraie relation, sans mensonges, sans chantage et sans volonté de domination.

Elle me caressa les cheveux.

— Je resterai en contact, mais si tu as besoin de quoi que ce soit, appelle-moi, promis ?

— Promis.

Elle m'embrassa sur la joue, me lança un dernier regard perplexe, comme si elle ne parvenait pas tout à fait à me cerner, puis sortit dans la rue, laissant derrière elle un sillage parfumé à la rose.

Pas d'au revoir, ni d'invitation à venir déjeuner un jour à la maison. Mais un grand pas venait d'être franchi. Je connaissais ma mère, et le fait qu'elle soit venue jusqu'ici faire la paix était un progrès considérable.

Un commencement…

Plus tard, je décortiquerais notre conversation dans les moindres détails. Mais, pour l'heure, j'avais une fournée de croissants à préparer et une tonne d'informations à livrer à Remy.

Je commencerais par lui confier que j'étais tombée follement amoureuse de son frère et que je ne savais pas du tout comment le lui dire. Il pourrait peut-être me conseiller.

22

Tanner

J'aurais dû m'éloigner à la seconde où j'avais entendu la mère d'Abby proposer de lui acheter une boutique.

Remy m'avait envoyé aux nouvelles en entendant Abby élever la voix dans le magasin, mais je m'étais arrêté devant la porte entrebâillée quand j'avais aperçu Abby face à une femme blonde tirée à quatre épingles.

La curiosité l'avait emporté sur ma discrétion quand j'avais entendu Abby l'appeler « maman ».

C'était donc le dragon qui avait abandonné sa fille pendant toute une année ? Elle n'avait pas l'air si terrible, mais cela ne voulait rien dire, j'étais bien placé pour le savoir. La plupart des gens avaient pris mon père pour un type charmant alors qu'il avait l'âme noire d'un démon.

J'avais été très fier de voir Abby tenir tête à sa mère. Mais, ensuite, il avait été question d'une précédente rencontre et, avec un choc, j'avais compris qu'elle m'avait menti.

Elle m'avait raconté que ses parents ne l'avaient jamais contactée au cours de ces douze derniers mois et pourtant elle avait revu sa mère. Pourquoi ce mensonge ?

Sans doute parce que en fait elle ne partageait pas ses histoires de famille avec un type qui n'était qu'une aventure sans lendemain. Si j'avais eu besoin d'une preuve que je n'étais rien d'autre qu'une passade, elle venait de me la donner.

Une passade à laquelle j'allais donner un coup d'arrêt aujourd'hui.

Je restai figé derrière la porte comme un espion minable, assez longtemps pour être témoin de leurs joyeuses retrouvailles. Abby avait pardonné à sa mère. Elle allait recevoir une pâtisserie en cadeau et retrouver le cocon familial. Qui sait ? Elle pourrait même trouver un autre plouc fortuné issu de son milieu social et l'épouser.

De toute façon, ce n'était pas mon problème. Et les soubresauts douloureux de mon cœur venaient sûrement des trois expressos que j'avais avalés à l'hôpital.

Dans un sens, la décision d'Abby rendait les choses plus aisées. J'avais passé toute mon enfance à être rejeté, méprisé. Mais c'était terminé. Je n'allais pas rester là à attendre qu'elle me rejette à son tour. Plus jamais.

Je les laissai à leurs embrassades et reculai dans le couloir. Le moment était venu de m'effacer.

Quand j'entrai dans la cuisine, Remy feuilletait l'un des cahiers où Abby notait des idées et collait des recettes découpées dans des journaux et des magazines.

Je l'avais d'ailleurs taquinée au sujet de tous ces cahiers entassés dans son appartement. Elle m'avait répondu que c'était son petit bazar à elle, qu'il ne fallait pas y toucher. Mais j'avais adoré la regarder s'asseoir dans son fauteuil et tourner lentement les pages, un sourire au coin des lèvres.

Elle aimait son travail. Un jour, elle serait un grand chef pâtissier. Je lui souhaitais bonne chance, même si je n'étais pas là pour assister à son triomphe.

— Qu'est-ce que c'était ? Un client pénible ?

Remy referma le cahier et le posa sur la table.

— Non, sa mère.

Remy me dévisagea bouche bée, comme si je lui avais annoncé la visite de la reine d'Angleterre.

— Elle est ici ?

Je hochai la tête.

— Elles viennent de se réconcilier.

— Ce n'est pas trop tôt !

L'inquiétude dans les yeux de Remy ne se dissipa pas instantanément.

— Sa famille a beaucoup à se faire pardonner. Ils n'auraient jamais dû la laisser tomber comme ils l'ont fait.

— Je suis d'accord.

Je regardais ostensiblement ma montre.

— Bon. Maintenant que tu es de retour, je vais pouvoir reprendre le cours normal de ma vie. J'ai une tonne de travail en retard. Toi, vas-y doucement, OK ? Je file.

J'aurais dû me douter qu'il ne me laisserait pas partir si vite.

— Mais tu vas revenir ?

J'aurais pu ficeler un beau mensonge. Mais c'était Remy. Je ne pouvais pas lui mentir. Pas à lui.

— Non.

Le petit mot bref et tranchant vibra dans l'air comme une lame.

— Tu t'en vas pour de bon ?

Remy serra les lèvres d'un air dégoûté. Je ne pouvais pas l'en blâmer. Je me dégoûtais moi-même.

— Je reste à Sydney, mais je ne pourrai pas continuer à aider ici.

J'enfonçai les mains dans mes poches, inquiet de les sentir trembler. Cette fois, c'était fait. Ma rupture avec Les Petits Délices. Et avec Abby.

— Tout est sur les rails. Si tu as besoin de quoi que ce soit, appelle-moi chez moi, je…

— Tu t'enfuis parce que tu as peur. Une fois de plus !

Remy martelait chaque mot avec colère.

— Laisse-moi deviner. Tu n'as même pas prévu de dire au revoir à Abby.

Je haussai les épaules comme le lâche que j'étais.

— Je l'appellerai plus tard, quand j'aurai…

— Tu *l'appelleras* ? Comme c'est généreux de ta part !

Remy me fusillait du regard. S'il savait… Son mépris n'atteignait même pas le dixième de ce que je ressentais pour moi-même.

— Je n'arrive pas à le croire ! Je pensais que tu avais changé, que cette fois ce serait différent.

Je laissai échapper la question tout en sachant que c'était une erreur.

— Différent en quoi ?

— Eh bien, je ne t'avais jamais vu aussi détendu, aussi insouciant que ces derniers temps.

La colère s'effaça de son visage, remplacée par une expression amère et désabusée.

— Et j'ai compris que c'était l'œuvre d'Abby. Cette fille-là a une influence positive sur toi. Elle te rend heureux. Et, si j'en crois la façon dont son visage s'est illuminé quand tu as franchi la porte aujourd'hui, je dirai que c'est réciproque. Et toi tu vas tout fiche en l'air, une fois de plus ! Fuir comme tu en as l'habitude. Prétendre que tu es un roc et que le passé n'a aucun effet sur toi, alors qu'en réalité il te consume.

— Garde ta psychologie pour toi, sifflai-je alors que chacun de ses mots m'avait atteint comme un coup de poignard.

— Non. Cette fois, tu vas m'écouter !

Je n'avais jamais entendu Remy s'exprimer de cette voix sourde, implacable. Glaçante.

— Papa s'est mal comporté avec toi, j'en suis conscient. Pour une raison que j'ignore, il te haïssait, et je suis désolé de ne pas avoir été suffisamment présent à l'époque pour m'en rendre compte et te protéger. Mais il est mort maintenant. Il ne peut plus te faire de mal, alors pourquoi le laisses-tu encore te pourrir la vie ?

Je le dévisageai, bouche bée. Je ne lui avais jamais parlé de mes relations atroces avec mon père. J'affichais un sourire stoïque chaque fois qu'il venait dîner avec nous. Je prétendais que tout allait bien pour qu'il puisse poursuivre son rêve, alors que je vivais à la maison avec un monstre qui me tenait pour responsable de tous ses malheurs.

J'aurais pu nier, mais pourquoi continuer à garder toute cette boue en moi ? Après tout, c'était à cause de mon passé que j'avais peur de rester avec Abby.

— Comment sais-tu qu'il me haïssait ?

Remy se voûta, et il me sembla qu'il vieillissait sous mon regard.

— La veille de sa mort, je suis rentré plus tôt que prévu à la maison et je vous ai entendus vous disputer, tous les deux. J'ai entendu certains trucs qu'il t'a dits…

Sa voix se brisa, et il s'éclaircit la gorge à plusieurs reprises avant de pouvoir continuer.

— Je me suis détesté de n'avoir rien compris, de ne pas avoir été plus intuitif. J'avais l'intention de vous parler, à papa et à toi, mais il a eu son attaque le lendemain et ensuite je n'ai pas vu l'intérêt de remuer tout ça. Tu avais l'air tellement soulagé…

— Le plus beau jour de ma vie !

Mais qui n'avait pas effacé le *pire* jour de ma vie. Celui où j'avais entendu mes parents se disputer. Celui où j'avais compris pourquoi mon père me haïssait. Celui où ma mère avait été si bouleversée qu'elle avait pris la voiture, perdu le contrôle et percuté un arbre.

Remy pâlit.

— Est-ce qu'il te frappait ?

Je haussai les épaules.

— À coups de ceinturon, oui. Mais ce n'était pas ce qui faisait le plus mal.

Les mots sortaient tout seuls maintenant, comme le pus suinte d'une blessure infectée.

— Le pire, c'était les insultes qu'il me hurlait en me tapant dessus. Il disait que je ressemblais à la garce qu'il avait épousée et que je lui rappelais constamment la pire décision de sa vie.

Ma gorge me faisait mal de l'effort que je m'imposais pour réprimer des sanglots. J'aurais voulu en révéler encore davantage à Remy, mais ça, j'en étais incapable. Il avait déjà l'air épouvanté, je ne voulais pas l'anéantir.

Un rire sinistre jaillit de mes lèvres.

— Il répétait qu'il n'avait jamais eu qu'un seul fils, toi. Que moi, je n'existais pas. Que j'aurais mieux fait de ne pas naître parce que je lui faisais honte. Il me disait que toi, tu réussirais dans la vie parce que tu étais un garçon honnête et travailleur, pas un fainéant comme moi, un raté, un inutile qui finirait en prison comme les petits voyous de mon espèce. Je faisais semblant de ne pas entendre, comme si ses insultes ne m'atteignaient pas, mais aujourd'hui encore je n'arrive pas à me défaire de l'idée que je suis un raté, que je ne vaux rien. Et que si les gens m'approchent de trop près ils vont finir par s'en rendre compte.

Ma voix se brisa, et ma faiblesse ajouta à mon humiliation.

J'avais toujours caché mon désarroi à Remy, je n'avais pas voulu inquiéter ce grand frère que j'idolâtrais. Remy avait été mon roc, mon seul repère dans cette enfance sinistre. J'aurais dû éprouver du soulagement de lui avoir enfin avoué ce que j'avais enduré, mais c'était tout le contraire : je me sentais cent fois plus mal !

— Mon Dieu, Tanner, je suis désolé. Je ne me doutais pas que c'était à ce point…

La voix de Remy se cassa, et il s'essuya les yeux.

— Pourquoi ne m'as-tu rien dit ?

— Ça aurait servi à quoi, à part bousiller ta vie comme notre père a bousillé la mienne ?

Les yeux me brûlaient, mais plutôt mourir que de pleurer à cause de ce vieux fumier ! Mon frère me regardait comme si je venais de le poignarder en plein cœur. Plus je lisais de la compassion dans ses yeux remplis de larmes, plus j'avais envie d'éclater en sanglots comme un bébé.

— Dis-moi que ce n'est pas vrai, tu ne te prends plus pour un raté !

Je préférai ne pas répondre, j'étais suffisamment pathétique comme ça. Au fond de moi, il y avait toujours cet adolescent amer, plein de révolte et de colère, mais qui ne pouvait pas changer le cours des choses.

Je gardai donc le silence, et Remy se tassa sur lui-même.

— Je suis sincèrement désolé pour le passé, Tanner, dit-il. Mais ouvre les yeux, regarde-toi ! Tu es devenu un homme d'affaires brillant, tout ce que tu touches se change en or. Tu es le contraire d'un raté !

Il secoua la tête, bouleversé. Il avait mal à cause de moi. Cette pensée me déchira.

— Écoute, de l'autre côté de cette porte, il y a une jeune femme merveilleuse qui est à coup sûr follement amoureuse de toi. Et toi, tu voudrais partir parce que…

— Parce que, si je ne pars pas le premier, c'est elle qui finira par me quitter tôt ou tard, sifflai-je entre mes dents. Tu ne vois donc pas l'évidence ? Je ne mérite pas une femme comme elle.

Une larme glissa sur la joue de Remy.

— Tu es quelqu'un de formidable, Tanner. Ôte-toi de la tête les inepties dont papa t'a bourré le crâne pendant des années ! Ne gâche pas tout, Tanner. Abby est ta chance. Ne lui tourne pas le dos !

— Ne te fatigue pas, ce n'est pas la peine.

Il fallait que je m'en aille avant de craquer. Ou pire, avant qu'Abby revienne.

— Tu lui diras au revoir pour moi.

Je partis précipitamment sans attendre sa réponse.

23

Abby

Je séchai rapidement mes yeux pour éviter que Tanner et Remy ne m'interrogent sur la raison de mes larmes quand je regagnerais la cuisine.

Je n'arrivais pas à le croire : maman m'avait demandé pardon ! Elle avait renoué avec moi sans plus chercher à diriger ma vie. Malgré ma colère et mon amertume, mes parents m'avaient terriblement manqué et, après notre dernière confrontation, j'avais abandonné tout espoir de redevenir un jour une Prendigast à leurs yeux. Mais, maintenant que maman était venue faire la paix, j'avais bon espoir que papa suive le mouvement et que nous reformions un jour une vraie famille, réconciliée.

Désormais, je n'aurais plus peur de donner mon avis ou de m'opposer à leurs décisions. Les règles auraient changé. Nous aurions une relation mature où chacun respecterait l'autre.

C'était à prendre ou à laisser.

Je m'arrêtai devant la cuisine et plaquai un sourire enjoué sur mes lèvres avant de pousser la porte… et de m'arrêter net. Remy était effondré sur une chaise, la tête dans les mains, comme s'il venait d'apprendre une catastrophe.

Et Tanner n'était plus là.

Un mauvais pressentiment me glaça tandis que je rejoignais Remy d'un pas précipité.

— Qu'est-ce qui se passe ?

Son regard dévasté confirma mes craintes. À l'évidence, il s'était produit quelque chose de terrible pendant les quelques minutes qu'avait durées mon absence.

— Où est Tanner ?

Il secoua la tête avec une expression si triste que j'eus envie de le serrer dans mes bras.

— Il est parti.

— Vous vous êtes disputés ?

— Non.

Il jura, ce qui ne lui arrivait jamais, et je tirai un tabouret pour m'asseoir à côté de lui.

— Je ne sais pas comment te dire ça, mais il ne reviendra pas.

Déconcertée, je me penchai vers lui.

— Que veux-tu dire ? Il ne viendra plus nous aider ? C'était inévitable, mais…

— Il est parti pour de bon, Abby.

Il parlait si bas que je l'entendais à peine.

— Il m'a chargé de te dire au revoir pour lui.

Je mis un court instant à comprendre, puis je m'affaissai sur mon siège, perplexe, étourdie, l'esprit anesthésié. Une douleur sourde avait envahi ma poitrine et gagnait peu à peu mes membres. Je me mis à trembler.

— Qu'est-ce qui s'est passé ? lâchai-je. Je ne suis restée dans la boutique que quelques minutes !

Je n'arrivais pas à comprendre. Ce matin, dans mon lit, j'avais eu le sentiment que Tanner tenait vraiment à moi, que je n'étais pas simplement une passade. Et, quelques heures plus tard, il partait sans même me dire au revoir ? Cela n'avait pas de sens.

— Tanner est déstabilisé et, quand les émotions prennent le dessus, il s'enfuit.

Remy passa la main dans ses cheveux.

— Il a toujours réagi ainsi.

— Il est déstabilisé à cause de moi ?

Remy me regarda en face.

— Je crois, oui. Il avait l'air tellement bien, je ne l'avais jamais vu aussi heureux ! Je me disais que cette fois, ce serait différent, qu'il s'accrocherait…

L'aiguillon de la jalousie me piqua le cœur.

— Il a déjà réagi de cette façon avec d'autres femmes ?

— Non, justement. Il n'avait jamais laissé personne percer sa carapace.

Un pli creusa son front.

— Tu es la première.

— Je ne comprends pas. Il est déstabilisé parce qu'il est heureux ?

Il hocha la tête, un pli amer au coin des lèvres.

— Il est persuadé qu'il ne vaut rien et que tu finiras par t'en apercevoir et le quitter.

— Quoi ?

Je pressai les doigts sur mes tempes pour essayer d'y voir clair.

— Il est intelligent, il est riche, il est beau. Comment peut-il penser qu'il ne vaut rien ?

Une colère froide prit le pas sur mon indignation.

— Et puis, pourquoi veut-il que je le quitte ? Je vis ici, je n'ai pas l'intention de partir !

Remy soupira.

— T'a-t-il parlé de nos parents ?

J'acquiesçai.

— Oui. J'ai cru comprendre qu'il adorait sa mère, mais que son père s'était comporté d'une façon épouvantable avec lui.

Remy acquiesça.

— Bon, tu connais une partie de l'histoire. Il ne m'appartient pas de tout te raconter, sache seulement que Tanner a vécu un enfer pendant des années et que son passé le poursuit encore aujourd'hui.

Il secoua la tête avec un soupir.

— Ma mère avait souscrit une assurance-vie à nos deux noms. À l'instant où Tanner a hérité de sa part, il a créé sa propre entreprise et a voyagé aux quatre coins du monde pour se prouver à lui-même qu'il n'était pas un bon à rien, comme papa le lui répétait sans cesse.

Une image se dessina devant mes yeux, bouleversante : celle d'un petit garçon perdant sa maman trop jeune et fermant son cœur aux sentiments pour ne plus souffrir. Un petit garçon qui n'avait plus confiance en personne, hormis en son grand frère, le seul qui était resté à ses côtés dans les épreuves. Aujourd'hui, le petit garçon était devenu un homme qui rejetait toute forme d'intimité à cause de ce manque de confiance en l'autre et en lui-même.

Mais je ne lui avais jamais donné la moindre raison de penser que je pourrais lui faire du mal !

Sauf que tu lui as proposé une brève aventure, comme s'il n'avait vocation qu'à être un passe-temps.

Dieu… Je lui avais démontré que je faisais partie de cette longue liste de gens qui l'abandonnaient après s'être servis de lui. Pas étonnant qu'il ait fui en voyant que les choses risquaient de devenir sérieuses entre nous.

— Qu'est-ce que je peux faire ?

Remy me tapota le bras.

— Franchement ? Rien. Quand Tanner a pris une résolution, rien ni personne ne peut le faire changer d'avis.

Il détourna les yeux.

— Il croit que, dès que tu auras ouvert ta propre pâtisserie, tu auras envie de retrouver ton ancienne vie et qu'il deviendra alors un boulet pour toi.

— Qu'est-ce que c'est que cette histoire ?

Je secouai la tête, de nouveau déconcertée.

— Je n'ouvre pas de pâtisserie... En tout cas, pas tout de suite. Je suis très heureuse ici.

Il me dévisagea avec étonnement.

— Il a entendu ta mère te le proposer. Il a cru que tu avais accepté.

— Eh bien, il s'est trompé ! Voilà ce qui arrive quand on écoute aux portes !

Ma réponse cassante lui arracha un pâle sourire.

— Alors tu restes ?

— Aussi longtemps que tu voudras bien de moi, oui.

Je me penchai et l'étreignis impulsivement.

— Quand j'ai eu besoin qu'on me tende la main, tu as été là. Jamais je ne te trahirai.

— Ce n'est pas une trahison de renouer avec ta famille. Je sais combien tu étais bouleversée en voyant que tes parents te laissaient tomber.

— Je vais accorder à maman le bénéfice du doute, mais je ne peux pas m'empêcher de penser qu'elle a essayé d'acheter mon pardon avec cette pâtisserie. Tu me trouves ingrate ?

Il fronça les sourcils d'un air pensif.

— Non. Elle a attendu si longtemps pour te contacter qu'il y a effectivement un doute. Mais c'est ta mère. Crois-en quelqu'un qui a perdu la sienne beaucoup trop tôt et qui donnerait n'importe quoi pour la retrouver, ne serait-ce qu'une heure. Ne perds pas de temps à analyser ses motivations. Accepte sa main tendue.

Je le regardai avec émotion.

— Merci, Remy. Tu es un ami précieux.

— À ton service...

Son sourire s'effaça, et son front se contracta de nouveau.

— Pour ce qui est de Tanner, laisse-lui du temps. Et de l'espace.

Il croisa les doigts.

— Avec un peu de chance, il prendra conscience de sa bourde et il ne bousillera pas la meilleure chose qui lui soit jamais arrivée.

J'appréciai ce judicieux conseil. Toutefois, ma propre expérience ne me rendait pas optimiste. J'avais quitté mon mari du jour au lendemain, sans un regard en arrière. Il n'y avait plus qu'à espérer que Tanner ne me ferait pas subir le même sort.

24

Tanner

— Tu es d'une humeur de chien.

Hudson entra dans mon bureau et s'assit en face de moi sans même me demander la permission.

— Une histoire de femme ?

— Fiche-moi la paix, sifflai-je.

Je n'avais pas envie de parler d'Abby. Ni maintenant ni jamais.

— Bon…

Hudson tapa quelques mots sur l'écran de son portable et le tendit vers moi par-dessus mon ordinateur.

— Qu'est-ce que tu penses de ça ?

Le boulot, c'était autre chose. Le travail m'obligeait à me concentrer et à avancer. Là, au moins, je savais où j'allais. Rien à voir avec la cacophonie d'émotions qui mugissaient dans ma tête jour et nuit.

J'avais quitté Les Petits Délices depuis trois jours. Soixante-douze longues heures pendant lesquelles j'avais bataillé sans répit avec moi-même pour m'interdire d'appeler Abby. J'avais envie de m'expliquer. De m'excuser. De tenter d'apaiser sa colère et son chagrin.

Car, si elle ressentait ne serait-ce que la moitié de ce que j'endurais, elle devait vivre un enfer.

Je lançai un regard à l'écran que me montrait Hudson.

— Un show en direct ?

Il hocha la tête.

— Beaucoup de boîtes de nuit à Vegas ont adopté cette formule. Elles accueillent des événements pour attirer un public plus large.

— On n'organise pas de spectacles, nous.

— Justement. C'est le moment d'innover.

Il agita son téléphone dans ma direction, et je l'écartai d'un geste, agacé par son insistance. Il haussa un sourcil.

— Ma parole, mais qu'est-ce qui est arrivé au type créatif qui adorait prendre des risques ?

Des risques ? J'en avais pris un énorme en laissant Abby entrer dans ma vie, et le résultat était là. Les risques, c'était pour les imbéciles.

— Prépare-moi un projet chiffré et des prototypes de contrats et envoie-moi le dossier par mail. J'y jetterai un œil.

— Ah, j'aime mieux ça !

Il me fit un signe de victoire, les deux pouces levés.

— En attendant, si on faisait une virée en ville, ce soir ? On boira des coups et on invitera de jolies filles à notre table. Qu'est-ce que tu en penses ?

L'idée de me retrouver assis à côté d'une autre femme qu'Abby me fit grincer des dents. Pourtant nous avions rompu, et je n'étais plus tenu de lui être fidèle. Mais non, je n'avais aucune envie d'aller voir ailleurs. Il était trop tôt, sans doute.

— Merci, mais j'ai l'intention de travailler tard ce soir.

Hudson se leva avec un soupir.

— Écoute, ça fait trois jours que tu es enfermé dans ce bureau. Tu fais fuir tous ceux qui font mine d'approcher. Le personnel rase les murs, et moi, j'en ai assez que tu me traites comme un ennemi.

Il me fusilla du regard.

— Alors réagis, OK ? Quel que soit le problème, règle-le et passe à autre chose !

La seule chose qui pourrait me rendre ma joie de vivre, ce serait de revoir Abby, mais cela n'arriverait pas. Pas dans cette vie.

— Merci pour le laïus, grognai-je en lui montrant la porte. Maintenant, fiche le camp et laisse-moi travailler.

— Ben voyons…, marmonna-t-il en s'éloignant.

Arrivé à la porte, il se retourna néanmoins.

— Tu sais quoi ? Tu étais plus agréable quand tu sortais avec cette fille, Abby. Elle te réussissait, elle !

Je me levai, les poings serrés.

— Dégage !

Hudson leva les mains en signe de reddition.

— Je disais ça comme ça…

Oui, Abby m'avait rendu heureux, mais c'était fini désormais.

Plus vite j'arriverais à m'en convaincre, mieux ce serait.

25

Abby

— Alors, ça t'a plu ?

Je m'affalai sur le tapis de sol. J'avais l'impression d'être passée sous les roues d'un tracteur.

— Tu veux mon avis ? Le Pilates, c'est pour les sadomasos.

— Normal, c'est ta première fois. Tu ressentiras les effets bénéfiques dans quelques jours.

Elle réunit ses mains et étira les bras au-dessus de sa tête.

— Il n'y a rien de mieux pour la flexibilité de la colonne vertébrale et la ceinture abdominale.

— Je te crois sur parole.

Je me levai péniblement.

— En attendant, je vais aller plonger ma ceinture abdominale dans un bon bain chaud.

— Et si on allait au ciné ce soir ?

Makayla voulait m'inviter tous les soirs depuis trois jours — depuis que Tanner m'avait quittée et que je n'avais pas essayé de le retenir.

— Merci, mais je vais passer mon tour.

Je fis rouler mes épaules en espérant que je parviendrais

à les bouger le lendemain. J'avais une grosse commande de croissants à honorer.

— Tu as tort. Un peu de distraction te ferait le plus grand bien.

Makayla attrapa une serviette et s'épongea le visage.

— Oublie-le !

Facile à dire… Il me faudrait du temps, beaucoup de temps, pour faire sortir Tanner de mon esprit et de mon cœur.

— J'apprécie ta sollicitude, mais je vais bien. Juré.

Un énorme mensonge, mais j'avais réussi à ne pas verser une larme et j'avais bien l'intention de tenir bon. Travailler comme une machine toute la journée et m'effondrer de fatigue le soir sur mon lit, c'était pour moi la meilleure façon de m'en sortir. Toutefois, il ne fallait pas que Makayla commence à me poser des questions sur la cause de ma rupture avec Tanner. Si jamais elle plongeait trop profondément sous ma fragile carapace, je craquerais, c'était inévitable. Alors, tout ce que j'avais gardé enfoui en moi, verrouillé à triple tour, jaillirait comme un torrent et ce serait la catastrophe.

— Tu sais, tu n'es pas obligée de me mentir.

Makayla se laissa tomber sur un banc devant l'un des grands miroirs de la salle de sport et tapota la place libre à côté d'elle.

— Je devine combien tu souffres rien qu'en t'observant.

Je m'assis avec un soupir. Et moi qui me croyais impénétrable !

— Ça se voit à ce point ?

— Franchement ? Oui.

Elle haussa les épaules.

— Qu'est-ce qu'il t'a donné comme explication ?

— Nous… Nous n'avons pas parlé.

Elle écarquilla les yeux.

— Comment ça, vous n'avez pas parlé ?

— Il est parti le jour où Remy est revenu travailler, et on ne s'est pas reparlé depuis.

Makayla me dévisagea comme si elle n'en croyait pas ses oreilles.

— Tu ne lui as pas téléphoné pour savoir quelle mouche l'avait piqué ?

— Non.

— Mais pourquoi ?

— Dignité. Fierté. Colère. Sidération. Choc. Choisis ta réponse.

— Tu es complètement givrée…

Elle me donna un coup de coude.

— Il est parti depuis trois jours, et tu n'as pas ressenti le besoin de le voir ? De lui parler ?

Bien sûr que si ! Je me repassais en boucle chaque seconde de notre dernier tête-à-tête. C'était dans ma chambre, avant le lever du soleil. Il m'avait pris la main, m'avait regardée droit dans les yeux comme s'il s'apprêtait à dire quelque chose, puis il s'était ravisé à la dernière seconde.

Et moi aussi, j'avais manqué de courage. J'aurais pu lui demander ce qu'il allait dire, lui tendre la perche. Au lieu de ça, j'avais foncé sous la douche comme une lâche et attendu son départ pour sortir de la salle de bains. Aurais-je agi différemment si j'avais su que c'était la dernière fois que je le voyais ? Probablement pas. J'étais une indécrottable poltronne.

Je ne sais pas ce qui m'avait le plus effrayée ce matin-là. Que Tanner m'avoue qu'il souhaitait vivre une vraie relation avec moi ou qu'il m'annonce que c'était fini.

— J'ai discuté avec Remy. Il m'a conseillé de lui laisser le temps de faire le point sur ses sentiments.

— Grosse erreur !

Makayla fit claquer sa langue.

— Les types comme lui se retirent dans leur caverne,

ruminent, inventent toutes sortes d'arguments pour se persuader qu'ils ont eu raison et ils ne rappellent jamais.

Un doute affreux s'insinua en moi. J'avais supposé que Remy connaissait son frère mieux que quiconque et qu'il saurait m'indiquer la meilleure stratégie.

Mais s'il s'était trompé ? Si j'avais au contraire grillé toutes mes chances de bonheur en laissant Tanner creuser un gouffre entre nous ?

Ces questions me donnèrent matière à réflexion. Quand j'avais quitté Bardley, la situation aurait-elle été différente si j'étais allée voir mes parents ? Une fois passé le choc et la colère, mon père et ma mère n'auraient-ils pas été plus tolérants en entendant ma version de l'histoire ? N'aurions-nous pas conservé des liens, au lieu de nous livrer cette guerre du silence que ma mère venait à peine de rompre ?

J'avais été tellement occupée à jouer les victimes, à rendre mes parents responsables de tout, que je n'avais pas compris que j'aurais pu faire le premier pas.

L'amertume d'avoir été condamnée puis reniée par eux avait altéré mon point de vue.

Après la tirade de maman sur la façon dont j'avais bafoué l'honneur des Prendigast et jeté l'opprobre sur toute la famille, j'aurais pu calmer le jeu. Leur expliquer combien leur autorité m'avait étouffée et combien Bardley avait fait de ma vie un enfer.

J'aurais pu leur dire que voir maman céder à toutes les exigences de son mari m'avait conduite à l'imiter. Que je détestais les crises de colère froide de mon père chaque fois que tout ne se déroulait pas exactement selon ses désirs. Que j'avais tellement pris l'habitude de dire oui pour avoir la paix qu'il m'avait fallu toute une année pour découvrir que j'avais du répondant.

Mais j'avais fait profil bas. Au lieu d'aller les voir, je les avais laissés fourbir leurs armes, s'habituer à mon absence et, en fin de compte, m'oublier. Exactement comme j'étais en train de le faire avec Tanner.

Oh ! mon Dieu ! Et si j'avais commis une erreur fatale ?

— Crois-moi, chérie, il faut que tu lui parles sans tarder. Trois jours, c'est très long.

Makayla tortilla sa queue-de-cheval, un petit geste qu'elle reproduisait sans s'en rendre compte chaque fois qu'elle était contrariée.

— Qui sait quelles excuses à la noix il aura inventées pour justifier votre séparation ?

Elle m'entoura de son bras d'un geste affectueux.

— Alors qu'en fait vous êtes faits l'un pour l'autre, ça crève les yeux.

J'aimais son optimisme. Et regrettais de ne pas le partager.

— Pourquoi ? marmonnai-je. Parce qu'on se met lui et moi à flipper à l'idée que l'on pourrait avoir une vraie relation ?

— Non, parce que j'ai vu comment vous vous regardez. Comme si le reste du monde n'existait plus.

— Tu lis trop de romans.

Elle venait pourtant de décrire à la perfection ce que je ressentais en présence de Tanner.

Quand il me regardait, j'avais l'impression d'être précieuse, unique. Comme si pour lui il n'y avait que moi sur terre. Je n'avais jamais ressenti cela avant de le rencontrer.

Et j'aurais voulu que cela dure toute la vie...

Seulement, j'avais tout gâché et cela n'arriverait jamais.

— Va le voir !

Makayla me donna un nouveau coup de coude, plus appuyé cette fois.

— Tu t'es battue pour obtenir ton indépendance. Tu t'es battue pour réaliser ton rêve de devenir pâtissière.

Et tu ne te battrais pas pour conquérir l'homme que tu aimes ?

Ma défense instinctive — « Je ne l'aime pas » — mourut sur mes lèvres.

J'avais été mariée neuf mois avec Bardley, et la seule chose que j'avais ressentie en le quittant, c'était de la honte d'avoir accepté autant de vexations et d'humiliations sans me rebeller.

Tanner était parti depuis trois jours seulement, et j'avais l'impression qu'on m'avait arraché les entrailles, qu'on les avait passées au mixeur et qu'on les avait remises n'importe comment dans mon ventre.

Si c'était ça, l'amour, cela donnait à réfléchir. Avais-je envie d'endurer une telle torture ?

D'un autre côté, Makayla avait raison. Je m'étais battue pour arriver là où j'étais aujourd'hui. Je m'étais affranchie des attentes de ma famille, des contraintes sociales et d'un mari possessif pour gagner ma liberté.

Tanner était devenu une composante importante de ma vie, malgré tous mes efforts pour ne voir en lui qu'un partenaire occasionnel dont la seule fonction était de m'aider à tirer un trait sur mon passé.

Si je ne me battais pas pour le reconquérir, je le regretterais jusqu'à la fin de mes jours. Et je savais déjà ce que c'était de vivre avec des regrets.

Makayla dut lire une résolution nouvelle sur mon visage, car elle sourit.

— C'est ça : va le voir ! Séduis-le et terrasse-le !

Je la serrai dans mes bras, la gorge nouée d'émotion.

— Merci.

— Attention, je veux un récit détaillé demain !

— Si je suis en état d'aller travailler.

Je lui décochai un clin d'œil. C'était une boutade : jamais je ne laisserais tomber Remy. Mais j'espérais quand même que la nuit serait courte une fois que Tanner et moi aurions fait la paix.

— Mets toute la gomme !

Makayla leva les pouces en signe d'encouragement pendant que j'essayais de ne pas paniquer à l'idée de ce qui m'attendait.

J'allais affronter Tanner.

J'avais beaucoup de choses à lui dire et, qu'il le veuille ou non, il m'écouterait.

26

Tanner

Impossible de me concentrer sur mon travail. Je relisais sans cesse les mêmes pages de chiffres, regardais les mêmes plans d'architecte sans rien comprendre à ce que je voyais.

Nom d'un chien !

Je me levai et m'étirai pour détendre les muscles de mon dos, avec la sensation d'avoir perdu mon après-midi.

Grommelant de frustration, j'attrapai mes clés et mon téléphone. Une séance de sport chez Jim m'aiderait peut-être à me relaxer. Toutefois, au moment où je sortis la voiture du parking souterrain, l'idée d'un combat de boxe perdit soudain tout attrait. Dans l'humeur où j'étais, j'étais capable de fracasser le crâne de mes adversaires et ce ne serait bon pour personne.

Je m'arrêtai à un feu rouge, détestant l'irrésolution qui me collait aux basques. Ça ne me ressemblait pas. D'habitude, je prenais des décisions au quart de tour et m'y tenais. Mais aujourd'hui de sombres pensées tournoyaient dans ma tête, la plupart d'entre elles menant à la conclusion que j'avais tout fichu en l'air une fois de plus.

Comme le feu passait au vert, une réflexion de Hudson me revint en mémoire.

« Réagis, OK ? Quel que soit le problème, règle-le et passe à autre chose… »

Plus facile à dire qu'à faire ! J'aurais adoré affronter le misérable qui m'avait fait tellement de mal et dont je continuais, encore aujourd'hui, à entendre dans ma tête la voix fielleuse. Qui m'humiliait. Me critiquait. Me rabaissait.

Seulement voilà, il était trop tard.

Une idée folle me traversa l'esprit. Trop tard ? Peut-être pas. Je pouvais encore lui balancer tout ce que j'avais sur le cœur. Vider mon sac une bonne fois pour toutes et passer enfin à autre chose. Pourquoi pas ? Ce ne serait pas un vrai face-à-face, bien sûr, mais ce serait libérateur. J'aurais d'ailleurs dû le faire depuis longtemps.

Avant de changer d'avis, je pris la direction du cimetière à la sortie de Surrey Hills.

Je n'y étais allé qu'une seule fois, le jour des funérailles de mon père. Et encore, il avait fallu que Remy insiste, m'expliquant que cela ferait mauvaise impression si je n'étais pas présent : les services sociaux pourraient en conclure que mon grand frère n'avait aucune influence sur moi et me choisir un autre tuteur.

L'idée de perdre la personne qui comptait le plus au monde pour moi avait suffi à me convaincre d'enfiler un costume et d'aller au cimetière, où quelques personnes, à peine une poignée, étaient venues lui rendre un dernier hommage.

Je n'en avais pas été étonné. Mon père n'avait pas eu beaucoup d'amis. Il ne recevait jamais et ne sortait pas. Dommage. S'il avait eu une vie sociale plus remplie, il n'aurait peut-être pas fait une telle fixation sur moi. Pour mon malheur.

Comme la haine qu'il me portait était liée à maman, il avait dû lui rendre la vie infernale à elle aussi, mais elle nous l'avait toujours caché, sans doute pour nous protéger. Nous n'allions jamais nous promener en famille le week-end et, quand il rentrait tard le soir de ses chantiers, il s'affalait devant la télé, plus intéressé par les informations que par Remy et moi.

Nous faisions nos devoirs sur la table de la cuisine pendant que maman allait et venait derrière ses fourneaux, tout heureuse de nous écouter lui raconter notre journée. Elle nous préparait le goûter et nous faisait rire. Ses câlins devenaient plus fréquents à mesure que mon père, lui, se faisait moins présent.

Je me souvenais que, l'un des rares dimanches qu'il avait passés à la maison, il m'avait envoyé jouer au jardin avec Remy parce qu'il avait à parler à maman. Leur conversation n'avait pas duré longtemps. Au bout de quelques minutes, maman nous avait rejoints et s'était mise à jouer avec nous à chat, puis au cricket.

Et puis, il y avait eu le fameux jour où je les avais entendus hurler l'un et l'autre dans la maison. Mon premier réflexe avait été de courir protéger maman. Celle-ci n'élevait jamais la voix : pour qu'elle crie ainsi, il devait se passer quelque chose de grave. Remy était parti à l'anniversaire d'un copain, j'étais donc tout seul pour décider si je devais continuer à désherber ou intervenir.

J'avais choisi la deuxième option.

J'avais couru jusqu'à la porte de derrière et m'étais figé sous la véranda en entendant ce qui se passait derrière la porte. Mon père couvrait maman d'accusations abominables. À cet instant, j'aurais voulu être plus âgé et plus costaud pour pouvoir aller lui casser la figure sans la certitude qu'il aurait finalement le dessus.

J'avais senti des larmes me brûler les yeux, mais avais refusé de les laisser couler. Je devais me montrer fort. Pour elle.

Soudain, maman avait jailli de la maison, les yeux rougis, les lèvres tremblantes, et elle m'avait vu, pétrifié sur le seuil. Au premier coup d'œil, elle avait compris que j'avais tout entendu, alors elle m'avait serré tendrement contre elle, puis elle m'avait ébouriffé les cheveux comme elle le faisait toujours. Sa main tremblait. Elle m'avait dit qu'elle devait sortir un moment et m'avait promis de me rapporter mes bonbons préférés.

Elle n'était jamais revenue...

Sa voiture avait quitté la route pour aller s'encastrer dans un arbre à moins de deux kilomètres de la maison. La police n'avait pas été capable d'expliquer la cause de l'accident, mais moi, je savais. Ma mère avait été tellement révoltée par les accusations indignes de mon père qu'elle ne s'était pas concentrée sur la route.

Dieu merci, les traces de freinage relevées sur la chaussée prouvaient qu'elle avait essayé d'éviter l'arbre. Je n'aurais pas supporté l'idée qu'elle se soit suicidée, m'abandonnant aux griffes de ce monstre.

Je me souviens qu'en la voyant monter dans sa voiture, ce jour-là, j'avais eu peur à l'idée que je me retrouvais seul avec mon père.

J'ignorais que ce tête-à-tête cauchemardesque durerait cinq longues années et que je devrais supporter jour après jour toutes les horreurs qui sortaient de la bouche de cette ordure. Pas une heure sans que je me demande pourquoi ce n'était pas lui qui était mort au lieu de maman.

M'apercevant avec stupeur que mes joues étaient humides, je me garai sur le parking et pris quelques minutes pour me ressaisir avant de sortir de la voiture.

Remy avait choisi pour mon père une dalle funéraire toute simple, avec juste son nom, ses dates de naissance et de mort, et l'inscription *Repose en paix*. Repose en paix, tu parles ! J'espérais qu'il rôtissait en enfer, en sautant partout pour tenter d'échapper aux flammes.

Je restai debout devant la tombe, la rage au ventre,

résistant à grand-peine à l'envie de lui donner un coup de pied. Pourquoi devrait-il reposer en paix alors que moi, je ne connaissais pas le repos à cause de lui ?

— Espèce de salaud, maugréai-je lentement en enfonçant les mains dans mes poches.

Je me balançai sur les talons comme si je m'apprêtais à disputer un match de boxe.

— Tu m'as pourri mon enfance et tu as fait de ma vie un enfer. Maintenant, j'espère que c'est là que tu es et que tu brûles dans les flammes pour l'éternité.

C'était absurde de parler à une tombe, mais tant pis, ça me faisait du bien. Je continuai.

— Tu te souviens du jour où tu m'as enfermé dans le cellier parce que je ne voulais pas manger mes brocolis ? Eh bien, c'est toi qui as été puni au final, parce que figure-toi que j'ai trempé ta brosse à dents dans la cuvette des toilettes.

Je souris au souvenir de ce premier acte de rébellion. J'avais dix ans. C'était quelques mois après la mort de maman.

— Et la fois où tu t'es préparé des pancakes à la fraise. Tu les as tous mangés devant moi sans m'en proposer un seul. Tu te rappelles ? Eh bien, ta tisane a dû avoir un drôle de goût tous les soirs après ça, parce que j'ajoutais toujours un peu de craie râpée à ton sucre en poudre.

À certains moments, je regrettais même de ne pas avoir d'arsenic à portée de la main.

— Et les corrections que tu me donnais à coups de ceinturon ? J'en ai gardé la marque longtemps. Mais tu sais quoi ? Chacun de mes tatouages en a effacé la trace sur ma peau et dans ma mémoire. Maintenant, je souris en les regardant…

Puéril ? Peut-être. Mais je m'étais senti si bien après mon premier tatouage que j'avais continué encore et encore. C'était devenu comme une drogue.

— Tu aurais piqué une crise en les voyant ! Alors chaque tatouage a été ma façon à moi de te dire « Va au diable » !

Je pris une respiration, les poings toujours serrés.

— J'imaginais ta fureur, et c'était une pensée tellement réjouissante que je ne sentais même pas la douleur quand l'aiguille transperçait ma peau.

J'étais désormais comme un train lancé à toute vitesse, rien ne pouvait m'arrêter.

— Tu as détruit ma confiance en moi. Tu m'as fait croire que je ne valais rien. Que je serais toute ma vie un minable et que personne ne voudrait de moi. Mais tu sais quoi ? Tu t'es trompé. Je me débrouille très bien. Mieux que bien, même ! Et Remy est un frère génial. Je l'adore. Alors tu vois, tu n'as pas réussi à nous détruire ni à détruire notre lien. On est heureux et c'est la plus belle des vengeances, parce que toi, tu es six pieds sous terre et tu ne peux rien y faire !

Je repris mon souffle. Mes jambes étaient faibles et mes bras un peu engourdis, comme si j'allais m'évanouir. Je m'accroupis, baissai la tête et respirai profondément jusqu'à ce que le vertige passe.

Il méritait bien pire que ça, mais j'étais vidé et ne pouvais pas ajouter un mot.

J'en avais terminé.

Est-ce que je me sentais mieux ? Oui. Et non… Évacuer le passé était peut-être un mal nécessaire.

Mais je ne reviendrais plus ici. J'avais dit tout ce que j'avais à dire. Qui sait ? Dorénavant, je trouverais peut-être le courage d'affronter Abby et de lui exposer en face les raisons de mon départ. Je lui devais au moins ça.

Mais pas ce soir. Ce soir, j'allais retourner au club, m'immerger dans le travail et finir ce whisky hors d'âge que j'avais gardé pour un jour de grande déprime.

Un jour comme aujourd'hui.
Je me levai et posai un dernier regard sur la tombe.
— Que tu brûles en enfer pour l'éternité !
Je partis ensuite sans me retourner.

27

Abby

C'était ridicule.

Je m'étais préparée avec soin : minijupe en cuir noir, petit dos nu vert, bottines à talons aiguilles, œil charbonneux et lèvres carmin. Ma tenue sexy était censée me donner confiance en moi, et pourtant j'avais le trac comme jamais en me glissant dans la file réservée aux VIP.

— Bonsoir, je dois absolument voir Tanner King, dis-je d'une voix de gorge à l'espèce de ninja aux muscles proéminents qui me barrait le passage.

Il lança un coup d'œil à la tablette électronique dans sa main avant de grogner :

— Vous n'êtes pas sur la liste.

— Mais le patron voudra la voir, intervint un homme qui venait de surgir à quelques pas.

Il détacha le cordon qui barrait l'accès et me fit signe de le suivre de l'autre côté d'un rideau doré.

— Abby, c'est ça ?

— Euh… Oui.

Il me connaissait ?

Je passai devant monsieur Muscles et souris au grand blond qui ressemblait à Tom Hiddleston.

— Je ne me souviens pas, nous nous sommes déjà vus ?

— Je suis Hudson Watt, le directeur de ce lieu de perdition.

Il me serra la main.

— Et le meilleur ami de Tanner, même s'il te jure le contraire.

— Enchantée de te rencontrer, dis-je, l'estomac noué, en m'arrêtant avec lui devant le bureau privé de Tanner. Tu es sûr qu'on peut le déranger ? Il ne va pas être furieux ?

— Tu veux que je te dise ? Il a tellement envie de te voir qu'il ne le sait même pas.

Avec un sourire amusé, il tapa deux petits coups pour s'annoncer, glissa une carte magnétique dans la serrure électronique et ouvrit la porte.

— Tu as une visite, indiqua-t-il en passant la tête dans la pièce.

Avant que j'aie pu remettre en question la sagesse de ma visite inopinée, il me poussa dans l'arène.

— Bonne chance ! me murmura-t-il tout bas avant de refermer la porte derrière moi.

Je restai là comme une idiote, à dévorer Tanner du regard.

Le discours brillant que j'avais préparé dans la voiture s'envola tandis qu'il s'avançait vers moi, les épaules raides et le visage fermé.

Il n'avait pas l'air content du tout de me voir.

Je réussis à balbutier un « hello » pathétique, pas davantage : déjà, il m'attrapait par la nuque et écrasait ses lèvres sur les miennes.

J'aurais pu me débattre, lui reprocher d'être un monstre sans cœur, d'être parti sans même me dire au revoir.

Mais, comme il me plaquait contre la porte et que sa bouche dévorait la mienne, toute velléité de résistance s'était évanouie en moi.

Je le désirais comme je n'avais jamais rien désiré de ma vie.

Le désir me consuma tout entière quand il empoigna ma jupe à pleines mains et la retroussa. Il tira sur ma culotte, et je m'agrippai à lui tandis qu'il me pénétrait d'un coup de reins brutal.

Je me mordis les lèvres, savourant l'exquise brûlure de cette possession. Il bougea lentement d'abord, puis de plus en plus vite, chaque poussée se faisant plus violente que la précédente. Des chocs puissants qui m'ébranlaient et faisaient monter mon plaisir avec une intensité jamais atteinte.

J'enroulai une jambe autour de sa taille et il me souleva, empoignant mes fesses tandis qu'il continuait à aller et venir en moi comme un homme possédé.

Ma tête bascula en arrière. Les sensations déferlaient sur moi comme une vague gigantesque. Quand il modifia l'angle de mes hanches pour atteindre les points les plus sensibles de mon corps, je me cramponnai à lui de toutes mes forces, transpercée par le plaisir.

Il poussa encore plus fort, une fois, deux fois et l'orgasme me balaya comme un cataclysme, m'emportant dans son tourbillon alors qu'il écrasait mon cri sous ses baisers.

Il me rejoignit une seconde plus tard dans un ultime coup de reins si profond que je faillis m'évanouir de plaisir et de douleur mêlés, tandis que son grondement sourd et sauvage résonnait contre mon oreille.

Avant même que j'aie repris mes esprits, il se retira, ne me laissant pas d'autre choix que de redescendre sur terre. Je m'appuyai au mur pendant qu'il se détournait sans un regard pour aller dans la salle de bains. Il revint quelques instants plus tard et s'assit à son bureau comme s'il ne s'était rien passé.

D'abord interloquée, je me ressaisis et allai me poster devant lui.

— Regarde-moi !

Il m'ignora, les yeux fixés sur l'écran de son ordinateur comme si celui-ci recélait tous les secrets de l'univers.

— Regarde-moi, bon sang !

Je frappai du poing sur son bureau, et il sursauta. Puis son regard croisa enfin le mien.

Ce que j'y vis me coupa le souffle.

Du dégoût. Du regret. Et un désespoir qui me donna envie de le prendre dans mes bras et de ne plus jamais le laisser partir…

Je regardai sa glotte monter et redescendre.

— Va-t'en ! grogna-t-il.

— Non. Je ne suis pas comme toi, moi. Je ne prends pas mes jambes à mon cou au premier problème.

Je me perchai sur son bureau et m'approchai assez près pour sentir son haleine.

— Tu as bu ?

— Un peu.

— Pour oublier ?

— Non. Pour me tenir éveillé. Je vais devoir travailler toute la nuit.

Il fit mine de bâiller et s'étira.

— En fait, tu me déranges. J'ai horreur qu'on débarque sans s'être annoncé.

— Et moi, j'ai horreur de cette comédie stupide que tu me joues.

Je me penchai vers lui par-dessus le bureau.

— Je voudrais pouvoir mettre ce qui vient de se passer sur le compte de la passion, mais je crois plutôt que tu as voulu me transmettre un message.

Je vis de la peur altérer ses yeux avant qu'il détourne le regard.

— Je ne sais pas ce que tu racontes. J'aime les femmes, c'est tout. Et tu es très belle. On a une entente parfaite sur le plan sexuel, toi et moi. Tu as voulu qu'on baise une dernière fois ensemble, je t'en ai donné pour ton argent. Rien de plus.

Je relevai le menton malgré la douleur qui me broyait le cœur.

— Si tu essaies de me pousser à partir, c'est raté.

Je le regardai dans les yeux.

— Je t'ai percé à jour.

Il repoussa son fauteuil en arrière et se leva pour mettre une certaine distance entre nous.

— Écoute, je ne t'ai jamais caché quel genre d'homme j'étais. Les sentiments, les relations à long terme, ce n'est pas pour moi. On s'est bien amusés ensemble, mais c'est fini.

Il me toisa, le regard assombri par la colère.

— Remy est revenu, l'aventure est terminée. J'aurais pu te dire au revoir, mais j'ai voulu simplifier les adieux. Pas d'atermoiements, pas de promesses ridicules de rester bons amis.

Il haussa les épaules.

— En fait, je préfère les ruptures franches et nettes.

Je fis mine d'applaudir, alors qu'à l'intérieur j'étais anéantie.

— Bravo ! Merci de gâcher un moment fabuleux par tes remarques stupides.

De la surprise marqua son regard, très vite remplacée par une immense froideur.

— C'était juste du sexe, Abby. Rien d'autre.

— Tu es vraiment odieux.

Résistant à l'envie de le gifler, je lâchai un rire dur.

— Tu veux savoir ce que je pense ?

— Non.

Son regard glissa dans la pièce sans se poser sur moi.

— Tu te caches derrière tes airs de mauvais garçon, mais à l'intérieur tu es aussi tendre qu'un marshmallow.

Cette fois, j'avais réussi à capter son attention : il me fusilla du regard.

— Je parie que tes tatouages font partie de ta panoplie de mauvais garçon, parce que c'est comme ça que tu te vois.

J'adoucis le ton de ma voix en voyant sa mâchoire se crisper. Je voulais le provoquer, l'obliger à réagir, mais je ne savais pas jusqu'où je pouvais le pousser.

— En fait, il n'y a rien de mauvais en toi, Tanner. Si tu me laisses rester cette nuit, je te le prouverai.

— Tu deviens lourde, riposta-t-il d'un ton sec. Qu'est-ce que je dois dire pour que tu comprennes que c'est fini ?

Ma bravoure vacilla.

— Ne fais pas ça, murmurai-je d'une voix qui s'était mise à trembler. Ne me donne pas l'impression d'être plus stupide que je ne l'ai déjà été en venant ici et en mettant mon cœur à nu devant toi.

M'étais-je trompée sur notre relation ? Étais-je la seule à éprouver du sentiment ?

Son visage resta figé l'espace de deux secondes, puis il se décomposa comme si cette comédie était devenue trop difficile à jouer. Éperdue, je faillis me mettre à pleurer de soulagement. Une brèche dans son armure, enfin !

— Excuse-moi, dit-il en passant une main sur ses paupières. Je suis nul sur toute la ligne.

— Non. Tu es en territoire inconnu, c'est tout.

Je m'approchai sans le toucher, même si j'en mourais d'envie.

— Mais je promets d'être un gentil guide.

Il frémit comme si je venais de le frapper.

— Je n'arrive pas à croire que j'aie pu te traiter de cette façon tout à l'heure. Tu as raison sur toute la ligne. J'ai voulu te faire partir en courant, te montrer quel salaud j'étais en réalité. Mais j'ai oublié que je ne pouvais pas te toucher sans devenir fou et… j'ai craqué. Je suis désolé.

— Tu m'as entendue me plaindre ?

Cette fois, je me risquai à lui toucher le bras. Il sursauta et se dégagea comme s'il avait reçu une décharge électrique.

— Tu mérites mille fois mieux que moi.

Ses yeux tourmentés étaient devenus presque noirs.

— Je ne peux rien t'apporter de bon.

— C'est à moi d'en décider. Toute ma vie, on a pris les décisions à ma place, mais c'est fini.

Je repris sa main et la serrai très fort quand il essaya de se dégager.

— Tu ne te débarrasseras pas de moi comme ça. Parce que tu me plais, Tanner King.

Je guettais ses réactions, la gorge nouée. Mais, si je ne le lui disais pas maintenant, je ne le dirais jamais.

— Il se pourrait même que je sois tombée amoureuse de toi, poursuivis-je. S'il y a une chose que j'ai apprise au cours de l'année qui vient de s'écouler, c'est qu'on doit se battre pour obtenir ce qu'on veut. Et moi, c'est toi que je veux.

Bon, au moins, il n'avait pas eu de réaction horrifiée en entendant ces mots. C'était plutôt bon signe. Ce qui ne l'était pas, en revanche, c'était la façon dont le sang avait brutalement déserté son visage. L'espace de quelques secondes, je crus qu'il allait s'évanouir.

— Tu sais, commença-t-il, tu ne te rends pas compte de…

— Cesse de me dire ce que je dois penser ou faire !

Je mêlai mes doigts aux siens. J'aurais tellement voulu lui communiquer mes certitudes !

— Je peux faire des concessions sur bien des sujets, mais pas sur celui-ci. Jamais !

Des émotions conflictuelles se succédèrent sur son visage : espoir, renoncement, envie, peur, attente, angoisse… Je les reconnaissais, parce que j'avais livré le même combat intérieur ces derniers jours. Mais moi, j'étais sortie victorieuse du champ de bataille.

Il secoua la tête.

— Tu vas retourner auprès de ta famille, retrouver ton milieu social, tes amis… Je serais un boulet pour toi.

Il prenait n'importe quel prétexte pour me tenir éloignée de lui. Mais c'était peine perdue. J'avais affronté des tirs de barrage bien plus nourris de la part de l'armée des Prendigast et j'avais quand même atteint le sommet de la colline.

— Quand tu écoutes aux portes, au moins fais-le correctement. Tu aurais su que je n'ai pas du tout l'intention de retourner dans ma famille. J'aime trop travailler avec Remy pour partir.

Je martelai chaque syllabe pour qu'il comprenne bien :

— Je-ne-pars-pas.

Il y eut un long silence que je n'essayai pas de rompre. Je voulais lui laisser le temps de digérer l'information et d'en mesurer les implications.

— Je ne pense pas pouvoir être l'homme dont tu as besoin, chuchota-t-il.

Il avait l'air si désespéré que quelque chose en moi se brisa.

— Pourquoi ? Parce que tu n'as jamais eu une vraie relation avec une femme ? Parce que tu n'accordes pas facilement ta confiance ? Parce que ton enfance t'a marqué si douloureusement que tu ne te crois pas digne d'être aimé ?

Je me laissai tomber à genoux devant lui et serrai ses deux mains dans les miennes, l'implorant de m'écouter.

— Il n'y a pas si longtemps, j'étais comme toi. Je ne croyais pas en moi, comment aurais-je pu croire en qui que ce soit ? Et pourtant j'ai changé. *Tu* m'as changé.

Je lui étreignis les mains plus fort.

— Au début, c'est vrai, je me suis servie de toi pour tirer un trait sur le passé. Je te voyais comme un beau mec, le partenaire idéal pour une petite aventure sans lendemain. Mais ensuite j'ai commencé à te connaître, et mes sentiments pour toi ont évolué. J'ai aimé l'homme que je découvrais.

L'émotion noua mes cordes vocales, et je déglutis pour pouvoir continuer.

— Je ne suis pas prête à te perdre, Tanner. Et toi ?

Ses yeux étaient deux lacs insondables. Je ne parvenais pas à déchiffrer ses sentiments. Mais peut-être n'en avait-il pas ?

Soudain, il se leva de sa chaise et m'attira à lui jusqu'à ce que nous soyons face à face, mon visage à un souffle du sien. L'espoir ressuscita en moi.

— Comment te faire comprendre à quel point je suis détruit ?

J'avais imaginé toutes sortes de réponses, mais pas celle-là. Je gardai le silence dans l'espoir qu'il continue.

— Je voudrais te croire, Abby. Je voudrais croire en nous. Mais imagine que cela ne suffise pas ?

Son souffle rauque écorcha mon visage.

— J'ai tellement peur de te décevoir, si tu savais…

Il y avait une si grande angoisse dans sa voix que les larmes me montèrent aux yeux, mais je restai muette. Je voulais qu'il me parle, enfin, pour que nous avancions. Ensemble.

— Je ne l'ai jamais dit à personne, tu sais, pas même à Remy…

Je fus tentée de lui demander d'arrêter. Je ne voulais pas lui faire remuer des souvenirs trop douloureux. Mais son regard s'était perdu au loin, comme si Tanner n'était déjà plus avec moi, mais de retour dans ce passé qui le hantait. Alors, je sus qu'il devait vider l'abcès, quel qu'il soit, si nous voulions avoir un jour un avenir ensemble.

— Mon père me haïssait. Je m'en suis rendu compte très tôt, dès que j'ai été en âge de comprendre, vers quatre ans. Ma seule vue l'insupportait.

Il cilla lentement, comme quelqu'un qui se réveille d'un coma.

— Il ne laissait rien paraître en présence de maman ou de Remy, mais quand nous étions seuls tous les deux... Bon sang, ce type était un vrai malade ! Un champion de la torture mentale.

J'avais mal pour ce qu'il avait enduré enfant. Mon père à moi avait commis des erreurs, certes, mais il m'avait aimée. Il ne s'était jamais montré délibérément cruel.

— En grandissant, je me suis aperçu que maman ne s'entendait plus avec lui, même si elle ne laissait rien paraître pour ne pas nous perturber, Remy et moi. Elle nous gardait auprès d'elle quand il était à la maison. Évidemment pour nous protéger, mais je ne le comprenais pas, à l'époque.

Sa respiration se fit hachée.

— Le jour où elle est morte, Remy était absent. J'étais dans le jardin et je les ai entendus se disputer. Ça m'a fait très peur, parce que maman ne criait jamais et là, elle hurlait si fort que je me suis dit que les voisins allaient venir voir ce qui se passait. Alors je me suis glissé dans la véranda et je suis resté caché derrière la porte.

Son front se crispa tandis qu'il poursuivait :

— Mon père disait des choses horribles. Il l'accusait d'avoir des amants, d'être une traînée. Il disait qu'elle avait gâché sa vie...

Il ferma les yeux, et je résistai à l'envie de le prendre dans mes bras en le suppliant de ne pas continuer. Mais j'étais la première personne à qui il en parlait. Cela signifiait sûrement qu'il avait confiance en moi et que nous avions une chance d'avenir, une fois que la vérité sortirait, non ?

— En fait, il avait cessé de l'aimer après la naissance de Remy. Ils ont continué à cohabiter pendant quatre ans, mais il était résolu à la quitter quand elle lui a annoncé qu'elle était enceinte de moi. Bien sûr, il a cru qu'elle l'avait fait exprès pour le retenir. Une pension alimentaire l'aurait mis sur la paille... Alors, il est resté et il nous l'a fait payer. Je l'entendais souvent lancer des insultes à maman quand il pensait que je n'étais pas à proximité. Ce fameux jour, le dernier, elle lui a crié de se tenir loin de Remy et moi et de garder sa haine pour lui, parce qu'il n'était pas digne d'être notre père. Ensuite, elle est sortie de la maison comme une flèche. Elle avait sans doute besoin d'être seule pour se calmer, alors elle a pris la voiture...

Il secoua la tête, les yeux remplis de chagrin.

— Elle était bouleversée, elle n'aurait jamais dû conduire dans cet état... Sa voiture s'est écrasée contre un arbre pas très loin de la maison...

Ma gorge se noua d'émotion, et je lui touchai le bras pour essayer de lui communiquer ma compassion, même si cela ne servait à rien.

— Après la mort de maman, tu sais ce que ce salaud a fait au lieu d'essayer de me consoler ? Il m'a accusé, moi. *Moi !* Il m'a dit que c'était ma faute s'il était devenu un mari aigri et coléreux, parce que ma venue au monde avait tué son couple. Et c'était aussi ma faute si maman s'était mise en colère pour prendre ma défense et qu'elle s'était tuée en voiture. Ma faute s'il se retrouvait coincé avec deux gosses dont il ne voulait pas. J'avais dix ans, et il m'a tout collé sur le dos ! Pendant les cinq années qui ont suivi, c'est-à-dire jusqu'à sa mort, il m'a humilié, insulté, frappé « pour me dresser », comme il disait. Jamais devant Remy, bien sûr. Quand Remy était là, il chantait ses louanges pour mieux me rabaisser et me montrer que j'étais un bon à rien, de la graine de voyou dont personne ne voudrait. Il m'assurait que je finirais en prison. À force de l'entendre me répéter tout ça, j'ai fini par le croire. J'ai pleuré de joie le jour de sa mort ! Ensuite, Remy a géré comme il a pu mes révoltes d'adolescent. Moi, j'attendais d'avoir dix-huit ans pour toucher l'argent que maman nous avait mis de côté et commencer à vivre. Ça…

Il me montra ses bras couverts de tatouages.

— C'était ma façon de renaître. De changer de peau. Un camouflage pour garder les gens à distance. D'une certaine façon, je me suis identifié à mon père et j'ai refusé de me laisser piéger dans une relation à long terme. Voilà pourquoi je n'ai jamais laissé personne m'approcher de trop près. Jusqu'à ce que je te rencontre…

Son regard torturé croisa le mien, et je retins mon souffle, priant silencieusement pour qu'il ne me dise pas de partir.

— Tu es la seule à avoir cherché à savoir ce qui se cachait derrière mes tatouages.

J'avais la poitrine dans un étau. Quand il prit mon visage en coupe dans ses mains, le souffle que je retenais s'échappa en un gémissement plaintif.

— Tu m'as vu, moi, le *vrai* moi. Et je ne sais pas si je dois te garder avec moi comme un trésor ou fuir aussi loin que possible sans me retourner.

Je sentis les ailes de l'espoir battre dans mon cœur, mais je me forçai à ne pas bouger tandis qu'il lâchait mon visage pour prendre ma taille. Il ne m'avait pas repoussée. Il ne m'avait pas dit de partir. Pour l'instant…

J'aurais voulu exprimer mon horreur devant ce qu'il avait enduré. Même si les mots étaient dérisoires, je me devais au moins d'essayer.

— Tout ce que je pourrais dire n'atténuera pas ta souffrance, je le sais, mais… Tu as porté un fardeau bien trop lourd pour un enfant et tu as été élevé par un sadique. Sache pourtant que je te vois tel que tu es et que je ne te verrai jamais autrement. Oublie ce que t'a dit ce fou furieux, tu es quelqu'un de bien.

Les larmes que j'avais retenues jusqu'ici jaillirent de mes yeux. Je les laissai couler, tout en jetant les bras autour de sa taille pour l'étreindre de toutes mes forces.

Au lieu de se raidir, il m'étreignit et vint enfouir son visage dans mes cheveux comme il aimait le faire.

Désormais, mes larmes ne voulaient plus s'arrêter. Je les avais étouffées si longtemps qu'elles s'échappaient comme un torrent. Tanner me tint ainsi serrée contre lui jusqu'à ce que mes sanglots s'apaisent.

Quand j'eus enfin recouvré mon calme, je vis l'ombre d'un sourire sur ses lèvres et mon cœur bondit.

— Et tu as eu l'aplomb de me traiter de marshmallow ? chuchota-t-il d'une voix tendre.

Il m'embrassa le bout du nez, et je sus que nous avions traversé la ligne de front, ensemble.

— Tu es une petite poulette hyper sensible, tu sais.

Je lui donnai une tape sur le bras.

— Oui, mais ta petite poulette hyper sensible *à toi* !

— Et à personne d'autre !

Il n'avait pas hésité une seconde, et la joie pétilla dans mes veines.

— Je ne sais pas comment tu t'y prends, mais tu décèles ce qu'il y a de meilleur en moi. Et je me bonifie à ton contact. Je veux voir jusqu'où nous pourrons aller ensemble.

Je poussai un cri de joie, et il me fit tournoyer dans les airs en riant.

— Mais tu dois me promettre une chose, me dit-il en retrouvant son sérieux.

— Tout ce que tu veux !

— Tu dois me promettre que, si un jour tu veux me quitter, tu me préviendras avant de partir…

Il resserra son étreinte autour de ma taille.

— Parce que je ne crois pas que je supporterais d'être abandonné sans un mot.

— Comme tu l'as fait avec moi ?

Il grimaça.

— Désolé !

Je levai la main droite.

— Je le jure. Autre chose ?

— Je… Je crois que je t'aime aussi, marmonna-t-il d'un ton bourru.

— Je n'ai jamais dit que je t'aimais !

Avec un sourire taquin, je fis glisser mes mains de son torse à ses épaules.

— J'ai dit qu'il « se pourrait » que je sois tombée amoureuse de toi, nuance !

Il me décocha un sourire arrogant.

— Tu m'aimes. Tu es juste trop têtue pour l'admettre.

Je m'agrippai à lui, submergée de bonheur. Je n'osais pas le lâcher, ni même battre des cils, de peur de me réveiller et de me rendre compte que ce n'était qu'un rêve.

— Tu devrais peut-être m'embrasser si tu veux m'arracher une confession.

— Trop facile ! murmura-t-il alors que sa bouche réclamait déjà la mienne.

Son baiser exigeait une réponse que je ne demandais qu'à lui donner. Un long baiser ensorcelant, voluptueux, débordant d'amour et plein d'espoir. Un baiser comme un pacte, pour sceller notre avenir.

Je repoussai doucement Tanner.

— D'accord, j'avoue, déclarai-je d'un air faussement fâché. Je t'aime. Là, tu es content ?

— À un point que tu n'imagines même pas !

Lorsqu'il m'enlaça farouchement et que les battements de son cœur se mirent à rivaliser d'intensité avec les miens, je sus que notre amour ne faisait que commencer. J'avais trouvé un partenaire merveilleux, tendre et solide à la fois, et je n'avais pas l'intention de le quitter. Ni maintenant ni jamais !